PETIT WILSON
ET DIEU LE PÈRE

Les Confessions d'Anthony Burgess

DU MÊME AUTEUR

Aux Éditions Grasset

LE ROYAUME DES MÉCRÉANTS, *roman*.
HOMMAGE À QWERT YUIOP, *essai*.
PIANISTES, *roman*.
D.H. LAWRENCE OU LE FEU AU CŒUR, *essai*.
FERRAILLE À VENDRE, *roman*.
MOZART ET AMADEUS.
MORT À DEPTFORD, *roman*.

Chez d'autres éditeurs

CE SACRÉ HEMINGWAY, *essai*, Fayard.
DU MIEL POUR LES OURS, *roman*, Éditions Acropole.
LES PUISSANCES DES TÉNÈBRES, *roman*, Éditions Acropole.
MONSIEUR ENDERBY, *roman*, Éditions Acropole.
DERNIÈRES NOUVELLES DU MONDE, *roman*, Éditions Acropole.
1984-1985, *roman*, Éditions Robert Laffont.
L'ORANGE MÉCANIQUE, *roman*, Éditions Robert Laffont.
LA FOLLE SEMENCE, *roman*, Éditions Robert Laffont.
LE TESTAMENT DE L'ORANGE, *roman*, Éditions Robert Laffont.
LA SYMPHONIE NAPOLÉON, *roman*, Éditions Robert Laffont.
L'HOMME DE NAZARETH, *roman*, Éditions Robert Laffont.
ROME SOUS LA PLUIE, *roman*, Éditions Seghers.
SUR LE LIT, *roman*, Éditions Denoël.
LE PAYS OÙ POUSSENT LES GLACES, « Folio Benjamin », Éditions Gallimard.
UN AGENT QUI VOUS VEUT DU BIEN, « Folio », Éditions Gallimard.
SHAKESPEARE, *essai*, Éditions Buchet-Chastel.

ANTHONY BURGESS

PETIT WILSON ET DIEU LE PÈRE

Les Confessions d'Anthony Burgess

traduit de l'anglais
par
DOMINIQUE GOY-BLANQUET

BERNARD GRASSET
PARIS

L'édition originale de cet ouvrage a été publiée par William Heinemann Ltd, en 1987, sous le titre :

LITTLE WILSON AND BIG GOD

Le temps fait du théâtre vulgaire ; c'est un sentimental des trois dimensions.

CONSTANT LAMBERT, *Music Ho !*

L'astérisque* après un mot ou une expression en italique signale les termes en français dans le texte d'origine.

La traduction a respecté les caprices de mémoire de l'auteur.

D. G.-Bl.

Préface

Un avant-propos pour le lecteur est un arrière-propos pour l'auteur. L'auteur sait ce qu'il a écrit, le lecteur va le découvrir. S'il ne consacre pas son avant-propos à remercier ceux qui l'ont aidé au cours de son labeur, l'auteur, debout sur le seuil qu'est l'avant-propos, se ronge les ongles en se demandant si une brève mise en garde, quelques mots d'excuse pour son insuffisance ou ses excès, un aveu de médiocrité là où il se proposait d'être brillant, ne serait pas un geste de courtoisie élémentaire envers la personne qui a eu au moins la bonté d'acheter son livre.

En ce qui concerne les remerciements pour l'aide reçue, je n'ai pas à en faire. Ces mémoires, qui racontent ma vie de la naissance à l'âge de quarante-deux ans, sont de simples souvenirs, non ratifiés par d'autres réminiscences que les miennes ou d'autres documents que les cartes et le remarquable dictionnaire anglo-malais de Sir Richard Winstedt (Singapour, 1952). Les souvenirs mentent quelquefois par rapport aux faits, mais les faits peuvent mentir aussi du point de vue de la mémoire. Parfois une photo, qui se donne l'air d'enregistrer les faits mais en fait n'en fait rien (les faits ne peuvent être extraits du temps ni gelés dans l'espace), donne au moins l'impression de dire vrai avec plus de mordant que les mots ; je regrette que cette autobiographie ne puisse être complétée comme tant d'autres par des documents visuels. Pendant mon séjour en Extrême-Orient de 1954 à 1959, les termites et la chaleur humide ont détruit toutes les photographies que je possédais de ma famille ou de ma propre jeunesse. Ainsi que les lettres, bulletins scolaires ou militaires, coupures de journaux et tout ce qui s'ensuit. Je sais que le cerveau humain n'est pas un système efficace d'archivage et de récupération, je ne me fie donc pas trop au mien, mais je m'y fie quand même.

Le premier volume de ce que, suivant saint Augustin et Rousseau, j'appelle mes Confessions – sans aucune promesse de révélations spirituelles fondamentales comme les leurs – est plus long que je ne le prévoyais, et je pressens que le second et dernier volume en projet – dont le titre sera sans doute *You've Had Your Time* – risque d'être aussi long, sinon plus. S'étendre aussi longuement sur son portrait, ça ressemble forcément à de l'égocentrisme, mais il faut bien qu'une autobiographie soit égocentrique. D'un autre côté, qu'est-ce qu'on entend par l'ego ? C'est un concept existentiel, je crois, or l'ego que j'examine est multiple et assez différent de l'ego qui fait l'examen. Et même l'ego qui a commencé l'ouvrage en septembre 1985 n'est pas celui qui l'a achevé en 1986. Autrement dit, le livre parle de quelqu'un d'autre, attaché par la ligature d'une trace commune dans le temps et l'espace à l'auteur de ce dernier segment de l'ouvrage, qui triche en ayant l'air d'être le premier.

Je parle de ce quelqu'un d'autre parce que je pense qu'il peut représenter nombre de gens de ma génération – ceux qui étaient vaguement sensibles à l'ethos confus des années vingt, vaguement inquiets dans les années trente, ont servi leur pays en quarante, et affronté non sans peine le monde d'après-guerre, la paix ou la trêve prolongée qui est encore notre lot. Il peut représenter aussi, mais le fera bien plus dans le second volume encore à écrire, ceux qui ont voulu vivre de leur plume. Et en tant que catholique du nord de l'Angleterre mâtiné d'Irlandais, il peut figurer bien des gens catalogués comme anglais mais qui ont toujours eu une relation ambiguë avec leur pays natal. En d'autres termes, voici une allégorie au sens original grec de « parler autrement », présenter les autres sous la forme de moi-même.

Je crois pouvoir prédire, à moins d'un miracle d'inspiration renouvelée, que le second volume de mes mémoires mettra terme à ma carrière d'écrivain. Elle a commencé tard, mais une foule de critiques captieux estiment qu'elle n'a que trop duré. Cette espèce-là de critiques va trouver dans le présent volume un plein champ de crosses de hockey pour me battre. Les gens qui lisent mes romans sans être payés pour en rendre compte (bien qu'un compte rendu n'implique pas nécessairement la lecture) s'intéresseront peut-être à leur genèse et aux ingrédients de vie réelle dont ils sont faits. Je suppose que si un romancier sort une autobiographie c'est en pensant que la plupart de ceux qui vont la lire liront aussi ses œuvres de fiction. Comme il y a une bonne dose de vie réelle dans mes fictions, je m'abstiens de débrouiller tout cela dans les fables des filles de la mémoire, même si j'en ai débrouillé une partie. Si quelqu'un exige des excuses pour l'ineptie ou la grossièreté ou l'autocomplaisance avant de croiser ces propriétés dans mon récit, je les offre volontiers maintenant. J'ai passé une grande partie de ma vie à m'excuser, à demander pardon d'abord et décider après ce que j'avais à me faire pardonner. L'apologie, donc, avant l'apologos. Et maintenant, comme dit Walther dans *Les Maîtres chanteurs,* commence !

A.B. Principauté de Monaco, 1986

I

I

S'il vous faut une ouverture sentencieuse, la voici. Coincés que nous sommes entre deux éternités oisives, rien ne nous autorise entre-temps à rester oisifs. Mais parfois l'oisiveté s'impose à nous. Je me trouvais dans ce cas-là un samedi après-midi, 21 septembre 1985, assis dans le hall de l'hôtel Plaza à New York avec plusieurs heures à perdre avant de prendre un taxi pour l'aéroport Kennedy. Le hall n'a que huit sièges, pour lesquels tout le monde se bat. Quand vous avez conquis un siège, gardez-le, malgré l'œil courroucé des infirmes et des infirmières. J'avais libéré la chambre 1137 (non sans soulagement, parce qu'elle est plus haute que les issues de secours), mais ça ne me disait rien d'arpenter la Cinquième Avenue dans la chaleur intense de l'automne ni de partager un banc avec un babillard de Central Park. J'aurais pu m'atteler à une séquence de whisky cocktails au Palm Court ou à l'Oak Bar, mais mes jours de beuverie sont, je crois, terminés. Le foie de l'homme, sauf si cet homme est Graham Greene, peut absorber tant et pas plus, comme me le rappelle constamment le fantôme de ma première femme, morte d'une cirrhose le 20 mars 1968. Oisif, donc, je contemplais avec des regrets de vieillard les élégantes nymphes de Manhattan qui valsaient par les portes tournantes sur leurs longues jambes américaines. Le Plaza hébergeait ce jour-là trois réceptions de mariage, et les mariées, peut-être cyniques, étaient en blanc. On célébrait la vie.

La mort aussi. Des New-Yorkais débarquaient de vols salvateurs en provenance de Mexico, ravagé par une série de tremblements de terre. Leur conception des malheurs de Mexico était essentiellement financière. « Cette fois, disait un ostensible nabab, c'est leur béret de Cinna. » Les freins que Thomas Malthus qualifie de naturels s'employaient vainement à enrayer l'explosion démographique. A côté des séismes, un mal baptisé Syndrome Immunitaire de Défense Acquis œuvrait dans les bains publics de New York dont les homosexuels savouraient la promiscuité. Mauvaise année, aussi, pour les catastrophes aériennes. J'allais bientôt – après cinq heures d'oisiveté – voler vers Londres sur British Airways, et les statistiques, vu mon compte trop chargé en milliers de kilomètres aériens, m'incitaient à envisager au moins comme possible l'idée de mourir sur ou dans l'Atlantique. Il convenait de penser à la mort.

Il convient toujours de penser à la mort, surtout quand il ne vous manque qu'un an ou deux pour atteindre les soixante-dix. Quelques jours auparavant, j'avais rencontré des jeunes gens de Minneapolis tout surpris de me voir encore en vie. Ils avaient étudié un de mes livres au lycée ou en fac et ils me prenaient pour un auteur classique, autrement dit un mort. Et j'étais là on ne peut plus visible en train de fumer des Schimmelpennincks, absurde à la façon des Britanniques mais manifestement plein de vigueur. J'avais fait une conférence sur le péché de censure en l'honneur du premier centenaire de la bibliothèque municipale de Minneapolis. Et je venais juste de publier deux livres – mon vingt-huitième roman et un court essai sur D.H. Lawrence qui lui aussi, la veille de ma conférence, fêtait son premier centenaire. J'étais encore en activité mais je voyais bien que je glissais à toute allure dans le passé. On me demandait des autographes sur un tas de bouquins en loques datant des années soixante. La semaine précédente à Londres un universitaire canadien avait pris contact avec moi pour écrire ma biographie. Un tâcheron littéraire bien connu venait de me faire la même proposition à New York. Leur hypothèse à tous deux, très touchante, c'est qu'il y avait une vie à raconter. Forcément, pensaient-ils, à mon âge. Mais pour eux de toute évidence j'appartenais au passé et avec un peu de veine, je mourrais peut-être avant le dernier chapitre. Ils avaient intérêt à recueillir les faits directement auprès du sujet avant qu'il ne plonge dans l'oisiveté dernière.

Oisif sur mon siège du Plaza, je me dis que ce serait peut-être judicieux d'imposer mon droit de préemption à ces deux candidats biographes. Je ne ferais pas nécessairement mieux ni plus vrai, mais j'aurais moins de mal à transférer ma vie sur mon propre papier que sur le leur. Quant à la vérité, la honte d'avoir mené une vie si banale me forcerait peut-être à la dénaturer plus qu'eux. Mais la question de Ponce Pilate n'a toujours pas reçu de réponse adéquate, il se peut même qu'il ait donné la seule réponse possible avec son autre grande maxime : « Ce que j'ai écrit est écrit. » C'est lui assurément le saint patron des écrivains (j'accepte le récit de sa conversion finale). Il avait même un don d'écrivain pour dire au plus mauvais moment les choses importantes. La vérité est habillée en fable par les filles de la mémoire. C'est aussi une denrée instable. Les Napolitains convoqués au tribunal le savent, qui demandent toujours gravement à leurs juges quel genre de vérité ils veulent. Seule la *vera verità* est une variété indisponible. Dieu seul en a la possession, mais Dieu seul sait ce qu'il en fait.

Est-ce qu'un mobile négatif comme le désir de préemption peut déclencher l'écriture d'une autobiographie ? Simple affaire de modestie car, peu importe la valeur prêtée par un biographe à son sujet, personne n'est autorisé à se croire digne d'être un sujet d'écriture. Et c'est encore plus vrai des écrivains professionnels. Ce ne sont pas des gens remarquables, et les romanciers sont particulièrement dénués d'intérêt. Le romancier siphonne sa vie intérieure dans l'ouvrage qu'il a déjà publié ; sa vie extérieure se résume par l'image d'un homme attablé à son bureau. La carrière d'un chauffeur de taxi ou d'un laveur de vitres est bien plus riche d'incidents. Mais du fait que c'est un être humain, sa vie mérite autant d'être détaillée. Comme allégorie de toutes les vies humaines elle peut servir à rassurer, réconforter, combattre l'ambition, rendre plus tolérables des peines et frustrations que le lecteur croyait être seul à endurer. Rares sont les vies qui enregistrent de grands succès. La plupart sont mémorables par leurs souffrances. Toute vie peut servir de modèle pour toutes les vies. L'autobiographe peut se considérer comme le seul historien véritable au sens où il présente la pérennité de la vie humaine. Au sens plus restreint il fournit sa matière brute à l'histoire sociale par le témoignage d'une vie emprisonnée dans un segment de temps défini.

Le romancier professionnel a parfois une raison sournoise et, qui sait, indigne de se prendre pour sujet. En période de jachère, s'il manque d'énergie pour inventer, il est trop heureux de pouvoir se rabattre sur les réminiscences, tout en admettant qu'il est difficile de tracer une frontière entre le remémoré et l'imaginé. Faute de nourriture, il devient autophage. Une autobiographie peut être le substitut d'un roman qu'on n'arrive pas à écrire. Assis dans le hall du Plaza, je pensais au roman que j'essayais depuis un an de mettre en forme. Mon dernier geste avant de partir pour l'Amérique avait été de déchirer cent soixante-dix pages dactylographiées. J'avais déraillé, fait des recherches inutiles, le style semblait faux, le thème insignifiant. Et maintenant je bouclais une tournée promotionnelle pour deux livres qui ne plaisaient pas aux critiques américains. Le meilleur de mon œuvre, quoi qu'il vaille, était derrière moi. Peut-être que je n'avais pas d'avenir. Deux critiques au moins laissaient entendre que j'avais assez écrit et que je ferais mieux d'arrêter pour me mettre au golf ou au jardinage. Mais je n'ai pas de jardin et j'ai vendu mes clubs de golf il y a vingt ans. Tout ce que je sais faire c'est écrire.

On s'adonne à l'écriture en partie parce qu'on ne trouve pas d'autre moyen pour gagner sa vie. Un moyen pénible et hautement compétitif. J'ai le cœur au fond des boyaux quand j'entre dans une librairie et que je vois à quel point la compétition est farouche. Mais on reste attelé à la roue parce qu'il faut payer les factures. Une autre raison plus intime vous tient attelé, c'est l'espoir désespéré qu'un jour cet ennemi intraitable qu'est le langage se rendra à vos efforts pour le soumettre. On me dit souvent que j'écris mal, et je n'affirme pas que c'est faux. Même Shakespeare enviait le talent de celui-ci ou l'envergure de celui-là. Quand j'entends un journaliste comme Malcolm Muggeridge rendre grâces à Dieu de savoir maîtriser l'écriture, je suis saisi d'une violente nausée. Ce n'est pas une chose à dire. La maîtrise ne vient jamais, il faut servir comme apprenti sa vie entière. L'écrivain ne peut pas quitter le champ de bataille; il meurt au combat. Ce livre n'est qu'un combat de plus.

Bien décidé à l'écrire, je prends donc mon taxi pour Kennedy. Arrivé au comptoir d'enregistrement de British Airways je me retrouve devant un problème qui n'est pas neuf. Les linguistes appelleraient cela une question d'onomastique. Comment s'appelle le monsieur qui écrit l'histoire? Le billet d'avion dit une chose, le passeport en dit une autre. Voyager sous un faux nom vous donne un air louche et fait naître des soupçons au cœur des hôtesses, que les compagnies aériennes choisissent délibérément pour leur absence de culture littéraire. Inutile d'expliquer que Mark Twain n'est pas Mark Twain et qu'Alberto Moravia est en réalité quelqu'un d'autre. Ma double identité m'a déjà valu un interrogatoire de police à l'aéroport de Rome, à Luqa dans l'île de Malte on m'a interdit d'embarquer. Mon passeport me nomme John Burgess Wilson et mes livres sont écrits par Anthony Burgess. Comme c'est Anthony Burgess la figure publique, c'est son nom qui atterrit sur les notes d'hôtel et les billets d'avion. En exigeant le premier et le dernier noms, les formulaires d'immigration américains font disparaître le chaînon explicatif. Ils exhibent la carapace de ma crevette nominale, la tête et la queue que j'enlève pour dévoiler la partie tendre qui se mange. Mon nom de baptême est John Burgess Wilson, mon nom de confirmation Anthony. Pour publier mon premier roman il a fallu quasiment que je me déguise. Je dépendais alors du secrétariat d'Etat aux colonies, où il était impensable de publier des romans sous son propre nom. Les monographies sur l'*adat perpateh* de Negri Sembilan, c'était une autre affaire. J'ai donc tiré sur les deux bouts de mon pétard patronymique et sorti le chapeau en papier d'Anthony Burgess.

Ceux qui m'appelaient Jack sont tous morts. Ceux qui m'appellent John se font vieux. Je réponds au nom d'Anthony et, en Italie, d'Antonio. Les Etats-Unis donnent la pleine valeur d'un thêta au digramme *th* ou bien ils l'élident. Sans s'arrêter aux preuves de son origine romaine, les étymologistes de la Renaissance aimaient à croire que ce nom dérive du grec *anthos,* fleur, et me voilà défiguré par une philologie fallacieuse. Franco Zeffirelli m'appelle Tony, ce qui m'énerve; Anthony, le nom que j'ai pris à ma confirmation, n'a jamais eu à subir l'érosion de l'usage quotidien, il doit demeurer inabréviable. Lord Grade m'a donné une fois le nom d'Ange tonique, qui était trop farfelu pour me vexer. Ravi de larguer le Wilson, vu que les Wilson sont légion dans le monde littéraire, j'ai appris que Burgess était voué aux connotations de traîtrise et de retournement. Les journalistes négligents confondent parfois Guy et Anthony. Jusqu'ici je me suis contenté d'excuses imprimées; mais un de ces jours ça va cogner. C'est un nom international – Bourgois, Borges, Borghese. Un jour à Buenos Aires, Jorge Luis Borges a eu la gentillesse de dire à Paul Theroux : « Il est bon, Anthony Burgess ; d'ailleurs c'est quelqu'un de très généreux. Nous sommes pareils – Borges, Burgess. C'est le même nom. » Un concept nous unissait, la haute citoyenneté d'un burg ou bourg. Même s'il s'est désigné une fois par plaisanterie comme le Burgess d'Argentine, je n'ai jamais eu l'audace de me prétendre le Borges britannique.

Burgess était le nom de jeune fille de la mère que je n'ai pas connue. Elizabeth Burgess, danseuse et chanteuse que les affiches pléonastiques des music-halls qualifiaient de Beautiful Belle Burgess. Mariée à un Wilson de Manchester, elle avait bien fait d'insister pour faire figurer son nom un peu plus distingué sur mon certificat de baptême. Il y a toujours eu un peu trop de Wilson ordinaires dans les parages. Les Wilson auxquels j'appartiens ont laissé peu de traces historiques, si bien que la famille a dû constamment recourir au mythe. J'ai toujours voulu croire que le Jacke Wilson qui jouait dans la troupe du Lord Chambellan faisait partie de la famille. Il se faufile dans une didascalie du premier in-folio, dans *Beaucoup de bruit pour rien,* « Entrent le Prince, Leonato, et Jacke Wilson ». C'était un chanteur et c'est lui qui chantait, dans le rôle de Balthazar, « Cessez vos soupirs, mesdames ». Une tradition contradictoire revendique le martyre d'un John Wilson élisabéthain mort pour la Contre-Réforme. Il fut exécuté pour avoir refusé publiquement de reconnaître la reine comme chef suprême de l'Eglise. Nombre de catholiques du Lancashire, l'un des principaux bastions réfractaires, ont réussi à conserver les pratiques de l'ancienne religion sans se faire trop molester, mais ma famille ne s'est jamais distinguée par son calme ou sa discrétion. Les Wilson, en tout cas, sont restés obstinément attachés à Rome, et je crains d'être leur premier apostat.

Les grands catholiques anglais de l'ère de la tolérance, du cardinal Newman à Graham Greene, sont tous des convertis. C'est dur pour un catholique de naissance de les prendre au sérieux. Ils n'ont rien subi des souffrances communes, jamais versé une goutte de sang pour la cause, ni cédé un seul arpent de terre aux expropriateurs d'Henry VIII. Jusqu'à la loi d'émancipation de 1829, pas un catholique anglais n'avait droit à l'enseignement supérieur. La porte blindée du Test Act, qui imposait d'accepter l'eucharistie sous sa forme anglicane émasculée, leur barrait l'accès au corps législatif comme à tous les autres modes de service public. Les convertis ont derrière eux une histoire familiale décorée par les récompenses économiques du protestantisme, et les avantages d'une éducation dispensée dans un établissement protestant. Ils ont fait leur conversion dans un fauteuil. Les familles se sont peut-être sévèrement opposées à ce qu'ils désertent l'Eglise nationale – ce fut le cas, à son infinie douleur, pour Gerard Manley Hopkins – mais maintenant l'Etat s'en fiche. Les catholiques convertis de la littérature moderne semblent concernés par une foi différente de celle qu'on m'a inculquée – naïve et romantique, scrupuleuse et pédante. Des romans comme *Le Fond du problème, La Fin d'une liaison, Retour à Brideshead, L'Epée d'honneur* falsifient la foi en la surdramatisant. Le catholicisme romanesque de Waugh est trop snob pour être vrai. Manifestement ça lui faisait mal d'avoir comme type de coreligionnaire un travailleur irlandais immigré et comme ministre du culte type un prêtre de Maynooth à l'accent du terroir.

La loi d'émancipation était destinée à apaiser les Irlandais, les catholiques britanniques en ont bénéficié par raccroc. Pour nombre d'entre eux elle arrivait trop tard. Les réfractaires riches envoyaient déjà leurs fils dans des universités étrangères. L'émancipation a permis la fondation des grands collèges privés catholiques. Les plus vieilles familles catholiques n'ont jamais vraiment intégré le mode de vie britannique. La fête des Poudres inquiète encore les parents catholiques, même s'ils achètent des feux d'artifice. Rares sont ceux qui peuvent entrer dans une église anglicane sans malaise, voire sans rancune. Le patriotisme catholique est fatalement imparfait. Se battre pour l'Angleterre, c'est se battre pour une culture protestante. Le monarque préside une Eglise qui remplace l'encens par le compromis : on y renifle même un arôme délectable de vieux péché. La Réforme anglaise devait advenir sans aucun doute : c'était un geste de rejet insulaire face au système continental, une façon de débroussailler le terrain pour l'impérialisme mercantile de Cromwell. Des martyrs comme saint Thomas More ou ce John Wilson non canonisé étaient bien bêtes de tourner le dos à un processus historique nécessaire, outre qu'ils ont dû attendre longtemps ou indéfiniment la récompense posthume de Rome. Ce sont les gogos du triomphalisme anglais. N'empêche que cette réforme est fille de concupiscence, cynisme, casuistique et cupidité. L'Eglise anglicane était au départ le don morganatique d'un souverain chassieux; elle finit en club de cricket où personne ne connaît les règles du jeu.

Si les Wilson possédaient des terres à l'origine, ils les ont perdues. N'ayant ni terre ni occasion de se distinguer dans la vie publique qui leur était fermée, ils méritent le silence de l'histoire. Tout ce qui nous reste ce sont des mythes branlants de coin du feu. Artisans en tous genres, ils chantaient, dansaient, s'engageaient dans une armée étrangère et disparaissaient en Belgique, émigraient à Dublin, revenaient flanqués d'une épouse irlandaise. C'était une tradition fréquente de se marier en Irlande, c'est-à-dire souvent dans une famille irlandaise qui avait fait voile de Queenstown à Liverpool et progressé par voie de terre jusqu'à Manchester. Au bout de la lignée je suis plus celte qu'anglo-saxon. Mon père a rompu la tradition en épousant une protestante d'origine essentiellement écossaise – des Lowlands, donc anglo-saxonne – mais c'était un mariage à l'église, célébré par un prêtre de Maynooth : elle s'est convertie sans difficulté.

Mon arrière-grand-père est la première silhouette qui émerge des brumes, tout en restant assez nébuleux. Il était dans l'infanterie britannique, parlait toujours des Russko et des Prussko, jurait que le duc de fer Wellington, passablement rouillé par l'âge, lui avait adressé quelques mots. C'était lui, jurait-il encore, qui travaillait en coulisse au siège de la Ligue libre-échangiste la fois où Dickens était venu faire une lecture, il avait même dit au grand homme qu'il était doué pour le métier, entendant par là le mélodrame de Manchester. Il a fini dans les senteurs âcres d'une de ces herboristeries aujourd'hui disparues. Mon père et ses frères y faisaient halte en rentrant de l'école et demandaient : « S'il te plaît, pépé, tu nous donnes de l'eau ? » Il leur servait une rasade de salsepareille ou de pissenlit à la bardane, ou même du vin chalybé. Une blague avait cours au music-hall de Manchester : « Mi j'o du sing bleu dins mes veines, mi. – Et mi quoi qu'tu crois que j'o dins les miennes, du pissinli à l'bardone ? » Aujourd'hui elle n'aurait plus de sens.

Mon grand-père, Jack Wilson, tenait un pub nommé le Derby Inn, au nord-est de Manchester. C'était une ironie nominaliste de trouver un catholique maître des lieux. Il avait suivi la tradition en épousant une Irlandaise – Mary Ann Finnegan, de Tipperary. Il avait un solide appétit pour les plats traditionnels du Lancashire – hochepot, steak et pied de veau en croûte, friands aux raisins secs, boudin noir. On le montrait du doigt dans la rue comme l'homme capable de « minger eun tourte aux patates grosse comme's tête ». J'étais nourri au même régime, même si j'ai toujours trouvé le boudin (graisse et sang de porc relevés d'huile) bien trop riche pour un estomac naturellement fragile. Il y a quelques années, lors d'un entretien pour *Paris Review*, j'ai donné à mon interlocuteur américain la recette du hochepot lancastrien. Auberon Waugh qui l'a vue reprise dans le *Spectator* a trouvé ce mets « répugnant ». Ceci indique un conflit de classes autant que de régions. Dans un grand plat en grès, rangez en couches alternées du collier de mouton paré pris dans le meilleur morceau et des rondelles d'oignons et de pommes de terre. Ajoutez du bouillon, terminez par une couche d'huîtres. Mettez le tout à cuire lentement au four et consommez avec du chou rouge macéré dans le vinaigre. C'était le régal de la Saint-Sylvestre dans les maisonnées catholiques du Lancashire – ou plus exactement, il sortait du four juste avant le coup de minuit. La Saint-Sylvestre, du fait qu'elle précédait la Circoncision, était jadis un jour d'abstinence. En se ruant sur la viande sitôt la vigile achevée, on avait le sentiment d'un flirt jovial avec le péché, ce qui valait au hochepot du Nouvel An le surnom de souper du Diable.

Au cours du long voyage depuis l'enfance jusqu'à ma vague retraite dans une principauté catholique (un retour au foyer, en fait), j'ai affronté pratiquement toutes les cuisines du monde mais, comme disait Lin Yu Tang, nous restons loyalement attachés à la nourriture de nos jeunes années, c'est peut-être cela le patriotisme. En exil je peux faire un hochepot, une tourte de viande aux patates, une croustade de steak et pied de veau (une spécialité de Bolton, me rappelait Jeanne Moreau, qui a du sang de

Bolton). Je n'aurai pas de friands aux raisins, ni les saucisses de porc qu'on trouve chez Seymour Meads dans Princess Road, à Manchester. Graham Greene, l'exilé d'Antibes, partage mes sentiments envers la saucisse britannique, qui pour les Français n'est qu'un médiocre *boudin** privé d'ail. On trouve du fish and chips partout maintenant, mais c'est une affaire essentiellement lancastrienne, pas vraiment nationale. Et nulle part il ne vaut celui qui nageait dans les grandes cuves carrées bouillantes des friteries de Manchester. Le Lancashire était réputé pour ses boutiques qui proposaient des repas prêts à consommer chez soi – tourtes de viande arrosées de sauce brûlante directement du pot, tripes et pieds de veau, et bien sûr poisson-frites. Les ménagères du Lancashire travaillaient dans les filatures, où on préférait leurs doigts fins aux phalanges plus pataudes et plus onéreuses des hommes. Elles n'avaient pas le temps de cuisiner, sauf le dimanche, le grand jour du rôti et des patates au jus, du riz au lait à l'épaisse peau brune, couronné de rhubarbe et crème anglaise. Les boutiques faisaient le travail pour elles.

Mon grand-père mangeait la cuisine de Mary Ann Wilson de Tipperary, laquelle cuisinait à la mode du Lancashire, qui n'est pas foncièrement différente de l'irlandaise : drisheens et crubeens ne sont jamais que du boudin et des pieds de porc déguisés. Il buvait du theï, pas du thé, d'une force très appréciée dans la famille et notamment par cette pièce rapportée. Il parlait une variante du dialecte rural lancastrien, comme il convient aux faubourgs d'une grande ville. J'ai hérité de l'accent, sinon du vocabulaire, à tel point qu'il m'a fallu beaucoup d'efforts pour le perdre. Sorti du Lancashire il ne faisait pas sérieux. Londres le voyait ou l'entendait comme une déformation comique délibérée de l'anglais standard, bonne pour un numéro des George Formby père et fils, les pitres du Nord, mais inappropriée aux entretiens sérieux. Quand Mary Ann avait une migraine, mon grand-père diagnostiquait « Oo's getten 'eedwarch ». Le « oo » est le *heo* anglo-saxon, et le « warch » vient de *weorc*. Il traduisait pour les étrangers par « Elle a mal à la tête », mais les phonèmes lancastriens restaient collés à l'anglais ordinaire. Chez moi aussi, et pour longtemps. Je regrette la mort du dialecte, qui fut jadis un moyen d'expression littéraire : *Sire Gauvain et le Chevalier vert* vient de la péninsule du Wirral, un Wilson médiéval aurait pu le comprendre. Edwin Waugh l'a dévalué et affadi :

M'piotte où cors-tu si fin rétue ?
T'aurais point dû venir quand t'as venue :
L'timps n'est point biau.
On a d'jà pus rin pour not'piot,
Même qu'à c't heure y s'en doutait pas,
Pas vrai, mon gars ?

Depuis la révolte provinciale des années cinquante, l'accent du Lancashire, surtout la variante Liverpool, a acquis droit de cité dans le vaste monde, mais le dialecte lui-même est presque mort. Il n'a pas d'orthographe, et pas de tradition littéraire pour l'ennoblir. D.H. Lawrence a eu l'audace d'écrire des vers en dialecte du Derbyshire, qui en est assez proche, mais c'était un combat d'arrière-garde, pas une révolution. Pour nous l'extinction des dialectes anglais semble aller de soi, mais j'ai vécu assez longtemps en Italie pour connaître la vigueur du romain ou du vénitien, et pour admirer l'obstination des poètes qui continuent à publier dans ces langues. Ils ont la chance d'avoir une orthographe traditionnelle; nous ne pouvons représenter nos dialectes que par des versions déformées et inadéquates de l'anglais officiel, ce qui leur donne automatiquement un air comique. Le Lancashire, comme les autres, est victime du centralisme culturel linguistique. Les bébés élevés dans le dialecte du Sud-Est qui est devenu la langue nationale des gens instruits n'ont jamais vraiment compris quelles souffrances nous avons dû subir nous autres provinciaux pour nous forcer à la conformité. Il fut un temps où la conformité était un impératif économique et social. La prononciation correcte des voyelles postérieures ne me vient toujours pas naturellement sur la langue. J'ai dû m'entraîner pendant des années à différencier les roses des pommes dans des exercices de ce style :

> Posez le pot-au-feu sous la hotte à roulettes
> Et ôtez ce hochet du haut du coffre à pain.
> Ne poussez pas le boucher brun dans les brins de foin
> S'il pique un bon boudin aux dents de vos fourchettes.

Les dialectes du Nord ont un son – représenté en phonétique par un *m* renversé – qui sert à la fois pour le *u* d'« amour » et le *o* d'« hommage ». Historiquement ils ont raison (Shakespeare modulait « love » en « louve » comme un Lancastrien), mais l'histoire ne faisait pas le poids quand ceux de ma génération cherchaient du travail hors de leur province natale.

Mon grand-père restait en place, au Derby Inn, sauf pour une virée à Blackpool de temps en temps. Il mettait les fûts en perce, enlevait la bonde et installait le fosset; il alignait les bouteilles; il servait à boire. Ses clients arboraient des noms genre Charlie Hetherington, Joe Higginbottom, Alec Warburton, Jim Shufflebottom, Jack Bamber, Albert Preston, Fred Whittle. Il y en avait un parmi eux, gros buveur de bière, qu'on appelait Sac à theï. A ces clients-là, mon grand-père racontait volontiers des histoires qu'il a passées à mon père et par conséquent à moi. C'étaient des blagues brutales à la manière du Lancashire, obsédées par la mort et la difformité. Un homme de Manchester nord-est rend visite à un ami de Manchester sud-ouest et rate le dernier tram pour rentrer. Pas grave, dit l'ami, tu vas dormir avec notre gamin. Ce qu'il fait, et le lendemain matin on lui demande s'il a bien dormi. Ouais, mais ton gosse a le cul vachement froid. Normal, répond l'ami. Ça fait trois jours qu'il est mort. Il y a aussi celle de l'homme qui part avec sa pioche creuser un trou dans les profondeurs de Boggart Hole Clough. Quelqu'un lui demande pour quoi faire. Pour euch'gnasse que je sors avec. Hein, tu vas la tuer ? Nan, la grimper. A cose que t'as fait ce trou, alors ? A cose qu'elle est bossue, répond le piocheur. Ou encore l'histoire sinistre de la veuve qui a gardé les cendres de son mari et s'en sert pour priser. Pourquoi ? Le bougre m'a enfilée par tous les trous tant qu'était vif, peut bin tâter ceux-là maintenant qu'est trépassé. Dans une histoire moins rude de cendres conjugales, la femme les conserve dans un sablier. Boug'a jamais rin foutu de son vivant, peut donner un coup de main à c't heure.

Feu le célèbre poète et, de son propre aveu, critique brutal Geoffrey Grigson a remarqué un recueil d'essais de mon cru et flairé qu'il cachait une personnalité. « On se demande, dit-il, qui pourrait apprécier un personnage aussi grossier et déplaisant ? » Lui, le fils d'un curé de campagne anglican, reconnaissait la survivance d'une culture métèque bourrue réfractaire au Covenant de l'institution protestante. La grossièreté court dans le sang de la famille Wilson, elle ne peut que déplaire aux gens du Sud. Ceux du Sud, pour qui Blackpool est un avant-poste, n'étaient pas très bien vus par les brutes du Lancashire. Ils buvaient exclusivement dans du cristal taillé, disait-on, et pissaient dans le même récipient. Pour leur goûter des grands jours, ils s'offraient une moitié d'œuf dur et une feuille de salade. Ils parlaient le petit doigt en l'air. C'étaient tous des salauds de protestants.

Ma grand-mère était analphabète, il fallait lui lire le journal du soir pendant qu'elle faisait son repassage. Mon grand-père s'amusait à falsifier les nouvelles – duc de Clarence pincé pour sodomie au fond d'une allée louche, canonnières du Kaiser remontent l'Irwell, prix de la bière va doubler – et réservait ses inventions plus banales aux notices nécrologiques. « T'connais Charlie Hetherington ? Bin l'est mort. » Ma grand-mère lâchait son fer pour se signer et dire un gloire à Dieu. Là-dessus Charlie Hetherington se pointait au pub frais et dispos. « T'connais Jackie Eccles, chu qu'on appelle Sac à theï ? Bin l'est mort. » Sac à theï eut une attaque cette nuit-là et le lendemain il figurait en page nécrologique. Après quoi mon grand-père a renoncé aux fables.

Il employait rarement l'article défini. « Bouge chat », ordonnait-il quand l'animal occupait son fauteuil à bascule. Il ne le déplaçait jamais brutalement. Il adorait les bêtes de compagnie, qui pouvaient inclure belettes et furets, ou même un petit cochon. Il était rentré ivre du marché avec le petit cochon (un patron de bistrot doit toujours rester sobre sur ses propres terres) et l'avait fourré dans le lit de mon oncle Jimmy, alors âgé de cinq ans. Jimmy a poussé des hurlements en se réveillant dans le noir à côté d'un ronfleur incontinent. Il y avait toujours un oiseau chanteur à la maison. La fois où mes grand-père et grand-mère sont partis deux jours à

Southport voir la mer, qu'on ne voit jamais à Southport, ils ont confié le bistrot au barman, mais la serveuse a omis de nourrir le chanteur et il est mort. Mon grand-père n'a jamais beaucoup apprécié ses serveuses, qu'on changeait aussi souvent que les draps. C'étaient toutes des sottes et avec ça pleines de poux ou trop bavardes. « Avise un peu bougresse, toujours à ch'gratter sale caboche. » Cette fois la fautive a pris une bonne claque et un « Dehors, du vent ». Quand le père est venu se plaindre, il a pris sa claque aussi.

Mon grand-père eut quatre fils, mais pas de fille. L'aîné, Jack, vient de mourir à plus de quatre-vingt-dix ans. Jimmy, Billy et Joe, mon père, seront toujours relativement jeunes quand ils m'accueilleront au purgatoire. Billy, héritier authentique du sang Finnegan, est tombé ivre d'un toit. Sa veillée funèbre promettait peu d'espoir de résurrection. Il avait travaillé comme ouvrier du bâtiment, après avoir perdu son poste de croque-mort adjoint. Les deux histoires qu'on racontait de lui à ce propos sont sans doute apocryphes. Il préparait le corps d'un chauve pour la mise en bière, mais la veuve avait décidé d'enterrer son pauvre époux avec sa perruque. Ayant quelque peine à la fixer, il appelle sa cliente : « Dites voir, Mrs Clegg, z'auriez pas un brin de colle ? » Puis : « Bougez pas, j'ai trouvé un clou. » Un jour dans un pub, pas le Derby Inn, il voulait payer une tournée générale avec un souverain flambant neuf. « Où qu't'as trouvé ça, mon gars ? – Sous la langue du boug'juif qu'on vient de mett'en caisse. – Mais c'est pour payer le passage du Jourdain. » Billy empoche sa monnaie et dit : « Va falloir qu'y nage. »

Jack et Jimmy ont choisi la plomberie, avec comme spécialité l'installation de sanitaires dans les presbytères catholiques. Jimmy avait du mal à admettre l'incongruité de plier le genou devant le Saint Sacrement avec un foutu chiotte sur l'épaule. Jack est passé maître plombier, mais Jimmy n'y est jamais parvenu. Il est devenu aussi communiste catholique, jurant que si Jésus-Christ vivait encore aujourd'hui il serait secrétaire général du syndicat des charpentiers. Il est mort fidèle à ses deux religions. Mon père, Joe, était voué à des œuvres moins tangibles. Il a même eu droit à des leçons de piano. Quoi qu'il fasse pendant la journée, le soir on était sûr de le trouver dans la fosse d'orchestre d'un music-hall en train de marteler le continuo derrière un cornet à pistons et un crincrin. C'est par les chevilles qu'il a fait connaissance de ma mère. Elle était choriste à l'Ardwick Empire mais en voie d'être promue au rang de soubrette. Elle servait aussi de doublure à Josie Collins, brune vedette lointaine de *La Fille des montagnes*, qui passait pour être assez garce. Mon père suivait des cours de comptabilité et occupait ses journées à tenir les comptes des autres. D'après une vague histoire que je n'ai jamais bien saisie il aurait arnaqué une boîte de vente d'encyclopédies à domicile et filé se réfugier en Ecosse. Quand la boîte en question a été traduite en justice pour irrégularités financières, il est revenu à Manchester marié à Elizabeth Burgess, qui se produisait dans un music-hall de Glasgow. Engagé comme caissier à la boucherie Swift, il est passé ensuite caissier principal. Il a trouvé une maison à louer dans Carisbrook Street, Harpurhey, la partie nord-est de Manchester, et c'est là que je suis né.

Je suis fier d'être mancunien. J'ai même réussi, à force de me battre contre les tenants du conservatisme linguistique, à introduire l'épithète *mancuniense* dans la langue italienne. Les Italiens ne se rendent pas compte que les Anglais sont des Romains honoraires, aussi lors d'une conférence que je donnais à Rome, je me suis déclaré *cittadino mancuniense, cioé romano*. A l'époque de ma naissance, Manchester était une grande ville, Cotonopolis, mère du libéralisme, berceau de tout le système industriel. Elle possédait le plus grand quotidien du monde, c'est-à-dire le seul indépendant. Le *Manchester Guardian* s'est dégradé quand il a pris honte de sa ville d'origine ; ce superbe organe libéral s'est changé en torchon irascible dédié, sous une nuée de coquilles courantes qui auraient consterné C.P. Scott, à la pire espèce de radicalisme. La Ligue libre-échangiste de Manchester donnait asile à l'orchestre Hallé, l'un des plus beaux d'Europe jusqu'à ce que la BBC lui pique ses meilleurs artistes (« Charmants bandits ! » s'exclama Sir Hamilton Harty, qui le dirigeait à l'époque). Manchester était ceinturé d'excellentes fanfares minières, de chorales bouchères, et sa finesse musicale, relayée par les voix critiques d'Ernest Newman puis Neville Cardus, surpassait de loin celle de Londres. Le cosmopolitisme de ses goûts musicaux était régulièrement aiguisé par les colonies italienne et juive allemande. Sous l'égide de Miss Horniman, ce fut aussi le lieu d'une renaissance théâtrale qui devait beaucoup à Ibsen, tout en exprimant par des œuvres locales comme *Hobson's Choice* et *Hindle Wakes* le fond de l'âme lancastrienne. Les directeurs de théâtre londoniens pouvaient se fier aux réactions du public de Manchester devant une création dramatique, il y a même des chansons de Cole Porter qui ont débuté sur la scène de l'opéra de Manchester.

L'infrastructure économique d'une vivante culture internationale repose, comme l'ont noté Marx et Engels, sur l'injustice. Si jamais il se fomentait une révolution en Angleterre, Manchester en serait le haut fourneau. Je revois un Manchester d'horribles taudis à côté de troquets où magnats coriaces et courtiers en coton s'empiffraient de viande rouge. La ville était laide et son prolétariat toujours susceptible d'éclater en vilaines violences. Le massacre de Peterloo est resté un souvenir très vif pour mon arrière-grand-père. Il semble que ma famille ait cherché à s'installer le plus loin possible de Saint Peter's Fields, qui s'est urbanisé en Saint Peter's Square. Ça voulait dire le nord-est. Mais en descendant Carisbrook Street vers Lathbury Road on arrivait au croisement de Rochdale Road et Queen's Road, deux grandes artères animées par le cliquetis des trams de Manchester. Rochdale Road menait au sud vers Shude Hill, où travaillait mon père. Shude Hill via Withy Grove débouchait dans Coronation Street devant la Bourse du commerce. Puis Cross Street vous conduisait à Albert Square et son hideux hôtel de ville plein de morgue, tout en flèches et pignons néogothiques. Un peu plus à l'ouest, l'Irwell marquait la frontière avec la ville de Salford, puis s'écoulait dans le canal maritime de Manchester, qui fit jadis un port de cette ville terrienne. « Les produits de Manchester pour les docks de Manchester », proclamaient les slogans du tramway municipal. Trafford Park, au sud du canal, abritait la fabrique de machines électriques Metropolitan Vickers, qui aidait la Russie soviétique à naître au monde moderne. Avec à l'est le stade de Manchester United, et à l'est du stade le terrain de cricket baptisé Old Trafford. C'était une ville très étendue, les résidents de Harpurhey étaient même un peu effrayés de son énergie et son étalement. Queen's Road et Rochdale Road, qui formaient ensemble la limite ouest de Harpurhey, leur suffisaient comme univers d'agrément.

Ma mère quitta la scène pour se changer en ménagère cliente de ces lieux. Juste avant la Première Guerre mondiale, elle mit au monde ma sœur Muriel. Une photo que j'avais d'elles, dévorée depuis longtemps par l'humidité et les termites malais, montrait une fort belle femme blonde souriante aux traits fermes, et promettait autant de beauté chez sa fille. Quand la guerre éclata, mon père ne s'est pas précipité pour les quitter : les prêtres irlandais de Manchester n'étaient pas convaincus que c'était une guerre juste, il fallait d'abord libérer l'Irlande du joug protestant anglais. C'était une guerre impérialiste, les catholiques britanniques n'avaient aucune raison d'aller égorger des catholiques bavarois. Le patriotisme wilsonien était bien sûr une denrée très conditionnelle : le roi qu'on leur enjoignait de défendre appartenait à une dynastie d'usurpateurs protestants ; mon père savait par tradition familiale qu'il n'y avait pas eu de roi légitime en Angleterre depuis Jacques II. Les Wilson avaient soutenu le prince Charles Stuart quand il était venu recruter dans leur ville, et les paroles de sa chanson « Adieu Manchester, je te quitte à regret » leur mettaient encore les larmes aux yeux. Mon oncle Jack, étant plombier, finit par rallier le génie en traînant les pieds, mais mon oncle Jimmy souffrait du mal pulmonaire qui sévit dans la famille : il continuerait ses génuflexions, cuvette sanitaire sur l'épaule. Mon père, étant caissier, entra dans le corps de paie de l'armée, plaisamment surnommé la Pécore, et passa toute sa carrière militaire dans une caserne de Preston. C'était une tâche très honorable que la sienne : la paie des soldats épargne la paix.

Je suis né au plus noir de la guerre, le 25 février 1917. La guerre sous-marine à outrance fait rage depuis le début du mois, mais les restrictions alimentaires ne commenceront pas avant mon premier anniversaire. L'Angleterre est encore sous le choc de la mort d'une icône accusatrice :

Lord Kitchener s'est noyé le 5 juin 1916 en heurtant une mine avec son navire, le *Hampshire*. La bataille de la Somme, commencée un mois plus tard, a gémi son dernier souffle le 13 novembre, avec 420 000 morts dans les rangs britanniques – chiffre aussi difficile à concevoir qu'une fortune gigantesque. Mais le 6 avril 1917, les Américains déclaraient la guerre, et le 26 juin leurs premiers contingents débarquaient en France. Je n'avais pas tout à fait un mois quand les gens de Leningrad ont commencé les répétitions pour les journées d'Octobre. De sorte que ma naissance coïncide avec celle des temps modernes – l'hégémonie mondiale américaine, la dissolution de la chrétienté. J'ai ragé contre la lumière, en bon disciple d'Otto Rank, juste à temps pour l'ouverture dominicale des pubs. Moi, le natif des Poissons, j'étais plus assoiffé qu'un poisson : les conduits lactaires n'avaient jamais le temps de refaire le plein.

Le 25 février est consacré à divers saints et martyrs pas très cotés – Victorinus et ses compagnons, César de Nazianze, la vierge Walburge, les évêques Taraise et Gerland, Ethelbert de Kent. En 1601 il tombait un Mercredi des Cendres, jour de l'exécution du comte d'Essex – une date historique que je ne risque pas d'oublier. C'est le jour anniversaire de plusieurs musiciens, Caruso, Myra Hess, du peintre impressionniste Renoir, et surtout de l'auteur dramatique Carlo Goldoni, avec qui je me suis toujours senti vaguement en affinité. L'anniversaire de George Moore et d'Arnold Dolmetsch tombe un jour avant, celui de Georg Friedrich Haendel encore un jour plus tôt. Le lendemain, on honore Victor Hugo, Honoré Daumier, et Buffalo Bill. Jusqu'où on peut se fier à l'astrologie je ne sais pas, mais de toute évidence la première quinzaine des Poissons célèbre des arts qui m'attiraient tous également dans ma jeunesse. J'ai mis trop longtemps à choisir celui que je pratiquerais – la musique, l'écriture, le dessin, la scène populaire. C'est seulement à trente-sept ans que je suis devenu écrivain. Il fallait que je devienne artiste en quelque chose, là-dessus aucun doute. Mon père dit en m'enveloppant dans un effluve de bière : « Peut-être que ça fera un futur Napoléon. » Pas Wellington. Le Nord-Ouest catholique, à l'instar de l'Irlande, a longtemps attendu l'arrivée de la flotte française, et le pourrissement de l'Orange.

Nos premiers souvenirs se constituent souvent par procuration : on s'entend dire qu'on a fait telle chose, participé à telle autre ; on dramatise l'incident et on range l'image indûment dans les annales des souvenirs vrais. Ainsi, à moins de deux ans, je trône sur une épaule en plein Piccadilly à Manchester au milieu d'une foule qui agite des drapeaux et applaudit l'Armistice. Ensuite les lumières s'éteignent. Début 1919, mon père toujours pas démobilisé se rend lors d'un de ses congés réguliers, sans doute irrégulier, à Carisbrook Street où il trouve ma mère et ma sœur mortes. L'épidémie de grippe espagnole vient de frapper Harpurhey. Comment douter après cela de l'existence de Dieu : seul l'Etre suprême pouvait inventer un épilogue aussi génial à quatre ans de souffrances et de ravages sans précédent. Moi, paraît-il, je rigolais dans mon berceau pendant que ma mère et ma sœur gisaient mortes sur un lit dans la même chambre. Je n'aurais pas dû rire ; j'aurais dû hurler de faim ; peut-être que la voisine qui était passée avant d'être elle-même atteinte m'avait fourni un biberon de blédine. C'est sans doute là que l'attitude de mon père envers son fils a pris un tour trop complexe pour être décrit. Le travail eût paru plus propre si les trois occupants de cette chambre avaient succombé. Une fois en âge d'apprécier la rancune mêlée de gratitude factice que lui inspirait ma survie, j'ai pu comprendre son affection mitigée, son manque d'intérêt pour mon éventuel avenir, le remariage précipité qui était une façon de me coller sur d'autres bras.

De ma sœur Muriel il ne m'a transmis aucun souvenir. Ma mère a survécu brièvement dans de vagues réminiscences du music-hall de Manchester – une voix capable de dominer un public agité, l'épaisse chevelure lustrée, les chevilles élégantes. Quand elle se retrouvait dans l'auditoire elle avait le don des comiques : son rire sonore entraînait tous les autres. Convertie en femme d'intérieur, elle était libérée de ses devoirs envers la fine silhouette qui avait fait sa fierté professionnelle. A elle la Guinness et le pudding bouilli. Ce serait plus facile de la recréer par le roman, dans la lignée de Molly Bloom et Rosie Driffield, que de se battre avec une réalité pratiquement inexistante. Il est difficile de préciser jusqu'où va notre dette envers les morts. J'en veux parfois à mon père de n'avoir pas su me mettre en relation au moins avec son image posthume immatérielle, mais il en parlait rarement. Elle s'est fondue dans le grand ossuaire de la guerre et ses séquelles. Mon père a réintégré la boucherie Swift, acheté un chapeau de paille, entamé un régime intensif de bière Bass, et attendu la grande lessive des années vingt.

J'accède à la pleine conscience dans une maison mitoyenne de Delauneys Road, Higher Crumpsall, confié à la sœur de ma mère, Ann Bromley. Elle était veuve de guerre et avait deux filles, Elsie et Betty. La maison faisait face à un grand hôpital où, m'a-t-on expliqué, on vous découpait tout vif. Ces façons gratuites de fendre et taillader me paraissaient raisonnables, j'avais dû absorber par osmose l'éthique de la période. Mon père prenait pension là, mais n'était guère visible que le vendredi soir, où il rapportait un rôti premier choix de sa boucherie. Il passait le reste du temps à boire ou à tenter de réduire sa consommation d'alcool en tenant le piano d'un des cinémas du quartier. Il a fini par combiner ces deux distractions en devenant le pianiste attitré du Golden Eagle, un vaste pub de Lodge Street, dans Miles Platting. C'est là qu'il a rencontré sa seconde femme, la veuve propriétaire des lieux. En 1922 on m'annonça qu'elle serait ma nouvelle mère. Auparavant c'est ma tante que j'appelais maman.

Le terme en soi n'a rien de magique : c'est le nom qu'un enfant donne volontiers à toute femme qui s'occupe de lui. Ce n'est pas pour autant qu'Elsie et Betty étaient mes sœurs. Je m'entends encore quand j'avais trois ans et demi crier avec la voyelle typique du Lancashire : « Maman, maman – y a un âne dans la rue. » Un ouvrier était venu à la porte nous demander de l'eau chaude pour son bidon de thé. « Tu es un gros bébé, qui appelle sa mère parce qu'il a vu un âne », me fait-il. Je ne savais pas ce qu'il voulait dire – peur de l'âne, fascination ? D'ailleurs comment pouvais-je savoir qu'il s'agissait d'un âne ? En face, derrière cette muraille sévère aux innombrables fenêtres, le découpage des corps vivants continuait placide.

Je dormais seul dans une chambre glaciale ornée d'un tableau accroché au mur. Il représentait une bohémienne à l'œil torve et au doigt menaçant. On m'a lu ce que disait la légende en dessous : « Prends garde. » Quand je me croyais endormi, le tableau pivotait bruyamment sur ses gonds et me dévoilait un monde de corps découpés vifs mais résignés, qu'un feu éclairait. Je devais choisir entre aller avec les corps ou rester dans le grand lit en bourre de coton grumeleux qui se couvrait sans relâche de crottin de cheval et devenait Delauneys Road. Les crottes se changeaient en serpents aromatiques armés de dents. Je bramais à pleins poumons, et ma tante venait en chemise de nuit chercher la cause du problème. Le problème c'était le tableau, mais il est resté à sa place. Jamais elle ne m'a pris dans son lit. Après tant d'horreur collective, qui allait s'émouvoir pour un simple cauchemar d'enfant ?

La maison humide donnait sur une arrière-cour humide pleine de limaces et, je le craignais bien, de serpents. Un jour on me montre une image de l'ensevelissement du Christ. Je demande ce qui se passe. « Ils vont faire un voyage », me répond une voix mâle. Ça doit être la voix d'un gars du coin nommé Stevie, qui dînait parfois chez nous. Trouvant un pois noir dans son assiettée de petits pois, il l'empale sur sa fourchette et il clame : « J'ai piqué un black ! Je m'appelle Stevie Blackpoisse. » Blackpoisse avait sans doute une parenté avec Blackpool, où on a dû m'emmener un jour. Tout ce que j'ai retenu c'est un compartiment de chemin de fer entouré de poules noires : l'étymologie m'attirait lentement dans une vie faite de mots. Maintenant je rêvais que Jésus-Christ gisait dans l'arrière-cour entouré de poules noires et de serpents. Je ne savais pas que c'était Jésus-Christ. Juste un homme inexplicablement nu. La nudité avait quelque chose à voir avec le départ en voyage.

Il y avait un piano dans le salon, comme dans tous les salons de l'époque apparemment, sauf que je n'ai jamais entendu mon père en jouer. Elsie oui. Il y avait un recueil de chansons populaires qui devait s'intituler *Livre des étoiles*, avec une étoile sur la couverture et un couple de danseurs. Je prenais le chat sur mes genoux et je lui chantais une chanson – un galimatias qui parlait de danser sur une étoile. J'entends la voyelle de « dinser » : une brève d'avant à la mode de Manchester. J'introduis le monde extérieur dans des récitatifs dénués de sens : sofa danse étoile chat feu dîner. Un vendredi, mon père rapporte avec le rôti hebdomadaire un grand cahier de comptes tout neuf et un crayon à mine épaisse. J'ai commencé à y transférer le monde extérieur en couvrant les pages de vigoureux pictogrammes. Ça devenait une question d'urgence, comme d'aller aux toilettes. Après avoir vu dans je ne sais quel journal un cœur percé d'une flèche, j'ai dû me ruer pour le griffonner dans le cahier de comptes avant qu'il ne s'éclipse.

Cette jeune vie en fragments n'a guère de sens. Des ténèbres avec quelques faibles éclairs de choses et de gens. Le plus déconcertant c'est l'absence de continuité, comme si on ne cessait de mourir et de renaître à des bagatelles. Il n'y avait pas encore de religion dans ma vie. Ma tante et mes cousines étaient protestantes mais n'allaient pas à l'église. Mon père avait sans doute perdu la foi. Sa vie durant il n'a fait que répéter : « Quand tu crèves, c'est rideau pour de bon. » On ne m'a jamais appris à prier. Je n'ai aucun souvenir de visites des autres Wilson, qui n'avaient perdu personne et gardaient une certaine piété. En 1921 j'ai commencé prématurément l'école, emmené par des petites filles qui vivaient deux ou trois portes plus loin. Un vendredi après-midi j'étais, ou elles étaient, en retard. Je sais que c'était vendredi parce qu'on avait eu du poisson-frites de la boutique pour le déjeuner, que nous appelions dîner. « Qu'est-ce qui t'a mis en retard, Jack Wilson ? » demanda la maîtresse. « Trop de frites », ai-je répondu, en me demandant pourquoi je disais cela. Ensuite elle nous a fait dessiner une tasse, en attirant notre attention sur sa forme légèrement fuselée. L'un des élèves, avec un sens de la mode très logique, a dessiné un cône renversé parfait. Moi j'ai barbouillé un diable dans sa boîte multicolore. Je crois que c'était une école protestante, parce que j'ai un vague souvenir de l'hymne qu'on chantait à la tombée d'un soir d'hiver. Les premières paroles disaient : « Y a les loups, y a les loups là, Mona m'attend, son sauveur. » La religion enfantine était peuplée de personnages incertains comme cette Mona. Notre père qui est osseux voulait que le renne arrive. Il livrait le pain tous les jours.

Mais pour l'instant je n'avais pas besoin de Dieu. Mon univers nocturne était bien assez terrifiant sans lui. Les serpents avaient la vie dure. Je me rappelle un rêve qui est peut-être le souvenir déformé d'un film avec Mary Pickford : dans un jardin elle, la jeune fille, est assise sur les genoux d'un vieil homme en complet et chapeau blancs. Ils contemplent calmement une masse grouillante de monstres, préfiguration des pythons et hamadryades dont je ferais connaissance en Malaisie. Tous d'un blanc funèbre. D'où sortaient-ils ? On ne m'avait encore jamais emmené au zoo de Belle Vue. Peut-être que mes reptiles étaient les serpents Kundalinî de l'inconscient collectif – des formes féminines à chair blanche lovées au pied de la colonne vertébrale, déjà sexuelles, prêtes à se changer en *prana* ou force vitale intérieure. Elles étaient liées aux crottes de chien décolorées sur la route. C'étaient des vers de terre horriblement magnifiés. Les selles d'un humain en bonne santé, m'expliquerait-on plus tard dans les services médicaux de l'armée, font « deux fois le tour de la cuvette avec une boucle à chaque bout ». Le serpent de matière fécale animée figure encore de façon terrifiante dans mes rêves. Il m'arrive de rêver que Sigmund Freud et Carl Jung sont réunis pour examiner mes serpents sans pouvoir en tirer la moindre conclusion. Ces bêtes n'ont aucune ressemblance avec les vrais serpents, dont j'ai appris à connaître le charme, la chaleur, et l'intelligence. Ils ont disparu de mes rêves à Delauneys Road quand, après une période d'hystérie nocturne, mon père a retiré l'image de la bohémienne de ma chambre. Mais ils sont revenus par la suite.

1922 fut une année clé pour la littérature moderne, avec la publication de *La Terre gaste* et d'*Ulysse*, l'un déni, l'autre célébration de la vie. J'ai quitté la terre gaste où demeurait ma tante-mère pour le labyrinthe vital d'un vaste pub. Car 1922 fut l'année où mon père se maria dans la famille Dwyer. Les Dwyer étaient des immigrants de Dublin qui avaient réussi. Plus une trace de terroir irlandais chez eux, leur langue était du pur Manchester. Les troubles de leur pays natal – les combats féroces dans la capitale, l'explosion du palais de justice, qui suivirent la création de l'Etat libre d'Irlande – éveillaient peu d'intérêt. L'une des Dwyer demeurée au pays lança la malédiction de Cromwell contre les Black and Tans mais finit par en épouser un. Plus tard d'autres Dwyer passeraient l'eau, les culottes pleines de billets à vendre au marché noir pour le sweepstake d'Irlande. Les Dwyer de Manchester étaient des Mancuniens d'adoption, quoique très catholiques à la mode irlandaise. Le membre le plus éminent de la famille, George Patrick Dwyer, allait devenir évêque de Leeds puis archevêque de Birmingham. C'est lui qui, lors d'un entretien télévisé, a guéri Malcolm Muggeridge de son athéisme et déclenché sa longue ascension vers la sainteté. Quand George fut nommé archevêque, la romancière Olivia Manning me dit : « John, je ne savais pas que vous aviez d'aussi belles relations. » Je lui appris que Birmingham n'était qu'un archevêché catholique : « Ah, ça explique tout », fit-elle. Le penchant Dwyer à la conversion de leurs fils et filles en évêques et en mères supérieures avait pour infrastructure économique un commerce prospère de fruits et légumes et de volailles. Un George Dwyer est quand même parti pour l'Australie où il devint millionnaire. Il était mêlé à des irrégularités sexuelles scandaleuses pour une grande famille catholique. Son fils Dan est devenu aide de camp du général Blamey.

La nouvelle épouse de mon père avait été mariée à un Dwyer et adoptée par la famille. Elle s'appelait Maggie Byrne, encore une Irlandaise de Manchester, et son mari, Dan Dwyer, était patron du Golden Eagle de son vivant. Elle a repris sa licence quand il est mort – ni à la guerre ni de la grippe. Elle avait deux filles adultes, Agnes et Madge, d'une beauté rare, tandis qu'elle-même avait engraissé selon l'usage admis chez les tenancières de pub et souffrait dramatiquement du dos et des pieds. Ce n'était pas, en d'autres termes, une femme séduisante. En outre elle était pratiquement illettrée et traçait son nom sur les chèques comme si elle dessinait de mémoire des hiéroglyphes égyptiens. Son mariage à un Wilson exigea un long entraînement à la gravure de signes nouveaux. Il lui fallait le bras solide d'un époux, ou ce qu'elle appelait eun aillepoux, pour diriger un grand pub turbulent dans un quartier de taudis, mais c'est elle qui avait la licence, elle qui avait son nom sur le titre légal au-dessus du seuil. Elle qui commandait. Mon père, sitôt les noces terminées, eut l'audace de rejeter le statut subalterne qu'on lui offrait et dévoila qu'il n'avait pas démissionné de la boucherie Swift. Je le voyais désormais encore moins qu'avant, mais peut-être ma réclusion dans un couloir éloigné du labyrinthe était-elle précisément ce qu'il souhaitait. Le soir il jouait du piano dans l'immense salle de bar pour accompagner des interprètes comme Tim Carlisle, dont la sœur Elsie est devenue une chanteuse célèbre à la radio avec l'orchestre d'Ambrose. Moi, en tant que mineur, je n'y avais pas accès, et j'étais toujours endormi à l'heure de la fermeture.

Tout le monde connaissait le Golden Eagle de Miles Platting, un bistrot de dimensions victoriennes rutilant de cuivres. L'enseigne de cuivre aux ailes déployées sur la façade excitait l'envie des pasteurs protestants du voisinage. Il possédait trois salons pour les amateurs de musique, une pièce immense au sol couvert de sciure, et un tas de petites arrière-salles. La bière venait de la brasserie Cornbrook, qui était propriétaire des lieux et détournait le sens du titre de patron ou patronne. Une ère de réglementation des heures de beuverie venait de débuter avec la DORA, loi de Défense de l'Ordre du Royaume d'Angleterre, que les caricatures de journaux représentaient par Dora, un farouche dragon de femme en jupons noirs, mais avant la guerre le pub ouvrait sans interruption de six heures du matin à onze heures du soir. Les ouvriers venaient de bonne heure prendre un café au rhum; certains arrivaient tôt et restaient jusqu'à la fermeture. Un homme est mort sur place de delirium tremens, après avoir vu plusieurs jours d'affilée des serpents et des Boches grimacer au plafond. Une légende racontait qu'un soldat américain pas encore démobilisé venu se pavaner – « Ouais, c'est mon avis et j'le partage, p'tit pays de trous du cul merdeux, zont chialé pour qu'on vienne faire la guerre à leur place » – avait été tué à coups de couteau et le cadavre, d'un commun accord, déposé en pleine nuit au milieu de Queen's Road. Il y avait une figure redoutable, dite Nancy Beauzoziau, dont l'approche menaçante était signalée par des éclaireurs – « Nancy rapplique. » Le bar principal se vidait à son entrée, ma belle-mère l'attendait avec une matraque et un coup-depoing américain. Elle avait tout un arsenal prêt en cas d'attaque, dont deux revolvers d'ordonnance et toutes les munitions nécessaires. Nancy faisait irruption dans une apothéose d'obscénités, urinait sur le sol, puis repartait.

Lodge Street était une rue dure dans un quartier dur. Je suis descendu un peu au sud de mon lieu de naissance en passant dans la partie nord de

Miles Platting, avec Collyhurst à l'ouest, mais c'était Queen's Road, l'artère cliquetante de trams où ma mère faisait jadis ses courses, qui alimentait tous ces districts. Je vivais dans un monde hideux de maisons branlantes et de ruelles crasseuses, pas un arbre ou une fleur en vue, avec quand même Queen's Park et un cimetière municipal au nord-ouest quand on avait besoin d'une bouffée de verdure. Si la consommation de bière d'une zone urbaine est un indice de prospérité, Miles Platting n'était pas mal loti, mais à parrainer trop assidûment le Golden Eagle on négligeait parfois les tâches domestiques. Un soir, arrive au bar un homme marié qui avait manifestement besoin d'une pinte. Il était secoué. Sa femme, revenue ivre morte d'une virée avec les copines, lui avait laissé le soin de baigner les enfants. Après les avoir consciencieusement ablutionnés dans un tub en zinc et vêtus pour la nuit, il demande à l'une des fillettes : « Et toi, mon chou, où est ta chemise ? » La petite lui dit : « J'habite pas ici. » Dans ce quartier c'est entre femmes que se produisaient la plupart des bagarres, généralement pour cause d'adultère soupçonné ou détecté. Pour une transgression minime, on se contentait de briser les fenêtres du rez-de-chaussée de la coupable avec un trousseau de clés. Mais dans le bar ou la rue ou la ruelle, ça pouvait aller jusqu'au crêpage de chignon, voire même aux seins tailladés. Les enfants jouaient nu-pieds non parce qu'ils n'avaient pas de chaussures mais parce qu'ils avaient grandi plus vite qu'elles.

La vieille mythologie d'un Lancashire peuplé de sabots, châles et réveilleuses, il fallait désormais la chercher dans des villes genre Rochdale plutôt que des quartiers de Manchester comme Miles Platting. Le bruit des sabots se faisait rare, mais il y avait des châles noirs en abondance. Ma belle-mère et ses filles en mettaient pour aller faire les courses. Le métier de réveilleur était en voie d'extinction depuis l'apparition des réveille-matin bon marché. Un jour mon oncle Billy avait provoqué une vieille réveilleuse armée d'une perche assez longue pour cogner sur les fenêtres du haut : « Alors mémé, on va à la pêche ? » Elle lui a balancé une taloche et un « M'in vo t'in donner del pecque, chl'inculé ». C'est lui qui fournit cette excuse fallacieuse un matin d'été où il était en retard au travail : « Mi j'dormais avu mn'oreiller su l'bord de la f'nêtre. Réveilleuse l'o tapé dins l'oreiller, j'o rin intindu. »

On m'a emmené au Golden Eagle sans m'avertir du sort qui m'attendait. Ni faire le moindre effort pour me préparer à un changement de ménage. Conduit au pub par mon père entre la fermeture de trois heures et la réouverture de cinq et demie, j'ai foulé la sciure les yeux écarquillés devant les pompes à bière en cuivre et les fauberts des garçons, puis trottiné le long d'un couloir jusqu'à une cuisine-salle de séjour éclairée où m'attendaient les trois femmes de ma nouvelle vie. Elles ne m'avaient encore jamais vu. Je voulais ma mère. « Voilà ta mère, mon chou, et ça c'est tes sœurs. Celle que tu lui disais maman faudra l'appeler

Tatie Annie maintenant. » J'étais maigre, petit, pâlot, sous-alimenté. Annie, dit ma nouvelle mère, avait fait de son mieux mais ça suffisait pas. Et de me tendre un savarin en gage de régime plus nutritif. Je l'ai fait valser de sa main. Madge, la fille cadette, me dit sans aigreur : « On t'enterrera la main en l'air sortie du tombeau et tous les passants taperont dessus en disant : ici gît le garçon qui a frappé la main qui lui donnait un savarin. » Ma belle-mère aurait dû m'allonger une claque mais ne l'a pas fait. Elle était assez indulgente. L'addition d'un gamin pleurnichard à sa maisonnée voulait dire pour elle une nouvelle responsabilité gratuite, elle qui avait déjà un pub sur les bras. Je dormirais en bas dans la petite chambre de Harry, le barman principal à demeure, sur un petit lit de camp. Peu après on m'a acheté un vrai lit d'enfant et installé dans un coin de la chambre de maître où dormaient mon père et sa nouvelle épouse. Je n'ai aucun souvenir d'avoir jamais été réveillé par des effusions amoureuses.

Je me revois allant au lit dans la lumière estivale, incapable de dormir à cause du chahut en dessous. J'errais dans tout l'étage qui, correspondant au palais de la boisson du rez-de-chaussée, était immense et comportait un vaste salon orné de huit fenêtres donnant sur Lodge Street et l'un de ses taudis attenants. Je visitais toutes les pièces et j'urinais dans tous les pots de chambre. Ensuite je retournais au salon m'efforcer d'extraire les dernières gouttes dorées pour le tapis. Puis je tapais sur le piano. Personne n'entendait. En bas trois pianos cognaient et tintaient simultanément, comme dans un truc de Charles Ives. De l'autre côté de la rue face à la fenêtre près de mon lit, un gramophone jouait « Margie » ou « La Ville sainte ». Mon autre fenêtre donnait sur une cour et des toilettes de femmes en plein air. Une vieille bique en châle noir dit à une autre : « Voilà ce qu'il m'a écrit, ce salaud de menteur. » Et elle lui montre la lettre avant d'aller au cabinet pisser dessus.

Ma belle-mère, quoi qu'elle valût par ailleurs, faisait une bonne cuisine sans chichis, ragoûts de mouton, tourtes de viande et patates, hochepots classiques, tartes aux fruits, flans parfumés de muscade. Mon gavage a commencé par des tartines à la confiture de prunes maison. Au petit déjeuner, bacon et œuf frit, elle couvrait toute l'assiette avec la graisse du bacon : on trempait son pain dedans, ça s'appelait une trempette. Je mangeais mais je ne décolérais pas. J'exprimais ma colère par des dessins croquant ma belle-mère en train de fouetter une pâte à pudding, parée d'une toque de cuisinier et d'organes génitaux mâles. Je n'en connaissais pas d'autres, et j'utilisais toujours le pénis comme icône de l'insulte ignoble. Le réconfort de la chair féminine m'aurait fait du bien, mais quand il m'était offert par mes belles-sœurs je ne voulais pas l'accepter. Elles me faisaient venir dans leur chambre le matin pendant qu'elles s'habillaient, me demandant « un bisou et un câlin », mais je n'osais pas toucher leurs bras et leur dos nus. Ma timidité les faisait glousser de rire. Bien faites, avec une belle peau crémeuse d'Irlandaises, elles n'avaient guère plus de vingt ans et juste un ou deux ans d'écart entre elles. Agnes à la chevelure noire comme charbon affichait un sang hérité d'une Armada engloutie, Madge un assez joli châtain clair. Elles étaient pures et profondément catholiques. Elles m'emmenaient à la messe, que je trouvais barbante et incompréhensible, mais le vers grégorien d'un prêtre (il devait s'agir d'une grand-messe chantée) m'a collé à la mémoire : *« Per omnia saecula saeculorum. »* De l'anglais bizarre, qui devait être un genre de code, et le *orum* un dangereux maléfice.

J'étais un enfant nerveux et, en représailles de ma transplantation, j'avais nerveusement raflé quelques pièces qui traînaient dans le buffet de la cuisine. Je me revois, le chat du pub serré dans mes bras nerveux, mis en demeure de rester immobile sur le divan de la cuisine pour observer les deux minutes de silence du 11 novembre 1922. Si je bouge, me dit-on, la guerre va recommencer. Je ne savais pas ce que c'était que la guerre, mais les buveurs unijambistes du bar public, les hommes qui crachaient leurs poumons, les veuves picoleuses en noir, c'était tout ça la guerre. « Guerre » c'était un mot comme « colégram » ou une terminaison du genre *orum*. En novembre ma belle-mère entamait la confection des puddings de Noël. En décembre le volailler-marchand de légumes Dwyer arrivait avec une dinde colossale. Le jour de Noël, où les horaires suivaient le régime du dimanche, le pub fermait à deux heures, à trois on s'attaquait au repas de Noël. La dinde était farcie de chair à saucisse aux fines herbes. Aucun des Dwyer ne venait pour Noël, ni aucun Byrne. Ma belle-mère s'était disputée avec son frère, comme il est de règle dans les familles, pour une histoire de testament. Les Dwyer célébraient entre eux leur Noël vert au-dessus de leur magasin de verdure, tapissé de houx et de gui invendus, mais les Wilson étaient les bienvenus au Golden Eagle. Ma belle-mère avait de l'estime pour mes deux oncles – le maître plombier Jack qui ressemblait à Stanley Baldwin, le simple plombier Jimmy qui ressemblait à James Maxton et dont la femme Lily, ma marraine présomptive, était à ses yeux une souillon fainéante.

En 1922 mon grand-père n'était plus, ma grand-mère gardait le lit dans une maison de location où elle avait réquisitionné deux filles Finnegan pour prendre soin d'elle. Mon père m'emmenait en tram lui rendre visite – une vieille dame irlandaise souriante et soignée assise bien droite sous sa coiffe de dentelle – et m'apprenait à lire pendant les trajets aller et retour, son paquet de cigarettes Three Castles me servant d'abécédaire avec sa citation empruntée aux *Virginiens* de Thackeray : « Il n'est de tabac plus exquis que celui de Virginie, ni de marque supérieure au Three Castles. » Mon père se faisait plus visible. Une fois il m'a même sorti de mon sommeil pour me présenter à des visiteurs dans ce vaste salon. Je me souviens d'avoir hurlé : « Foutez le camp et allez vous faire foutre », mais je me demande où j'ai pu apprendre ce mot et son double usage. Il sortait de nulle part, comme la toque de chef ou l'obscénité génitale.

Les visiteurs Wilson formaient deux familles. Mon oncle Jack et ma tante Nell parlaient un anglais du Lancashire conforme à la grammaire, comme il convient à un maître plombier et sa femme, et leurs deux filles, Joan et Winifred (qui se mettrait plus tard à signer Wynné), apprendraient le piano. Oncle Jimmy et tante Lily n'avaient qu'une fille, baptisée Muriel en souvenir de ma sœur. Elle était promise à la danse avec quelques espoirs d'avenir scénique, mais redescendrait au rang d'hôtesse d'un night-club tenu par un ancien boxeur. Les Wilson étaient à l'évidence une famille de blonds, à part mon oncle Jimmy, qui avait dégoté un teint bistre d'Espagnol et des cheveux raides d'Esquimau. Mon père et Jack étaient des rouquins. Mes cousines avaient le cil pâle et la peau transparente. Quant à moi je devais tenir de mon oncle Jimmy avec une variante – cheveux bruns bouclés, sourcils presque invisibles en guise d'hommage tiède à la blondeur collective. Le nez familial était imposant. *« Il est juif, sans doute* * *»*, dirait de moi en 1939 une dame française, dans un night-club du Luxembourg peuplé de nazis de passage.

Ces fêtes de Noël qui ont débuté au Golden Eagle sont restées en usage dans nos pénates ultérieures. Après la torpeur postprandiale venait le thé roboratif de ma belle-mère avec son riche cake de Noël immangeable au glaçage couleur-de-terre-volcanique. Les vraies réjouissances commençaient après dix heures du soir, une fois qu'on nous avait largués, mes cousines et moi, ballonnés et soûls de nourriture, tous dans le même grand lit. Le souper se composait de dinde, jambon, langue froide et piccalilli, sherry trifle, charlotte russe, tartelettes aux fruits confits, réapparition maussade du cake de Noël, champagne Moët et Chandon. Puis dans le grand salon trois pianistes se relayaient pour accompagner les chansons – mon père, tante Nell, ma belle-sœur Madge. On chantait « Le Bal Finnegan », « Encore un de parti pour l'Amérique », « Le Jour du Couronnement » (la version correcte, pas celle de Buck Mulligan), « Ces mains frêles dont j'étais fou », « Parce que », « Beau Petit Trèfle », et des morceaux tirés de *Little Nelly Kelly,* « Ma, He's Making Eyes At Me », « Avalon », « Yes, We Have No Bananas ». Une fois devenus grands nous participions aussi, mes cousines et moi, plus une autre paire de cousines venues augmenter la nichée du maître plombier, et je chantais « The Golden Vanity » avec, je ne sais pourquoi, mon pantalon qui tombait. On appelait les pantalons des kex, mot qui désigne précisément la tige creuse et sèche d'ombellifères comme la betterave fourragère ou le cerfeuil sauvage.

En 1923 on m'a conduit, vêtu d'un kex court neuf, au cours catholique élémentaire Saint-Edmond à l'angle de Monsall Road et Upper Monsall Street. J'étais encore faible et peu musclé par carence de vraie mère, même si je n'étais plus sous-alimenté. Dans le hall de l'école, la directrice Miss Sullivan, une vieille fille racornie d'une hargne féroce comme on en voit aujourd'hui rarement dans les écoles, nous a fait ramper en phalange comme des petites souris, et je me revois encore souriceau esseulé à la traîne loin derrière les autres. Il existait, avant les ravages des tropiques, des photos de moi à six ans en Pierrot mélancolique, où s'affirmaient de manière terrible le teint blafard sous la frange raide, le manque de vitalité, le rejet du monde extérieur. Mais je lisais couramment, sans avoir eu semble-t-il beaucoup de leçons. Quand Miss O'Flaherty écrivait au tableau LE CHAT MANGEA LE RAT, j'étais le seul de la classe capable de débiter la phrase même si, par une sorte de perversité surréaliste plus que par ignorance, j'intervertissais les noms. Miss O'Flaherty avait une façon radicale de traiter les bavards. Elle les faisait mettre debout devant toute la classe et, avec la seccotine du grand pot conique, leur collait sur la bouche une bande de papier de couleur proprement découpée aux ciseaux. Un garçon qui souffrait des végétations (« Be bettez pas ça Babeselle, ça va bempêcher de respirer »), hurlant de peur à la perspective de ce traitement, est tombé dans les pommes. Un autre garçon, haut de taille et d'allure élégante, a pris la punition avec philosophie. Quand Miss O'Flaherty ne regardait pas, il ôtait son bâillon et saluait en souriant, puis le remettait en place. C'était toujours mieux que les coups de lanière de Miss Sullivan.

Maintenant on m'inculquait du catholicisme, qui avait pour thème principal le châtiment éternel de fautes vénielles. On nous expliquait que nous avions tous un ange gardien, une surveillance invisible jusque dans les toilettes, à qui, ou à quoi, nous adressions ce chant :

> Tu veilles là-haut, cher ange gardien
> Pour mieux me guider sur la voie du bien.
> Prends-moi sur ton cœur au creux de ton aile
> En attendant l'heure de gagner le ciel.
> Bel ange radieux, tendre et indulgent,
> Garde-moi du mal, je suis ton enfant.

C'était une fiction inoffensive et charmante ; ça l'est toujours. Mais le manichéen qui sommeille en nous, même à l'âge de six ans, devait en déduire l'existence d'un autre ange, très mauvais, qui cognait sur le pâle épicène céleste et, comme c'est un péché de se battre, gagnait sûrement la plupart des matches. L'un de nos enseignants, plus proche de Samuel Butler que du catholicisme orthodoxe, nous affirmait que des péchés comme les doigts dans le nez ou l'incontinence de la vessie étaient en fait des maladies qui méritaient le transport à l'hôpital d'isolement Monsall, situé juste en face. On isolait sans doute les contagieux pour les couper vifs. J'ai fini par atterrir là-bas, mais à cause d'une scarlatine.

Etre catholique ça voulait dire essentiellement appartenir à une faction minoritaire, tenue en mépris par les doctes de l'école élémentaire anglicane Saint-Augustin, de l'autre côté de Monsall Street. Mes congénères m'ont appris à les traiter de sales proutestants en riposte à leurs railleries sur les catholoches. Les joutes de cantiques d'injures continuent à faire recette en Irlande du Nord.

Cacatholo va-t-à la messe
Court en enfer le diable aux fesses

s'attirait en réponse

Un prout-proutestant sur un mur
Qui picote du pain dur.
Filez-leur une miette, ça leur suffit
Et une allumette pour lire leur Bible au lit.

La Bible, je ne savais pas trop ce que c'était, mais de toute évidence il s'agissait d'un livre cochon. J'ai eu confirmation plus tard du fait qu'il était non seulement cochon mais dangereux. C'était bien de sa faute si les gens perdaient leur foi catholique. Une opinion assez juste, historiquement parlant. Il y eut des remous dans mon lycée quand le Livre de Job fut inscrit au programme de l'examen de fin d'études secondaires. Mon professeur d'anglais, un frère de Saint-François-Xavier qui ne l'avait pas lu auparavant, concéda que le style était correct même si la théologie était chancelante. De toute façon, la Bible était d'abord un livre sale qui avait produit des proutestants.

En face du Golden Eagle il y avait une petite boutique tenue par les demoiselles Hogan, une paire de sorcières en noir poussiéreux. Après deux jours de constipation c'est là qu'on m'a envoyé avec une tasse à thé acheter deux sous de sirop de figue de Californie. Cet élixir, le plus fort concentré de saccharine, à part les films de Mary Pickford, qu'ait jamais produit la Californie, n'a pas eu d'effet immédiat, mais quand il a commencé à agir il l'a fait sans rémission. Pris de court l'après-midi à l'école, je nous ai barbouillés de honte moi et mon kex. Dans toute une vie d'homme il n'y a rien de plus humiliant que de lâcher ce lourd fardeau tout habillé. Deux filles ont dû me ramener en courant à la maison où, Dieu sait pourquoi, Madge m'a tendu un napperon de dentelle pour procéder à l'opération détersive. J'étais au fond d'un puits de honte, mais quand je suis retourné en classe le lendemain vêtu d'un kex propre et digérant mon œuf dur, mes congénères ne m'ont pas montré du doigt. C'est le genre de chose qui peut arriver à tout le monde, comme de se péter. « Tu vois le gars là-bas ? Eh bin il s'est pété. » Cela voulait dire que le dernier bouton à l'arrière de son kex venait de sauter en plein terrain de jeu. Un type à qui ça venait d'arriver déclara : « J'y avais pourtant dit à m'foutue matouse de l'arrimer ferme euch'foutu bouton, l'est jamais foutue d'écouter. Main'nant foutu kex fout le camp. Falloir me refoutre euch'foutoir de chemin poings serrés dans foutues fouilles, y a pas à foutre. Et fichue cloche qui sonne, merde ! »

L'école avait ses clowns qui, pour un cachet d'un demi-sou, s'engageaient à vous faire rire. Un des garçons avait inventé toute une saga sur un homme et son chien nommé Connard. Ils passaient leur temps à voyager en train. Le chef de gare criait « Changement pour Oldham, tout le monde descend », et l'homme disait : « Allez viens, Connard, on s'est encore trompés de train. » Sur le chemin de retour de l'école, une petite fille me désigna du doigt à son amie comme un garçon qui savait faire rire. J'exécutai obligeamment quelques grimaces gratis. Les grimaces n'étaient drôles que comme corrélat objectif de l'action des muscles zygomatiques. La nature disait à ces enfants de rire, or c'eût été folie de rire pour rien. Il n'y a rien d'intrinsèquement drôle en rien – certainement pas un homme dont le chien s'appelle Connard. Un comique permanent de Saint-Edmond échangeait de l'humour contre les images des paquets de cigarettes, mais il fallait lui donner les images d'abord. Les images lui servaient d'accessoires comiques. Il les mirait à la lumière du soleil en disant : « Tout le monde les voye ? C'est du bren, j'vous dis, rin que du bren. Allez, salut. » Et il repartait, son numéro terminé, se retournant parfois langue pendante pour nous voir crouler de rires consciencieux. Ce numéro avait beaucoup de succès. Les jeunes d'aujourd'hui apprennent dans leurs cours d'éducation sexuelle que l'orgasme est un genre d'éternuement. Le rire produit aussi un choc de délivrance mais il est moins apocalyptique et, pour la plupart des enfants, plus agréablement maîtrisable, comme l'action du sphincter anal. Quand j'ai publié mon premier roman, j'ai eu la surprise de m'entendre dire qu'il était comique. Ces deux petites filles émettaient un jugement proleptique sur ma carrière.

J'avais six ans quand on m'a imposé un rôle social qui avait tout à voir avec le spectacle, même s'il n'était pas nécessairement comique. Il y avait deux cinémas dans Queen's Road, le Rex et l'Electric. Ils étaient en face l'un de l'autre, comme les théâtres du Globe et de la Rose au sud de la Tamise élisabéthaine, mais sans réelle rivalité. Le fait d'en fréquenter un les lundis et jeudis (jour du changement de programme) ne vous empêchait pas d'aller à l'autre les mardis et vendredis, si vous en aviez les moyens. Les critères de l'amateur de cinéma tenaient plus à l'hygiène qu'à la qualité du spectacle offert. Le Rex passait pour être un nid à punaises, mais pas l'Electric. L'Electric usait d'un désinfectant raffiné comme d'un parfum réticent ; le Rex avait l'odeur de ses clients et de ses toilettes. Au Rex, disait la rumeur, on entrait en se pelotant, on sortait en se grattant. C'est donc l'Electric que les enfants de Lodge Street, leurs sous à la main, parrainaient le samedi après-midi. Vivant au Golden Eagle j'étais désigné comme Jackie Eagle, et c'est Jackie Eagle que, passé le repas de midi, dix à douze garçons venaient héler depuis le seuil du bar public dont la loi leur interdisait l'accès. M'encadrant de leurs pulls odorants, ils me faisaient descendre Lodge Street, puis à gauche, et en face dans Queen's Road. J'étais le seul d'entre eux qui sache lire.

Le directeur de l'Electric ne voulait pas laisser les enfants salir trop de rangées même avancées, aussi on nous entassait à trois par siège, tandis que derrière nous une salle noire béante attendait proprement les deux séances du soir. C'est ainsi qu'a commencé toute une vie de passion pour le cinéma, une histoire d'amour unilatérale où j'ai pris plus de bosses que de caresses. Au bon vieux temps du muet, cet art était presque un aspect de la littérature. J'entends ma petite voix aiguë brailler le texte au profit de rustres déjà grands que le mystère de la lecture avait semés en route. « Embrasse-moi, grand fou », articule la sirène gitane, et le caballero qui se préparait à la poignarder tremble si fort que son couteau frappe le sol en silence. « Vint l'aurore », un cliché fréquent. On avait droit à Rudolph Valentino dans *Le Cheik* et à Ben Turpin dans *La Chique*. Aux *Quatre Cavaliers de l'Apocalypse* (« Quoi qu'ça veut dire, ch'tchot ? »), avec ses transparents artistiques pour varier le cadrage. Ou à une comédie de Chester Conklin qui commençait par des amoureux en train de s'embrasser sur un pas de porte. « Fin », disait la légende. Clameurs des gamins frustrés. « D'une journée parfaite. » Bon, ça va mieux, mais l'humour était trop adulte pour soulager vraiment : pas moyen de se fier à ces empaffés. Une fois j'ai subi un choc épouvantable. Pendant le discours d'un personnage à lévite et barbe sale, l'écran noir se remplit de lettres inintelligibles. Je sais maintenant que c'était de l'hébreu ; je revois même un beth et un ghimel. Pour mes illettrés ça revenait au même, d'où la surprise puis la colère quand ils m'ont vu incapable de débiter mon texte. « Tu nous avais dit qu'y savait lire, euch'con. » J'ai donc improvisé une volée d'invectives appropriées. Pas de musique dans la fosse : nous ne valions pas le prix du piano.

Pour Noël 1923 mes belles-sœurs m'ont emmené voir la pantomime du Palace dans Oxford Street, au cœur de la ville. C'était *Dick Whittington* avec Dorothy Ward dans le rôle du jeune garçon. Elle chantait « Rien n'est plus beau que la Caroline au soleil du ma-arha-atin ». Ça c'était du théâtre, du vrai de vrai. La salle sentait le cigare et bruissait de papiers de chocolat. Dick et son chat nous ont survolés en ballon. De retour dans la cuisine familiale, hystérique, j'évoquais la taille prodigieuse du manteau d'Arlequin. « Il va de là à là », et je courais bras tendu tremblant d'un bout à l'autre de la cuisine. Ce mode de mesure était judicieux à sa manière : une forme d'extension architecturale pour en figurer une autre. La chanson de Dorothy Ward résumait pour moi toute la magie, elle le fait encore maintenant. Où est la Caroline ? En Amérique, comme la Californie. Où est l'Amérique ? Peu importe. La Caroline devait être encore plus chouette que la Californie : elle n'exportait pas de sirop de figue barbouillant. La première fois où je suis allé à Chapel Hill en Caroline du Nord j'ai vu que je me rappelais toutes les paroles de la chanson, je pouvais même la jouer au piano. « Si j'avais un jour la lampe d'Aladin, je ferais ce vœu en croisant les mains : Rien n'est plus beau que... »

Les années deviennent confuses, conformément à Proust ou Ford Madox Ford. Le temps réel émerge suivant une vague chronologie. Impossible que j'aie passé les jours envoûtés qui ont suivi *Dick Whittington* assis sur le porche du Golden Eagle à dessiner une scène de théâtre sur un couvercle de boîte à chaussures. (« Quoi qu'tu dessines, min fiu ? – Une pantomime. – T'es complètement maboul. ») Ça ne pouvait être qu'au printemps 1924. Mais je laisse mon ouvrage pour trotter jusqu'à la cuisine où les femmes discutent du scandale Fatty Arbuckle, une nouvelle qui circulait sous le manteau en 1923, ternissant le nom de la Californie encore plus que le sirop de figue, ou le mariage du duc et de la duchesse d'York célébré, la reine mère vous le confirmera, le 26 avril de la même année. Je ne me rappelle pas le cortège des saisons, que Lodge Street ne pouvait exprimer par des fleurs printanières ni des rousseurs d'automne. Je n'ai aucun souvenir de pluie, or la pluie, selon le mythe qui prévaut hors de Manchester, est précisément la chose dont je devrais me souvenir. J'ai le sentiment d'avoir passé le plus clair de mon temps assis sur les marches ensoleillées du Golden Eagle à dessiner ou jouer avec les jouets de six sous achetés chez les demoiselles Hogan – des poissons en métal qu'on pêchait avec une canne aimantée, un fragile Sopwith Camel interdit de ciel. Et à lire.

Mes talents en lecture ont dû atteindre un honnête niveau de compétence avant les processions du samedi à l'Electric. J'avais un hebdomadaire pour enfants intitulé *Le Petit Canard,* dont le héros Rupert le Caneton s'étalait en première page. Il sortait le lundi. D'après Madge, *Timour le Tigre,* qui paraissait le jeudi, était bien aussi comme journal, et il me semblait bienveillant. Pour un enfant timoré comme moi, c'était réconfortant d'imaginer un tigre ravalé à son niveau. Je lisais les bulles des bandes dessinées vouées à ces animaux anthropomorphiques, partant du principe que le récit imprimé sous les images en couleurs était au-delà de mes moyens. Mais non : j'étais paresseux, c'est tout. Pour plus de facilité les mots étaient découpés en morphèmes par des tirets. Il y avait toujours une histoire qui occupait une page entière sans condescendre à ces procédés. Ça aussi, j'ai vu que j'étais capable de le lire. « Partageons notre pain chaud avec ce pauvre chien. » Au lieu de « pain » je lisais « bain », une erreur pas complètement aberrante, puisque en romique simple, pour parler comme le professeur Higgins, elle se traduit par une simple variation de sourde à sonore. L'idée du bain chaud en guise de remontant n'était pas déplaisante. Après tout, le bain était au moins salubre – ma belle-mère, à l'entendre, y aurait volontiers envoyé tout le quartier de Miles Platting – et peut-être même voluptueux s'il était bien chaud.

Les vilains magnats de la presse qui livraient cette pâture enfantine en portions de deux sous avaient des rédacteurs pleins de bon sens. Le compagnon idéal de l'enfant serait un animal rationnel ayant lui aussi ses faiblesses. Les animaux acceptent l'amour sans l'exiger ; ils ont des dents, mais ils ne mordent pas avec la méchanceté des adultes humains. Ils sont libres et indifférents, avec des spasmes d'affection discontinus que l'enfant comprend. Ils ne réclament pas de contrat, ne connaissent pas le sens de l'obligation. Mettez-leur un pull et un kex, donnez-leur un vocabulaire minimal mais aucune expressivité dans le masque, sauf les points d'interrogation d'un sourire ravi par quelque tour de malice, et ils inspirent un amour dépourvu de sensiblerie. Je me remémore cet art mineur anonyme avec une sincère gratitude. Je ne voyais rien d'implausible à ce que Cochonnet fête Noël en mangeant des saucisses, ou que Timour le Tigre se mijote un ragoût de tartines au fromage. La transition douce du monde animal au monde humain s'opérait via Massepain le Magicien et sa baguette en sucre d'orge, ou le lutin Barbichu. Des histoires d'adultes humains auraient été terrifiantes, parce qu'ils étaient tous irrationnels, frustes, exigeants. Outre qu'ils refusaient la magie, dont le pouvoir était confirmé par les distorsions enfantines infligées à la religion. Certains traits de mes hebdomadaires ou faibdomadaires encourageaient, comme un laxatif bénin, des activités que l'école aurait douloureusement constipées. On apprenait à compter en reliant des chiffres par un trait de crayon pour faire apparaître un dessin humoristique. On pouvait coller un torse et des membres épars sur un bout de carton, découper les contours aux ciseaux, assembler le tout avec des agrafes, et on avait une marionnette plate capable de marcher et faire des gestes. Ces publications avaient un contenu moral acceptable. Les canailleries étaient de mise, mais tout finirait bien.

Les clients à l'entrée ou à la sortie devaient juger malsain cet enfant aux jambes grêles penché sur des lambeaux de carton ou absorbé dans *Le Petit Canard*. Au lieu de lancer des pierres, shooter dans une vieille balle de tennis avec les garnements plus aguerris de Lodge Street, ou patauger pieds nus dans la boue et les crottes de cheval. Parfois, histoire de faire plaisir, je me déchaussais et je pataugeais mollement, le temps de me faire voler mes chaussures. Ah la canaille. Et ma belle-mère lâchait provisoirement ses pompes à bière pour me flanquer une claque. Je fondais en larmes, me faisais traiter, comme naguère D.H. Lawrence, de culmardeux. La claque dans ce cas était assez justifiée, mais j'ai pris une double claque qui ne l'était pas. Une certaine Bertha faisait le service, mais un beau jour on s'aperçut qu'elle était folle. Elle descendait l'escalier menant des quartiers privés à l'arène sablée de sciure qu'était le bar public. Un escalier imposant, qu'elle descendait avec la grâce d'une princesse de Tolstoï. Nue comme un ver. Il fallut la reconduire chez ses parents à Collyhurst. Rhabillée, bien entendu. Mais auparavant elle m'avait joué un tour d'une méchanceté rare. Tous les lundis, chaque enfant devait apporter à l'école une pièce de monnaie dans une enveloppe, destinée à une mission africaine qui s'efforçait de traîner les petits Noirs vers la lumière. J'ai emporté mon penny enveloppé, mais au déballage on ne trouva qu'un verre de montre grand comme un penny. J'ai reçu une gifle en classe, et une autre gifle en rentrant à la maison avec un mot de plainte. Bertha finit par avouer en jubilant qu'elle était responsable de cette substitution inepte, mais c'était déjà trop tard. Pour moi la preuve était faite que le monde est profondément injuste.

Une étrange canaillerie collective s'empara de tout un groupe d'entre nous un jour où nous repartions pour l'école après la pause du déjeuner. Un homme dépenaillé surgit d'une ruelle, ce qu'on appelait aussi une allée ou une venelle, son chapeau de paille défoncé crânement incliné sur l'oreille. Il dansait en jouant du flageolet. Un joueur de flûte qu'on ne pouvait s'empêcher de suivre. Il chantait aussi les airs à la mode, « Margie », « Je passe ma vie à faire des bulles ». Et nous d'entrer en danse, chanter avec lui, gambader à sa suite de rue en rue. Puis il ôta son galure en signe d'adieu et disparut dans une autre allée. Nous étions très en retard pour l'école mais comme le flûtiste était sans doute possible un adulte, il nous avait donné le sentiment d'appartenir à l'autorité qui réglementait notre éducation, une sorte d'inspecteur scolaire détraqué. Miss Sullivan ne nous a pas distribué de raclées : nous étions trop nombreux. Elle a dû aussi reconnaître le côté fantastique de l'incident. Il y avait là un mystère à prendre en compte : la trique ne pouvait répondre à la situation.

Me joindre à un groupe de mes pairs, délinquants ou non, était pour moi chose rare. J'étais harponné avec empressement, panique même, le samedi après-midi, où l'anomalie de mon aptitude à la lecture devenait un bienfait, mais le reste du temps j'étais en butte aux pires tourments ou à l'indifférence. Le samedi matin je descendais Lodge Street comme si j'allais à mon club, enfilais Queen's Road à droite et entrais chez un glacier prendre une glace à la vanille de deux sous servie dans un plat en verre. J'étais coupé des lécheurs de gaufrettes à un sou. J'étais Jackie Eagle, baigné par la splendeur de l'effigie en cuivre rutilant aux ailes déployées, par la richesse liquide qu'elles abritaient. J'étais aussi un être méprisé, ch'culmardeux.

1924 apporta un grand changement à ma vie. Ma belle-mère était lasse des tensions de ce qu'elle appelait ses charges publiques, et mon père en avait plus qu'assez de la boucherie Swift. L'heure lui semblait venue d'employer ses talents de comptable à des fins plus rémunératrices. Une fois le stock et la clientèle du Golden Eagle vendus à un nouveau tenancier, nous avons emménagé dans un commerce de tabac de Princess Road, à Moss Side. Une migration d'importance.

Moss Side, qui allait devenir un taudis jamaïcain, était à l'époque un quartier respectable avec des maisons convenables, des jardins ornés d'arbres, un boulingrin, et déjà un arôme de déclin. Il se situait au sud lointain de Queen's Road. Le petit garçon qui pouvait réduire la scène du Palace (« Des papillons multicolores caressent chaque bouton-d'or quand vient l'au-au-aurore ») aux dimensions de la cuisine du Golden Eagle pouvait tout aussi aisément donner à une ville l'ampleur d'un monde. Harpurhey et Miles Platting étaient désormais enfouis dans les frimas du nord-ouest, et le bloc massif d'Ancoats, au centre de la ville, l'université et Hulme tenaient en respect les vents arctiques. Moss Side est bordé au nord par Moss Lane East et West. Princess Road le longe à l'est. Dans mon enfance elle allait en direction du nord jusqu'au centre en passant par Hulme, comme encore maintenant, mais au sud elle s'arrêtait à Southern Cemetery. Elle allait se prolonger vers de nouveaux lotissements comme Wythenshawe et conduire à l'aéroport international de Ringway. Comme Queen's Road, Princess Road était une artère bruyante qui desservait des rues plus calmes. Lesquelles méditaient l'inconvenance de se muer en taudis, jusqu'à ce que les feuillages de Moss Lane East en chassent la pensée. Les trams bringuebalaient du haut en bas de Princess Road, et parmi mes premières images je revois un chien en chaleur coincé dans un chasse-pierres. Notre boutique se situait au numéro 21, avec le nom Wilson peint en lettres d'or sur la fenêtre. Non qu'il exprimât une volonté nouvelle chez mon père de s'affirmer. Maintenant il était aussi propriété de ma belle-mère, avec sa griffe M. Wilson tracée comme un idéogramme au pied des chèques. Un passage étroit séparait notre boutique d'un cinéma nommé le Palace. De l'autre côté de la boutique il y avait un coiffeur, Louis Cohen. Le gérant du cinéma s'appelait Jakie Innerfield. C'est ainsi que les Juifs sont entrés dans ma vie, avec ces admirables spécimens hauts en couleur. Innerfield était descendu de Cheetham Hill, le quartier juif fort bien dépeint par Louis Golding dans son roman oublié, *Magnolia Street.* Les deux filles d'Innerfield avaient le type juif bien reconnaissable de Cheetham Hill – brunes, parfumées, trop élégantes, dangereusement érotiques. Le parler juif de Manchester semblait fortement obstrué par les végétations et toujours sonore. Les Juifs de Manchester faisaient aussi bien que les catholiques de Manchester en matière de réussite. Ils étaient conscients d'une affinité.

La boutique vendait non seulement du tabac et des cigarettes, mais aussi des boîtes de chocolat : ce n'était pas une confiserie, on n'y trouvait ni sucettes bourre-tala ni sucres d'orge Ogo-Pogo. Ces douceurs tenaient leur nom d'un personnage mythique de chanson populaire :

> Je cherche l'Ogo-Pogo,
> Ogo-Pogo le rigolo –
> Son père est un perce-oreille,
> Sa mère une baleine bleue –
> Pour mettre un grain de sel sur sa queue.

Même si les clients pouvaient acheter un simple paquet de Player's ou Gold Flake ou Black Cat, l'affaire a voulu dès le début s'élever au rang de grossiste fournisseur des petits commerces. Les durs qui venaient chercher un paquet de Woodbines pour leur père me regardaient soulever fièrement la lourde tablette de bois qui prolongeait le comptoir. « T'as pas le droit d'entrer là, tchot », me disaient-ils. Et moi de répondre : « C'est là que j'habite. » Derrière les étagères chargées de cigarettes et de chocolats King George V, Gold Leaf ou autres marques aujourd'hui disparues, il y avait la réserve où on entreposait les stocks. Là, un jeune homme aux cheveux de paille nommé Harold Smith préparait les colis à livrer. Il m'a appris une chanson :

J'ai besoin d'être seul,
Oui, besoin d'être seul,
Seul avec Mary Brown,
Nous irons au bois demain soir,
Je l'embrasserai dans le noir,
C'est la plus jolie fille du coin.
Tu dis qu'elle est belle comme le jour ?
Non, ce serait aller trop loin.
Et qu'elle a la taille faite au tour ?
Non, je la trouve un peu trop grasse.
C'est plutôt qu'elle est pleine aux as
Et pas mariée. Oui, j'ai besoin
D'être seul avec Mary Brown.

La réserve était fortement imprégnée de l'odeur de pin des allumettes Swan, et remplie d'immenses cartons, dont certains vides. Une fois Harold Smith m'a enfermé dans un des cartons et s'est assis dessus. C'est là que j'ai appris la peur du noir et de l'asphyxie. Encore maintenant quand je pense à la mort je me vois enfermé dans un carton vide. La panique de ne pas pouvoir respirer affecte nombre de Mancuniens. L'air humide, excellent pour la filature du coton, nous fait pousser bronchiteux. L'un des premiers remèdes qu'on m'ait donné pour mes bronches fragiles, c'était le tonique pulmonaire d'Owbridge, qui autrefois contenait de l'opium. Il existait d'autres opiats, tous fabriqués dans le Nord-Ouest – élixir sédatif de Battley, poudre de Dover, chlorodyne du docteur Collis Browne, cordial de Godfrey, sirop calmant de Mrs Winslow, antiseptique Atkinson pour nourrissons, Bébé Sage de Street. C'est qu'il nous fallait de l'opium là-haut, mais les pressions du corps médical l'avaient fait interdire. C'est au 21 Princess Road que j'ai fait connaissance avec l'humidité de Manchester. Il n'avait jamais plu sur Lodge Street ; toute l'eau tombait sur Moss Side.

Derrière la réserve il y avait un petit salon-salle à manger où mon père s'attablait pour faire les comptes et vérifier les commandes. Il portait toujours un chapeau melon en travaillant, et possédait une belle règle massive en ébène comme celle que Bob Cratchit brandit contre un Scrooge dont la bienveillance toute neuve lui donne un air de folie. C'était une pièce sombre donnant sur l'arrière-cour de Louis Cohen, la lumière y restait allumée en permanence. Derrière se trouvait la cuisine où ma belle-mère préparait les repas. Je la voyais plus souvent désormais, ainsi que mon père, dont je voyais surtout le dos de gilet et le melon, son pot, comme il l'appelait. Ma belle-mère le suivait de l'œil pendant ses travaux de calcul comme s'il essayait de la rouler. Mais en fait il n'avait qu'un contrôle actuariel sur l'argent : c'était elle la titulaire du compte à la banque Williams Deacon, sise au coin de Princess Road et Moss Lane East.

De toute évidence ma belle-mère avait maintenant pour principal intérêt l'argent, pas tant le fait d'en acquérir que la peur de le perdre. Avait-elle pris la bonne décision en quittant le public ? Mon père était-il compétent pour veiller sur son capital ? Ça ne lui laissait plus grand-chose à faire à part cuisiner et ruminer, ou comme elle disait rouler et bouler dans son lit pendant ses heures d'insomnie. Agnes et Madge travaillaient, employées toutes deux dans les bureaux de la firme Famous Lasky à Manchester, les distributeurs des films Paramount pour tout le Nord-Ouest. Elles avaient chacune un galant et se marieraient bientôt, le seul problème étant le coût des noces. Ma belle-mère ne parlait guère que de ses douleurs et de ses soucis d'argent. Elle s'intéressait aussi aux douleurs des autres, d'un point de vue pharmaceutique plutôt que compatissant, car elle avait une foule de remèdes maison hérités de son passé irlandais nébuleux. Des drogues dangereuses à base de parégorique, ipécacuana, et une substance qu'elle baptisait ik-et-pik. Mon père, placé devant une concoction boueuse pour la toux, cachait le flacon dans un tiroir sans l'ouvrir. Elle me faisait gargariser au chlorure de chaux. Il était recommandé de se coiffer avec un peigne mouillé. Après tout les cheveux sont des plantes, et les plantes se nourrissent d'eau. Quand déjà fragile et souffreteux je me suis collé une septicémie purulente de la jambe gauche en trimbalant un stylo à plume rouillée dans mon bas, ses fomentations chaudes ont stimulé l'infection. Mais elle faisait bien la cuisine, et nous offrait d'excellents goûters en provenance de la boutique, saumon en boîte, salade relevée de sauce Lazenby, cornets à la crème achetés chez Price en remontant la rue. « Faut manger de bon cœur, disait-elle. Y a une demi-couronne de provisions sur la table. »

A l'étage il y avait le salon, et un piano dont mon père jouait rarement. La pièce servait en alternance aux amours des deux filles. Elle disposait d'un phonographe portable, avec Layton et Johnstone prêts à entonner « La pluie c'est pas pour demain » et « Bye Bye, Blackbird ». Ou si on préférait, « Moi et Jeanne en aéroplane » interprété par l'orchestre de Jack Hilton, avec sur l'autre face « Suykytien j'y reviens » (Suykytien le pub du coin). Comment se fait-il qu'on retienne si bien ces inepties ?

> Ne perdez pas des yeux
> L'homme de la lune.
> Ce type est dangereux
> Quand il est amoureux.

De là-haut je vais répandre
Un million de baisers l'heure.
Même un flic peut pas nous défendre
De nous évader en douceur
Moi et Jeanne en aéroplane.

Sur le piano trônait ouverte la partition d'un air nouveau que Madge jouait et chantait. Ça s'appelait « Quand il fait nuit en Italie, de ce côté-ci c'est mercredi ». L'un des vers disait : « Oh les oignons siciliens font pleurer les Californiens. » Eh bien qu'ils pleurent, ces salauds d'enfoireux. Et ne me parlez plus de leur sirop de figue.

Nous avions aussi un poste à galène, un miracle jamais surpassé en électronique, car on obtenait des sons d'une clarté inégalable en chatouillant une minuscule pyrite de sulfure de plomb avec un fil très fin. L'indicatif d'appel de Manchester était 2ZY. On écoutait John Henry et Blossom. Ou encore « Si tu parles à un Esquimau ses mots te gèlent le creux de l'oreille. Quand il fait nuit en Italie... » Puis le cristal de galène mourait et il fallait chatouiller une nouvelle facette. Mon père n'était pas ébloui par ce prodige. Ses seules distractions, il allait les chercher à l'Alexandra Hotel, le pub situé en face de la banque Williams Deacon. Là il buvait de la bière pression Bass avec des potes nouveaux, boutiquiers comme lui pour la plupart – Lee et Aldridge, les bouchers rivaux ; Price, enfariné et fleurant la vanille de sa pâtisserie ; Flynn, qui sentait le poisson ; le patron de chez Seymour Meads avec son air de croque-mort ; un croque-mort. Je le voyais plus souvent, mais à peine.

Les visites des Wilson étaient réservées comme jadis au jour de Noël, mais les Dwyer marchands de légumes – Jack et Ima – manifestaient un intérêt professionnel pour la nouvelle entreprise commerciale. D'autres cousins, et des cousins de cousins, venaient prendre le thé le dimanche. Il y avait même un cousin de cousins allemand nommé Wilhelm Froelich mais qu'on appelait Billy Fraylish, catholique bavarois et directeur d'une école primaire catholique. Il racontait des blagues épaisses avec un solide accent de Manchester. « Tu sais pourquoi l'océan rugit ? – Et toi, tu rugirais pas si tu avais des poux de mer collés au train ? » Moi je restais peu sociable, trop coitement plongé dans *Le Petit Canard* et *Timour le Tigre*. Encore timoré, pas assez garnement.

On m'a mis en classe à l'école primaire Bishop Bilsborrow Memorial de Princess Road, près du dépôt des trams. A cause de ses liens religieux avec l'église des Martyrs-Anglais d'Alexandra Road, quasiment parallèle de Princess Road, on l'appelait aussi parfois les Martyrs-Anglais. Personne ne savait qui était l'évêque Bilsborrow, sauf que c'était sans doute un martyr anglais. Je n'ai jamais vérifié. Bilsborrow sonnait vaguement comme Bill Poireau, et les gamins protestants nous traitaient de Culs de Marmites Anglais : il y avait comme une odeur d'arrière-cuisine dans l'air. On nous a expliqué ce que c'étaient que les martyrs – des catholiques presque toujours irlandais soumis à des tortures incroyables par les proutestants anglais. Ceci histoire de nous habituer aux tortures dispensées par Sœur Ignatius, la directrice. Elle lançait le fouet derrière son épaule avant de frapper. Elle ne ratait jamais son coup.

J'étais trop jeune pour elle. J'allais chez Mère Andrea, qui s'occupait des petits. Je suis passé en une demi-heure du premier niveau au second, étant le seul capable de lire, bruyamment et couramment, les caractères tracés avec soin au tableau noir : « Arrête, arrête, Dame Galette. Mais la galette roula à toute vitesse en bas de la colline. » Mère Andrea avait un visage aimable, elle était douce et gentille. Elle nous a appris le Pater, l'Ave Maria et le Gloria. Ave Maria, on la connaissait bien. Il y avait une statue d'elle, vêtue de bleu et couronnée d'étoiles, dans le hall de l'école. C'est là que les grands, qu'on entendait hurler sous les coups de lanière, allaient en sanglotant se mettre à genoux pour demander pardon. Nous devions nous contenter d'une promesse de châtiments plus apocalyptiques. L'enfer, décrit gentiment par Mère Andrea, n'en était que plus terrible à force de gentillesse. « Pour toujours, Mère Andrea ? – Oui, pour toujours et à jamais. Je prie le Dieu Tout-Puissant pour qu'aucun de vous ne mérite son feu éternel, mes enfants. » La Fin du monde était peut-être toute proche. Elle risquait d'arriver si vite que les pécheurs n'auraient pas le temps de se repentir.

Un jour d'été, la Fin du monde arriva. En un clin d'œil le matin ensoleillé est devenu tout noir. C'était le brouillard industriel, que le repos inhabituel du vent d'ouest avait encouragé à se poser. Dans la classe on a dû allumer les lumières : c'était la pleine nuit avant l'heure du déjeuner. C'est peut-être aussi, dit doucement Mère Andrea, que tout est consommé. Prions. La prière fut efficace. Dieu se laissa fléchir. Le jour d'été fut rendu à Manchester la pécheresse. Mais on avait passé un sale quart d'heure.

Je suis tombé amoureux d'une fille nommée Joan Price. Une jolie brune, sans doute issue des anciens Silures, qui avait sept ans comme moi. J'en suis tombé amoureux parce qu'elle avait du talent. Elle savait chanter « Felix marchait toujours » en simulant un pas de course, mains dans le dos à la manière du personnage de Pat Sullivan, que nous connaissions tous et admirions tant sous sa forme animée que dans les bandes dessinées publiées par divers journaux. On lui demandait parfois ce numéro aux petits cours de danse que nous donnait Mère Andrea quand elle croulait sous l'ennui des additions. Mon amour s'est traduit par un désir de lui faire admirer les dons de son admirateur sur le même terrain. J'ai proposé une intégrale de « Moi et Jeanne en aéroplane » mais je ne suis pas allé plus loin que ces vers :

Un siège pour deux,
Quoi de plus délicieux ?
Et je ferai monter
Saint Pierre au milieu
Pour bénir la mariée.

L'assistance les jugea blasphématoires. « Sale proutestant », sifflaient certains de mes camarades. Joan Price était notre unique star. Je l'aimais sans savoir ce qu'est l'amour. N'ayant pas encore lu William Blake, j'ai déclaré mon amour, mais pas à mon amour, et compris que les autres garçons savaient tout sur l'amour. L'amour c'est de s'embrasser. Dans la cour de récréation un gang a voulu nous forcer à nous embrasser. Le masque de fureur d'une petite fille peut prendre un air effroyablement adulte. Joan Price me martela de ses petits poings durs. J'appris, pour ne plus jamais le désapprendre, que l'amour est plein de danger.

Les humiliations se succédaient. Il est apparu que je ne distinguais pas les couleurs. On pourrait y voir une forme de patriotisme involontaire, puisque John Dalton, dont le mal tire son nom dans la plupart des langues, en découvrit l'existence alors qu'il enseignait à New College, Manchester. J'étais déjà connu pour mes dons en dessin, mais à ma première tentative d'aquarelle j'ai peint les feuilles vertes en orange. Ce qu'ayant vu mes camarades saisis de stupeur puis de gloussements en ont convié d'autres à venir voir et glousser de même. Ils se trouvaient face à un cas non d'imbécillité honnête, comme de faire une addition fausse, mais de difformité physique. Ce n'était pas Mère Andrea qui nous faisait classe ; une Miss Clayton, que ses élèves rebaptiseraient Claire Téton, était descendue de chez les grands pour venir mettre l'Art, comme elle l'appelait, à notre portée. L'attroupement autour de mon pupitre l'intriguait. Elle est venue, elle a vu, elle a cogné. Réaction pédagogiquement pas très bonne. Elle m'a secoué devant toute la classe en exposant mon tableau à leurs moqueries. Elle en a eu, ou plutôt moi, à volonté.

Environ un homme sur cinquante est daltonien, dit-on. C'est un défaut du nerf optique transmis d'aïeul en petit-fils par les femmes, qui sont rarement daltoniennes elles-mêmes. Apparemment il est dû à l'absence d'un photopigment dans les cônes rétiniens. Le test Ishihara révèle chez moi une forme particulièrement vigoureuse du défaut en question. On vous montre une sorte de diagramme *pointilliste** rempli de petits points polychromes : les êtres normalement constitués voient apparaître un grand 2 blanc ; pour les daltoniens c'est sans équivoque un grand 5. Mais moi je ne souffre pas d'un simple doute entre le vert et les différents rouges, ou le bleu et le violet. Je ne peux désigner aucune couleur ; je suis totalement dépourvu de glossaire chromatique. J'admets l'existence d'une immense variété de couleurs dans l'univers, mais j'ai des doutes dès qu'il s'agit de les définir. Les femmes, qui ne comprennent pas cette tare, adorent me tester à coups de gomme-gutte et d'aubergine, pour finir frappées d'effroi respectueux comme en présence du génie. De toutes manières les femmes ont un lexique des couleurs bien plus étendu que les hommes, dont aucun ne devrait réduire John Dalton au rang de prophète d'une tribu d'infirmes. Il y a plus de daltonisme en vigueur qu'ils n'en ont conscience.

Je plaide pour les daltoniens devant tous les organismes qui usent d'une taxonomie chromatique de préférence au système phonologique. L'aéroport Charles-de-Gaulle à Roissy partage les voyageurs à destination des Etats-Unis grâce à des cartes de couleurs perversement subtiles, comme il convient à la capitale de la *haute couture** – violet, vermillon, vert mousse. Certaines salles de concert se divisent en zones vertes et zones marron. Si on intervertissait les trois couleurs des feux de circulation je serais perdu. Les aveugles ont droit à la compassion, pas les daltoniens. Sans parler du problème épistémologique. Si un daltonien prend le vert pour de l'orange, quel philosophe est en droit de dire qu'il se trompe ? Les réalités secondes, dont relèvent les couleurs, ne peuvent être établies par voie de scrutin majoritaire.

Le daltonisme fait manifestement entrave à l'écriture romanesque (moins, semble-t-il, à la peinture de tableaux où l'étrangeté d'une vision idiosyncratique peut se rendre acceptable. Turner ? Cézanne ?). Le roman traite du monde sensible, où les objets sont colorés, et le romancier ne doit pas se tromper sur les couleurs. Ma première femme ne se contentait pas de vérifier la couleur de mes couchers de soleil ou mes glaïeuls, elle équipait aussi mes personnages romanesques de garde-robes complètes. Les critiques qui ricanaient de mon style ou ma psychologie ont souvent loué le goût vestimentaire de mes héroïnes. Je trichais, mais l'art triche toujours. Raison pour laquelle Platon et Tolstoï condamnaient la littérature.

Naturellement j'ai pris en méfiance les cours de peinture et pour compenser, je me suis attaché davantage au travail du trait, mais le dessin, surtout la caricature féroce, devenait une activité de plus en plus privée. En même temps commençait à germer lentement ce qu'on pourrait appeler un don de synesthésie – l'aptitude à interpréter le visuel sous forme gustative, et à un âge bien plus avancé, l'auditif en termes visuels. Je veux dire que je réagissais aux couleurs comme s'il s'agissait de les goûter : cette couleur-ci, qui n'est peut-être pas celle du citron, pique la langue comme un citron ; cette autre peut-être noire ou violet foncé vous donne la nausée comme un morceau de foie mal cuit. Quand mon père m'emmena à un concert Hallé, ce qu'il me désigna comme un hautbois avait le son du jus de citron vert-argent ; la flûte était sauce de veau froide marron clair. Le désir d'écrire pour un orchestre, qui m'est venu beaucoup plus tard, compensait la peinture des tableaux que je ne pouvais pas peindre. N'en déplaise aux critiques musicaux, mes orchestrations sont bonnes ; je contrôle bien la palette, ou le palais, des tons. Quand les couleurs tonales ne scintillent pas, ou quand le mélange sonne faux, c'est toujours la faute du chef d'orchestre. Je ne trouve pas d'analogie dans les mots pour la gamme des couleurs ou des papilles. Je doute que certains le puissent. Le célèbre sonnet de Rimbaud, où les voyelles se voient attribuer les qualités des couleurs, est entièrement affaire d'alchimie, pas du tout de perception visuelle.

L'année 1924 se distingua par l'Exposition de l'Empire britannique à Wembley : je me souviens du timbre commémoratif. Ce que je revois le mieux c'est une photo de journal du prince de Galles sculptée dans du beurre de Nouvelle-Zélande. Mon imagination dégustait le prince marin. Il fumait la pipe quand on ne le prenait pas sur le vif sourire et clope aux lèvres, son tabac s'appelait Baby's Bottom (doux comme des fesses d'angelot). Ce tabac, dans sa boîte ornée de bébés nus, nous l'avions sur nos étagères. Mes camarades de classe ne pouvaient pas croire les sales proutestants capables d'une telle obscénité. J'en ai amené cinq avec moi à la boutique pour leur prouver que si, mais nous étions justement en rupture de stock ce jour-là. Ça, comme d'être daltonien et de me languir pour Joan Price, n'a pas arrangé mes affaires. Je rentrais en solitaire de l'école – le dépôt des trams, Bowes Road, Claremont Road (Oh clairemente, oh pieuse, oh douce Vierge Marie), Alison Street, Graeme Street, Great Western Street, Raby Street, 21 Princess Road, une demi-couronne de provisions sur la table du goûter.

Nous n'avons passé qu'un seul Noël au 21 Princess Road. J'ai reçu de beaux cadeaux – une panoplie de magicien, l'album annuel du *Petit Canard* (mon premier livre), une lanterne magique avec des plaques représentant les animaux de la jungle. Je fréquentais régulièrement le cinéma voisin, qui présentait toujours en appoint une série documentaire intitulée *Les Animaux du monde.* Dont j'allais offrir une version fixe mais en couleurs aux Wilson et aux deux filles Dwyer dans la torpeur de l'après-dinde, et on plaça une bougie allumée dans la lanterne magique. « *Les Animaux du monde* », annoncai-je, en enfournant ma première plaque. Rien sur le mur. La bougie était trop longue. Il fallait attendre qu'elle se consume jusqu'à hauteur de lentille. « Joue-nous quelque chose en attendant, Joe », dit oncle Jimmy. Et mon père de marteler l'air de Musette dans *La Bohème.* La bougie enfin courte à point, les animaux du monde défilèrent majestueusement sur le mur qui faisait un écran couleur chamois. A l'heure qu'il est je me demande encore pourquoi la famille entière a décidé d'attendre le bon vouloir de la bougie. Qu'est-ce qui nous empêchait de la couper à la bonne taille ? Est-ce qu'on était tous stupides ou simplement torpides ? J'ai mis cet événement ou non-événement dans un roman de mes débuts, *Monsieur Enderby.* Comme les joueurs de T.S. Eliot sous le linteau couronné de pampre ou son cheval blanc qui galope dans la prairie, il est resté pour moi le symbole d'un je ne sais quoi de profond mais inconnaissable. L'image est accompagnée par les rots de ma belle-mère dans son coin. Elle était devenue une grande et puissante roteuse. « Faut les laisser venir, nous affirmait-elle. C'est le docteur qui l'a dit. On peut toujours dire : Pardon excuse. » Mais elle ne s'excusait jamais.

Et comment je savais que c'était la chanson de Musette ? parce que mon père me l'a dit. Le titre était imprimé sur l'une des innombrables partitions apparues au salon, dont la somme totale faisait un recueil nommé *L'Album du mélomane*. Il y avait aussi *Les Chefs-d'œuvre de la musique*, qui paraissait tous les quinze jours. Pourquoi cette brusque incursion dans les zones moyennes de la musique – *Menuet* de Boccherini, extraits de *Madame Butterfly*, cinquième symphonie de Tchaïkovski en fascicules moléculaires, avec des articles bavards de Tetrazzini, Percy Pitt et même Ernest Newman – je l'ignore. Question de réciprocité commerçante, j'imagine – histoire d'encourager le gros fumeur du magasin de musique à se ravitailler chez Wilson, 21 Princess Road.

Maintenant mon père ne se précipitait plus à l'Alexandra Hotel ou grand Alec, à ne pas confondre avec le petit Alec d'Alexandra Road, dès l'ouverture de dix-sept heures trente. Il passait un moment au piano à jouer les airs de *L'Album du mélomane*. Et mieux encore. Il jouait une marche qu'il avait composée lui-même à l'intention du corps de santé de l'armée de l'air. Puis il se plaignait de douleurs au bas de la colonne vertébrale que seule une station debout au bar devant une Bass pression pouvait soulager. J'étais en partie ou totalement responsable de ces douleurs. Au travail en chapeau melon et manches de chemise dans l'arrière-boutique, il s'était levé pour attraper le sommier posé sur le bord de la table côté fenêtre. J'ai retiré sa chaise et il s'est lourdement assis par terre. Le geste était dépourvu de malveillance : simplement je l'avais vu faire dans les illustrés et les films comiques. Peut-être qu'après avoir bruyamment invoqué les cieux à la ronde, il a interprété cela comme un désir d'attirer plus d'attention que je n'en recevais. Cette attention il me l'a donnée, mais à petites doses. J'avais sept ans maintenant, j'avais donc atteint l'âge de raison : l'heure de devenir un fils rationnel de l'Eglise en allant me confesser et en faisant ma première communion. J'avais besoin de conseils pour cette confession, qu'il faudrait faire au Père O'Reilly dans une boîte sombre de l'église des Martyrs-Anglais. J'avais commis des péchés, je le savais, notamment cette soustraction de la chaise paternelle, mais j'avais vaguement conscience d'une frontière entre les vraies offenses et la simple inconduite sociale. Par exemple, des actes comme se curer le nez ou faire des pets n'étaient sûrement pas pour Dieu le Père et Dieu le Fils (même si je les imaginais en grande discussion sur le sujet) dignes de l'enfer. Par contre cette petite chanson que je me chantais souvent, je la trouvais assez obscène pour que ça fasse un péché. Quelle chanson, voulut savoir mon père. Tout honteux je l'ai chantée :

Dans un beau pays près de la rivière
Les petits cochons font trois petits tours.
Voyez comme ils courent,
Les doigts dans le derrière,
Voyez comme ils courent
Six fois par jour.

Le visage de mon père se fit très grave et il me dit que je devrais la chanter devant l'assemblée des fidèles pendant que l'orgue jouerait l'accompagnement. Franchement je ne l'ai pas cru. J'ai eu le sentiment que, comme un sale proutestant, il se moquait d'un saint sacrement.

Je n'ai pas eu besoin de chanter la chanson. Le Père O'Reilly accepta en vrac mon lot de gros mots et de vilaines pensées, et me donna l'absolution mais contre une pénitence, exorbitante à mon sens, de cinq Notre Père et cinq Je vous salue Marie. Le matin de ma première communion aurait dû être le plus heureux de ma vie. Ce fut, jusqu'à l'instant décisif, le plus terrifiant. J'ai reçu le corps et le sang de Jésus-Christ sous la forme d'une mince gaufrette qui s'est collée à mon palais, et quitté l'autel mains jointes, yeux clos, en murmurant « Mon Seigneur et mon Dieu ». Je pouvais déloger le Christ de mon palais avec ma langue, mais j'étais promis aux feux de l'enfer si mes dents le touchaient. Si la moindre miette de nourriture ou la moindre goutte de liquide le devançait dans mon estomac, le ciel se déchaînerait et ferait rentrer du charbon frais en prévision de ma mort soudaine et impénitente. A peine devenu communiant de plein exercice, j'ai compris l'importance de différer la mort. J'ai fait ma première communion sous la pluie battante de Manchester. En allant à l'église j'avais ouvert la bouche pour recueillir quelques gouttes. Etait-ce de la nourriture liquide? A partir de maintenant, j'avais intérêt à rester sage. Je me qualifiais déjà pour l'enfer. Ma belle-sœur Madge était dévote et archi-scrupuleuse, bien plus que les prêtres. A l'église du Saint-Nom, le Père Fitzjames lui avait dit en feuilletant son journal du soir (ouvert à la page des courses) qu'elle n'était qu'une petite sotte. Le Père Myerscough lui avait dit de ne pas se laisser émouvoir par l'incidence d'un délit minuscule : le vieux malin, assura-t-il, n'avait fait que la chatouiller du bout de la queue. Ça ne l'a pas vraiment convaincue, et elle m'a inculqué sa terreur de l'enfer. C'était pire que facile de pécher. La vie, de toute évidence, n'était que péché. Je me suis offert une saucisse feuilletée à deux sous chez Price avant de me rappeler qu'on était vendredi. Je l'ai mangée quand même. Je mastiquais encore quand j'ai couru à confesse. J'avalais la dernière feuillette que je pleurnichais déjà.

Mes belles-sœurs avaient chacune un amoureux, à qui je suppose elles autorisaient les baisers mais rien d'autre. La torture des longues fiançailles, pour parler comme le prêtre alcoolisé de Graham Greene, avant les apaisements du mariage ; les bretzels salés qui excitent la soif de cocktails. Les noces d'Agnes sont venues en premier, son fiancé s'appelait Jack Tollitt. *L'Album du mélomane* était composé de grandes feuilles ad hoc, avec des pages de garde vierges qui n'attendaient que le viol du crayon, et j'ai dessiné Jack Tollitt à la fin du volume Un. J'ai accentué sa mâchoire prognathe, trente-deux dents et deux dehors. C'était un petit Mancunien noueux suçoteur natif de Chorlton-on-Medlock, supporter du club de football de Manchester, dont le stade dans Maine Road n'était pas très loin de la boutique, un protestant en cours de rééducation lente avant d'être admis dans l'Eglise, condition préalable au mariage projeté. Il travaillait dorénavant à la boutique, avec l'énergie et la compétence de celui qui lorgne un rôle familial dans la gestion. Mon père était ravi de déléguer ses responsabilités. Il avait d'autres aspirations que de traîner en chapeau melon devant des livres de comptes. Il lui fallait plus de temps pour sa pause méridienne à l'Alec, où la station debout prolongée soulageait son épine dorsale. L'été il aimait suivre les matches de cricket régionaux à Old Trafford ; l'hiver il assistait aux rencontres de steeple-chase de Manchester. Jack Tollitt ne perdait pas son temps à m'enfermer dans des cartons, comme Harold Smith. Lequel nous avait quitté pour émigrer dans un coin quelconque de l'Empire (l'exposition de Wembley, même avec le décalage de Manchester, l'avait beaucoup marqué), et son successeur n'avait pas fait long feu : il avait la manie d'additionner la date aux livres, shillings, pence de ses factures. Jack et Agnes Tollitt devaient planter leurs pénates au 21 Princess Road, où il y avait trois étages et assez de place pour élever toute une nichée de petits catholiques. Mais le protestantisme résiduel, autant que les problèmes d'obstétrique qui allaient tourmenter mes deux belles-sœurs, ont accru leur intérêt pour *L'Amour dans le mariage* du Dr Marie Stopes, et fait obstacle au modèle de la philoprogénitivité irlandaise.

Ce projet d'installer un ménage de plus au 21 Princess Road marquait le couronnement d'un plan que ma belle-mère ruminait depuis qu'elle était sûre que sa nouvelle affaire marchait bien. Elle se sentait perdue sans le bruit, la fumée, les effluves d'alcool et de drame qui animaient jadis sa vie au Golden Eagle. Elle voulait retourner, comme elle disait, dans le public. Pas question de reprendre un pub : combiner ça avec un commerce de tabac, ça ne s'était jamais vu. Elle se contenterait d'un magasin de bière, vins et spiritueux, un « Vins-alcools » comme on disait, or justement il y en avait un à prendre au 261 Moss Lane East, à même pas cinq minutes de marche de Princess Road. Elle qui venait à peine de vendre stock et clientèle dans un coin, voilà qu'elle les rachetait dans un autre. Mon père ne voulait rien savoir de cette nouvelle entreprise. Il partait le matin comme n'importe quel homme qui va au travail, melon en tête, après son petit déjeuner, une tranche épaisse de pâté de porc et une pinte de Bass à la pression, tirée d'un tonneau dormant à demeure par commodité. Il rentrait à trois heures, à la fermeture de l'Alec, s'attabler devant ses ris de veau grillés. Le dimanche il excitait sa bile à la maison sur *News of the World*, après le rôti et le pudding au citron, son dessert préféré, sinon le seul. Le Vins-alcools se pliait aux horaires des pubs, les soirées en famille ne faisaient pas partie du programme. Une fois de plus, je ne verrais pas souvent mon père.

Le Vins-alcools était à l'angle de Moss Lane East et Lincroft Street, là où naquit David Lloyd George. Un politicien moins grand et plus radical vivait là maintenant, un dénommé Edwards dont la femme et les enfants avaient l'air de sortir d'une longue peine de prison, tant leurs cheveux étaient coupés ras. Leur mobilier se composait de caisses en bois. Edwards rêvait de faire entrer le communisme au conseil municipal mais n'avait jamais réussi à se faire élire, faute de pouvoir verser la caution requise. Perché sur sa tribune de fortune au milieu du Récré, ou lieu récréatif, une sinistre nappe de gravier noir au bout de Lincroft Street, il dénonçait les crimes des temps, avec en prime une péroraison sur l'eau polluée de la municipalité. Moss Side était un quartier respectable, dont Edwards faisait baisser le standing. D'un autre côté nous n'avions que lui dans le secteur comme excentrique, et à ce titre il avait droit à notre affection ambiguë.

Notre nouvelle boutique, qui finirait en clandé jamaïcain, était très bien achalandée par les résidents de Moss Side qui préféraient s'alcooliser chez eux. Leur respectabilité était parfois douteuse : un vieil homme venait chaque soir chercher la bière du dîner dans une cruche, mais au retour on le voyait prendre une petite allée où il s'offrait une rasade et remontait le niveau en urinant dans la cruche. Quand il est devenu trop vieux pour s'acquitter de cette tâche régulière, sa famille a trouvé que la bière devenait fade. Des vieilles dames guindées qui venaient acheter un quart de gin, ou mère en ruine comme on l'appelait en ces temps à prix modestes, se plaignaient de la recrudescence des Noirs dans les rues de la ville. Il s'agissait sans doute d'Indiens venus apprendre à traiter le coton et saper notre principale industrie. « On devrait les obliger à rester chez eux », telle était l'opinion courante. Une patronne de Vins-alcools doit tolérer les préjugés de ses clients, tout comme une hôtesse de pub, or ma belle-mère n'avait aucun mal à cela car elle souscrivait à tous les sectarismes en cours. Elle était même capable, si c'était bon pour le commerce, d'approuver les anticatholiques qui rendaient le pape responsable de la prochaine guerre contre l'Amérique ou qui assimilaient l'Eucharistie à du cannibalisme pur et simple. Les irlandophobes, qui étaient légion, ne rencontraient pas d'opposition chez elle. Son irlanderie n'était plus qu'une question d'ancêtres, et même cela elle le cachait maintenant sous un patronyme anglais. L'Angleterre, là-dessus elle était d'accord avec mon père, était infestée de rochers-fidèles et de barbiers de juillet. Un rocher-fidèle (« Approchez fidèles Irlandais au son de ma voix/Les bouchers anglais ont mis l'Irlande en croix ») était un voyou irlandais immigré, un barbier de juillet un manœuvre importé pour faire la moisson.

La personnalité de ma belle-mère ne gagnait pas beaucoup à la vision plus rapprochée que j'en avais maintenant. Ses sujets de conversation dépassaient rarement les souvenirs de sa période en usine, ces temps de liberté exploitée où elle et Katie 'Erbert étaient restées coincées dans un monte-charge, ou une 'otte. Ce qui n'était pas une abréviation d'Otis-Piffre. Son inhachtitude était d'une constance rigoureuse. Quand elle se plaignait, chose fréquente, que son hanche l'harcelait, elle ne comprenait pas l'humour de mon père qui lui conseillait deux aspirées pour la remettre d'aplomb. Elle se curait les dents avec des tickets de tram et prenait une épingle à cheveux pour extraire la cire de ses oreilles. Ses dents lui faisaient mal, ses oignons aussi, et elle avait jalousement piqué à mon père ses douleurs au bas de la colonne vertébrale. Pris de fascination perverse, je cochais les cases d'une fiche anatomique – tête, nez, poitrine, estomac, jambe – pour conclure qu'elle ferait le bonheur d'un séméiologue. Je ne pouvais pas comprendre qu'on puisse garder l'envie de vivre avec de telles afflictions mais il lui restait pas mal de vigueur. Elle quittait parfois sa cage de douleurs, d'argent et de souvenirs pour parler du vaste monde, autrement dit la famille royale : la reine mère, le duc de Clarence qui n'était autre que Jack l'Eventreur, le roi Teddy et son Lys de Jersey (qui lui avait renversé du sorbet dans le cou), le maquillage laqué de la reine Mary. Le roi Alphonsus et la reine Edna (sic, sic) d'Espagne sont apparus une fois dans la marge. Elle reconnaissait l'existence des nations étrangères, vu que le sherry est d'origine ibérique, et avait du respect pour les Italiens, le pape (en train de mourir d'hydropisie, affirmait-elle) étant du nombre. Elle était en bons termes avec une Mrs Frascati, dont l'inhachtitude valait la sienne, et disait avoir croisé une fois dans la rue une femme si belle et si brune que ça ne pouvait être qu'une Italienne. Les Gitanes lui faisaient peur, elle ne refusait jamais d'acheter leurs pinces à linge.

La qualité de sa cuisine restait bonne quoique simple, mais les autres arts n'existaient pas pour elle. A l'époque de l'installation au 261 Moss Lane East elle a confié à Madge une poignée d'argent pour acheter des tableaux d'occasion comme s'il s'agissait de choisir des oranges (ni piquetées ni trop mûres). C'est ainsi que nous avons acquis *La Lumière du monde*, *La Dame de Shalott*, *La Dignité face à l'Impudence*, et même *Le Cerf aux abois*, sans compter quelques anecdotes morales larmoyantes en robes à tournure et moustaches à la mode d'Elgar. Dans les chambres on voyait le pape bénir *urbem et orbem*, à côté d'images pieuses en provenance de Dublin capitale des arts – le Sacré-Cœur, la Mater Dolorosa, saint Antoine, saint Jean-Baptiste flanqué d'un enfant Jésus anachronique. Les étagères disséminées alentour hébergeaient une colonie d'éléphants en ivoire de taille décroissante, un baguier sans bague, une donzelle en céramique aux jupes soulevées par le vent, un plat en cloisonné acheté à un colporteur chinois inquiétant, un coquillage cendrier (souvenir de Cleveleys), des étuis à lunettes vides en écaille, les vestiges d'un service à thé miniature, un gratte-dos inemployé par esprit de contrition : nous portions tous de la laine à même la peau. Et pas un livre, même pas pour meubler le décor. Les livres c'était perte de temps et compagnie. J'étais déjà adolescent quand je suis rentré un jour avec un ouvrage populaire de 1683 payé deux sous, mais elle l'a mis droit au feu avec des pincettes et des glapissements : la Grande Peste elle connaissait, et ça c'était un rat de papier bubonique.

Rien ne nous autorise à condamner les gens, même les belles-mères, pour leur manque de talent ou d'hachtitude. Je n'avais aucun titre à son affection, tout juste un titre minime à ce qu'il faut bien appeler son devoir. En m'acceptant comme un accessoire maigre et pâle de mon père, que la consommation de Bass ne faisait ni pâlir ni maigrir, elle se chargeait de veiller à ce que je sois nourri, vêtu et éduqué jusqu'à l'âge de dix ans – ou quatorze, quand elle eut pris connaissance de la loi. Elle-même avait quitté l'école à dix ans, d'où son ignorance. L'éducation n'offrait aucune garantie de succès dans la vie, prenez mon père par exemple, à qui on avait même payé des leçons de piano, ça ne l'empêchait pas de passer ses heures de travail comme employé de M. Wilson, ci-devant Dwyer, née Byrne, et ses heures de loisir à picoler. Pour l'éducation à la prêtrise, c'était différent : on avait besoin du latin pour les boniments du dimanche. Mais elle a vu tout de suite que je n'avais pas le profil d'un prêtre, de toute façon la prêtrise était réservée à la dynastie Dwyer. Plus tard elle verrait mes livres d'un mauvais œil, mais elle était plus tolérante à l'égard des *Comic Cuts, Funny Wonder, Film Fun* qui étaient sans risque pour le système, chiches en paroles et utiles pour allumer le feu de la cuisine. Après la pâture enfantine colorée du *Petit Canard* j'étais passé aux exploits vulgaires en noir et blanc de Mimi le Mollasson et Tim Tortillard.

Ma tante Annie venait parfois me voir, elle s'est même fendue une fois d'une demi-couronne pour m'apporter un phonographe dont le remontoir n'a pas résisté longtemps. J'aurais dû cultiver la nostalgie des temps où elle semblait ma mère de première main, mais je l'ai rejetée avec une cruauté enfantine comme première responsable des serpents et du froid humide, en plus d'être une Gitane de cauchemar et, je le découvrais maintenant, une cuisinière médiocre. Elle a fondu dans sa propre grisaille et s'est éteinte. Elsie et Betty, qu'on appelait maintenant mes cousines, m'envoyaient de temps en temps une petite lettre. Elles m'écrivaient encore à l'université, où je n'appréciais guère de recevoir du courrier adressé à Master Jack Wilson. Mais un de mes camarades m'a dit que ça sonnait bien, un peu élisabéthain. Elsie est morte célibataire, mais Betty a fini par se marier après de longues fiançailles à la mode lancastrienne – vingt ans, je crois. A Manchester ce n'était pas un record. Une demoiselle nommée

Miss Horrabin qui tenait un kiosque de journaux et tabac à Quay Street devant l'opéra était courtisée depuis quarante ans par un certain Mr Whittle. On leur prêtait ce dialogue, typique du Lancashire dans sa concision : « Tu ne crois pas qu'il serait temps de nous marier, Jim ? – Sûr, mais tu connais des gens qui voudraient encore de nous ? » J'ai écrit à Betty pour la féliciter et reçu en retour une lettre m'annonçant, hélas, que son cher époux était décédé la nuit de ses noces. Enfièvrement fatal exacerbé, diagnostiqua un pédant de mes amis, par un diffèrement excessif. Le Lancashire a un don pour mêler le comique au tragique.

Mais on allait bientôt célébrer en grand style un autre mariage entouré de présages plus sains. Jack Tollitt avait enfin obtenu son admission dans l'Eglise, et après des séances de longs baisers brûlants dans le salon glacé du 261 Moss Lane East auxquelles en tant que simple animal domestique j'avais eu le privilège d'assister, le couple chaste par ailleurs attendait la sanctification de délices telles qu'en suggéraient les films des folles années vingt. Le sacrement serait célébré à l'église du Saint-Nom dans Oxford Road qui était devenue notre paroisse.

Le Saint-Nom occupe le bloc d'immeubles qui va de Dover Street à Ackers Street, en face de l'université. Dans ma jeunesse, Ackers Street avait la spécialité de loger les gens de théâtre, ma mère avait vécu là avant de devenir mancunienne. L'église avait elle aussi des liens avec le théâtre. La troupe d'opéra Carl Rosa y chantait la grand-messe en grand style accompagnée par l'orchestre. Leslie Stuart, en attendant de se faire un nom avec ses chansons de revues nègres et sa comédie musicale *Floradora*, était préposé à l'orgue. Dans le double quatuor de *Floradora* – « Dis-moi, belle jeune fille, s'il en reste encore chez toi d'aussi jolies que toi ? » – il avait déchaîné les railleries scandalisées du producteur en évoquant les mouvements de concélébrants à la plus flamboyante des grand-messes possibles. Les prêtres du Saint-Nom étaient des jésuites, donc des hommes du monde, qui parlaient l'anglais doré sur tranche du cardinal Newman. Les éléments irlandais s'étaient fait engloutir par l'institution jésuite britannique, il n'y avait pas de place ici pour les voyelles de Maynooth. L'église est vaste, beaucoup plus grande que la cathédrale de Birmingham où j'ai assisté à l'investiture comme archevêque de George Patrick Dwyer, et elle exige de ses prédicateurs la projection vocale d'un acteur comme Henry Irving ou, mieux encore, Noel Coward. Le Père Bernard Vaughan y prêchait, le Père Conmee de Joyce s'en souvient, avec des yeux étranges et un accent cockney, malgré ses origines galloises. « Pilate, il faut interdire à c'te foule d'hurler. » Les prédicateurs de mes propres souvenirs me terrifiaient par leur diction patricienne : la religion n'avait plus rien à voir avec l'Irlande exubérante ou son folklore de leprechauns ; au Saint-Nom elle avait conquis la dignité et l'autorité de la loi impériale. Les prêtres avaient le regard d'acier et la mâchoire bleuâtre, et Bon Dieu ils savaient de la théologie. Mon père se verrait réduit à vider les lieux. Il est entré un dimanche en pleine messe de onze heures chapeau melon sur le crâne, la cigarette allumée – pure distraction : il a dû croire que c'était un pub – au moment, par malchance, où le prêtre et ses acolytes célébraient l'Asperges. Un tir d'eau bénite bien ajusté a brutalement douché la cigarette, quant au chapeau le prêtre a glapi : « Nous ne sommes pas dans une synagogue. » Ensuite il l'a pris pour thème d'un sermon brillamment improvisé sur l'irrévérence intentionnelle. Mon père n'est plus revenu, sauf pour son unique messe de l'année – la nuit de Noël, soûl. Comme tant de catholiques, c'était lui qui faisait le règlement.

Aux noces d'Agnes il était à peu près sobre pour conduire la mariée à l'autel, en jaquette de location, assez rondouillard. Il s'est bien tenu. Il ne s'était pas toujours aussi bien conduit au mariage des autres. Une fois, pas du tout sobre, il a fait pleurer la mariée en lui souhaitant de remettre ça dès que possible. A une autre cérémonie, wesleyenne ou baptiste, il s'est joint au chœur qui chantait « Conte-moi la vieille, vieille histoire » mais au lieu d'enchaîner « de Jésus et son amour » il a rugi « que tu m'as déjà racontée ». Ma belle-mère semblait plongée dans le calcul du coût de la fête, qu'elle-même honorait d'un couvre-chef beau comme un gâteau de chez Duncan and Foster, tout empanaché de plumes d'autruche ondulantes. Madge, la première demoiselle d'honneur, était charmante en dentelles et capote hollandaise (rien à voir à l'époque avec le contrôle des naissances). La mariée était vêtue de blanc légitime et de pudeur exquise. Et moi son porteur de traîne, de gaucherie exquise et de velours bordeaux. J'ai lâché la traîne au milieu de la nef, il a fallu que je coure après. C'est de là que date mon amour des mariages, je regrette d'avoir dû bâcler les miens sans pompe ou en catimini. Il n'y a rien qui vaille un mariage. Faites retentir les grandes orgues, s'écriait Edmund Spenser, qui avait de la famille dans le Lancashire (il dit « marde » dans *Le Calendrier du berger*) mais qui s'est marié dans une église de Cork où on peut à peine loger un orgue de Barbarie. « Tu entends ça ? me souffla mon père tandis que nous remontions l'allée aux accents de Mendelssohn. C'est le seul morceau de musique que je connaisse qui ne commence pas par un accord courant. » Exact : la marche nuptiale de Thésée et son Amazone ouvre par une septième sur le second degré du ton de la dominante. Mais c'était un drôle de moment pour me dispenser cette perle de science musicale. Exultation proleptique sans doute. Prenez et buvez en douce !

La réception se tenait à Shorrocks's, une salle de danse bien connue à l'époque, souvent tachée de sang, de bière et de sperme lors du zinzin de l'université, je saurais cela plus tard. La direction accueillait indifféremment les noces et les funérailles et, nous sommes à Manchester, avec le même entrain. Il y avait une salle de bal au sol glissant et des zones de retraite meublées de causeuses en panne de velours. Il y avait des toilettes assez grandes pour le trop-plein. Avec les rejetons Wilson et Dwyer, nous avons glissé sur la piste de danse en attendant que le petit orchestre attaque « Le Sheik d'Arabie », englouti force gâteaux, glace, limonade coupée de bourgogne australien Big Tree, puis vomi consciencieusement. Je n'ai pas vomi sur mon costume de velours bordeaux. Ça c'est venu quelques jours plus tard par induction artificielle. On m'a envoyé à l'école en tenue de porte-traîne, qui a suscité des persécutions pires que l'affaire Joan Price. Sitôt accomplie la mise en pièces, j'ai rejoint les potes en pull troué et kex déchiré.

Mr et Mrs Tollitt, après une lune de miel à Douglas dans l'île de Man, sont revenus assouvis et en pleine forme prendre possession des étages supérieurs du 21 Princess Road. Pour mon père, Madge et moi, la vie a continué 261 Moss Lane East au rythme des thrènes de ma belle-mère sur le coût du mariage. Dieu était injuste d'infliger à une femme deux filles en âge de se marier au même moment. D'où le délai observé avant la proclamation des bans pour Madge. Elle était promise à Clifford Kemp, natif de Collyhurst et d'une veuve qui tenait un magasin de tabac plus petit que le nôtre dans Queen's Road. Encore un protestant en cours de rééducation. Il avait la réputation de ressembler au prince de Galles. Bizarre que les deux filles s'entichent de païens alors qu'il y avait tant de bonnes familles irlandaises à la ronde – les Fitzgerald ou les Kilpatrick ou les Groarke ou même, pour autant que je sache, les Dedalus. Mais peut-être moins bizarre qu'on ne croirait. Il y avait comme un relent d'inceste dans cette consolidation trop facile de la foi et du sang. La nature, ou est-ce Lévi-Strauss, recommandait l'exogamie pour préserver la santé publique. Dieu, ou la Société pour la propagation de la foi, soulignait discrètement l'urgence d'engendrer des catholiques anglais. Et à coup sûr, même si le catholicisme Kemp n'a pas produit grand-chose, les Tollitt sont devenus les piliers de maintes paroisses du nord-ouest. Jack Tollitt s'est mué tout comme Greene et Waugh en catholique forcené et pédant, pour notre honte ou notre émulation à tous. Dieu est amour et use à ses fins de la tumescence.

Madge ne rêvait pas au mariage, puisque mariage il y aurait bientôt. Elle préférait rêver à un monde au-dessus de tous nos moyens, entrevu dans les images alléchantes des journaux féminins et des romans de quatre sous. Elle le croisait aussi dans les films Paramount distribués par la firme Famous Lasky où elle était toujours employée comme sténographe. Un monde de luxe et d'élégance, mais pas spécifiquement américain : les sous-titres étaient rédigés en anglais cisatlantique. C'était néanmoins le monde des histoires illustrées de Scott Fitzgerald dans le *Saturday Evening Post*. Un monde de cocktails, jamais de beuveries, d'intrigue mais pas de fornication, de jupes courtes sans indécence, de voitures rapides sans accidents, de plages où l'orangeade se boit à la paille sous un parasol rayé. La mère de Madge polluait regrettablement notre côté du paradis par ses rots et son inhachtitude, mais sa fille ne lui en tenait pas rigueur :

honore ton père, mais pas forcément ton beau-père, et l'autre que tu sais. C'est moi qui ai abîmé le rêve.

Madge est devenue quasiment la disciple d'une Mrs Hopwood qui vivait dans une maison, pas une boutique, et parlait classe. Cette dame me dit : « Tiens, bonjour, Jackie, tu reviens déjeuner ? », mais je la corrigeai, « Dîner ». Un jour où Madge attendait Mrs Hopwood et comptait l'inviter à prendre le thé, elle m'a discrètement envoyé acheter un quart de livre de jambon cuit. Que ça cadre mal avec la manière dont Mrs Hopwood concevait cette collation, apparemment ça ne l'a pas effleurée. Au retour j'ai interrompu leur babil et collé le paquet humide dans la main de Madge. « Tiens, le v'là. »

Mrs Hopwood n'a pas voulu de thé : il fallait qu'elle rentre s'occuper du dîner. Madge a bondi sur moi sans colère, car la colère à l'époque était un péché, mais aussi abattue de déception qu'une Norma Shearer.

« Tu as tout gâché.

— Quoi qu'tu racontes, gâché ?

— Tu crois que tu me fais honneur ? A me mettre un quart de jambon dans la main en plein salon ? Mrs Hopwood n'a rien vu parce qu'elle ne croira jamais qu'on puisse être assez grossier pour faire une chose pareille. Et tu te rappelles la fois où tu l'as fait rougir ?

— Moi ?

— Quand elle a dit déjeuner et que tu as répondu dîner. Tu as fait tout ton possible pour la mettre mal à l'aise.

— Le déjeuner ça se prend à onze heures. Ce qu'on mange après c'est le dîner. Après c'est le thé. Et après c'est le souper.

— Pas chez les gens comme Mrs Hopwood. Va-t'en. Tu me donnes envie de vomir avec ton air de crétin. »

Même moi, malgré mon jeune âge, je me rendais compte que Mrs Hopwood était d'une élégance plutôt miteuse, obligée de secouer elle-même ses paillassons devant sa porte. Madge avait succombé à l'accent, relique flûtée d'un obscur pensionnat de jeunes filles, ton plaintif et « a » longs à la clé. Sans être jamais conviée à partager le déjeuner ou la soupe du soir de Mrs Hopwood, Madge savait comment il faut se tenir à table. Les repas Hopwood tels qu'elle se les imaginait devaient procéder en application pédante des principes définis par *Femme moderne*. Les Irlandais n'ont jamais eu de bonnes manières de table parce qu'ils n'ont jamais eu de bonne table. Ma belle-mère n'hésitait pas à prendre une paire de ciseaux pour couper sa viande si l'aiguiseur de couteaux se pointait en retard avec sa meule. Nous recevions parfois la tante Kate, une parente du cercle éloigné ou abyssal des Dwyer, vêtue comme si elle portait le deuil du prince Albert, qui empalait les pommes de terre sur son couteau et se les enfournait tout entières dans la bouche en exhalant force jets de vapeur. Je mangeais vite, mon père mangeait seul. Lâchée par son camp, Madge maintenait un solo inobservé de bienséance prandiale, allant même jusqu'à inclure un rince-doigts pour le raisin, mais elle avait un problème manducatoire qui la tenait éveillée la nuit. Elle était incapable de manger sa côtelette ou sa cuisse de poulet avec un couteau et une fourchette. D'ailleurs peut-être que personne n'y arrivait. Les gens chics, c'est sûr, devaient en laisser la moitié sur leur assiette, et quand ils dînaient à deux, l'un des convives attendait sans doute que l'autre s'absente brièvement pour arracher la chair de l'os avec une hâte sauvage. Quand Clifford Kemp l'emmenait dans un hôtel du bord de mer elle restait lugubre, l'appétit aiguisé par l'air marin, devant son pilon racorni, tandis que le trio de l'hôtel jouait « Mon cœur s'ouvre à ta voix » de *Samson et Dalila.* Puis un soir, avec un courage exemplaire, elle l'empoigna franchement, souriante, et lança, croyait-elle, une nouvelle mode. Pour ne plus jamais en démordre. C'est ça, le cran irlandais de Manchester.

L'occasion se présenta d'approcher le grand monde quand George Dwyer le millionnaire d'Australie vint en tournée de visite familiale avec son fils Dan. Il avait beau être honteux et contrit du scandale sexuel des antipodes, il apportait peu d'offrandes expiatoires. Quand Dan est venu déjeuner avec sa tante Maggie, ma belle-mère, il a festoyé seul sur les consignes de Madge, vu qu'elle ne pouvait compter sur aucun de nous pour manier couteau et fourchette. Déjeuner qui était un dîner décalé, hors-d'œuvre, potage au poulet, darne de flétan, poulet entier avec toute sa garniture, et charlotte russe. On m'a brièvement enlevé à mon assiette de hochepot dans la cuisine pour les présentations, le temps que Dan Dwyer susurre d'une voix distinguée de grand Blanc : « Il a tout à fait l'accent du Lancashire, n'est-ce pas ? » Puis on m'a replanté devant mon hochepot froid. Le grand George Dwyer convia toute la famille à un grand dîner au Midland Hotel. Madge pouvait venir avec Clifford Kemp. « Mais, hum, a-t-il, hum, un smoking ? » demanda George Dwyer. « Evidemment », riposta Madge d'un joli revers du droit. George Dwyer, nous dit-elle par la suite, parut surpris mais en même temps soulagé, à moins que ce ne soit l'inverse. Après ça nous avons eu droit à une moindre dose de Mrs Hopwood, qu'on ne voyait plus qu'en passant, en train de secouer ses paillassons ou promettre au receveur de loyers qu'elle paierait ses mois de retard la semaine prochaine. Même si le snobisme catholique australien est une contradiction dans les termes, il a mis en lumière la vacuité morale de la grande vie.

Il n'empêche, les femmes ont la mobilité sociale dans le sang, c'est peut-être un aspect de leur être biologique. Madge demeurait raffinée, quoique mal renseignée, et s'habillait avec recherche dans le style seins plats de l'époque, partant à sa tâche de sténographe en chapeau cloche, ses jolis genoux à l'air. Elle n'était bien renseignée que sur le cinéma, pour raisons professionnelles. Elle m'a nourri quelque temps des rêves de Hollywood, qui commençait à nous être mieux connu, non seulement grâce aux magazines de films mais aussi directement par l'écran. J'ai vu dans la salle de Jakie Innerfield un film intitulé *Hollywood,* que ma mémoire confond avec un autre nommé *Sodome et Gomorrhe.* La capitale du cinéma était déjà autophage, une scène expressionniste le montrait de façon littérale : une tête humaine gigantesque, le nom HOLLYWOOD gravé au fer rouge sur son front, engloutissait des pygmées aspirant à la gloire filmique. Ça n'a nullement entamé la fascination exercée sur nous par ledit lieu, qui avait encore plus de magie muet que parlant. Le premier croassement du disque Vitaphone fut une amère déception. En 1925 Rudolph Valentino n'avait plus qu'une année à vivre, il a eu la chance de mourir sans voix. Il n'y avait personne comme Valentino, d'après Madge, et elle avait raison. Je la revois avec un groupe d'amies, tout en genoux, cigarettes et seins plats, dans le salon du premier étage, parlant d'un film où Valentino a une perruque blanche et une mouche sur la joue. J'ai étalé ma science : « Ça s'appelle Monsioure Bioucaire. » Elles ont rectifié et je suis parti très humilié, suivi par la voix de Madge qui disait : « Pauvre gosse. »

Le pauvre gosse, tout à fait en dehors de l'école, apprenait à s'informer mieux que sa belle-sœur. Je dormais dans le grenier, étroit mais tout en longueur, garni d'étagères pleines de livres abandonnés depuis longtemps par mon père, qui était arrivé à la conclusion que l'éducation c'est une affaire de poires – vérité dont ma belle-mère était instruite depuis toujours. Il y avait là une édition complète du *Manuel de la franc-maçonnerie,* Dieu sait ce que c'était. Une société secrète apparemment, avec mots de passe et rites mystérieux. Mon père en était-il ? C'est seulement en piochant sérieusement le petit catéchisme que j'ai découvert l'anathème lancé par l'Eglise contre les sociétés secrètes. Un catholique ne peut pas être maçon, mais comment les hommes d'affaires catholiques pouvaient-ils prospérer sans appartenir à cet agrégat d'aide réciproque ? Les maçons fumeurs se fournissaient dans les tabacs maçons. D'un autre côté, mon père avait ses propres règles de conduite religieuse, et devait être un porte-tablier paisible de rang inférieur sans l'ambition ni les moyens de devenir Grand Maître d'une loge. Sinon je ne vois pas comment j'aurais pu aller à une fête enfantine maçonne pour la Noël 1925. Un Félix le Chat maçon en nage et en pétard dans sa fourrure hérissée miaulait férocement : « Les mômes qui seront pas en rang devant l'arbre au moment des cadeaux zorront pas de cadeaux. » Une dame maçonne me désigna au Père Maçon Noël : « Ce petit garçon veut un ballon. » Ce petit garçon ne voulait pas du tout. Ce petit garçon n'a jamais eu envie d'un ballon. Mon père appartenait aussi à un Rotary du pauvre, l'ordre antique des Buffaloes : un diplôme encadré niché dans le bric-à-brac poussiéreux du grenier l'attestait. Les rites semblaient moins pompeux, à ce qu'il m'a raconté. « Mr Primo, me permettez-vous la feuille ? Mr Primo, me permettez-vous le moût ? » Autrement dit le tabac et la bière. En 1953, j'ai eu un choc en voyant un de ces diplômes accroché au mur du bar public, dans un pub rural de l'Oxfordshire. Et lu avec un frisson comme m'en donne régulièrement cette région hantée que le diplômé s'appelait Joseph Wilson. Un autre, bien entendu.

A côté d'un Dickens illustré, étaient rangés les livres de Ball, *Histoire du soleil* et *Histoire des cieux*. Dans ces deux volumes, des cartes du ciel pliées déployaient des infinis de feu, bleu désespoir, vide pascalien. A la vue des cieux je me suis évanoui pour la première et la dernière fois de ma vie. Je suis assez vite revenu à moi mais je n'ai jamais pu surmonter mon horreur des cartes quand elles n'ont ni routes ni églises pour les humaniser. Dans l'armée j'apprenais aux recrues à lire les cartes d'état-major, sans être du tout gêné par une étendue qu'on pouvait couvrir en un jour de marche, mais les cartes du monde me terrifient, la vue des espaces interstellaires me donne des convulsions. C'est pire que de l'agoraphobie : appelez ça diastematophobie. Je tiens, suspendu jusqu'à ce que mort s'ensuive, entre la peur des ténèbres encartonnées de la réserve et la terreur de l'espace. J'aspirais aux libres frontières de mon propre crâne et d'un monde que je pouvais bâtir avec un crayon. Je n'ai pas beaucoup changé depuis 1925.

A part tout ce que j'ai déterré dans le grenier – un *Marmion* illustré de Scott, *She* de Rider Haggard, un manuel de français avec le nom de Margaret Dwyer sur la page de garde (ma belle-mère ? Non, bien sûr : sa fille cadette. Un collège catholique de jeunes filles. Où on avait dû lui apprendre à prononcer *Monsieur Beaucaire*), mon éducation de surface continuait à l'école Bishop Bilsborrow Memorial. La promotion du groupe qu'on appelait les bébés à celui des vrais enfants étant une question d'âge, pas de compétence, je me suis vu commis d'office aide-enseignant auprès d'analphabètes affligés de végétations. Certains n'étaient même pas de taille à lire un mot de trois lettres. Nous restions assis ensemble devant notre pupitre à contempler l'article THE. J'étais trop jeune pour expliquer à quiconque y compris moi le mystère du digraphe. Si seulement j'avais su que les Normands ont chassé le thorn et l'eth anglo-saxons pour les remplacer par l'équivalent latin inadéquat de thêta ! Mais nous n'étions pas mûrs pour les illogismes de l'histoire. AND aurait dû être plus facile mais ne l'était pas. J'abattais ma main sur l'abécédaire taché en demandant : « Qu'est-ce que c'est ? » Je savais que leur inhachtitude produirait la bonne réponse. Sorti des leçons de lecture je rejoignais les rangs des enseignés où je n'étais pas plus fort qu'un autre.

Nous étions entrés dans le monde violent de Sœur Ignatius et sa lanière. Elle dictait sa loi à des laïques qui, comme la plupart des dames vouées par Madge à l'enfer des rétrogrades, transpiraient fortement des aisselles, des oxters pour parler comme ma belle-mère (le rapprochement de ce vieux terme écossais avec *oxtail* n'était pas interdit). Madge usait quant à elle d'un dépilatoire nommé Veet. Nos maîtresses – Miss Clayton ou Téton, Miss O'Rourke, Mrs Hampson – sentaient la femme non rédimée. On nous enseignait le catéchisme et même l'Ecriture – pas dans la Bible mais dans une version désodorisée. Le nom Esaü nous plaisait beaucoup, il nous a inspiré une comptine folklorique, qui fut torchée et ficelée en moins d'une demi-heure :

J'ai vu Esaü
Assis sur un fût
Buvant du lait cru

Un limerick plus ou moins modelé sur Edward Lear est né d'une leçon d'arithmétique :

Livre shilling penny
La fille saute la grille
La grille est pleine de suie
Ça lui colle au mimi
Livre shilling penny.

La culture folklorique pétillait à grosses bulles parallèlement à l'éducation officielle. Nous étions encore assez près de la Grande Guerre pour chanter

Nas saldats sont à la guerre
Nas saldats ont mis à terre
Nas saldats ont mis en broche
Tous ces foutus Boches
Nas saldats sont à la guerre

Et ainsi jusqu'à épuisement. Le « hache », que tous les efforts aspirés ou soufflés de nos maîtresses n'ont jamais pu faire entrer dans l'inventaire phonologique, devenait audible uniquement comme procédé de percussion dans

Hue. Hue.
Baise mon cul.
Si j'donne eun'soirée j'vais pas t'inviter.
L'pain l'est pas beurré,
L'theï l'est pas sucré.
Hue. Hue.
Baise mon cul.

Celui qui se faisait prendre à débiter des âneries pareilles devait se mettre debout sur son pupitre bras tendus à l'horizontale. Les types du dernier rang aimaient bien ça parce qu'ils pouvaient s'appuyer contre le mur avec un râle d'agonie, les yeux révulsés, en faisant semblant d'être

Jésus-Christ sur la croix. Le Christ, avant toute autre considération, était un héros populaire : un catholoche exotique liquidé par les proutestants romains.

La crucifixion, ainsi d'ailleurs que la diffusion de l'évangile d'amour, qu'on nous inculquait non sans violence, se déroulait apparemment dans un pays chaud de longues robes à l'époque où les anciens Bretons couraient bleus de froid sous leur guède, pour ceux qui savent ce que c'est. Mais un type jurait que son père avait été envoyé là-bas en plein sur les terres de Ponche Pilote pour se battre contre les Turcs ou d'autres enculés tout pareils pendant la dernière guerre. Nous on savait que c'était des couillonnades vu que la guerre ça se passait à Ypres sur la Somme, avec plein de fils barbelés, des tanks, des broches dans le cul des Boches et tout le tremblement. On savait qu'Ypres se prononçait Hippe et pas Aïepeur. Parce que le père d'un autre type c'est là qu'il était resté embourbé, et c'est là qu'on s'était battu pour de vrai. Hippe, c'est comme ça qu'on dit chez les Franchouilles. La dernière guerre n'est jamais entrée dans nos programmes scolaires. Mais les cinémas nous prodiguaient maintes reconstitutions de ce que nos petits gars avaient enduré sur la Marne ou la Crotte 60. Et me voilà reparti pour la lecture des sous-titres aux matinées du samedi. «Avec un trou comme ça t'es bon pour le retour au pays, sacré veinard. Tiens, prends un clope. »

La guerre, c'était le comble de la souffrance séculière. Les supplices plus graves étaient réservés à l'éternité, ceux que nous promettaient chaque matin non les paroles mais les actes de Sœur Ignatius avec sa lanière. Sœur Ignatius était une espèce de harengère du Lancashire déguisée en nonne. Elle menait la prière du matin comme si elle vendait ses merlans frais à la criée. Les prières traînaient en longueur, et donnaient la vedette à la Vierge Marie plus qu'à son fils ou à ce grand Dieu dyspeptique irascible qui fulminait sans relâche dans son laboratoire à châtiments. Marie était là, d'une douceur évidente et prête à pardonner des mots comme « cul » et « fesse », même si on suppose qu'elle est trop bien élevée pour en connaître le sens. Elle était entourée de cierges qui donnaient une plaisante atmosphère de Noël au jour grisâtre du grand hall sur lequel débouchaient toutes les salles de classe. On nous faisait réciter « Salut ô Reine » et force dizaines de chapelet. Parfois un garçon, jamais une fille, s'évanouissait à force de rester debout. « L'est tombé dans les pommes » se faufilait dans le « Je vous salue Marie ». Le garçon, redoutant les coups de lanière pour son retard, s'était probablement passé de petit déjeuner. Stimulée par une hargne de nonne tirée du lit pour la messe de l'aube, la sanction des retards était immédiate et s'effectuait dans le vestiaire ou à la volée : jupes noires en bataille, Sœur Ignatius n'éprouvait aucune gêne à donner la chasse au rechigneur. La lanière faisait un mal de chien, elle le savait, il y avait donc une sorte de logique coupable dans les tentatives de fuite. Pas une fois elle n'a frappé dans le vide. C'était un soulagement de se réfugier auprès de la Vierge Marie, muette, perplexe, mais bienveillante. « Toi notre vie, notre douceur et notre espoir. C'est vers toi que monte notre plainte, pauvres enfants d'Eve en détresse. Vers toi nous élevons nos soupirs, gémissant et pleurant dans cette vallée de larmes. O très gracieuse avocate, tourne sur nous tes regards compatissants, et au terme de notre exil permets-nous de contempler le fruit béni de tes entrailles. » Je continue à trouver que c'est de l'excellente prose. Vous avez là deux expressions – « enfants d'Eve » et « au terme de notre exil » – aussi bonnes que tout ce qu'a pu produire Ponce Pilate. Je les ai souvent données en titre à des articles tombés dans l'indifférence. J'ai même remporté un prix pour une nouvelle intitulée « Enfants d'Eve ».

Un prêtre venait de temps en temps vérifier comment se portait Notre Cathy, Cathé, ou Catéchisme. C'était parfois un prêtre fraîchement ordonné, dont il fallait baiser les mains sanctifiées. Quand elles étaient bien baveuses, il les essuyait avec un mouchoir blanc comme neige qui nous remplissait d'admiration : les nôtres, quand mouchoirs il y avait, étaient des tire-jus crasseux ; les manches étaient plus dans notre style. Un jour de 1927 je suis entré en controverse avec un de ces magiciens bien astiqués (ce qu'il trafiquait en cachette derrière l'autel, ça ne pouvait être que de la magie : changer du pain en viande vivante, doux Jésus !). Il parlait du sacrifice de la messe. Dans un sacrifice il faut un prêtre et une victime. Nous savons tous qui est la victime ; et qui est le prêtre ? Il rayonnait en attendant la réponse « Vous, mon Père ». Mais j'ai dit non, ce n'est pas lui, c'est Jésus-Christ en personne. Le prêtre n'a pas la taille de l'emploi, il ne fait que remplacer son maître, qui ne peut évidemment pas être partout à la fois. Vous en êtes sûr ? Je crois que oui. Il eut un rire allègre et laissa la question en plan. Sœur Ignatius l'escorta jusqu'à la sortie puis revint pointer sur moi un doigt accusateur. « Vlà qu'ça ergote avec les prêt's, main'nant. » Mais il n'y eut pas de sanctions. On craignait peut-être – de la bouche des et cetera – que j'aille consulter les jésuites du Saint-Nom et qu'ils me donnent raison.

Le savoir séculier qu'on retient de l'école se ramène toujours à des choses apprises par cœur. « Mais où est donc Ornicar » et les tables de multiplication – une fois tant égale tant, continuez comme ça sans respirer jusqu'à la table de 12. Nous avions tous des tableaux récapitulatifs assortis, je ne sais pourquoi, de réclames. Il y en avait une pour le porto Gilbey's, rouge ou blanc, avec une jolie dame qui demandait « Lequel voulez-vous ? » Sur une autre, un homme à la mine féroce disait « Douleurs ou liniment Sloan ? C'est l'un ou l'autre ». Je confondais les deux et je continue à croire que le fait d'aimer le porto blanc (qui soûle dans le style crampon de bar classe) exclut tout penchant pour l'autre, qui se contente de vous coller la nausée. Quant aux tables de multiplication, je n'ai jamais nié leur valeur. Maintenant les enfants ont des ordinateurs de poche. Quand la batterie flanche ils se retrouvent au même point que Beethoven, qui n'a jamais appris ses tables et nous a laissé une facture où on peut lire « 7 + 7 + 7 + 7 + 7 + 7 + 7 = 49 ». N'aurions-nous appris que cela, nous étions tous capables de les débiter. Au retour des grandes vacances il fallait dire aux professeurs quelles messes nous avions fréquentées, sous la tutelle discutable de nos parents. Quand j'ai crié « Quatre fois la onze » la classe a répondu sans hésiter « Quarante-quatre ». C'était de l'éducation à l'ancienne, cinglante et sonnante.

1926 se signala par la mort de Rudolph Valentino et la grève générale. Des deux, ce fut le premier le coup le plus dur pour mes belles-sœurs. Une bande d'actualités montrait des hordes sanglotantes et des parterres d'arums à New York ou ailleurs. Pour la première fois, sans le secours de la religion ancestrale de Valentino, nous avons médité sur le mystère non pas tant de la résurrection physique que de la continuité vitale. Même si Valentino était mort dans sa chair hors cadre, nous ne connaissions de lui que sa projection en service commandé, qui était plus noble que la vie de l'existence brute. Marilyn Monroe et Humphrey Bogart ont subi la même transfiguration, morts sans être vraiment morts, plus vifs dans la mort que de leur vivant. Dans son roman *Duluth,* Gore Vidal pousse l'eschatologie jusqu'à sa limite démocratique : quiconque meurt à Duluth se trouve aussitôt élevé au rang de personnage d'un feuilleton télévisé intitulé *Duluth.* Mais par sa vie-en-mort, Valentino nous semblait dire que seuls les êtres magiques ont droit à l'éternité, qui durera jusqu'à ce que l'émulsion soit dissoute et le celluloïd rayé. Cette magie, nous pouvions l'avoir pour trois sous. Quand on a publié le testament de Valentino, je lui en ai vaguement voulu de ne pas me léguer une boîte de sa brillantine préférée. Par admiration pour son éclat lustré j'utilisais moi-même la brillantine de Woolworth. Elle sentait nettement meilleur que mes profs.

La grève générale aurait pu sentir très mauvais, mais ce n'était pas le cas. Oncle Jack, maître plombier rallié à la cause des manuels plus humbles, appelait de ses vœux la révolution rouge. Il affirmait être au courant de toutes les mesures contre-révolutionnaires que tramait le gouvernement. Il se rappelait 1919, et Austen Chamberlain qui disait : « Nous devons faire face ici même à une situation qui risque de mobiliser toutes nos forces. Je préfère tenir les charbonnages britanniques que ceux de Silésie. » Et Lord Birkenhead de crier : « Hurlez toujours, bandes de loups moscovites. On va vous l'écorcher, votre fourrure blanche. » Chars d'assaut à Liverpool. Cuirassé à l'ancre sur la Mersey. Sept ans plus tard, ça se comprend, le gouvernement était mieux préparé. Les lions de Moscou nous avaient à l'œil. Oncle Jack était contre le fait que les grévistes jouent au football avec la police. « Viol, incendie et carnage, / La révolution fait rage. » Voilà ce qui se chantait par dérision à ces matches sur l'air de « Glory, glory, alleluiah ». Les Britanniques ne feraient jamais de progrès. La feuille intitulée *The British Worker* était un torchon réactionnaire, qui recommandait le calme et la défense de la Constitution. Tandis que la *British Gazette* de Winston Churchill crachait le feu. Ça aurait dû être l'inverse.

Chez Wilson's au 21 Princess Road, on continuait à vendre des clopes et du Fesse d'Ange. Le tabac n'était pas près de disparaître. La vraie révolution se déroulait dans le domaine de la communication. « Regardez-moi ça, rouspétait mon père enchapeauté, en brandissant une malheureuse page imprimée. Et ils ont le culot d'appeler ça un journal. » Nous recevions les nouvelles de la British Broadcasting Corporation, montée en grade de simple compagnie qu'elle était, et le plus souvent au magasin de radio Pearson's qui possédait lampes et haut-parleurs. Notre poste à galène semblait inapproprié à la période. Ce qui me chagrinait le plus c'est que *Comic Cuts, The Funny Wonder, Chips* et *The Boys' Magazine* avaient cessé de paraître. Quand ils ont reparu à la fin de la grève, ils étaient tous, ai-je remarqué, antidatés du départ de la grève et ainsi de suite. Après tout, ils n'imprimaient pas de l'actualité brûlante comme les journaux. Ils offraient du mythe, pas des nouvelles. Je me suis senti vaguement roulé, dérouté vers l'intemporel alors que je voulais comme le reste du monde chevaucher sur la crête du temps. A Jack Tollitt revint l'honneur de bondir hors de chez Pearson's pour crier à toute la population de Princess Road que la grève était finie.

L'interruption de mes journaux pour rire et du *Boys' Magazine,* qui lui n'avait rien de drôle et publiait une histoire en feuilleton sur la Fin du monde (différée pour cause de grève), me poussa à tenter de produire ma propre pâture enfantine. J'avais deux talents. Je savais dessiner et aligner les mots. Une histoire de mon cru avait même eu les honneurs de l'affichage dans le hall de l'école entre une tulipe coloriée et une maison en feu pleine de petits bonshommes-allumettes. En voici le début : « Boum ! Boum ! Boum ! tonna l'horloge de la ville. Il était trois heures. » Ma ponctuation était irréprochable. J'avais appris les points les plus véhéments dans mes illustrés, et les guillemets dans les feuilletons. J'étais capable d'écrire proprement en petits caractères d'imprimerie. J'avais une règle pour tracer les bulles du dialogue, un flacon d'encre d'un sou et une plume à bout épais. Je n'ai pas trouvé de feuille assez grande pour imiter *Chips,* mais un cahier ordinaire, une fois détaché de sa couverture, faisait un magazine broché très convenable. Je ne pouvais pas m'en tenir au stade des gaietés primaires, pâtés étiquetés PATE, saucisses émergeant d'un tas de purée, cambrioleurs masqués au sac marqué BUTIN. La sophistication du *Boys' Magazine* invitait à l'émulation.

J'avais beaucoup d'admiration pour *The Boys' Magazine* mais je leur en voulais. Ils avaient une page entière de blagues envoyées par les lecteurs. La meilleure blague de la semaine gagnait une batte de cricket et les seconds prix un stylo. Je voulais un stylo. J'ai envoyé une blague.

« Comment tu t'es fait cette grosse bosse sur le nez ? – Tu as vu le gros pavé cassé là-bas ? – Oui. – Eh bien moi pas. » Elle a eu droit au premier prix et à une illustration rigolarde. Je n'étais pas content de la batte de cricket qui, faute d'être traitée à l'huile de lin, s'est desséchée et fendillée. Je n'avais rien contre le cricket, sauf que je n'y jouais pas. A l'école nous étions entièrement aux mains de maîtresses qui ne nous faisaient faire aucun sport. Les maîtres d'école interviendraient tôt ou tard dans notre existence, si on ne nous renvoyait pas du primaire sans bourse à quatorze ans. Pour le moment ils régnaient seulement sur Greyfriars, école fictive présentée dans *Gem* et *Magnet* sans provoquer aucune rancœur chez les gosses de notre milieu, eux qui n'auraient jamais accès à cet univers de toges et rase-pets. En tout cas j'étais conscient de ma vocation et furieux d'avoir eu le premier prix.

Mon magazine s'appelait *Boy*, ce qui encore aujourd'hui me paraît un très bon titre. Et pour l'époque, un titre d'avant-garde. J'en avais sans doute par-dessus la tête d'enseigner l'article THE. Après la page-titre en gros caractères, agrémentée d'une silhouette juvénile, j'arrivais à la table des matières, que j'ai dû laisser blanche en attendant de savoir quelles matières j'y mettrais. Lesdites matières consisteraient en blagues piquées ailleurs que j'illustrerais moi-même, des romans-feuilletons qui commençaient mais dont on ne verrait jamais la fin, des concours sans personne pour concourir, une double page « Vous ne le croirez pas » fauchée au *Sunday Express*, des devinettes, et même de la publicité. Mes réclames étaient soigneusement calquées sur les vraies. Mon père, en voyant mes Guinness et autres Veet, émit des doutes sur leur valeur – j'escamotais le problème de la création – mais j'avais le sentiment d'être sur la bonne voie McLuhan. Les GI de la Seconde Guerre mondiale ont été très mécontents de recevoir leurs rations concentrées de *Time* et *Life* sans les réclames. McLuhan a bien vu pourquoi : la publicité débouchait sur le monde réel du marché de la consommation, là où on vivait pour de vrai, et elle avait souvent une qualité de graphisme et d'illustration meilleure que le contenu effectif du journal. Mon instinct journalistique était juste ; quant à la création, je n'y étais pas prêt du tout.

Les enfants ne sont pas créatifs. Ils savent seulement imiter. Là où je me suis le plus approché de l'originalité, c'est en rêvant à une bande dessinée blasphématoire intitulée « Dieu le Créateur », une façon de déléguer la création à quelqu'un d'autre. Je n'en ai jamais défini le contenu, mais ça ne pouvait être que de la grosse magie fondamentale. Dans mon roman *La Folle Semence* les enfants lisent un journal illustré dont le héros, un certain Mr Livedog, bon vivant palinlogue du Créateur et du Destructeur, ressuscite ce fantasme. Mr Livedog couvre la terre d'êtres vivants indésirables à l'époque de la grande explosion démographique, mais Mr Homo, qui a sacrifié ses couilles à l'humanité, lui barre la route avec des rayons mortels. Mes dessins de *Boy* prenaient exemple sur *Film Fun* en présentant Charlie Chaplin, qui tire sur une cigarette et fait ressortir la fumée par les oreilles, Chester Conklin et Harold Lloyd. Mes feuilletons avaient des dialogues du style « Palsambleu, petit gars, j'ai vu des hommes mûrs pleurer comme des bebbés au moment de passer sur la planche. Toi tu as l'œil sec comme un héros ». Il y avait un poème galopant sur quatorze pieds à propos d'un train qui déraille : « Le pompier vit les rails tordus qui firent couler sa sueur./Le chauffeur sentit un sentiment d'effroi dans son cœur. » Les dessins étaient trop ambitieux et gauches. Je ne voulais plus de collaborateur depuis qu'Eddie Mitchell, un garçon qui habitait au 255 Lane East, m'avait fourni une histoire où des types enfermaient leur maître d'école dans les toilettes et partaient vivre une vie de débauche. « A leur retour le maître était mort et ils l'ont jeté dans la rivière. » Pas question de châtiment. Eddie Mitchell était un sale proutestant.

En allant chez les Mitchell, j'entrais pour la première fois dans une demeure parpaillote, hormis celle de ma tante, où j'avais moins le sentiment d'entrer que d'accéder à la conscience. La maison Mitchell n'était pas très différente des maisons catholiques, sauf qu'on n'y voyait pas d'images pieuses, rameaux desséchés, ou godets d'eau bénite vides. Le père gagnait sa vie en faisant de l'eau, selon ses propres termes, c'est-à-dire qu'il travaillait pour le service des Eaux. Dieu n'existait pas, d'après lui, une assertion scandaleuse mais réconfortante. Le ciel l'a puni quand, à l'âge de neuf ans, Eddie est tombé du toit du foyer local de la société de tempérance en voulant récupérer un ballon et s'est empalé sur la grille d'enceinte. Elle était hérissée de pointes coupantes qui lui ont percé les intestins. Il s'est traîné jusque chez lui et couché sur le divan familial en disant : « Vous pouvez pas savoir ce que j'ai souffert. » Et il est mort. Ainsi, ai-je découvert, même les jeunes sont mortels. C'était terrible de penser que son agonie allait immédiatement le consigner au feu éternel de l'enfer. Ce n'était pas sa faute si son père était athée. Sa sœur Lily, qui avait treize ans, m'a convié à venir contempler le corps gisant, si beau à voir, disait-elle. C'était d'autant plus macabre qu'une fois où ses parents étaient sortis, en guise de jeu d'intérieur elle avait enlevé presque tous ses vêtements et fait la morte allongée sur le lit. J'étais censé lui chatouiller le corps pour le ramener à la vie.

La sexualité approchait, et ce n'était pas de la bande dessinée. Ça a commencé par l'obsession des seins féminins, que bien sûr je n'avais pas consciemment connus dans un contexte maternel. Les seins qui nourrissent m'avaient été enlevés. A entendre mes camarades de classe, les seins de la mère ou même, à ce propos, les parties génitales des sœurs se traitaient avec détachement, dans une ambiance de franche gaieté domestique. Les parties génitales, ça ne m'intéressait pas : quand une fille (pas Joan Price) s'est offerte dans la cour de l'école au tarif d'un demi-sou pour voir et un sou pour palper, j'ai approuvé son sens du commerce même si je n'étais pas client. Mais les seins extra-familiaux me faisaient brûler de délire. Dans la famille, qui n'était qu'une belle-famille, ni élans freudiens ni indifférence clinique. Les seins de ma belle-mère, brièvement aperçus en train de balancer comme dans un beffroi lors d'une de ses rares toilettes complètes (les bains ça ramollit), ne suscitaient pas d'autre élan qu'un vague dégoût; Madge, pensais-je, avait dû couper les siens pour se conformer à la mode plate des flappers. Mais les seins de mes jeunes maîtresses, moulés dans leurs pulls jaunes, c'est ça qui m'excitait. Les autres garçons n'avaient pas l'air aussi excités. Les seins d'une des enseignantes, non confinés dans un bustier, bougeaient comme des êtres vivants au rythme de ses allées et venues du pupitre au tableau. Un crétin m'assura que c'étaient ses poumons, pas faits comme des poumons masculins qui sont bien rentrés sous les côtes. Mais c'étaient bel et bien des seins.

Je caressais souvent un fantasme bizarre. Toutes mes profs, nues jusqu'à la taille, attendaient qu'on les dispose sur un plateau de cinéma, et c'est moi qui devais les porter, légères comme des plumes, sur des perchoirs où elles composaient le décor. Et c'était moi le cameraman. Une voix répétait sans relâche : « Vous serez bien payées pour la peine. »

C'est à cette époque que des étrangères sont entrées dans ma vie sur un pied de grande intimité. Ma belle-mère voulait ce qu'elle avait toujours eu au Golden Eagle : une fille à gages ou une domestique, douze shillings six et une après-midi libre par semaine, tout compris. Il n'y avait que trois chambres – la chambre de maître où dormaient mon père et ma belle-mère, bénie par le pape et la Petite Fleur de Lisieux; celle de Madge; le grenier naguère occupé par moi seul. Dans le grenier il y avait un grand lit plein de bosses et un autre plus petit. Avant je prenais mes aises et les bosses; maintenant il fallait que je dorme droit et serré. Aucune des filles qui se sont succédé rapidement n'a protesté contre le fait de partager sa chambre avec un gamin de neuf ans. Si elles avaient eu l'habitude d'un minimum d'intimité elles n'auraient sans doute pas été candidates à cet emploi.

Mais même aux plus démunies, rien ne pouvait rendre la chambre attrayante. C'était d'abord un fourre-tout pour bric-à-brac et beau-fils. M'imprégnant de l'esprit des lieux, j'avais couvert le papier mural rayé de barbouillages. Comme jadis à Delauneys Road je fixais ce que j'avais vu par des pictogrammes rapides, mais maintenant j'utilisais des murs entiers au lieu des pages d'un livre de caisse. J'avais vu la première version du *Magicien d'Oz*, et voici Larry Semon dans le rôle de l'Homme-en-fer-blanc; un hibou stylisé sorti d'un film sinistre sur de sombres histoires de cimetière; une déclaration impudique, JE SUIS FOU DE BABY PEGGY (une actrice enfant, devancière de Shirley Temple, que je priais Dieu chaque soir de trouver dans mon lit le lendemain matin). Cet aveu a peut-être fait croire à certaines des filles à gages que j'étais sexuellement plus mûr qu'il n'y paraissait.

La première fille n'est restée qu'une nuit. Elle s'est levée tôt, comme pour allumer le feu de la cuisine, nous l'avons entendue crier : « On frappe à la porte », ouvrir les verrous, puis « C'était personne », la porte qui claque, et silence. Elle avait pris le large avec la monnaie qui traînait, une pendule, deux chandeliers, et mon négrillon-tirelire. La suivante, venue avec des bagages plus volumineux; est restée plus longtemps. Elle passait la majeure partie de son temps libre à prendre des bains, luxe pour elle sans précédent, qui ont fini par la décrasser. Non contente de me montrer ses seins, elle a insisté pour me faire jouer avec. Peut-être que bien des femmes rêvent comme cela d'un petit mâle inoffensif, un nain castré, un pénis qui ne fera pas de mal. Un soir elle m'a offert une exhibition complète, paradant nue comme un ver, et moi, comme John Ruskin, j'ai eu le choc de voir pour la première fois les poils d'un pubis féminin. Elle s'est fait renvoyer parce qu'elle prenait ses bains sur les heures de travail.

Phyllis Cornthwaite, qui est restée plus longtemps, menait une aventure oculaire avec un homme marié qui habitait en face. Sous la petite fenêtre du grenier, il y avait une échelle pliante; elle montait sur l'échelle pour voir de l'autre côté, et nuit après nuit ils s'échangeaient des signes de plus en plus amoureux. A la longue, les signes n'y suffisant plus, il y eut contact physique et potins de rue, qui l'ont contrainte à partir. Mais avant son départ elle m'a appris à embrasser. Elle a fait mieux. Comme ma belle-mère, qui en avait une sainte terreur irlandaise, elle craignait le tonnerre, et en me réveillant une nuit d'orage j'ai découvert qu'elle s'était glissée dans mon lit étroit en quête de réconfort. Elle portait une chemise de nuit en laine qu'elle était prête à retirer. Ce ne fut pas une possession totale (d'ailleurs qui possédait qui ?) mais je m'en souviens, je tremblais comme une feuille et j'ai compris ce qu'était le paradis. Un paradis passible d'enfer : le paradis du diable. Maintenant il fallait affronter la confession.

J'avais traversé l'épreuve sans trop de mal à mes premières atteintes de concupiscence. Au lieu de me confesser aux jésuites du Saint-Nom, qui m'auraient cuisiné sans merci, j'avais eu le bon sens d'aller chez les Martyrs-Anglais, dont le vicaire n'avait pas pris trop au sérieux la vision illicite de nu intégral et le pelotage de seins – regrettable, mais peut-être inévitable dans une grande famille mal logée, comme l'était sans doute la sienne quelque part dans le comté de Cork ou ailleurs. Une absolution sans peine, et la fille était partie après un dernier bain. J'aurais pu me sortir indemne de la rencontre suivante en m'adressant au même prêtre, surtout pour un cas de brontophobie irlandaise, mais Madge, qui avait peut-être bien entendu des bruits suspects de sa chambre voisine, a exigé que nous allions tous deux ensemble nous confesser au Saint-Nom. Nous descendons Moss Lane East sous la pluie jusqu'à l'arrêt du tram 44 devant l'Alec, et nous faisons route, moi prêt à vomir de terreur, vers Oxford Road. Le Père Fitzjames m'a fait vider mon sac de linge sale et passé un savon (qui eût mieux convenu à la preneuse de bains). Je pouvais voir à travers la grille qu'il lisait le résultat des courses dans l'*Evening Chronicle*. Mes révélations l'intéressant plus que le *Chronicle*, il l'a roulé comme un gourdin pour en frapper mon image grillagée. Fange, péché mortel, et si jeune avec ça, comment tu t'appelles, où tu habites? Je savais tout sur le secret de la confession et j'ai fait valoir mes droits à l'anonymat. Il m'a mis à la porte puis rappelé pour me donner une absolution dégoûtée et une pénitence infernale – cinq dizaines de chapelet séance tenante devant le grand autel. Madge s'est vite acquittée de la peine standard, un Notre Père, un Je vous salue Marie, un Gloire au Père, mais elle a dû m'attendre longtemps. Pour quels péchés, voulait-elle savoir. Bagarres, désobéissance, insolence. Elle n'a pas eu l'air très convaincue.

Etendu raide sur mon lit étroit, je gardais les yeux clos. Il devait y avoir un mur invisible entre Phyllis Cornthwaite et moi. Le tonnerre eut l'obligeance de nous épargner. Quelqu'un m'avait dit, sûrement pas le Père Fitzjames furibond, de prêter attention au sens des mots quand je récitais une prière et, dans cette phase pénitentielle, c'est ce que j'ai fait. Par exemple, ça voulait dire prendre le *Gloria* et le décomposer en images élémentaires : « Gloire au Père (facile : un essaim d'anges autour du trône d'un vieillard revêche) et au Fils (Jésus, Dieu lui tourne le dos comme au frère du fils prodigue) et au Saint Esprit (pigeon voyageur de l'élevage de Jack Brownlow en face traversant d'un coup d'aile) comme il était au commencement (là ça devient intéressant, montage de brontosaures, tyrannosaures, ptérodactyles) maintenant (jupes courtes en voitures Ford) et à jamais (le futur radieux, paysage urbain plein d'avions et de gratte-ciel) dans les siècles des siècles (futur prolongé à l'infini, gratte-ciel toujours plus gros et de plus en plus chouettes). »

Madge et Clifford Kemp ont été mariés selon les règles au Saint-Nom par le Père Fitzjames. C'était une réplique quasi exacte des noces d'Agnes et Jack Tollitt, sauf que je ne portais pas la traîne, confiée à un blondinet issu des bords lointains de la famille Dwyer, qu'Agnes était demoiselle d'honneur, et que la mariée a failli s'effondrer pendant la cérémonie : « Courage, courage », criait le Père Fitzjames. Les Kemp sont partis vivre à West Gorton ou quelque autre frange feuillue de Manchester, et moi on m'a donné la chambre de Madge, avec son Sacré-Cœur et son saint Antoine que, faute d'en connaître un meilleur, j'adopterais comme patron de confirmation. Le saint Antoine qui retrouve les objets perdus, sauf les miens. Après m'être fait dévaliser par des Algériens à Avignon en 1968, je me suis rendu dans sa propre église à Padoue pour le rappeler à ses devoirs, mais il n'a pas réagi. Sous son image dans ma nouvelle chambre, il y avait un brûleur à gaz inutilisé qui marchait, et dont je comptais faire bon usage. Car j'allais devenir, dès que Noël m'apporterait l'équipement de chimiste convoité, un savant modèle.

J'étais éloigné des tentations charnelles puisque notre nouvelle fille à gages occupait seule le grenier et pouvait si elle voulait verrouiller sa porte. Mais c'était une Galloise, d'une bêtise énorme et d'une beauté fondante, épaisse chevelure blonde, longues jambes gainées de soie artificielle couleur bronze. Sa bêtise se manifestait de diverses façons. Le chat passe la nuit dans le four et au matin, quand elle allume le feu, braille qu'on le fait rôtir. Elle ouvre la porte du four, la referme sur le pauvre chat, et nous appelle pour contempler sa détresse. Quand les vêtements mis à sécher au même endroit prennent feu et lancent des flammes jusqu'au plafond, ou plutôt jusqu'au porte-linge couvert de sous-vêtements suspendu au plafond, elle geint simplement que la fumée lui rentre dans les yeux. Sa bêtise était tolérée comme un trait de caractère gallois, moins grave que la traîtrise galloise (Taffy est un gredin gallois, Taffy est un vaurien). Irlandais et Gallois n'ont jamais fait bon ménage. Cette fille, Glynis, n'allait pas tarder à faire ses paquets, mais d'ici là il y avait assez de temps pour au moins une visite dans sa chambre où, nue dans toute sa gloire, elle m'encouragea à pratiquer une version superficielle du péché de Sodome. Une expérience de pure extase – il fallait au moins ça si elle devait déchaîner les foudres divines. Tout ce que j'ai osé avouer c'est un péché d'impureté généralisée – et pas au Saint-Nom. Mon vicaire tolérant m'a prescrit des dizaines de chapelet dans un bain froid, si on avait ce qu'il faut à la maison. La nouvelle servante, nommée Nelly, est restée longtemps. Elle avait des binocles, l'œil torve, et le corps difforme du personnage de *Ainsi va toute chair*, son dos faisait des bosses aux deux bouts, comme les notes extrêmes d'un accord de sixte augmentée. Jack Tollitt l'avait surnommée Fesses Gauches. Je n'étais plus en proie à la tentation.

Pire, c'est ce moment-là où on m'a affublé de lunettes qui me donnaient l'air d'un bachoteur asexué. Ne faites jamais de souhaits, ils finissent toujours par se réaliser. Je voulais être Harold Lloyd tout en supposant, à juste titre, que ses lorgnons cerclés n'étaient qu'un décor de verre. Et après des examens à l'hôpital ophtalmologique, voilà qu'on me colle des verres correcteurs sur une monture de demeuré pour me faire lire un passage sur un sansonnet dont j'ai su plus tard qu'il était extrait du *Voyage sentimental* de Sterne. Ils allaient me valoir le surnom moqueur de Quat'zieux Bigleux. La situation domestique devenait grotesque : maintenant tous les occupants du 261 Moss Lane portaient des lunettes, y compris la servante, sans parler du chat qui louchait depuis son passage au four. Je me suis entraîné à affronter le monde, mais pas le cinéma, d'un œil nu défectueux. Je verrais l'univers que j'avais envie de voir : avec toutes ces dioptries de correction, le monde réel avait un aspect brut et anguleux. J'ai vu par la suite un dessin animé qui continue à me fasciner. Une petite taupe contemplait tous les jours un beau palais de cristal jusqu'à ce qu'un rat colporteur lui vende des lunettes : le palais se change alors en un tas de bouteilles brisées. La taupe casse les lunettes et restaure la magie d'avant.

Ma myopie était très forte, mais je me faisais gloire, autant que vanité, d'ajuster les phénomènes aux limites oculaires : vois ce que tu peux et au diable tout le reste. J'étais déjà exclu de ce que le monde baptise couleur ; pourquoi devrais-je me soumettre à la vision mondaine de la réalité optique élémentaire ? J'étais en train de glisser dans un dangereux solipsisme. Je ne voulais accepter que mes propres lois internes. Prenez le cyclisme, par exemple. Empson écrirait un jour : « Johnson se rendait bien compte qu'aucune bicyclette ne peut marcher : " C'est vous qui vous portez en même temps que la machine. " » C'était aussi ma conviction, en dépit des rues bourdonnantes de cyclistes. Monter à vélo, c'est se plier aux tours de passe-passe de la nature : il y a un coup d'équilibre à attraper qui échappe au contrôle conscient. C'est comme pour la nage. Mettez un corps dans l'eau et il coule, donc moi, même en nageant, je coulais. Toute ma vie j'ai eu du mal à admettre les lois de la physique. Les avions volent, et j'ai lu tous les livres où on vous explique les principes de l'aérodynamique, mais en vol, je crains toujours de voir démontrer brutalement l'invalidité de la science aéronautique et d'entendre, non sans quelque satisfaction, le pilote nous informer que nous tombons. Parfois je mesure l'impossibilité de la marche, et il faut que je me traîne jusqu'au banc le plus proche. On peut sans doute trouver facilement des explications somatiques à cette folie – quelque dysfonctionnement de l'oreille interne – mais mon cas me paraît plutôt une extension métaphysique du daltonisme : si pour vous mon marron est vert, il entraîne avec lui tout un univers d'incompatibilités physiques, mécaniques et neuronales. La myopie cautionnait mon retrait des réalités newtonniennes.

Elle a été aussi source d'embarras sinon pire. Là encore, c'est à un dessin animé que je dois l'expression poétique de ma condition : Mr Magoo invite les bien-voyants et les binoclards satisfaits à rire de la myopie incorrigible. Il serre la main à un ours en croyant qu'il s'agit du Dr Milmoss, prend un échafaudage de gratte-ciel pour un restaurant et le fond de la mer pour une autoroute, mais il s'en sort toujours indemne avec ses illusions intactes. Mes aventures sont généralement moins sensationnelles. Une fois à Stratford-on-Avon je suis entré dans une banque où j'ai commandé un verre. Il m'arrive de faire bonjour à des gens qui font bonjour à quelqu'un d'autre. Une enseigne lumineuse dans All Saints, à Manchester, annonçait MEUBLES RUSTIQUES, moi je lisais MOULES LUBRIQUES. A l'armée je ne saluais pas les officiers et, vertement rappelé à l'ordre, je saluais les deuxième classe. J'ai parlé en pleine rue à des femmes que je croyais connaître, ça nous a permis de faire connaissance. Une vue perçante, on la branche quand on en a besoin : elle est là toute prête dans la poche du haut. Mais la brancher c'est se soumettre au monde public. Car en fait on a le choix. L'œil myope n'est pas paresseux : il est trop occupé à créer du sens à partir de *données** floues. Les compensations de toute une vie de myope viennent avec l'âge : la presbytie l'emporte sur cette infirmité et l'annule. Je suis contraint maintenant à une vision parfaite et je ne suis pas sûr d'aimer ça.

Ce gamin, neuf ans bientôt dix, était manifestement anormal. Il lui fallait une vraie mère, pas un succédané, et un modèle masculin en chair et en os, pas un ivrogne généralement absent qui se faisait appeler père. Je ne le blâmais pas entièrement d'esquiver les soirées auprès de ma belle-mère, qui se curait les dents et se déhachait la langue dans le salon en attendant que la cloche lui dise de servir le dîner. Je n'étais pas dupe du soin qu'il semblait prendre de mon éducation, soin manifesté en m'abonnant, chez un marchand de journaux qui lui achetait ses cigarettes en gros, aux fascicules bimensuels du *Dictionnaire pour enfants* d'Arthur Mee (plus attentif à châtier le vocabulaire qu'à le construire) et à *Science de la vie* publié par H.G. Wells, son fils, et Julian Huxley. J'étais souvent livré à moi-même, pâle, chétif, mais doté d'un solide appétit – vingt crêpes à Mardi Gras, encouragé par la gloutonnerie vulgaire de *Comic Cuts*. Je revois très distinctement l'enfant en ciré et caoutchoucs, que certains commerçants prenaient pour une fille, affronter la mousson de Manchester pour aller chercher une livre de cheddar chez Mr King dans Moss Lane East, puis en face un peu plus bas chez le marchand de légumes, après l'affiche criarde annonçant *La Femme du fermier* d'Eden Phillpotts, une laitue, et un pichet de lait à la crémerie. « To sèmes tin lait », me fait un lourdaud de pandore (nos agents du commissariat de Moss Lane étaient tous des lourdauds. « Y a du grabuge chez Grimshaw's. File là-bas en vitesse. – Attinds, ch'finis mon theï »). Parfois, malgré mon chargement de courses, je traversais Princess Road entre la bibliothèque municipale et l'Alec, devant lequel se trouvait l'horloge pointeuse du tram. Le contrôleur avait une clé pour pointer et s'il y avait des gosses qui attendaient, il leur en tamponnait obligeamment la main avec l'extrémité graisseuse. Une marque, Dieu sait pourquoi, qu'on portait fièrement, comme les cendres sur le front du Mercredi des Cendres qu'on essayait de garder toute la journée.

Presque sans amis, mais pas tout à fait. Face à notre Vins-alcools, dans Lincroft Street, vivait une famille protestante, les Carter, dont le grand jardin muré longeait le cinéma Princess. Sur ce mur, ils autorisaient le directeur du cinéma à coller ses affiches en échange d'un laissez-passer. La grand-mère ne sortait jamais ; la mère était une accro du spiritualisme ; le père passait ses soirées à bricoler des postes de radio plus beaux et plus gros que ceux du commerce ; il ne restait que le fils Eddie, et comme le laissez-passer était pour deux, c'était moi son partenaire en échange du *Boys' Magazine* de la semaine précédente. Le laissez-passer a fini en lambeaux, remplacé par un pianotement des doigts au *guichet** : il faisait aussi bien l'affaire. Maintenant j'allais au cinéma six fois par semaine en plus des samedis après-midi où j'effectuais ma tâche ingrate de lecteur de sous-titres. Les lundis et jeudis au Princess ; mardis et vendredis au Palace ; mercredis et samedis au Claremont de Claremont Road. On peut dire que

Hollywood produisait à pleines barattées en ce temps-là. Et moi je voyais tout.

Avec Eddie Carter on faisait aussi des feux d'artifice. Pour Noël 1926, mon père m'a emmené en tram jusque chez Wiles, à côté de Lewis qui était probablement l'anagramme de la même firme. Wiles vendait des jouets et c'est là que j'ai eu mon coffret du Petit Chimiste. Mon père ronchonnait à la perspective de cette expédition, la fin de l'Avent étant pour lui une période chargée, mais pas question de me laisser croire que les largesses saisonnières étaient imputables au Père Noël. Il fallait que j'assiste à l'achat de mes cadeaux par la personne qui payait, en monnaies sonnantes alignées sous les lumières du comptoir. D'ailleurs le Père Noël n'a guère joué de rôle dans mon enfance. J'avais cinq ans quand on m'a emmené le voir chez Lewis, et je lui ai demandé « une grosse voiture » tout en tripotant les paquets factices de son sac. « Lâche-moi ce putain de sac », me fit-il. Par conséquent il n'existait pas. Le coffret du Petit Chimiste, augmenté du modèle au-dessus pour mon anniversaire, devait servir de base à un projet commercial pyrotechnique. Bien entendu nous étions, Eddie Carter et moi, trop ambitieux.

Mais d'abord il fallait que j'adapte un tuyau de caoutchouc au brûleur de mon saint Antoine pour le relier à un bec Bunsen. Des parents aimants auraient été plus attentifs ou au moins soupçonneux. Mais personne n'est venu me voir pendant que je courbais du verre ou faisais bouillir du permanganate de potassium dans une cornue. Je distillais de l'eau, que j'ai trouvée assez insipide. Les laboratoires de chimie, à en croire *Gem* ou *Magnet,* étaient des lieux voués aux odeurs pestilentielles et aux explosions non préméditées. Il ne s'est rien produit sur le couvercle en marbre de mon lavabo que de très bénin, tendant à confirmer la constitution de la nature plutôt qu'à fournir des moyens de la bouleverser. Mais si je mélangeais nitrate de potassium, soufre et charbon j'obtiendrais de la poudre à canon. Il fallait faire ça dans les herbes folles du jardin Carter ou du nôtre. Le leur était moins mal tenu, avec quelques clairières au sein de la jungle. Quand j'ai réussi, en usant de soufre, à faire disparaître les grosses taches des boucles d'oreille en ivoire de ma belle-mère, elle a crié au miracle et m'a récompensé d'un shilling. Avec ça Carter et moi nous avions largement de quoi payer les ingrédients de notre poudre à canon.

Nous avons fabriqué des tubes en carton et des amorces ; des boulettes de colle mélangée à du nitrate de strontium qui devaient exploser en nuées lumineuses. Nous ne prétendions pas rivaliser avec Brock's, dont les feux d'artifice emplissaient les boutiques dès le mois d'octobre et flambaient rituellement pour la Nuit des Poudres, une fête toujours ponctuée de blessures graves ; il s'agissait plutôt d'offrir un service pyrotechnique pendant la période creuse d'après-Noël, où les gosses ont besoin d'un peu de gaieté. Nos amorces refusaient de prendre, ou n'ont produit que des chandelles minables après force allumettes, et il a fallu rendre pas mal de sous.

Enfin nous avons fait partir une fusée avec un panache professionnel, quoique légèrement oblique, qui s'est terminé avec éclats contre une fenêtre à l'étage de la maison Carter. Aujourd'hui c'est un missile nucléaire que nous aurions bricolé. Nous étions innocents et néolithiques. Mais rien n'est jamais perdu. Douze ans plus tard j'ai écrit une nouvelle où des enfants fabriquent un feu d'artifice, et j'ai gagné un prix de cinq guinées qui ont servi à payer une bague de fiançailles.

En 1927, nous vivions dans l'attente du feu d'artifice ultime. La Fin du monde, préfigurée par un voile d'obscurité en 1924, viendrait sous forme de destruction par le feu lors d'une éclipse totale du soleil. Le *Boys' Magazine* avait fait un sort vigoureux à la Fin du monde, où deux garçons en pull s'échappaient sur une fusée et se posaient dans un jardin de banlieue sur Mars, et mon père, inquiet de mon excitation qui confinait à l'hystérie, avait jeté un des numéros au feu. Mais voilà que ses journaux se mettaient aussi à gamberger sur l'instabilité présumée du système solaire. On disait que Mars s'éloignait de son ancienne orbite et jouait des coudes pour se rapprocher de la nôtre. Le *Manchester Evening News* organisait un concours des meilleures formules de salutation interplanétaires. « Ces canaux sont des canaux, Mars ?/Ou une simple volte-farce ? » « Salut, Mars ! T'as le bonjour de Marcel. » Il était largement temps, selon certains, que la Fin du monde arrive. Les jupes étaient trop courtes, sans avoir le style androgyne que prendrait plus tard la minijupe, ce costume de page fait pour désamorcer l'attrait sexuel. Au-dessus des bas de soie artificielle on apercevait des jarretelles affriolantes. On dansait le black-bottom ainsi que le charleston. La première version filmée de *Gatsby le Magnifique*, vue au Palace de Princess Road, a engendré une foule d'épigones – richesse décadente avec excès de chemises en soie, étreintes en voiture, flasques d'alcool, baisers ardents pour lèvres noires mais en fait cramoisies, jeunesse radieuse. Des hommes mûrs comme Clifford Kemp jouaient de l'ukulele en chantant sur l'air de gratte-moi-la-puce

Si toi aimer dame à l'ukulele,
Dame à l'ukulele aimer toi.
Si toi aimer faire coucou lit-lit,
Dame à l'ukulele faire coucou avec toi.

En mai, le colonel Lindbergh traverse l'Atlantique en solitaire. Son triomphe, fêté en dansant le Lindy hop, se paiera un jour par l'enlèvement et le meurtre de son fils. Dieu est vigilant. Il y a même un Antéchrist qui rôde. Horatio Bottomley, héros recruteur de la dernière guerre, éditeur chauviniste et béotien de *John Bull*, revient après sa condamnation pour fraude hurler par voie d'affiches : « J'AI PAYÉ, MAIS... »

Le *Sunday Express* titre sur deux pages : LA FIN DU MONDE REMET ÇA. Ayant lu ça sans voir la suite (c'était le titre d'un article plutôt rassurant sur les fêlés millénaristes du style de l'évêque Wulfstan), je suis ressorti en flageolant dans la rue pour m'enfuir à toutes jambes devant une bouffée de fumée jaillie d'une ruelle. La semaine de l'éclipse totale a commencé comme ça. Un tram 44 devait transporter les pèlerins de Moss Side jusqu'au cimetière Sud. J'ai fait route avec eux, et terminé le voyage à pied entre des cliques rivales de chanteurs d'hymnes jusqu'au sommet de la colline d'où nous allions voir le soleil mouché. Le ciel de Manchester s'est montré clément. Par nos bouts de verre fumé nous avons vu la lune passer sur le corps flamboyant et l'ombre nous envahir. On entendit des gloussements d'effroi. Il y eut une bourrasque de vent, un raid aérien d'anges. Au zoo de Belle Vue, on l'a su après, c'était la panique chez les mammifères. Puis la lumière revint. Déçus, nous nous sommes faits à l'idée qu'il n'y aurait pas de fin du monde, en tout cas pas avant 1999, date de la prochaine éclipse totale. Nous avions un avenir, même s'il risquait de ressembler à celui que nous peint Fritz Lang dans *Metropolis*.

Ce film, le grand succès de 1927, était sorti en Allemagne l'année précédente. Il m'excitait à peu près autant que la Fin du monde. Le livre tiré du film par Thea von Harbou était en vente pour six pence chez Woolworth (il commençait ainsi : « L'orgue gigantesque émit alors un grondement formidable »), on voyait partout des prospectus et des affiches annonçant PROCHAINEMENT. Dessus, un robot sur fond de gratte-ciel strictement européens. L'UFA avait englouti des sommes énormes dans ce film et quasiment frôlé la ruine grâce aux folles dépenses de Fritz Lang : ils étaient résolus à ce que tout le monde aille le voir. Ce film que j'ai vu à l'âge de dix ans reste pour moi l'une des principales expériences artistiques de ma vie ; je compte toujours *Metropolis* parmi les douze meilleurs films jamais réalisés. Son expressionnisme a vieilli, son message politique est mince ; le décor futuriste est manifestement fabriqué avec des bouts de bois et de la colle ; il y a trop de mélodrame. Mais supprimez ses défauts et vous en tuez l'essence. L'interprétation de Brigitte Helm, qui évangélise les ouvriers réduits en esclavage avant de prêter son enveloppe physique au robot de Rotwang, garde toute sa force. Quant à l'œuvre, elle est de qualité océanique : elle sondait des profondeurs en un temps qui attendait une révélation apocalyptique – la Fin du monde ou la montée du parti nazi. De sinistres serpents s'apprêtaient à monter des égouts pour venir ronger les jarretelles affriolantes.

Mon esprit, comme chez n'importe quel enfant imaginatif à l'époque, était en quête de mythe. La mythologie du christianisme n'était pas grisante, même si l'image hébraïque d'un Jéhovah tonnant, prêt à déchaîner la Fin du monde sur les cabriolets rouges et la jeunesse radieuse, était assez terrifiante pour figurer dans un film d'horreur. Le mythe de la Grande Guerre restait à inventer : il n'était pour l'instant que mémoire morcelée, pleine de trous comme des uniformes mangés aux mites, un masque à gaz dans le fourre-tout des Carter, l'aveugle blond qui surgissait comme une vision d'horreur des appartements de la pâtisserie Price et marmonnait des inepties aux clients jusqu'à ce qu'on le remmène. Un sous-art populaire comme celui du *Boys' Magazine,* ou l'art authentique du cinéma, était mieux équipé pour satisfaire la soif de mythe des jeunes que les souvenirs de guerre ou les Jésus-Christ et autres Robin des Bois de l'école Bishop Bilsborrow Memorial. La version filmée du *Continent perdu* de Conan Doyle a attiré certains d'entre nous vers les animaux préhistoriques : le passé récent et le passé lointain avaient chacun leurs monstres destructeurs, mais le brontosaure hargneux de Piccadilly était plus fascinant que Ludendorff ou le Kaiser. Le futur décrit dans *Metropolis* nous terrifiait autant que la préhistoire, mais ses monstres c'étaient le Paternoster Building et les machines mystérieuses qu'il abritait. A l'ère de l'ukulele, on avait besoin d'épouvante.

Jakie Innerfield a prié mon père de tenir le piano pour la projection de *Metropolis* du samedi après-midi. Le pianiste de service était malade, et il savait que mon père avait déjà fait ce travail ingrat. Mon père s'exécuta en grillant cigarette sur cigarette au-dessus des touches criardes. Il improvisait en s'efforçant de répondre aux exigences du montage rapide. L'orchestre de soirée – violon, violoncelle, piano et percussions – s'était montré incapable, même moi j'en étais conscient, de relever le défi, avec son ouverture du *Songe d'une nuit d'été* et ses airs de grand opéra. Mon père, sans doute à moitié pinté, a fait une prestation tour à tour macabre et truculente, émaillée de dissonances à la Stravinski. En 1975, j'étais à l'université de l'Iowa pendant un festival de cinéma organisé par les étudiants, et on a projeté *Metropolis.* J'ai offert de l'accompagner au piano en guise d'hommage à mon père, et je me suis attelé à deux heures et quelque d'improvisation. C'était dur et épuisant – du plus-que-Mahler symphonique au pied levé – mais ça valait le coup. Je retrouvais mes dix ans, la force musculaire et la compétence musicale en plus. J'ai fait forte impression sur les étudiants, qui m'ont filé de la marijuana pour me remercier.

Après l'éclipse solaire, ma belle-sœur Agnes a mis au monde mon beau-neveu Dan. Elle est venue au 261 Moss Lane East pour les rites de parturition, et on lui a dressé un lit dans le salon. Ce fut une naissance laborieuse, toute la nuit j'ai entendu des cris et des plaintes. Je ne comprenais pas bien ce qui se passait. Sachant que l'acte sexuel produit des enfants, je pensais qu'elle était en train de se livrer à un acte sexuel prolongé avec Jack Tollitt devant la famille réunie. Le lendemain matin elle croquait gaiement ses toasts et buvait du thé dans un canard. L'acte sexuel ravageur était terminé, il restait un bébé aveugle renfrogné. Il a fini voyageur de commerce dans le tabac après avoir épousé la sœur d'un de mes camarades de classe (le Père Michael Brown, qui est devenu *curé** cent pour cent français). Il a engendré une foule d'enfants qui ont eu à leur tour beaucoup d'enfants. Tous fidèles à leur foi. Dieu savait ce qu'il faisait en poussant Agnes Dwyer dans les bras de Jack Tollitt.

L'idée d'avoir un lit dans ce grand salon me plaisait beaucoup. Il y avait une cheminée, et je me voyais malade mais bien au chaud, titubant et râlant vers des toilettes situées au même étage. Les chambres proprement dites étaient glaciales en hiver, mais comme dans toutes les maisons de l'époque la cuisine était le cœur rayonnant d'extrémités arctiques, tuyaux fendus par le gel et une couche de glace sur les cuvettes. Il fallait être riche et décadent, digne de la Fin du monde, pour aimer avoir de la chaleur partout. J'étais résolu à tomber malade dans le salon cette année-là, et j'ai réussi. Je n'allais pas vraiment bien, je poussais plus vite que mes forces, sans compter cette septicémie qui avait refusé de céder aux fomentations de ma belle-mère. J'avais même dit une prière : « S'il vous plaît, mon Dieu, donnez-moi une santé de fer. » Dieu répondit en me terrassant par une fièvre rhumatismale. Il savait que ce que je voulais en vrai, c'était d'être malade dans le salon.

Tout enfant voué aux livres a besoin d'environ un mois de lit au calme pour lire *She* ou *La Compagnie blanche* et une histoire illustrée de l'Empire britannique. Il lui faut même des volumes reliés de *Punch* à feuilleter d'un air impassible. J'ai feuilleté l'air impassible. Je me souviens encore, allez savoir pourquoi, d'un double limerick signé A.P.H. :

Il était une fois une fille en tacot
Et un citoyen dégoûté de la vie.
Elle s'est jetée à l'eau avec son auto,
Il s'est passé la tête au tamis.
L'auto ne démarrait pas,
Il avait mal au foie.
Il n'y a vraiment pas de quoi
Chanter alleluiah
Quand votre foie vous fait défaut,
Quand votre tacot est K.O.

Il y a quelque chose qui cloche sérieusement dans notre aptitude à enregistrer des mécanismes. Les choses banales, surtout si elles riment, collent à la mémoire. Les pensées fortes et l'expression forte des pensées fortes s'évanouissent. J'ai un répertoire d'au moins mille chansons populaires et un seul vers de Goethe. Voici ce que j'ai retenu d'une des « Histoires brèves » de *Punch :* « Il lui dit je t'aime et elle lui dit moi aussi. Ensuite c'était l'heure du thé, il a fait une plaisanterie sur la couleur rouge des petites serviettes. » Mais qu'est-ce diable qui nous rend si tordus ? La grandeur de James Joyce vient notamment de ce qu'il sait reconnaître l'importance du banal, mais il ne se sent pas tenu d'expliquer son importance. La Félicité de Flaubert meurt en regardant un perroquet voleter au-dessus de sa tête. Je mourrai en revoyant le flacon de sauce HP où j'ai commencé à apprendre le français : « Cetti sauce, di prémière choïkse... »

Ma grande prouesse en matière de lecture pendant l'épisode dramatiquement baptisé Rhumatisme au Cœur, c'est d'être venu à bout du *Don Quichotte* en deux volumes de l'édition Everyman. Auden affirmait que personne n'a jamais lu ce livre en entier ; j'en connais au moins un qui peut dire que c'est faux. Je l'ai lu quatre fois, dont une, la seconde, en espagnol. Ce qui me tracassait, environ deux ans après ma première lecture, c'est que je me souvenais surtout du repas que Sancho et son maître partagent dans un bois avec des chevriers : fromage dur comme brique, glands, rasades de vin d'une outre pendue à un arbre. Il y a des tas de choses plus dignes d'être retenues. D'ailleurs qu'est-ce qui fait de ce repas minable l'un des plus exquis de toute la littérature ? De *She* j'ai retenu que l'éponyme s'appelle aussi Ayesha, et que j'étais amoureux d'elle. J'entends encore le cri de Holly : « Regardez, elle se transforme en singe ! » Outre les livres, j'avais droit aux visites matinales de mon père en chemise de nuit. J'avais du poisson blanc et des pommes de terre bouillies. Je me suis relevé à Noël. Oncle Jack et tante Nell m'ont apporté un presse-cravate, que j'ai pris pour une presse à pantalon miniature. La tête me tournait un peu. Je voyais Don Quichotte, mollets maigres mis à nu, assis dans le *retrete*.

De retour à l'école après le Nouvel An, j'ai dû me mettre au chant en chœur dans une langue étrangère. « *Regina coeli...* » Des mots bizarres, ai-je murmuré. Sœur Ignatius battait la mesure avec sa lanière. Quand vint le mot *laetare* – à quoi rime cet infinitif, je ne le sais toujours pas – mon regard a dérivé sur un garçon qui chantait. J'ai craqué : *les tarés* dans un chant si religieux ! La lanière s'est abattue ; une douleur inimaginable. J'ai glapi. Je frissonnais dans la cour glaciale pendant la séance de gym. On était divisés en équipes, le chef portait une ceinture de couleur. « Vous en avez d'autres encore plus stupides, chez les verts ? » cria Miss Téton. J'ai levé la main, moi qui avais lu *Don Quichotte*. Mais le Don aussi était stupide. De retour en classe, tout grelottant, j'ai écrit un exercice en cursive tremblée qui avait l'air d'un alphabet original et on m'a aussitôt fait redescendre du cours moyen au cours élémentaire. Là ils n'étaient pas encore arrivés à la cursive, ils en étaient toujours aux caractères d'imprimerie. J'ai dû désapprendre la cursive. Mais j'étais assis au fond à côté de Joan Price, et elle a fait plus que m'embrasser : elle a mis ma main sous sa jupe. J'étais déçu : l'étoile de « Felix » se changeait en putain.

Nous avions une anthologie scolaire de poèmes qui par malencontreux hasard ou coup de génie audacieux était exclusivement moderne. Pas Eliot, ni même Hopkins, mais Harold Monroe et les « Vers à un bouledogue » de J.C. Squire : « On ne reverra plus jamais Willie, Mamie,/Il ne reviendra plus à la maison./Il revenait chaque fois qu'on le croyait parti/Cette fois il n'aura plus la permission. » Il y avait un poème sur les lotissements. Ça on connaissait : quelques malheureux bouts de terrain où les cantonniers de la ville cultivaient des choux et de la rhubarbe, « Tandis que le soir,/Comme pour abriter leur misère des regards/Déploie pan par pan le froid catafalque du firmament ». Dans un autre poème, une âme pécheresse venait frapper aux portes du ciel et déhochait la chevillette (terme dialectal correct, même si ce n'est pas du pur Lancashire) en criant « Ouvrez-moi ». Influence qui m'a inspiré à fredonner cette comptine : « J'ai passé ma vie/Dans une boîte à clous/Vite, vite, ouvrez-moi/Et gardez les clous. » Un de mes camarades s'est empressé de lever le doigt en criant : « S'il vous plaît, M'selle, Jack Wilson dit qu'on a planté la croix de Jésus-Christ dans une vieille boîte à clous. » J'ai nié, mais on m'a ordonné de sortir pour recevoir une correction. Je me sentais las, esseulé ; je me sentais grandir à distance de mes congénères. On nous a demandé ce que nous préférions, le jour ou la nuit. La nuit, ai-je répondu, pourvu qu'elle soit noire, froide, et grouillante de voitures. Ou je perdais la boule ou je me préparais à entrer dans le monde urbain des adultes. Un élève passait son temps à se frotter l'ongle du pouce sur les incisives. Il trouvait ça délicieux. Je le croyais volontiers sans avoir pour autant envie d'essayer. Un autre avait un mouchoir qui représentait le drapeau anglais. Je me suis mouché dedans. J'avais déjà blasphémé contre Jésus-Christ, voilà que je blasphémais contre l'Empire. Une fièvre rhumatismale à l'époque, ça se terminait par la chorée ou le délire.

Nous sommes montés en troupe jusqu'au domaine des grands et des grands prolongés, des rustres en galoches sur le point de quitter l'école pour devenir coursiers à vélo. Là-haut il y avait une salle de théâtre où ils nous ont offert, dirigés par l'herculéenne Mrs Hampson, les scènes clownesques du *Songe d'une nuit d'été*. Ensuite ils ont dansé une bergamasque. Puis ils ont chanté un arrangement musical du « Cargaisons » de John Masefield. Mon cœur aspirait à les rejoindre, accomplis et mûrs qu'ils étaient, mes vrais modèles inaccessibles, surtout celui qui jouait Bottom : sa chevelure flottante encadrait un large sourire qu'il maintint tout au long de la bergamasque. Mon destin n'était pas de suivre leur trace. Au printemps je passerais une série d'examens, tous pour obtenir une bourse de la municipalité. Un pour Saint-Bède, un au collège Saint-François-Xavier, d'autres de second rang pour des écoles municipales qui vous recrachaient à quinze ans, prêt à des fonctions de gratte-papier subalterne. Les grandes boîtes catholiques, Bède et Xav, pouvaient vous garder à vie, ou au moins jusqu'à l'obtention du brevet scolaire. Si je gagnais une bourse que je n'utiliserais pas, je pouvais en faire cadeau à un des meilleurs collés. J'ai tout réussi ; j'ai distribué avec munificence. Et choisi pour mon compte Saint-François-Xavier. Ma belle-mère fut très peinée d'apprendre que j'allais recevoir une éducation secondaire.

Ces succès peuvent être le couronnement de tout individu doué d'intelligence. Ce qui demande du génie, quand on a onze ans, c'est d'être publié dans le *Manchester Guardian.* Il y avait un concours où les enfants étaient conviés à envoyer un dessin représentant l'un ou l'autre de leurs parents. N'en ayant qu'un authentique, c'est celui-là que j'ai dessiné à l'encre de Chine. Il était rentré à trois heures manger ses ris de veau grillés et sombrer inconscient dans son fauteuil. Ses ronflements projetaient des vapeurs de bière Bass en direction de ma convalescente personne, sa main droite dormait dans la poche de son pantalon, la gauche soutenant la tête. Je lui ai donné une touche de distinction. J'ai mis près de lui une petite table ronde avec une bouteille de whisky, un siphon, et un exemplaire de *Punch* qui étaient censés expliquer sa léthargie. J'ai envoyé le dessin sans coups de trompette : si jamais il gagnait et qu'on le publie, ce serait pour le modèle une surprise salutaire, sans parler de l'argent que je toucherais. Il a paru, étalé sur quarante centimètres carrés, et j'ai reçu un chèque de cinq livres, ce qui faisait beaucoup d'argent à l'époque. Le chèque fut encaissé solennellement à la banque Williams Deacon, avec une faute d'orthographe sur « reçu ». Il m'a valu le respect. J'ai investi l'argent dans du matériel radio. Ma chambre était déjà un laboratoire de chimie couvert de taches, couvé par les saints d'un œil indulgent, elle allait se transformer en annexe de TSF.

Même à l'école ça m'a valu du respect. Sur le chemin du retour, je regardais l'étalage pascal d'une confiserie quand j'ai entendu Miss Clayton me demander si j'aimerais qu'elle m'achète un petit œuf en chocolat. J'ai dit non. Il y avait assez d'œufs en chocolat dans la nôtre, de vitrine, et des grands. Un matin où je suis arrivé en retard, Sœur Ignatius m'a tenu quitte des coups de lanière. J'ai ajouté un autre triomphe à ma liste. Quand le *Daily Express* a ouvert aussi un concours de dessin pour enfants, je leur ai envoyé une caricature de leur rédacteur que naturellement je n'avais jamais vu mais que j'ai représenté sous les traits d'un ivrogne moins raffiné que mon père, affalé sur son bureau au milieu des clameurs de dix téléphones. Le dessin a été payé (deux guinées) et publié, accompagné d'une légende bon enfant où figurait le terme « diffamatoire ». J'ai dû vérifier le sens du mot. Quand j'ai commencé ma carrière de romancier, il a fallu que je le revérifie de plus près. Mais à l'époque je croyais que mon avenir, c'était le résidu de don pictorial que m'avait laissé le daltonisme – la force du trait et un brin d'imagination. J'étudiais les caricaturistes professionnels. J'ai même envoyé une blague illustrée à *Punch.* Ils ne l'ont pas prise ; je n'étais pas encore sorti de la classe enfantine.

Il me semble maintenant qu'à ce stade sont entrés dans ma vie des camarades très mûrs, si mûrs que ma mémoire en a fait des hommes. Un colosse m'a serré la main quand nous nous sommes rencontrés, et offert de collaborer à une revue qui devait s'intituler *Chin Chin Chow.* Il avait les cheveux blonds mais je le revois grisonnant. Un autre élève avait un accent qui me paraissait américain, alors que c'était peut-être du Plymouth réfugié, et il racontait des histoires cochonnes assez sophistiquées, comme celle du type au testicule en bois à qui le médecin dit qu'il n'en a plus pour longtemps : « Vous avez la vérole d'un côté et la vrillette de l'autre. » Il avait réussi à se faufiler à une projection réservée aux adultes sur les maladies vénériennes (les hommes un soir, les femmes le lendemain), et il en savait aussi long sur la blennorragie que John Donne aurait pu en dire sur la pierre spéculaire. Il était très disert sur les maladies en général, et une fois où il me raccompagnait très mal en point de l'école, il a diagnostiqué une appendicite.

Ça se passait un lundi. Le dimanche soir j'avais mangé des rondelles d'oignon cru au vinaigre et je pensais qu'elles m'avaient donné un ulcère mortel de l'estomac. Le Dr Sneddon qu'on a fait venir a vu tout de suite que j'avais la scarlatine. Il a vu aussi que j'avais de la crème de tartre dans mon arsenal de chimiste et dit que je pouvais en boire diluée, ça me ferait du bien. Ma belle-mère, sachant que c'était une maladie terriblement contagieuse, était plus pressée de me voir vider les lieux qu'inquiète de mes migraines et mes nausées. Le Dr Sneddon a tourné la manivelle de notre téléphone et dit au 21 Princess Road (Moss Side 1274) d'appeler une ambulance. « M'n éfant », hurla Agnes à l'autre bout (j'avais joué avec le bébé la veille) mais on l'a rassurée. Je suis reparti d'où je venais – Manchester nord-est, hôpital d'isolement Monsall, entre Monsall Road et Northampton Road. Là, tout en desquamant, j'ai complété mon éducation primaire.

J'étais isolé auparavant; maintenant que j'étais dans un hôpital d'isolement, j'entrais en contact avec la société. J'ai appris la haine. Les infirmières, surtout les surveillantes, pouvaient se montrer encore plus vaches qu'une maîtresse d'école. Je n'ai jamais su me servir d'un bassin, cette espèce de caquelon en céramique à poignée creuse qui est sûrement la plus inepte de toutes les inventions médicales. On était censé l'utiliser uniquement pour la défécation solide, et faire ses mictions dans un cruchon frisquet. Comme la plupart des gens, j'accomplissais les deux fonctions dans le même récipient, qui débordait à tous les coups. Je me faisais taper dessus par la surveillante, qui me désignait à l'infirmière-chef pendant la visite : « Quant à ce sale petit cochon... » Mon père et ma belle-mère venaient à la fenêtre lors de leur visite hebdomadaire, interdits d'accès dans la salle, réduits à faire des mines et des bonjours derrière la vitre de séparation. Ils m'apportaient des œufs et du chocolat de voyage que la surveillante distribuait aux autres patients, rarement à moi. Dans leur vie d'avant et après l'hôpital, ces malades étaient des enfants démunis : qu'on coupe le gâteau en parts égales, et rien pour moi le non-démuni. C'est là que j'ai contracté un sens politique rudimentaire. Moi qui ne m'étais jamais pris pour un privilégié, j'étais désigné comme tel par mes « h » aspirés, qui provoquaient les railleries. Ainsi le monde se divisait en deux classes, et elles étaient farouchement opposées.

Lors d'une de ces palabres fastidieuses qui animent avec une circularité mortelle les salles d'hôpital et les chambrées après l'extinction des feux, tous sauf moi présumaient que nous vivions au XIXe siècle. Ça tombe sous le sens, pas vrai ? On est en 1928, le 19 dit bien dans quel siècle on est. Mais, arguai-je, on a déjà passé dix-neuf siècles. Le vingtième est entamé depuis vingt-huit ans. Tempête de huées. Ecoutez, dis-je, on a déjà mille neuf cent vingt-sept années et des poussières derrière nous. Ça veut dire que dix-neuf siècles se sont écoulés. C'est forcément – Ferme ta gueule, et ainsi de suite. Tu crois que tu sais tout pasque ton père est riche. Mon père, riche ? Elle était nouvelle, celle-là. Je n'ai pas réussi à les convaincre qu'on était au XXe siècle, même en leur montrant la photo d'un train baptisé le Spécial XXe siècle. Ça c'est pour le siècle prochain, pas ? Moderne, pas ? Faut qu'y soyent en avance d'un siècle pour se faire mousser. C'étaient d'excellents prolégomènes à l'armée. Heureusement qu'il n'y avait pas d'Italien dans la salle pour les conforter dans leur ignorance en parlant de *novecento*. Mais ils se seraient moqués de sa jactance.

Une fois la desquamation en bonne voie et la phase contagieuse terminée, on nous a mis dans une salle où les infirmières, dont une qui avait paraît-il gagné un concours de beauté, nous embrassaient en nous souhaitant bonne nuit. La reine de beauté me rappelait chaque fois : « N'oublie pas de dire ton chapelet. » Elle savait que j'étais catholique, et que les catholiques récitent leurs prières. Le seul trait, sentimental et superficiel, du catholicisme que tout le monde connaissait. C'était joli, ça ferait bien dans une nouvelle. Puis un jour on m'apprit que j'étais mourant. « Un prêtre va venir », sur un ton solennel. Oh Seigneur, les derniers sacrements. Mais c'était un prêtre de Maynooth truculent qui faisait sa tournée pastorale. N'empêche, mes camarades de chambre guettaient ma mort. Moi, le privilégié, j'aurais le privilège de mourir. Du coup on m'a un peu mieux traité. Mieux traité aussi parce que je savais dessiner. Dessine un type au lit avec une fille. Dessine mon zizi. Il y avait force étalage de zizis dans la salle de séjour. L'infirmière qui supervisait mon bain fit savoir à la ronde que j'avais le pubis plus poilu que les autres. Mont'nous tes poils. Un garçon de quatorze ans en complet sombre nous fit une démonstration de masturbation. Il gicla et s'évanouit. Je découvrais le vaste monde. Lequel finit par se lasser d'attendre ma mort. Je pouvais rejoindre le camp des vivants.

Cela voulait dire, entre autres choses, rencontrer les desquamées des salles féminines sur quelque terrain neutre du domaine hospitalier. La rencontre était toujours collective, avec porte-parole de part et d'autre. Notre porte-parole était surnommé Ça Pendouille, à cause d'une fois où, réclamant d'urgence un plat-bassin, il avait dit cela à propos de ses selles. La porte-parole était une fille sérieuse, gardienne aussi vigilante de son troupeau que Maria dans *Metropolis* quand elle disait aux privilégiés : « Ce sont vos frères et sœurs. » Le rituel social mettait en scène l'agression masculine, purement verbale en fait, et le bon sens féminin. « Dans quelle salle vous êtes, les gars ? – Ça vous regarde ? – C'est pas gentil de parler comme ça. – On est pas là pour être gentils. – Alors vous êtes là pourquoi ? » Et ainsi de suite. J'ai fait remarquer à Ça Pendouille que la porte-parole n'était pas particulièrement jolie, mais y a pas que la beauté qui compte chez une fille, me dit-il. C'est d'avoir bon cœur et d'êt'polie. Il me dit cela avec le plus grand sérieux.

Néanmoins c'est avec une jolie fille que j'ai roulé tout nu dans l'herbe derrière un massif. Pelés de frais comme des serpents, nous étions fiers de nos corps tout neufs. Nous nous sommes exposés aux regards l'un de l'autre et au soleil de Monsall ; nous avons roulé dans une étreinte. Roulé dans un creux abrité pour échanger des caresses et des baisers, pour se dire qu'on s'aimait. Nous ne connaissions pas le nom l'un de l'autre : la situation était digne de Lawrence, sans pourtant que le phallus pénètre comme un glaive de paix. Nous étions entrés dans une zone infra-personnelle. Par la fenêtre ouverte d'un des dortoirs, on entendait des voix chanter :

> Papa, maman, j'en ai plein le dos
> D'être dans cette maison de repos.
> Je fais dodo depuis plus d'un mois,
> J'en ai marre, je veux rentrer chez moi.
> L'infirmière colle des cataplasmes,
> Tant pis si ça vous donne des spasmes.
> « Ouah, dit le malade, c'est bien trop chaud. »
> « Non, dit-elle, c'est ça qu'il vous faut. »

« Mets ta main là », me dit-elle, et j'obéis. J'ai touché le tendre seuil du mystère enfoui. Ses seins commençaient à éclore.

> Adieu tous les médecins,
> Adieu toutes les médecines,
> Adieu les filles de salle,
> Adieu cher vieux Monsall.

Seul catholique au milieu des protestants, mais prêt comme n'importe quel païen à rouler tout nu derrière les buissons, seul mâle hachisant du dortoir, je prenais conscience pour la première fois de mon statut minoritaire. Je faisais partie des privilégiés, mais j'étais aussi parmi les assiégés. Le paradoxe pouvait se résoudre dans un rêve comme *Retour à Brideshead*, mais pas dans la vie d'un écolier de Manchester. Jadis les protestants ont persécuté les catholiques, pourtant ce sont les protestants les opprimés. Les catholiques et les juifs créaient des entreprises, ils sont devenus des privilégiés, même s'ils n'arrivent pas au niveau de la famille Marchmain ; les protestants travaillaient en usine et sont devenus des chômeurs. La dépression en marche avait déjà l'ampleur d'une mousson dans notre ville de mousson. Mon père parlait de créances douteuses, mais nous allions emménager dans des locaux plus vastes – toujours dans Princess Road, mais au numéro 47, à l'angle de Raby Street. Lui et ma belle-mère ont fait leur dernière visite à Monsall dans une berline Austin conduite par Jack Tollitt. Moi j'allais entrer dans une école catholique huppée, avec des profs laïcs en toge et un labo de chimie, mais pas de bizutages ni vestons rase-pets à la mode de Greyfriars. Le nom même de l'école offensait mes camarades de dortoir : un nom commençant par un X, imprononçable, étranger. Juif, si ça se trouve.

Il était donc tout à fait approprié que, pendant ma dernière semaine d'hôpital, je reçoive la visite d'un rabbin. Erreur de salle, erreur de nom – n'importe, je faisais toujours partie de la minorité. Pour mes compagnons de convalescence, je suis devenu un juif catholique, une anomalie acceptable. Je n'étais pas protestant et mon père était riche. Mon nez, marqué d'une tache que mon père appelait une envie de bière, était assez gros pour paraître judaïque.

Ce n'est qu'un abreuvoir, youpin, ce n'est qu'un abreuvoir.
Je pars au loin, youpin, je pars au loin
Pendre mon 'arpe en 'aut d'un saule pleureur,
Puisse le monde aller selon ton cœur.

J'allais découvrir comment va le monde. Je quittai l'hôpital dans la berline Austin neuve, fis une grande confession aux Martyrs-Anglais, reçus le corps du Christ (mon Seigneur et mon Dieu) sur ma langue, et me préparai au départ en vacances avec ma belle-mère.

Nous avons pris la route du sud, vers le monde protestant qui avait avalé tout rond la Réforme sans laisser le moindre îlot de dissidence. Du sud-ouest, plus exactement – Torquay dans le Devonshire. L'hôtel était de la catégorie qui traite une clientèle assez jeune – les danseurs de charleston, jeunes gens en falzar Oxford et jeunes femmes en jarretières affriolantes de l'an passé. Ma belle-mère eut quelques déboires avec le registre et dessina son M. Wilson là où elle aurait dû inscrire sa nationalité. Normalement, dit-elle, c'est son aillepoux qui s'occupait de ces choses-là. Elle refusa de prendre l'ascenseur, qu'elle appelait une'otte, racontant au groom sidéré l'aventure qui leur était arrivée, à elle et Katie 'Erbert. Mais elle se nourrit en jouant du couteau et de la fourchette et démontra comme il se doit ses talents d'œnologue en commandant un médoc à dix pence. Nous sommes allés à Torbay, lieu où Guillaume d'Orange débarqua pour imposer le protestantisme à un pays naguère redevenu catholique et réduire notre dernier roi à l'exil après la bataille de la Boyne. Cette visite m'a inspiré un petit essai, que le *Daily Express* publia dans la page enfantine. Une guinée – deux lampes et un condensateur variable.

Tous les soirs à l'hôtel il y avait un concert impromptu suivi d'une sauterie. Le dernier soir de notre séjour, couronné par un bal costumé, j'ai voulu voir d'un peu trop près la parade pour l'attribution des prix. Un bouton de ma veste s'est pris dans les voiles arachnéens d'une pseudo-Gitane. Il a fallu cinq minutes pour nous détacher. Maintenant que j'avais commencé à grandir l'épisode semblait du dernier petit-bourgeois, rien à voir avec l'épopée comique du gars pété sur le terrain de jeux de Saint-Edmond.

Le monde, je l'ai bien vu en rentrant au 261 Moss Lane East, était lui aussi en train de grandir, ou au moins de changer. A l'heure d'hiver magique où les lampes s'allument, jadis un mitron blanc comme farine passait avec une cloche et un panier de boulanger crier chaud les muffins, les crêpes, les brioches. Il n'est plus, et le muffin anglais, dégradé, mécanisé, ne survit plus que sur les tables de petit déjeuner américain. On nous encourageait à acheter non plus des miches anonymes encore tièdes mais du Crousti-pain préenveloppé. Là où on emportait sa glace en courant, servie d'une charrette italienne dans une gaufrette ou un cornet avec une goutte de vinaigre de framboise, maintenant le vendeur en uniforme Wall's, l'air d'un SS libéré de prison, pédalait dans les rues sur une glacière bleue en agitant sa cloche stop-vente et distribuait des blocs gelés dans du papier. Les poulets qu'on m'envoyait chercher – dans l'arrière-cour aux puanteurs rurales d'une vieille sorcière – gardaient leur goût nature, mais l'agneau réfrigéré venait de Canterbury, situé en Nouvelle-Zélande et non plus dans les collines galloises, et le bœuf congelé d'Argentine. Les goûts âpres d'antan disparaissaient. Ce n'est pas seulement la nostalgie qui fait dire aux vieux que la nourriture était meilleure autrefois.

Nous n'avions pas de réfrigérateur. Le poisson devenait phosphorescent, les mouches bourdonnaient au-dessus du tulle à viande, le beurre fondait au soleil d'été. Mais nous avions une berline Morris pour faire des virées dominicales à Blackpool. Le soir au retour on voyait des villages entiers assis sur le gazon pour voir passer les voitures, leur seule distraction du dimanche. Il n'était pas donné à tout le monde de s'asseoir autour du haut-parleur familial pour communier dans la religion de Lord Reith ou les trios de musique balnéaire. Nous, les Wilson, les Tollitt et les Kemp, disposions de ce confort. Les diverses firmes de tabac commençaient à distribuer des cadeaux en échange d'une quantité astronomique de bons offerts sur les paquets de cigarettes, à charge pour le détaillant de stocker ces cadeaux, que nous autres on gardait pour nous. Dans le lot il y avait une radio portable à cinq lampes, alimentée par une batterie sèche de cent volts et un accumulateur rechargeable. Il y avait aussi un gramophone portatif. Nous avions de la musique à demeure sans recourir au piano du salon, dont le couvercle restait maintenant toujours fermé. Nous étions entrés dans l'ère moderne.

A onze ans et demi, prêt pour le collège Saint-François-Xavier, j'avais déjà, pourraient dire mes biographes littéraires, acquis les bases de mon expérience émotionnelle, et accompli une faible esquisse du tracé que suivrait ma vie. Mais qu'est-ce que j'avais vraiment appris ? En classe, pas grand-chose. J'avais appris à lire pratiquement sans aide, et à compter à coups d'exercices et de claques. Je connaissais l'existence de l'Amérique pour l'avoir vue au cinéma, avec son passé peuplé d'Indiens et de cowboys, son présent de gratte-ciel et d'alcool clandestin. L'Allemagne m'avait fait voir l'avenir, d'abord l'esclavage puis une molle poignée de mains entre ouvrier et patron de monopole. La France parlait la langue des flacons de sauce HP. Le reste de l'Europe n'existait pas, sauf Rome, siège de bénédictions papales, qui exportait des joueurs d'orgue de Barbarie et des marchands de glaces. Quant à l'Empire britannique, réduit à des taches rouges sur la carte de l'école, il paraissait aussi lointain que Londres. L'Irlande était à la fois un pays étranger et une part de mon sang, mais elle représentait surtout le réservoir nourricier de notre catholicisme. S'il existait des villes en dehors de Manchester, c'étaient Rome et Dublin, Liverpool, rivale maritime que nous méprisions (la nature en a fait un port ; l'homme a mis Manchester au bord de la mer), étant une sorte d'ambassade montée en graine de l'Etat libre d'Irlande.

J'avais appris un semblant d'histoire grâce aux livres illustrés de ma langueur rhumatoïde, mais je savais que c'était de l'histoire protestante essentiellement mensongère. En classe, on était passés des premiers Britanniques gelés par imprévoyance dans leur guède à Robin des Bois, un catholique qui avait même un aumônier résidant en la personne de Frère Tuck (Truque Fesses aux dires de certains types ; je n'ai pas compris), pour arriver à Henry VIII qui, par lubricité, s'était coupé avec tout son royaume de la vérité et la grâce de Rome. Nous autres du sang des Martyrs Anglais, quoique rafraîchi dans la foi par l'Irlande, gardions vive une petite lueur. Nous avions souffert et souffririons encore. Il nous fallait au moins savoir le pourquoi de cette souffrance, aussi passions-nous beaucoup de temps sur la version simplifiée du catéchisme. Qu'est-ce que Dieu ? Dieu est l'Etre suprême, qui seul procède de lui-même et est infini dans toutes les perfections. Qui t'a créé ? Dieu m'a créé. Pourquoi Dieu t'a-t-il créé ? Dieu m'a créé pour l'aimer et le servir dans ce monde, et pour être heureux à jamais avec lui dans l'autre.

L'immense et éclatante vérité que l'Angleterre, par bêtise, vilenie foncière, sur les instances du démon, a non seulement abandonnée mais raillée et raille encore, c'est la présence réelle dans le sacrement de l'Eucharistie. Que Jésus-Christ soit réellement présent sur l'autel, déguisé en pain sans levain et en vin doux rouge, voilà la réalité immuable qui réduisait à l'insignifiance les réalités imitatives des sucettes bourre-tala et des saucisses de porc. De cette réalité je n'avais pas le moindre doute. Les propres paroles du Christ étaient là pour le confirmer, paroles que nous entendions à la messe relayées par le prêtre en latin universel. *Hoc est corpus meum.* En Inde, au Siam, ou chez les aborigènes d'Australie, les mêmes paroles, avec peut-être des accents variés, présidaient au divin mystère. Que les protestants, dans leur aveuglement ou leur surdité, interprètent ce sacrement comme une simple commémoration, c'était un signe indubitable que le démon les avait égarés. Là, et non dans des points subtils de doctrine sur les limbes ou le purgatoire, s'ouvrait la faille immense et irréparable, la blessure nationale incurable, qui niait l'unité anglaise, lui refusant un passé commun et un commun futur. La présence réelle habitait tout Manchester dans ses sordides petites églises catholiques, signalée par l'œil rouge d'une lampe. En passant devant une église, on faisait le signe de croix comme pour dire respectueusement bonjour. Les sales proutestants se gaussaient.

Quant aux réalités imitatives, qui comprenaient d'abord les fringales de la chair, certaines étaient des forces neutres absentes du contrat d'alliance, même si le diable pouvait s'en mêler quand la trappe des appétits goûteux laissait entrer la gloutonnerie. Le crime sexuel, selon les Dix Commandements, semblait limité à l'adultère, qui représentait « tous les péchés d'impureté avec le mari ou la femme d'un autre ». Cependant les commandements de l'Eglise donnaient à cette énormité une extension leur permettant d'inclure non seulement la fornication mais aussi « les livres, images et danses immodestes » (pourquoi pas les chansons ? pourquoi pas les jurons ?). Rouler nu avec une fille dans le parc de l'hôpital d'isolement Monsall, ou jouer dans le grenier avec les seins de la servante à douze shillings six, c'était un péché sans aucun doute, mais j'avais quand même l'impression que l'œil rouge de l'autel, sans être tout à fait d'accord, n'était pas aussi implacable que le Père Fitzjames. Qu'on trouve la nourriture bonne, quoi de plus normal, c'est un don de Dieu ; la chair aussi on la trouvait bonne, et ça c'était mal. Mais la chair était peut-être l'œuvre du démon, à moins que Dieu s'y mette et la sanctifie de façon assez arbitraire par des noces au Saint-Nom : après tout, on nous prévenait contre la triade que forment « le monde, la chair et le diable ». C'était la voie du catharisme ou du manichéisme ou du jansénisme, qu'on ne nous enseignait pas. Il y avait là de toute manière une contradiction difficile à résoudre. Elle y est encore.

J'avais appris ni plus ni moins que le reste des écoliers catholiques britanniques. Chez moi il y avait des choses que je n'apprendrais jamais. Comme la relation entre mère et fils. J'avais vaguement conscience d'une spoliation la nuit où, dans mon lit, plongé dans des fantasmes lascifs, je me suis excusé à Dieu en criant tout haut : « Je n'ai jamais eu de mère. » On ne m'encourageait guère à exprimer de la tendresse. On m'a élevé dans la froideur émotionnelle. Je pouvais enlacer le chat, qui se tortillait pour m'échapper, associant le contact humain au four brûlant. Je pouvais emmener mon abrégé de chiot en promenade, jouer avec, et même, une fois où j'avais pris une claque, partager à quatre pattes son hochepot froid. Mais je n'étreignais la chair humaine que poussé par une lubricité précoce qui n'a rien de commun avec la véritable affection.

Ce fut une enfance privée d'Œdipe. Je n'étais pas jaloux de mon père. D'ailleurs il n'était qu'une absence qui allait chercher asile dans la fraternité enfumée des pubs. Il ne péchait même pas, malgré les occasions innombrables, contre le lien sexuel du mariage. Du moins n'y a-t-il jamais eu d'infidélités démasquées ni de scènes violentes à ce propos. Il s'est réveillé une fois en murmurant « Poppy », à portée d'oreille de ma belle-mère, mais en dehors de *Poppy's Paper,* un journal de filles, ce nom n'avait pas de référent connu. Il était bien irlandais dans son indifférence à la sexualité : son truc c'était l'alcool. Il ne m'a fourni aucun modèle d'agressivité, de labeur, ou d'élan érotique. Ce n'était pas un Humphrey Chimpden Earwicker; même pas un Leopold Bloom. Il a gaspillé son talent musical. Quand je me suis mis à mon tour à la musique, j'ai dû me battre tout seul avec les rudiments. Quand viendrait la maturité, il allait m'infliger sa rancune de me voir exhiber ses propres défauts. Si je ne valais pas grand-chose comme fils, c'est que je n'étais le fils de rien.

Ma belle-mère, comme je l'ai dit, s'est acquittée de ses devoirs de belle-mère, dont l'amour ne faisait pas partie. Ce n'était pas une marâtre de conte de fées : il lui manquait la fibre tyrannique qui, dans le cas de Cendrillon, était assez puissante pour susciter la force inverse. J'avais une marraine, ma tante Lily, mais elle ne m'a jamais offert de citrouille féerique. Si ma belle-mère ne me témoignait pas d'affection, au moins elle était neutre, à part une flèche occasionnelle de hargne – parfois un trait gratuit, parfois un déplacement du père vers le fils. Elle aimait bien me rappeler que sa fille Madge et moi avions en commun notre naissance le jour du Sabbat, mais moi j'étais né à l'ouverture des pubs et elle au moment où les cloches sonnaient les vêpres. J'avais, disait-elle, une vraie tignasse, pas du tout comme ses filles. J'étais égoïste. Tout ce que je voulais c'était de l'argent pour acheter des bonbons et des illustrés. J'esquivais les corvées, c'est-à-dire les courses et « le plein ». « Le plein » consistait à transporter les bouteilles de la réserve aux étagères de la boutique. Je finirais comme mon père, poivrot. Rien ne permettait de le dire à l'époque, mais la prophétie s'est vérifiée.

On a raison de haïr la malveillance, mais pas l'indifférence ou la stupidité. Je n'abrite aucune rancœur, je n'éprouve pas de pitié pour cet enfant de onze ans qu'on allait maintenant, non sans mauvaise grâce, équiper pour Saint-François-Xavier. Je n'étais pas en haillons, je ne mourais pas de faim. On m'a permis de recevoir une éducation. Mais je regrette la froideur émotionnelle qui s'est forgée alors et qui, entre autres inconvénients, a nui à mon travail. Je découvre les relations familiales dans les livres des autres, et j'envie autant leur tranquillité que leur turbulence.

Fils et Amants ou *Pères et Fils* appartiennent à une planète étrangère que je peux visiter seulement par un grand effort d'imagination.

Dans la famille plus étendue de la nation qui, aux dires de George Orwell, était gouvernée par de mauvais oncles, je faisais partie d'une bande d'orphelins, des gosses qu'on laissait jouer dans la cour tant qu'ils ne faisaient pas de bruit mais qui n'entraient pas au salon. Il fallait être loyal envers des gens déloyaux. J'avais raison de me moucher dans le drapeau britannique. L'établissement auquel irait maintenant ma loyauté d'écolier était patronné par l'Apôtre des Indes, dont les objectifs avaient été bien différents de ceux des colonisateurs britanniques, lui le pilier espagnol de la Contre-Réforme, l'un des sept membres fondateurs de la Compagnie de Jésus. On ne pouvait pas faire moins anglais.

II

II

Maintenant pour aller à l'école je devais marcher jusqu'au faubourg de Rusholme ou prendre le tram là-bas. Le 53 descendait Great Western Street, un affluent de Princess Road qui débouche sur Wilmslow Road. Wilmslow Road commence au centre de la ville sous le nom d'Oxford Street, devient Oxford Road aux abords de l'université, change une dernière fois de nom à la hauteur de Moss Lane East avant de traverser Rusholme et pousser vers le sud jusqu'aux banlieues raffinées de Fallowfield et Withington. Le tram 53 était unique dans la mesure où il avait un seul étage et une plate-forme arrière ouverte latéralement : ça lui donnait un petit air continental. La plupart du temps je descendais Moss Lane East à pied, en longeant Whitworth Park, son étang, sa station météorologique, et sa galerie de tableaux très appréciée dont je fus exclu pendant quelque temps : avec d'autres gamins, je m'étais fait expulser par l'un des conservateurs pour avoir sucé le sein marmoréen d'une déesse grecque. J'ai pu y retourner par la suite, et admirer les originaux de William Blake. Arrivé au bout de Moss Lane East il fallait que je tourne à droite dans Rusholme. Ce quartier-là avait un parfum spécial – magasins et salons de thé cossus avec promesse de verdure dans quatre parcs : la lisière de Whitworth, puis Platt, Birchfields et Victoria. Le parc Victoria était un domaine résidentiel distingué fermé par une barrière de péage, et dans ce domaine se trouvait le collège des Frères de Saint-François-Xavier.

Rusholme qui était nationalement renommé pour son théâtre de répertoire, le Rusholme Rep, s'est fait une réputation internationale en produisant deux remarquables acteurs de cinéma, Robert Donat et Wendy Hiller. La tradition mancunienne de théâtre tant local qu'expérimental inaugurée par Miss Horniman à l'ancien Gaiety (et hibernicisée à l'Abbey Theatre de Dublin) a évolué ici vers des audaces post-ibséniennes, avec Ernst Toller et Elmer Rice, voire même des épouvantails à public comme *Le Grand Dieu Brown* d'Eugene O'Neill. Un de mes camarades de Saint-François-Xavier, qui jouait le fils de je ne sais plus qui, était complètement largué par les changements de masques perpétuels. J'ai connu les derniers jours du Rusholme Rep et sa dégradation en cinéma.

François-Xavier fut l'un des premiers poteaux indicateurs de ma route vers l'Est : j'en ai trouvé un autre du même nom à Malacca, lieu où le saint éponyme avait fait torturer les renégats catholiques malais et empêché par un miracle l'invasion de la flotte bugi. Les Frères de Saint-François-Xavier s'habillaient en prêtres mais n'étaient au fond que des laïcs améliorés, conscients de valoir mieux que ces Paddy Pedzouille et Micky Mouise de Frères chrétiens. Il y avait quelques saints parmi eux, et beaucoup de gens très séculiers. Certains avaient rallié l'ordre de Saint-François-Xavier pour se faire offrir une éducation supérieure : ceux-là parachevaient leurs études à l'université de Manchester tout en nous faisant cours. Le responsable de la section d'anglais, Frère Andrew, a introduit dans ma vie la langue patricienne du Sud comme véhicule d'enseignement. Il disait « Diantre » quand il s'écrasait le pouce ou se cognait l'orteil. Il allait revenir à son nom séculier de Gordon Baldwin et devenir directeur de l'Education dans une colonie des Caraïbes. Il m'a légué ses *Beowulf* et *Sir Gawain*, studieusement et excessivement annotés l'un comme l'autre. Il était résolu à faire son chemin. Il admirait John Galsworthy, et il a fait sa thèse sur Robert Browning.

Les saints noms adoptés par les frères n'obéissaient à aucune logique relative au co-fondateur de l'ordre des Jésuites. Il n'y avait pas de Frère Ignace (ayant eu droit à une Sœur Ignatius équipée d'une lanière, personnellement je m'en passais très bien), quant au Frère Francis, ineptement planté au laboratoire de physique, il devait probablement son nom à François d'Assise. Le nom de Frère Cajetan affichait un ferme antiluthéranisme. Frère Alphonsus avait été jadis chef d'un restaurant des beaux quartiers de Londres, mais il avait répondu à l'appel de visions pour devenir le cuisinier du collège, et il vénérait le jésuite Alfonso Rodriguez, un frère lai qui, comme nous l'apprend le sonnet de Hopkins, a passé toute sa vie en faction devant la porte à Majorque. Le nom de Frère Campion était ambigu. Professeur de français qui avait une grande connaissance de la littérature anglaise, fumeur invétéré rongé de doutes religieux, il avait probablement plus d'affinités avec le poète Thomas Campion qu'avec le saint prénommé Edmond. Il y avait encore Frère John Vianni, Frère Sebastian, Frère Anselm, parmi d'autres. Il y avait aussi quelques laïcs, hommes ou femmes, avec ou sans toge.

Cette équipe travaillait dans des locaux confortables. L'édifice d'origine, sorte de presbytère couvert de lierre auquel on accédait par une sente feuillue donnant sur une allée endeuillée de troènes et de lauriers humides, s'était vu adjoindre un bâtiment de brique rouge pour les cours. Les laboratoires formaient un réseau d'annexes dont l'une consacrée au labo de chimie était vite tombée à l'abandon – cornues en miettes et nids d'hirondelles. Un grand espace vert baptisé Marylands servait aux sports et aux réceptions en plein air, devant un manoir baptisé Grommé en souvenir de son donateur, où les enseignants avaient leur bureau-piaule chauffé au gaz. La plupart des élèves étaient externes mais il y avait aussi des pensionnaires, dont quelques étrangers. L'année de mon arrivée et les suivantes, le préfet des élèves était un Brésilien déjà adulte possédant moustache et marimba, grand admirateur de Villa-Lobos et décoré du même prénom, Heitor. Le type que j'ai vu parmi les premiers en franchissant le seuil avec effroi, c'était un Latin velu portant l'uniforme des jeunes fascistes de Mussolini. On l'a accueilli d'un « Salut Corradi, ça va-di, mon bedit ? » C'était Adolf Corradi, sinistrement prénommé, qui se ferait exclure par les fascistes pour avoir dit qu'il valait mieux vivre un seul jour comme une souris que toute une vie comme un lion. Par la suite il épousa Irene, fille de nos cousins Byrne perdus de vue, et devint grand expert en teintures. Le tout premier élève que j'ai vu montait la garde à l'entrée comme si on l'avait posté là pour demander le mot de passe. « Allez mon gars, ordonne-t-il à un nouveau, dis POUTRE en faisant comme ça. » Et les doigts en crochets, il tire sur les coins de sa bouche. Ce fut ma première leçon de phonétique articulatoire. La délabialisation a produit une vile obscénité.

Je venais de croiser cette vile obscénité à pleins seaux, sur le terrain de foot de Maine Road où Jack Tollitt m'avait emmené voir jouer l'équipe de Manchester City. Il eut l'imprudence de dire : « McCabe est le meilleur avant-centre du monde. » Il déchaîna une volée ironique et cinglante de *Va te faire foutre, fouteur de merde, qu'est-ce que tu fous là, t'es foutu, on va te foutre à poil, foutez-lui sa baise, qu'est-ce qu'il en sait, ce foutraque ?* assortie de la réponse, *foutre rien.* Maintenant je connaissais le mot dans toutes ses déclinaisons, qui rabaissaient toutes un acte sexuel en crapulerie. Je ne m'attendais pas à devoir le dire pour être admis à Saint-François-Xavier. Mais il y avait déjà une obscénité involontaire dans la devise de l'école, que claironnait le prospectus : CONCORDIA RES PARVAE CRESCUNT. Elle s'étalait bien en vue au-dessus de la scène dans la salle des fêtes. Combien d'élèves ai-je vus, inattentifs ou égarés par les cours de musique qui se donnaient là, se masquer du doigt tout ce qui suivait les trois premières lettres. C'était comme de lire un livre mis à l'index. Quant au sens de la devise – les petites choses grossissent, etc. – il apportait un complément de sous-entendu phallique.

Le Big Brother qui dirigeait l'école s'appelait Frère Martin. Un nom propre à inspirer le trouble, comme Adolf, vu que Martin Luther est la plus grande figure de la religion réformée. Il s'appelait en réalité Eugene McCarthy, nom dont il devait signer tout document officiel, l'Etat séculier ne reconnaissant pas la nomenclature hagiologique. Mais il se servait parfois de F. Martin, peut-être pour semer la confusion, le doute ou les retards, peut-être sous la pression d'une double personnalité. Il était, bien sûr, irlandais, avec un long visage irlandais sur un long cou irlandais et des accès de névrose irlandaise. Pour entrer dans l'ordre de Saint-François-Xavier il fallait faire vœu de célibat, mais pas de tempérance. Frère

Martin avait des bouteilles dans sa chambre et une cave très correctement fournie à sa discrétion. J'ai eu avec lui une brève et terrifiante rencontre quand, admissible à l'examen d'entrée, il a fallu me rendre au collège pour subir un oral et une sorte d'évaluation sociale.

On nous a fait mettre en rangs par dix, notre curriculum vitae à la main. Je n'ai pas compris Frère Martin lorsqu'il a dit avec une clarté d'élocution et une élégance de diction théâtrales qui m'étaient inhabituelles : « Donnez-moi votre papier. » Chez moi on ne connaissait pas, en dépit des cours de Madge, les codes permettant de solliciter poliment une redite, alors j'ai fait « Mmm ? » C'est passé très mal mais sans provoquer de remontrance. Il a répété les mots comme un gros titre, ensuite de quoi mon timbre mancunien lui a tiré une grimace quand j'ai récité une tranche de *Sésame et les Lys.* Puis on nous a demandé quelle était notre couleur favorite. La plupart ont répondu bleu parce que c'est la couleur de la Sainte Vierge. J'ai dit rouge parce que c'est la couleur du sang. Les internes étaient répartis en quatre maisons – Saint-François-Xavier, Saint-Edmond, Saint-Cuthbert, Saint-Bernardin. A la question impossible demandant laquelle nous souhaiterions habiter, un des garçons répondit brillamment « la première, parce que c'est le nom de l'école », et fut félicité bien haut d'un « tout à fait excellent ». J'ai dit Saint-Bernardin, parce que j'avais la bouche desséchée de terreur et que cette maison avait pour emblème un calice, mais je n'ai pas donné la raison.

Si Frère Martin avait un goût prononcé pour les phonèmes rupins et la voix de tête, il lui arrivait d'adopter l'irlandais théâtral du premier acte de *La Seconde Île de John Bull,* sans nous épargner les « Que Dieu t'bénisse, et t'fasse eul bras comme j'ai la cuisse » ou « C'est du vré de vré qu'euj'vous cause, pas ? » Au cas où il aurait lu, ce qui est extrêmement douteux, le *Portrait de l'artiste en jeune homme,* peut-être a-t-il ruminé le trouble qui s'empare de Stephen Dedalus quand il entend les mots *Christ, maison, bière* et *maître* dans la bouche du préfet des études de University College à Dublin et (interprétation plus raisonnable que celle de la plupart des joyciens qui vont chercher midi à quatorze heures) trouve sa propre prononciation trop provinciale. Pas une trace de province dans les voyelles de Frère Martin : il avait battu les gueulards de la haute à leur propre jeu. S'il n'avait jamais lu Joyce, il se vanterait un jour, en m'entendant louer le grand Dublinois, de le connaître personnellement, parlant avec truculence de « Jimmy Joyce ». Mais il évoquait Bernard Shaw avec la même affection familière, quant à Sean O'Faolain il l'appelait « Johnny Whelan », le nom anglais dont celui-ci s'était pourtant débarrassé.

Frère Martin visait peut-être, comme l'affirmaient certains, le fondement de quelques jeunes élèves parmi les plus beaux, mais lui on n'a jamais pu sonder le sien. Qu'il s'adonnait à des fantasmes, sinon des gestes, homoérotiques, Frère John Vianni me l'a confirmé par la suite quand je l'ai retrouvé en tournée d'inspection des vices de forme de la Santé publique. Il parlait abondamment du Christ et de son disciple bien-aimé, en évoquant des livres enfouis sous la poussière de la bibliothèque Vaticane qui approuvaient, en se fondant sur l'exemple du Christ, l'amour charnel entre homme et homme. Frère Martin n'était manifestement pas un érudit, même s'il se proclamait spécialiste d'histoire anglaise. Parfois, l'œil et le visage brillant d'un feu anormal, il faisait irruption dans le cours d'histoire d'un confrère pour nous imiter Henry VIII à table, ou Jacques Ier en train de s'attendrir sur son pote Steenie. Je flairais une vocation théâtrale ratée. Il quittait toujours la salle sur une bonne réplique. Une fois il a débarqué chez les troisième au moment où on découpait *La Ballade du vieux marin*, poème qu'apparemment il n'avait jamais croisé jusque-là, en tranches de récitation, et il a interrompu le cours pour savoir quel vers nous paraissait le plus fascinant. Nous avons choisi, la plupart, « De l'eau, de l'eau à l'infini » ou « Un vaisseau peint sur un océan peint », mais il préférait « Mère céleste, répands sur nous ta grâce » et il est ressorti, bras ouverts comme pour recevoir, ou donner, la bénédiction divine, en le criant aux nues.

Il était seul à administrer des châtiments physiques officiels. Les maîtres, ou l'une des rares maîtresses, giflaient, cognaient, secouaient à l'occasion, mais Frère Martin faisait toute une cérémonie des coups de canne sur les doigts ou le derrière qu'il distribuait en fin de journée sur la scène de la salle des fêtes. Chaque matin une feuille de papier circulait dans toutes les classes, sur laquelle était imprimé « Noms des élèves qui n'ont pas fait leurs devoirs, ou qui les ont mal faits ». Mais d'autres méfaits pouvaient aussi passer sur la filante, comme on l'appelait, chose que nous estimions très injuste. Frère Martin s'avançait sur scène pour les adieux du soir, filantes d'une main, canne de l'autre, et avec une homélie avant ou après l'action, il cinglait et torturait. Naturellement il visait le derrière de préférence aux mains, parfois il a frappé un postérieur qui n'était protégé que par un caleçon ou des pans de chemise. Il faisait ça quand il n'obtenait pas un cri de douleur au premier coup : il soupçonnait, toujours à juste raison, que le mécréant avait bourré son fond de culotte de livres. Il adorait tisser des dentelles de réprobation autour du nom de la victime, pour peu que le nom s'y prête. Il ne pouvait pas faire grand-chose avec le mien, mais il a sauté tout heureux sur Harry Hinderer : « Un rien d'erreur et le démon vous empoigne, Mr Hinderer, mais avec l'aide de Dieu et ce bras droit pas trop faible, je vous arracherai le dernier brin d'erreur. » Et quel plaisir de convoquer à la raclée un garçon nommé Prince en annonçant « Son Altesse Royale Mr Prince ».

Souvent, au lieu d'expédier l'école à ses travaux après les prières matinales, il la tenait près d'une heure dans la salle des fêtes à écouter une rhapsodie irlandaise inspirée par le *Manchester Guardian* du matin. Il avait foi en la Société des Nations, d'après lui il n'y aurait plus jamais de guerre. Il parlait, manifestement éméché, des dangers de l'alcool, citant comme le pire des maux l'amour du champagne, malgré les bouteilles vides de Moët et Chandon alignées devant la porte de son bureau. Horatio Bottomley, qu'il appelait Fesses Pommelées, en fournissait l'horrible exemple : là-dessus Frère Martin nous régalait d'un grand numéro de théâtre où Fesses Pommelées la gorge en feu agrippé aux barreaux de sa prison hurlait tel Dives, suppliant qu'un Lazare vienne lui effleurer la langue d'un doigt humecté de Mumm ou Lanson. Parfois Frère Martin exposait en détail ses divers maux de santé, la sciatique surtout, et nous disait que toutes ces agonies lui donnaient quelquefois envie de se jeter dans la cheminée de son bureau. Mais ensuite il parlait de santé et de forme physique en recommandant un exercice excellent pour les poumons qui consistait à se muer en animal ou en table à quatre pattes et à chanter « Souventes fois dans la nuit calme » en direction du sol.

Il était lunatique, imprévisible et dangereux, aussi instable que le vif-argent. Poussé par le sadisme du refoulement, sexuel ou histrionique, il faisait la tournée des classes avec sa canne et interrompait les cours séculiers pour poser les deux pires questions du catéchisme : « Qu'est-ce que la sainte messe ? » et « Qu'est-ce que la sainte communion ? » Comme la différence entre les deux est une affaire de phraséologie plutôt qu'une distinction fondamentale, rares étaient ceux qui répondaient correctement. Sur quoi il fouettait et cinglait en s'indignant du surcroît de douleur que notre ignorance perverse empilait sur la forme humaine déjà tordue de souffrance du divin Sauveur, avant de nous renvoyer brûler du feu d'un autre bois sur nos sièges. A la réunion de clôture, il confiait au préfet des élèves la tâche de mener plusieurs dizaines de chapelet et, bras farouchement croisés, fixait d'un œil irlandais amer un élève choisi au hasard, qu'il laissait repartir sans un mot et fouiller, rarement en vain vu son jeune âge, sa conscience inquiète. J'ai eu droit à ce traitement quand j'étais en troisième, et ça a duré une semaine. J'avais atteint l'âge mûr quand j'ai eu un colley nommé Haji, lequel Haji, col blanc et costume noir comme Frère Martin, me fixait du même regard, planté l'air grondeur devant le poste de télévision, avec l'intention évidente de m'emmener faire un tour. J'étais redescendu en troisième.

Frère Martin avait trouvé un châtiment préliminaire pour ceux qui, chapelet expédié, recevraient une correction publique, en les faisant tenir tous ensemble mains haut en l'air devant leurs camarades innocents. Ce qui semblait avoir pour effet d'interrompre l'afflux de sang vers les centres supérieurs et provoquer le délire. Un jour où j'étais parmi les coupables, c'est moi que Frère Martin a choisi pour attaquer. « Voyez-vous, Wilson, vous êtes médiocre. Vous ne faites pas honneur à votre maison ni honneur à votre école. Qu'est-ce que vous avez inventé comme excuse pour ne pas faire vos devoirs ? » Je comptais répondre que je n'avais pas pu mais ce qui est sorti à la place c'est « pas voulu ». Sommé par un rugissement de répéter ça, dans mon délire j'ai surenchéri d'un « pas envie de les faire ». Je me suis fait agresser par deux massues irlandaises et conduire d'une bourrade à la porte aux cris de « Sors d'ici. Et file tout droit à la place qui t'est réservée en enfer. Ne reviens plus jamais assombrir les portiques de Saint-François-Xavier ». Ceci trahissait le niveau probable de sa formation théâtrale : jamais on ne vous parlerait d'assombrir les portiques au Gate ou à l'Abbey Theatre. Apparemment j'étais renvoyé – le mot sonne comme un glas. Je rentre chez moi en titubant, mais mon père, qui a suffisamment d'Irlande en lui pour connaître les Irlandais (ma bellemère disait d'eux : « Y vous coupent la tête et après y vous mettent un pansement »), me conseille de faire semblant de rien : demain tout serait oublié. J'ai fait mes devoirs d'une main tremblante, couru ensuite au Princess sangloter d'un bout à l'autre de *Redskin* sur Richard Dix, à peine fermé l'œil de la nuit, si bien qu'au moment de me lever pour aller à l'école j'étais visiblement malade. Quant à m'y faufiler, pas question : Frère Martin se souvenait. Mais il m'a renvoyé à la maison avec des façons presque aimables, en disant qu'il voulait voir mon père. Lequel est parti en ronchonnant voir Frère Martin, avec une intuition précise de l'attitude réservée aux élèves boursiers, et du liquide en poche. Le pot-de-vin a fait l'affaire, je pourrais retourner à l'école le lendemain.

Dès mon retour Frère Martin m'a traîné dans toutes les classes en me désignant comme le meilleur de l'école. J'avais du cran, j'étais honnête, il aimerait bien que tous ses élèves, cette bande de lâches et d'hypocrites, aient la même divine franchise chrétienne d'oser dire la vérité vraie. La vérité vraie c'est que je n'avais pas envie de faire mes devoirs et moi, le vase étincelant de la vérité vraie, j'avais osé le dire. A la fin de l'année scolaire il a signé mon bulletin avec ce commentaire : « Je voudrais avoir ici trois cents John Wilson. » Je ne sais pas de quelle somme mon père s'est fendu pour les œuvres du collège, mais manifestement l'argent comptait beaucoup pour Frère Martin, malgré ses crises intermittentes de cabotinage sur Shylock et ses sales ducats. Il gardait sous séquestre une part variable du salaire des enseignants laïcs, nonobstant le fait qu'il était fixé par une grille nationale, et à ceux qui se plaignaient il répondait que personne n'avait idée de ses difficultés financières. Il voulait que tous les élèves déjeunent au réfectoire, en payant une honnête somme pour une table d'hôte assez chiche, même si leur mère mettait le couvert familial juste au coin de la rue. Il trouvait injuste que tant d'élèves habitent la ville ou les environs, alors que dans un monde bien fait ils seraient tous étrangers comme Adolf Corradi et Anton Bruckner ou Bernardo Fughetti, sans compter ce cher Heitor à moustache et marimba, et paieraient pour coucher dans les dortoirs de l'école. Qui sait, peut-être était-il trésorier, tout en servant de doublure pour les rôles de père noble, de quelque obscure troupe de théâtre irlandaise. Peut-être faisait-il des placements spéculatifs sous le nom de F. Martin.

En tant que directeur, il s'octroyait le monopole du spectacle, mais son personnel n'éprouvait aucun scrupule à rivaliser d'excentricité. La névrose, c'était une autre affaire, comme dans le cas de Frère Francis qui pleurait quand il perdait sa règle, et nous enseignait fort peu de physique. L'incompétence aussi, comme celle qu'affichait l'enseignement substitutif de Frère Sebastian sur la même matière : il déléguait une bonne part de la tâche à un de nos camarades de classe, Dowd, qui opérait avec un rictus maniaque en uniforme du parti fasciste britannique. Ou la piété excessive, comme celle de Frère Antoninus qui se frappait la poitrine en gémissant bien haut dans les couloirs les plus sombres. Les autres travaillaient autant qu'on les payait, et certains nettement plus.

Les classes étaient réparties en sections A et Alpha, dénotant pour la forme une égale aptitude cognitive, mais nous autres de la section Alpha nous n'étions pas dupes : l'alphabet grec n'avait-il pas la préséance sur le romain ? On commençait en cinquième puis on montait par paliers jusqu'à la première. Frère Martin, peut-être après avoir lu un *Gem* ou un *Magnet* confisqué, formula un jour pendant la réunion matinale le rêve d'instituer des niveaux et des classes de transition comme dans les pensionnats chics, mais sans y donner suite. Arrivés en terminale, les garçons devenaient des hommes, ils avaient le droit de porter le chapeau au lieu de la casquette et de fumer entre les cours. Dans la belle bibliothèque de l'Ancien Pavillon, ils s'asseyaient, comme un conseil d'administration, autour d'une table en chêne, entre les vases de Chine et les livres portant l'ex-libris de Lady Gregory ou quelque autre éminence de la vieille aristocratie anglo-irlandaise. La bibliothèque donnait sur un beau jardin, éden que seul le péché adolescent pouvait regagner. Les hommes de terminale, même s'ils s'étaient rapprochés des lieux secrets du pouvoir au point de trébucher parfois sur les bouteilles vides, étaient moins dérangés qu'avant par les visites impromptues de Frère Martin. La renommée de l'école dépendait des résultats au baccalauréat, avec peut-être à la clé – mais c'était un rêve du même tonneau que les classes de transition – une bourse municipale ou même nationale. Interrompre à la légère Tite-Live ou Salluste pour débattre de ce qui nous pousse à boire l'eau dans un verre et le lait dans une tasse (est-ce seulement le cas ?) n'était vraiment pas de mise.

Ma carrière à Saint-François-Xavier a débuté dans une demeure privée reconvertie située juste au bord des terres de l'école. Elle abritait quelques jeunes pensionnaires et un salon de musique. Un second violon bas de gamme de l'orchestre Hallé, qui dénonçait avec empressement la musique classique qu'on l'obligeait à jouer pour gagner sa vie, supervisait des couinements mal résinés à longueur de journée. La cinquième Alpha s'était vu désigner ses pupitres et attendait qu'on l'éduque. L'enseignement nous arrivait par miettes. Un frère belge, Urbain, venait nous dire : « Trouvez-vous une occupation. » Là-dessus je dessinais, les autres suivaient la saga scolaire de *William* dans la série de Richmal Crompton. Un

Frère Dempsey, costaud suggérant par son patronyme une canonisation proleptique du grand boxeur, entrait pour nous faire répéter *amo, amas, amat* sans nous dire que c'était du latin, ni d'ailleurs grand-chose d'autre. Puis il disparaissait et on ne le revoyait plus. On nous expédiait dans une cave où on nous distribuait des bouts de laine et des crochets en nous disant de faire des tapis. Puis nous revenions à la lumière pour les cours de diction d'une certaine Miss McManus.

Dorothy McManus, dite Dolly, présentait les vestiges vieillissants de ce qui fut jadis une superbe créature. C'était elle, une rebelle Fenian, qui était chargée de nous enseigner l'anglais du Roy. Tâche qu'elle entama ainsi : « Une dame m'a abordée naguère en me demandant si j'étais irlandaise. Oui, dis-je, et elle : " Dites-moi quelque chose en irlandais. " Volontiers, fais-je : *Bhì sé dorcha amuigh, mar bhì na tràthnòinti ag dul i ngiorracht.* Elle était toute surprise, elle qui s'attendait à m'entendre dire Biggre, ou Vré de vré qu'eust' un beau brin d'homme. L'irlandais est une chose, l'anglais en est une autre. Certes, c'est la langue de l'oppresseur protestant, mais il nous faut vivre sous l'oppresseur et parler sa langue. La parler aussi bien sinon mieux que ceux qui nous l'ont infligée. Donc, nous a-t-elle prévenus, pas de Bigres ni de Dieu t'fasse eul bras comme j'ai la cuisse. » Naturellement, rien de tel pour nous encourager à dire bigre, un terme exotique que nous n'avions jamais entendu jusque-là. Et aussi à considérer l'anglais du Roy comme une langue étrangère pleine de bizarreries avec lesquelles il fallait ruser – notamment la voyelle d'arrière désarrondie de *love* et *mother.* Mes muscles linguaux gardent encore le souvenir de leurs efforts pour maîtriser ce phonème contre nature. Sans parler du « hache », acceptable en tant que consonne catholique, mais étranger au catalogue phonologique mancunien. Harry Hinderer, qui se prenait pour Arry Inderer, a souffert plus que tout le monde pour tenter de l'acquérir. Que le signe clignote et aussitôt il l'interprétait comme une valeur zéro. Son cerveau était programmé comme ça. Son nom le ferait souffrir toute sa vie.

Et puis nous avions Kitty Masterson, qui portait une toge de licenciée pour mettre en relief la féminité de son personnage. C'était une belle femme, qui allait bientôt se marier et nous induire de ce fait à la déflorer par procuration. Ses jambes admirablement gainées se montraient en abondance. Elle avait un rire salace et décelait des sous-entendus dans nos textes avant nous. Par exemple, dans un essai de Washington Irving, sous une référence à « Nature et ses combinaisons harmonieuses ». *La Terre gaste* de T.S. Eliot n'avait pas plus de six ans, les combinaisons mises à sécher par la dactylo qui rentre chez elle pour l'heure du thé ne donnaient pas encore matière à une note historique. Miss Masterson nous faisait lire *Les Aventures d'Ulysse* de Charles Lamb, un récit plein à craquer de concupiscence. Comme l'a résumé un élève, Flaherty : « C'est que de la baise et de la bagarre tout du long. » Nous avions aussi Miss Gray, une espèce de Charlotte Brontë qui nous faisait des cours de géographie non érotique.

C'est en cinquième Alpha que je me suis fait deux amis ou copains qui, fidèles à l'étymologie *cum panis*, ont continué par intermittence à casser la croûte avec moi, du moins jusqu'au mariage de l'un et à la disparition louche de l'autre. Il s'agissait de James Burgess, originaire d'Openshaw, et d'Eric Williams, qui habitait Chorlton-cum-Hardy. Burgess était le plus brillant du lot, aussi quand j'ai commencé à publier sous ce nom, certains anciens élèves ont supposé que c'était lui l'auteur. Aux examens il finissait toujours premier, moi second, Williams troisième. J'ai fait remarquer que cela reflétait miraculeusement la place du O dans le nom de nos banlieues respectives – Openshaw, Moss Side, Chorlton. Mais Burgess a quitté Openshaw et détruit le schéma. Personne, une fois arrivé là, n'a jamais quitté Chorlton-cum-Hardy.

James Burgess avait plus d'imagination que moi. Il cultivait un fantasme à propos de son père, qui passait ses journées au lit et traçait des apophtegmes dans l'épaisse couche de poussière du sol : poussière qu'il baptisait teinture d'*erudita*. Leur bonne s'appelait Em' et le père de Burgess disait : « Je veux qu'Em' monte mon plateau. » Burgess jurait qu'il existait un mot latin pour *oui* dont la littérature romaine n'a gardé aucune trace. Le mot en question, disait-il, *chut*, est une forme dérivée de l'éternuement de Caligula. Quand Caligula éternuait au cirque, l'interprétation était ambiguë – oui, qu'il meure ; oui, qu'il vive. Comme les deux sens s'annulaient, *chut* n'a pas survécu. Burgess a lu trente fois les premières pages des *Temps difficiles* avec un plaisir toujours intact. Il avait des ambitions littéraires qui n'ont abouti à rien. Déjà, en première Alpha, il travaillait à un roman dans la veine de D.H. Lawrence incrusté de perles du genre « Elle se mit à rire, et on aurait dit un pigeon qui pisse dans un bidon de lait ». Au point culminant du récit, un train déraillait. Le personnage principal était dans les toilettes à ce moment-là, « le chicot brun d'un étron lui sortait du cul tandis qu'il gisait sans vie sur le ventre ». Burgess s'est converti au communisme, et aux lectures à haute voix des *Philanthropes en guenilles*.

Williams avait les cheveux blonds et la raie à droite, ce qu'on appelait à l'époque une raie de fille. Il s'était cassé une dent en faisant une chute de bicyclette, et arborait une prothèse en or. Il se grattait la tête en cas de difficulté. La dent cassée et le grattage de tête étaient un vrai cadeau pour les caricatures destinées au journal de la classe que j'avais lancé. Il prenait des leçons de piano, comme il revient de droit à un natif de Chorlton-cum-Hardy. Comme les mules, il était incapable de gerber. Une fois à un mariage il a bu toute une bouteille de whisky sans pouvoir l'évacuer. Elle est ressortie en odeur nauséabonde, il a fallu ouvrir les fenêtres d'urgence. Williams a fait une carrière d'ingénieur respectable et catholique.

Mon journal, démarré en quatrième Alpha, s'intitulait sans surprise

L'Alpha. L'unique exemplaire avait un lectorat de trente élèves, plus ceux des enseignants qui arrivaient à mettre la main dessus. Comme tout détenteur de l'autorité, surtout l'autorité catholique, ils guettaient les signes d'hérésie et de mécontentement. Ils n'en ont pas trouvé. J'étais discret, et je me spécialisais dans le fabuleux. J'avais un zoo *Alpha* peuplé d'animaux comme le Darlon Frétillon :

En hiver ce petit taquin
Tourmente et asticote
Les malheureux qui bachotent
Sur leurs verbes latins.

Sachez qu'un Darlon Frétillon
Est vert et rose moucheté,
Pas plus méchant qu'un chimpanzé :
N'est-ce pas qu'il est mignon ?

Quand le prisme est apparu dans nos cours d'optique j'ai écrit quelque chose de la même veine :

Le prisme est un objet utile
Pour réfracter la lumière,
Mais si vous avez un lance-pierres,
Ça peut faire un projectile.

Chaud en sauce ou froid en aspic,
C'est un mets de premier choix,
Avec pruneaux, riz ou anchois,
Ou même un brin d'angélique.

Le tout bien inoffensif, et entièrement de ma plume. J'ai accepté une seule contribution extérieure, une chanson de Burgess à propos de pompiers français :

La maison est en feu.
Faites venir les sapeurs.
Tout le monde cherchez
Les sapeurs-pompiers *.

Burgess n'était pas capable de transcrire sa propre mélodie, pas plus que quiconque. Il a fallu que j'apprenne à faire cela moi-même, ce qui a éveillé mon intérêt pour la notation musicale.

La fin des années vingt a vu la sphère domestique secouée par les souffrances qu'a endurées Madge pour mettre au monde son unique enfant –

un garçon prénommé David, sans doute parce que son père ressemblait au prince de Galles. Les complications de l'accouchement avaient quelque chose d'épique – les discussions en latin, pour ne pas être compris de la patiente, entre grands obstétriciens de Manchester ; le risque de fièvre puerpérale ; son nom sur la liste quotidienne de « Nos abonnés souffrants » dans le *Manchester Evening News*. Elle s'en est tirée mais le petit David, qu'une infirmière avait tenu à bout de bras pour le faire uriner au lieu de lui laisser mouiller une serviette, souffrait d'une hernie. Agnes a produit sans trop de difficulté une fille nommée Sheila Margaret, qu'en ces temps non vernaculaires il fallut baptiser Julia Margarita. L'avenir Tollitt était donc réglé, tandis que l'avenir Kemp restait incertain. Je me souviens d'avoir prié avec ferveur tant pour Madge que pour l'enfant chétif, peut-être la dernière phase de piété que je traverserais, en tout cas les prières ont semble-t-il été entendues. Je priais installé dans ma chambre avec mes écouteurs radio branchés sur Jack Payne et l'orchestre de danse de la BBC.

Cette chambre avait toujours sa cornue et ses éprouvettes, même si j'étais de plus en plus déçu par la chimie. C'était en partie la faute de l'école, la matière était tout en valences sans le moindre éclat et, pour cause de déception plus professionnelle, elle finit par disparaître des programmes. Je m'étais transformé en ingénieur radio, et *L'Alpha* tenait une rubrique radio régulière. J'avais mis un poste à galène près de mon lit, pour utiliser le sommier métallique comme antenne, mais peut-être parce qu'il étouffait sous la poussière et les moutons, il avait décidé d'être une prise de terre. J'ai acheté des antennes qui ornaient le plafond de volutes, non seulement pour le poste à galène – dont la clarté de ton avait ma préférence – mais pour des engins à lampes qui pouvaient capter toutes les stations de la planète. En 1932, quand la télévision Baird a commencé à émettre, l'élément audio d'une de mes radios s'est mis en route, et j'entends encore la voix de Stuart Hibbard annoncer, d'un ton paresseux, une « danse paresseuse ». Tous ceux qui ont lu *Le Meilleur des mondes* d'Aldous Huxley remarqueront que même dans l'avenir lointain, le son et la vision appartiennent à deux systèmes différents. C'est la situation que lui et moi nous avons connue dans les années trente.

Mais en 1929, les charmes de la radio n'étaient rien comparés à la grande innovation qui s'emparait du cinéma. « Tu as déjà entendu *Le Fou chantant ?* » me demandait Eric Williams. Cet *entendu* était le mot clé ; pour nous il allait de soi qu'on pouvait voir. Le cinéma parlant le plus proche de chez moi c'était le Claremont, et c'est là que mon père, conscient de l'importance du nouveau prodige, m'a emmené voir et entendre Al Jolson. Après une éternité d'intertitres à l'ancienne, quoique sur fond de feulements et beuglements de musique en boîte, Jolson a parlé : « You ain't heard nothin' yet, folks » (phrase qui figure depuis comme il se doit au *Dictionnaire Oxford des citations*). Et c'est vrai qu'on n'avait encore rien entendu ! Voilà qu'il se tourne ensuite vers le pianiste du night-club, « C'est une ballade. – Tu peux pas chanter une ballade » (j'ai supposé qu'il parlait de la forme, pas des compétences du chanteur) et la révélation de la mélodie gutturale juive-américaine : « Je peux me faire humble, je peux faire le fier/Ou disparaître comme un grain de poussière :/Ça dépend entièrement de vous. » Puis vers la fin, l'orchestre enregistré souligne le parallèle avec la situation de *Paillasse* – Jolson monte sur scène le visage noirci alors que Sonny Boy est mort – en jouant *Vesti la giubba*. Enfin, « Mes amis peuvent me quitter,/Ils peuvent tous m'abandonner –/Mais toi je te garde à jamais, Sonny Boy ». Une expérience inoubliable, qui avait cependant des côtés sinistres. L'orchestre avait disparu de la fosse ; les musiciens allaient grossir les rangs des chômeurs de l'industrie. Sous l'écran, des plantes en pot trônaient sur des caisses à savon.

Nos cinémas de quartier, le Princess et le Palace, étaient maussades et réduits au silence. Refaire l'installation électrique pour les nouveaux équipements coûtait cher, on était en pleine dépression. Le Princess a projeté une version muette du *Chanteur de jazz*, avec la voix d'Al Jolson en disque sur haut-parleur, pas tout à fait synchronisée. Puis il a projeté des films muets avec ses propres conserves d'accompagnements : l'avènement du parlant semblait surtout une bonne occasion de virer l'orchestre. Jakie Innerfield n'a pas renvoyé le sien. Il a même fait venir l'orchestre de danse d'un de ses dancings comme gâterie pour l'entracte. Le chef d'orchestre mettait une casquette et un cache-nez pour chanter « Ma femme fait un régime,/Et depuis qu'elle est au régime,/Mon chez-moi n'est plus qu'un toit ». Malgré la chute des entrées, Innerfield voulait croire que l'innovation ne durerait pas. « Le parlant on s'en moque, hurlaient ses affiches. On va vous donner de quoi parler. »

Pourtant, comme la plupart des propriétaires de cinémas, Innerfield avait du mal à louer des films muets. Il a fait venir une quantité de films allemands à tendance expressionniste très marquée, dont le freudien précoce *Mystères de l'âme*. Il y avait des comédies lourdingues sur Vienne, pleines de brillants effets de montage. J'assistais, sans le savoir, au crépuscule artistique de la république de Weimar. Aujourd'hui les historiens de l'esthétisme se précipitent en foule pour voir ces films. J'en sentais vaguement la portée – ils étaient plus subtils et sérieux que les folies tout-parlant tout-chantant tout-dansant que nous offrait le Claremont – mais je méprisais l'avarice de Jakie Innerfield, qu'il maquillait en conviction réactionnaire. Il n'a pas mis longtemps à se rendre, comme il le devait, et passer son premier parlant, *Broadway* avec Regis Toomey. Je comprenais à peine un mot de ce que disaient, ou geignaient, ou nasillaient les personnages : le matériel Innerfield n'était pas fameux. Le Princess a vite cédé lui aussi au parlant, et s'il restait un cinéma muet à Manchester il servait sans doute comme entrepôt de marchandises volées ou comme lieu de rendez-vous.

Les films parlants nous ont amené une nouvelle vague de héros et d'héroïnes. Un type de quatrième Alpha, Mac Kinnon, qui était fou de Maurice Chevalier dans *La Chanson de Paris,* se coiffait comme lui, allongeait la lèvre inférieure et parlait anglais avec un accent français, quoique son français gardât l'accent anglais. Nous adorions Renate Muller dans *Sunshine Susie,* nous vénérions Marlene Dietrich dans *L'Ange bleu.* La langue allemande, qu'on ne nous enseignait pas à l'école, se parait d'une telle séduction érotique que certains d'entre nous ont formé des petits groupes pour l'apprendre. J'entends encore Peter Rice murmurer, à la sortie des prières matinales, « *Der Sommer ist warm, der Winter is kalt* ». Le désir de s'instruire a parfois d'étranges racines. J'ai accumulé un tas de manuels d'allemand, la plupart en caractères gothiques disparus sous Weimar mais qui reviendraient avec Hitler. « Traduisez en allemand : " Un jour trois étudiants qui marchaient sur la route virent devant eux un vieux Juif. Le premier lui dit en passant ' Bonjour, père Abraham '. Le second lui dit en passant ' Bonjour, père Jacob '. Le troisième lui dit en passant ' Bonjour, père Isaac '. Le vieux Juif leva les bras au ciel en s'écriant : ' Messieurs, je ne suis aucun de ces saints patriarches. Je suis Rechab, qu'on a envoyé chercher les ânes de son père, et voilà que je les ai trouvés. ' " » Un bel équilibre entre l'antisémite et le libéral. Il fut un temps où j'étais capable de traduire cela.

Je me souviens mot à mot, à ma honte, de tous les thèmes chantés de l'époque, aucun film, même le moins musical qui soit, ne pouvant se qualifier comme authentique parlant s'il lui manquait cet accessoire. Même *Le Secret du docteur* avec Ruth Chatterton présentait une chanson intitulée « Une demi-heure » (comme la pièce en un acte de J.M. Barrie dont le film était tiré). *Le Païen,* avec Ramon Novarro, avait son « Chant d'amour païen ». Et *Rivière nonchalante* avec Richard Barthelmess sa « Rivière nonchalante ». Mais les meilleures chansons, c'étaient celles qu'on entendait dans *Le Roi du jazz* (« Le Chant de l'aurore »), *Paramount en parade* (« Peindre les nuages de soleil ») et *Folies Fox Movietone de 1929.* J'ai acheté le disque des chansons de ce dernier film et je l'ai usé sur notre phonographe portatif. Madge, pas encore en couches, ni en convalescence, a pris les paroles de « Breakaway » en sténo. Je chantais « Flâner avec Susie » :

Elle m'attire, elle m'inspire
Au cœur de la foule,
Et quand elle soupire,
J'ai la chair de poule.

(« Chair de poule » a semble-t-il disparu du démotique anglo-américain. Il y avait une chanson qui disait « Je vous jure que ça ne fait pas mal/D'épouser la fille idéale/Mais ça donne la chair de poule, poule,

poule ». Un terme qui meurt, c'est encore un clou d'enfoncé dans le cercueil du passé.)

Rares sont les premiers films parlants qui ont survécu, même dans cette cinémathèque toujours ouverte qu'est la télévision américaine. On ne voit plus jamais *Les Chercheuses d'or de Broadway*, où on chantait « Trottinons dans les tulipes », ni *Syncope* avec Morton Downey, ni même *Mélodie de Broadway* avec Charles King, Bessie Love et Anita Page, et la chanson « Tu es faite pour moi ». Le procédé Vitaphone du son sur disque était sans doute trop primitif pour rester compatible avec les techniques électroniques. Sans doute serions-nous consternés en revoyant nos délices d'antan. Tous, même les plus jeunes, nous avions conscience que le son faisait régresser l'art filmique vers l'infantile. On regrettait les vieilles épopées bibliques – *Les Dix Commandements, L'Arche de Noé* (Cecil B. De Mille, tout comme son maître D.W. Griffith, a compris avant James Joyce le charme du cocktail mythe et contemporanéité) – et les apocryphes comme *Lune d'Israël, Ben-Hur* ou *Quo Vadis ?* Certains sont revenus hauts en son et en couleurs, mais la parole a tué la magie par un effet de surlocalisation. Dès que Gore Vidal nous plante Anne Bancroft moulinant des mains en geste d'adieu, « Ah Moïse, Moïse », on entend qu'il est impossible de faire parler la Bible. Et j'ai toujours pris comme une évidence l'impossibilité de faire parler *Metropolis*.

Ma génération avait vaguement conscience d'être assaillie par une évolution technologique entièrement dépourvue de certitudes morales ou esthétiques nouvelles. Les récepteurs de radio entassés dans ma chambre n'étaient là pour démontrer d'autre merveille que leur propre existence. Je pouvais aligner toute l'Europe sur les cadrans mais, même en 1929, l'Europe n'avait rien à me dire. Nos convictions étaient toutes de surface et de seconde main. D'apprendre par cœur « C'était un soir d'été,/Le vieux Kaspar avait fini son travail » ne suscitait pas d'extase littéraire. Parfois les shibboleths catholiques prenaient brièvement une forme tangible, quand un missionnaire de passage parlait d'enseigner la doctrine de l'Esprit saint dans la jungle africaine (toujours difficile ; ils ont toujours un Esprit de leur cru, et jamais saint). Sans le savoir, j'attendais une révélation.

Depuis qu'il y avait eu une grosse dispute à l'Alec – une histoire de type qu'on taquinait en prétendant que les cerneaux confits au vinaigre, ça n'existe pas –, mon père faisait ses libations du soir avec les membres de l'orchestre Hallé dans les bistrots proches de la Ligue libre-échangiste. A l'époque c'était un orchestre entièrement masculin, sauf quand il leur fallait une seconde harpe pour Richard Strauss ou Debussy, et les musiciens avaient presque tous une descente formidable. Charlie Collier, premier ou unique harpiste, démentait la féminité traditionnelle de son rôle en étalant les pires défauts masculins : picoler, cogner, jurer. Les cuivres, rouges et massifs, ne buvaient pas plus que les violons. Mon père étant retourné à la musique pour aller voir ses nouveaux amis en action, il s'est dit que ce serait une bonne idée de m'emmener à un concert Hallé. J'étais soûl de son et d'image, il fallait me faire cuver au son pur. Là-dessus il me traîne à une soirée Wagner.

Manchester était une cité wagnérienne. Hans von Richter, chef d'orchestre du Hallé de 1899 à 1911, avait fondé la tradition de jeter des quartiers saignants de drames musicaux au public mancunien corseté d'immigrés allemands, et Michael Balling, autre Allemand et autre wagnérien, a maintenu ce lourd régime carné de 1912 jusqu'au déclenchement de la guerre. Sous la baguette de Sir Hamilton Harty, Manchester avait amorcé sa conversion à Berlioz, mais Wagner faisait toujours salle comble. La soirée Wagner qu'il a dirigée et que j'ai suivie début 1929 m'a fait bâiller d'ennui, à part le glockenspiel de la danse des apprentis dans *Les Maîtres chanteurs.* Je n'avais manifesté jusque-là aucun don pour la musique. Un demi-trimestre de violon ne m'avait rien appris sauf à me pincer le nez au moindre relent de résine. Un jour en classe Miss Masterson m'a demandé quel était le but ou l'intérêt de la musique : elle a mugi d'horreur quand j'ai dit que le chant était peut-être bon pour les poumons (un nommé Higgins a fait beaucoup mieux : « La musique nous charme, Mademoiselle »). Ma seule impression, c'était l'odeur du vent chaud propagé par les radiateurs de la Ligue libre-échangiste – un relent que je reconnaîtrais en 1954 à Singapour dans l'arôme du tonique Frazer and Neave. Le froid de Manchester revenait dans la nuit tropicale : temps passé réel enfoui dans l'attente de sa délivrance proustienne.

Je m'étais ennuyé, dis-je, mais quelques jours plus tard un air me tournait sans cesse dans la tête, je l'ai sifflé à mon père au milieu de ses ris de veau en lui demandant ce que c'était. Le thème principal de l'ouverture du *Rienzi* de Wagner, me dit-il. Non seulement la mélodie mais aussi les harmonies s'étaient imprimées dans mon cerveau. J'entendais ce que plus tard j'ai pu désigner comme une sixte tenue sur un accord de septième de dominante. Il y avait quand même quelque chose, ai-je reconnu à contrecœur, dans ce que les incultes appellent la musique classique. Environ une semaine plus tard, en triturant le cristal de mon poste à galène, je tombe sur un silence toussotant. Puis une flûte sinueuse. J'écoute, j'écoute jusqu'au bout. Après huit minutes d'un tissage de couleurs impressionnistes, j'apprends que je viens d'entendre le *Prélude à l'après-midi d'un faune* de Debussy. Le fait de savoir maintenant assez de français pour comprendre le titre me confirme que la musique peut elle aussi devenir intelligible. Et bien sûr, vérité qui nous stupéfie toujours quand on veut bien s'en souvenir, la musique transcende le langage. Mon sens chromatique infirme se trouvait déjà, sous l'effet paisible de l'orchestre de Debussy, des compensations auditives. Je découvrais là une large palette, et une main de peintre délicate. Mais ça ne me suffisait pas de simplement entendre la couleur ; je voulais aussi la voir.

Je suis un homme de l'alphabet. Je n'ai jamais pu acquérir une langue rien qu'à l'oreille. L'alphabet phonétique international, sous sa forme la plus étroite, a été conçu pour des gens comme moi. Même pour le clic palatal zoulou, il me faut une notation. J'avais le sentiment, sans pouvoir tout à fait le formuler, que la réalité du morceau de Debussy ne réside pas dans une quelconque exécution – éphémère, insubstantielle, évaporée à l'émission – mais dans les notes écrites. Je pouvais découvrir quels instruments avaient servi à produire cette musique, je pouvais même les regarder et les toucher, mais j'avais besoin de voir les notes qu'ils jouaient (avaient jouées, rejoueraient) car c'étaient elles la réalité première, les sons n'étant qu'une simple conséquence. J'avais omis d'apprendre à déchiffrer pendant mes cours de violon infructueux. Impossible maintenant de redemander une éducation musicale qui aille au-delà des séances de « sensibilisation » dispensées par Mr Sandiford dans la salle des fêtes. Il faudrait que j'apprenne tout seul.

La notation musicale, d'ailleurs, était devenue un aspect de mon journalisme amateur. La chanson de James Burgess, « *La maison est en feu** », devait paraître dans le prochain numéro de *L'Alpha*. Je l'ai chantée à mon père au moment où, en chapeau melon, fin prêt pour une soirée de biture sérieuse, il sortait des toilettes. Opinant du chef il m'a fait faire les trois pas jusqu'au salon. Sur le piano s'étalaient les quatre tomes de l'*Album du mélomane*. La cinquième symphonie de Beethoven, en réduction pour piano, était éparpillée dans le tome un. Il m'a trouvé le mouvement lent et indiqué le thème secondaire comico-martial. « C'est ça ton air », fit-il, et il me l'a joué melon en tête en tirant sur son mégot. « Tu as juste à le recopier. Ça, par parenthèse – signalé d'un index nicotineux –, c'est le *do* du milieu. Sous la portée des aigus, au-dessus de la portée des graves, c'est toujours le *do* du milieu. Et sur le bastringue, il est ici » en frappant la touche pour faire sonner la note. « Juste à droite de la serrure », autrement dit la garde. Là-dessus, nouvelle sèche rougeoyante, il est parti pour l'Alec. Il venait de me donner un cours de musique d'une brièveté exemplaire, le seul qu'il m'ait jamais donné, le seul dont j'avais besoin.

J'ai recopié sur une double page du cahier que je baptisais journal la première portée du Beethoven, un peu comme ma belle-mère dessinait sa signature sur un chèque. J'ai décoré l'article d'une maison en feu et d'un *pompier** assoupi (« *il dort** »), avec le sentiment de présider à une trinité des arts. Mais mon art principal restait apparemment la caricature ; au moment d'étudier *Jules César*, Miss Masterson m'a encouragé à le convertir en bande dessinée, une sorte d'*Ur-Astérix* dûment truffé d'anachronismes et de *fumetti*. Elle m'a même donné un beau cahier de feuilles de papier à dessin reliées par une couverture rigide. J'y travaillais tout en apprenant les rudiments de la musique. Comme si je prédisais ma vie professionnelle – trop de choses, toutes différentes, toutes à la fois. La mécanique de conversion des notes en son sur le piano familial est devenue une passion qui absorbait tout mon temps et mordait sur celui des devoirs. Je sentais confusément à l'époque, j'ai la conviction aujourd'hui, qu'un système éducatif qui néglige les passions fait fausse route. Faire collection de timbres, être amateur d'ornithologie, démonter un moteur de voiture, sont des passe-temps qu'on tolère à condition qu'ils ne vous empêchent pas d'apprendre *fero, ferre, tuli, latum.* C'est la passion des Anglais pour leurs hobbies et non leur connaissance des verbes latins qui les a poussés à construire un empire. Singapour est la somme des marottes de Stamford Raffles : au passage il a fondé le zoo de Londres, fruit d'une passion d'amateur pour les animaux exotiques. Les choses qui comptaient pour moi n'avaient qu'un lien marginal avec l'éducation officielle. Quand Frère Martin m'a reproché d'être médiocre et de ne rien faire pour l'honneur de ma maison ou de mon école, il voulait dire que j'avais l'esprit occupé par des hobbies.

Dans le socle du tabouret de piano chez moi j'ai trouvé une partition en loques de morceaux à deux parties de Haendel. Sachant où était le *do* du milieu, je pouvais apprendre à jouer les notes, sauf que je ne savais pas comment interpréter les noires et les croches. Je comprenais l'élément vertical de la musique mais pas encore l'horizontal. Puis j'ai écouté à la radio la cinquième symphonie de Tchaïkovski en suivant la mélodie sur la réduction de l'*Album du mélomane*. Après cinquante minutes d'attention soutenue, les notes ont commencé à livrer leurs secrets temporels. J'ai pu saisir le sens de la durée des notes de Haendel. Et admirer les formes de la musique sur la page imprimée. C'était une sorte de dessin. Je voulais apprendre à dessiner comme ça : j'en avais soupé de Brutus et Cassius en toge grotesque exhibant des mollets romains poilus. Je voulais écrire ma propre musique. A l'âge de treize ans j'ai décidé que j'avais l'étoffe d'un grand compositeur, et je me suis formé, en me livrant à un hobby acceptable, dans ce but. Cette ambition ne m'a vraiment quitté qu'à la fin de la trentaine, et parfois, la soixantaine avancée, elle est incitée à reparaître. Un inconnu vient de m'écrire (20 novembre 1985) qu'il a entendu quatre poèmes de D.H. Lawrence mis en musique par moi, interprétés à Nottingham à l'occasion des fêtes du centenaire Lawrence, et qu'il trouve ces chansons « superbes et originales ». Je n'étais pas présent à cette manifestation ni ne souhaitais spécialement y être. La réalité tient dans la partition calligraphique. N'empêche, l'opinion d'un inconnu mélomane touché par le son de mon œuvre me trouble au point que je me demande si j'ai eu tort de m'orienter vers la littérature en réduisant cette vieille ambition à un passe-temps domestique comme le tricot. Les encouragements à la musique arrivent trop tard. De toute façon ils ne font pas le poids contre les découragements des critiques. Mais je ne peux pas vivre sans projeter intérieurement quelque composition musicale grandiose pour conclure (je n'oserais jamais dire « couronner ») ma carrière artistique. Je suis déjà à mi-parcours dans la rédaction d'un livret d'opéra sur Sigmund Freud.

A treize ans j'avais une vague idée du genre de musique que je voulais écrire. Du « moderne », comme Stravinski ou Schönberg. Je cherchais mon chemin musical à tâtons dans les tonalités simples de Haendel, le Beethoven des débuts et les pièces pour enfants de Robert Schumann (Dieu bénisse sa mémoire : il m'a été d'une aide considérable). Mais j'avais un peu de mépris pour leurs harmonies diatoniques et leurs cadences trop faciles à prévoir. Ces compositeurs n'avaient rien à dire sur le monde moderne. Debussy, quoique mort en 1918, en a dit beaucoup : pour moi, c'était vraiment lui la force primitive qui habite toute innovation musicale. On ne trouve pas de cadences classiques dans son œuvre (sauf quand il s'en sert avec ironie, comme dans *Minstrels*), ses harmonies sont construites sur quatre notes au lieu de trois comme Beethoven. J'entendais cette harmonie à quatre notes – sixtes et secondes ajoutées – dans la musique de danse qui m'envoûtait tard dans la nuit quand j'étais au lit avec mes écouteurs. Musique légère, mais assurément moderne au sens où Debussy, sans être Stravinski, était moderne. Il semblait y avoir du Debussy dans ces accords de saxophone, mais à l'époque personne n'aurait osé le dire. Un vaste gouffre s'était établi entre ce qu'on appelait, à tort dans les deux cas, jazz et musique classique. Les abonnés du *Musical Times*, qui fleurait bon la culture de tribune d'orgue, devaient se taper de temps en temps des articles persifleurs sur les qualités masturbatoires ou insipides (traits difficiles à réconcilier) du « jazz ». Pourtant on n'entend plus guère aujourd'hui les œuvres de George Dyson ou E.J. Moeran, alors que Cole Porter et George Gershwin ont conservé toute leur fraîcheur.

Je me sentais coupable de savourer Carroll Gibbons et son orchestre, Jack Payne et Ambrose et Geraldo et Harry Roy, quand j'avais négligé de me brancher sur une sonate de Beethoven. Culpabilité résolue le 12 novembre 1929 (la date figure au *Dictionnaire de la musique et des musiciens* de Grove) au concert Hallé où Constant Lambert dirigeait la première exécution de son *Rio Grande*. Cet arrangement choral d'un poème de Sacheverell Sitwell usait avec esprit des rythmes de jazz, et, pour tenir le rôle du solo, Sir Hamilton Harty s'était mué sans façons en pianiste virtuose de la syncope. Lambert, qui admirait Duke Ellington et faisait remonter ses racines harmoniques à Frederick Delius (lequel a trouvé les siennes chez Debussy), n'avait pas peur de réconcilier ce que les académies, classique ou bataclan, supposaient à jamais en discorde. J'assistais à cette première, mon père aussi. En 1972, sur un vol de New York à Toronto, je me suis retrouvé assis à côté de Duke Ellington, qui a évoqué avec des larmes dans la voix la stature de Lambert, admis qu'il avait beaucoup appris chez Delius comme chez Debussy, et manifesté son dédain pour l'ancienne frontière musicale, naguère presque aussi féroce qu'une ségrégation raciale. Il avait vécu assez vieux pour la voir disparaître, et le jazz figurer en toute légitimité sur les programmes universitaires.

Une fois maîtrisés les éléments de l'harmonie debussyste, j'ai trouvé plus facile de me muer en improvisateur de musique populaire qu'en récitaliste de Beethoven. Les couacs pouvaient passer pour des « blue notes » ; les séquences chromatiques de neuvièmes étaient bienvenues ; il y avait quelques schémas harmoniques de base – comme les accords de tonique, sous-dominante, sus-tonique et dominante de « Blue Moon » ; les rythmes semblaient accorder la parole au mouvement physique comme Beethoven n'aurait pas pu le faire. Je joue encore les grands « classiques », au besoin je pourrais me faire engager comme pianiste de cocktails. Mais je n'ai jamais pu jouer une sonate de Beethoven sans faire de fautes criantes. J'ai appris de travers, sans travailler les gammes : ma spécialité ce sont les grands accords. Pourtant je n'ai jamais eu envie de devenir vraiment pianiste. Le piano était un instrument utile pour apprendre à composer, rien de plus. J'ai attendu d'avoir dix-sept ans pour composer loin du piano.

Apprendre les techniques d'écriture de la musique, ça voulait dire acheter les recueils publiés par Novello, même s'ils étaient fermement enracinés dans un passé mendelssohnien. Le manuel d'harmonie ignorait l'existence de Wagner. Les quintes consécutives ? Horreur des plus horribles. Le guide d'orchestration faisait comme si les cors n'étaient toujours pas munis de pistons. Pour l'histoire de la musique, j'allais lire Grove à la bibliothèque municipale au coin de Moss Lane East et Princess Road. Ça devait être l'édition originale, ou au mieux la deuxième, car elle mentionnait la nouvelle et dangereuse école de Richard Wagner. Ma véritable initiation à la culture musicale je la dois au *Radio Times*, tout comme la BBC a éduqué mon oreille.

Le *Radio Times* d'alors était une publication consistante, une sorte de *Blast* hebdomadaire mais en mieux imprimé, le tout pour deux pence. Le ton était intellectuel, la maquette on ne peut plus contemporaine, et l'érudition gratuite abondante. Sa couverture pouvait à l'occasion faire sursauter – une gravure de Beethoven en agonie terminale, un *Morning Heroes* tout seul en gros titre pour saluer la première exécution de la symphonie avec chœur ainsi nommée d'Arthur Bliss, sorte de fantaisie wagnérienne torturée célébrant le cinquantième anniversaire de la mort du compositeur en 1933, ou *La Fin du Monde* pour signaler la sortie d'un drame expressionniste sur ce thème. Il n'y avait, en attendant les débuts en 1932 de ce que James Joyce appelle le Bairdbombardmentboard, que les programmes radio à couvrir, et seulement deux stations de radio, nationale et régionale. « Vous écoutez le programme BBC National » voulait dire qu'on écoutait Londres ; sinon ce qu'on écoutait c'était, à Manchester, Manchester. Notre radio régionale faisait la promotion des talents locaux, produisait des pièces de théâtre en dialecte, dramatisait l'histoire locale ou se contentait d'en parler. J'entends encore le dialogue d'une de ces comédies régionales : « Verse-mi 'core eun'tasse ed'theï, ma tchote, l'était un tchot salée ta tourte aux patates. – T'as 'core aut'chose à t'plaindre ? – Eh, tchote, faut pas t'mett'in mousse. » Le tout avec une prononciation méticuleuse, comme pour un cours de lancastrien en fac. La promotion des talents régionaux se traduisait souvent par des accordéonistes nuls et des chanteurs stridents. Les auditeurs de Londres régional étaient mieux lotis : on leur offrait la crème de la capitale. Le *Radio Times* avait pour mission de nous dire ce qui était au menu, et ça, pour les critères d'aujourd'hui, ce n'était pas grand-chose. Mais il complétait les programmes de la semaine par des informations savantes conférées en style journalistique élevé. Ainsi, quand une marche de Sousa s'est pointée dans un programme de musique militaire (la BBC avait à l'époque son orchestre militaire), deux paragraphes rapportaient la première visite de Sousa à Paris, et le fait étrange que Debussy avait été le seul des chroniqueurs musicaux à noter cet événement. « Monsieur Sousa, écrivait Debussy, secoue une imaginaire salade, ou lance une balle de tennis dans le trombone, et attrape un papillon sorti du tuba-contrebasse. » Quelque chose dans ce genre.

Il y avait un carnet de notes pseudo-XVIIe siècle signé « Samuel Pepys, auditeur », et des extraits d'une vie mise à jour du Dr Johnson, où le Grand Muphti des lettres écoutait la radio en fronçant le sourcil puis se livrait à des commentaires néoclassiques cinglants sur Henry Hall et l'orchestre de danse de la BBC. Un feuilleton en *ottava rima* copiée sur Byron relatait les aventures d'un nouveau Don Juan. Le numéro de Noël était un régal, et une année (au temps où Spike Hughes était rédacteur) c'est une Nativité noire, commandée pour la circonstance à Frank Brangwyn, qui a fait la couverture. Un dénommé Longstaff auteur d'une pantomime radiophonique a inspiré cet hommage :

> Scriabine fait la moue, Bill Bartok tourne le dos.
> Ne faiblis pas, Longstaff, au diable les intellos !

Qui n'était pas tout à fait sincère : la BBC avait un niveau intellectuel brillant, et son organe populaire aussi. Le *Listener*, adressé à un public plus restreint, était d'une intellectualité stratosphérique.

Sir John Reith avait dans l'intention de nous faire éduquer par la radio ; c'était, pour employer un terme en usage à l'époque, une « technique sociale ». L'éducatif était passager, perdu dans l'atmosphère, mais le *Radio Times* et le *Listener* offraient l'équivalent imprimé solide de la semence diffusée à l'antenne. J'étais certainement éduqué. Le dimanche était plus qu'éducatif ; il était édifiant, et les canaux vibraient du silence de la prière jusqu'à trois heures de l'après-midi, où les plaisirs dominicaux ouvraient par une cantate de Bach. Les journaux, ces tribuns du peuple, avaient pour rôle d'exiger des distractions plus populaires le jour du repos, mais ils s'en gardaient bien. Ils voulaient que les gens se mettent sur Radio-

Luxembourg, toute bruissante de chansons populaires et de réclames du genre « Ovomaltine, de la joie plein le bol ».

> En classe et au jeu, toujours vigoureux,
> On n'a jamais vu d'enfants plus heureux.
> Après un bon bol, en route pour l'école,
> La classe enfantine aime l'Ovomaltine.

La presse avait tout intérêt à soutenir tacitement ses propres annonceurs en célébrant le culte de la religion Reith. Le *Daily Mail* et le *Daily Express* ont pu ainsi servir sans le vouloir la cause des cinq évangélistes, le cinquième étant Bach.

La culture dispensée par la BBC n'était pas exclusivement classique et traditionnelle. La BBC était très à la page. Elle a diffusé le *Dreigroschenoper*, qui avait pour protagoniste le capitaine Macky, pas Mack the Knife, et une cantate de Brecht et Hindemith, *Lehrstück*, avec le comique Harry Tate dans le rôle du pitre. Elle a présenté les *Nouvelles du jour* de Hindemith, avec une machine à écrire parmi les instruments à percussion, et l'opéra jazz de Krenek, *Johnny spielt auf*. Les directeurs de programmes de la BBC étaient au courant de ce qui se faisait en république de Weimar. Ils commandaient aux auteurs des pièces qui exploitent les techniques de l'expressionnisme et du théâtre épique brechtien – *La Cage de l'écureuil* et *Défense de cueillir les fleurs* de L. du Garde Peach, *Oui, et revenez-y* de Walter De la Mare. Tout se passait en « direct » : cette urgence de l'exécution n'existe plus maintenant que les enregistrements sont autant de viande froide prédécoupée qu'on laisse en attente dans le réfrigérateur. Les effets étaient tous du genre « sur le tas », réalisés en studio : il n'y avait pas de sonothèque où se fournir en trains qui déraillent et tempêtes en mer. Pour avoir de la musique il fallait remonter un phonographe, et ouvrir ou fermer la porte pour les diminuendi et crescendi. C'était la grande époque de la radio : elle démontrait que l'art expérimental doit plus au *bricoleur** qu'à l'ingénieur.

Ces mets lourds et capiteux avaient aussi leurs diversions légères. Des spectacles de variétés invisibles présentaient des comiques comme Gillie Potter et Stainless Stephen, que je n'ai jamais trouvés drôles, Clapham et Dwyer, Ronald Frankau, qui me réjouissaient. J'ai voulu rendre hommage à Ronald Frankau (frère de Gilbert, oncle de Pamela) dans mon roman *Les Puissances des ténèbres*, où il devient le frère de mon héros-narrateur – spécialiste en parodies de Shakespeare qui compte sur une certaine sophistication de son auditoire. Sophistication aujourd'hui introuvable. Clapham et Dwyer étaient drôles parce qu'ils visaient bas : ils s'éloignaient de leur texte pour voir jusqu'où ils pouvaient se risquer dans les vulgarités subtiles. La fois où l'un d'eux a dit d'une blague tombée à plat qu'elle avait « chu en terre pierreuse », ils se sont fait proscrire pour blasphème. Un comique juif, Izzy Bonn, avait pris pour cible les banquets de bar-mitsva. « L'eau coulait comme di vin. Tellement c'était manger Madame Tittlebaum qu'elle a épliché l'orange, posé lé dentier sur lé table et commandé les dents : *'Iss, iss.* C'est fous qué lé manchent l'oranche, moi ché pé plis. » C'était au temps de l'innocence où les blagues juives n'étaient pas antisémites. Et malgré l'invisibilité des spectacles, la BBC a fait venir une troupe de danse, les Step Sisters, qui faisaient des claquettes à tout va sur un parquet sonore en chantant d'une voix grêle « Ils sont revenus les jours heureux ». Tout cela pendant la grande crise.

Mais c'est l'orchestre symphonique de la BBC, un superbe instrument dirigé par Sir Adrian Boult, qui m'a donné la nourriture dont j'avais faim. J'ai ingurgité distraitement Beethoven et Brahms – des musiciens sans surprises orchestrales : ce n'était que du dessin au trait avec par-ci par-là un coup de badigeon – mais dévoré Stravinski, Schönberg, Hindemith et Honegger, qui soulevaient les cors, embrasaient les trompettes et me soûlaient de discordances. L'orchestre Hallé ne pouvait provoquer de tels émois : il offrait des programmes consistants mais sans audace, comme la cuisine des bistrots en ville. On nous promettait toujours *Le Sacre du printemps,* qui n'est jamais venu. Même les cajoleries de Stravinski en visite n'ont pu obtenir plus que *L'Oiseau de feu* de ce corps viril à dalle en pente pour qui la musique expérimentale n'était que fanfreluches féminines. Ernest Ansermet qui était venu diriger l'*Ibéria* de Debussy a dû s'arrêter et reprendre au bout de trois mesures, pour ma honte accablante. Quand Mossolov a mis le réalisme soviétique à l'affiche avec sa *Fonderie d'acier : la musique des machines,* je me suis précipité : enfin les choses avançaient. Mais Sir Hamilton Harty, gentiment éméché, a réduit l'impact de l'œuvre en prévenant les auditeurs qu'ils allaient subir un choc, après quoi il a fait jouer à part d'abord les cordes, puis les vents, puis les percussions. Le public gloussait, et a gloussé de plus belle quand on lui a servi la somme défraîchie. Les cors se sont mis debout pour interpréter un thème symbolisant la dignité du travail, ce qui parut un excellent gag. Par la suite le Hallé et Harty ont osé la création britannique de la première symphonie de Chostakovitch, mais ça c'était du Tchaïkovski à l'eau très buvable. Il a fallu une visite de l'orchestre symphonique de la BBC pour voir la modernité sans complexe investir la Ligue du libre-échange – le *Concerto philharmonique* de Hindemith et le *Boléro* de Ravel – et entendre des femmes jouer aussi bien que des hommes. Je suis tombé amoureux de la première harpiste, Sidonie Goossens.

A l'âge de quatorze ans je me suis essayé à la composition moderniste, mais c'était ou trop simple ou trop compliqué. Trop simple d'écrire des dissonances arbitraires ; trop compliqué d'en faire une véritable composition. J'ai pris un moyen terme en diluant du Debussy, mais la seule œuvre que j'ai menée jusqu'à l'exécution dans mes premiers temps d'école, c'est un arrangement pour piano et chœurs d'une chanson de marins, « Let the Bulgine Run ». N'empêche, mon nom sur le programme venait juste avant celui de Ralph Vaughan Williams avec son arrangement de « The Golden Vanity ».

Mon ami Eric Williams avait appris à jouer le menuet en *si* de Beethoven sur le piano familial de Chorlton-cum-Hardy, mais c'était un talent de société qui n'avait rien à voir avec l'art. Son père, ingénieur à Trafford Park, méprisait la musique et avait transmis à son fils quelques articles du code philistin : que les gens allaient au concert rien que pour se faire voir ; qu'il y en avait des tellement pervers que ça leur plaisait de se barber ; que Beethoven et Mozart étaient des poseurs. J'étais encerclé par les philistins : la famille a applaudi en entendant mon demi-beau-frère Clifford Kemp traiter Shakespeare de bas-bleu lourdingue. James Burgess, compositeur de « *La maison est en feu** », gardait ses opinions pour lui, mais s'est glissé une fois au Libre-échange pour entendre Schnabel. Dans mes rédactions scolaires j'évoquais la limpidité mozartienne de la prose d'Addison ou l'opulence wagnérienne de Thomas De Quincey, comparaisons qui ne manquaient jamais d'exciter la méfiance du professeur et les railleries de mes camarades. Mais j'étais le seul en cours de français à pouvoir dire ce qu'était un *casse-noisette**, grâce à Tchaïkovski. Je connaissais aussi la légende de Faust, à cause de Gounod et Busoni, et je savais lire les caractères cyrilliques, pour avoir étudié la partition originale du *Sacre du printemps* à la bibliothèque centrale de Manchester. Invité à comparer les styles respectifs d'« Ulysse » et des « Mangeurs de Lotus » chez Tennyson, j'ai dit que l'un avait l'austérité de Sibelius, l'autre la volupté de l'air du Venusberg dans *Tannhäuser*. Ce que j'aurais dû répondre c'est que l'un était en vers blancs et l'autre en vers rimés. L'intérêt d'avoir quelques connaissances en musique était minimal – savoir que *tanner** signifie ennuyer parce qu'après la première de *Tannhäuser* à Paris, les Parisiens ont déclaré « *Wagner me tanne aux airs** » – et avait pour inconvénient majeur une sorte d'ostracisme social. Frère Martin a déboulé ivre une fois dans un de nos cours en marmonnant je ne sais quoi sur le divin message de Palestrina, mais il avait dû piquer ça dans le *Manchester Guardian* du matin. Un nouvel élève arrivé en seconde Alpha n'était pas indifférent à mon enthousiasme musical, qui avait cours aussi dans sa famille. Mais il faut dire qu'il était juif.

Il s'appelait Harold Foreman, sa famille tenait un magasin d'étoffes dans Princess Road. Pourquoi ils avaient fait entrer, et fait accepter, un enfant juif dans une école au nom si agressivement catholique, c'est un mystère qu'on ne pouvait démêler sans invoquer l'appétit d'argent de Frère Martin. Les parents du jeune Foreman payaient sans doute des frais de scolarité fabuleux. C'était malheureux que son apparence préfigure de manière si flagrante les caricatures du *Stürmer*. Il était laid avec un grand nez, un vrai cadeau pour mon journal de classe où il a fait la une d'un numéro sous les traits de la belle Greta Foreman, fascinante vedette de *Passion et patates*, toute en nez et mignardise. Il a réagi pour son propre compte, pas celui de sa race, en couvrant le libelle de traits rageurs au crayon gras. Conduite jugée inélégante et probablement juive. Comme il refusait de prêter un de ses stylos à Peter O'Brien, O'Brien lui dit : « Tu es un vrai Juif. » A quoi Foreman réplique du nez et du tac au tac : « Tu en veux un artificiel ? » Une tension interne, peut-être liée à un manque d'amour pour sa mère, l'affligeait de gesticulations grotesques. D'une brusque détente du bras, il envoyait valser son encrier ; les muscles de son cou et sa mâchoire se raidissaient et il sautait comme une truite gobant une mouche invisible. Ce geste lui a servi de surnom : « Tu sais ce qu'il a fait, le vieux...? », le silence étant comblé par le gobe-mouchage. Je crois que la linguistique moderne n'est pas encore capable d'accueillir cette intrusion du geste dans la syntaxe. Chomsky n'a rien à dire sur le sujet.

Foreman voulait gentiment instruire Peter O'Brien, avec sa tête de chien-loup irlandais, des mystères de l'obstétrique, mais on lui objecta que c'était sale et juif. Même à seize ans, O'Brien refusait d'admettre le phénomène de la naissance naturelle. Quand on lui demandait d'où venaient les bébés, il disait que l'infirmière vous les apportait, et si on lui demandait où elle allait les prendre, il répondait que c'était un cadeau du docteur. Ce type était un modèle de bêtise taillé sur le patron du paysan irlandais. Il pensait vachement, disait-il, quand il était au lit, en se demandant surtout à quoi ressemblerait l'insigne de la maison Saint-Bernardin s'il avait les mêmes couleurs que celui de Saint-Cuthbert. Il désirait follement obtenir un de ces insignes, qui récompensaient l'application au travail ou en sports ou, pour être honnête, l'excentricité notoire (je ne peux pas imaginer d'autre qualité qui m'aurait valu le mien), et, rêvant qu'on lui en avait décerné un, s'était réveillé en sanglots. Il a appris par cœur le manuel d'histoire de Warner et Martin, et décroché une mention au brevet élémentaire. C'était un excellent repoussoir racial et religieux pour Harold Foreman.

Comme ça tracassait O'Brien que Foreman ne soit pas baptisé, il a voulu lui flanquer la tête sous un robinet de la salle d'eau tout en prononçant le *Ego te baptiso*. Mais il ne savait pas comment on dit Harold en latin. L'idée que là, sur le banc à côté de lui, était assis un fils de cette race maudite qui avait tué le Christ le remplissait d'émoi. Et puis ça le troublait que Foreman en sache si long sur Abraham, Isaac et Jacob qui, tout pré-chrétiens qu'ils soient, n'en étaient pas moins de bons catholiques. Foreman, qui était resté en contrebande dans la classe pendant un cours d'instruction religieuse, avait refait l'éducation de Frère Campion sur les douze tribus d'Israël. Tout cela n'était pas correct.

Je suis allé dîner au domicile de Foreman – qui était comme le mien situé dans une arrière-boutique – en salivant d'avance sur les épices palestiniennes. Mais tout ce qu'on m'a servi était suavement kascher. Il m'a appris un peu de yiddish et prêté un disque de chansons humoristiques dans cet idiome : l'une s'intitulait « *Men darf nit zein verschlufen* ». Sa sœur aînée Rebecca a ranimé l'image de séduction orientale que j'avais rencontrée pour la première fois, avec toute la distance requise entre client et caissière, chez les filles de Jakie Innerfield. N'espérez point céans de filles de Beauté, pour parler comme Byron. Pour moi l'idéal féminin a toujours été méditerranéen. Je comprends fort bien le désespoir que la dame brune a pu inspirer à Shakespeare. La présence musquée de cette jeune fille, qui devait avoir environ dix-sept ans, me donnait des érections douloureuses et pas le moindre espoir de détumescence. Elle était une incitation au péché. Elle m'a poussé dans le péché, mais pas avec elle.

J'avais quinze ans quand j'ai rencontré une fille nommée Edith – noble prénom anglo-saxon collé sur une Mancunienne effrontée de quatorze ans qui n'était pas juive, seulement protestante, mais avait toute la séduction hébraïque qu'exerçait sur moi la sœur de Foreman. J'étais assis près d'elle au dernier rang du cinéma Princess, et elle a trouvé tout naturel de me donner sa main à tenir. Une main poisseuse, elle venait de manger des bonbons. Elle s'est muée en substitut de Rebecca, moi avec audace je lui ai passé mon bras autour des épaules et caressé le sein (« maturant », disait Keats en pensant à celui de Fanny Brawne : après tout, le travail scolaire avait quand même des liens avec la vraie vie). Le film terminé, elle m'a convié chez elle. Chez elle, c'était dans Lincoln Street, à deux pas. Ses parents ? Son père avait pris la tangente avec une autre femme ; sa mère allait boire de la Guinness dans l'arrière-salle du petit Alec jusqu'à la fermeture. Nous étions allés à la première séance : ça nous laissait tout le temps, à défaut d'espace approprié. Ses deux frères cadets partageaient une chambre avec elle : il valait mieux ne pas les déranger. La porte de devant était réservée aux visiteurs et à la fête de Noël, mais le sol du salon de tous les jours était libre, très poussiéreux. La maison sentait le chou ancien et la poudre de riz : sa mère était un peu souillon sur les bords. Sur le sol, entièrement dévêtu à la demande d'Edith, j'apercevais quelques détritus sous l'unique fauteuil, notamment un linge taché de sang dont j'ai su plus tard que c'était une serviette hygiénique. Elle s'est mise complètement nue elle aussi : c'était comme ce jour dans l'herbe à l'hôpital d'isolement Monsall, mais la poussière et l'ombre, le poids accru des ans, l'image pesante de Rebecca interdisaient tout espoir de retrouver cette joyeuse innocence. C'était d'un érotisme mortel. Elle m'a demandé si j'avais quelque chose à mettre, je ne comprenais pas de quoi elle parlait. Mais presque aussitôt c'était déjà trop tard, n'importe comment. Les gamins sont incapables de faire l'amour. La nature est si impatiente de décharger sa jeune semence qu'elle en oublie à quoi ça sert. Introduction ratée : on dirait une critique de théâtre. Mais pas de tristitia, même si j'entendais déjà grincer les rouages de la culpabilité catholique. L'odeur rance sentait l'encens rance, la poussière c'était la poussière du confessionnal. Et si ce n'était pas l'extase promise au ciel à condition de s'abstenir de toute extase terrestre, que diable était-ce d'autre ? Sûrement le corps lisse et fauve de cette fille dispensait des transports spirituels aux doigts du caresseur ? Sûrement la gratitude induite par sa beauté et sa charité avait une portée morale plus haute que le rot *(eructavit cor meum)* de satiété ? Je sentais monter en moi la promesse d'un endurcissement intime, une volonté de répondre trait pour trait à l'Eglise. Peut-être cela tenait-il au fait que j'étais devenu acolyte d'un nouveau complexe spirituel, qui ne se contentait pas de promettre le paradis mais qui le donnait réellement sans rien demander en échange : je parle de la musique. Les harpes célestes, même avec Sidonie Goossens au premier pupitre, paraîtraient minces à côté de Richard Strauss. Et même la musique n'était rien comparée aux tendres chuchotements d'une fille de quatorze ans nue sur un sol poussiéreux. Aimez-vous les uns les autres, mes enfants, et au diable les apôtres de l'amour.

Je savais qu'on ne se rencontrerait plus sans vêtements, ni même pour des caresses de rang du fond. Elle avait simplement voulu voir à quoi je ressemblais. Elle était très jeune et précoce, autant sans doute dans ses mœurs légères que dans son exemption protestante de culpabilité. Je commençais à me sentir coupable de mon sentiment de culpabilité. Dans mon idée confuse, que les cours d'histoire viendraient rectifier par la suite, la Réforme avait quelque chose à voir avec l'annulation du péché originel, qui commençait par le pelotage d'un sein féminin maturant lisse comme une pomme, et continuait dans la poussière de l'Eden par des actes que la Genèse doit taire. La fréquentation d'une famille juive et d'une jeune protestante nommée Edith suggérait que pas mal de gens sur terre vivent très bien sans confesser leurs péchés, qui ne sont pas des péchés, puisqu'un péché peut être défini comme quelque chose de confessable. Et que ces gens se moquent pas mal de l'enfer, même si j'avais assez de bon sens pour voir que ça n'invalidait pas forcément cette grande doctrine menaçante. Si Dieu offrait une tournée de grippe espagnole en geste gratuit après la pire guerre de l'histoire, il était parfaitement capable de couronner l'agonie d'un cancer terminal par la torture éternelle. Et bien sûr il l'est encore. Si le sexe était une réalité incontournable, l'enfer l'était aussi, et je suis allé me confesser au Saint-Nom en proie à des sentiments très contradictoires.

Je me suis confessé au Père Clancy, qui n'avait pas de roulades de terroir dans la voix mais des phonèmes tranchés comme ceux de la BBC nationale. Ça me paraissait injuste que l'anonymat du confessionnal empêche le prêtre de voir l'ensemble du dossier, il aurait pu prendre en compte ma bonne conduite prolongée en évaluant mon actuel état hors de grâce. Ça faisait presque un an que j'étais sage : le *Radio Times* y veillait. Et voilà que je me faisais sauvagement traiter de fornicateur invétéré. Le Père Clancy refusait de me donner l'absolution pour cette fois : je ferais mieux de ruminer ma faute, me pénétrer de son énormité dans un bain froid, et revenir la semaine prochaine. J'ai donc frappé à la porte suivante où le Père Fitzjames était plongé dans le résultat des courses. Je me suis fait dûment invectiver mais distraitement absoudre, moyennant une pénitence de cinq Notre Père, cinq Je vous salue Marie, cinq Gloire à Dieu, et pour la *bonne bouche** une éjaculation ou tout comme du genre « Christ, prends pitié ; Marie, au secours ». Une fois absous j'ai osé demander ce que le sexe avait de mauvais. Rien, me dit-il, dans l'état de mariage ; le plaisir sexuel est une chose bonne et sainte, d'autant plus sanctifié qu'il produit des âmes qui, avec un peu de chance, peupleront les vastes arpents du bon Dieu. Je ne vois pas, ai-je répondu, comment la *qualitas* d'une expérience peut être modifiée par l'objectif qu'elle poursuit, surtout quand la nature nous décharge de toute responsabilité consciente en la matière. Il s'est rapproché pour mieux me voir à travers la grille avant de se répandre en nouvelles invectives. Craignant qu'il annule son absolution, je me suis empressé de filer au diable.

J'ai filé au diable, j'en suis sûr, vêtu de long. Il vient un temps dans la vie de tout mâle occidental où la *toga virilis* du kex long remplace les culottes courtes sur genoux crasseux. Il est toujours difficile de se souvenir quand précisément la transformation s'est opérée. Transformation cruciale puisque c'est un pantalon long qu'il faut retirer pour l'acte sexuel, l'idée de faire valser une culotte courte à cet effet a quelque chose de monstrueux, à moins, comme ça m'est arrivé beaucoup plus tard, de servir l'Empire, ou le croupion de l'Empire, sous les tropiques. A l'école l'initiation au pantalon vient avec le premier match de cricket, mais on peut faire le trajet en tenue blanche jusqu'au terrain de jeu sans prendre l'air confus parce qu'on prétend passer pour un homme. Le premier costume pris au rayon Hommes petites tailles vous donne un air de prétendant qui ne disparaîtra qu'au premier rasage fonctionnel. On commence par jouer avec un rasoir qui tond seulement du duvet, mais quand le sang afflue sur la lèvre supérieure et que le cou vous brûle, c'est à bon droit qu'on porte un pantalon viril.

En première Alpha tout le monde en portait sauf, mais pas longtemps, James Burgess, dont les genoux tachés d'encre nous déshonoraient tous et devaient être châtiés par des coups de règle. La première accueillait non seulement la promotion des seconde mais aussi des élèves aux maxillaires bleus qui étaient là depuis longtemps et tentaient vainement de décrocher leur brevet. Ces vétérans avaient à leur tête Michael Callaghan, brillant pianiste qui est devenu par la suite un chef de chœur éminent, dont le principal talent à l'époque était pour l'antisèche. Aux compositions trimestrielles il sortait l'une après l'autre, officiellement pour voir l'heure, six ou sept montres cassées dont le verre abritait des verbes irréguliers latins écrits tout fin. Il plaçait des théorèmes de géométrie dans ses revers de manche. Il avait un Warner et Martin sans couverture ni marges, réduit aux contributions des signataires et réparti par fragments sur toute sa personne. Il y avait une série de solides copieurs irlandais dans les parages, mais c'était Callaghan le roi, même s'il faut reconnaître qu'il pratiquait l'art pour l'art, vu qu'il était régulièrement collé à ses examens. Les brutes irlandaises voulaient entrer au centre catholique de formation des maîtres St Mary's, surnommé Simmary, sur Strawberry Hill à Twickenham, pour devenir instituteurs dans le primaire. Ça m'horrifiait de voir ces vies déjà planifiées, moi qui ne voulais rien devenir sinon grand compositeur et caricaturiste du dimanche, tout en sachant que ce n'était pas une ambition raisonnable.

Tout le monde parlait de sexe, mais moi je n'ai rien dit de l'expérience prématurée que j'en avais : ça ne se fait pas de baiser puis de raconter. Peter O'Brien n'en parlait que de façon négative, dans la mesure où il ne voulait pas croire que ça existe, ou si ça existait, ce n'était pas nécessaire, puisque les médecins et les infirmières se chargeaient des bébés. Je savais que ça existait, mieux que jamais auparavant, car je prenais des cours dans la matière avec une femme très mûre. Frère Andrew, notre professeur d'anglais, nous faisait étudier un poème de James Elroy Flecker – le « Chant de guerre des Sarrasins » de *Hassan* en hexamètres anapestiques – et j'avais ordre d'occuper mes loisirs du mercredi après-midi en allant à la bibliothèque centrale rassembler tout ce que je pourrais trouver sur Flecker pour faire un exposé sur ce poète mineur. Je suis donc allé à la bibliothèque centrale, située à l'époque dans Piccadilly, où je me suis battu avec leur système de classement. Il n'y avait que des chiffres, et moi je cherchais des noms. Une femme d'environ quarante ans m'a remis sur la bonne voie, une femme charmante, en pente douce vers l'embonpoint, jupe verte et pull bleu, cheveux d'un châtain aimable, avant de se replonger dans l'étude d'Engels. J'avais réuni suffisamment d'informations sur Flecker (il avait épousé une jeune fille grecque, Miss Skidaresse) au moment où elle semblait en savoir assez quant à elle sur Engels, qui que soit cet individu. Sur les marches de la bibliothèque elle m'a dit que j'avais l'air gelé et proposé du thé. Je pensais qu'elle voulait aller dans un salon Kardomah, mais elle m'a assis à côté d'elle dans un tram et emmené à Ardwick, où elle avait un petit appartement au-dessus d'une confiserie. Un appartement voué aux livres, chauffé au gaz, avec des tapis de couleurs vives et des tableaux au mur qui n'avaient rien de commun avec le musée des horreurs anecdotiques post-Millais installé chez moi. Ces tableaux ressemblaient à ceux que je peignais à l'école primaire avant la découverte douloureuse et hilarante de mon daltonisme. Mais elle me dit que c'étaient des œuvres de grands artistes, des reproductions bien sûr : j'avais besoin, dit-elle, d'être éduqué.

Elle ne pensait pas seulement à l'éducation aux arts visuels. Veuve d'un mari qui s'était noyé à Southport (chose assez improbable : j'étais allé à Southport sans jamais apercevoir la mer), elle gagnait sa vie en donnant des cours à l'Association éducative des travailleurs. Marx et Engels, dont j'ignorais l'existence, faisaient partie des sujets qu'elle traitait. Mais elle n'était pas disposée à en parler après un thé fort et des croquets au gingembre. D'un tiroir situé sous ses étagères d'histoire économique elle a sorti une boîte de préservatifs. J'en avais entendu parler mais jamais vu. Les Français appellent capotes anglaises, sans doute parce qu'elles font capoter ou empêchent la grossesse, ce que nous appelons lettres françaises, qui la font passer comme une lettre à la poste. Je savais que ce terme devait être une vulgarité inacceptable, ou insoupçonnée, des gens instruits depuis que j'avais lu dans un magazine littéraire de Frère Andrew une rubrique intitulée « Lettres américaines », et une autre intitulée « Lettres françaises » où on parlait de gens qui écrivent des poèmes à Paris. Puis elle m'a donné une leçon d'amour détaillée sur le tapis devant le poêle à gaz. Elle avait de très beaux seins potelés, mûrs plutôt que maturants, et une peau au parfum âcre comme la fumée d'un feu de bois. Alors, sous la protection du latex, j'ai accompli l'acte. Ce fut une opération entièrement anonyme, elle ne m'a pas demandé mon nom ni dévoilé le sien. Ça n'avait pas l'air d'un péché, car l'ambiance était éducative, comme à une séance studieuse de l'Association des travailleurs, et les râles de contentement tout à fait convenables. C'était une femme d'allure saine, protestante bien sûr, dont les besoins physiques réclamaient un assouvissement régulier. Elle m'a fait un rapide cours post-coïtal sur la philosophie matérialiste qui fonde la théorie économique de Marx. Dieu est une fable destinée à soutenir les exploiteurs capitalistes, et le péché une invention pour culpabiliser les travailleurs qui défendent leurs droits. Puis, comme la tumescence se manifestait à nouveau, cet aspect de mon éducation toute neuve fut repris en main. Je suis rentré tard et épuisé au bercail. Ma belle-mère, peu sujette en général à la compassion, a observé que j'avais les yeux las et qu'y m'faisaient trop chauffer les méninges. Elle m'a servi deux œufs au plat avec mon bacon.

Nous nous sommes revus deux fois. J'ai fait un exposé assez las sur James Elroy Flecker, en inscrivant A.M.D.G. (Ad Maiorem Dei Gloriam) au tableau avant d'aligner les statistiques vitales, puis je me suis porté volontaire pour une recherche sur Gerard Manley Hopkins, dont « Beauté bariolée » et « Nuit d'étoiles » étaient parus dans le supplément du *Trésor de la poésie*, l'anthologie de Palgrave. Le fait que mes rendez-vous à la bibliothèque centrale soient à l'origine de toute une vie de vénération pour Hopkins sert encore mystérieusement de circonstance atténuante au péché qui n'est pas un péché. Elle était là, occupée à prendre des notes sur le *Manifeste communiste*, et plus que prête à m'offrir du thé. La troisième fois c'était après un concert Hallé. Comment pouvait-elle concilier les transports spirituels inspirés par l'écoute de Brahms avec une métaphysique qui refusait le non-matériel ? Un épiphénomène, quelque chose dans ce goût-là, me dit-elle ; simple stimulation nerveuse. Comme celle-ci. Et nous revoilà partis. Pour la dernière fois, me dit-elle après coup. Non, non. Ah, si. Ah, non. Cette femme ne pouvait pas, à juste titre, se satisfaire de simples écoliers. (Il y en a d'autres ? J'apprenais la jalousie adulte.) Auquel stade, si j'avais été plus âgé, j'aurais pu parler d'infidélité, et elle m'objecter que l'infidélité est une notion très bourgeoise. Il lui fallait du sexe, mais du sexe varié. J'avais eu droit à une éducation sans frais, et elle aux joies créatrices de l'enseignement. Maintenant je pouvais partir. Il était si tard qu'il n'y avait plus de trams.

Je suis allé à confesse avec une certaine assurance, dire au Père Myerscough que j'avais pris le thé avec une veuve protestante qui m'avait instruit, entre autres choses, des principes du matérialisme et affirmé que toute la structure de l'Eglise repose sur une fable. Il ne m'a pas interrogé sur les autres matières étudiées ; au lieu de ça il est parti dans une diatribe sur les mauvaises fréquentations mais en concluant que c'était le diable qui m'avait conduit dans l'antre de Marx, peut-être même d'Ibsen et d'autres athées. Je ne devais à aucun prix revoir cette personne. J'en ai fait la promesse. Qui était Ibsen ? Ça faisait pas mal de choses que j'ignorais. Je ne savais pas me masturber, et j'ignorais l'existence des bibliothèques de prêt. La première chose, je l'ai découverte moi-même sur le tard, quant à la seconde c'est James Burgess, vêtu de long, qui m'en a parlé. Il avait pris *Les Temps difficiles* à la bibliothèque municipale en dépôt quasi permanent, même s'il n'allait jamais plus loin que le premier chapitre, avec Mr Gradgrind et Cissy Jupe. Il se frottait les mains en gloussant de joie à la cinquantième relecture. Oui, me dit-il, Ibsen y était ; Björnsen aussi. J'aurais dû connaître Ibsen à cause du *Peer Gynt* de Grieg.

J'ai donc pris une carte de lecteur, et j'ai lu *Le Canard sauvage*. La BBC, en produisant *Le Canard sauvage* avec Elisabeth Bergner dans le rôle d'Hedvig, a confirmé que c'était une grande œuvre, bien que protestante. Mais bon Dieu, tous les livres inscrits au programme étaient protestants – *Jules César*, carrément païen, les *Morceaux choisis* de Boswell, et les poèmes de Tennyson ou Browning. Frère Andrew nous préparait à entrer dans une société protestante. Un rustre irlandais avait écrit dans une rédaction : « Au retour de la messe, j'ai lu les journaux du dimanche. » Messe, dit Frère Andrew, ça ne va pas. Ecrivez ça dans une copie d'examen, et vous risquez de vous heurter aux préjugés d'un examinateur qui vous enlèvera des points. Nous avons tous tété les mamelles de la Femme Ecarlate. Mettez « Au retour de l'église ». Un autre, dans une composition d'histoire, avait traité Jan Hus d'« hérétique confirmé », ça aussi c'était une dangereuse profession de foi défensive. C'est L.W. Dever qui nous a dit cela. L.W. Dever était un laïc licencié de l'université de Liverpool qui s'est adjoint à l'équipe d'enseignants pendant notre année de première. Frère Martin nous l'a présenté avec une courtoisie appliquée, un rien condescendante, comme si Dever, parce que nouveau, était en état d'infériorité. Dever était grand, blond, avec une tête au contour scandinave ; il devait avoir une lointaine ascendance dublino-danoise. Il m'a fait beaucoup de bien, surtout en terminale. C'est lui qui m'a fait lire James Joyce et Aldous Huxley. Lui aussi qui m'a appris à boire.

Le savant le plus austère de l'équipe, Frère Cajetan, tenait son nom d'un des pourfendeurs de Luther au Vatican. Nous n'avions pas accès à ses cours avant la première, parce qu'il était trop fort pour enseigner les bases du latin et des maths qui étaient ses deux spécialités. C'était un pianiste admirable, qui jouait aussi au football, avec l'équipe première car il n'y avait pas d'équipe d'enseignants. J'entends encore un rustaud urbain d'une équipe locale faire remarquer à Frère Cajetan que ça mordait les couilles. Frère Cajetan eut un spasme et convint que oui, il faisait assez froid. Il n'y avait pas la moindre allusion au lubrique ni même un soupçon de vulgaire dans ses cours. On étudiait avec lui le quatrième livre de l'*Enéide,* celui où la reine Didon de Carthage s'éprend passionnément d'Enée, mais il éteignait les flammes à grands jets glacés de philologie. Il appréciait mes thèmes latins, et s'est même extasié posément sur mon expression *« salvus pervenit »,* qui (panpan tagada) sonnait comme un hexamètre virgilien. Quand les élèves avaient des problèmes avec les flexions ou la syntaxe, il prenait un air, disait James Burgess, de surprise peinée. Je l'ai gravement déçu une fois où l'école passait la revue en grand uniforme devant l'Inspection de Sa Majesté. L'inspecteur de latin m'a demandé le datif singulier de *genus,* mais impossible de m'en souvenir, alors que même les rustres irlandais criaient *« Genui ».* Frère Cajetan a frémi, gémi, suffoqué et failli tomber. Ça peut arriver à tout le monde.

Mais Frère Martin est venu proclamer après l'inspection : « La première Alpha s'est couverte de gloire. » Ceci parce que l'inspecteur d'histoire, un certain Dr Oast, déguisé en cycliste de la période édouardienne, avait demandé qui savait quelque chose en musique élisabéthaine. J'étais le seul, et j'en savais long. Je lui ai balancé Byrd, Weelkes, et Orlando Gibbons, un compositeur pour chacune de ses poches superflues, avec en prime un cours sur la technique du virginal. John Bull, Morley, Dowland : il a eu droit à la totale. Mais il s'est fendu d'un méchant : « Et en quoi précisément cette débauche de gazouillis et de grincements sert-elle les aspects plus austères de vos études élisabéthaines ? » L'histoire d'un pays, ai-je répliqué, c'est l'histoire de sa culture, dont les aspects politiques et économiques ne sont que l'infrastructure de soutien. Ma veuve de l'Association éducative n'avait pas eu le temps de m'apprendre cela mais elle m'avait fourni le vocabulaire. En répondant, j'ai eu une érection féroce.

Au brevet j'ai été reçu en langue et littérature anglaises, latin, français, histoire, art, architecture, mathématiques, mais pas en physique. Ça, à mon sens, c'était la faute de Frère Sebastian et de son chouchou à chemise brune Dowd. Mon goût pour la musique m'amenait au moins à m'intéresser au son, mais l'acoustique qu'on nous enseignait était aussi minable que les cours sur la chaleur, la lumière et l'électricité. Ça me poserait un problème par la suite, car il fallait une qualification en physique pour entrer dans la section Musique de l'université de Manchester. Si j'avais réussi la physique, je serais sans doute devenu musicien professionnel, au lieu de l'amateur douteux que je suis resté. N'empêche, j'étais reçu aux cinq matières principales qui me donnaient officiellement accès à l'université, mon éducation pouvait maintenant commencer pour de bon.

Naturellement mon père et ma belle-mère pensaient qu'elle était terminée. J'avais seize ans et j'allais devoir chercher du travail, comme les quatre autres millions de Britanniques sans emploi. Les cris de détresse des démunis dans la verdure de Victoria Park ne m'avaient pas épargné. Je voyais régulièrement les bénéficiaires sous-alimentés de l'allocation chômage ou des critères de ressources, grisâtres, maigres, vivant de pain et un œuf tous les deux jours. Le Nord-Ouest ravagé nourrirait le monde d'Orwell, la colère et les programmes idéalistes de réforme, ainsi qu'une prose dure et concise. Je croyais dans ma jeunesse qu'une allocation devait permettre de durer, vu la baisse des prix : le saumon japonais en boîte coûtait quelques sous, les cotonnades indiennes faisaient une concurrence meurtrière aux produits de nos filatures du Lancashire, le paquet de clopes était tombé à un demi-penny. Je ne voyais pas que l'invasion de produits bon marché fabriqués par des travailleurs orientaux non syndicalisés était un de nos problèmes. Les quelques leçons pré- et post-coïtales de ma veuve A.E.T. étaient manifestement insuffisantes. Quand je voyais les travailleurs défiler, ils ne ressemblaient pas tous aux troglodytes à joues creuses de *Metropolis*. Certains portaient des costumes de Pierrot déchirés et crapahutaient en phalange parmi les pavés, en bourdonnant des airs à la mode sur mirlitons et harpes juives, avec parfois en tête une pirouetteuse de l'école de danse acrobatique pour faire le grand écart et des effets de culotte. Nous étions bien à l'abri dans nos boutiques de tabac en gros et d'alcool au détail. Boire et fumer, les derniers refuges du désespoir, n'étaient pas près de disparaître. Des hommes accroupis au coin de Moss Side ou Rusholme, sans chemise, réchauffés par un cache-nez crasseux, partageaient une Wild Woodbine tenue serrée dans la caverne qu'ils lui faisaient de leurs poings béants pour aspirer l'air en même temps que la fumée et obtenir une bouffée plus forte.

Les détaillants de tabac qui se fournissaient chez nous baissaient souvent leurs prix, dans un élan qu'on aurait pu croire de saine compétition. Mais c'était interdit par l'association des marchands de tabac de la ville, le Raleigh Club. Mon père m'expédiait, diplômé de frais, en espionnage, armé d'un shilling, réclamer vingt Player's dans l'une ou l'autre échoppe déprimée du coin et me faire rendre non pas le demi-penny de monnaie légal mais trois, quand ce n'était pas deux pence. Le gredin était signalé, et un agent du Raleigh Club venait lui notifier qu'il serait suspendu de fournitures. C'était, je suppose, un procédé louche, une entrave officieuse à la liberté du marché. Mais si un politicien de la gauche locale protestait, comme Edwards de Lincroft Street, il ne pouvait élever qu'une critique hypocrite puisque le mouvement travailliste faisait campagne contre les produits bon marché.

La dépression aurait dû générer de la violence, mais ce n'était pas le cas. Des bandes de jeunes voyous en haillons sautaient sur les bien nippés, comme moi, pour piquer un stylo insolent. Leurs pères n'avaient pas assez d'énergie pour le vol offensif ou les manifestations de colère. On aurait dit que même l'énergie sexuelle manquait à la ronde. Je revois un groupe de jeunes femmes en robes de dimanche claquer des talons dans Moss Lane East au son de « Tends-moi la main, vilain garçon ». Et pas un vilain garçon à la ronde pour réagir. Eddie Cantor paradait à l'écran dans les cavernes cinématographiques des matinées désenchantées, où des chômeurs échangeaient Wild Woodbines et quintes de toux. D'autres chômeurs louaient un orgue de Barbarie pour accompagner un danseur las dans son numéro de castagnettes ou, en melon et badine, un petit trot avec arrêt-braquage imité de Chaplin. Il y avait des danses paysannes ou mollesques (ou moresques), macabres avec leurs guirlandes noires et leur bouffon ceint de vessies. Faute de bruit déchaîné et d'énergie furieuse, les choses avaient l'air moins graves qu'elles n'étaient. Les Wilson, les Tollitt et les Kemp n'ont pas souffert. Ils allaient même en vacances à la plage.

Car dans la vie il n'y a pas que le travail, la musique et la baise clandestine. Chaque année, presque par discipline, j'allais à Blackpool ou Cleveleys, Scarborough ou Torquay. L'air marin c'est de la thérapie, et l'air marin est plus thérapeutique sur les côtes du Nord que partout ailleurs. Torquay et Bournemouth faisaient plus chic et plus Sud, mais leurs brises étaient amollissantes et leurs hôtels ou pensions de famille un peu chiches sur les portions du dîner. Scarborough très chouette, on voyait parfois l'acteur Charles Laughton faire le service dans l'hôtel de son frère ; de plus on y conservait fièrement les vestiges guerriers d'un autre hôtel du bord de mer ; les Allemands l'avaient torpillé par animosité gratuite. Mais Scarborough se trouve dans le Yorkshire, et ma belle-mère ne faisait aucune confiance aux gens des Ridings. « Si t'foès quèque cose pour rin, avait-elle coutume de citer, foès-le rin que pour ti. » C'était la devise des natifs du Yorkshire, ainsi que « Mange tout mais poèye rin, acoute tout mais dis rin ». La guerre des Roses se poursuivait, avec bataille annuelle de cricket à Old Trafford. La côte du Lancashire était la mieux de toutes, et rien ne valait Blackpool.

Vrai, et rien ne le vaudra jamais. Avec la révolution industrielle dans le Lancashire commença l'institution des veillées, un système de congé par rotation où toute une filature, une usine, voire un village entier fermaient pendant une semaine, laissant les chaudières refroidir après un bon raclage de suie, et l'ensemble de la communauté partait pour Blackpool. Ça n'était pas à proprement parler un changement. On n'échappait pas à ses habituels collègues ou voisins, mais on les voyait dans un cadre festif, et ça faisait tout le changement voulu. Le cadre festif était souvent fourni par un pub, ou un bar à vin Yates, ce qui n'était pas très différent d'une veillée à la maison, mais on buvait plus et il y avait des bagarres revigorantes avec des inconnus, de préférence la racaille sudiste. On se disputait aussi avec les tenanciers qui allongeaient la bière et diminuaient la mesure. « On a descendu du solide, ce soir », entendait-on quand les pieds grimpaient lourdement les marches de la pension de famille, et « j'y ai mis son compte au boug' ». Les filles, elles aussi, fricotaient avec des inconnus rencontrés au bal de la Tour. Ma belle-mère avait fricoté comme ça une fois, avec un admirateur très ardent, mais elle réduisait la portée de cette aventure d'un « C'était juste une amourette de plage », expression littéraire pour ne pas dire « romancesque ».

Blackpool offrait tout ce que peut désirer un cœur en vacances. Du sable avec très peu de galets, ceux-ci étant réservés à Cleveleys ou Bispham un peu plus loin sur la côte, et de l'ozone déchaîné comme une infirmière de Monsall. La mer était pleine de méduses, mais les piqûres et les cris faisaient partie du plaisir. Des ouvriers estivants en costumes sombres mais sans cravate, mouchoir noué sur le crâne pour prévenir l'insolation, chaises longues alignées, regardaient tendrement leurs gosses démolir les châteaux de sable d'autres gosses. Ils sortaient constamment leur montre-oignon ancestrale pour voir si les pubs étaient près d'ouvrir. Les hommes retrouvaient au bistrot des hommes qu'ils retrouvaient chaque jour de l'année dans des bistrots moins exotiques ; les femmes sirotaient du porto ou un xérès doux au bar à vin Yates, ce qui les changeait beaucoup. Mais Blackpool avait bien mieux à offrir que des châteaux de sable aux gosses et de l'alcool aux grands. La tour de Blackpool était copiée sur la tour Eiffel, et certains se souvenaient encore de la grande roue, un monstre rotatif muni de bancs qui s'était révélé périlleux et qu'on avait dû abattre. Au pied de la tour il y avait un zoo, des restaurants, des bars et une salle de bal. Le cinéma de la Tour projetait des films qui n'étaient pas encore passés à Londres, et le cirque de la Tour donnait même des ballets aquatiques en guise de bouquet final. Sur la rive sud il y avait un immense parc d'attractions, avec une arche de Noé et des montagnes russes. Il y avait trois jetées, chacune avec une salle de pantomime au bout, et tout le long de la jetée des machines à sous d'un fort bon rapport pour le penny investi. L'une d'elles montrait en totalité le jugement, la flagellation et la mise en croix du Christ, quoiqu'elle omît la résurrection. Les sous du Lancashire sont durs à gagner, ils ne se dépensent pas à la légère. A la caisse de l'un ou l'autre théâtre de la jetée on pouvait entendre : « Combien, ma petite dame ? Pour deux, ça va, je vais y arriver. Quoi ? *Putain, un seul ?* Faut vous faire soigner la tête, putain. »

Le côté terre de la promenade était entièrement bordé d'attractions et de baraques de chant. Les éditeurs de musique – Lawrence Wright, Connolly, Francis Day and Hunter – se battaient pour arracher les vacanciers pelants à l'attrait du soleil en leur faisant chanter la dernière à la mode et acheter la partition de ce qu'ils venaient de chanter. Lawrence Wright, l'entreprise la plus active, gérait aussi l'une des salles de pantomime où on portait la tenue de soirée, pas des pompons de Pierrot, et où les chansons d'amour finissaient par un baiser brûlant tenu jusqu'au tomber de rideau. Les chansons interprétées étaient, bien entendu, toutes publiées chez Lawrence Wright qui, sous le nom de Horatio Nicholls, en était aussi l'auteur. C'est lui qui a composé « Quelque part au Sahara » et « Au cœur du soleil couchant », « Berger des collines », « Mes chers souvenirs ». Le maître de cérémonie, un roux vêtu d'une blouse blanche comme si l'extraction de chant était une opération chirurgicale, hurlait à pleins poumons de vigueur lancastrienne : « Et maintenant... la célèbre chanson du colonel Barker. » Tout le monde gloussait, puis entonnait avec sérieux :

A LA croisée des chemins,
Tu as PRIS mes jours de joie
Me laissant les nuits sans toi.
Quand l'aurore arrive enfin,
Je peux VIVRE jusqu'au soir,
Mais la NUIT, quel désespoir.

Le colonel Barker faisait la une des journaux à l'époque – c'était le pseudonyme d'une femme travestie qui avait épousé une jeune innocente. Le public non moins innocent situait leurs relations sexuelles au degré zéro, d'où cette association lyrique. Nous étions tous des innocents en matière de lesbianisme. *Le Puits de solitude* de Radclyffe Hall avait été interdit par la censure en 1929, mais un de nos potes de première jurait que ses parents en avaient un exemplaire et que le livre parlait tout le temps de godemichés. (Blague type de l'époque : Deux demoiselles vont chez le marchand de légumes et demandent deux bananes. « Je vous en mets trois pour deux sous, madame. – D'accord, on mangera celle qui reste. ») On pensait que faute de pénétration pseudo-pénile, les nuits saphiques devaient être solitaires.

Egalement à la une, mais pas au même moment, et visible en personne voituré en tonneau sur la promenade, le recteur de Stiffkey (dont le nom, qui veut dire « Clé raide », se prononçait malheureusement Stooky) était impliqué dans un scandale sexuel qui a fait monter le tirage de *News of the World* à neuf millions d'exemplaires. Le presbytère du recteur abritait une armée de filles qui le servaient à table en tenue d'Eve. L'une d'entre elles s'appelait Barbara Harris. En ce temps-là il y avait une belle pièce de monnaie, la demi-couronne (gratuitement assassinée par les décimalisateurs des années 70) qui avait un bord dentelé. Et un grand penny qui n'en avait pas. Une blague en première consistait à demander laquelle des deux s'appelait Barbara Harris. Réponse, le penny, parce qu'elle n'en a pas. Les première avaient même fait une petite chanson :

> Assis sous un grand marronnier
> Voyez le recteur de Stiffkey
> En train de jouer avec sa clé
> Qui lui coule sur les souliers.

Il n'y avait rien à voir dans le tonneau de Blackpool sinon un religieux défroqué qui lisait le *Daily Express* en fumant un cigare. Sacco le Sac d'os ne faisait rien non plus mais manifestement il avait fait, ou omis de faire, quelque chose. L'art obscène était visible aussi, sous les traits de la *Genèse* d'Epstein. Le *Rima* d'Epstein à Regent's Park s'était fait recouvrir de goudron et de plumes, et son *Night and Day* qui ornait la façade des bureaux du métro de Londres aurait subi le même sort si quelqu'un avait pu grimper jusque-là. On venait contempler *Genèse* langue pendante d'horreur comme un modèle d'art indécent. L'indécence et la vulgarité faisaient partie aussi du Blackpool vacancier.

Mais Blackpool était géré par des corps anonymes sensés et conscients de devoir offrir en prime un nuage de culture. Les trams étaient déguisés en superbes gondoles vénitiennes et arboraient des plaques, à une de mes visites, rédigées en espéranto. L'un des théâtres présentait *Pluie* de Somerset Maugham. Les illuminations d'automne étaient somptueuses mais de bon goût. Nombre de résidents parlaient avec un accent raffiné, comme des carpetbaggers sudistes, accent qui se cultivait dans une école de filles renommée. La ville appartenait au Lancashire, mais elle constituait une sorte d'enclave extra-territoriale. Il y avait même des prêtres jésuites dans les innombrables églises catholiques, des intellectuels de la même carrure que ceux du Saint-Nom. Mais conscients qu'ils se trouvaient dans un lieu de plaisir, ils expédiaient leurs messes au galop pour mettre en vitesse leurs fidèles sur la plage.

Je ne suis jamais allé seul à Blackpool, mais toujours avec l'un ou l'autre segment de la famille – les Kemp ou les Wilson ou les Tollitt (le sang Dwyer existait toujours, à défaut du nom Dwyer) – et parfois deux segments réunis ou plus. Nous allions dans les petits hôtels, certains baptisés « privés » parce qu'on n'y servait pas d'alcool, d'autres pourvus d'un bar privé dans la mesure où il n'était pas ouvert au public. En fait un hôtel privé affichait par ce titre sa conversion de résidence privée en pension trop petite pour assumer l'impersonnalité d'un vrai hôtel. C'était facile de voir qu'il s'agissait en fait d'une maison, il n'y avait pas de comptoir d'accueil ni d'ascenseur, et que ça vous plaise ou non, vous vous trouviez mêlé à la famille qui la gérait. J'en revois une où le mari, un patriarche barbu, conduisait un tram dont le déguisement en gondole lui faisait horreur comme des affiquets de Femme Ecarlate. Il restait plongé en prière pendant que son dîner refroidissait, ou lâchait des phrases sibyllines sur le péché au milieu d'un vestibule plein d'odeurs d'algue et de miettes rassies. Dès qu'il partait piloter sa gondole, l'endroit devenait douillet et sympathique, un tintamarre de seaux et de pelles, de claques et de cris d'enfants surexcités. L'entrée donnait sur un patio recouvert de béton meublé de chaises métalliques pour attendre en bronzant, et en gargouillant, la cloche du dîner. Les repas étaient copieux en ce temps-là, jusqu'à cinq plats au petit déjeuner – fruits en compote, porridge, poisson, mixed grill, toast et marmelade. Pourtant on avait toujours faim. Rien ne vaut l'air de Blackpool. Assis, il suffisait de tendre le bras pour donner la pièce aux artistes ambulants habillés en Polichinelle qui chantaient au son d'un banjulele :

Oh, Shinaniky Da,
Li joue la guitare
Devant bazar, bazar, bazar,
En grattant guitare
Li fume son cigare
Et li rit da ha, ha ha, ha ha.

Lawrence Wright, alias Horatio Nicholls, dont l'immense photo bénissait la baraque comme un pape de la chanson, aurait eu honte d'écrire ça.

Malgré mon jeune âge, j'étais trois fois bel-oncle, avec deux beaux-neveux et une belle-nièce à surveiller. Le jeune Dan, ai-je remarqué, construisait son château en transportant du sable d'un lieu situé à plusieurs mètres de l'édifice, comme si c'était du sable de premier choix et tout le reste de qualité inférieure. Les gosses braillaient, pissaient discrètement dans les vagues, rougissaient, brûlaient, et gâtaient leurs dents de lait sur des rochers de Blackpool. Assis dans mon coin j'ai lu, successivement, *The Boys' Magazine*, le *Radio Times*, *Vies des grands compositeurs* (pas édifiantes, c'était encourageant), *Peer Gynt* d'Ibsen et *Iphigénie* empruntés à la Bibliothèque du penseur, Schopenhauer. J'emmenais les gosses sur la rive sud et je calmais leur terreur en dissimulant la mienne sur les montagnes russes ou dans le train fantôme qui, avec ses squelettes et ses clameurs spectrales, affichait une nécrophilie typiquement lancastrienne. Après dîner les gosses sombraient dans une mort de dix heures et nous les grands on allait danser dans cette cathédrale qu'on appelait le bal de la Tour. Là je voyais des ouvrières rosissantes se pousser du coude à la perspective de fricoter, et à l'approche de godelureaux, murmurer : « Les v'là radinés... surveille tes zaches, ma tchote. » Ensuite on retournait au Gradeleigh (pour Clients Haut Gradés) ou à l'Alhambra ou aux Palmes prendre une petite collation de viande avant d'aller au lit. Mon père, s'il prenait ses vacances avec nous, passait la soirée à ses occupations habituelles. Si l'hôtel privé avait un bar privé, c'est là qu'il buvait tout en s'intéressant à l'organisation de l'établissement. Il prédit à l'un d'eux une fin prochaine en voyant le maître d'hôtel servir à boire le mégot aux lèvres. Mou à cœur, tiendrait pas le coup. Inutile de le dire, ce n'était pas la maison du patriarche chauffeur de tram.

Mes dernières vacances en famille sur la côte du Lancashire ont été, ou auraient pu être, un désastre. Nous étions dans un hôtel privé de Cleveleys, lieu réputé plus tranquille et plus raffiné que Blackpool, tout en n'étant qu'à quelques kilomètres. J'étais là avec les Kemp et les Tollitt et, vu mes dix-sept ans, sans doute trop vieux pour des vacances familiales. La nourriture était quelconque. La maîtresse de maison ne savait pas faire la cuisine, seulement ouvrir des boîtes ; même pas nous faire des œufs au plat pour le petit déjeuner. Je fumais plus que je ne mangeais ; je devenais grand. A table nous étions servis par une jolie blonde nommée Amy. Le soir où elle était libre, je l'ai invitée au cinéma, suivi d'un ou deux xérès. Revenus en bus (les trams commençaient à disparaître), nous nous sommes embrassés dans ma chambre où mes beaux-neveux dormaient comme des cadavres dans leur suaire. Amy était tendre et, ai-je supposé, candide. Elle sentait la vanille, sa bouche avait un goût de fruit d'espalier. Un corps de fille dans les bras, sa nudité grisante progressivement dévoilée : c'était assurément une des formes du paradis masculin. Elle me convia à venir passer la nuit dans sa chambre (« Viens à moi », c'était son expression, celle qu'emploie Malvolio) quand la maison serait assoupie. Ce que j'ai fait, armé du préservatif que je trimbalais maintenant en permanence dans mon portefeuille (une des leçons de ma veuve A.E.T.). Je savais désormais comment différer la jouissance : il suffisait de se réciter du Milton – « Trônant haut en royale majesté... » (*Le Paradis perdu*, livre deux). Il y a un dicton du Lancashire à propos de l'amour physique qui bat tout ce que peuvent dire les poètes : « Si Dieu a fait quèque cose de meilleur, y s'l'est gardé. » Elle avait un lit étroit, médiocre et grinçant, sorti du même porte-monnaie que les boîtes de conserve, mieux adapté au placement d'un corps sur l'autre qu'à leur juxtaposition amicale. L'acte d'amour fut renouvelé deux fois, avec pause à l'extase, aucun homme ou jeune gars décent n'utilisant la même capote plus d'une fois. Je me glisse hors de sa chambre avant l'aube, tout nu, et je tombe sur son employeur, mon hôte, un individu gris et terne nommé Mr Clegg, qui sort tout habillé des toilettes en se reboutonnant. Je ne sais pas pourquoi il était debout de si bonne heure : peut-être que le marché de Blackpool faisait des prix exceptionnels sur les boîtes de conserve avant le lever du soleil. Nous nous saluons de la tête, lui avec un regard torve par procuration. J'étais malgré tout un hôte payant. C'est la pauvre Amy qui allait trinquer.

Amy n'était pas vierge. Amy, avec deux ans de plus que moi, avait déjà sa part d'expérience érotique. Je ne lui ai rien apporté de neuf : elle était aussi instruite du répertoire sexuel que ma veuve A.E.T. N'empêche, j'avais le sentiment que c'était moi le séducteur. Et de dire à Mr Clegg :

« Je sais ce que vous pensez. J'ai quitté mon lit pour me rendre là d'où vous venez. Mais comme il y avait déjà quelqu'un, d'ailleurs c'était vous, je retournais au lit. Je me suis trompé de porte. Voilà, c'est tout simple.

— Tu vas me faire croire, à *moi,* que tu t'es trompé de porte. Eh bin, t'es pas le premier, mon gars. Faut qu'elle s'en aille.

— Mais puisque je vous dis que c'était une erreur. » Les mains devant mes parties génitales.

« Si c'était une erreur, où il est ton pyjama ? Dis pas de bêtises, mon gars, je veux pas de ces micmacs chez moi. Elle va filer sans rien dire et toi tu vas rien dire non plus, et on en trouvera une aut' à la bourse du travail. Maintenant retourne au lit. Attention, hein, dans ton lit. » Pendant tout ce temps-là, soûlée d'amour, Amy dormait. Je n'ai pas osé assister à son départ. Je suis sorti, habillé pour les plaisirs de la plage, voir le jour se lever sur le côté terre. La mer était âpre et agitée de méduses pareilles à des spermatozoaires géants. J'ai marché jusqu'à Blackpool où j'ai pris un petit déjeuner d'œufs au plat fatigués sur les marches d'un bar d'ouvriers. N'ayant plus d'argent pour les plaisirs vénaux, j'ai pris gratis un coup de soleil qui m'a fait peler, et des taches de rousseur. Je regardais d'un œil lugubre les couples des cartes postales Donald McGill : voilà ce que ça donne, l'amour – gros culs rouges et maris souffre-douleur. Sur le coup de midi je suis revenu en rampant avaler mes boîtes. Jack Tollitt m'attendait. Il était au courant de tout. Amy lui avait mis son avant-scène sous le nez, me dit-il, en d'autres termes un décolleté plongeant. C'est un homme qu'elle cherchait, pas un gamin. Clegg avait déniché une rombière bigleuse à la bourse du travail : cette fois aucun risque de micmacs ; elle était justement en train de servir les boîtes du déjeuner. Mais, ajouta Jack Tollitt, j'étais pas sorti de l'auberge, loin de là. Et je ne sortirais pas de l'auberge avant neuf mois, si je voulais les points sur les i. Amy avait fait ses malles et foutu le camp, en emportant notre adresse.

J'ai reçu une lettre d'amour d'Amy, avec une photo en pied prise en studio qui lui donnait l'air pouffe et boulotte. Les femmes des années trente étaient des créatures à courtes pattes, rien de commun avec la race d'après-guerre dont les jambes, en parler d'homme vulgaire, leur grimpaient jusqu'au cul. Seules les mannequins avaient bonne allure habillées, mais au lit on aurait dit des bicyclettes. Toute nue, Amy était ravissante. Sa lettre était rédigée dans un style qu'on désignerait plus tard comme le Barbara Cartland. Elle s'excusait de son « écriture infecte », évoquait « l'estase » de notre rencontre. Sur le dos de l'enveloppe elle avait gravé tous les acronymes conventionnels de la passion : TAPLE, « ton amie pour l'éternité », AUBADE, « avec un baiser ardent d'espoir », ITALIE pour « infinies tendresses après l'instant exquis », et ESPAGNE pour « éternel serment promet amour garanti non éphémère ». Sous la signature il y avait une croix, mise pour un baiser, avec MSTBQSLP : « Meilleur sur ta bouche que sur le papier. » Ma belle-mère qui conservait une sagesse résiduelle en affaires du cœur me mit en garde contre l'imprudence de lui répondre. Mais si j'écrivais, qu'est-ce que je pouvais dire? J'ai attendu les lettres suivantes dans l'angoisse. Le facteur entrait dans notre Vins-alcools annoncer avec sa facétie rituelle, « Encore un Billy Duck », que ma belle-mère pervertissait à son tour en Tommy Duck, le nom d'un pub réputé de la ville. Un autre *billet doux** m'est parvenu d'Amy, qui était avec sa mère à Irlams o'th'Height (et demandait pardon escuse pour la vulgarité de ce toponyme), où elle exprimait son amertume. J'avais abusé d'elle, souillé sa pureté et ainsi de suite. Aucune allusion à la venue d'un petit étranger, Dieu merci. J'étais honteux. J'avais la nostalgie de ma veuve A.E.T... Le fossé est vaste entre les joies du sexe et ses implications sociales. Et eschatologiques, aurait ajouté le Père Myerscough.

Ce n'est pas au Père Myerscough que je suis allé me confesser. Il me semblait opportun de rechercher l'absolution à Blackpool, siège du péché ou presque, où j'attendais des prêtres une plus grande souplesse dans leur jugement des indiscrétions balnéaires. Mais je me suis fait incendier en termes dignes du Saint-Nom et infliger une pénitence qui a consommé une grande partie de la soirée estivale. Et voilà que j'offrais ma pénitence à Amy, transformée pour l'occasion en Vierge Marie tout de bleu vêtue et couronnée d'étoiles. La manière de la peine, Dieu, j'en étais quasiment certain, s'en fichait.

Mais on ne retient jamais les leçons. Autrement les prêtres se retrouveraient au chômage. Le sexe était de mise, mais l'histoire ne finissait jamais bien. Blackpool, cité du plaisir jusque dans ses annexes raffinées, grouillait de sexe, comme il se doit. Pour mes dix-huit ans il parut préférable de m'envoyer seul en vacances à l'île d'Anglesey, au large de ce qui s'appelle aujourd'hui Gwynedd en Galles du Nord. J'avais déjà fréquenté avec divers membres de ma famille, une fois même avec ma tante Annie, les plages nord-galloises, et broyé du noir sous la pluie tout en absorbant l'ozone bienfaisant. Llandudno, Colwyn Bay, Rhyl (avec ses cercueils d'osier dressés sur la plage en guise de chaises longues) nous faisaient languir pour Blackpool ou même Scarborough, mais les mornes cloches des chapelles galloises nous rappelaient que les vacances sont une sorte d'obligation spirituelle : ensuite on serait contents de rentrer, affamés, oxygénés, excédés du parler chantant et des grimaces de magiciens. Pour moi les Galles du Nord, ou plus précisément le vapeur qui traversait le détroit de Menai, restent l'endroit où on m'a vomi dessus. Je venais d'apercevoir David Lloyd George sur ce vapeur : Robert Graves a raison quand il dit qu'il avait des yeux de somnambule. Là-dessus je me suis penché sur la rambarde pour vomir, et un passager du pont supérieur a vomi sur ma tête inclinée. Un baptême gallois. Il n'y avait pas grand risque, pensait-on, que je célèbre de sacrement plus plaisant sur l'île d'Anglesey.

On m'a expédié dans une ferme équidistante de Holyhead et Amlwch, sans mode de transport public vers l'un ou l'autre de ces lieux de tentations. La ferme acceptait à l'occasion un pensionnaire vacancier, j'avais un salon pour moi tout seul ainsi qu'un grand lit – le comble de l'ironie. Le fermier et sa famille parlaient uniquement le dialecte gallois propre au nord de la principauté. La fille chargée de me servir s'appelait Selina. C'était une brune ardente, belle ou qui avait dû l'être avant de perdre toutes ses dents de devant dans un accident de moto. Elle m'apportait des gigots entiers d'agneau gallois et des tourtières de puddings massifs, que je croyais naturellement prévus pour moi seul. En fait, j'étais censé couper ma part et renvoyer le reste à la famille, mais c'était difficile de faire comprendre ça par gestes. Alors je mangeais énormément, pas tout quand même : la famille n'est pas morte de faim. J'avais besoin de nourriture solide pour affronter Kant et la *Critique de la raison pure* dans une mauvaise traduction. J'aurais dû emporter un peu de poésie pour adoucir les catégories *a priori*, que je n'ai jamais été capable d'avaler, mais j'étais résolu à écrire moi-même de la poésie. J'ai produit un sonnet qui est venu, comme doit venir je crois toute poésie, sans que je l'appelle :

J'ai gravé près du bord d'un bout de bois salin
« Nos actes sont des mots écrits sur le rivage »,
Et je le croyais : ils n'ont rien que l'âge
Ne livre en pâture au temps rugissant : mal, bien
Sont friables comme sable. Là où je me tiens,
Le vent fou sifflait, balayait la plage,
Les vagues inexorables, soulevées de rage
Galopaient, flairant leur vivant festin.

J'ai oublié. Plusieurs siècles enfuis
Passant ici, j'ai ressaisi ce jour.
Le sable est toujours là, solitaire et sans vie,
Sauf en un point que les vagues entourent
Par peur d'y toucher, creusant les contours
De pierre où à jamais mon inscription se lit.

Une trace de Hopkins dans le rythme impulsé du premier vers, pour le reste un mélange de Meredith et Shelley. Je faisais de mon mieux, mais ça ne suffisait pas. L'intolérable combat avec le langage, et tout ce qui s'ensuit, même si pour l'essentiel il se déroulait dans l'ombre.

C'est dans l'ombre, parmi les herbes rares et le houx marin, que Selina m'a rappelé tout ce qui ne relève pas du langage. Elle m'a appris à dire *cariad*, d'un effet bien plus puissant que « chéri » sur les nerfs gallois, et en toute confiance, armé d'une série complète de six capotes qu'elle appelait des *letres ffrançaises*, j'ai mis la voile pour ma première, mais nullement ma dernière, rencontre avec une Galloise. Selina a ouvert deux fois tous ses doigts pour m'indiquer son âge, comme pour confirmer qu'il n'y aurait pas crime contre l'Etat. Sa fougue était d'une nature qu'on trouve rarement chez les Anglo-Saxonnes. L'absence des dents de devant rendait ses baisers encore plus tendres, mais avec ou sans dents elle savait mordre, sans doute avec ses prémolaires intactes. La nuit était tiède, et nous quasiment nus mais pas tout à fait. Au moment de jouir pour la deuxième fois, l'idée folle me prend que pour bien faire il faudra confesser tout cela en gallois, et que je ne sais rien dire en gallois à part *cariad*. Les Gallois sont une race de Celtes différents des Irlandais et des Ecossais. Ils n'ont jamais appris à distiller de spiritueux ; tout ce qu'ils boivent, s'il leur arrive de boire, c'est de la petite bière amère. Leur vice, c'est le sexe, que les Ecossais et les Irlandais beurrés pratiquent juste assez pour préserver l'espèce, vice qu'eux-mêmes dénoncent vigoureusement dans leurs chapelles. Ces dénonciations font la joie des pécheurs aficionados de *hwyl*, ou mélodie de la rhétorique, surtout quand une femme convaincue d'adultère doit se mettre à genoux dans l'allée pour entendre une accusation spécifique. Le mâle adultère reste assis béat, virtuellement disculpé puisqu'on lui confirme depuis la chaire que le péché sexuel est le monopole d'Eve. Je ne savais rien de tout cela en me tortillant avec Selina, qui n'était plus capable de croquer des pommes. Mais j'avais le sentiment d'aborder une culture étrangère. Selina ne serait pas renvoyée, elle ne m'enverrait pas de lettres. Nous nous prêchions l'un à l'autre que la communication verbale est sans importance.

J'anticipe. Ceci n'avait pas encore eu lieu à l'époque où, brevet en poche, je cherchais vainement un job. J'étais sous-qualifié pour tout sauf une place de garçon de courses, et pour ça, sachant un peu de français et de latin ainsi que la différence entre une synecdoque et une métonymie, j'étais surqualifié. Je faisais des courses pour l'affaire Wilson en bénévole, donc sans contrat de travail, et j'empilais les bouteilles dans notre Vins-alcools, une tâche quasi domestique, mais officiellement j'étais oisif. Je ne faisais pas partie des sans-emploi dignes de pitié, puisque je n'avais jamais eu d'emploi. Frère George Dwyer, venu de Rome nous rendre visite, dit à sa tante Maggie que je devrais continuer mes études. Mon latin, dit-il, ne me servirait à rien s'il ne dépassait pas *La Guerre des Gaules*. Ma belle-mère s'inquiétait de le voir fumer ses cigarettes piquées sur une épingle. Elle y voyait l'indigence de qui ne peut pas se permettre de gaspiller le dernier centimètre, mais c'était le procédé en vogue parmi les prêtres de Rome pour protéger leurs doigts sacramentels des taches de goudron. La guerre des Gaules, elle ne connaissait pas, mais Frère George ravivait son goût pour la magie du latin, un goût tenu depuis longtemps sous le boisseau à cause des clients qui raillaient mes connaissances en la matière : « Fais voir si t'es capable de nous mettre un peu de biéribus dans ce potibus. » J'allais donc retourner à l'école, entrer en terminale et refaire du latin. Je préparerais le baccalauréat et deviendrais sans doute reporter au *Manchester Evening News.* Le latin me serait utile quand je ferais des reportages sur les enquêtes criminelles et les autopsies. Ma belle-mère, comme mes belles-sœurs, croyait que les docteurs sont experts en latin. Ils étaient un peu les homologues des prêtres.

Et je suis retourné à l'école, même si ça ne ressemblait plus tout à fait à l'école. J'avais classe dans la belle biblothèque ancienne, tout en chêne et vases de Chine, avec la glycine qui cognait aux fenêtres. Dans une ambiance adulte, à laquelle il fallait s'adapter. Oswald Dewhurst, un des ex-vétérans de première jadis hors de ma sphère sociale, a mis longtemps à s'adapter. Il a pissé dans un des vases chinois et, en le vidant sur la glycine au milieu des applaudissements, cassé l'encolure. Tout le monde s'est efforcé de le réparer avec de la seccotine, craignant cependant que l'œil irlandais perçant de Frère Martin ne repère la fracture et même en devine l'origine, alors qu'il était en Amérique à l'époque, en train de se taper Mae West disions-nous dans notre innocence incurable. Il y eut aussi une exploration indigne des étagères de la bibliothèque en quête de vieux livres cochons, mais tout était propre et irlandais. Ce sont nos couvre-chefs qui ont demandé le plus d'adaptation. Une fois où j'attendais le bus dans Moss Lane (le vieux tram 53 avait disparu) ma casquette de l'école sur la tête, une petite fille s'est exclamée stupéfaite : « Ça alors, un homme qui porte un Chapeau Bleu. On n'a jamais vu ça, un homme qui porte un Chapeau Bleu. » Là j'ai compris que désormais il faudrait que j'aille tête nue. Oswald Dewhurst, après s'être offert sa dernière facétie adolescente en pissant dans le vase, s'est mis au feutre gris.

Nous n'étions pas très nombreux en terminale : il y avait beaucoup de place autour de la grande table en chêne. Eric Williams et James Burgess étaient là, sans trop savoir pourquoi. Burgess n'avait pas envie de préparer le baccalauréat, mais Frère Martin, valises prêtes pour l'Amérique, lui a fait un grand discours sur l'importance de la Culture Générale, et Burgess a ajouté les lettres CG à son nom de famille. Michael Callaghan était du nombre, en attendant de devenir élève-maître et organiste au Saint-Nom pour boucler ses fins de mois, mais il avait loupé son coup académique avec le brevet. Devant commenter une citation de Milton, « Ton âme telle une étoile demeurait à part », il avait discuté la thèse selon laquelle Milton était un reclus et abouti à la conclusion que non. Il était, lui dit Frère Andrew, passé à côté du sujet. Je n'avais guère fait mieux à propos du platonisme de Wordsworth dans l'ode « Intimations d'immortalité ». J'ai dit que l'analyse ne peut rendre compte de l'expérience esthétique, et contesté la validité de l'exercice requis.

Mais sans contestation possible, Platon le chauve aux yeux de pierre était entré dans nos vies. Il était là, sur une des étagères, en contemplation devant les universaux. Socrate était là aussi, juste derrière lui. Ces philosophes avaient prouvé l'immortalité de l'âme. L'un des dialogues de Platon prédisait la venue du Christ, un homme si bon qu'il en paraîtrait mauvais au point d'être flagellé et crucifié pour ses frais. Virgile aussi avait prophétisé le Messie, expliquait Frère Cajetan en nous lisant les vers de l'églogue concernée. Ces prédictions classiques me tourmentaient, car j'étais en train de perdre la foi.

La perte de la foi se manifeste comme un syndrome. Divers symptômes se rejoignent et s'additionnent pour y aboutir. Parmi les symptômes, le simple fait de traîner sa flemme au lit le dimanche au lieu de se lever tôt pour aller à la messe peut en être un, une indication que le sommeil passe avant le renouvellement du divin sacrifice. Un autre consiste à différer la confession parce qu'on est las de se faire rabrouer pour ses péchés sexuels. Mon désenchantement croissant à l'égard de l'Eglise catholique était une affaire d'esthétique plus que de doctrine. A la dernière fête de Mai, j'étais allé au Saint-Nom voir couronner la statue de la Vierge. Un jésuite hautement intellectuel profita de l'occasion pour dénoncer l'immoralité de Liszt et Wagner, affirmant que la gloire de leur musique ne pouvait prétendre racheter leur vie de péché – un sermon mal adapté à la circonstance et mal compris des fidèles. Ils n'étaient pas venus là pour subir un prêche mais pour participer à une cérémonie des plus païennes tout en bougies et fleurs printanières. Une petite fille déguisée en Reine de Mai a mis un chapelet de pâquerettes sur la tête de la Madone. L'œil humide, les femmes chantaient « Jour après jour, chante mon âme, chante à Marie sa louange », et aussi « Unissons nos voix, exultantes de joie, chantons la gloire de notre Mère... » Ce sermon, au fond, n'était pas entièrement sans à-propos. Dieu hait l'art. Je venais de lire les réactions de Sir Edward Elgar après la création exécrable du *Rêve de Gerontius.* Dieu était contre, Dieu avait mis des bémols aux basses et des aigus aux sopranos et fait une schweinerie de ce grand tribut mystique à son amour et à sa justice. Elgar, nous informa Frère Cajetan, n'était pas un bon catholique. Mais Elgar savait vous vendre de l'extase, les bons catholiques en étaient incapables.

Les bons catholiques hantaient une messe exécrable à Saint-Edouard, la petite église séparée des grilles du collège par une allée de frênes, dont l'un abritait parfois un hibou blanc qui nous fixait avec les yeux de Platon. La coutume de prendre le même bus six fois par semaine (on travaillait le samedi matin) incite à l'inertie quand il faut refaire le trajet une septième fois. Sans être de la paroisse, j'avais adopté Saint-Edouard comme centre liturgique. Une petite église infecte, où les gens semblaient se relayer pour péter, de préférence les jours de chaleur. Techniquement le pet franc et sonore s'appelle « un qu'est nu-pieds », la variété plus étouffée étant « un à chaussettes ». Un vieil homme faisait la quête pendant l'offertoire, et si les contributions lui semblaient trop maigres il repassait la corbeille dans les rangs. Je détestais à égalité le chanoine et son lourdaud de vicaire. Le chanoine parlait surtout d'argent dans son prêche, disant, à la seconde quête pour une cause imprécisée, qu'il voulait entendre non le cliquetis des pièces mais le froissement des billets. Je suis allé une fois par hasard à la messe matinale des enfants, il leur disait que Dieu aime les garçons pauvres plus que les riches, avec un ou deux regards féroces pour moi, qui n'avais qu'un malheureux penny en poche de kex. Son vicaire faisait des sermons ridicules sur Jésus l'époux et nous ses épouses, avec un accent de Cork gras comme du beurre. Il censurait l'Ecriture sainte, trop audacieuse à son goût. « Bénis le ventre qui t'a porté et les mamelles qui t'ont nourri », même après nettoyage, gardait encore des traces douteuses comme « les seins ».

La paresse, non le masochisme, me faisait attendre la dernière messe, qui était toujours chantée. Une messe bassement sentimentale, poisseusement chromatique, dont l'organiste ne connaissait qu'un registre, la vox humana. Quant à la fille qui nasillait l'*Agnus Dei* – ou plutôt nous le roucoulait à la Bing Crosby –, je l'aurais volontiers violée par mesure punitive. On m'avait enseigné que le beau est un aspect du divin, et voilà qu'on reniait la beauté. Mais je n'étais qu'un snob, or Dieu le démocrate détestait les snobs. Il aimait les Chevaliers de Saint Columba, l'Association Confraternelle, et les Enfants de Marie qui s'approchaient de l'autel avec une étole en V sur le dos pour signaler qu'elles étaient vierges. Dieu aimait voir ses enfants se distraire en toute innocence et sans trop réfléchir. Le bon goût n'était pas la réalité essentielle. La vulgarité désignait le vulgus, à qui saint Jérôme destinait la Vulgate.

La seule façon de m'en sortir, c'était d'assister régulièrement à une messe matinale austère et sans ornements, faire mes pâques, avouer mes péchés en restant stoïque sous les insultes sacerdotales. Mais L.W. Dever nous enseignait l'histoire européenne, nos informations sur la Réforme ne venaient plus de manuels propagandistes mais d'ouvrages d'historiens objectifs comme H.A.L. Fisher. Mon cœur se découvrait des élans de sympathie pour Martin Luther, j'ai même commencé une pièce sur sa vie quelques décennies avant John Osborne. C'était une pièce en vers par laquelle j'entendais, sur le plan technique, vérifier ma théorie que le vers blanc est en fait tétramétrique avec un pied en surnombre, suivi de trois pauses tacites. De toute évidence Luther n'était ni fou ni stupide, il avait raison de tempêter pour obtenir des réformes. Moi aussi je voulais des réformes. Les fondements de la doctrine chrétienne étaient inattaquables, mais la superstructure avait fait fausse route. Je ne pouvais pas devenir luthérien, pour ça il aurait fallu que je devienne allemand, pas plus que je ne pouvais me convertir à Calvin ou Zwingli. Impossible de fonder une Eglise pour moi tout seul. J'avais besoin de l'Eucharistie, or je n'avais aucun pouvoir de transsubstantiation. Mais peut-être qu'on pouvait s'en passer : Luther avait fondé la consubstantiation, et pour certains chrétiens le sacrement n'était rien d'autre qu'une cérémonie commémorative. Restaient cependant les paroles du Christ, d'un cannibalisme osé, aussi peu équivoques dans la Vulgate que dans le Nouveau Testament de Douai.

Saint Augustin semblait offrir une solution : « *Cur preparatis dentes ac ventrum ? Credite et manducastis.* » Croyez, et vous avez mangé. Alors je peux prendre une gorgée de porto et une bouchée de Crousti-pain seul dans ma chambre et, si je crois que c'est le Christ, avaler vraiment sa substance ? Les protestants se confessent uniquement à Dieu ; et moi, je peux aussi ? Est-ce que les sacrements sont bien indispensables ?

J'ai déballé mes soucis au Saint-Nom lors d'un entretien privé avec le Père Myerscough. J'étais assez innocent pour compter sur sa sympathie et même croire qu'il bénirait mon désir d'être un catholique extra-ecclésial. Quand je lui ai dit que les sacrements me semblaient être une excroissance superficielle de la foi, dont l'essentiel était l'amour et la règle de vie, il a explosé en bramant « Hérésie ». Il m'a sérieusement enjoint de renoncer pour le moment à mes études et de consacrer tout mon temps à prier en demandant la grâce. Puis il m'a renvoyé. Après, m'a-t-on répété, il a dit à quelqu'un que c'était bien triste, ce face à face entre « petit Wilson et Dieu le Père ». J'ai prié pour avoir la grâce, mais Dieu le Père devait être à une mégaconférence d'archanges et n'avait pas de temps à perdre pour le petit Wilson. L.W. Dever était compréhensif mais trop discret pour offrir des conseils. Jeune, laïc, clairement attaché au monde, il avait laissé passer de l'ironie dans sa voix en présentant le procès de l'Eglise contre Luther, mais il ne pouvait rien faire de plus que m'inciter à lire. Lire quoi ? Eh bien, pour commencer, lire *Portrait de l'artiste en jeune homme* de Joyce. Je l'ai acheté dans l'édition Bibliothèque de voyage Jonathan Cape et je l'ai lu. Son modernisme ne m'a pas découragé. Ce n'était pas du John Galsworthy ; c'était beaucoup mieux. Moi qui avais lu *Le Sacre du printemps* sur la partition je ne risquais pas d'être rebuté par la littérature expérimentale. « Il était une fois, et c'était une très bonne fois, une meuhvache qui approchait sur la route. » Génial : direct comme l'enfance. Mais la retraite à l'école et les deux sermons sur l'enfer m'ont projeté hors littérature. J'étais terrifié. Comble de l'ironie, contre les canons esthétiques énoncés avec tant d'éloquence par Stephen Dedalus, voilà que la puissance du roman se révélait entièrement didactique. J'ai couru au confessionnal, déversé mes péchés de doute en sanglotant presque, et reçu une absolution bienveillante avec une pénitence négligeable. J'ai emporté mon missel à la messe, où j'ai lu le *Dies Irae,* avec force pleurs et supplications au Christ, *fons pietatis,* de m'inonder de sa miséricorde. L.W. Dever n'escomptait sans doute pas que la lecture de Joyce me fasse cet effet-là.

Je suppose que le chemin de l'apostasie suit toujours la même voie. On doute ouvertement, la peur vous remet en conformité, et puis, à un niveau purement inconscient, on se dévêt lentement de sa pellicule de foi. J'avais acquis une dévotion pour la poésie de Gerard Manley Hopkins, qui contribuerait à me faire tenir la foi pour une simple *donnée** poétique, gardant son ontologie en suspens, puisque seul comptait le transport esthétique. En lisant « L'Emouchet » je croyais et je ne croyais pas, la croyance était de toute manière à côté de la question. Le jésuitisme de Hopkins ne m'inquiétait pas, puisqu'il était modifié – et, dans mon intuition, affaibli – par l'élan d'une imagination poétique trop vaste pour se laisser enfermer dans le sectarisme. Bientôt je serais en état de repartir trotte-menu vers le *Portrait* et de l'aborder totalement comme un ouvrage de littérature.

Il me semblait que tous, pas seulement moi, nous avions besoin de réfléchir, et pas au sens où on nous disait en classe « mais réfléchis, voyons, *réfléchis* ». Aucun de nous ne s'était attaqué aux principes fondamentaux ; nous n'avions pas de métaphysique. Frère Cajetan, dans un accès rare de facétie, nous récita je ne sais plus à quel propos :

Un jour un métaphysicien
A prouvé qu'il n'existait pas,
Ce qu'en apprenant ses voisins
Ont dit qu'il ne leur manquait pas.

Si même sous prétexte de facétie on pouvait croire les métaphysiciens capables de démontrer des principes aussi essentiels, ils méritaient quelque attention. La critique littéraire nous faisait croiser des noms comme Descartes, Spinoza, Leibniz, Hegel au cours de nos lectures ; le moment était venu d'accéder à leur substance autant que nos esprits enchaînés nous le permettaient. Peut-être verrions-nous – verrais-je, plutôt – que les chaînes sont une nécessité humaine, ou une illusion, ou une métaphore de la liberté. J'ai soumis à Frère Andrew, notre professeur principal, la proposition de constituer une société philosophique des grands élèves. Il était d'accord, à condition qu'elle soit également littéraire. J'ai suggéré le nom de Cosmos Society, à ne pas confondre avec le Kosmo Club, une confraternité louche de Pendleton qui avait récemment fait l'objet d'une descente de police. L'affiche annonçant la première réunion arborait une citation de *Henry VIII :*

Ceux qui sont venus
Entendre un morceau comique et paillard
Fort en boucliers, ou voir un gaillard
En habit bouffon galonné de jaune,
Ceux-là, et ceux-là seuls, seront béjaunes...

Ce qui montre bien mes orientations, c'est que je ne l'ai pas empruntée directement à Shakespeare, mais à Robert Schumann qui s'en était servi pour annoncer une nouvelle revue musicale.

Frère Andrew a dégoupillé le projet, qui dans mon esprit devait être radical et dangereux, en faisant l'ouverture par une causerie consacrée à John Galsworthy. C'était une conférence, en fait, bien préparée, magistralement exposée, mais involontairement plus dangereuse que n'importe quel discours en faveur de l'athéisme, parce qu'elle confirmait aux gens intelligents qu'il faut chercher la littérature ailleurs que chez Galsworthy – plutôt du côté de Lawrence l'obsédé sexuel et Joyce le persifleur de l'Eglise, ou l'obscène Aldous Huxley. Quinze jours après, mon propre exposé de métaphysique élémentaire a eu deux effets : pousser les superficiels à débattre du sens d'« ici » ou « là », annonçant à leur manière les philosophes linguistes ; et reprécipiter dans les bras de la religion tout croyant incertain qui se serait trouvé présent. J'ouvrais la porte au vent hurleur du scepticisme, tout le monde criait à Dieu de la refermer. Ils voulaient le catholicisme douillet, pas la rigueur métaphysique. Mes faits et arguments sortaient d'un manuel trouvé à la Bibliothèque du penseur, et ils étaient assez élémentaires, juste ce qu'il aurait fallu pour l'A.E.T. L'ennui c'est qu'il y avait toujours une cause première pour venir mettre son groin humide dans l'histoire, or dès qu'on a une cause première tout le reste vient avec – le baptême des nouveau-nés, les Limbes, les Quatre-Temps et le jeûne du vendredi. Au cours de mon exposé, j'ai eu la surprise de m'entendre dire – c'est sorti comme un rot – que l'Eglise est l'ennemie de la libre pensée. Mon apostasie s'étalait au grand jour. Je serais dans de beaux draps quand Frère Martin reviendrait d'Amérique.

Une fois qu'on s'est déclaré publiquement il est très difficile de se rétracter. J'avais cloué non pas quatre-vingt-douze thèses à la porte de l'église mais un simple énoncé susceptible de deux interprétations. Après tout, la pensée libre est peut-être quelque chose de nocif, voire même d'absurde, auquel cas l'Eglise a raison de s'y opposer. Malheureusement on a déformé mon propos. J'avais soi-disant affirmé que l'Eglise était l'ennemi *tout court**. Même James Burgess n'a pas osé dire ça, quelques semaines plus tard, dans son topo sur la nécessité du communisme, entendant par là le socialisme très tempéré des *Philanthropes en guenilles.* Il y eut ensuite un débat où, suivant le précédent de l'Oxford Union, la salle a refusé de se battre pour le roi et le royaume quelles que soient les circonstances. Motion proposée par moi, et vigoureusement battue en brèche par tous ces Irlandais catholiques. Quand les arguments du parterre ont dégénéré en empoignades sur les mérites respectifs des orchestres de Joe Loss et Harry Roy, j'ai compris que la pensée, personne n'en voulait vraiment.

Tout le monde voulait du sexe, ou des blagues qui en parlent. « Quelle est l'arme qui a le recul le plus fort du monde ? – Le prépuce de King Kong. » Chez Mae West, le sexe se frottait d'humour, pas d'exaltation :

> Alors c'est toi le Denver des foules,
> Paraît que t'es aussi connu que moi.
> Si tes sabots ressemblent à tes boules,
> Monte faire un tour la prochaine fois.

En littérature aussi le sexe était plein d'humour, pas comme chez

Galsworthy. J'avais un Shakespeare complet acheté trois shillings six, tout n'y était pas du même ton que *Jules César*. Il y avait *Mesure pour mesure*, Pompée Lafesse et « Qu'est-ce qu'il s'est fait ? – Une femme », ou « il a taquiné la truite dans une rivière spéciale ». James Burgess avait disparu, il resurgit en visiteur pour nous annoncer qu'il écrivait un roman à la manière de D.H. Lawrence (celui où on rit comme un pigeon qui pisse dans un bidon de lait), ainsi qu'un certain Frank Lundy, un type de vingt et un ans qui utilisait la terminale comme club quotidien en attendant d'être admis à Strawberry Hill. Michael Callaghan venait raconter ses expériences d'élève-maître. Un inspecteur scolaire entre dans la classe le chapeau sur la tête et il demande ce qu'il a fait de mal. Personne ne sait. Allons, allons, qu'est-ce qu'il fait, ton père, quand il rentre à la maison ? Moi, M'sieur, je sais, M'sieur, il pisse dans l'évier. Un élève a manqué la classe parce que sa mère s'est coincé les nénés dans l'essoreuse. La vie passait plaisamment en gaillardises innocentes et cigarettes d'interclasse. Frank Lundy avait un étui à cigarettes où il alignait ses mégots comme des tuyaux d'orgue. Ça, disait-il, c'est la méthode Simmary. Un Irlandais pauvre ne fume jamais un clope jusqu'au bout. Il apprenait les *mores* à l'avance. Là-dessus Frère Martin est rentré d'Amérique.

Sans cesser d'être un Frère de Saint-François-Xavier, il avait maintenant l'allure d'un xavérien américain, si on peut imaginer à quoi ressemblerait un xavérien américain. Sa soutane avait une coupe plus alerte, son col ecclésiastique était plus étroit. Il avait rencontré Mae West, nous dit-il, c'était une femme épatante. Puis, avec un regard d'acier américain et un accent britannique d'Hollywood : « Vous, Wilson, vous avez des problèmes religieux. Venez dans mon bureau mon garçon. » Là il m'offre un gobelet de champagne produit dans l'Etat de New York et fait quelques bulles sur la beauté de l'amour christique. « Lisez Renan », me dit-il. Et ajoute : « Mais pas tout de suite. » Puis, avec une franchise américaine désarmante : « D'abord les choses importantes. Passez votre baccalauréat. Avec de très bonnes notes. Tout dépend de vous. C'est une expérience exceptionnelle, il faut qu'elle marche. L'honneur de l'école repose sur vous. C'est un cours de deux ans, je sais, mais vous devez réussir en un seul. Et obtenir une bourse d'Etat. » Il avait complètement oublié les problèmes religieux. Le temps c'est de l'argent.

Je n'avais aucune chance de décrocher une bourse de l'Etat, ni même du conseil municipal de Manchester. C'est lui qui faisait des rêves conquérants. Le collège Saint-François-Xavier, méprisé parce que catholique, allait battre tous les grands établissements scolaires, y compris le lycée de Manchester, en présentant des élèves d'une insolente prématurité à un examen que les autorités de l'enseignement protestant auraient juré hors de leur portée. Si un candidat était reçu, un seul, ça prouverait quelque chose, je ne sais pas exactement quoi – sans doute le génie excentrique de Frère Martin C.F.X. Ou peut-être que ça ferait gagner un pari.

Si le Père Fitzjames, à en juger par ses lectures confessionnelles, était un habitué du jeu, pourquoi n'y en aurait-il pas d'autres comme lui dans les ordres mineurs ? Frère Martin nous avait dit lors d'une réunion matinale que la seule façon payante de suivre les courses, c'est avec une pelle, et mimé le ramassage de crottins odorants. Mais ça devait être l'humour amer du type qui a pris une gamelle au Handicap mancunien de novembre. Maintenant il pariait sur moi, un outsider à très faible cote. Il me fallait un entraînement de fond, au diable américain mes problèmes religieux. Je ne croyais pas qu'il envisageait sérieusement une bourse d'Etat – de la haute compétition ; pas du tout dans nos, ou mes, cordes. Mais il fallait compter avec ses débordements d'imagination irlandaise.

Alors je bûchai sur les lettres de Pline et le livre six de Virgile, l'histoire de l'Angleterre au XVIe siècle, l'Europe moderne (c'est-à-dire pour moi surtout la Réforme), Shakespeare, les romantiques, le Livre de Job. Et au plus fort de l'été, le goudron fondant comme mélasse dans les rues principales de Manchester, je suis parti en territoire neutre, une école de Portland Street où étaient convoqués tous les candidats à une bourse. La chaleur était équatoriale. Manchester a un climat de mousson, les pluies se déchaînent toujours au moment des rencontres internationales de cricket. On m'avait donné de quoi me payer deux côtelettes de porc dans un restaurant Lyons, mais la serveuse m'a supplié de prendre des saucisses froides et une salade. Ils venaient d'éteindre les fourneaux.

Le feu de l'amertume sexuelle m'a fait écrire comme un forcené. Car notre surveillante n'était autre que ma veuve A.E.T., qui se faisait un peu d'argent de poche en distribuant les sujets et en guettant les tricheurs. Je suis entré sans qu'elle me jette le moindre regard de complicité sexuelle. J'ai eu droit aux bienfaits hopkinsiens de son odeur, dispensée avec Littérature anglaise premier niveau, mais elle n'a pas eu l'air de reconnaître son ancien élève en art d'aimer. Mon érection m'a arraché un grognement que j'ai étouffé dans le Livre de Job. « Ne m'as-tu pas coulé comme du lait et fait cailler comme du laitage ? » représentait une tradition d'imagerie domestique rejetée par les romantiques et remise en vigueur par Hopkins. Voyez le sizain du sonnet qui commence « Je suis fiel, je suis aigreur ». Mais peut-être que, comme Frère Andrew, les examinateurs ne connaissaient pas Hopkins.

L'examen terminé, il était temps de sortir le journal de l'école. *L'Alpha* n'existait plus. Le dernier numéro, polycopié en trente exemplaires, avait été composé et imprimé en une après-midi et une soirée de mercredi. Il manquait de panache, on sentait la précipitation. J'avais bâclé mes devoirs, et Miss Gray me dit qu'un journal de classe était d'un intérêt très secondaire comparé à Euclide. Découragé, j'ai renoncé au métier de rédacteur. C'est Frère Andrew qui s'en chargeait pour le journal de l'école, rempli de photos de groupe et de résultats sportifs. Je me suis fendu d'un triolet :

Il est rare que l'âme exulte
Quand on attend des résultats ;
L'enfant mûrit, devient adulte,
Sous la tension qui en résulte.
Mention ? ou pire qu'une insulte,
Son nom suivi d'un seul trait plat ?
Il est rare que l'âme exulte...

Mais l'attente serait encore longue. Avec entre-temps le dîner des terminale pour lequel, en tant que trésorier, je collectais l'argent depuis un an. Un vrai banquet. J'ai écrit le menu en latin, café devenant *kupha,* du grec moderne emprunté au turc. Frère Alphonsus, jadis chef dans le West End, a poché un saumon entier ou *salmo,* servi avec une sauce classique. Il y avait des *fraga* (terme qui n'a pas de singulier) *cum flore lactis.* Et aussi du *vinum merum Californiense* qui nous a soûlés. Puis route en bus jusqu'au Palace Theatre pour voir et entendre Harry Roy et son orchestre, et nous faire réprimander par un public plus sobre. Après quoi nous étions en vacances.

Ma belle-mère ronchonnait depuis longtemps qu'elle se tuait au travail, terminant toujours par ce refrain : « Crains rin, Johnny, un jour on l'aura not'tchote maison. » Cette perspective semblait exclure mon père. Je ne croyais pas vraiment qu'elle voulait quitter ce métier dont les épreuves et les ragots étaient toute sa vie, mais l'été 1934 a prouvé que ce refrain n'était pas un simple cantique d'aspiration à la délivrance. Adieu le 261 Moss Lane East, nous avons passé la main à un célibataire étrangement bohème qui avait un copain et un piano à queue. Aujourd'hui on aurait deviné tout de suite leurs relations, mais alors nous étions très innocents en matière d'inversion sexuelle. Ceci malgré l'énorme scandale d'Altrincham et ces lettres enflammées écrites par de vulgaires ouvriers à des gars aux lèvres peintes. « Frank, je suis fou de toi, quand j'ai baissé ton calesson samedi soir t'étais foutrement beau. » Les échos sont arrivés jusqu'à *News of the World.* Nous autres de terminale on ne voulait pas y croire, ce qui montre à quel point Saint-François-Xavier avait protégé notre innocence : malgré ses pensionnaires il était manifestement étranger à la tradition britannique. Mais Bernard Dunne, qui était entré dans la police en quittant l'école et revenait parfois en uniforme faire visite aux terminale, nous a affirmé qu'il se passait des choses à Manchester, parlons pas d'Altrincham, qui nous hérisseraient les cheveux d'horreur. C'était un agent de police hautement cultivé qui projetait d'écrire un roman intitulé *Le Roux et la rousse.* Il était persuadé que j'avais une connaissance intime du football professionnel, et quand je lui affirmais que non, il partait d'un grand rire en me traitant de foutu menteur. Il chantait avec moi, casque en tête et pouces dans le ceinturon, un duo que j'avais composé sur les premiers vers d'*Absalon et Achitophel* de Dryden :

En ce temps pieux d'avant la prêtrerie
Qui fit péché de la polygamie,
L'homme par plusieurs accroissait sa race
Qu'un maudit seul à seule enchaîne en place.

La polygamie ? Ça on en trouvait tant qu'on voulait. Enfin, bigamie, surtout. Une vieille coutume de Colne consistait à placer un balai devant la porte en l'absence du mari, pour signaler que la femme était prête à l'adultère, coutume qui s'était acclimatée à Manchester Est. Le samedi tous les pères de Longsight tringlaient leur fille sur un coin de table dans la cuisine à l'heure où les bistrots vident leur monde. L'inceste, ça s'appelait. Quant à la sodomie, un type était passé en jugement pour avoir enculé un cochon. Dunne les connaissait tous. Sa foi en Dieu avait vacillé, mais il y était revenu par la preuve de l'existence de son rival. Le sergent du commissariat était un méthodiste calviniste fervent et fanatique. La loi et l'ordre exigeaient des sanctions eschatologiques, une sorte de doctrine érastienne. Querelles théologiques sur un trou de balle. Dunne a quitté la police pour entrer dans les ordres. C'était une démarche logique.

Bref, nous avons confié le Vins-alcools à l'homme au copain et au piano à queue (tu peux imaginer comment ils s'en servent, me dit plus tard Dunne, lourd de sous-entendus), pour aller louer une boîte de brique rouge en mitoyenneté à Leabrook Road, Fallowfield. Affreusement banlieusard, atrocement propre et calme. Ça ressemblait à Chorlton-cum-Hardy, là où vivait Williams, mais sans le *cachet** de sa *rus in urbe* en cristal taillé. On avait plaqué un espace abstrait sur l'immense jachère. Ceux qui voulaient des arbres, il fallait qu'ils les plantent eux-mêmes, et ça mettait longtemps à pousser. On aurait pu dîner à même la route. Assis au milieu de cette salubrité contre nature, nous nous sommes regardés ma belle-mère et moi, pas plus ravis l'un que l'autre de ce qui s'offrait à nos yeux. J'ai planté des buissons de roses, avec du crottin de poney pour engrais. Je venais de les attacher à leurs treillis quand une bourrasque, faute d'obstacles arborescents, s'est déchaînée sur eux. J'ai écrit :

Souffle, vent, à pleines goulées,
Mais ces nœuds, point ne les défais
Même si de feuilles tout se couvrait.

J'oublie la suite. Mais je me souviens du thème, l'âme de l'homme est un tissu de nœuds que les vents de la mort ne sauraient énouer. J'avais perdu ma foi catholique mais je voulais conserver mon immortalité. Restait à décider maintenant de quoi elle serait faite. C'était probablement une réalité platonicienne dont notre monde n'est que la copie. La beauté est la seule réalité, puisque la vérité n'est qu'une proposition ontologique sans substance, le bien est l'essence des relations éthiques, qui n'existent pas dans l'éternité. J'apprenais beaucoup de choses sur la beauté, mais pas grâce à ma belle-mère.

J'avais désormais une petite bibliothèque à moi. Ma belle-mère avait même consenti à m'acheter un casier à livres de dix shillings. Je possédais tous mes livres de classe, mon *Don Quichotte* en édition Everyman, et quelques ouvrages offerts en promotion avec des abonnements de journaux. Les œuvres choisies de Bernard Shaw, ainsi qu'une douzaine de romans sociaux de H.G. Wells à reliure rouge. Dont *L'Ame d'un évêque,* où un ecclésiastique anglican perd la foi. Cet évêque prend la décision d'abandonner son église et ses guêtres au moment où il se trouve dans son club planté sous un buste de John Wilson Croker. Mon nom était écrit là, cette incitation à l'apostasie en valait bien une autre, même si pour L.W. Dever c'était pure superstition. Ma substance physique subissait le contrecoup de mes changements d'âme et je perdais du poids, il a fallu me remonter au glucose D. J'avais une inflammation de la gorge, ma belle-mère voulait me la faire soigner par des gargarismes au chlorure de chaux. Je souffrais de migraines, qui me donnaient des visions de remparts ou l'illusion que l'étrave d'un navire transperçait mes lobes frontaux. Là-dessus je vomissais.

Je dis que j'avais perdu la foi mais au fond je n'étais qu'un catholique égaré, un personnage-type aussi assommant que l'Irlandais de théâtre, auquel il lui arrive de se confondre. Assommant parce que toujours à se plaindre, surtout quand il a bu, d'être un fils indigne qui a battu sa mère et qui n'ose pas rentrer à la maison. Sans parler de cette autre histoire, verre dans le nez toujours, de prétendre appartenir à un club international dont il ne paye pas la cotisation (qui tombe dûment, sous forme de communion obligatoire, à chaque fête de Pâques). Prétention qui n'est pas entièrement fausse; au contraire, qui ne va pas assez loin. Car le catholicisme, paradoxalement, déborde la foi. C'est une sorte de nationalité qui vous colle à la peau pour toujours. Ou plutôt une supranationalité qui fait dédaigner les patriotismes étroits. Un catholique égaré se sent toujours en droit de ricaner des anglicans ou presbytériens dévots. Comme dirait Stephen Dedalus, ayant rejeté une absurdité logique, il ne peut avoir que du mépris pour les absurdités illogiques. Là encore, parce qu'elle prêche une philosophie autant qu'une théologie, l'Eglise catholique laisse au renégat des convictions qu'il n'est pas forcé d'accommoder à la foi religieuse. Dans la controverse augustino-pélagienne qui continue de faire rage sous une forme ou une autre, il est du côté de saint Augustin. Il accepte la doctrine du péché originel parce que l'histoire prouve qu'elle est plus réaliste que l'image libérale, ou pélagienne, qui juge l'humanité bonne dans le meilleur des cas et, au pire, neutre. Il rejette le déterminisme et accepte le libre arbitre. Ce que fit jadis l'hérésiarque britannique Pélage, mais en postulant un *liberum arbitrium* vide de tout héritage de péché. Sur le plan moral, le catholique égaré tend à maintenir que nous sommes entièrement responsables de nos actes, que nous ne pouvons blâmer ni l'environnement ni le patrimoine génétique quand nous faisons le mal. Certes, on peut rejeter le blâme sur le péché originel, mais l'humanité a pour premier devoir de reconnaître ce qu'il lui souffle et le fait qu'il s'agit d'un héritage inaliénable, comme l'aptitude au langage. Le catholique égaré n'est ni optimiste ni pessimiste. C'est un réaliste qui se méfie des politiciens utopistes.

Avec l'âge je revois mes diverses tentatives pour annuler mon apostasie et me réconcilier avec l'Eglise. Ceci parce que je ne lui ai pas trouvé de substitut métaphysique. Le marxisme ne fait pas l'affaire, pas plus que le genre de scepticisme humaniste qu'enseignait Montaigne. Je ne connais pas d'autre organisation capable à la fois d'expliquer le mal et, au moins en théorie, de prendre les armes contre lui. L'Eglise a trop souvent laissé tomber ses enfants pour être considérée comme une bonne mère, mais c'est la seule mère que nous ayons. A mesure que je coupais le cordon, ou dénouais les cordons du tablier, elle prenait de plus en plus le rôle d'une belle-mère indifférente. Elle avait un homologue grotesque au 2 Leabrook Road, qui se signait en criant « Gloire à Dieu » au premier coup de tonnerre. Une femme, je le savais, destinée au ciel.

Mon père disait « Quand tu crèves, c'est rideau pour de bon », là où Winston Churchill, avec plus d'élégance, parlait d'une éternité de velours noir. Je restais cramponné à mon eschatologie artisanale. Elle n'était pas si excentrique après tout, cette croyance en l'immortalité de l'âme, puisque J.W. Dunne et son univers sériel exposaient la même théorie en termes pseudo-scientifiques. Il parlait de parallélisme psycho-neurologique, la dissolution d'une partie du cerveau trouvant une sorte de correspondance spirituelle dans la mort de son équivalent psychique, sans pour autant que le moi soit détruit puisqu'il n'a pas de lieu physique. Mais que faisait ensuite ce moi immortel ? Ça, ce n'était pas précisé. Dans mon idée adolescente, il contemplait la beauté. On peut détruire le beau, mais pas l'essence du beau. J'ai commencé, mais je n'ai pas fini, une mauvaise ode à un paysage :

> Tendre parure,
> Ainsi les hommes déchaînés
> S'acharnent à détruire ta verdure ?
> Je n'en ai cure :
> Il me suffit que tu aies existé.

On édifie ses critères éternels de beauté sur un fond de beau éphémère. Les symphonies de Beethoven témoignaient de la beauté immortelle qu'elles imitaient. J'imaginais une sorte de neuvième symphonie qui continuerait sans fin dans l'autre monde, immensément complexe mais aussi, par un paradoxe mystique, intensément simple. Là-dessus je me suis dit que cette symphonie était peut-être Dieu, la Neuvième en train de s'écouter elle-même, puis j'ai chassé cette image par une attaque de migraine.

J'étais un mauvais poète, j'en ai eu confirmation en remportant le premier prix d'un concours de poésie en vers libres organisé par la Société lyrique de Manchester. Le prix consistait en trois ouvrages autographiés – *Chants d'un poilu* de Robert W. Service, *Chant d'un marin* par Eden Phillpotts, et un chant de je ne sais plus qui par je ne sais plus qui. J'ai envoyé un sonnet au *Sunday Times,* qui me l'a renvoyé :

Mon havre est calme quand la vierge aurore,
    Bras étendus, prie la nuit de partir
    Et attend l'heure d'éveiller d'un sourire
La mer, la jetée, le vaisseau qui dort.
Finie l'attente à quai : je monte à bord
    Sans carte, sans contrat sur l'avenir,
    Sûr que le cours des flots fera mentir
Tout le savoir des vieux restés au port.

J'ai écrit ça au moment des résultats d'examen. J'étais reçu, sans pourtant obtenir de bourse. Personne d'autre n'était reçu, mais Frère Martin a dû gagner son pari. Je pensais avoir achevé mon éducation, même si je ne me sentais pas très éduqué, et pouvoir me remettre à chercher du travail. Mais tout ce que j'avais acquis, c'était un peu plus de latin qu'avant, et l'art de comparer les images de Hopkins avec celles du Livre de Job. Je savais presque tout Hopkins par cœur. Quand Lord Alfred Douglas, un sonnettiste nettement pire que moi, s'est plaint au *Sunday Times* que Hopkins était incapable de scander, j'ai pu leur soumettre une lettre où j'expliquais le rythme impulsé à ce pédéraste borné. Autrement dit, j'étais encore moins qualifié pour un job que l'année précédente.

Mais Frère Martin s'est montré ferme avec mon père. Il l'a fait venir, lui a mis dans la main un gin de Cork à l'eau, et déclaré que ce serait un péché contre l'Esprit saint de ne pas m'envoyer à l'université. Il était persuadé, dit-il, qu'une année de travail supplémentaire pour le baccalauréat m'assurerait au moins une bourse municipale. Il s'agissait simplement d'obtenir trois mentions. J'avais déjà trois matières avec mention « passable ». La logique des choses voulait que je fasse mieux la prochaine fois. Il semblait oublier que les livres au programme allaient changer. C'est vrai que même si j'étudiais Tacite au lieu de Pline, je saurais forcément un peu plus de latin à la fin de l'année. Mon père a obéi, ma belle-mère est restée perplexe. Je suis retourné à l'école.

Ce n'était plus la même qu'avant. La table de chêne avait disparu, remplacée par des pupitres en bois de pin. Frère Martin prenait l'éducation des terminale très au sérieux. Et me voilà avec tous les bleus de première inconnus, dont une brute épaisse du nom de Beasley qu'on appelait Kong. Je voulais me rebeller, mais je n'ai rien trouvé de plus fort comme acte subversif que d'insister pour prendre musique au lieu d'histoire. Ce n'était pas une critique oblique des cours de L.W. Dever. J'avais l'impression de m'y connaître suffisamment en musique pour ne pas avoir besoin de beaucoup de travail. Il y avait trois partitions à étudier – *La Création* de Haydn, le quintette « La Truite » de Schubert, et la symphonie n° 2 de Brahms. La réduction de quelques mesures d'orchestre pour piano, l'histoire de la musique, l'arrangement d'un poème, l'harmonie élémentaire. Mon projet a soulevé des doutes immenses dans les échelons supérieurs – ils ignoraient tout de mes capacités musicales ; ils n'avaient personne pour me former – mais j'ai eu gain de cause. Pour donner publiquement la preuve de mes aptitudes, j'ai composé un prélude et fugue en *ré* mineur à la manière de Bach. Autant qu'un défi, Bach m'offrait un réconfort. Pour certains il était la voix même du luthéranisme, celui qu'on appelait le cinquième évangéliste. De le jouer me mettait la révolte contre Rome jusque dans les doigts. Callaghan a joué ma composition inspirée de Bach à un concert de l'école. Une double façon de les narguer.

Mais nous sommes encore en 1934, l'Allemagne ne se ramène pas à Luther et Bach avec en prime un ennemi vaincu. Le 25 juillet Dollfuss est assassiné par les nazis autrichiens. Hindenburg meurt le 2 août et Hitler devient dictateur. Nous n'étions pas, comme pouvaient l'être les écoles protestantes, éloignés de ces événements. Car voici qu'arrive parmi nous un bon catholique de Munich nommé Böll (aucune parenté avec Heinrich). Une caricature à poil ras mais sans agressivité. Il était poli et très pacifique. Mais il a été forcé de se battre sur deux fronts. L'un représenté par notre chemise brune Dowd, qui avait une haute opinion de Hitler, alors que Böll le considérait comme un clown athée qu'un pèlerinage de la Grâce catholique allemand ne tarderait pas à mettre en pièces. L'autre par un type français nommé Schmitt, arrivé d'Alsace avec des griefs familiaux et même ancestraux contre l'Allemagne. Mais Schmitt détestait également Dowd, parce que Schmitt penchait pour une version catholique du communisme. C'était très bizarre de les voir tous les trois. Böll cognait mollement sur Dowd ou Schmitt, ensuite ces deux-là se cognaient l'un sur l'autre. Puis lassés, ils cognaient sur Böll, qui battait en retraite en remettant ses lunettes d'aplomb avec des mots d'anglais plaintif aux cadences plaintives de l'allemand.

Böll nous a donné des assurances trompeuses sur la menace nazie. Il était plus préoccupé par le naufrage de mon âme que par celui de son pays. Il regrettait que je n'aille pas à l'*Abendmahl* (un mot que j'avais appris en essayant de traduire le *Pierrot lunaire* de Schönberg) et me mettait en garde contre l'enfer. *Die Hölle,* avec sa voyelle flûtée et son l limpide, ça sonnait plutôt bien. Mais c'était le même enfer que celui de Manchester et Dublin, en train de frire avec le même grésillement en Bavière lointaine. Catholique signifie universel. Je n'avais pas seulement démissionné du Saint-Nom, je m'étais mis en retraite de tout l'univers. En arpentant Rusholme avec Böll, j'ai été pris de douleurs atroces dans les tripes comme Martin Luther en personne. Avec une pesante acuité, Böll a décrété que j'avais permis à un *Teufel* de me *wohnen* les *Eingeweide*, que les *Eingeweide* étaient anatomiquement très proches des *Geschlechsteile* ou organes génitaux, et que c'était le démon du sexe qui m'avait persuadé de renoncer à la religion, histoire de pécher librement en prétendant que ce n'était pas du péché. Ça aurait dû être vrai, mais ça ne l'était pas. La luxure s'était envolée avec la foi, et si j'avais lu *Le Rameau d'or* j'aurais compris la relation anthropologique. J'étais un schismatique chaste, je ne buvais pas du tout, une grande partie de ce que je mangeais ressortait aussi vite. J'étais gentil, humble, travailleur. J'étais un parfait candidat pour le ciel dont je m'étais gratuitement exclu.

J'ai organisé le repas de Noël des terminale, qui nous a rapporté la table en chêne (dinde Tennyson, sauce Browning), tout en maudissant mon hypocrisie et en enfonçant, comme le futur Scobie de Graham Greene, la tête du divin enfant dans une paillasse pleine de bouse de vache. Mon père allait suivre son unique messe de l'année, à minuit la veille de Noël, il a voulu que je l'accompagne. Il était très soûl, mais la plupart des hommes présents l'étaient aussi. A l'élévation, il m'a tendu un billet de dix shillings, mon cadeau de Noël. J'ai trouvé le geste de très mauvais goût, et comme s'il partageait mon sentiment, un soûlard trois rangs devant nous a vomi tripes et boyaux sur la banquette. Chez nous, le temps de la grande fête familiale était révolu. Ma belle-mère a fait cuire une dinde pas plus grosse qu'un chapon pour nous trois, quant au Christmas pudding il sortait d'une boutique. Le lendemain mon père et elle se sont disputés sous le houx. Elle lui a dit qu'il se faisait du lard à force de descendre autant de bière, il l'a traitée de grosse vieille vache ignare. Elle a déclaré que c'était fini, on pouvait appeler les avocats, et elle est partie vers la cuisine dans l'intention, dit-elle, de se foute la tête dans le four à gaz, quoique ayant pris par réflexe une boîte d'allumettes à la main. J'ai dit quelque chose que je n'ai pas compris, d'ailleurs je ne comprends toujours pas : « Vous êtes trop vieux pour prendre des décisions. » Ça les a calmés net comme une formule magique. Mon père est allé marcher trois kilomètres jusqu'au pub le plus proche. Il découvrait avec amertume que nous étions devenus des banlieusards. Je suis monté dans ma chambre écrire mon premier poème moderne :

Mon père, sa femme,
Ont passé l'âge des décisions
Mais complotaient des révisions
De leur programme.

Rien de plus vain que cet espoir
De refaire leur vie un jour
Qui me laissait pour seul devoir
De les diriger vers le four.

Ce n'était pas du Hopkins. Pour écrire comme Hopkins il faut avoir foi en quelque chose, ne serait-ce que le communisme de ce Trio infernal dont on nous rebattait les oreilles. Frère Andrew avait un ami au lycée de Manchester, qui était lui-même un ami du poète Cecil Day Lewis, notre futur Poète lauréat. C'était l'un des trois en question, les deux autres étant W.H. Auden et Stephen Spender, et il devait faire une conférence sur la poésie aux terminale du lycée, un corps bien plus auguste que le nôtre : ils consacraient deux années pleines au baccalauréat et décrochaient des bourses pour Balliol ou autres lieux de même prestige. Frère Andrew m'a emmené, un jour froid de janvier, écouter Mr Day Lewis.

C'était un bel homme, moins beau qu'il ne le deviendrait en larguant le communisme pour se mettre à Thomas Hardy. Il a récité quelques-uns de ses poèmes, truffés de composés hopkinsiens comme « à peau brune-aurorante », mais aussi des vers tendancieusement gauchistes du genre « Allez, barrez-vous/Sue avec son loupiot, Cyril avec sa toux... Le vieux John Braddlum, et Terence le zazou ». Autant de personnages, il faut croire, qu'on laisserait sur le carreau quand le grand bus prendrait le départ pour l'utopie gauchiste. Moi, avec pas mal d'effronterie pour un invité, je lui demande de nous réciter un de ses sonnets. Il répond qu'il n'a jamais écrit de sonnets. Oh que si, fais-je, et je cite de mémoire :

Nous approchons de l'île légendaire
Où les sirènes écharpaient les marins,
Nous demandant en vain pour quelle chimère
Ils ont laissé leurs os sur le terrain.

Ça c'était un but contre la terminale du lycée et une bonne réclame pour Saint-François-Xavier. J'ai ajouté que les adeptes de Hopkins devraient maîtriser la forme pétrarquéenne au lieu de se contenter du compromis shakespearien. A ma propre stupeur, j'ai affirmé aussi que la cause communiste n'était pas un substitut adéquat au catholicisme de Hopkins, que souvent le rythme impulsé d'Auden avec sa profusion de rimes à l'initiale consistait à faire danser un pantin Hopkins comme un ivrogne *défroqué**. On est si futé quand on a dix-sept ans, presque dix-huit. Mais moi je n'étais pas si futé que ça de défendre le catholicisme devant des protestants alors que je n'étais plus catholique. Je sentais confusément que c'était un geste social, une affaire de classe, cette façon de proclamer des droits immémoriaux devant des usurpateurs parvenus. Ça relevait du complexe d'infériorité. Je n'irais pas à Balliol.

Je n'irais, semble-t-il, nulle part. J'ai réussi mes examens avec mention en littérature anglaise et en musique, mais seulement une note passable en latin. Frère Cajetan n'en revenait pas, il était sûr que l'examinateur avait dû égarer un de mes deux exercices. Il avait probablement raison, mais personne n'a rien fait pour rectifier. Je n'aurais pas de bourse d'Etat, ni même de bourse municipale. Il fallait me remettre en quête d'un job. J'avais à offrir, en dépit des résultats d'examen, un peu plus de latin que jadis, et une connaissance détaillée des poèmes de Tennyson. J'avais lu, enfin, l'*Ulysse* de Joyce, rapporté par L.W. Dever d'une Allemagne nazie intolérante dans l'édition Odyssey Press en deux volumes. A l'époque c'était une sérieuse disqualification dans bien des milieux. James Douglas l'avait dénoncé, comme tout le reste de la littérature moderne, dans le *Sunday Express,* débordant au besoin dans le *Daily Express* chaque fois qu'il pouvait placer un coup de dent contre le pauvre défunt Lawrence ou Joyce toujours vivant mais qu'un Dieu juste frappait de cécité, la banalité d'Eliot (« La lune brillait claire sur Mrs Porter ») et Pound (« Seigneur chante Goddam »). Douglas était un parfait éducateur négatif. J'avais quelque espoir, grâce à un reporter camarade de beuverie de mon père, d'être au moins interviewé pour un poste modeste au *Daily Express,* dont la tour de bureaux au centre de Manchester m'avait inspiré une manière de poème :

Pierre, verre et acier,
Assertion expresse
Du pouvoir de la presse.
Un drapeau anglais
Tel un âne qui brait
Loue Beaverbrook et ses prouesses
Patriotiques à souhait.

Malheureusement j'ignorais la sténo. Ma belle-sœur Agnes qui connaissait bien la méthode Pitman était d'accord pour me l'enseigner mais je n'ai pas dépassé les symboles des plosives. De toute façon, on a trouvé que je n'étais pas assez entreprenant, trop rêveur et esthète, pour le métier de reporter.

J'ai commencé à me demander, non sans inquiétude, à quoi peut servir l'éducation conventionnelle. Apparemment elle vous disqualifie pour tout emploi hormis celui d'éducateur conventionnel, dont la mission consiste à faire tourner une roue qui n'a pas de place dans la machine industrielle ou commerciale. L'éducation nourrit ce qu'il vous reste d'âme une fois qu'on a enlevé la religion. J'avais des lettres, mais j'étais incapable d'écrire une lettre d'affaires. Je ne parlais pas l'espagnol commercial. Je vivais rentré en moi-même et, privé du soutien de l'Eglise, je me sentais gagné par le doute et la timidité. J'errais solitaire comme un nuage, blafard de lassitude. J'ai postulé pour un job d'assistant horoscopiste au salaire d'une livre par semaine. Il était offert par une boîte louche que dirigeait une femme aux dents superbes. Leurs abonnés, moyennant une cotisation annuelle payable d'avance, recevaient un rapport hebdomadaire sur les configurations astrales, destiné à les guider dans leurs entreprises quotidiennes. Je me suis bien comporté, ai-je cru, à l'entretien (mes dents étaient aussi belles que les siennes), où j'ai confié que, entre nous, l'astrologie n'était qu'un tissu d'âneries mais qu'il fallait savoir tirer profit des gogos. Ce n'était pas du tout ce que la dame aux belles dents voulait entendre, je l'ai découvert une semaine plus tard en recevant une lettre qui ne proposait pas de m'embaucher et employait à peu près le même ton que le Père Myerscough à propos de l'hérésie. Je restais donc livreur chez Wilson's.

Puis mon père a décidé que j'allais devenir fonctionnaire. Plus précisément j'allais me présenter au concours annuel des Douanes et de la Régie. Un collège qui offrait des cours par correspondance sur les sujets requis promettait de rembourser si le candidat échouait. Mon père, avec une innocence rare, n'a pas flairé de piège là-dedans, or le piège c'est qu'il fallait avoir fait le programme complet pour avoir droit au remboursement. Le collège faisait en sorte qu'on ne finisse pas le programme : il nous envoyait encore des cours et des corrigés-types au moment de l'examen. C'est alors qu'a commencé une des pires périodes de mon existence : une période d'humiliation brutale. Il fallait que j'étudie la chimie sans laboratoire, la géographie dans un manuel inculte, les mathématiques dites fonctionnelles, et des choses que je savais déjà, comme le latin. J'ai dû reprendre le latin à zéro, pour remplir les conditions du programme. J'avais le sentiment de m'y connaître en littérature anglaise, mais les autorités des Douanes et de la Régie avaient une autre conception de ce que doit être la littérature anglaise. J'aurais dû le savoir. N'étaient-ce pas eux qui avaient brûlé *Ulysse* à Folkestone ?

Avant le début des cours, mon père nous a emmenés ma belle-mère et moi faire un tour à Londres. En ce temps-là, un Mancunien ne visitait la capitale qu'avec une certaine condescendance. Londres avait un jour de retard sur Manchester en fait d'arts, d'astuce commerciale et de philosophie économique. Certes le monarque y résidait ainsi que le gouvernement, l'étendue des lieux était vaste sans réelle nécessité. Ils avaient plus d'histoire que Manchester, mais l'histoire n'est qu'un colifichet pour touristes. Quand les étrangers venaient à Manchester, c'était pour apprendre, pas pour nourrir les corbeaux et photographier les hallebardiers de la Tour. Parfois ils apprenaient trop vite, mais ce n'était pas la faute de Manchester. Manchester était généreuse, pas comme Londres. Par certains côtés, Londres ressemblait à Chorlton-cum-Hardy. Et Londres était très loin, bien plus loin pour un catholique de Manchester que Rome ou Lourdes. La distance est toujours une propriété subjective. On prenait le train à la gare de London Road (aujourd'hui rebaptisée Piccadilly), on allait au wagon-restaurant faire un bon déjeuner, relevé par la fumée de la locomotive, et on arrivait prêt pour l'heure du thé à Euston. Mais c'était quand même un long voyage. Long comme la distance entre les tempéraments londonien et mancunien.

Nous sommes descendus au Strand Palace Hotel où, à mon grand regret, les dîners servis étaient trop copieux pour qu'on les mange, même si nos estomacs avaient une grande capacité avant la Seconde Guerre mondiale et s'attendaient à sept plats – hors-d'œuvre (que ma belle-mère appelait Hors Douvres), potage, poisson, entrée, volaille, dessert, entremets salé. Il n'y a pas plus humiliant pour un Mancunien que de renvoyer des assiettes à moitié pleines dans une cuisine londonienne. Au milieu du second repas ma belle-mère s'est mise à hurler de douleur, il fallut l'aider à regagner la chambre qu'elle partageait avec mon père. Ce n'était pas son estomac, pourtant sujet fréquent à ces crises soudaines ; c'était sa bouche. Une ou deux semaines plus tôt Harry Pratt, le dentiste de Princess Road, lui avait arraché une molaire. Le médecin convoqué a trouvé des fragments de racine incrustés dans la gencive où ils avaient provoqué une inflammation. Ma belle-mère a dû entrer en clinique pour les faire extraire. Ce médecin lui inspirait confiance parce qu'il était juif. Après quoi elle a toujours parlé de lui comme du médecin juif, et toujours avec estime. Mon père et moi nous étions seuls à Londres.

Mon père buvait moins depuis quelque temps et avait perdu du poids. Vêtu avec un certain chic, il faisait honneur à Manchester au milieu de la clientèle cosmopolite trop habillée du bar du Strand Palace. Et, bon Dieu, il connaissait son Londres comme sa poche. D'où il tenait cette connaissance, je l'ignore, mais il m'a fait visiter en rafale tous les sites de rigueur, et en bus s'il vous plaît, on va pas se faire rouler par ces taxis, jusqu'à Richmond et Hampton Court. Il était aussi volubile qu'un guide professionnel, et capable d'orienter même un Londonien vers Pentonville Road ou Camden High Street. De l'entendre jacasser derrière moi dans un bus de tourisme, en m'indiquant ceci ou cela, a fini par me lasser. Mais nous étions plus proches là que nous ne l'avons jamais été, surtout parce que je venais d'avoir dix-huit ans et pouvais l'accompagner dans les pubs. C'est L.W. Dever qui m'apprendrait à boire comme un Irlandais de Liverpool, mais mon père m'apprenait à boire comme un gentleman. Je n'ai pas eu beaucoup de leçons, toutefois, parce qu'il fallait que je retourne à Manchester rassurer la famille inquiète sur l'état de santé de ma belle-mère. J'ai pris le train à Euston et avalé en route les *Poèmes 1909-35* de T.S. Eliot que je venais d'acheter à Charing Cross Road. Le volume entier ne m'a pas fait tout le voyage. Eliot n'a pas beaucoup écrit après 1909. J'ai pris dans ma valise des feuilles de papier à musique et esquissé des adaptations musicales pour les chansons de *Sweeney Agonistes*. Adaptations que j'enregistrerais à Milan en 1981. Puis j'ai fermé les yeux en me chantant tout bas « polyphiloprogénitif » et « superfétation de *to en* ».

Ma belle-mère est ressortie de sa clinique de luxe avec un nouveau sujet de conversation – douleur soulagée, incompétence de Harry Pratt, talent du médecin juif. Nous passions la journée ensemble elle et moi, tout le long du jour et tous les jours, moi avec mes cours par correspondance et elle avec son sujet de conversation. Je me suis divisé en plusieurs personnages – l'auditeur poli et distrait, l'élève réfractaire, le compositeur, le lecteur forcené de livres inconnus chez les agents des contributions. Il me venait parfois des images improbables de moi-même, en casquette et uniforme, fendant l'écume du port de Londres sur une vedette des douanes, pavillon haut. Puis j'attaquais *L'Anatomie de la mélancolie* de Burton ou *Arabia Deserta* de Doughty. J'avais de l'argent de poche mais je ne buvais ni ne fumais ni ne fréquentais des femmes. La boisson est venue plus tard. Je dépensais tous mes sous en volumes de la collection Everyman. J'ai appris le grec tout seul, et traduit les hymnes homériques :

> Chante, ô Muse, l'illustre fils d'Hermès,
> Le deux-cornes, dont les sabots ailés
> Embrasaient les bosquets d'Arcadie
> Et le peuple des nymphes, par leurs danses ravi.

J'ai découvert aussi l'épitaphe de Margitès : « Lui que les dieux n'ont fait jardinier ni laboureur, ni autrement habile ailleurs, car il échoua dans tous les arts. » Elle ferait très bien l'affaire pour moi.

Mais la lecture extensive était un supplice autant qu'un secours, car j'avais appris que la disposition esthétique des mots a pour fonction de susciter des images mentales, et que ces images doivent être visuelles. Mais mon cerveau marchait de travers : la seule image qui se présentait, c'était une allée débouchant sur Lincroft Street avec, en superposition, le portrait fantomatique de George V qui apparaissait sur l'écran pendant l'hymne national à la fin d'un film. Si j'essayais d'imaginer les bosquets d'Arcadie ou la baie de Naples, je voyais seulement cette double image dépourvue de sens. Est-ce que je perdais les pédales ? Le seul moyen de mémoriser les leçons du manuel de géographie de L. Dudley Stamp, c'était de les traduire en pastiches rimés – dans le style de Herrick pour les exportations de la Tchécoslovaquie, Donne pour Chicago, George Herbert pour chiffrer la quantité de laine exportée du Queensland. Ce n'est pas la lecture des extraits du *Work in Progress* de Joyce chez Faber and Faber qui pouvait améliorer ma lucidité factuelle. Il n'y aurait pas de questions d'examen sur la paronomase onirique de *Haveth Childers Everywhere*.

J'ai décidé de composer une symphonie, et acheté à cet effet des cahiers de papier à musique de trente portées chez Boosey et Hawkes. L'esprit d'avant-garde m'avait abandonné. Au cours de l'année 1934, Holst, Elgar et Delius que je vénérais sont morts. Mes goûts en musique devenaient insulaires. En écoutant *Le Festin de Balthazar* de William Walton et sa *Symphonie n° 1*, j'ai compris qu'après trois décennies de dissonances stridentes, les consonances travesties revenaient en force ainsi que les lignes mélodiques exaltées dans le style d'Elgar. La *Symphonie n° 4* en *fa* mineur de Vaughan Williams était grinçante à souhait, mais c'était de la dissonance *appliquée**. La substance n'en était que trop tonale, quant à sa prise de position internationale c'était pur cabotinage. J'étais pris dans l'idiome britannique des années 1930, dont depuis je n'ai jamais vraiment réussi à me déprendre. Les partitions que j'étudiais, c'étaient *Les Planètes* de Holst et la *Symphonie n° 1* d'Elgar, dont mon père affirmait avoir entendu la première exécution à un concert Hallé en 1908. Elgar allait m'enseigner la structure symphonique, Holst le maniement d'un grand orchestre. En fait c'est plus facile de composer pour un grand orchestre que pour un petit : avec quatre de chacun des bois, on peut garder un accord de quatre notes au sein d'une même famille d'instruments sans avoir besoin de s'appliquer laborieusement à les répartir entre des couleurs instrumentales qui ne seraient pas très homogènes. Huit cors à l'unisson peuvent dominer l'ensemble avec plus d'autorité que quatre, et se répandre de part et d'autre du diapason en un accord de trois octaves d'une richesse à vous faire dresser les poils sur la peau. On a aussi toutes les percussions qu'on veut – deux musiciens aux timbales, trois ou quatre aux xylophone, glockenspiel, célesta, grosse caisse, cymbales, tambour, fouet et carillons. Et deux harpes – les instruments les moins audibles de l'armée sonore, mais ceux qui vous donnent le plus de fil à retordre. Je pouvais m'offrir un orchestre encore plus grand que celui des *Planètes* ou de *Ein Heldenleben.* Je n'avais pas de souci à me faire pour les frais, aucune société musicale n'était susceptible d'exécuter mon œuvre.

Ecrire une œuvre musicale de trois cents pages est une affaire plus laborieuse que ne peut l'apprécier un pur littéraire. On passe parfois quatre heures à orchestrer un passage qui, en tempo rapide, ne durera que quelques secondes à l'exécution. J'ai l'annulaire de la main droite déformé à jamais par le travail d'écriture que m'a coûté cette seule œuvre. C'était une composition très juvénile que la Luftwaffe, au nom de Beethoven, sans parler de Wagner, a eu raison de détruire en 1941. Mais où se logeait cette juvénilité ? Pas dans les thèmes : un thème n'est pas le produit d'une imagination novice ou mature. Elgar a déterré des mélodies d'enfance pour ses œuvres tardives : l'*idée fixe** de la *Symphonie fantastique* est un air emprunté à *l'enfance de Berlioz**. C'est pendant la jeunesse que nous produisons nos meilleurs thèmes, mais il nous faut attendre la maturité pour les traiter correctement. La valeur qu'avait pour moi cette composition, c'est le champ libre qu'elle ouvrait à mon « imagination » auditive alors que ma « phantaisie » visuelle restait sur sa faim, probablement impossible à nourrir. Ce désir d'éviter tout labeur à des fins d'exécution impossible a fini par me conduire vers la prose, qui m'a toujours paru l'analogue de l'écriture symphonique. Le poème lyrique n'est pas suffisant : c'est une étude ou un prélude ou un entracte. La nouvelle s'arrête aussitôt qu'elle commence – l'exposition symphonique du thème n'a ni développement, ni réexposition, ni coda. Un exposé en prose n'est pas une expression de l'imaginaire. Le poème épique n'existe plus. Il nous reste le roman, le seul genre littéraire qui convienne aux symphonistes ratés.

Il a fallu longtemps avant que je m'essaie au roman. L'envie de composer une grande œuvre orchestrale a persisté envers et contre tout. Mais cette mégalophonie, j'aurais dû m'en rendre compte, était déjà démodée. Le grand orchestre est une folie édouardienne. *Le Sacre du printemps* de Stravinski est le dernier des supertralalas sonores, et c'est autant une parodie de la prétention qu'un geste d'autocomplaisance – le primitif russe sous la peluche straussienne. Si j'avais eu connaissance à l'époque de la carrière de Havergal Brian, ça m'aurait appris à maîtriser mes ambitions. Car Brian a écrit quelques millions de notes sur du papier à musique, puis il a mis le papier dans un tiroir. Il ne nourrissait aucun espoir de jamais les entendre, ni peut-être aucun désir d'exposer un esprit musical dont il devait sentir la médiocrité à la dure lumière sophocléenne. L'écriture de mélodies inaudibles est un acte d'héroïsme moins stoïque qu'il n'y paraît. Dans les années 1960 j'ai contribué à subventionner une interprétation de son énorme symphonie « Gothique » et, comme tant d'autres, j'ai été horriblement déçu, voire même gêné, d'entendre étaler une pensée musicale de second ordre déguisée par des hautbois-basse et des cors de basset. L'œuvre était bien meilleure à lire qu'à entendre. Peut-être au fond qu'il n'existe pas de Beethovens muets ignorés.

Il m'a fallu attendre 1975 pour entendre interpréter une de mes grandes compositions orchestrales – la troisième symphonie en *ré* – et comme j'avais déjà acquis alors une certaine réputation comme romancier, je n'accrochais pas tous mes espoirs à la révélation publique d'un don musical qui, faute d'encouragement, restait fort douteux. J'ai appris une chose de cette exécution – américaine, évidemment –, c'est que mon imagination auditive fonctionnait comme il faut. Tout était exactement conforme à ce que j'avais pré-entendu dans ma tête : pas une note à changer. Y avait-il dans ces notes assez de nourriture musicale pour retenir l'attention d'un auditoire pendant quarante minutes, ça c'est une autre question. Mais les auditeurs d'Iowa City ont fait preuve au moins de politesse.

Je repense à l'époque où j'ai composé ma première symphonie (en *mi* majeur : la tâche de recopier encore et encore ces quatre dièses était épuisante) avec plus de honte que d'orgueil. Ce n'était pas une vie pour un jeune homme : l'étude fatigante de matières détestées, pour un examen que je n'avais aucun espoir de réussir ; le réconfort de la composition musicale et de l'auto-éducation intensive en littérature et en philosophie ; l'abstention de tout vice juvénile – ni sexe, ni tabac, ni alcool. Il ne faut pas s'étonner si je souffrais de migraines. Je ne voyais aucun de mes contemporains d'école, partis chacun de leur côté. Je ne connaissais pas de filles à part mes cousines. Ma belle-mère se curait les dents avec ses vieux tickets de tram, lâchait ses gaz sans la moindre gêne, braisait du bœuf et pochait des patates, évoquait son enfance, houspillait mon père. Maintenant mon père passait presque toutes ses soirées à la maison. Le docteur Sneddon l'avait mis en garde contre les pintes de Bass, outre qu'il toussait à fendre l'âme. Cette toux familiale venait de régler son compte à l'oncle Jimmy. Mon père écoutait la BBC tout en se faisant houspiller, ou bien il lisait des livres empruntés à la bibliothèque, Pett Ridge, Marie Corelli et Hall Caine. Je lui ai prêté *Ulysse,* mais il a trouvé ça pour l'essentiel inintelligible et, dans les rares moments d'intelligibilité, entièrement dégoûtant.

Quant aux événements marquants de ma vie, ou nos vies, ils étaient externes et dynastiques. En janvier 1936 Stuart Hibbard, le principal journaliste de la BBC, vêtu pour la circonstance d'un invisible smoking, nous annonce que la vie de George V approche paisiblement de sa fin. Le prince de Galles devient Edouard VIII, « le sacré monarque » pour parler comme ses frères. On renifle comme une odeur de brûlé des bouleversements proches, l'Allemagne dénonce le traité de Locarno et remilitarise la région du Rhin, les troupes italiennes occupent Addis-Abeba, la guerre civile éclate en Espagne. Sur fond de bouleversement européen plane la menace d'une crise constitutionnelle britannique, Mrs Simpson la divorcée de Baltimore. La presse se montre discrète, mais pas les gosses des rues de Manchester. Sans attendre Noël ils entonnent :

> Les anges chantent à pleine voix :
> Mrs Simpson nous chipe le roi.

J'avais beau être jeune, je commençais à comprendre qu'on ne peut guère se fier à ses aînés. En décembre 1936 le roi abdique parce qu'il est amoureux, on constate que l'archevêque de Canterbury est un vieil imbécile hypocrite, Stanley Baldwin un indécis, le nouveau roi bégaie, Sa Grâce a eu la bonté de nous en avertir, Hitler, Mussolini et le général Franco sont des gredins, et mon père estime que toute la littérature contemporaine est une vraie honte. Il est grand temps que j'aille me soûler.

Il y avait jadis des vieux pubs superbes au centre de Manchester, juste ce qu'il faut pour une bonne cuite : la Luftwaffe en a liquidé la plupart et, pendant qu'elle y était, la partition de ma symphonie en *mi* majeur que j'avais confiée à l'un des pianistes de ces pubs. J'allais en virée avec L.W. Dever, qui se contentait de boire pendant que moi je me soûlais. On pouvait, moi du moins, se soûler pour une demi-couronne en ce temps-là : cinq pintes de bière forte à six pence la pinte dans la plus belle salle, et je repartais en titubant dans les rues des taudis. Des femmes légères hantaient ces pubs, aguichantes en bas de soie artificielle et Arôme de Juin, qu'on vaporisait aussi dans les cinémas. Avec une d'entre elles et pour la somme de dix pence, je me suis livré à des jeux érotiques dans une ruelle mais j'ai raté mon coup, giclé prématurément, et encaissé ses railleries. Le sexe restait un problème. C'était sale ou impersonnel ou les deux, et exclusivement physique. Une fille à Blackpool – ce n'était pas Amy – m'a chuchoté à l'oreille pendant une séance de baisers : « Tu es sûr que ça serait pas uniquement physique ? » Elle avait besoin de garanties que je ne pouvais fournir sans hypocrisie. C'est moi maintenant qui avais besoin de ces garanties pour moi-même. J'avais besoin d'investir la totalité du complexe féminin, qui incluait théoriquement un intellect. Est-ce qu'on peut coucher avec une femme et discuter John Donne ou Jeremy Taylor avec elle ? Je n'avais jamais trouvé de femme comme ça sur ma route. Des membres dénudés, un parfum plus raffiné que Juin, des bas de soie naturelle, la réaction animale aux stimulations des nerfs transformée, voire même spiritualisée, par une citation pertinente du *Paradis perdu* ou un passage fredonné de la neuvième symphonie ? Au cours de promenades solitaires je m'étais planté à l'angle de Lime Grove pour voir les filles sortir de la Corpo étudiante. Des bachoteuses, toutes, des livres sous le bras et au même endroit des poils à piéger les odeurs, ce dont les vedettes de cinéma étaient dépourvues. Rien de séduisant chez elles, une extension de l'âge scolaire, leur sexualité sublimée en verbes anglo-saxons ou en notes sur la diplomatie française en Afrique du Nord. Pourtant c'est à l'université qu'il me faudrait chercher l'accomplissement sexuel que je souhaitais. L'alternative, très irlandaise, consiste à faire comme si le sexe n'existait pas, et boire à la place.

La nuit du couronnement de George VI c'est un agent de police qui m'a trouvé en train de ronfler dans mon vomi au milieu de Wilmslow Road. Il m'a jeté sur ses épaules, transporté jusqu'à Leabrook Road, déchargé sur le seuil, puis il a tiré la sonnette et il est reparti. Mon père est descendu en chemise de nuit, a ouvert, crié à ma belle-mère « le petit con est rentré beurré », et m'a laissé ramper à l'intérieur pour finir ma ronflette sur le paillasson. Même lui aurait dû s'apercevoir de mon découragement.

J'ai passé l'examen des Douanes et de la Régie comme des milliers d'autres candidats et, sitôt déchiffrées les questions de littérature anglaise, j'ai compris que c'était sans espoir. En fait c'est la seule épreuve que j'ai totalement loupée. Citez les ingrédients d'une aventure passionnante, en prenant vos exemples dans *Redgauntlet*, *Les Quatre Plumes blanches*, *Les Trente-Neuf Marches* ou *Sard Harker*, au choix. Donnez votre opinion sur Sir John Squire ou sur Sir Henry Newbolt, au choix. Indiquez les éléments requis pour faire un bon roman d'espionnage, en prenant pour exemple des œuvres de W. Somerset Maugham ou E. Phillips Oppenheim. Sexton Blake doit-il quelque chose à Sherlock Holmes ? Résumez l'intrigue de *La Saga des Forsyte*. Ecrivez un bref compte rendu sur l'œuvre de deux de ces auteurs, au choix : Hugh Walpole, H. de Vere

Stacpoole, « Sapper », Pearl S. Buck, Bret Harte, Nat Gould. Mon père aurait fait meilleure figure que moi. Il existait donc tout un sous-monde de sous-littérature appropriée aux agents des douanes, même si apparemment elle excluait les romans et les poèmes qui parlent de contrebande. Depuis cet examen j'ai toujours éprouvé autant de peur que de respect envers les gens de *Zoll, douane* ou *dogana*. En rentrant j'ai trouvé le dernier cours par correspondance qui venait d'arriver. Au moment des résultats c'est un certain Dainty, nom qui évoquait un dandy en gants blancs pour fouiller les valises, qui a gagné haut la main. J'étais 1 579e par ordre de mérite. Je n'avais plus d'autre issue que l'université de Manchester.

Elle n'était pas trop chère – environ trente-cinq livres de droits d'inscription par an – et mon père aurait droit à un abattement d'impôts avec un étudiant à sa charge (avantage que ne donnait pas cette escroquerie de cours par correspondance). Je voulais faire une licence de musique, mais mon manque de qualification en physique m'a fermé cette porte-là. Ça ne me laissait que la licence spécialisée de langue et littérature anglaises, qui ne menait nulle part. De toute manière, dans le grand monde de la compétition universitaire, une licence de Manchester, si bonne soit-elle, n'avait aucune chance de l'emporter sur la plus mauvaise d'Oxford ou de Cambridge. Ce que m'ont clairement fait comprendre Frère Martin, Frère Andrew, et L.W. Dever. Ajoutez une éducation à Saint-François-Xavier sur votre curriculum, et vous vous retrouvez avec un handicap irrattrapable dans un domaine régi par le snobisme protestant. Ce n'était pas une opinion cynique : c'était la dure réalité.

Le 7 juillet 1937 – jour de l'« incident chinois » où les diables jaunes de Nippon ont ajouté leurs gongs au progrès de la cacophonie européenne – je suis parti pour des vacances solitaires à Scarborough. J'avais économisé deux livres d'argent de poche en supprimant l'alcool, et reçu une cartouche de cent cigarettes en cadeau de la firme de tabac Carreras. Les cigarettes Carreras ne se vendaient pas trop bien, d'après mon père, parce que les clients ne savaient pas prononcer ce nom-là. Je l'ai signalé à la firme dans une lettre fleurie où je leur suggérais un slogan du genre « Quoi de plus rare et racé qu'une Carreras », qui dise clairement comment ça se prononce. Ils m'ont fait ce cadeau en signe de gratitude, même s'ils ont lâché la marque avant de pouvoir utiliser le slogan. Puisque je recommençais à fumer, je pouvais aussi bien me remettre à boire, ai-je pensé. J'avais également vendu une chanson à un comique de Manchester. La chanson s'appelait « Cabbage Face », elle devait servir à une parodie de leçon de musique dans une pantomime. Les lettres du refrain-titre correspondaient aux notes de la mélodie selon la gamme anglaise, A B C D :

C A B B A G E
F A C E : Cabbage Face.
Si nous vivions à Paris, vous
Pourriez être *mon petit chou**
Mais restons à notre place
Et soyez ma Cabbage Face.

J'ai gagné trente shillings pour ça, en renonçant à tout copyright. Je suis parti pour Scarborough avec un lot de capotes de premier choix.

III

III

Je vais chez mon coiffeur attitré, le même que mon père, et avant de gémir sur mes pellicules, voilà qu'il me demande : « Alors tu vas à Owen's maintenant ? » L'université de Manchester était plus connue sous le nom d'Owen's College, souvenir du temps où Liverpool, Leeds et Manchester avaient fondé chacune un collège à l'université victorienne du nord de l'Angleterre : ces grandes villes ne paraissaient pas assez importantes pour avoir droit chacune à leur université. Mais Owen's College avait fini par devenir l'université Victoria de Manchester, et c'est là qu'en octobre 1937 j'entrai comme étudiant de première année. Elle n'avait pas grande réputation à l'époque. L'observatoire de Jodrell Bank n'y fut créé qu'en 1957, juste à temps pour calculer la trajectoire du premier spoutnik, et c'est seulement avec le recul que son département d'histoire est apparu comme le plus éminent d'Europe, au temps où il était dirigé par L.B. Namier, quand A.J.P. Taylor n'était encore qu'un jeune assistant. Les Mancuniens moyens comprenaient bien que les médecins avaient besoin d'une formation, mais ils croyaient qu'on la leur donnait en face, quasiment, à l'Infirmerie royale de Manchester. Les sciences plus humaines n'ayant pas beaucoup de sens pour eux, ils se demandaient à quoi servaient ces bâtiments gothiques noirâtres. On connaissait les étudiants, des chahuteurs qui déferlaient sur la ville en costumes de Mardi gras pour le zinzin de la Rag Week, et qui publiaient les *Ragots du Rag,* un journal obscène régulièrement interdit par la censure et vendu au prix fort à la Bourse du marché noir. Mais on ne savait pas ce qu'ils fabriquaient les autres jours de l'année, à part forniquer et picoler. De leurs professeurs on ne savait rien, même pas qui était Chaïm Weizmann, le leader sioniste qui allait devenir président d'Israël, et qui fournit au gouvernement britannique une nouvelle technique pour produire de l'acétone contre la promesse d'un Etat juif indépendant. Si on ne connaissait pas le professeur H.B. Charlton, directeur du département d'anglais, c'était pardonnable. Moi non plus, je n'en avais jamais entendu parler.

Le département d'anglais se trouvait au bout d'une allée, Lime Grove, dans un petit bâtiment jadis occupé par une troupe de danseuses nommées les Tiller Girls, ce qui, vu le métier de ma pauvre mère, me donnait le sentiment d'être chez moi. Le professeur Charlton avait des allures de patriarche tonnant et un goût prononcé pour la bière, et comme mon propre père il méprisait les écrivains modernes. Pour lui la littérature s'était arrêtée définitivement à Robert Browning, qui faisait l'objet d'un cours spécial, au même titre que le théâtre élisabéthain et le roman du XIXe siècle. C'est-à-dire que ce poète victorien assez désuet se taillait à lui seul autant de place que tout un champ littéraire de qualité éclatante. Le professeur Charlton était également spécialiste de Shakespeare, auteur d'un *Shakespearean Comedy* qui faisait pendant au *Shakespearean Tragedy* de A.C. Bradley et qui était tout aussi démodé. Charlton était la honte des jeunes spécialistes, notamment Frank Raymond Leavis, alors à peine âgé de quarante-deux ans, ou son premier consul à Manchester le Dr Lionel Charles Knights, auteur du pamphlet anti-Bradley *Combien d'enfants avait Lady Macbeth ?* et du marxisant *Théâtre et société au temps de Ben Jonson*. Entre les deux extrêmes de la revue *Scrutiny* et des thèses bradleyennes, on trouvait J.D. Jump, qui hésitait encore sur les positions à prendre, ainsi qu'un certain professeur Wright que l'âge et sans doute les séquelles d'une obusite avaient complètement égaré.

Le clan des linguistes ne se contentait pas d'imposer son existence par une vérité assommante – à savoir que sans la langue, il n'y a pas de littérature. Il avait toute la vigueur philologique de l'école allemande et ne manifestait que mépris pour les valeurs esthétiques. *Beowulf* ou *La Chouette et le Rossignol* avaient pour seule fonction de présenter des données objectives inébranlables, fût-ce par la plus brillante de ces disputations propres aux séminaires littéraires. Les changements phonétiques étaient des faits qu'on était bien obligé d'accepter. Manchester étant au nord, c'est vers le nord des réalités teutoniques qu'elle se tournait. Ceux qui voulaient se spécialiser en linguistique avaient tout intérêt à passer la première partie de leur licence à l'université de Reykjavik. Là au moins on était sûr d'être dans le Nord. L'étude du vieux-norrois ou du vieil-islandais vous entraînait en tout sauf en nom loin du département d'anglais. *Beowulf* avait beau être l'épopée anglaise par excellence, il ne faisait pas bon oublier qu'elle avait été composée au Jutland. Le professeur Florence Harmer avait pour dieu un Danois – le grand Otto Jespersen qui en savait bien plus long sur la langue anglaise qu'aucun autochtone. Une formule revenait constamment dans ses cours, « Lors de mon petit déjeuner avec le professeur Jespersen ». Un matin où elle toussait, elle arrive avec du sirop dans une tasse à thé. « Ça, me glisse mon voisin d'un ton lugubre, c'est l'authentique tasse qui a servi lors de son petit déjeuner avec le professeur Jespersen. »

L'essentiel de nos travaux linguistiques, c'était la toute jeune phonétique, qui déjà quand j'étudiais le français à Saint-François-Xavier m'avait paru fort menacée de devenir exclusivement livresque : autrement dit, certains se contentaient de connaître les symboles de l'alphabet phonétique international sans trop se soucier des phones correspondants. On pouvait déformer le *u* français de *tu*, mais on ne le prononçait pas mieux quand on savait l'écrire/y/en A.P.I. Les laboratoires de phonétique étaient rares à l'époque. Quant au laboratoire ambulant que nous avons tous entre les oreilles, il était lamentablement négligé : était-ce assez vulgaire, cette façon de jouer de la langue et des lèvres, ces positions arrondies, étalées. Et pourtant l'histoire de la langue anglaise est très liée au comportement de la bouche anglaise. Le Dr G.L. Brook, un éminent philologue germaniste, nous parlait de la mutation en -i et du grand changement vocalique mais ne nous disait pratiquement rien des vérités organiques occultées par ces phénomènes.

Et s'il ne savait ni ne voulait nous expliquer pourquoi, au lieu de comment, l'anglo-saxon s'était transformé en moyen-anglais, puis en anglais moderne, c'est sans doute parce que le monde de la philologie n'était pas près d'admettre que l'anglais n'était pas du tout une langue mais un simple créole, une sorte de réponse petit-nègre aux envahisseurs danois d'un côté et normands de l'autre. En d'autres termes, l'anglo-saxon ne s'était pas transformé en anglais moderne. L'anglo-saxon avait disparu, avec toute sa batterie de genres, de conjugaisons, de marques casuelles au cours d'une période de confusion culturelle. Quant au mystère du grand changement vocalique, qui vit *mus* se muer en *mouse*, et *moon* perdre sa prononciation hollandaise, il avait pour clé, si on avait seulement su où chercher, l'instabilité de l'organe lingual quand il s'évertue à prononcer les voyelles longues. Mais toutes ces merveilles nous restaient cachées. L'éducation universitaire s'appliquait à doucher le sens du merveilleux. L'un des livres qu'on nous conseillait pour simple délassement, *Le Roman des mots* d'un certain H.L. Weekley, était desservi par son titre, jugé inconvenant car il suggérait un enthousiasme par trop amateur. Fait qu'on ignorait en général, le Weekley en question était l'individu qu'avait cocufié D.H. Lawrence ; si nous l'avions su, cela aurait annulé la faible valeur de son ouvrage : cette bouffée de nature humaine aurait paru incompatible avec la recherche.

Le Dr Brook, je l'ai noté dans mon journal à l'époque, avait « la tignasse et la denture d'un troll » – un type nordique assurément, comme il convenait à sa spécialité, mais pas tout à fait humain. La rumeur disait qu'il avait été codéfendeur dans un cas de divorce, mais rien ne permettait d'affirmer qu'il avait une vie privée en dehors de la philologie. Du Pr E.V. Gordon, chef de la section Langue anglaise, nous savions seulement qu'il avait épousé une Islandaise, alliance à nos yeux plus linguistique que romanesque, et qu'il avait travaillé avec J.R. Tolkien, lequel devait publier *Bilbo le Hobbit* en 1937 mais n'était pas encore devenu le père nourricier d'une contre-culture. Leur collaboration engendra l'un des plus beaux livres jamais publiés par Manchester University Press, ou d'ailleurs toute autre presse universitaire – une édition magnifiquement imprimée et reliée de *Sire Gauvain et le Chevalier vert*, dont le simple maniement me procurait un immense plaisir. J'avais beaucoup surpris le Pr Gordon lors de mon inscription en lui disant que j'avais appris tout seul un peu d'anglo-saxon. Je lui fis observer que j'avais plus de vingt ans, des loisirs à revendre, un intérêt croissant pour la double nature de l'anglais, une bonne connaissance du latin et du français mais aucune de l'héritage nordique, et un désir inné d'en savoir plus. Il me contempla d'un œil attendri, devinant en moi un matériau plein de promesses à cueillir dès que j'aurais franchi le premier cycle ; mais il mourut dans l'année.

Les étudiants d'anglais étaient pour la plupart des femmes, des filles à vrai dire, qui s'imaginaient qu'un cours de fac consistait à se gargariser des beautés de Keats ou Shelley. Elles déchantaient vite, quand elles n'étaient pas réduites aux larmes par les rugosités de l'anglo-saxon. Elles avaient rêvé bien autre chose. Les femmes étaient assises à gauche de la salle de conférences, les hommes de l'autre côté de l'allée. C'était plutôt réfrigérant, mais le peu de charme ou d'attraction sexuelle offert en face ne vous incitait pas à sauter le fossé. Moi qui étais déjà un homme, je me retrouvais avec des petits malins de terminale ignorant tout de Joyce ou Eliot, qui vous débitaient leurs exposés en pur Lancashire et accordaient le statut de jugement critique à des phrases comme « Shakespeare nous prouve ici qu'il a le sens du beau ». Trois d'entre eux cependant avaient franchi le cap de l'enfance, et connaissaient au moins l'existence d'Eliot et Joyce. Ils avaient pour nom Reginald Bate, originaire du Shropshire ; Denis Crowther Gaunt, de Warrington ; et Douglas Rankine Mason, de Chester. J'étais turbo-étudiant comme Gaunt, l'abonné des premiers et des derniers trains de Central Station. Mason vivait en ville, chez une logeuse alcoolique, précisait-il fièrement ; Bate était en pension à Hulme Hall. Le système des collèges n'existait pas à Manchester, mais il y avait des foyers d'étudiants, des fondations religieuses parfois, plantés au milieu d'humides pelouses. Ces foyers jouaient les prolongations de la vie scolaire, avec lits en portefeuille et bagarres dans les douches. A Hulme Hall, Bate s'était promptement fait baptiser Master Bite.

Les fois où j'assistais aux cours, j'allais à la fac par le bus de Fallowfield. Un illustre vieillard prenait parfois le même bus, le Pr Samuel Alexander, un philosophe de Melbourne auteur de *Temps, Espace et Divinité* et de *Le Beau et autres formes de valeur*. Il avait déjà droit de son vivant à un buste sculpté par Epstein dans le pavillon de l'Institut d'art, sur Lime Grove, où le « buste à Sam » servait de point de rendez-vous amoureux. J'ignore ce que l'après-Wittgenstein lui a laissé de réputation, mais au temps où la métaphysique passait encore pour une branche de la littérature, on admirait beaucoup l'élégance de son style et la plausibilité de ses hypothèses. Le monde jailli d'un tourbillon de substance indifférenciée se figeait en points-instants ; l'évolution créatrice aboutissait à

Dieu. Un tissu de bergsonneries. Celui qui les exposait arborait un nez humide et une barbe sale. Il descendait du bus avec beaucoup de difficulté.

C'est à l'Institut d'art qu'avaient lieu mes cours niveau moyen de français, latin, et histoire européenne. Je n'ai jamais été bon étudiant ; ma paresse naturelle se révolte dès qu'il s'agit d'apprendre des faits ou des mots. Nous étions environ une centaine à suivre les cours d'A.J.P. Taylor, qui provoqua mon hostilité en brocardant le *Work in Progress* de Joyce. Il écrivait indifféremment des deux mains au tableau. Mon premier devoir a récolté une note en dessous de la moyenne, assortie du commentaire : « Des idées brillantes qui cachent mal l'absence de savoir. » Ça ne marchait pas mieux en français. Les cours de latin nous étaient dispensés par un enseignant blond maniéré qui me confia la tâche de traduire les succès de Fred Astaire en prose cicéronienne. « Toi tu dis tomâtes, moi je dis tomêtes... » *Dico ego « pomum », dicis tu « phomum »*, avec mes remerciements à Catulle.

Le réfectoire se trouvait en face du pavillon de l'Institut d'art, à côté de la cafétéria. Au réfectoire on vous servait un honnête repas pour dix pence ; à la cafétéria on se servait tout seul pour un penny de moins. Un jour j'ai vu le menu du réfectoire proposer des « beignets de Dieu noir ». Un étudiant japonais en commanda pieusement un : tout était possible chez les Britanniques. D'autres étudiants étrangers commandaient des lissoles de blœuf ou des haucisses glirrées. Nous formions un groupe cosmopolite homogénéisé par la diététique. Il n'y avait pas d'alcool, mais la Corpo masculine parlait d'ouvrir un bar dans ses locaux. Pour l'instant on pouvait y consommer des flageolets sur toast dans le salon du sous-sol, jouer au billard, suivre un débat à l'heure du déjeuner, ou écouter les histoires cochonnes des étudiants en médecine. Grâce à eux on avait la preuve que l'université était bien un établissement d'éducation adulte. Certains d'entre eux étaient pratiquement des vieillards. Un dénommé Jack Rothwell s'était fait une occupation à vie de rater son deuxième certificat. Il vivait des loyers d'un lot de taudis. Il était aussi le trésorier de la Corpo. Quand vint l'âge de la retraite légale, il était toujours étudiant en médecine, et il est parti avec la caisse. Ce à quoi tout le monde s'attendait depuis le début.

Mason, Gaunt et moi-même nous déjeunions au bar public du College Arms, de l'autre côté d'Oxford Road : pain, fromage et oignons marinés pour trois pence, une pinte de leur meilleure bitter pour cinq, le tout suivi d'une pipe. Il y avait là un vieil habitué, double menton derrière ses verres, qui nous interpellait : « Foutus intellectuels. Nous ont laissé tomber pendant la dernière guerre et nous enverront faire foutre à la prochaine. Salauds de traîtres de diplômés en saloperies. Et radins, avec ça. Payez-moi un coup, bordel ! » Mais nous n'étions pas riches, il fallait compter les sous. Un autre vieux pleurait sur sa défunte femme, emportée par une mortification de la matrice. Une prostituée du coin faisait irruption pour jeter un « putain d'enfant d'salaud » à un petit buveur de petite bière. Mason, Gaunt et moi nous aimions ce cadre, tout en sachant qu'il vaudrait mieux pour nous déjeuner avec des étudiantes correctes et concocter des plans pour les séduire. Nous n'avions aucune vie sexuelle.

Les séminaires de littérature nous plaçaient un peu plus près des bas de soie ou de fil et des effluves de parfum : les filles n'avaient pas la ressource, entassés comme nous l'étions, de mettre l'allée entre nous. Trixie Brayshaw, une blonde potelée, avait un air plein de promesses. La blondeur plus austère de Marjorie Bottomley, derrière ses lunettes cerclées de rose, semblait intouchable. Pat Wilson, toison d'or plus foncé, jambes exquises moulées de soie bronze et vêtements des grands magasins chics, était très au-dessus de nos ambitions. Ces filles nous apportaient une compagnie un peu terne, totalement asexuée. Ce n'était pas suffisant. Michael Callaghan de Saint-François-Xavier faisait la cour à une blonde nommée Dorothy Fitzmaurice, qui avait un vague lien de parenté avec Pat Wilson. A l'issue d'une réception que les Fitzmaurice donnaient pour Noël, j'ai fini la nuit dans le même lit que Callaghan et un des fils Fitzmaurice. Dorothy Fitzmaurice m'a offert son ours en peluche comme compagnie de renfort. Gaunt, à qui je racontais la chose, me dit : « Tu as passé la nuit avec l'ours, c'est le plus près que tu approcheras de Pat Wilson. » C'était vrai. Elle n'éprouvait que du dédain pour les étudiants de même niveau qu'elle, et pour finir elle s'est fiancée avec Len Halliday, un poète qui avait déjà sa licence. C'était peut-être une forme d'inceste, de choisir dans la même année et la même faculté que soi. Reginald Bate l'a compris tout de suite. Ce gars du Shropshire s'est mis à courtiser une chimiste rousse de deuxième année. Un modèle d'exogamie authentique.

La littérature ne parle que de sexe, ou presque, mais les filles de nos séminaires le traitaient au désinfectant naturel. Au premier trimestre, j'avais pour directeur d'études J.D. Jump, qui n'était pas très sûr de lui et encore moins de son accent. Quand il prononçait le mot « blood », à propos des tragédies du sang, ma science phonétique toute fraîche me faisait voir sa dernière voyelle comme un *m* renversé barré par une ligne ondulée – le phonème palato-vélaire centralisé désarrondi typique du Lancashire. La voyelle de « love » subissait forcément le même sort dès qu'il évoquait la poésie amoureuse, ajoutant une note de comique rural au produit désinfecté par les filles. Mais à l'époque on ne s'attardait pas trop sur l'amour littéraire. Seule nous occupait la fonction de la poésie dans le drame poétique. Dans un de mes devoirs, j'ai défendu la thèse que le théâtre servait de prétexte à la poésie, non l'inverse. L'émotion dramatique générée instaurait ce que j'appelais des « points-instants lyriques » (terminologie alexandrienne) qui justifiaient l'existence du théâtre – des vérités poétiques éternelles énoncées non dans leur nudité mais dans le contexte d'une situation émotionnelle susceptible de les expliquer. Jump me rendit ma copie annotée au crayon d'un « Fort intéressant », et une page entière de commentaires, qu'il avait ensuite soigneusement effacés. Il n'était pas très sûr de lui.

L.C. Knights, qui écrivait dans *Scrutiny*, ne manquait pas d'assurance, grâce à la réévaluation mise en chantier par Leavis et au succès de la nouvelle critique d'I.A. Richards. Quand je passai dans son séminaire au second semestre, j'avais déjà lu plusieurs de ses essais dans *Scrutiny*, ainsi que des morceaux de son *Théâtre et société au temps de Ben Jonson*. J'appréciais sa sécheresse de style, son approche sociologique gauchisante du théâtre élisabéthain, outre l'assurance que le canon de la littérature anglaise élu par lui et son école était précisément celui que j'avais découvert tout seul pendant que ma belle-mère se curait les dents ou rotait. Au panier Tennyson et Browning, Keats et Shelley, vive Blake, Hopkins, Donne, Marvell. La bande à Leavis avait beaucoup appris chez T.S. Eliot, mais alors que je savais par cœur *La Terre gaste*, je n'avais pas encore lu ses *Essais choisis*. Par contre je connaissais les *Sept Types d'ambiguïté* de William Empson, et quand Knights nous distribuait ses textes polycopiés – en dissimulant le nom de l'auteur, à la mode d'I.A. Richards, pour garantir la spontanéité des réactions –, j'avais une idée assez claire de ce qu'il attendait. Il guettait l'ironie verbale, les résonances connotatives, la forme comme contenu – en d'autres termes, à quoi jouent les mots ?

Je reconnaissais sans trop de mal certains textes – une tranche de l'épisode « Protée » dans *Ulysse*, un fragment du *Hugh Selwyn Mauberley* d'Ezra Pound, la seconde page de *L'Arc-en-ciel* de D.H. Lawrence –, d'où un léger sentiment de supériorité sur ceux qui en étaient incapables. Les filles dans l'ensemble jugeaient Joyce informe et mal écrit, Lawrence trop sensuel, voire même dégoûtant. Pound était ignoble, avec sa « vieille pute aux dents pourries ». Les garçons du groupe le trouvaient antipatriotique, prémonition assez juste ma foi. Les seuls susceptibles d'être convaincus par Knights c'étaient ceux qui, comme moi, voulaient bien se laisser convaincre qu'ils étaient devant un honnête travail d'écriture, où les mots avaient du sens. Ce dont il n'avait peut-être pas entièrement conscience, mais moi si, me semble-t-il, c'est que ses jugements littéraires étaient brouillés par des considérations politiques. Et si Pound avait usé du même style concis chargé de sens pour célébrer la Première Guerre mondiale ? Le goût littéraire que cherchait à nous inculquer Knights était-il simplement l'indice d'une certaine approche morale ou politique ? En pleine guerre d'Espagne, Knights peignait des pots de confiture qu'il vendait comme vases à fleurs au profit de la cause républicaine. Il ne faisait jamais allusion à l'anglicanisme d'Eliot. Certes il avait entièrement raison quand il soulignait la maturité du propos ironique dans l'ode de Marvell *A sa maîtresse farouche*, ou l'enflure rhétorique des boniments de Churchill dans *La Crise mondiale*, mais on le sentait menacé de devoir plier devant la philosophie marxiste, qui niait l'existence des valeurs purement esthétiques et rendait ses jugements littéraires en termes d'orthodoxie politique. Ben Jonson et Philip Massinger reflétaient l'évolution économique de la période jacobéenne ; et même la mélancolie cultivée par *Hamlet*, John Ford ou Robert Burton était une réaction à l'inflation. Cette lecture était plus saine que celle de Bradley ou H.B. Charlton, mais elle n'était pas non plus dépourvue de morbidité. Que pensait le Dr Knights de l'extase religieuse dans le poème de Hopkins « L'Emouchet » ? La question de l'extase n'était pas pertinente ; le véritable sujet du poème, c'était l'état de clivage psychologique évident de son auteur (le double sens de « fondre » qu'analyse Empson dans le septième type d'ambiguïté). La dédicace « A Jésus-Christ notre Seigneur » devait s'entendre au sens subjectif : le Christ était le corrélat objectif d'un état mental. Il me restait assez de catholicisme pour me donner envie de discuter ontologie, mais cela nous aurait entraînés hors du champ littéraire. La littérature, c'étaient des mots sur la page.

Il fallait dire adieu à nos vieilles certitudes extra-littéraires. Hamlet et Ophélie n'étaient pas des êtres réels. Il était impertinent d'interroger Hamlet sur le contenu de ses études à Wittenberg. G. Wilson Knight nous demandait de considérer les personnages de Shakespeare comme de vastes symboles poétiques. J'ai écrit à l'époque un poème moqueur (qui avait pour sujet réel le caractère asexué des étudiantes de première année) :

Apprenez que les créatures de Shake-
Speare font foin des réalités,
A chercher plutôt du côté de Blake,
Des puissances et principautés.

Le Pr Charlton, quant à lui, décrétait invalide toute approche nouvelle de Shakespeare. Il donnait ses cours sans notes, arpentant la salle avec ses gros godillots, affirmant que Lear était aussi réel que nous – plus réel, même, car c'était un homme et nous, ne nous en déplaise, n'étions que des enfants. Savions-nous seulement qui était Benedetto Croce ? Non ? Comment était-ce possible ? Lui, à notre âge, il savait tout sur Benedetto Croce. Mais où va le monde ? « Il avance », marmonnait Gaunt. Qui n'approuvait pourtant pas sans réserve le Dr Knights. Il imitait son accent. Knights transformait « faute » en « fotte », remarquait Gaunt avec sa connaissance toute fraîche des combinaisons phonétiques, comme toutes les voyelles arrière graves suivies d'une consonne. Plantez des soles au cimetière. Gaunt nous ressortait la prose de Knights avec les intonations de Knights : « Nombre de lecteurs considèrent les tranches historiques des *Henry IV* comme autant de pain sec qu'il faut ronger pour atteindre la [légère pause] bonne chaar de Falstaff. »

Je n'ai gardé aucun contact avec mes enseignants après ma licence, mais j'ai recroisé une fois L.C. Knights en 1976, à Washington DC. C'était à un congrès international qui célébrait en association mystique deux siècles d'indépendance américaine et le trois cent soixantième anniversaire de la mort de Shakespeare (la roue avait fait un tour complet). Alistair Cooke (un compatriote mancunien), mon homonyme argentin et moi-même avions été choisis pour donner les conférences plénières. Le Dr Knights et les autres chercheurs n'avaient eu droit qu'à des séminaires spécialisés. Je crois que le Dr Knights n'était pas tellement ravi de me voir quand nous nous retrouvâmes tous deux invités au même dîner à Georgetown. J'avais acquis une certaine notoriété comme écrivain, assez pour que quelques-uns des congressistes sachent qui j'étais. Knights était connu des chercheurs, mais non des hôtesses d'accueil. Je crois qu'il en éprouvait du dépit. J'eus un frisson en mesurant le fossé permanent qui sépare l'écrivain d'imagination de l'universitaire. Dame Helen Gardner était là aussi, toute gazouillante, attendant que je vienne la saluer. Le fossé était essentiellement britannique ; il n'existait pas dans le climat plus sain de la recherche américaine. Je pensais que Knights allait exprimer au moins un plaisir mesuré de voir que j'avais fait carrière dans les lettres – après tout, son enseignement avait pour but de promouvoir les vocations artistiques – mais il se montra froid et maussade. Pour dégeler un peu l'atmosphère, je lui dis : « Il y a une expression de vous que je n'ai jamais oubliée, Dr Knights. “Nombre de lecteurs considèrent les *Henry IV*... la [légère pause] bonne chaar de Falstaff.” » Il me tourna le dos. J'avais inconsciemment pris la voix parodique de Gaunt. Il n'assista pas à ma conférence. Ni, bien entendu, Dame Helen Gardner.

La roue fit une autre sorte de tour complet au cours de ce congrès. L'ambassade d'Argentine donnait un cocktail en l'honneur de Borges, sous la surveillance visible d'agents des services secrets qui s'agitaient comme autant de fourmis rouges. Comme Borges et moi entamions une conversation en anglais, ils nous encerclèrent pour saisir d'éventuels propos dissidents. Je citai le premier vers de l'hymne de Caedmon : « *Nu we sculan herian heofonrices weard...* » Ravi, Borges riposta aussitôt d'un « *Metodes mihte ond his modgethonc* ». Et nous poursuivîmes cet échange antiphonique vers à vers jusqu'à la fin du poème. Les mouchards étaient abasourdis : qu'est-ce que c'était que cette langue – de l'albanais, du haut borogrovien ? Les cours de G.L. Brook n'avaient pas été inutiles. Ni d'ailleurs, même s'il eût été difficile d'en convaincre L.C. Knights, le rayonnement éthique de *Scrutiny*. Si Knights n'avait pas enseigné à Manchester, j'aurais été perdu. J'entends encore les godillots sinistres de Charlton, la banalité de sa péroraison : « Voilà, c'est ça, Shakespeare. Vous l'avez dans vos livres : lisez-le. » Il faudrait inventer le terme « désinspiration ».

Charlton prit en charge un de nos séminaires à un moment où Knights était en congé de maladie. Il ouvrit une anthologie au hasard et tomba sur un des derniers sonnets de Gerard Manley Hopkins, celui dont le sizain commence « Je suis fiel, je suis aigreur ». Il en fit des gorges chaudes, pour la plus grande joie des filles, qui étaient sur la même longueur d'onde réactionnaire que lui, soulignant l'absurdité de prendre ses maux d'estomac comme métaphore du désespoir spirituel, tout à fait typique de ces arrivistes modernistes. Je fis remarquer du ton le plus calme possible que Hopkins était mort la même année que Browning. « Oh, je crains que vous ne fassiez erreur, vérifiez vos informations. » 1844-1889, affirmai-je. Il reconnut en consultant la table des matières que c'était exact, mais d'un ton grincheux comme si c'était là un mauvais tour de ma façon. Cependant il ne m'en tint pas rigueur ; il se contenta d'encourager le Pr Wright à faire rire ses étudiants d'histoire littéraire en lançant contre Hopkins des pointes auxquelles je réagissais vivement, puis en me désarçonnant par des questions du style « Qu'est-ce qu'il veut dire par " un brouet de barbillons cyprins " ? » En général j'étais capable de donner la réponse correcte, ce qui mettait un terme à ces persécutions bon enfant. Mais moi, avec mes vingt ans et mon excès de science, j'étais repéré.

Il y a les bosseurs et les cossards ; moi je faisais partie du second lot. Ceux qui travaillaient dur pour décrocher une licence avec mention se concentraient sur la linguistique anglaise, autrement dit sur le vieux-norrois ou le vieil-islandais ; à ceux-là, l'indépendance critique requise par les études littéraires faisait peur. On ne risque pas de se tromper beaucoup quand on est rompu au système des verbes forts anglo-saxons ou aux principales différences entre les dialectes mercien et northumbrien. Mais pour émettre une opinion sur la musique vocalique de Spenser, il faut un minimum de faculté intuitive. On pouvait déceler d'un coup d'œil ceux qui se spécialiseraient en linguistique – des filles pour la plupart, qui arboraient des cardigans troués et des cheveux sales, et rentraient en trottinant dans leurs foyers universitaires avec un *Beowulf* sous le bras. Il n'y a pas que les études dans la vie universitaire, mais ce sont des choses qu'elles préféraient vertueusement ignorer. La scène, par exemple, le Club dramatique. Nous étions férus de théâtre, Gaunt, Mason et moi. Outre ses mérites intrinsèques, un spectacle pouvait être l'occasion de tenir une fille dans ses bras. Nous nous sommes fait élire tous trois au comité, que présidait un brillant étudiant en droit nommé Frank Shepherd, dont le talent n'avait d'égal que la pédanterie. Pour lui les réunions du comité étaient une fin en soi. Les controverses de procédure excluaient toute possibilité de se mettre d'accord sur le choix d'une pièce. Il arrivait pourtant que l'on monte des pièces à la Round House d'Ancoats, le centre des taudis universitaires. C'étaient en général des levers de rideau comme *La Patte de singe* ou *La Maison aux fenêtres gondolées*. Mais Gaunt qui avait une passion pour Noel Coward voulait à tout prix jouer le rôle principal de *Fumed Oak*.

Gaunt n'avait strictement aucune chance de se voir confier un rôle romantique. Il avait le nez trop gros, bien plus gros que celui de John Gielgud. Il avait tenu des rôles de composition dans la troupe permanente de Warrington, et il savait faire une assez bonne imitation d'Elsie Knights. Son véritable rêve, c'était la mise en scène, la production comme on disait alors. Douglas Mason, avec sa chevelure blonde qu'il soignait d'un shampooing hebdomadaire à l'œuf, était le type même du héros romantique. Tout comme Valentin Riley, un étudiant en droit d'allure androgyne. Moi j'étais spécialisé dans les rôles d'âge mûr, ce qui paraissait normal puisque j'étais plus âgé que les autres : soit les maris tyrannisés (*Fumed Oak* aurait dû me revenir), soit les colonels ruritaniens lubriques. Il y avait aussi Ronnie Majdalany, un étudiant en médecine au teint basané qui pouvait jouer les pères nobles. Côté femmes, nous avions la belle Jean Buckingham, une superbe blonde de troisième année dont la sœur ressemblait à Jean Harlow. Elles m'inspirèrent ce distique :

Jean est gratinée,
Et sa sœur platinée.

Il y avait aussi Rosalie Williams, qui faisait des claquettes et s'exhibait au cinéma Gaumont lors du zinzin étudiant annuel. Elle deviendrait actrice professionnelle chez Joan Littlewood, et plus tard, ayant atteint ce qu'il est convenu d'appeler un âge très mûr, actrice de genre à la télévision.

Moi je voulais qu'on monte *L'Ascension de F6,* que j'avais vu jouer au Princess Theatre en compagnie de L.W. Dever. A mon sens une troupe universitaire devrait s'attaquer à une pièce de ce calibre et non, Dieu nous garde, à *La Patte de singe*. Or nous avions parmi nous une femme nommée Renée Gill, impressionnante de caractère, de charme et d'élégance, qui indépendamment de moi ambitionnait de monter la pièce d'Auden et Isherwood. Sa beauté était déparée par un accent et un vocabulaire dignes du ruisseau. Ce n'était pas elle qui appartenait à l'université mais son fiancé, un Roumain titulaire d'une licence en droit nommé André Eminescu, sans lien de parenté avec le poète. Il semblait passer tout son temps libre à la cafétéria à lire *Timpul* (une corruption dacienne de *tempus illud*, nous informaient les spécialistes classiques) au lieu de faire la cour à l'ardente Renée et à sa chevelure enflammée. Elle menaçait régulièrement de lui enfiler ses sacrés *Timpuls* dans son foutu trou du cul de Roumain, mais il restait parfaitement affable. Les femmes du Lancashire ont le tempérament plus latin que les Latines, comme pourront le confirmer les Siciliens qui sont venus se marier dans le Lancashire. Renée Gill illuminait la cafétéria, elle rayonnerait encore plus au théâtre.

Renée avait pour projet de prendre en main le Club dramatique ou, ce qui revenait au même, d'en attirer tous les membres dans une troupe à elle. Comme le Club dramatique passait le plus clair de son temps à des querelles de comité, certains d'entre nous l'auraient volontiers suivie, n'était le fait qu'elle n'avait aucun statut universitaire. Ce point ne la préoccupait nullement : le théâtre passait avant tout le reste. La structure sociale de l'université était de toute manière assez relâchée. La cafétéria qui en constituait le centre était accessible à tous. Il n'y avait pas de Cerbère en uniforme pour en interdire l'accès. Même les deux Corpos étudiantes tenaient porte ouverte. Sitôt inauguré le bar chez les hommes, pendant ma seconde année, on a vu des consommateurs du dehors s'y pointer régulièrement sans crainte d'être refoulés ou simplement mal accueillis. L'université, modèle de société ouverte : discutez. La Corpo des hommes servait de boîte aux lettres à Michael Callaghan, qui ne payait pas de cotisation. Rien ne s'opposait à ce que Renée Gill dirige les talents dramatiques de la maison.

Mais Frank Shepherd, ce pilier de la loi, pouvait au moins la tenir en dehors du comité, et donc, comme les réunions se tenaient dans une salle de comité, hors des locaux universitaires. Elle pouvait bramer tout son soûl sur la puissance et la beauté de *L'Ascension de F6* dans le souk de la cafétéria, mais elle n'avait pas voix aux querelles et aux points d'ordre légalistes. C'est un vrai miracle si le Club dramatique parvint, après des mois de discussions orageuses, à s'entendre sur un grand projet de réalisation. On allait monter *Hassan,* de James Elroy Flecker, dont j'avais un souvenir précis remontant à mon initiation sexuelle par la veuve A.E.T., et c'est Gaunt qui ferait la mise en scène. Mason tiendrait le rôle du poète Ishak, Rosalie Williams serait Yasmin, Ronnie Majdalany jouerait Hassan. C'est moi qui devais composer la musique. Et de fait j'ai écrit l'essentiel de la partition sous le feu roulant des points d'ordre. C'est sur un point d'ordre, ou d'éthique comitarde, que Gaunt s'est fait exclure du projet. Il avait acheté deux exemplaires de *Hassan,* et collé les pages dans un grand classeur à feuilles volantes pour en faire un cahier de régie. Il a mis ses emplettes sur le compte du Club dramatique. Frank Shepherd rendit un verdict d'irrégularité, attendu que le comité n'avait pas été consulté au préalable, sur quoi Gaunt fut condamné en termes juridiques bien sentis. Le projet n'aboutit jamais. Aucun projet n'aboutit jamais, sauf à jouer *La Patte de singe* au bénéfice des pauvres d'Ancoats. Renée Gill réussit à monter un *Dr Allen, généraliste,* dû à la plume d'un médecin local, que nous jouâmes en relevant le dialogue de nos propres blagues, mais jamais on ne vit *L'Ascension de F6*, en tout cas pas sur scène.

Le Club dramatique n'avait pas besoin de débats de fond pour organiser des lectures de textes devant l'une ou l'autre des Corpos étudiantes. Je pus donc présenter *L'Ascension de F6* sous une forme abrégée, et donner la seconde partie de *Meurtre dans la cathédrale* devant le Club des historiens : c'est dans le chœur des femmes de Canterbury que j'ai rencontré celle que j'épouserais. Mais notre plus grand exploit, ce fut une adaptation dramatique de *La Terre gaste* de T.S. Eliot dirigée par Gaunt. D.G. Bridson, un excellent metteur en scène de la région Nord, en avait donné sa propre version à la radio mais la nôtre, je crois, était meilleure. J'avais mis en jazz la chanson des filles de la Tamise, assisté par Wagner, et fait un montage piano avec *Le Sacre du printemps, Tristan, Parsifal, Le Crépuscule des dieux*. Pas un membre de la faculté ne se déplaça : le fossé persistait.

Pour la plus grande honte de l'université, le développement du théâtre non commercial à Manchester fut laissé aux soins de Joan Littlewood, qui arriva dans notre ville quand j'étais en deuxième année. Elle loua une chambre au-dessus d'un magasin d'Oxford Road, meublée en tout et pour tout d'un matelas, où elle me convia pour discuter théâtre, m'annonçant qu'il avait pour mission de promouvoir la révolution sociale. Je n'étais pas d'accord : le théâtre était plus grand que cela, l'art ne peut se réduire à un choix (j'avais bien appris mon James Joyce) entre le didactique et le pornographique. Il a pour rôle d'éveiller des émotions statiques, peu importe lesquelles. La purgation doit s'effectuer au sein même de la structure, non dans les actes sociaux stimulés par cette structure. Il faut sortir du théâtre avec l'esprit apaisé, toute passion bue. C'étaient des propos prétentieux. Joan Littlewood, une charmante femme brune aux dents espacées comme la Femme de Bath, voulait entreprendre à Ancoats un travail bien plus dur que nous avec notre Club dramatique. Douglas Mason et moi nous avions joué dans une pièce en trois actes de Geoffrey Whitworth, tellement mauvaise que j'en ai oublié le titre. Nous étions partis jouer la première dans un état d'esprit on ne peut plus frivole, en laissant un mot sur la table du séminaire des troisième année :

A Ancoats s'en sont allés
Tous vos chers copains.
S'ront fin soûls à l'arrivée :
Copulons jusqu'à demain.

Pour Joan Littlewood le théâtre, au moins, ne se contentait pas d'émoustiller. Le sérieux de son propos politique induisait chez elle une attention rigoureuse à la technique théâtrale. Quand elle monta le premier de ses journaux vivants à la Round House, nous en sommes ressortis, nous les peumechaudistes, émus et honteux. *Fumed Oak*, diantre. *Hassan*, dans un nuage de Juin, par ma foi !

Sa technique était à l'évidence très solide et d'une modernité radicale. Elle avait assimilé Brecht et Stanislavski. Des ouvriers sortis de *Metropolis* défilaient sur une rampe partant du bord de la scène, recrutés parmi les chômeurs du coin et leurs épouses, dont beaucoup avaient retiré leurs fausses dents pour la circonstance. Ils chantaient leur colère sur le grand thème du premier mouvement de la *Symphonie n° 1* de William Walton :

> En avant, les activistes des comités.
> En avant, les hommes des villes et cités accablées.

Elle abordait de biais des choses scandaleuses comme l'accord naval anglo-allemand de 1935, par des potins d'alcôve francs quoiqu'un peu anémiés entre membres de la classe dirigeante. Hitler et Mussolini troussaient un ballet aussi réussi que *La Table verte* de l'expressionniste Kurt Joos. Le plan d'éclairage était complexe, et huilé comme une mécanique. Le son amplifié de disques de phonographe s'insérait entre des répliques réglées au millimètre. Tous les rôles étaient tenus par des amateurs, mais Joan Littlewood les avait fait répéter jusqu'à épuisement. Et dans les rôles qu'elle-même tenait, elle donnait l'exemple de ce que cherchait à faire le nouveau théâtre. Les piliers de son organisation étaient universitaires – Rosalie Williams, Vivian Daniels, Gerry Raffles : Raffles continua à travailler pour elle jusqu'à sa mort comme administrateur du Theatre Royal, Stratford. Cette bouillante institution qui allait investir l'East End londonien vit le jour à Manchester.

Quand Joan Littlewood présenta *Dieu, que la guerre est jolie !* le critique Kenneth Tynan écrivit qu'on n'avait qu'une envie en sortant, c'était de courir trancher la gorge collective de l'Establishment britannique. C'est précisément cela qu'on éprouvait devant ces premiers spectacles de Manchester. Elle éveillait en nous un désir d'action révolutionnaire, et enrôlait même dans son message les rues d'Ancoats autour de la Round House : on émergeait au milieu de taudis tellement sordides qu'on aurait voulu les abattre de ses propres mains. Mais Gaunt, Mason et moi nous nous posions quand même une question : est-ce bien cela l'objet du théâtre ? En bons aristotéliciens, comme Stephen Dedalus, nous croyions à la catharsis tragique ou comique. Mais je me rappelais l'article « fugue » de Grove dans son *Dictionnaire de la musique et des musiciens* : la fugue n'est pas une forme, c'est une méthode. Peut-être était-ce valable aussi pour le théâtre. Bernard Shaw pensait que oui. Le théâtre didactique existait au même titre que le théâtre aristotélicien ; le théâtre pornographique aussi, sans doute, sauf qu'on ne savait pas trop où le dénicher. Tous étaient également légitimes. Conclusion que malgré tout nous préférions éviter.

Mais ça devenait difficile de parler d'art pur. Nous étions tous atteints par la politique. On se battait en Espagne, et certains d'entre nous avaient honte de ne pas s'engager dans les Brigades internationales. A coup sûr l'Europe était en train de nous mijoter une guerre bien plus vaste qui nous embarquerait tous. Pour apaiser notre sentiment de lâcheté envers l'Espagne, nous nous disions qu'il valait mieux obtenir sa licence avant d'aller servir de chair à canon. Nous ne pouvions nous offrir le luxe de faire une pause maintenant pour livrer les combats de la classe ouvrière internationale. La classe ouvrière nationale ne s'en souciait pas trop, on ne voyait guère de chômeurs qui brûlent d'aller rejoindre leurs frères communistes ou anarchistes en Catalogne. Mais les étudiantes communistes de l'université de Manchester étaient là pour nous rappeler à nos devoirs et nous faire piquer du nez dans nos tasses de café au lait. Comme cette Noreen Lowe, qui écrivait des vers du style « Les bombes s'abattent sur Barcelone » et lisait régulièrement le *Daily Worker*. Tout le monde, semble-t-il, lisait le *Daily Worker*. L.C. Knights, que ce genre de prose devait révulser, s'en excusait en alléguant l'excellence de leurs tuyaux pour les courses.

L'Union des étudiants communistes était de loin le groupe politique le plus important de l'université, mais je n'en ai jamais fait partie. J'avais gardé de mon éducation catholique la conviction qu'une lecture exclusivement matérialiste de l'histoire ne pouvait être juste. Si j'avais lu Marx avec plus de soin que je n'étais prêt à mettre, j'aurais compris que Marx était du même avis, lui qui connaissait par cœur de grands morceaux de Shelley et Shakespeare, et qui récitait du Dante à ses filles après un pique-nique à Hampstead Heath pour égayer leur retour vers Soho. Mais la plupart de nos communistes n'avaient fait que feuilleter *Le Capital ;* ils préféraient puiser leur théorie dans les douze volumes des œuvres de Lénine. Ou bien, selon la bonne tradition communiste, accepter ce que leur disait de croire le chef des communistes britanniques. Jack Allenson, un étudiant ingénieur qui vouait un culte à Harry Pollitt, avait composé un chant eschatologique où, après sa mort, Pollitt devenait commissaire de l'Enfer soviétique. Il me semble revoir Allenson, qui ne se déplaçait jamais sans ses douze volumes des œuvres de Lénine, tel le fantôme de Marley trimbalant ses coffres à sous dans le *Conte de Noël.* Allenson appelait Dieu Fred. Il était dans une situation à la Blake sans le savoir, n'ayant pas lu Blake. L'enfer faisait toujours les délices dynamiques des ouvriers ; le paradis était une structure exsangue à l'usage des capitalistes. C'est dur de rompre avec les vieux mythes.

Les communistes organisaient des soirées auxquelles j'assistais parfois car je poursuivais une jeune Lettone nommée Zozafin Wulfson. Elle était la seule communiste ayant un peu d'attrait, toutes les autres s'en gardaient comme d'un piège capitaliste. A ces soirées, chacun payait sa propre bière et on chantait en chœur :

De quoi qu'il y a un-oh,
Un drapeau rouge-oh.
Une seule devise-oh,
Travailleurs unissez-vous au plus tôt-oh.

Et ainsi de suite en passant par « deux deux pour les contraires, l'interpénétration » et « six pour les Martyrs de Tolpuddle » jusqu'à l'inévitable final, « douze pour les travaux de Lénine ». En frappant à l'huis pour entrer lors de ces soirées, il m'arrivait de dire avec facétie : « Ouvrez – c'est le chevalier du Gué Pé Ou. » On me traitait de fasciste encore accessible à la conversion, mais je n'étais pas fasciste. Il y avait une Union des étudiants fascistes dont la secrétaire, Miss Wray, était avec nous en première année de littérature anglaise : elle m'a donné une affiche pour la Corpo des hommes, mais j'en ai fait une boulette de papier. En réalité je n'étais rien. Rien qu'un humaniste catholique libéral renégat inclinant à l'anarchie. Auden comme Spender comme Day Lewis, qui n'avaient pas mis trop de hâte à se battre pour l'Espagne, me paraissaient naïfs ; de même, pour d'autres raisons, que T.S. Eliot. On ne trouverait pas de réponse aux problèmes du monde dans le communisme, pas plus que de salut personnel dans l'anglicanisme. Les solutions viendraient plutôt de l'humanisme catholique libéral renégat. Je n'ai pas le sentiment, quelque cinquante ans plus tard, d'avoir beaucoup varié sur ces positions.

Inapte par tempérament à l'activisme politique, même pour servir la cause libérale, interdit par paralysie procédurière de toute créativité dramatique, je n'avais plus qu'à me rabattre sur le journalisme universitaire. Le journal de l'université s'intitulait *The Serpent,* rebaptisé La Vipère par son comité de rédaction. Il tenait son nom de l'insigne de l'université, qui avait pour emblème le serpent de Virgile dressé vers le ciel, et pour devise les mots de Virgile, *arduus ad solem.* Le poste de rédacteur en chef venait d'être libéré par Lance Godwin, qui devait commencer à trimer pour faire sa maîtrise, et repris par Cedric Hirson, un étudiant en médecine parvenu à une phase où ses études, curieusement, lui laissaient beaucoup de loisirs. Et Dieu sait s'il en fallait pour éditer le *Serpent.* Il devait avoir pour assistants moi-même et mon presque homonyme – John A. Wilson. Le milieu universitaire nous désigna bientôt comme John A. et John B., sans faire usage du nom de famille. Le porte-documents de John A. n'en arborait pas moins l'initiale W.W.W.W. Son père s'appelait William Wilberforce Witherspoon Wilson, ou une autre série de noms tout aussi excentrique, et c'était son porte-documents dont il avait hérité. John A. s'était inscrit en médecine mais il voulait changer de sujet. On ne sentait pas dans ses propos de table un bien vif désir de se spécialiser. Simplement il était très cultivé dans des champs divers, et il écrivait de la poésie. Sa petite amie, étudiante en lettres classiques, était d'une beauté statuesque que rien n'altérait, pas même le léger accent du Lancashire qu'elle semblait résolue à conserver. Chez elle l'accent se parait de noblesse. Costumée pour jouer Euripide, elle incarnait, comme je l'écrivis dans un compte rendu, « l'élégance et la beauté grecques ». Elle était plus amoureuse que lui.

Cedric Hirson avait tout l'aplomb d'un Juif de Manchester. Quand je le revis pendant la guerre, devenu capitaine dans le corps de santé, il reconnut son arrogance brutale de jadis, que l'humilité relative de son grade avait balayée. La guerre a appris l'humilité à pas mal d'entre nous. Mais dans son rôle de rédacteur, Hirson était loin d'être humble. Les Juifs riches de Manchester l'étaient rarement. Les Juifs avaient soutenu la renommée artistique de la ville et contribué à son développement commercial. Deux des grandes familles juives de Manchester étaient représentées à l'université par deux jolies filles – Mary Behrens et Nan Zimmerman. Le nom d'Hirson aussi avait du poids. L'autre magnat de la presse universitaire était un Juif d'origine moins patricienne – Gerry Wolfson, qui lança un hebdomadaire intitulé *The News Bulletin*. Il était, et il demeura, communiste. Ses frères c'étaient les opprimés, pas les Juifs.

Le *Serpent* avait son propre bureau, muni d'un téléphone, au dernier étage du bâtiment de la Corpo. Il était logé à côté du salon collégial, où les sociétaires des deux sexes consommaient du thé et des gaufres, étendus sur les canapés, et se pelotaient dans le noir entre deux danses. Donner rendez-vous à une jeune fille dans le salon collégial n'était jamais une invitation innocente. De par sa contiguïté, le bureau du *Serpent* était également un lieu de contact intersexuel, où l'on pouvait aussi se faire servir du thé, par un garçon à cheveux pâles et veste blanche nommé Leslie. Quand on égarait la clé du bureau, ce qui était fréquent, il fallait entrer par la fenêtre en sautant d'une fenêtre du salon collégial, au-dessus d'un vide vertigineux de quatre étages. Exploit considéré comme le meilleur test du courage journalistique.

La dernière audace journalistique de Lance Godwin avait été la publication d'un supplément de six pages consacré à ses propres poèmes assortis de notes dans le style d'Eliot. Il écrivait sous le pseudonyme de Walter Blent, et il publia ses *Poèmes de Blent* coiffés d'un titre en caractères gras. Godwin, bon poète à mon sens, faisait partie d'un groupe universitaire qui comptait parmi ses membres Ian Stuart Black et Len Halliday (« Lucius Tombs »). A la différence du Trio infernal conduit par Auden, ils refusaient toute étiquette politique et cherchaient à faire la synthèse d'une conception romantique de l'amour avec les rythmes et le lexique modernistes. Je mis en musique l'un de ces poèmes où Godwin célébrait l'été tropical du Lancashire :

La corbeille à grelots
Sèche de poussière estivale
Fait tinter sur les seigles brûlés
Une cantonelle
De cloches fanées
En l'honneur du printemps.

Le poème se terminait par : « Un violon/Met en danse nos rêches pucelles. » Le *Serpent* donnait un peu trop dans les calques de Rupert Brooke et les rimes initiales laborieuses d'étudiants dressés à l'anglo-saxon. Dans un de mes romans, *Le Royaume des mécréants,* je fais dire le premier vers d'un de ces exercices par Néron, à propos d'Hannibal : « Paradant avec ses pachydermes pesamment pendus aux parois périlleuses. » Les instincts poétiques de Godwin me semblaient justes, mais peut-être que la nostalgie fait entrave au jugement objectif.

Notre premier geste sous le nouveau régime du *Serpent* fut de rabattre les prétentions de Godwin avec un produit intitulé « Poèmes de Bren ». Bâtis sur le modèle « Un chat en besicles/Sur son tricycle/Clignait du col au clair de lune », ils étaient flanqués de pseudo-notes hermétiques. Mais il nous arrivait aussi d'être sérieux. Je pus enfin voir imprimé un poème de mon cru :

Toi la voûte du seuil
Qu'a franchi l'armée,
Voudrais-tu renouveler
Le triomphe, et qu'on recouronne
L'arche et la pierre de feuilles ?
Tout doit être fané, et déjà loin l'armée
Qui en a fait son deuil.

Mais un matin à l'heure du ménage
Ou l'après-midi en versant un nuage
De lait dans ton thé, peut-être, tu verras
Le ciel s'ouvrir et une ribambelle
De saints chanter, de cloches tinter,
Mais peut-être pas.

Je n'ai jamais bien compris ce que voulait dire ce poème. Dans mon roman *Mr. Enderby* je l'attribue au poète dyspeptique qui, n'en déplaise aux critiques, n'est pas moi, même s'il a écrit quelques-uns de mes poèmes en plus des siens. Pour lui c'est la voix de la Muse qui le quitte et lui conseille le suicide. Et pour moi, j'imagine, tout jeune homme en train de rejeter la mère qui l'a produit et porté jusqu'à ce point de liberté arrogante. Mais je n'avais pas de mère. J'avais sans doute en tête une situation généralisée que j'avais pour mission poétique de mettre en mots. Le poème était dédié « A Tirzah ». Je crois que j'avais trouvé Tirzah dans les livres prophétiques de Blake où elle incarne la maternité physique. Je n'irai pas vérifier. Blake m'enivrait jadis mais maintenant je préfère rester sobre.

On nous adressait des livres dont nous faisions le compte rendu. La critique des journaux universitaires n'est pas insignifiante : elle est lue par des jeunes gens qui ont pour spécialité passagère de lire des livres. Un dénommé Cannon avait fait un livre sur le désarmement moral, et j'avais intitulé mon commentaire « Cannon tire son coup ». Mais à la lecture des épreuves le titre fut jugé douteux. Il fallait faire preuve de prudence. Le titre devint donc « Canonnade ». Quand je fis le compte rendu de son *Œuvre poétique,* Laura Riding apprécia l'article et envoya au rédacteur une longue lettre en ce sens, avec cette seule réserve que j'identifiais sa personnalité poétique aux « femmes à l'ample poitrine qu'on trouve chez William Blake ». Elle se laissa convaincre de venir donner une conférence à l'université, traînant dans son sillage un Robert Graves muet de vénération. Loin d'arborer une ample poitrine, elle semblait racornie et voûtée, et elle boitait. Nous ne savions pas qu'elle s'était jetée par la fenêtre en criant « Adieu, les gars » à Robert Graves et à son autre amant, et qu'elle s'était brisé la colonne vertébrale. Elle esquissa en un quart d'heure ce qu'elle appelait « Le roman de la poésie » et nous interdit les questions sous prétexte qu'elles trahiraient à coup sûr une totale incompréhension de sa doctrine. Mais ensuite elle nous livra un peu de sa sagesse sur un divan au coin du feu, tandis que Graves fumait en jetant ses mégots dans l'âtre, qu'il ratait à tous les coups.

Peu après parut l'*Œuvre poétique* de Robert Graves, que j'éreintai avec une férocité d'adolescent, jugeant le Graves de l'âge mûr inférieur à l'Auden de jeunesse. Le poète contre-attaqua par une lettre où il m'accusait d'être non seulement illettré mais carrément analphabète. Dans une lettre de soutien, Laura Riding exigeait qu'on publiât la lettre de Robert Graves dans le *Serpent :* l'ordre inverse de celui qu'elle nous avait donné quand elle faisait l'éloge de mon goût et mon intelligence. Ma critique de Graves signalait que ses mégots manquaient toujours leur cible, et qu'on pouvait en dire à peu près autant de sa technique poétique. Graves riposta hargneusement que personne ne lui avait donné de cendrier, que bêtise et impolitesse voyagent toujours de compagnie, et concluait que « de toute façon on s'en fiche. Jamais vôtre, etc. ». Ce fut mon premier contact avec la mesquinerie des grands en littérature.

Non que la littérature m'intéressât autrement que comme matière au programme. Je n'avais aucune ambition de toucher le grand public : mais composer de la musique, c'était une autre affaire. Quand j'entrai pour de bon en littérature, beaucoup plus tard, ce fut par le biais de la musique. Je voulais composer un opéra et entrepris donc d'en écrire le livret. Comme il était trop long, j'en fis une pièce. Comme personne ne voulait la monter, j'en fis une nouvelle. J'avais ce projet d'opéra dès ma première année, et Douglas Mason, qui ambitionnait sérieusement d'être poète, travailla avec moi au livret, dont le sujet était Copernic. Mais il était difficile à l'époque de tracer la frontière entre le théâtre épique brechtien et l'opéra : qu'était-ce au fond que *Mahagonny*, et *L'Opéra de quat'sous ?* Nous nous retrouvâmes pour finir avec une sorte de *Singspiel,* parachronique dans la mesure où Copernic prêchait le noumène de son univers héliocentrique à un monde moderne qui se satisfait de simples phénomènes. Il y avait entre autres morceaux un tango :

Quand un amour
Noie au soleil son infortune
Un autre amour
Fond sa musique au clair de lune

La partition piano de ce tango circule encore. On m'a signalé une diffusion sur BBC 3 en octobre 1985. Quant à l'opéra il avorta comme il le méritait. Nous manquions de temps pour travailler les orchestrations.

Je ne cherchais pas à me faire connaître comme poète ni comme critique ou comme auteur de nouvelles. Mais je voulais bien être reconnu comme bon journaliste. Si le *Serpent* avait besoin d'une critique de spectacle, un compte rendu de livre, ou une nouvelle, je fournissais l'article demandé. S'il fallait compléter une page avec un bout de poème, je fournissais aussi les vers. J'aimais faire crépiter la machine à écrire du bureau sous la pression du bouclage; j'aimais voir le sol moutonner de rouleaux d'épreuves qu'il fallait corriger avec les symboles professionnels ad hoc. Quand ma nouvelle « Chagrin » remporta le prix de cinq guinées attribué au meilleur texte d'un étudiant de propédeutique, sur arbitrage de Harold Nicolson, je fus ravi de l'argent mais gêné qu'on puisse prendre la littérature pour mon domaine d'élection. Mon projet était toujours de devenir un grand compositeur.

Si le *Serpent* ne s'occupait pas de critique musicale – ceci dans une ville où la musique était vitale, du moins pour les Juifs, les Italiens et les Allemands –, c'était dû aux préjugés de Cedric Hirson. Moi je voulais aller au concert gratis et en faire le compte rendu, mais pour Hirson les concerts n'étaient que des friandises futiles. La musique n'avait rien à dire sur le processus historique que nous vivions. Et le théâtre? Oui, même Euripide mis en scène par le Groupe antique. J'allai entendre Euripide dans une traduction de Lady Barlow et raillai « les vers puissants de Barlow ». Une des actrices me gifla publiquement en pleine cafétéria. Le même sort venait tout juste de frapper le doyen de Fleet Street, Hannan Swaffer; je me sentis pénétré de mon importance. Mais après deux échecs en latin élémentaire, je me sentis surtout persécuté par le professeur Semple, qui parrainait le spectacle d'Euripide et faisait preuve d'un esprit aussi vindicatif que Robert Graves, avec plus de moyens pour faire mal. C'était dangereux, le journalisme.

Le journalisme devenait hautement périlleux pendant la période de parution des *Ragots du Rag.* L'université avait pour tradition d'aider à financer les hôpitaux de Manchester en organisant un zinzin, un « rag », pour le Mardi gras, et de vendre les *Ragots du Rag* partout en ville dans les semaines qui précédaient. C'était une affaire masculine qui devait tourner autour du trou noir de l'obscénité, et dès le début de l'année un comité se réunissait à la Corpo-hommes pour discuter contenu autour d'un pot de bière. C'était Gerry Wolfson le rédacteur, et je faisais partie du comité. Le contenu ne devait pas être exclusivement cochon, mais le côté cochon devait se parer de délicate ambiguïté. Le public qui attendait de la scatologie modérée était assez vite dégoûté. Un des numéros exhibait en dernière page l'arrière-train d'un éléphant avec cette légende, « Il vous a fait sa grosse commission ». Censuré par le Comité de vigilance morale de Manchester, il atteignit des prix records au marché noir. Pour ma part, je dessinai une enseigne de prêteur sur gages avec trois bourses de métal proéminentes assorties du commentaire « Superman ». Celui-là réussit à passer, mais de justesse. Maintenant que les revues s'appellent couramment *Merde, Branlette* ou *Baise,* la gestion équivoque du porno vers la fin des années trente doit sembler pitoyable. Mais les choses étaient comme ça, et après tout cette mode-là, qui demandait de l'ingéniosité scabreuse, valait peut-être mieux que la liberté crue de montrer copulation et défécation. L'humour était souvent puéril, on offrait gratis un portrait de Harry Cover qui n'était finalement qu'un haricot vert. L'acrostiche demandait plus de talent, comme celui-ci qui parut en première page :

Bravant la pluie et les gouttières
A travers plaines, en plein hiver,
Intrépide sous son fanal
S'achemine votre journal
En vente à tous les coins de rue.

Chacun se rue sur l'éventaire,
On s'arrache les exemplaires :
Non, désolé, tout est vendu.

J'aurais pu plaider une coïncidence assez peu plausible, mais personne ne repéra l'obscénité.

C'est à la Corpo-hommes, à midi la veille du Mardi gras, qu'avait lieu le débat du rag. La motion proposée n'était qu'une concession à la forme ; le vote aussi, puisqu'il n'y avait rien sur quoi voter. Les deux partis faisaient assaut de grossièreté. Dans ma seconde année, c'est à moi qu'il revint de proposer qu'un homme aime une femme si elle est belle. L'opposition riposta qu'une femme aime un homme si *elle* est belle (au sens « il en a une belle, ce cochon »). L'auditoire turbulent s'était muni de coussins péteurs ; les questions étaient grossières et hors de propos ; les étudiants de médecine rugissaient des saloperies gynécologiques. C'était la vie universitaire dans ce qu'elle peut avoir de pire. Pour clore le débat, on déculottait un étranger ou un homosexuel présumé. Il y eut une année où les carabins firent un très mauvais choix – un Siamois qui avait une jambe atrophiée. Pendant mon débat un suppôt de cinquième colonne ouvrit la porte aux membres de la Corpo féminine. Elles portaient une bannière – « Toujours plus oultre – ou, on demande à voir ». Elles nous bombardèrent d'œufs pourris et d'épluchures. On les empoigna à bras-lecorps pour arracher leurs vêtements. Je me suis battu pour défendre Zozafin Wulfson dont on dévoilait brutalement les seins. Il n'y avait pas de quoi rire. Mais c'était ça la toge, dans l'esprit des gens du coin.

Le soir il y avait le bal du Rag, pour lequel on se déguisait. L'ouverture des portes entre les deux Corpos était autorisée pour la circonstance, les plus ternes bachoteuses surgissaient fascinantes en jupes gitanes ou carrément sans jupe. Il y avait trois orchestres, et des invités de marque comme Pat Kirkwood ou même Gracie Fields, qui avait une maîtrise de lettres honoraire. C'était un événement prestigieux, alcoolisé, érotique. Il se terminait vers cinq heures du matin par des œufs au bacon. Puis venait le grand jour du défilé rag. Quelle énergie nous avions !

Les facs de l'université avaient chacune leur char, fourni par une brasserie locale. Quand j'étais en première année, le département d'anglais choisit pour thème la réforme des prisons. Les garçons portaient de vieux pyjamas barrés d'une grosse flèche pour jouer les forçats ; les filles en gardiennes réformées ne portaient presque rien ; elles étaient assises sur nos genoux et nous les enlacions en caressant leurs cuisses soyeuses ; elles brandissaient des bouteilles de champagne vides vers le ciel de Manchester. Comme nous étions refoulés et émotifs, nous les garçons ! Le Mercredi des Cendres quand, accablés par la taille de nos érections nous donnerions la chasse à ces filles, elles auraient retrouvé leurs jupes et leurs manières pincées. Pour elles il y avait une grande barrière entre la réalité et le théâtre. Il nous fallut endurer cet étalage d'érotisme tout au long du parcours jusqu'au centre de Manchester, tandis que d'autres chars représentaient le royaume des fées, Hollywood ou Hawaii, les Roaring Twenties (bien plus éloignées de nous à l'époque qu'elles ne le sont aujourd'hui) ou l'Allemagne de Hitler vue avec une myopie comique par les étudiants juifs d'économie et d'histoire moderne, ou Mussolini dans une marmite abyssinienne. Un char médical présentait une opération ignoble avec scie à métaux et sécateur, surmontée du message DONNEZ-NOUS VOTRE ARGENT : ON SAIT QUE VOUS EN AVEZ DES PAQUETS. Depuis les trottoirs bondés on nous lançait des encouragements, des insultes et de l'argent, des milliers de piécettes cinglantes. Elles réchauffaient notre semi-nudité dans le froid de février comme les orties réchauffaient les jambes des légionnaires romains près du mur d'Hadrien. Laissant nos chariots traînards garés à Piccadilly, nous allions nous répandre dans les rues, bureaux, restaurants, pubs en agitant nos tirelires, voyageant à l'œil dans les bus, et lançant des vannes de plus en plus fatiguées. A mesure que tombait la nuit froide, les plaintes encombraient le standard de la police : saxophone brisé, dossiers confidentiels balancés par les fenêtres, dactylos déculottées, voitures renversées. Les patrons des pubs s'épuisaient à éponger le vomi étudiant. Le jour de fête se termina par une sauterie à Shorrocks's où un médecin indien nommé Soni se battit à coups de dents et de couteau, et John B. interpréta « Sweet Sue » au micro de l'orchestre. Nos danseuses étaient des employées de l'Infirmerie royale qui trimbalaient du dentifrice dans leur sac en guise de contraceptif. On but de l'alcool médical pur, ce qui rendit les hommes fous furieux. Les étudiantes avaient eu la sagesse de regagner leurs foyers. Puis vint le Mercredi des Cendres avec cours aux aurores, gueules de bois et nausées sur l'*Anthologie anglo-saxonne* de Sweet. C'étaient les plus beaux jours de notre vie.

Pendant ces jours de bacchanales, certains d'entre nous forniquaient à cru dans les allées ou embrassaient des femmes respectables au milieu de la rue, mais parvenaient rarement à établir une relation érotique stable avec une consœur étudiante. Les filles ont même réussi à désamorcer toute tentative de cet ordre chez Bate, Gaunt, Mason et moi, en nous faisant passer un message par le truchement de Mason, comme quoi il était grand temps que les garçons les plus présentables de la première année d'anglais remarquent l'existence de filles non moins présentables, et unissent leurs efforts pour fonder une vraie congrégation. Autrement dit déjeuner ensemble et s'appeler par son prénom. Pas question de s'accoupler. Pour mon vingt et unième anniversaire, le 25 février 1938, nous étions huit à dîner dans un restaurant de Piccadilly pour trois shillings six par tête avec six bouteilles de sauternes à un shilling six. Le dîner avait l'abondance courante avant guerre – avec entrée, volaille, relevé – et la demi-couronne de pourboire que je donnai à la serveuse me valut un « Oh, merci, monsieur » ébloui. Ensuite nous avons pris deux taxis pour aller voir *Opérette* de Noel Coward à l'Opera House. Noel Coward était le roi de Gaunt, et de tout Manchester. Coward appréciait Manchester, le restaurant français de l'hôtel Midland, les rendez-vous discrets à l'abri des ragots londoniens, le goût coriace de Manchester dont seul un mélange authentique d'esprit, de pathos et de mélodie pouvait triompher. Manchester a salué Coward du titre de Maître bien avant Londres. Quand Gaunt alla en coulisse lui présenter ses devoirs, le Maître lui demanda : « Vous êtes parent de John of ? » Gaunt retourna voir *Opérette* et eut la joie d'assister aux retouches qu'on y apportait. Ce n'était pas un bon spectacle, Coward en avait conscience. Il ajouta un couplet aux « Nobles demeures d'Angleterre » :

> Un manuscrit de Chaucer narrant une blague roulante,
> Un fragment de soucoupe brisé par Marie la Sanglante.

C'est ainsi que s'acheva mon second trimestre, et que mon père prit ses dispositions pour mourir.

Mon père avait beaucoup maigri et il toussait énormément. Il se rendait chaque matin à la boutique de Princess Road, puis Jack Tollitt le ramenait en voiture pour qu'il déjeune et s'épuise le reste de l'après-midi à tousser dans son fauteuil en essayant de lire Pett Ridge. Le printemps glacial de 1938 l'avait surpris à semer des graines dans son jardin et se faire prendre de plein fouet par un vent qui ne trouvait plus d'arbre pour l'arrêter sur son passage. Il n'avait que la cinquantaine mais commençait à prendre l'allure d'un vieillard. Ma belle-mère essaya de lui faire avaler des potions bizarres mais il les refusa. Il se mit au lit avec apparemment une pleurésie. En écoutant sa respiration difficile, j'étais obsédé par le rythme des variations de William Byrd sur

Les feuilles sont vertes,
Les noix sont noires,
Pendues si haut
Qu'elles ne peuvent choir.

Ce n'était pas le rythme du poème de concours que j'essayais de composer sur « Les Joies de la solitude ». Le médecin du quartier, un nouveau venu nommé Hawkes, déclara que le malade avait une pleurésie et qu'on n'y pouvait pas grand-chose. C'est le cœur qui prenait, et qui allait prendre encore plus. D'autant qu'il était déjà fragile. Le Dr Hawkes avait dans l'idée que la seule chose à faire, c'étaient des injections sous-cutanées d'adrénaline pour stimuler ce cœur qui ne répondrait plus très longtemps aux stimulations. C'est moi qui fus chargé des piqûres, dont je m'acquittai maladroitement. Je restais assis auprès de mon père, qui gardait tous ses esprits et maudissait sa dyspnée – son orthopnée plutôt, car il ne pouvait respirer que dans la position assise – comme un démon étranger à lui. « Ça va passer », disais-je d'un ton apaisant. « Sûr, quand on m'aura foutu au trou, ripostait-il. Tu ferais mieux d'aller chercher le prêtre. »

Après avoir tant affirmé que quand on crève, c'est rideau pour de bon, il prenait maintenant la mort en vrai catholique. Il y avait peut-être une vie éternelle, et un Dieu vindicatif qui serrait les vis d'une agonie sans fin. On n'échapperait pas au repentir habituel du lit de mort. Je me mis en quête d'un prêtre à Fallowfield. L'endroit cultivait les lobélies et les tenues de tennis, mais les églises étaient rares, catholiques ou autres. Je trouvai un prêtre qui refusa de venir parce que nous n'étions pas de sa paroisse. Un autre entama une fulmination digne du *Rocher* de Mr Eliot contre les catholiques tièdes qui viennent à l'église pour les baptêmes et les mariages mais qui ne sont pas de vrais fidèles ; ma requête des derniers sacrements pour mon père lui parut sans doute frivole, car il laissa à son vieux vicaire le soin de m'accorder cette faveur. Lequel était un Irlandais très avancé en alcoolisme, à la fois la cause et l'effet de son incapacité à obtenir une cure. Il tituba jusque chez moi en marmonnant et fit tomber son sac à deux reprises. Tel un personnage d'Evelyn Waugh frais émoulu de Maynooth, il réconforta mon père avec des « Paix mon gars, chur ma fouai, chparie que tu vas nous faire une chainte mort, glouaire à Dieu ». Mon père confessa donc ses petites scélératesses, recracha l'hostie qu'on lui remit dextrement dans la fente, avant de sceller tous ses orifices d'huile et de grâce. Comme Gerontius, il était prêt pour le voyage. Le prêtre eut droit à une rasade de whisky pour le soutenir sur le chemin du retour dans la froideur printanière. Les Wilson, Dwyer, Kemp et Tollitt commencèrent à encombrer la chambre. « C'est foutrement long », geingouilla mon père. Puis « Ce foutu Seigneur croit pas qu'y va s'foutre de moi encore longtemps, non ? » On pensa qu'il aurait besoin de revoir le prêtre, mais il dit qu'il préférait un demi pression. Puis il me recommanda de prendre soin de ma mère, voulant dire ma belle-mère, et expira hideusement. J'avais vu la mort dans des films, mais elle était toujours insonore et hygiénique. Celle-ci fut vulgaire et bruyante. Tous étaient agenouillés sauf moi, qui connaissais trop bien mon *Ulysse*. Tous attendirent à genoux la débâcle du système excrétoire et l'explosion d'une puanteur qu'il fallait bien nommer diabolique. Les cathares avaient sans doute raison de croire que la chair et le démon ne font qu'un.

La coquille aux sphincters délabrés fut enterrée au cimetière de Moston, puis le cortège endeuillé se rendit à l'étage d'un restaurant consommer un festin funèbre de jambon, salade, et pâtisseries. Pourquoi est-ce toujours du jambon ? J'y vois une note de cannibalisme, la chair de porc étant la plus proche de la nôtre, et ses assaisonnements les plus riches de résonances. Jack Tollitt faisait le tour de la table flanqué de deux autres John, Mr. Haig et Johnny Walker, en versant de solides doses dans les tasses de thé fort. C'est que plus d'un avait attrapé la mort dans ces cimetières à flanc de coteau par un frais printemps de Manchester. Rien de tel que le whisky. La réunion funèbre retrouva le moral, voire même la gaieté. On évoqua les blagues préférées de mon père qui tirèrent à la tablée de tristes hennissements. Des blagues obscènes avec innocence, dépourvues de toute allusion sexuelle. Mon oncle Jack se remémora l'épitaphe pas entièrement facétieuse que son frère voulait faire graver sur sa tombe :

Sous la pierre le vieux Joe demeure,
Personne ne rit, personne ne pleure.
Où il alla, comment il va,
On n'en sait rien, on s'en fout bien.

Mais sur sa tombe on lisait simplement JOSEPH WILSON 1883-1938. Je citai le pseudo-Homère parlant de Margitès. Qui ne fut ni jardinier ni laboureur. Car il échoua dans tous les arts. Etait-ce vrai ? Ses poignets solides lui auraient permis de se battre avec un clavier, mais il gaspillait son talent. Il savait tenir les comptes avec beaucoup de sens pratique. Mais il avait aussi la mollesse des Irlandais, le goût de la boisson et de la convivialité vaine, compensés par des accès de britannisme rigide, cheveux bien taillés, chaussures bien cirées. La lecture de son testament serait le test d'accomplissement final. Mais il mourut intestat. Il n'avait rien à léguer, à part sa garde-robe, une paire de boules marquées à ses initiales, des jumelles de turfiste, et un stylo Parker. Ce sont d'autres membres des familles alliées qui s'emparèrent de tout cela. Moi je n'ai rien eu, et je ne voulais rien. Il était sorti de ma vie, je pouvais continuer la mienne. Je composai des vers que je n'ai jamais achevés ni publiés :

Jadis l'homme qui exprimait
Sa haine du père à coups d'épée,
On le fourrait dans un sac de toile rêche
Avec un singe braillard pour lui griffer le dos,
Les mots rauques d'un perroquet pour prêche,
Raillant le manque d'air et de lumière,
Terreur du temps,
Et l'ondulante souplesse d'un serpent,
Puis on le jetait en vrille à la mer.
Foutaises et boniment que tout cela,
Nous avons changé nos façons
Pour avancer en plus claire lumière,
Et nous décrotter sur le paillasson.
Quand il le vit près de sa fin
Mon cerveau se libéra
D'un trait de plume, annulant
Tous les accidents de naissance,
Renforçant mes droits sur terre
Et je me sentis plus homme
En semant la dernière squame de peau d'antan.

Mais ce n'est pas si facile d'expédier un père en quelques lignes comme simple instrument de génération. Je découvrais beaucoup de lui en moi, jusque dans mon miroir. Le parricide, objet d'un châtiment romain dont je semblais tout savoir, était en partie un suicide. Et d'ailleurs, pourquoi aurais-je voulu tuer mon père ? C'est plutôt lui qui devait avoir envie de me tuer, moi qui avais survécu à sa femme et sa fille chéries, moi qui gazouillais insolemment dans mon berceau. Mais il a commué le filicide en abandon cordial. Je n'avais aucun motif œdipien de rancune ou de culpabilité. Pourtant la culpabilité qui s'empara alors de moi était morbide et démesurée. Je rêvais de mon père ; il arpentait ma chambre en chemise de nuit ; sa tête surgissait, multiple, sur les murs, comme « des comédons qu'on presse sur une peau acnéique », écrivis-je dans une histoire inspirée par ce sentiment de faute et ces cauchemars. Mon dernier rêve le concernant était grotesque. Il errait, toujours en vêtement de nuit, dans une bibliothèque remplie exclusivement de volumes reliés du journal *Punch*. Il consultait volume après volume en geignant. Puis apparemment trouvait ce qu'il cherchait, avec un sourire sinistre, un rot de buveur exultant, et disparaissait. Il reparut des mois plus tard en personne à un concert Hallé pendant le dernier mouvement de la *Symphonie héroïque* de Beethoven. Il portait son chapeau melon. Il hocha la tête comme s'il était satisfait de voir que j'écoutais encore de la musique, puis il s'éclipsa. Ma longue expérience des revenants m'interdit toute raillerie sur les traces vivantes que les morts laissent derrière eux. Les fantômes rôdent autour de nous, pas de doute à cela. Réentendant peu après ces variations finales à la radio, je vis la tête de mon père, sans chapeau melon, coulée dans le bronze d'un être mythique. Prométhée, bien sûr : c'est précisément ce qu'a fait Beethoven, extraire un homme vivant du cours de l'histoire qu'il opprimait pour le convertir en mythologie.

Quelque chose m'incita à composer une ballade comique sur Prométhée. Je me promenais dans les rues de Manchester à la nuit tombée, une cigarette aux lèvres et rien pour l'allumer. J'eus l'inspiration suivante :

Père du feu, simoniaque endurci,
    Qui vola sa semence à la flamme olympique
Pour m'exaucer, revis ta félonie,
    Sois pitoyable à mon humble supplique.
    Redeviens le héros généreux et hardi
Qui apporta jadis cet art calorifique
    Aux barbares nations vêtues de peaux de bêtes,
Et pour ma cigarette, trouve-moi une allumette.

Mon père se tenait devant moi, une allumette enflammée à la main. Il était devenu mythe et comédie. Il avait dégagé la voie. Avait-il quelque chose à voir avec un mal bizarre et exténuant dont je me mis à souffrir, je l'ignore. Le mal en question était connu des spécialistes comme une spermatorrhée, émission sur émission de semence au cours de la nuit, mais dépourvues dans mon cas de visions de femmes grasses (autant d'allomorphes, si elles étaient apparues, de ma belle-mère). Quoi qu'il en soit, la semence coule sans érection ni orgasme. C'était peut-être l'évacuation du père donneur de la semence qui m'avait engendré ; c'était peut-être une forme de mimésis du père prométhéen. Ou plus probablement, une forme de refoulement sexuel. Mais à l'état de veille j'avais des soucis plus graves que le sexe. De son vivant, mon père donnait sa protection nominale à un ménage dont il n'était en fait que l'employé. J'étais désormais sans protection, dépendant de la charité de ma belle-mère. Une partie de l'assurance versée à la mort de mon père pourrait servir à compléter mon éducation, mais là encore il s'agissait d'une faveur. Je me retrouvais entièrement orphelin.

Ma belle-mère résilia la location de la maison de Fallowfield pour réintégrer avec moi Princess Road dans Moss Side. La boutique, avec M.

Wilson en lettres dorées au-dessus de la fenêtre, occupait maintenant le numéro 47, au coin de Raby Street. Les locaux étaient plus spacieux qu'au numéro 21, avec une chambre indépendante pour ma belle-mère. Moi j'avais droit à un lit dans la chambre de mon neveu Dan, alors âgé de onze ans, mais cette chambre au-dessus de la boutique servait aussi de salle de billard, Jack Tollitt étant un adepte de ce sport. Si j'allais me coucher tôt c'était sur le clic des boules de billard ou le ploup des flèches, car il y avait aussi un jeu de fléchettes. Jack Tollitt méritait bien ces délassements, vu qu'il gérait l'affaire et avait de lourdes responsabilités sur les bras. Il avait aussi ma belle-mère pour surveiller comment il s'y prenait, pauvre veuve, comme elle se désignait désormais, mesurant la fragilité de la vie et la solidité de l'argent. Jack Tollitt aurait dû lui donner toute satisfaction, lui qui avait une énergie effrayante, refusait toute aide rémunérée, et faisait même du dimanche un jour de labeur acharné – la messe la plus matinale possible, puis le ronflement et les coups de boutoir de l'aspirateur dans les moindres recoins, suivis d'un tardif déjeuner froid. Il commençait à me faire peur.

Ce qui m'effrayait souvent la nuit, c'étaient les promenades somnambules de mon neveu Dan et les cauchemars simultanés de ma nièce Sheila. Elle poussait des hurlements, parfois elle éclatait de rire ; il allumait toutes les lumières de la maison et distribuait les cartes pour une partie de whist à quatre sur la table des repas. Puis il éteignait tout et retournait se coucher. Il se réveillait dispos, l'air bien nourri, alors qu'il mangeait uniquement de la purée. Lui, le fils authentique de père et mère et grand-mère authentiques, incarnait tous leurs espoirs, malgré ses mauvais résultats scolaires. Moi, l'orphelin fantôme de la périphérie, à l'intelligence dangereuse et inutile, adulte mais encore étudiant sans but bien défini dans le monde, je mendiais mon argent de poche au lieu de gagner ma vie. Les histoires d'argent se compliquaient. Un lundi matin, ma belle-mère eut ces mots inoubliables en me comptant mes quatre shillings hebdomadaires : « On croyait que ça serait une grâce et une bénédiction de t'envoyer à l'université, mais c'est une vraie plaie du ciel. » Elle faisait allusion à mes gueules de bois du dimanche matin qui me faisaient rater la messe. La religion, à la fois aspect et nimbe de l'efficacité séculière, reprenait sa place dans ma vie.

Une façon d'obtenir de l'argent, c'était d'inventer des examens obligatoires, qui comportaient tous des droits d'inscription – Morphologie niveau moyen, Pornologie appliquée et ainsi de suite. Mais je n'avais jamais de quoi m'offrir mes beuveries ordinaires du week-end, et j'avais beau vivre et dormir au-dessus d'un énorme stock de cigarettes sous cellophane, on me faisait payer comptant mes vingt Player's. Une portion de mon argent de poche retournait donc dans la caisse, avec au passage le menu profit d'une vente au détail. J'enviais l'aisance de mes camarades, qui commençaient la journée en ouvrant un paquet de Kensitas (quatre en prime pour offrir à vos amis) et n'hésitaient pas à claquer six sous pour un livre de poche.

Jack Tollitt me témoignait parfois de la gentillesse, surtout quand je venais de passer mon samedi à livrer des colis de denrées fumables dans les petites boutiques, ou à récupérer une commande de carottes au dépôt de tabac que tenait O'Mahoney. Le samedi ou même le dimanche soir, il lui arrivait de m'emmener dans ces bistrots sélects baptisés auberges de campagne, typiques des années trente. Il lui parut même opportun de m'emmener aux dîners et aux bals qui relevaient à la fois des affaires et de la religion. Certaines affaires étaient catholiques, d'autres étaient séculières, des dames parfumées aux épaules nues venaient accompagnées d'hommes en cravate blanche et habit obligatoires. Je me retrouvai donc harnaché pour un total de sept guinées par le tailleur du coin Bradford et fils. Bradford avait perdu sa femme, et il s'était mis au spiritisme pour conjurer son esprit par l'intermédiaire d'un contrôleur peau-rouge. La morte n'avait apparemment pas grand-chose à dire, mais il apprit beaucoup de choses sur l'au-delà grâce à Jules César, connu là-bas sous le nom d'Œil Clair, et Octave César, qu'on appelait Tavy. Il nous raconta longuement ces entretiens pendant qu'on m'installait dans mon habit. J'avais hâte que ça se termine. J'avais bonne allure, aux dires de tous, avec ma haute taille svelte. Pas de doute, m'assurèrent-ils en prime, que je me dégoterais facilement une bonne catholique à l'une ou l'autre soirée dansante du business catholique, sororité ou confrérie. C'était donc ça le but de l'opération. Michael Callaghan, fiancé maintenant à Dorothy Fitzmaurice, était dans le coup aussi. Il avait fait ami-ami avec Agnes et Jack Tollitt, et contribué à répandre la légende que j'étais intelligent mais dépourvu de jugeote. Moi aussi j'avais besoin d'une fiancée catholique, à chercher de préférence dans une bonne famille du milieu d'affaires irlandais de Manchester.

Mais en plus de ce besoin j'avais un petit talisman onomastique. J'étais le fils de mon père décédé, autrement dit un Wilson. Jack Tollitt gérait l'entreprise Wilson's, cependant il fallait faire savoir au monde que le nom restait familialement attaché à un être bien vivant. Ma belle-mère était toujours au fond une Byrne et une Dwyer ; moi j'étais du Wilson authentique ; je rappelais mon père, un homme connu et respecté dans le monde du tabac. J'étudiais à l'université, ce qui montrait bien le rang de la firme Wilson's. Quand les débitants de tabac de Manchester se rebellèrent contre Kensitas et que le Raleigh Club organisa un grand meeting de protestation, j'étais présent dans l'enceinte aux portes verrouillées, prêt à crier « J.B. Wilson de Wilson's » lors de l'appel.

Je faisais allusion tout à l'heure au paquet de Kensitas matinal (quatre en prime pour vos amis) que s'offraient les plus riches de mes camarades étudiants. Cette marque de cigarettes n'existe plus, mais elle était très en vogue à la fin des années trente. Créée par la firme Wix, elle exhibait sur l'emballage et sur les affiches un valet présentant avec onction un paquet ouvert sur un plateau d'argent : « Vos Kensitas, Monsieur. » Au paquet de vingt qui coûtait un shilling était attaché le petit paquet de quatre pour vos amis. Vous aviez droit à vingt-quatre cigarettes pour le prix de vingt. La générosité de Wix ne s'appliquait pas aux paquets de dix, d'où les problèmes qui entraînèrent le grand meeting de protestation. Car ces messieurs de chez Wix exigeaient des grossistes et des détaillants qu'ils prennent aussi bien des paquets de dix que des vingt plus quatre, et ce dans les proportions en vigueur pour les autres marques. La fumée des dix Kensitas était aussi bonne que celle des Gold Flake, Black Cat, Senior Service ou Player's, mais qui diable voudrait les acheter si pour le double du prix il pouvait en avoir quatre de plus pour les amis, autrement dit lui-même ? Les largesses de Wix semèrent le doute dans l'esprit des fumeurs quant aux vertus de leur tabac : une telle générosité cachait forcément un piège. L'autre piège, d'une évidence brutale pour les petits détaillants qui ne pouvaient pas écouler leurs paquets de dix, provoqua une réaction si vive que les Kensitas furent unanimement boycottées. Et la marque finit par disparaître. Wix avait eu la réflexion un peu courte. Le pauvre qui ne pouvait pas dépenser plus de six pence subventionnait le shilling du riche. J'y allai de mon petit discours accusateur à la réunion du Raleigh Club. Quoi de plus légitime, puisque j'étais Wilson de Wilson's ?

En attendant, j'avais à peine les moyens de fumer. Dieu sait si j'aurais jamais les moyens de sortir une fille. Mais même réduit à la pauvreté, je tenais absolument à la beuverie du vendredi soir où, avec Gaunt et Mason, nous retrouvions deux étudiants en deuxième année d'anglais, Ian McColl et Harry Green. Green et McColl me fascinaient. Ils étaient grossiers, hostiles aux grâces de la civilisation, mais ils ne vivaient que pour la langue anglaise et sa littérature. McColl était si imprégné d'anglo-saxon qu'il évitait d'instinct les latinismes et les hellénismes même dans la conversation ordinaire. Il était tout prêt, comme le poète Barnes, à faire d'un omnibus un char à hommes et d'un téléphone un long-parleur. Il parlait allemand mais détestait les nazis qui, après tout, ne faisaient comme lui que nettoyer leur langue de ses exotismes. Green et lui savaient qu'il y aurait une guerre, et ils suivaient régulièrement les exercices d'infanterie avec les étudiants de P.M.S. Tous deux ont été tués en France en 1940, comme les bons sous-lieutenants de la Première Guerre mondiale, peut-être même qu'ils avaient prévu cette conclusion. Ils ne parlaient jamais de l'avenir mais s'étaient fixés dans un présent auquel s'intégrait le passé littéraire. McColl composait oralement l'interminable saga de deux pochards lubriques nommés Moussemerde et Brisebordel, avec des vers du genre

Sanz mie porloignier a pissoir issit,
Membre preïst es poinz et molt fist mervoille.

Green, planté devant un pub des Shambles à l'enseigne The White Horse, y découvrit l'ancienne rune de l'article défini que les Normands ont remplacé par un digramme. Là où les enseignes imitent le style antique, comme aux salons de thé des capitales provinciales, cette rune est figurée par un Y, mais ici ce n'était pas le cas. « Putain, hurla Green, il est chié ce *thorn !* » Le héros de Green n'appartenait pas au monde académique. C'était l'adjudant-chef du bataillon universitaire de P.M.S., qui déclama un jour ce monologue : « Les chiées couleurs de cette chienlit d'armée britannique c'est chié noir, chié rouge, chié jaune, et toutes les couleurs de chiottes du chié billard sauf le chié rose. Ce chieur va pas nous faire croire qu'y voit du patchouli ! C'est pas chié Bon Dieu permis d'en sortir d'aussi chiées. » Green et McColl souscrivaient tous les deux au canon littéraire de *Scrutiny,* mais ils le devançaient plus qu'ils ne le suivaient en célébrant Kipling, Burns et A.E. Housman. Une bière, mon pote, une bière, y a rien de mieux pour la panse de ceux que ça gratte quand ils pensent. Mithridate, il est mort très vieux. McColl était persuadé que la technique d'*Un gars du Shropshire* était promise à un avenir littéraire, à condition qu'on la déniaise :

En tous lieux que je visitais,
Multitudineusement gerbais,
Au caniveau, jambes écartées,
Cafetière basse à chaque nausée.

« Multitudineusement » était un latinisme flagrant qu'il voulait bien laisser passer puisqu'on l'expulsait en vomissant.

La Luftwaffe détruisit le quartier populaire des Shambles, où se trouvaient les plus vieux bistrots de Manchester, ceux où nous descendions nos pintes à cinq pence, plus les bières gratis que je gagnais en jouant du piano. Une solution partielle à mes problèmes d'argent, c'étaient les dix shillings qu'on me donnait pour tenir le piano du Black Horse les vendredis et samedis soirs. McColl et Green étaient ravis que les usagers l'aient rebaptisé le Cuddy. Cuddy est le diminutif de Cuthbert, et Cuthbert est le nom usuel de l'âne dans les bestiaires du Moyen Age. Un cheval noir aurait très bien fait l'affaire pour des cavaliers, mais l'âne convenait mieux au commun des buveurs. Ils auraient pu boire davantage au Cuddy sur mes rentes si ça ne les avait pas poussés à des débordements linguistiques – bruyantes déclamations de *Beowulf* ou du dernier exploit de Moussemerde et Brisebordel. Débarrasse-nous le plancher de tes foutus copains, c'est une maison respectable ici.

De toute façon les week-ends pianisants n'auraient pas duré longtemps. Mon père, maître éprouvé de cet art éprouvant, m'avait prévenu de tous ses aléas. Le pianiste était méprisé de tous, à commencer par les chanteurs d'occasion qu'il devait accompagner. S'il leur demandait en quelle clé ils chantaient, il s'attirait en général la réponse : « Y a pas trente-six clés sur ma putain de porte. » Il symphonisait dans un ton, eux démarraient dans un autre. Tous sans exception attaquaient trop haut, se cassaient la figure en route, et accusaient le pianiste. Le Nord-Ouest regorgeait de chanteurs amateurs et la pratique du chant de bistrot, même médiocre, avait généralement droit au respect. « Un peu de calme. Le chanteur est en place. » Mais si le pianiste prenait deux minutes pour avaler la bière d'un généreux donateur, il se faisait rappeler à l'ordre : « Dis donc toi, au boulot, t'es pas payé pour rien faire. » Si le piano jouait faux ou couinait, c'était encore la faute de l'artiste. Les voix frustes recueillaient les applaudissements, le mérite de l'accompagnateur passait inaperçu. Ignorait-il les chansons pour initiés ou les chansons récentes, il était dans son tort. Un interlude de Chopin, et c'étaient des hurlements. On m'a viré pour avoir voulu faire de l'épate en interprétant le mouvement « Jupiter » des *Planètes* de Holst. Le code de bonne conduite musicale était très rigide. Je ne me remis au piano semi-professionnel de bistrot qu'après la guerre, parce que j'avais besoin de ces trente-cinq shillings du week-end pour compléter mon salaire d'assistant-professeur stagiaire. C'est un métier dur et mal considéré, qui demande énormément de souplesse et d'habileté. Il faut posséder par cœur un vaste répertoire et savoir improviser sur des chansons qu'on n'a jamais entendues. Il n'y a pas beaucoup de grands concertistes professionnels qui en seraient capables.

Le printemps et l'été 1938 passèrent toujours sans femmes pour Gaunt, Mason et moi. Picoler avec Green et McColl, badiner avec des putes ou des épouses légères en bigoudis imbibées de stout, il aurait fallu autre chose pour nous délasser de nos études. On s'entendait bien avec les filles de notre année mais elles nous imposaient un style de relations fraternelles que seuls les pleurs ou les cris de viol pouvaient détruire. Nous bavions devant des presque licenciées comme si c'étaient des vedettes de cinéma – Esmé Stokes et Jean Buckingham et une sirène enrobée de fourrure, Audrey Lightborne. On jouait au poker en misant des fractions de leurs corps inaccessibles. Un fantasme de Mason dont les nazis firent une réalité sans y mettre d'amour, c'est qu'il aurait voulu se faire un abat-jour avec la peau d'Esmé Stokes. Il me boxa pendant un séminaire où j'improvisais des vers ironiques :

Tout le monde a tripoté
Mademoiselle Esmé,
Rouleurs dépenaillés,
Roteurs mal embouchés,
Et le rustaud plein d'acné
Qui fume des blondes à...

Cette vie de frustration était le lot des jeunes gens instruits, sexuellement normaux, des années trente. Il nous fallait des anaphrodisiaques, une dose de quinine hebdomadaire dans notre thé. Comment les homosexuels se débrouillaient, nous on ne savait pas. Il ne semblait pas y en avoir beaucoup dans les parages.

Ce qui manquait à l'université de Manchester mais semblait réservé à des lieux de savoir plus anciens, c'était la note de dandysme de l'épicène, ce parfum de décadence riche et cultivée que résume Anthony Blanche, le personnage de Waugh. Avec ses pastiches de Ronald Firbank dans *The Serpent,* John A. Wilson exprimait le désir de ce que le Nord-Ouest industriel enfumé n'offrirait jamais ; notre utilitarisme était trop sinistre pour le chic pervers. A une table d'angle de la cafétéria venaient s'asseoir régulièrement des personnages qui semblaient passer le temps avec insouciance, des étudiantes en médecine appliquées à rater leurs examens, qui fumaient et buvaient sec, prenaient des drogues douces, des amants, suivaient *Work in Progress,* lisaient Dos Passos, évoquaient leurs aventures de Cap-d'Ail ou Munich, mais dont les fonds venaient manifestement d'un père courtier en coton. Il nous manquait la force civilisatrice de la terre aristocratique. Les seuls aristocrates étaient les Juifs de Manchester. Quant aux étrangers, c'étaient surtout des Allemands comme Oskar Büneman, Klaus Pickard et Karl Prauschnitz, un Arménien ou un Russe de service, des chercheurs chimistes qui travaillaient dur sur les nouvelles techniques de teinture industrielle. Il nous manquait l'air d'un monde sybarite, un air étranger à nos brumes et nos voyelles rudes.

Pour ce qui est de l'homosexualité, Gaunt, Mason et moi ne la vîmes en pleine action que sous sa forme thespienne. Quand une troupe itinérante vint jouer Shakespeare au Princes Theatre, nous nous portâmes volontaires pour la figuration et fûmes accueillis par un pédé vieillissant qui jouait John of Gaunt et Polonius. « A poil tous, cria-t-il, ôtez vos caleçons », et nous voilà plantés frissonnants comme pour une visite médicale pendant qu'il examinait notre chair de poule. Il nous habilla comme s'il avait affaire à des bébés, et d'un dernier coup de main lubrique mit nos couilles en place. Pendant les entractes il bondissait avec une énergie horrible sur un charmant éphèbe de la fac de droit nommé Clement Forbes, tellement innocent qu'il ne comprenait pas à quoi rimait cet étalage d'affection forcenée. Une soirée de *Richard II,* ça nous suffisait à presque tous, mais Gaunt qui avait un amour démesuré pour le théâtre voulut à tout prix figurer dans *Hamlet* et joua même à pile ou face le privilège de porter le cercueil d'Ophélie. Etant le porteur de tête il avait une vue imprenable sur son décolleté. Et nous, de nos fauteuils gratuits, nous pouvions voir sa braguette se remplir hardiment. Un chat noir traversa la scène pendant ce tableau, et hardiment Gaunt improvisa une psalmodie en vers blancs :

Las, pauvre chat endeuillé de nature,
Crois-tu trouver proie vivante en ces lieux
Que la mort seule tient entre griffe et dent ?

Le chat quitta la scène sans hâte, quoique sans applaudissements. Plus tard en coulisses Gaunt reçut une sévère correction d'un Polonius ressuscité. Il persista dans son amour pour le théâtre.

Au terme de l'année universitaire j'avais réussi aux examens d'anglais mais échoué en français et en histoire européenne niveau moyen. Je pouvais repasser les épreuves en septembre, mais j'avais la certitude que je ne serais jamais reçu en histoire tant qu'A.J.P. Taylor serait là. Heureusement il partit pour entreprendre sa longue montée en notoriété, et fut remplacé par un nommé Bolsover. Cet enseignant-là accepta les idées géniales et l'absence de savoir de ma deuxième tentative, j'eus mon examen. Celui de français aussi, sans doute parce que Colin Smith, qui faisait passer les oraux, était violoncelliste amateur et qu'il apprécia ma connaissance des termes musicaux en français. J'étais ravi d'être débarrassé du français, qui n'a jamais été ma langue étrangère préférée.

Débarrassé ? Je viens de passer les douze dernières années en territoire francophone, en résistant constamment à la tentation de m'appliquer à bien le parler, ou même à le parler tout court. Il m'arrive de donner des conférences en français et de passer à la télévision française, mais toujours comme si j'asticotais masochistement une dent malade. Je sais comment fonctionne le système phonologique français, je peux prononcer correctement les voyelles d'avant arrondies les plus perverses, mais je ne veux pas apprendre les schémas d'intonation. Pour bien parler français il faut devenir provisoirement français, et ça je m'y refuse. Je déploie un ample et parfois hermétique vocabulaire pour offrir en spectacle une caricature de John Bull. Ça m'arrive surtout quand je dois passer à la télévision ou à la radio avec des écrivains français. Je déteste leurs afféteries, leur friabilité affichée, leurs affres torturantes de créateurs. Je déteste leur conduite incestueuse, leur conviction que seul compte le public parisien, leur goût pour les théories littéraires éphémères et les maîtres douteux comme Barthes ou Derrida. Pour la langue, je peux l'accepter et même l'admirer dans sa forme écrite, mais je sais qu'elle est minée par la maladie. Elle se présente comme la forme dominante du latin post-impérial, mais le français parlé s'évertue à devenir un jargon agglutinant comme l'esquimau. Je m'oppose à ce que l'on change le Christ en Chri. Il y a quelque chose de pourri dans la langue qui transforme l'*aqua* en *eau*. Je comprends le Robert Graves de *Adieu à tout cela* qui tenait son bon français pour une parure jetable, et son mauvais allemand pour une part vitale de sa chair et ses os. Mon allemand à moi est atroce, mais je savoure les racines ancestrales fongoïdes de cette langue. J'ai épousé une Latine, mais je ne pourrai jamais me faire latin. En exil je soutiens le patriotisme nordique.

Notre passion à Gaunt et moi pour la littérature anglaise fut autorisée à s'épanouir : nous étions admis en licence spécialisée. Mais Mason était refusé et invité à préparer une licence de lettres libre. Personne, selon Gaunt et moi, n'avait un sens plus subtil du génie littéraire anglais que Mason. Il écrivait des poèmes d'une grande sensibilité. Il en avait même soumis un pour un prix de poésie sur les « Joies de la solitude », que les juges avaient trouvé trop marqué par Pound. Et voilà qu'il allait régner comme un borgne chez les aveugles. Gaunt épingla au tableau d'affichage de la fac d'anglais une parodie du sermon sur le feu de T.S. Eliot, « O Seigneur, tu me fous dehors ». Quand le professeur Charlton l'arracha d'un geste irrité il fallut lui fournir des explications, car il méprisait Eliot et donc ne le lisait pas. Mais une décision bien plus grave que celle de la faculté risquait de nous jeter tous dehors en septembre 1938. Hitler s'était emparé de l'Autriche en mars; l'accord de Munich ne nous donnait pas d'illusions. Il y avait trop d'Allemands bien informés dans ce *Hauptstadt* qu'était Manchester, plus un nombre croissant de réfugiés juifs allemands et autrichiens, pour nous laisser croire, au seuil d'une nouvelle année universitaire, que le temps était vraiment à la paix.

Le premier numéro que publia le *Serpent* cette année-là était réaliste et amer. Cedric Hirson concluait un pastiche de Dos Passos par ces mots, « Toute une vie de paix. Mais quelle est l'espérance de vie quand on a soixante-dix ans ? » C'était l'âge qu'allait atteindre Neville Chamberlain en 1939 : pour nous il était très âgé et par conséquent très bête. Je publiai un poème intitulé « Septembre 1938 » :

Ils ont conquis la vie entre deux guerres,
Enfants de l'une voués à nourrir l'autre,
Clameurs d'éternel déluge aux oreilles.
Ni amants de l'indolence, ni combattants-nés,
Rancune épuisée contre la pierre, à force coups vidée
De l'esprit résigné aux temps nouveaux :
Inutile de faire la queue pour un masque à gaz.
Car le retour serait à un chaos pire :
Rentrer, membres pesants de boue et de labeur,
Pour dormir
Pour balayer de la maison la crasse des jours.
Savoir qu'à la fin l'homme, membres, reins et face
S'effacera, pour faire rois à sa place
Des engins rouillant à perpétuité, héritiers de la guerre
*Fonctionnant d'une manière automatique**.

Le dernier vers en français était emprunté à *Un cœur simple*. L'image du combat entre les machines venait du film de H.G. Wells, *Les Temps futurs*. Ce film que nous avions vu quelques années auparavant nous avait frappés comme une vraie prophétie. La longue guerre de Wells commençait à Noël 1940. Dans le livre dont s'inspire le film, c'est le corridor de Dantzig le *casus belli*, et c'est un Juif polonais qui déclenche les hostilités en cherchant à déloger un fragment de noix coincé dans sa dent, geste qu'un SS prend pour une insulte au svastika. Nous faisions confiance à Wells bien plus qu'à Chamberlain. Même l'Etat britannique semblait le suivre quand il promettait une émission immédiate de gaz toxiques : la première image glaçante du film montrait une distribution de masques à une foule hurlant de panique. L'ère nouvelle où nous entrions s'ouvrait par une distribution bureaucratique plus calme. Le ton du poème reflétait, je crois, les sentiments d'un grand nombre de mes contemporains. La guerre approchait sans aucun doute, et elle ne ferait que reproduire le scandale d'il y a vingt ans, les vieux qui tuent les jeunes. Ce serait une lutte entre deux systèmes capitalistes, disaient nos communistes. Ça ne serait pas un conflit pour faire triompher la justice socialiste, comme la guerre d'Espagne.

Deux jours après mon vingt-deuxième anniversaire la Grande-Bretagne reconnaissait le gouvernement du général Franco. Le 16 mars Hitler annexait la Bohême et la Moravie et proclamait un protectorat allemand. Le 22 mars la Lituanie cédait Memel à l'Allemagne. Le 28 mars l'Allemagne entamait une forte campagne de presse antipolonaise. Le 1er avril, fin de la guerre d'Espagne. Le 7 avril l'Italie s'emparait de l'Albanie. C'était difficile, au printemps 1939, de se concentrer sur la dissociation eliotienne de la sensibilité ou des phénomènes linguistiques comme la mutation en -i. Mais notre feuille de chou pré-printanière était insensible aux angoisses pour l'avenir. Les *Ragots du Rag* parut et fut interdit comme il se doit. Le char de la faculté d'anglais représentait le pays des fées, et c'est moi qui tenais le rôle de la reine des fées. L'idée de me donner ce rôle venait de Basil Holgate, un produit sophistiqué du lycée de Manchester : je ne sais toujours pas pourquoi on avait jugé qu'il me convenait. Quand le défilé eut pris fin et que, couverts de bleus et de pennies, nous allâmes quêter en ville en costumes frigorifiants, mes faux seins subirent maints outrages de femmes au rire paillard. Je restai de glace et n'en tâtai pas un seul vrai par représailles. J'étais sexuellement comblé. J'étais même amoureux.

Au début de l'année la faculté d'anglais donnait une soirée pour les nouveaux et les nouvelles, où j'entrepris de conquérir l'une ou l'autre des jeunes oiselles à peine sorties de l'école. Nos contemporaines se posaient fermement en sœurs, nos aînées étaient des étoiles lointaines ; ces nouvelles embaumaient le parfum bon marché et l'accessibilité. Je parlai sans réfléchir à Michael Callaghan, enseignant en titre maintenant, d'une fille en particulier qui me semblait pleine de promesse. Protestante ? Oui, protestante. D'où une nouvelle tentative pour me trouver une bonne catholique irlandaise, Noël devenant prétexte à une série de réceptions dans de bonnes maisons catholiques. Callaghan et moi nous jouions des duos de piano pour faire danser les invités – « Tous deux endormis », « Musique s'il vous plaît, Maestro », « Orchidées bleues », « Un jour mon prince viendra » (disait Blanche-Neige en l'astiquant de la main, une blague qui circulait cet hiver-là) – et après la messe nous finissions la nuit enlacés chastement à de bonnes catholiques irlandaises. Mais le protestantisme guettait dans l'ombre le moment de me happer, et pas chez les nouvelles de la fac d'anglais. Une Anglo-Galloise de Blackwood dans le comté de Monmouth venait juste de commencer les cours de licence en politique, économie et histoire moderne. C'est elle que j'allais épouser, elle qui resterait mon épouse jusqu'à ce qu'en 1968 la mort nous sépare. Elle m'avait vu jouer un capitaine ruritanien dans une pièce donnée à la Soirée panuniversitaire des débutants. Je lui avais beaucoup plu, me dit-elle par la suite malgré l'improbabilité de la chose.

Elle s'appelait Llewela Isherwood Jones. Son père était un Jones anglais, sa mère une Jones galloise. Le côté anglais était apparenté aux Bradshaw de Marple Hall dans le Cheshire et aussi, par eux, à Lady Charlotte Isherwood. De Christopher Isherwood, qui apparaît sous le nom de Bradshaw dans *Mr Norris change de train*, ni le père Jones ni sa fille n'avaient entendu parler. Elle n'était pas littéraire, chose que confirmait son goût pour Mary Webb ; lui était chimiste et avait fait ses études à Manchester avec Chaïm Weizmann. Fait rare pour un homme dépourvu de titres médicaux, il avait été affecté comme officier de santé dans une unité médicale de la Royal Army pendant la Grande Guerre, avait suivi Allenby en Palestine, bu une citronnade avec Lawrence d'Arabie, et inventé un incinérateur de campagne qui rendit de grands services au Proche-Orient. Il était maintenant principal du lycée Bedwellty près de Tredegar. Son mariage à une Jones dont la nature galloise avait fini par déteindre sur son identité de boltonien l'avait fait accepter par les Gallois ambigus du Monmouthsire ou de Gwent, trop proches de l'Angleterre pour être restés purs, et dotés d'un système éducatif qui dépendait des *Saeson,* les Britanniques. Il avait un solide accent de Bolton, et une licence extraterritoriale, mais les Gallois l'avaient adopté comme convenant à la mission d'éducateur anglo-gallois. Dans une région adonnée aux tripotages et à la propagande électorale (« Démarchage interdit » placé en tête d'une offre d'emploi au pays de Galles dans le *Times Educational Supplement* signifie probablement le contraire), il avait réussi à atteindre sa position par ses seuls mérites. Il avait une licence de sciences et on le connaissait dans le coin sous le nom d'Eddie Jones la Science.

La limite de ses talents de principal, c'est que dans son ancienne université sa propre fille était inscrite dans le seul département de lettres qui n'exigeait pas le latin. L'enseignement du latin dans son école était si mauvais qu'on supposait qu'aucun candidat au brevet ou au baccalauréat ne pouvait avoir la moyenne dans cette matière. Apparemment ce n'était pas trop grave pour l'université du pays de Galles, où le gallois était plus important que la langue de l'ancien colonisateur, mais en Angleterre c'était une restriction de taille. Llewela Isherwood Jones avait choisi ses matières pour des raisons assez négatives. Elle travaillait dur et réussissait bien. Elle n'avait pas idée de l'aversion naturelle pour un sujet qui faisait de moi un étudiant si imparfait. Le travail était là, il fallait le faire. En outre, il ne fallait pas trahir le lycée Bedwellty, encore moins sa propre réputation d'en être la meilleure élève. Elle en avait été la préfète, par une forme de népotisme typiquement galloise. Son cœur était resté dans cette école. Elle était certaine que son professeur d'histoire Britten lui en avait appris plus que d'éminents spécialistes comme L.B. Namier. Et elle faisait, je fus long à le comprendre, une forte fixation sur son père.

Elle était grande et athlétique, blonde, les yeux bleus, avec un corps magnifiquement développé. Elle avait défendu les couleurs du comté dans les équipes de tennis et de hockey, et nagé pour le pays de Galles. Elle dansait, comme dans la chanson, divinement bien. Elle n'avait que dix-huit ans, c'était encore une adolescente, et moi vingt-deux, j'étais un homme. Je ne m'attendais pas à craquer pour une jeune déesse solaire nordique celte ; j'avais toujours eu pour idéal féminin une sombre Méditerranéenne, un peu plus âgée que moi, experte en arts sexuels mystérieux, la Sulamite, la reine de Saba. Mais Llewela Jones en savait long sur le sexe. Elle avait été séduite à quatorze ans par un nommé Rhys Evans, et c'est tout récemment qu'elle avait mis un terme à leur liaison. Il lui avait écrit une longue lettre, toute de flamme galloise, la pressant de revenir et énumérant avec délices tous les souvenirs de la vie sexuelle furtive qui avait enchanté leurs soirs d'été dans les collines de Gwent. Sa mère, Florence Jones, une Silure aux allures de Gitane mais, curieusement, fidèle anglicane, avait ouvert cette lettre et lui avait rendu la vie infernale. Llewela Jones était partie pour Manchester en emportant dans sa malle une lourde charge de culpabilité. La faute n'était pas liée au sexe, mais au sexe avec Rhys Evans. Elle était toute prête à effacer le souvenir de Rhys Evans en ayant des relations sexuelles avec moi.

Son père ignorait tout de cette liaison torride. Il n'était pas gallois et, même pour un boltonien, il était très modéré en matière de sexe. Il avait passé sa nuit de noces dans la chemise amidonnée qu'il portait pour la cérémonie. Quand sa femme se plaignait que les Anglais ne sont pas très tendres, on comprenait très bien ce que voulaient dire ses corpuscules gallois. Elle avait été très courtisée par des hommes ardents de sa propre race, qui revenaient parfois mettre dans l'embarras Mrs Jones la Science, une dame de condition (« Eh bien, Mrs Jones, puisqu'il faut vous appeler comme ça maintenant, me revoilà devant vous, toujours aussi plein d'admiration, et vous qui devez me trouver toujours aussi laid »), mais c'est un Lancastrien au flegme piquant qui l'avait conquise. Le flegme allait de pair avec l'innocence. C'est l'innocence d'un père qui le rend cher à sa fille. Il a du mal à imaginer sa petite fille en train de se rouler fesses nues dans l'herbe des coteaux quand elle n'a que quatorze ans. La mère de Llewela Jones avait des soupçons tant qu'elle n'avait pas de certitude ; dès qu'elle eut des certitudes, elle brandit une arme morale redoutable.

L'ennui c'est qu'il y avait une autre fille, plus âgée, née pendant la Première Guerre pour la consoler de l'absence forcée du père, une fille plus chérie, d'une moralité exemplaire, enseignante qui venait d'épouser un autre enseignant de Willesden, et avait prêté serment comme lui à l'Association des pacifistes. Son enseignant de mari était un bon Gallois, dont le flegme sexuel devait être interprété non comme une défaillance de l'érotisme incendiaire gallois mais comme le fruit d'une morale non conformiste rigoureuse. Cette fille-là avait préservé sa virginité encore un temps après son mariage, tandis que la cadette avait sacrifié son hymen aux sports violents et à l'équitation. Ces occupations étaient inconvenantes pour une femme, et il y avait sûrement une morale à tirer d'une défloration aussi désinvolte. La fille aînée était une fille comme on en rêve, inathlétique, affectueuse, qui vient raconter à maman les avances légitimes mais grossières de son époux. Elle avait composé des vers émouvants pour sa mère, et une fois que son mari les eut recopiés en caractères pseudoceltiques, elle les avait encadrés et vernis elle-même puis suspendus au mur de la chambre de ses parents :

Comme les fleurs cherchent la lumière,
Les rayons du gai soleil,
Nos cœurs désirent les merveilles
Que l'amour répand sur terre.

Dieu nous aime, le Seigneur l'a dit,
Il nous a appris la joie.
Dieu est pur amour réfléchi,
Douce mère chérie, en toi.

Cette fille avait pour prénom Hazel. Un jour un Irlandais dit à Mrs Jones : « Vous pouviez choisir entre tous les saints et les anges du calendrier, quelle foutue idée vous a pris de lui donner ce nom à la noix ? » On pouvait compter sur un Irlandais pour dire des choses pareilles. Pour les Gallois, les Irlandais étaient sales, fourbes, et ils acceptaient des gages de misère. De voir sa cadette s'attacher à une sorte de catholique irlandais ne pouvait que confirmer le sentiment de Mrs Jones que c'était une mauvaise fille. Llewela Jones avait perdu l'amour de sa mère et elle se sentait très coupable. Quand sa mère mourrait, elle subirait le traumatisme freudien de croire que c'était elle qui l'avait tuée.

Le nom Llewela est le féminin de Llewelyn. En dépit de ses nobles connotations léonines, les étudiants de Manchester le trouvaient comique. Les Anglais ont toujours du mal avec les consonnes latérales muettes du gallois, sauf s'ils ont étudié comme moi la phonétique. Eddie Jones la Science persistait à faire rimer Llanelly avec Nelly et avait du mal à se faire comprendre des employés du chemin de fer quand il demandait un billet pour cette destination. Llewela résolut le problème pour ces Angloches de *Sais* en adoptant la terminaison masculine en guise de prénom. C'est sous le nom de Lynne qu'elle et son amie galloise Margaret Williams nous avaient invités comme danseurs au bal Ashburne, Douglas Mason et moi, au début du premier trimestre 1939. Elles étaient toutes deux résidentes d'Ashburne Hall, un noble édifice installé à Rusholme dans la luxuriance d'un parc humide. Mason, qui était natif de Chester, n'aimait guère les Gallois et n'avait pas envie d'y aller. Moi ça m'était indifférent. Nous n'avons pas répondu. Gaunt était jaloux. Il avait dirigé Lynne en répétitions pour une lecture dramatique et l'avait ensuite emmenée au cinéma. Ce n'était que justice de ne pas répondre. Même à dix-huit ans, les femmes sont des créatures perfides.

Mais après le bal, alors qu'elles avaient apparemment trouvé d'autres partenaires sans difficulté, je fus assailli en pleine cafétéria par un torrent de fureur galloise. Lynne Jones fit le procès en règle, bien justifié, de mon impolitesse, et pour le compte de Margaret Williams celui de Douglas Mason, bien justifié, pour la même qualité. Nous nous inclinâmes devant sa colère, d'une véhémence encore jamais rencontrée. Une colère non dénuée de charme, volubile et musicale, avec ses consonnes fortes de professeur de diction et ses voyelles rondes cymriques. Nous proposâmes de les emmener au cinéma, sans trop savoir encore qui s'assiérait près de qui. Mais le temps d'aller au Gaumont d'Oxford Street voir le film de Hitchcock, *Une femme disparaît*, et *Le Roman d'un tricheur* de Sacha Guitry, la situation se précisa en toute clarté. J'avais enfin une petite amie. Mieux, j'avais une maîtresse.

Je marinai quelque temps dans un froid arctique généré par Gaunt et Mason. J'avais déshonoré une confrérie solide soudée notamment par le refoulement sexuel. J'avais mis le grappin, ou je me l'étais laissé mettre, sur une fille que Gaunt avait en vue. Mason avait toutes ses chances avec Margaret Williams, une jolie brune de Blaenavon, mais la forteresse romaine de Chester avait été trop longtemps vouée à tenir les Gallois en respect. Il me dit que moi Antoine, l'un des trois piliers du monde, j'étais devenu le jouet ou le rouet (on hésitait encore entre les deux leçons) d'une catin, et il continua à se languir pour Hilda Price, une étudiante d'histoire. Au début comme elle refusait de se rendre, il allait boire seul aux Shambles, et couchait ses émotions sur le papier réservé aux examens : « Hilda, je désire ardemment ton corps svelte. » Gaunt emmena une ou deux fois danser une fille pâle genre Mimi Pinson nommée Winnie Ronchetti puis il la fit pleurer dans un taxi. Il se décida à la longue pour une jolie fille spirituelle en première année d'anglais, Joan Frampton. Il finit par l'épouser et au moment où j'écris, ils sont toujours mariés. Mason n'épousa pas Hilda Price, mais la faute en est à la guerre, qui la jeta dans les bras de John A. Wilson. Ces deux-là se sont mariés et le sont encore.

La fidélité était une matière hors programme que certains d'entre nous parvinrent à maîtriser.

Je n'eus pas à faire longuement la cour à Lynne pour aboutir à la conquête physique. La consommation eut lieu juste après notre virée au Gaumont, et elle était garantie par l'intensité de pelotage qui était de règle au dernier rang. Lynne m'invita à prendre le thé dans sa chambre à Ashburne Hall, où elle m'offrit des œufs durs et des gâteaux au chocolat envoyés par sa famille. Ensuite nous avons fait l'amour. C'était dangereux dans un foyer d'étudiantes qui n'autorisait que rarement les visites masculines et n'admettait pas qu'on verrouille les portes. Etre découverts, ou simplement soupçonnés, pouvait entraîner le renvoi du foyer pour elle, peut-être de l'université pour tous les deux. Il y avait toujours quelques vieilles profs vigilantes dans les parages, ou des étudiantes refoulées et teigneuses. Nous faisions l'amour sous la neige et la pluie dans les parcs et les jardins, dans l'urgence et l'angoisse. La contraception posait des problèmes financiers. Les préservatifs coûtent cher, les pessaires aussi. Les pessaires, de toute façon, on ne pouvait pas s'y fier. Une légende voulait que dans chaque paquet il y ait au moins un pessaire neutralisé en guise de concession à l'archevêque de Canterbury. Le coïtus interruptus, que tout jeune homme croit pouvoir maîtriser, mène droit aux rasades de gin, bains bouillants et rongements d'ongles en attendant le signal salvateur. Le *News Bulletin* était parfaitement au courant de ce qui se passait. Après un poème inoffensif, « J.B.W./Vient de se ranger/C'est llwui le gars/De Llewela », on put lire l'indiscret « A llwest rien de nouveau. Nos Anglais sont de retour. Bravo les petites Anglaises ».

Lynne avait du sexe une conception à la fois saine et périlleuse. Plus vite c'était réglé, mieux on pouvait se concentrer sur l'essence humaine d'une relation. C'était agréable, stimulant, naturel, nécessaire, on avait tout intérêt à lui arracher dès que possible la peur et le mystère dont il s'entoure. Elle faisait peu de cas des éléments irrationnels de l'élan sexuel, ceux qui nourrissent la jalousie et affûtent les couteaux. Le sexe n'est pas l'amour. L'énoncé « je t'aime » doit être inspiré par une conviction qui ne doit rien au désir. Quand le sang brûle, comme l'âme prodigue est prompte à engager la langue ! Les chauds serments pleuvent quand les chausses tombent. Dites-le avec une cigarette post-coïtale. Je le lui dis d'abord en français, comme font prudemment nombre de jeunes Anglais, sur la charrette de brasseur qui nous emmenait à Cheetham Hill vendre les *Ragots du Rag*. « En anglais, maintenant », répondit-elle. Je le lui dis en anglais, comme dans un film, mais avec le sentiment net que le monde a bien trois dimensions. L'étape suivante, c'étaient les fiançailles. Les cinq guinées du Prix de la meilleure nouvelle m'ont servi à lui acheter une bague. Sitôt fait elle me dit : « Maintenant emmène-moi dans un pub et mets-la-moi à ce doigt-là. » Les hommes ne savent jamais quel est le bon doigt. Même les prêtres qui officient doivent compter les étapes du Gloria en partant du pouce pour tomber sur le bon doigt avec Amen. Les femmes savent ça dès l'âge de quatre ans. « Les pubs ne sont pas encore ouverts », dis-je. Apparemment c'était ma faute : j'aurais dû m'arranger pour que les pubs soient ouverts. Je m'initiais à l'irrationalité féminine, et je m'initie encore, quoique l'irrationalité soit simplement le mépris des lois irrationnelles. Les pubs auraient dû être ouverts. Les pubs devraient toujours être ouverts.

Nos fiançailles n'avaient rien de secret, sauf pour nos familles. Le bijoutier envoya la garantie chez moi, alors que je lui avais dit de l'envoyer à la Corpo des hommes. C'est comme ça que ma belle-famille découvrit mon affidation clandestine. Ma fiancée – il fallut tout avouer – était galloise, autrement dit sale et fourbe, ainsi que protestante, c'est-à-dire fourbe et sale. J'avais rencontré des catholiques irlandaises charmantes – Edna O'Farrell, Assumpta Costello, Kathleen Fitzpatrick, Mary Reilly, Noreen MacKinnon – et voilà que je choisissais, à moins qu'elle m'ait choisi, une étrangère infidèle.

Pour Lynne le fait de se fiancer impliquait une sorte de passacaille sexuelle. Autrement dit, une solide basse obstinée d'amour invincible sous des variations libres galantes. Le sens de l'image lui échappait : elle n'était pas musicienne. A défaut de métaphore, elle disait que nous savions à quoi nous en tenir l'un sur l'autre et que cela nous permettait à tous deux, mais surtout à elle, d'exercer notre curiosité partout à la ronde. L'amour dans sa chambre d'Ashburne Hall c'était tout ce qu'on voudra sauf deux individus bouclés dans une prison de fidélité conventionnelle. Le monde était plein de gens attrayants, ce serait une honte et un gâchis de renoncer à voir l'air qu'ils avaient sans vêtements. Elle conserva cette attitude tout au long d'une longue vie conjugale. Comme Molly Bloom dans son monologue, le seul passage d'*Ulysse* qu'elle lirait jamais, elle entendait comparer les lacets de caleçon. En ôtant sa bague de fiançailles, elle donnait un signal de disponibilité ; moi qui ne portais pas de bague, je devais être disponible en permanence, c'est-à-dire quand elle voulait. C'était du délire mais aussi, bizarrement, du bon sens. Elle approuvait H.G. Wells, qui au début du siècle s'était proclamé âme libre et corps libre toujours disposé au sport gaillard avec qui voudrait. Comme Wells, elle sous-estimait les risques de possessivité. L'épanouissement sexuel a des effets curieux, surtout chez les femmes. Il génère un sentiment de propriété féroce, qui passe parfois pour de l'amour. Lynne avait presque trop de détachement en matière de sexe. Elle était capable de donner sans rien recevoir. *Ça vous donne tant de plaisir et moi si peu de peine**, c'était là son aphorisme préféré. L'extase dionysiaque n'avait aucune prise sur elle.

Nous allions aux bals officiels de l'université et des foyers d'étudiants, en habit et robe du soir, parfois ensemble, parfois avec d'autres partenaires. Les autres partenaires ne comprenaient pas la nature de nos fiançailles : ils pensaient qu'elles étaient rompues ; il leur arrivait de croire que leurs propres charmes étaient à l'origine de la rupture. J'en appris plus sur les femmes après avoir trouvé celle que j'épouserais que je n'avais pu le faire avant. Mon ancienne fringale de filles brunes était calmée. C'était une situation absurde. A deux reprises au moins nos fiançailles furent bel et bien rompues, par des manœuvres gratuites et une attaque révoltante de lesbianisme. Quand Lynne a eu la rougeole, Gwendolen Hadfield, pensionnaire elle aussi d'Ashburne Hall, me dit que Lynne m'interdisait les visites. C'était un mal bénin mais contagieux, elle ne voulait pas me contaminer. Ça paraissait raisonnable, sans être dans son style habituel, je me suis donc abstenu. Sitôt Lynne guérie, j'eus la surprise de recevoir publiquement l'anneau de fiançailles en pleine figure. Rentrée tristement dans sa chambre, elle eut droit aux consolations passionnées de Gwendolen Hadfield, qui lui dit que les hommes ne comprennent rien à l'amour mais voici au moins une femme qui s'y entend. Tout s'éclairait. Parmi les Iago qui cherchaient à détruire l'amour pour le plaisir de la destruction, un blond violoniste allemand que j'accompagnais parfois dans les sonates de Beethoven tricota une histoire si plausible de liaison clandestine avec un libraire juif que j'en fus écœuré. Cette fois c'est moi qui rompis. Puis Lynne et moi méditâmes tout nus sur la perfidie des amis et elle se retrouva brièvement enceinte.

L'amour ne fait pas forcément les bons poèmes. Le sentiment qui inspira celui-ci était plus fort que l'élan créatif :

Oui, mon Eurydice, c'était assez de peine,
D'avoir ton seul nom pour réchauffer ma nuit.
Le jour et la nuit trop longtemps à la traîne,
Laborieusement vers la lumière tu me suis.

L'Enfer jouait aux gages. D'un seul tour de tête
Dépendait ton retour. Comme, l'air absent,
D'épingler une mouche pour une fin inepte,
Livrer le monde au péché d'Adam.

Ça ne figurait pas dans la trame de nos vies,
Toile miraculeuse où chaque fil de lin
Comptait. Par plaisir le destructeur détisse
Et cache le secret du temps dans sa main.

C'est vrai, j'aurais dû selon ma destinée,
En montant seul vers la lumière, rencontrer
La fin que je méritais. L'arbre chargé
De fruits ne survit que pour en redonner.

Le bosquet des lois privé de lumière –
Voici ce que je crois le plus fermement,
L'enfer ne t'aurait pas prise pour Proserpine
Ni laissée rentrer pour flétrir le printemps.

Arbre chargé de fruits, tu parles ! L'amour et l'art sont incompatibles. Peut-être même qu'ils sont antagoniques. Lynne me testait souvent avec le genre de questions que George Orwell devait mettre dans la bouche du fourbe O'Brien. Renoncerais-je à tout par amour ? Renoncerais-je à la musique par amour ? L'amour comptait-il plus qu'être riche et célèbre ? Elle gardait en mémoire mes réponses, comme les femmes font toujours. Comme Dieu, les femmes préfèrent l'amour à l'art. Elles n'acceptent l'art que comme instrument à exalter leur beauté ou comme témoignage de leur pouvoir. L'un de nos accrochages m'inspira ces lignes amères qui pourraient être vraies d'autres hommes sinon de moi :

Tout le minerai qui gisait dans l'attente
D'être ouvragé, je l'ai fondu avant son temps
Pour te faire des parures éphémères.
Tout le reste aussi je l'ai puisé : il n'y a plus rien.
Car d'homme à homme au bout du compte
Subsiste au moins la honte.

Lynne ne me permettait pas de gaspiller mon temps sur des quatuors à cordes ou des sonates pour piano, car la musique ne l'intéressait pas. Mais je pouvais écrire des chansons populaires en tâchant de les vendre. L'art ne paie pas, et nous avions besoin d'argent. Aussi avec l'aide de Klaus Pickard, j'écrivis une chanson qui trouva le chemin de l'Allemagne nazie :

Ich nehm' ein' Zigarett'
Und ich fühl du liebst mich nicht mehr,
Und ich weiss es ist auss,
Und da macht mein Herz so schwer...

Mes chansons en anglais n'eurent guère de succès. J'ai toujours été plus apprécié des étrangers. La radio espagnole diffusa beaucoup une chanson qui commençait par « *Muchisimas gracias – tan fácil decir* ». Je n'ai pas touché de royalties.

Lynne ne pratiquait sa doctrine de l'amour libre qu'à Manchester. De retour chez elle à Blackwood pour les vacances de Pâques elle vécut chastement, en évitant les assauts de Rhys Evans. C'est moi qui avais la garde de sa bague de fiançailles, de peur que sa mère ne la trouve. Etant mineure il lui aurait fallu aussi l'accord de son père, et ça elle ne risquait pas de l'avoir. Je n'avais même pas le droit de lui adresser des lettres d'amour, du moins pas ouvertement : sa mère serait debout dès l'aube, armée de son coupe-papier. Je devais prendre l'identité d'une amie fictive nommée Sylvia, une étudiante en littérature qui lui enverrait des exemplaires d'Eliot, Pound, et du jeune Auden. Les lettres jointes raconteraient les potins universitaires, par exemple que John B. se languissait pour telle ou telle fille. Mais entre les pages collées de *Meurtre dans la cathédrale, Viens voir ici, étranger !* ou *Le Chien sous la peau,* je cacherais ce que Lynne appelait une « vraie lettre », autrement dit quelques paragraphes enflammés. Quelques seulement, parce que les lettres d'amour sont difficiles à écrire. Elles esquivent les précisions physiques qui, à l'encre froide, prennent une impertinence gênante ; le reste n'est que balivernes transcendantales, comme du Goethe dilué. Mais j'ai signalé clairement que je l'aimais, entendez la désirais séance tenante, n'en pouvais plus d'attendre la rentrée.

La rentrée nous a valu un blâme public pour nous être embrassés dans un salon collégial, où enseignants et étudiants sont admis à prendre le thé, mais pas aux mêmes tables. C'est un professeur de chimie qui administra le blâme et me fit venir dans son bureau pour une leçon de morale ; ses titres de chimiste lui conféraient une certaine autorité sur les sécrétions glandulaires des jeunes. Le professeur Charlton m'avertit solennellement : je ne me concentrais pas sur mon travail, or la première partie des épreuves était cruciale. Le professeur Gordon venait de mourir, le professeur Semple se plaignait que je ne m'appliquais pas à Tite-Live et Ausone pour l'examen obligatoire de latin élémentaire (il fallait être reçu à un sujet extra-disciplinaire au niveau commun, impossible autrement d'avoir sa licence spécialisée). Je ne voyais pas trop en quoi la mort du professeur Gordon me concernait, mais le professeur Charlton avait un esprit confus à la Browning. L'entrevue m'avait secoué, il fallut me consoler par des enlacements dans le salon collégial. C'est alors qu'un nouvel étudiant nommé Cooper le Fouineur entra pour dénoncer la fornication et même la fustiger à coups de *Church Times* qu'il tenait pieusement roulé à la main. Quand vint l'été, Lynne était reçue à tous ses examens ; moi j'ai réussi de justesse ceux du premier cycle de littérature anglaise et échoué en latin. C'est au cours de notre session d'examens que la Grande-Bretagne signa un accord défensif avec la Turquie, et que la France, après un temps de réflexion, fit de même. L'Italie conclut un pacte avec l'Allemagne, Londres publia son soutien à l'indépendance de la Pologne. Autre événement, la parution du *Finnegans Wake* de James Joyce, que j'achetai.

J'ai obtenu l'argent pour l'acheter en inventant des droits d'inscription pour un examen de sémantique avancée. Le livre coûtait cher – vingt et un shillings, pas moins. Il provoqua une brève rupture entre Lynne et moi ; pour cette somme j'aurais pu lui offrir un bracelet, et deux ou trois dîners de sept plats. De toute façon ce bouquin avait tout l'air d'un tissu d'inepties. Elle n'appréciait ni l'un ni l'autre de mes auteurs préférés – Joyce et Hopkins. Jusqu'à ses derniers jours elle s'est amusée à scander le nom de Gerard Manley Hopkins sur l'air moqueur de « Johnny se tape un Zéro ». Pour mon anniversaire elle m'offrit *Le Poids des ombres* de Mary

Webb, mais elle surmonta sa passion pour cet écrivain mieux que ne le fit jamais Stanley Baldwin ; cela dit, elle n'allait quand même pas jusqu'à épouser le modernisme. Il suffisait qu'elle assiste à une représentation de *Paid On Both Sides* ou *Out of the Picture* pour être prise d'une quinte de toux et obligée de quitter la salle. Le même genre d'accès l'empêchait d'écouter mes œuvres musicales au-delà des premières mesures. De toute façon *Finnegans Wake* avait l'air d'une ineptie et le son d'un alcoolique dans un bar irlandais de Manchester.

Malheureusement Cedric Hirson partageait cette opinion, or c'était toujours lui le rédacteur du *Serpent*. Je fis un compte rendu détaillé de *Finnegans Wake*, affirmant, à bon droit je pense, que j'y comprenais quelque chose, mais Hirson refusa de le publier. Son argument c'est que l'ouvrage n'intéressait personne à part une poignée de cinglés, qu'on l'oublierait vite, et qu'il était de bonne politique de l'ignorer. C'était une grave erreur journalistique, comme l'a montré un demi-siècle de pénétration érudite lente mais très rigoureuse de l'œuvre. Il n'y eut aucune analyse sérieuse de *Finnegans Wake* dans la presse professionnelle ; le compte rendu de Malcolm Muggeridge, qu'on peut encore lire, confessait avec une fatuité lamentable qu'il n'avait pas la compétence pour traiter un tel sujet. Un autre Wilson, l'Américain, fit paraître en 1939 « Le rêve de H.C. Earwicker » qu'il republia par la suite dans *L'Arc et la Plaie*. Mon papier dédaigné était au moins aussi perspicace que le sien, quoique plus court. Publié par le *Serpent,* peut-être aurait-il survécu dans un de ces colloques critiques où on se targue de ratisser fin. Le *Serpent* avait raté un scoop. Si le livre fit la moindre impression sur Lynne, c'est parce que les chimpanzés apparemment chargés de taper le texte m'y avaient mis sous le nom de « J.B.W. Ashburner ». Ils étaient instruits du fait que je trimbalais mes burnes enflammées à Ashburne Hall.

Lynne et moi nous avions prévu de partir ensemble en vacances à l'étranger. Elle avait inventé pour sa mère une histoire de randonnée pédestre en Europe avec Margaret Williams. Mais voilà que sa mère avait contacté celle de Margaret pour voir si c'était vrai, laquelle avait trouvé l'idée excellente. On mena donc Margaret et Lynne en shorts et sacs à dos à la gare de Newport. En arrivant à Parkeston Quay, j'eus la surprise de trouver deux filles au lieu d'une. Est-ce qu'on m'offrait une partie à trois ? Non, nous partions pour une balade sans sexe, trois camarades dont l'un se trouvait être mâle, qui allaient courir les routes d'Europe et se glisseraient chaque soir chastement dans leur sac de couchage à une place. Les femmes sont bizarres, même à dix-huit ans et demi. Elles peuvent se changer en nonnes en un tour de cornette. Il me fallut voir quatre jolies jambes galloises arpenter la Belgique, la France et la Hollande, sans parler des rondeurs à demi révélées qui les surplombaient, et gronder couché monsieur couché à mes émois brûlants. Les Européens libidineux voyaient notre excursion innocente d'un autre œil : veinard d'Anglais qui copulait sur tout le continent avec deux filles dont les longues jambes brunes dénudées confirmaient l'alacrité sexuelle.

Ce n'est pas seulement l'austérité sexuelle qui m'attendait au cours du voyage. Dans le train de Manchester Central à Harwich, seul dans le wagon-restaurant des premières, j'avais dîné de hors-d'œuvre, consommé, turbot poché, selle de mouton, diplomate, le tout arrosé d'une demie de médoc et suivi d'un cigare de luxe. Merde quoi, j'étais en vacances. Je ne sais plus d'où venait l'argent : j'avais sans doute renié mes fiançailles protestantes et dit que je voulais aller baiser l'orteil du pape. Je sais que j'avais récolté des guides de Rome d'un type qui avait habité via Veneto avec une *puttana* et son petit chien. Quand je racontai fièrement mon dîner à Lynne pendant la traversée vers Zeebrugge, elle me traita de sybarite gaspilleur. Nous devions voir le monde à peu de frais, en vivant de pains longs et de courtes saucisses locales. J'étais parti du pied gauche.

Nos pieds nous sortirent du bateau tout barbouillés pour se mettre en marche à l'aube. De vilains garçons à vélo tournaient autour des jambes nues des filles, et klaxonnaient en essayant de les empoigner. Il fallut que j'achète une canne pour les chasser par des moulinets ponctués de *méchant** et *salaud**. Apparemment j'allais devoir passer mon mois de vacances à protéger mes attrayantes Galloises contre les avances de cochons d'étrangers. J'aurais au moins eu ce dîner. Et allez marche. A pinces jusqu'à Bruges et une exposition de Memling, Gand avec une grillade de cheval, Anvers pour un tour de danse. Là, légère détente du régime d'austérité. Les filles sortent des robes infroissables de leur sac à dos, moi un pantalon de flanelle grise, et nous allons dans un dancing où opèrent des taxi-girls. Un chauffeur de taxi, entré sur un malentendu croyant trouver là des frères de métier, paraît tout déboussolé. Tout le monde sait que la guerre est proche. « *Chamberlain a vendu l'Europe** », nous dit-on, et de rebaptiser calomnieusement cet homme d'Etat innocent en *J'aime Berlin**. L'orchestre joue « L'Homme au parapluie » accompagné par les sifflets des danseurs. Un jeune Belge imbibé lève son verre au jour où lui et moi nous combattrons les Boches ensemble. Paix pour notre temps ? Je lui lâche un paix, à sa paix. Les Allemands ont déjà lancé leur avant-garde sur les Pays-Bas, camouflée en *Hitlerjugend* estivants. Nous croisions de ces costauds à la brosse blonde taillée ras dans les auberges de jeunesse. Ils dédaignaient les dortoirs et campaient à la dure dans la cour. Ils glapissaient des chants patriotiques. Une fois mon père m'avait dit que quelque chose dans l'intonation de l'allemand lui inspirait toujours une vague pitié : un ton d'enfant battu qui se plaindrait patiemment de sévices incompréhensibles. Voilà que j'entendais maintenant ce dont il parlait. J'étais au piano dans une de ces auberges, quand un Flamand d'âge mûr très convenable me demanda de jouer *le Palais Glide*, une farandole au pas glissé très simple sur l'air de « Dix Jolies Filles » ou « Mon Petit Cheval ». Des Flamands se lancèrent dans de bruyantes cabrioles avec Lynne et

Margaret. Entrée de Jeunesses hitlériennes qui dénoncent et couvrent la musique en chantant *« Unsre Fahne flattert uns voran »*. Lynne gifla un des blonds ricaneurs. Une campagne de frappe préventive, en somme. La guerre était pour dans deux mois.

Les scènes du passé vous étreignent parfois l'esprit avec toute la vigueur d'un riche symbole impossible à déchiffrer. Je persuadai Lynne de faire l'amour sous les arbres par une chaude nuit. Ça faisait trop longtemps que je me retenais; ce fut une vraie joie, une extase. Au début de l'orgasme, un rossignol se mit à chanter. Deux secondes plus tard il était noyé par un chant *Hitlerjugend*

> *Wir marschieren für Hitler durch Nacht und durch Rot,*
> *Mit der Fahne der Jugend für Freiheit und Brot...*

L'oiseau essayait sans doute de jouer les médiateurs entre biologie et politique. J'ai dit d'instinct : *« Eine Nachtigall. »* Mais nous étions en terre wallonne, il s'agissait à proprement parler d'*un rossignol* *. Bien sûr, c'est Hans Sachs saluant le chant du rossignol à la fin des *Maîtres chanteurs* comme le signe d'une renaissance nationale qui m'était venu à l'esprit. Mais l'orgasme passa, l'hymne sonore de la jeunesse monta encore le son et le rossignol devint inaudible. Ce système de forces nécessitait un poème. Mais ce poème je n'ai pas pu l'écrire.

Sur la route de Liège deux aimables Allemands nous prirent en stop dans leur Mercedes-Benz. Très cultivés, ils parlaient un anglais excellent. Ils revenaient juste d'Amérique et connaissaient toutes les nouvelles chansons américaines. L'un d'eux entonna « Trois petits poissons dans un tout petit petit lac » :

> Nage, dit maman poisson, si tu sais nager, nage
> Mais ils ont tant nagé qu'ils franchirent le barrage...

Puis en chœur ils chantèrent : « Tout ce qui monte descendra, pas trop haut fillette, ou tu tomberas. » A des hommes comme ça, cosmopolites et doués d'humour, on devait pouvoir dire du mal de Hitler. Non, on ne pouvait pas. Alors on pouvait au moins discuter calmement du fait qu'il n'était guère souhaitable de fonder un système politique sur le mysticisme racial et le culte de la personnalité. On ne pouvait pas. La voiture fit halte, on nous pria poliment de descendre. De toute évidence ces Allemands-là étaient schizophrènes. Ils pouvaient adhérer à la culture anglo-américaine, depuis John Locke et Jefferson jusqu'aux mamans poissons, et croire en même temps que la formule sanguine des Juifs et celle des Aryens étaient différentes. Ils acceptaient le terme « Aryen » comme un dénominateur racial légitime tout en sachant grâce à leurs études de philologie qu'il n'était applicable qu'à un groupe de langues. Ils prenaient un architecte raté barrissant et bigot pour un avatar divin. Ils avaient le cerveau fêlé.

Dans une boîte de nuit au Luxembourg une dame élégante observant mon nez celto-lancastrien dit à la cantonade : « *Il est juif sans doute**. » Les Allemands en vacances ou détachés en avant-garde assis à la table voisine se retournèrent avec curiosité. Nier que j'étais juif, ce serait comme souscrire à l'antisémitisme nazi. Aussi répondis-je : « *Oui, comme Jésus-Christ**. » Ce qui entraîna une discussion à l'amiable en mauvais français avec les Allemands : qu'était-ce précisément qu'un Juif ? Juif en territoire luxembourgeois, apparemment j'étais acceptable – au moins pour l'instant. Juif en Allemagne, j'aurais à souffrir l'expropriation voire même, en fin de compte, la liquidation. Donc, suggérai-je, le Juif se définit selon l'ethos national qui le considère comme un intrus. Ah, non, pas exactement, me dit-on. La judaïté existe bel et bien. Prenez la musique de Mendelssohn, par exemple : on entend la judaïté à chaque note. Comme les musiciens de la boîte faisaient une pause, je jouai au piano un morceau du deuxième mouvement de la symphonie n° 2 en *mi* bémol d'Elgar. « C'est un passage de la symphonie *Réformation* de Mendelssohn, dis-je ensuite, où est la judaïté ? » Elle s'entendait à un kilomètre, ils en frémissaient encore, une sorte d'oléaginosité non teutonique, de *Schmierigkeit.* Je leur dis alors le nom du compositeur, ils répliquèrent que c'était sûrement un Juif et qu'ils n'appréciaient pas ces ruses anglo-juives, d'autant plus que l'Angleterre juive était *das Land ohne Musik.* Enfin on m'assura que, comme l'avaient établi les christologues de Hitler, Jésus-Christ était le fils d'une Hittite et d'un légionnaire romain. Avant de partir je leur dis que chez nous « salut » se dit « salaud » et les invitai à crier « Salaud Hitler ». C'était un mince triomphe. Ce fut une sale expérience.

Nous n'avons pas poussé très loin en France. Couchés dans nos sacs sous une lune brillante près de la ligne Maginot, nous nous demandions pourquoi les fortifications s'étendaient de la Suisse au Luxembourg. Le fait qu'elles cessent brusquement à la frontière belge cachait sûrement un grand secret d'homme d'Etat que les gens du commun étaient trop stupides pour partager. Peut-être qu'une moitié du cerveau schizophrène allemand respectait les conventions du fair-play, estimant qu'une attaque débordante ne serait pas cricket. En tout cas nous avons mal dormi. Je croyais entendre des tanks dans mon sommeil, mais en fait il s'agissait du tonnerre. Au réveil nous étions trempés. Le long des routes détrempées vers Montmédy trempé et Sedan trempé, nous découvrîmes une France aujourd'hui disparue – des canalisations ouvertes qui puaient, un curé éméché qui chassait rageusement les mouches en éclusant son dixième ballon de rouge. Nous prîmes un repas qu'on nous servit avec une fierté toute française – sardines en boîte, viande de cheval saignante, tranche de gâteau rassis. La pluie tombait à pleins seaux, les caniveaux débordaient, les mouches vrombissaient. On nous indiqua un autobus pour aller chercher le train qui nous ramènerait en Belgique, mais nous restâmes des heures à claquer les mouches qui mordaient nos mollets nus, et pas le moindre autobus en vue. Or il apparut que l'autobus avait fait sa navette régulière, mais avec notre bêtise britannique, nous ne l'avions pas remarqué : l'autobus était une Peugeot quatre-places bringuebalante conduite par une dame hautaine. *« Vous vous êtes trompés, n'est-ce pas*? »* nous dit-elle avec morgue. L'expression m'est restée collée au cerveau comme une mesure de musique exécrable. Elle semblait résumer cette France arrogante que nos bras vaillants devraient peut-être bientôt venir libérer.

La marche et l'auto-stop nous amenèrent jusqu'en Hollande. Près d'Utrecht, je suis tombé dans un fossé néerlandais les quatre fers en l'air, totalement immergé, sac à dos compris, dans une eau gluante immonde. Un aimable Hollandais qui vivait seul tout près de là eut assez de compassion pour nous permettre de nous laver et faire sécher tant bien que mal nos biens dans sa cave. Mon exemplaire tout neuf des *Fleurs du mal* se réchauffa au soleil entre mes chaussettes et une paire de chemises. Notre hôte était un homme cultivé qui parlait assez bien anglais. On nous offrit un thé léger avec deux biscuits chacun. Le pauvre ne pouvait pas deviner que nous étions morts de faim. Il nous fit repaître de son admiration pour la philosophie allemande, sa foi hégélienne que Dieu se réalisera dans l'Etat, son aversion pour la décadence néerlandaise, son espoir d'un avenir radieux pan-teutonique auquel les Anglais, s'ils étaient sages, pourraient s'associer. Avec mes vêtements pas encore secs, voilà qu'il fallait lever nos tasses de thé tiède à la santé de l'Europe aryenne. Le sang celtique de Lynne ne fit qu'un tour et déborda, quel tas de foutaises, bouillit-elle. Là j'étais ravi de pouvoir tomber d'accord que c'était un tas de foutaises. Linge humide et *Fleurs du mal* remballés, nous sommes partis sans le remercier pour les six biscuits.

Nos vacances s'achevèrent à Knokke sur la côte belge. Il nous restait juste de quoi payer trois nuits chez une famille qui prenait des pensionnaires. Trois nuits dans une seule chambre, un seul grand lit. Nous nous y sommes rangés en toute chasteté comme des sardines, Lynne entre nous deux. Il faisait tellement chaud la troisième nuit qu'elle se mit sur les draps, Margaret et moi restant dessous. Le seul sens où je pourrais me vanter d'avoir mis Margaret Williams dans mes draps. Nous avons dansé au Kursaal sur l'air de « Laisse-moi te murmurer que je t'aime ». J'achetai plusieurs chapelets pour les rapporter chez moi. A défaut de bénédiction papale, je les bénis moi-même. Je m'entraînai à dire quelques mots d'italien. J'étais suffisamment bronzé, même si le soleil brillait moins fort aux Pays-Bas que sur la Ville éternelle. J'étais un mensonge vivant, mais c'était le cas de presque toute l'Europe. Embarquement à Zeebrugge sur le steamer pour Harwich. Lynne et moi nous séparâmes sur une dernière étreinte passionnée à Parkeston Quay pour regagner nos pénates respectives en fourbissant nos mensonges.

Le 10 juillet, Chamberlain avait confirmé l'engagement de la Grande-Bretagne envers la Pologne. Le 23 août von Ribbentrop se félicitait du pacte germano-soviétique. Le même jour je recevais une lettre de John A. Wilson. Il enseignait l'anglais dans un cours de vacances de la Forêt-Noire, et au risque de laisser croire à cette école que tous les professeurs d'anglais s'appellent John Wilson, il me proposait de prendre sa suite. Le 28 août la Hollande mobilisait, je pris la route d'Anvers. Le 31 août c'était la flotte britannique qui mobilisait, je revins d'Anvers. Le 1er septembre les Allemands envahissaient la Pologne, l'Angleterre et la France mobilisaient leurs armées. Le 2 septembre le service militaire était rendu obligatoire pour tous les hommes de dix-huit à quarante et un ans. Ma belle-mère était affolée, mais pas pour mon compte. C'était mon devoir, ma destinée même, de me vêtir immédiatement de kaki et, après une brève phase consacrée à faire éclore le potentiel qu'elle avait toujours pressenti en moi, à savoir les mœurs d'un soudard ivrogne et lubrique, d'aller me faire tuer. C'était pour Jack Tollitt qui était bien placé dans la zone des mobilisables qu'elle s'inquiétait, ou plutôt pour ses devoirs envers cette pauvre veuve M. Wilson. Il fallait qu'il aille au plus tôt voir les autorités pour leur dire qu'il avait la charge d'une affaire, d'une femme délicate, de deux enfants délicats, et d'une belle-mère plus que délicate qui avait une affaire dont il avait la charge. Aller se battre, c'était pour ceux qui n'avaient rien de mieux à faire. Puis voilà qu'après un froid de plus de vingt ans, le frère de ma belle-mère, Jim Byrne, reparut avec sa fille en fleur, une fascinante féline qui était fiancée au *fascista* raté Adolfo Corradi. On avait oublié depuis longtemps la cause de ce froid, un phénomène fréquent avec ce genre de causes. Jim Byrne vint tel un messager des dieux nous annoncer qu'il n'y aurait pas de guerre. Les Britanniques n'avaient aucune envie de se battre avec les Allemands ; nos pires ennemis, c'étaient les Américains. Ma belle-mère en fut brièvement réconfortée. Ayant accompli sa mission, Jim Byrne disparut pour ne plus jamais reparaître.

Le 3 septembre 1939 tomba un beau dimanche de fin d'été. Il m'inspira ce mauvais poème :

Samedi soir, pas plus tard qu'avant-hier.
  Devant les cinémas la foule se défoulait.
Les marchands de journaux hurlaient « Spéciale dernière »,
Des gens disaient « Ça y est, ce coup-là, c'est la guerre ! »
  Et les gamins boutonneux exultaient.

Hier matin, à la radio après la messe,
  Voilà Chamberlain qui s'adresse à nous.
Jack Tollitt reniflait du gaz toxique partout,
Criait « Scellez les fenêtres ! » en se remuant les fesses,
  Mais moi j'étais déjà sur les genoux.

Je suis rentré sans bruit dans ma tanière,
  Pour esquiver belle-mère ou belle-sœur,
Dans ma tête un funeste nuage pleureur

Arrosait mon arpent de chagrin personnel
Sur un paysage de cauchemar éternel.

Jamais il ne m'avait paru aussi noir :
Les rues cachaient d'invisibles cratères.
Au bistrot tous parlaient de la guerre.
J'ai bu à en perdre la mémoire
De tous les dictateurs de l'histoire.

J'ai bu à en perdre la mémoire
Du goût de Hitler pour la conquête.
Avec condescendance un raseur pompette
Se tourna vers moi, il voulait savoir
Si mon opinion était faite :

Le roi n'est qu'une image en celluloïd,
Le soldat met le con avant la contrée,
Hier soir deux soûlards sont morts écrasés,
Un névrosé a fait une tentative de suicide,
Une fille s'est fait violer au fond d'une allée.

Allée signifiant ruelle d'accès. L'effigie du roi dessinée sur l'écran annonçant l'hymne national et des lambeaux de garde-à-vous à la fin d'un film. Jack Tollitt avait effectivement lancé l'alerte aux gaz et donné l'ordre à la maisonnée de mastiquer le tour des fenêtres. Ce poème n'est peut-être pas fameux mais je l'ai composé le deuxième jour de la guerre, il reflète bien le cynisme fatigué qu'éprouvaient beaucoup de gens de ma génération. Nous ne pensions pas que c'était notre tour à nous, les jeunes, de mourir pour une gérontocratie en sacrifiant au mythe encore à peine ébauché qui avait transformé la Première Guerre mondiale en théâtre tragique. Nous avions tous vu le film d'H.G. Wells (Jack Tollitt l'obsédé du gaz l'avait sûrement vu aussi), nous savions tous que cette nouvelle guerre multiplierait les bombardements civils. Le *Guernica* de Picasso était venu jusqu'à Manchester, ça nous suffisait amplement comme art martial. Ce qui nous fichait à plat c'était la perspective déplorable du temps gâché.

J'étais résolu à décrocher ma licence spécialisée, d'ailleurs les autorités ne demandaient pas mieux. Je passai la visite médicale obligatoire en compagnie de jeunes mineurs qui avaient honte de leur crasse sous-cutanée. L'examinateur, c'était le médecin qui m'avait fait injecter de l'adrénaline à mon père mourant. Il m'a trouvé extra partout sauf question myopie, chair à canon de premier choix, mais le conseil de révision déclara qu'il ne voulait pas voir la fine fleur de la jeunesse britannique se jeter dans le kaki. D'ailleurs il n'y avait pas assez de kaki pour ça, la petite armée de métier plus la territoriale, c'était à peu près tout ce que la machine en place pouvait absorber. La situation dépeinte par Evelyn Waugh dans *Hommes en armes* valait autant pour la troupe que pour les messieurs d'Oxford style Guy Crouchback. Le côté écœurant du roman, encore que l'ironie comique tempère la nausée, c'est l'idée qu'une certaine portion de la société britannique, de par ses revenus terriens, ses diplômes d'Oxbridge, et ses relations haut placées, est naturellement qualifiée pour commander ceux qui ne jouissent pas de privilèges aussi peu pertinents. Dans son article sur *Hommes en armes,* Kingsley Amis se demandait à juste titre pourquoi Guy Crouchback ne pouvait pas s'engager comme deuxième classe chez les sapeurs s'il voulait à tout prix faire son devoir. Les réformes militaires du ministre Hore-Belisha présumant que le don de commander est une chose qui s'apprend, ouverte à quiconque est capable de l'apprendre, non une grâce divine octroyée aux étudiants bien nés, passaient pour de l'impertinence juive. Ici à l'université de Manchester nous n'étions que des roturiers, nous le savions. Chacun de nous se voyait simple soldat, bien heureux s'il obtenait un galon. A part, bien sûr, ceux comme Green et McColl qui avaient fait une préparation militaire, précaution que néglige Guy Crouchback. Green nous rapporta les premières réactions de son héros l'adjudant-chef du bataillon universitaire au déclenchement des hostilités. « Croyez-moi ça va chier, les petits gars, cette chierie de guerre va nous en faire chier autant que la première, la chtouille et tout le chié bordel. La plus chiée bonne femme j'en voudrais pas sans chiée capote même si c'était ma chieuse de sœur. » Il mettait l'accent là où il faut. On allait beaucoup forniquer pendant cette guerre.

Evelyn Waugh mettait bien en relief, dans *Hissez le grand pavois,* l'ambiance curieusement onirique de ce premier hiver de conflit. On trouvait des Player's en abondance, des gâteaux à la crème véritable et du whisky à douze shillings six la bouteille. Il y avait bien le black-out mais par les nuits sans lune c'était une invite à l'aventure érotique. Le black-out ne semait la frousse que quand il se mêlait au brouillard industriel de Manchester. Je me souviens d'un soir d'hiver où je raccompagnais Lynne à Ashburne Hall après les cours quand le brouillard nous prit. Noir absolu, stygien, tous deux enlacés immobiles hors de l'espace-temps, tandis que j'improvisais un conte utopique où les cigarettes poussaient sur les arbres et où le gin-fizz coulait glacé des fontaines. Puis le brouillard se leva, mais pas le black-out. Une voix d'homme descendit d'un autobus : « Tu vois ce que c'était le bon vieux temps quand y avait pas toutes ces foutues lumières. L'âge des ténèbres. »

Gaunt et Mason peinaient sur leur travail universitaire. Gaunt en particulier avait beaucoup de mal à rédiger son mémoire. L'université offrait une possibilité nouvelle inspirée par l'état de guerre : si vous étiez reçu au premier cycle de la licence spécialisée, on vous accordait une licence libre. Gaunt sauta sur l'offre et devint instantanément licencié. Il projetait de convertir son mémoire de licence en maîtrise le jour où, au cas où, la guerre finirait. Il rallia le corps de santé de la Royal Army. Moi, comme j'avais échoué en latin obligatoire, je ne pouvais pas bénéficier de cette concession. Je me refusais à prendre du service sans être licencié. Mason, lui, n'y voyait pas d'objection : il s'engagea dans les transmissions. Des hommes portant l'uniforme d'opérette des officiers, que leur temps de P.M.S. avait fait mobiliser sur-le-champ, revenaient passer des examens ou même finir leur programme de cours. Sur le bureau leur pistolet d'ordonnance voisinait avec Pline ou un manuel de droit commercial.

La vie universitaire suivait son cours, même si le soir elle était passablement ralentie. Le 6 septembre la Luftwaffe avait bombardé le sol britannique. Elle allait attaquer Trafford Park d'ici la fin de l'hiver, ça ne faisait pas un pli, de nuit naturellement. Des bombes perdues tomberaient sur l'université, ce serait inconvenant de se faire tuer en grande tenue de soirée et de répandre du sang sur le talc du parquet. Le bal du Rag commença donc à quatre heures de l'après-midi et finit à dix heures du soir, mais on avait avancé les pendules pour simuler l'épaisseur de la nuit. Klaus Pickard et moi avions prévu un numéro de cabaret style Weimar pour dix-sept heures. Notre nouvelle recrue, une ensorcelante étudiante américaine nommée Frances Colon (« Plus besoin de chauffer si nous nous y collons tous », annonçait le *News Bulletin* dans sa rubrique « Parfum de scandale »), chantait une chanson lugubre de mon cru intitulée « Le Blues du black-out » :

A l'horizon plus rien à voir –
J'ai le blues du black-out.
Eclaire ce noir d'un rien d'espoir –
J'ai le blues du black-out.

L'optimisme guerrier n'avait cours que chez les serveuses de réfectoire, qui affirmaient « Nos petits gars pleins de cran finiront par gagner ». La palme du cynisme revenait aux communistes de l'université.

Ce qu'il nous fallait, d'après Gerry Wolfson, c'était une pièce montrant ce qui allait sûrement nous arriver bientôt. Les nazis seraient renversés par les communistes allemands, mais la guerre continuerait quand même. Churchill (il venait tout juste de constituer son gouvernement national) parlerait dans ses discours d'un mal à combattre, et le nouveau mal communiste se confondrait avec l'ancien mal nazi. Cette pièce devait être l'œuvre d'un consortium ou un collectif ou un comité. Le projet ne donna jamais rien sauf quelques vers d'un chœur à la Auden :

Les canons ou le beurre, choisissez, qu'il disait,
Mais essayez donc d'étaler
Vos canons sur des tartines !

N'empêche que Wolfson, avec une perspicacité digne d'Orwell, inventait grâce à son propre cynisme toutes les conditions de la guerre permanente de *1984*, y compris une forme de rhétorique capable de s'adapter à un changement d'ennemi sans la moindre rupture de syntaxe. Mais à l'époque, il fallait avoir une immense dévotion envers le communisme soviétique pour être capable de distinguer entre un type de prédateur et un autre. Le 29 septembre, deux jours après la capitulation de Varsovie, l'Allemagne et la Russie s'attaquaient au partage de la Pologne. Le 30 novembre la Russie agressait la Finlande, aussitôt on nous enjoignait de considérer la Finlande comme l'ennemi fasciste. Le 14 décembre, ayant refusé l'offre faite par la Société des Nations de servir de médiateur dans la guerre russo-finnoise, la Russie était exclue de la Société des Nations. Par conséquent la Société des Nations était fasciste. Pour la *doublepensée*, les tables communistes de la cafétéria universitaire ne craignaient personne.

Le 18 décembre, l'*Admiral Graf Spee* se saborda en se voyant cerné par trois croiseurs britanniques, l'*Exeter*, l'*Ajax* et l'*Achille*, à l'entrée du port de Montevideo. C'était ça, la guerre, et au diable l'idéologie. A Noël, dans un pub, un marin se leva et entonna sur l'air d'une des premières chansons populaires latino-américaines du moment :

Au sud de la frontière,
Du côté de Montevideo,
Le cuirassé de poche allemand
Admiral Graf Spee
A vu que son compte était réglé
Et qu'il serait obligé de rester
Au sud de la frontière...

Ce n'était pas génial, mais ça valait toujours mieux que « Nous irons pendre notre linge sur la ligne Siegfried » dont les Allemands saisirent vite l'air pour le nazifier, et « Cours, Adolf, cours », ou le numéro de Tommy Handley, la première audace guerrière de la BBC, « Qui est ce petit homme qui ressemble à Charlie Chaplin ? » Les véritables chansons de la guerre c'étaient « Boa Noite », « En route pour l'Argentine », et « Brésil », tous fruits de la politique américaine de bon voisinage. Mon « Blues du black-out » ne fit pas carrière. Les communistes étaient parfaitement satisfaits avec « De quoi qu'il y a un-oh. Un drapeau rouge-oh ».

Chez nous, Jack Tollitt avait imposé une discipline de guerre à toute la maison, jusqu'au couvre-feu de neuf heures. C'est contre cela que je me révoltais. Je me suis mis à l'éviter. Je sortais par la porte de derrière pour ne pas le croiser dans la boutique. Depuis sa promotion au rang de chef d'îlot, il était d'une grande pédanterie en matière de black-out. Toute la famille, sauf moi, devait dormir à la cave sur des couchettes. On m'a permis de prendre le lit conjugal du deuxième étage. Ayant su se rendre indispensable à tout le voisinage dans son rôle de surveillant casqué, il avait réussi à trouver de l'emploi dans les munitions – « du travail de première ligne », comme le proclamaient les insignes des fabricants de munitions, bien payé en plus, et pas trop pénible – tout en continuant, au grand soulagement de ma belle-mère, à gérer l'entreprise M. Wilson's. Il avait, je l'ai déjà dit, une énergie énorme. J'étais résolu à quitter la maison dès que possible.

Anti-intellectuel instruit de mes points faibles, Jack Tollitt soutenait mordicus que Lord Ouah-Ouah, le traître anglo-irlandais, n'était autre que James Joyce, alors qu'il s'agissait de William Joyce, tout le monde le savait. La trahison d'Ezra Pound avait déteint je ne sais comment sur son frère en modernité. La famille entière se pliait à l'obligation masochiste d'écouter la radio allemande. Celle-ci usait moins de faux-fuyants et parlait plus net que la BBC, qui donnait l'impression de vasouiller. La radio allemande avait un programme quotidien destiné aux ouvriers britanniques, qui parlait au sens commun, dans une langue robuste ponctuée de « foutu » et « sacré », du scandale de la division des classes dans la société britannique. Lord Ouah-Ouah présidait à des dialogues dramatiques opposant un Anglais borné de la haute à un intellectuel nazi sur des sujets tels que les œuvres de Freud. « Ça vaut notre vieille feuille de chou rose, non, mon cher ? » disait l'Anglais entre un café et une fine à Dublin, Zurich ou Lisbonne, tandis que l'intellectuel nazi faisait une diatribe contre la dégradante pornologie juive. Une fois on nous passa du Schönberg (« Un peu bruyant, non, mon cher ? »), et l'intellectuel nazi entreprit de nous démontrer les outrances névropathes juives du système dodécaphonique. Ce côté-là de la guerre était très divertissant.

On n'en voyait pas tellement les autres côtés, d'ailleurs, en tout cas pas pendant le premier hiver ni le printemps qui suivit. J'allais tous les jours à l'université, l'étui de mon masque à gaz rempli de livres. Je surveillais les incendies avec Klaus Pickard, ce qui revenait à attendre toute la nuit qu'il se passe quelque chose dans les cornues bouillonnantes de son laboratoire. J'assistais à des conférences où jamais les conférenciers n'établissaient de relation entre la guerre et *La Perle* ou *Sire Gauvain et le Chevalier vert*. Il était entendu que la guerre n'avait rien à voir avec l'érudition. C'était une affaire d'hommes politiques, or les politiques comme chacun sait ne sont pas des érudits. Ma foi, quoi qu'en disent les nazis, et comme le dirait plus tard George Steiner (« Hitler perçut au cœur de sa langue natale l'hystérie latente, la confusion, l'étoffe de la transe hypnotique. Il plongea sans hésiter dans les sous-bois du langage, dans ces zones d'ombre et de clameurs qui sont la petite enfance du discours articulé. Une langue dans laquelle on peut écrire un *Horst Wessel Lied* est prête à doter l'enfer d'une langue maternelle »), la langue semblait, Dieu merci, une affaire neutre. La palatalisation et la fracture se poursuivaient en anglo-saxon malgré les Antéchrists danois. Mais qu'est-ce que la littérature avait à dire au moment où nous lisions les premiers Livres blancs de la guerre – « Le traitement des minorités allemandes par les nazis » ? Tennyson et Browning semblaient pleins de suffisance ; on ne saurait guère louer Jane Austen d'avoir ignoré les guerres napoléoniennes; qui, devant les atrocités présentes, s'intéressait à la vertu de la soubrette de Richardson? Les élisabéthains et les jacobéens, c'était autre chose : leur langue était assiégée, envahie par la violence. J'avais pris comme sujet de spécialité Christopher Marlowe, et je faisais un mémoire sur *Le Docteur Faust.* Chose qui en disait long sur mon état d'esprit tandis que les bombardiers allemands venaient en vrombissant détruire Trafford Park. La mort était sans doute proche (« entrée des démons au milieu des feux d'artifice ») et l'enfer dont le catholique renégat s'était gaussé comme d'une fable n'était peut-être que trop réel.

A mon sens *Le Docteur Faust,* comme *Hamlet,* exploitait un vieux filon de croyance et un filon neuf de scepticisme. Même si L.C. Knights avait démoli la conception bradleyenne du personnage de théâtre, mon esprit peu académique ne pouvait s'empêcher d'imaginer le prince Hamlet en train de suivre les cours du Dr Faust à Wittenberg. Ça pourrait faire la matière d'une pièce de Tom Stoppard, d'ailleurs D.J. Enright joue d'une corde très voisine dans son long poème sur Faust. Si Hamlet a appris le scepticisme à Wittenberg dans les cours de Faust, il a quitté l'université trop vite, à cause des funérailles de son père, pour assister à l'effondrement de ce scepticisme. Les esprits peuvent ressusciter d'entre les morts, l'enfer n'est pas une légende. Le purgatoire non plus, et voilà que le fantôme du père de Hamlet revient soutenir la vieille doctrine catholique à laquelle Wittenberg avait renoncé. L'inaction de Hamlet vient de ce qu'il ne croit pas aux fantômes. S'il a l'impression de voir un fantôme, c'est qu'il est fou. Si le meurtre de son père avait eu lieu en fin de trimestre, quand Faust a déjà fait apparaître la belle Hélène, la vengeance n'aurait pas traîné. (Au fait, je considère que le retour de Hamlet se situe vers le milieu du second trimestre. L'air pince trop fort pour qu'on sente l'approche de l'été, et Noël paraît si loin qu'il en devient mythique. Voilà comment fonctionne mon cerveau débile.) Evidemment je gardai le silence sur la relation *Faust-Hamlet,* sauf pour dire qu'il n'y a pas d'autre pièce à l'époque qui traite d'eschatologie.

Je connaissais le *Faust* de Goethe bien avant celui de Marlowe, à cause de Gounod, Berlioz et Busoni, je me sentais donc tenu de faire des comparaisons certainement plus appropriées aux cours de littérature comparée qui n'existaient pas encore. Le *Faust* de Goethe m'occupait beaucoup l'esprit à cause de la guerre et des propos de Steiner estimant que l'Allemagne accomplissait son *Schicksal* faustien, sans compter que j'avais beaucoup discuté de *Faust* avec des membres de la Freie Deutsche Jugend. C'était un groupe de jeunes réfugiés, juifs pour la plupart, auxquels les étudiants devaient en principe prêter assistance pour les cours de littérature, les soirées musicales où « Clementine » et « It's a Long Way to Tipperary » se paraient de tristesse gutturale, les sauteries, randonnées, et débats métaphysiques. Un petit clan hautain qui trouvait Manchester très inférieur à Hambourg ou Munich. Nos soldats étaient plus débraillés que la Wehrmacht, les uniformes de la police plus avachis que ceux des SS, notre cuisine était médiocre et notre climat infect. Ces citoyens exclus du Reich s'arrogeaient malgré tout quelques prérogatives de la race dominante, comme de resquiller dans les files d'attente ou incendier les serveuses harcelées. Ils réclamaient du café dans les pubs et faisaient la grimace devant notre petite bière. Ils firent un bien inestimable à la cause de l'antisémitisme.

Certains d'entre eux s'abaissaient quand même jusqu'à discuter *Faust* et *Le Docteur Faust* avec moi, non sans railler mon mauvais accent allemand et bien entendu mettre Goethe au-dessus de Marlowe. Quand j'évoquai l'admiration que Goethe exprime pour Marlowe dans ses lettres à Eckermann, ils parurent sceptiques, estimant que j'avais mal lu le passage en question. Ils étaient foncièrement positivistes et trouvaient enfantine la peur faustienne de la damnation. L'enfer, disaient-ils, n'existe pas. Et le mal ? demandais-je. Le mal – *Übel ? Verbrechen ? Unglück ?* Un méchant homme est mauvais. Les gens peuvent être méchants, comme Hitler, mais le mal absolu, théologique, ça n'existe pas, disaient-ils. C'étaient des innocents, à vrai dire nous étions tous innocents à l'époque. Nous vivions en présence du mal mais n'avions pas encore appris à le connaître. D'après eux *Le Docteur Faust* de Marlowe était une œuvre médiévale, quant à Marlowe c'était un catholique. Une opinion pas très subtile, mais qui confirmait mes propres intuitions sur Marlowe, ce pédéraste athée à la bouche d'or et aux yeux brillants de lumière matinale. Catholique, sans l'ombre d'un doute. S'il était vraiment espion, il devait espionner pour le compte de Philippe d'Espagne. Les hommes de Walsingham ont découvert la mèche et arrangé son meurtre dans une taverne de Deptford.

Le Docteur Faust, une autobiographie symbolique, c'était cela le thème de mon mémoire. Marlowe se voulait homme de la Renaissance mais le catholicisme le tirait en arrière. Tamerlan obtient du pouvoir par la conquête, Barrabas le Juif de Malte par l'entreprise capitaliste, Faust par la connaissance. Mais il n'y a qu'une sorte de connaissance valable, et c'est la connaissance de la réalité fondamentale. Faust désire l'enfer. Dans *Sept Types d'ambiguïté*, cette bible sulfureuse que nous étions nombreux à porter dans nos bagages, Empson suggère que la faiblesse des formes négatives, « Enfer hideux n'ouvre pas tes mâchoires, ne viens pas Lucifer », indique un désir de voir l'enfer ouvrir ses mâchoires et Lucifer arriver. « Je brûlerai mes livres » – c'était l'Allemagne nazie. Le geste de brûler ses livres trahissait à la fois un pauvre remords trop tardif et une forte envie de s'approcher du feu. J'étais jeune, sans doute dépourvu de jugement. Je n'aurais pas dû écrire : « Faust, comme l'Allemagne nazie, aspire à l'enfer qui est pour lui la réalité ultime. » On ne fait pas une thèse littéraire sur une âme tourmentée.

Tirer de mes nerfs tourmentés un commentaire sur *Le Docteur Faust*, les temps me l'imposaient. Pendant que le reste de la famille dormait dans la cave, je taquinais la machine à écrire du bureau, cent pages de papier écolier double interligne, tout en fumant sans relâche dans une pièce privée d'air où les cartons pleins de boîtes d'allumettes embaumaient comme une forêt de pins. Soudain la Luftwaffe me survola en faisant route vers Trafford Park. Elle déversa son chargement de bombes à deux ou trois kilomètres de distance. « Enfer hideux n'ouvre pas tes mâchoires. » La terre trembla. « Une goutte sauverait mon âme, la moitié d'une goutte. » Je dis une prière tout en ayant honte de prier.

J'ai présenté mon mémoire et passé mes derniers examens sous la verrière d'un gymnase, cible idéale au cas où la Luftwaffe voudrait annihiler la science en herbe de Manchester. A côté de moi Oliver Corbett rédigeait un devoir sur Sophocle en uniforme de lieutenant, son pistolet posé près de l'encrier. Alors que je traduisais un passage de *La Vision de la Sainte Croix* un vrombissement de bombardiers annonça une audacieuse attaque en plein jour. La D.C.A. riposta. J'entrevis avec une acuité rare qu'il était plus important de traduire *La Vision de la Sainte Croix* que d'être engagé dans une guerre. Il y aurait quelque vague noblesse à mourir le stylo en arrêt sur une note relative à la mutation en -i du mercien. Comme les universitaires de Dorothy Sayers dans *Gaudy Night,* nous protégions l'Ame Humaine.

J'ai résumé la saison en vers blancs :

L'été surprend, le soleil nous saisit,
La plume échappe aux doigts du candidat,
Collision de lèvres luisantes de sueur,
Où l'amant cueille aveugle son héritage tactile.

Lunettes embuées, veines bleuies, la hâte d'être nu
Enflamme de désir des lieux inédits, un vol de ballons
Fend l'éther, argent sur argent. Couchés dans l'herbe
Nous les voyons, monstres dociles, dévirer au zénith.

Flaques du déluge français, boueux, salis de labeur,
Affalés dans les trams ils tètent leur cigarette,
Profanent vêtements de cricket et robes estivales,
Chasseurs en mal de sécurité qui nous gâtent l'été.

Je pense que j'ai dû écrire cela début juin, après l'évacuation de Dunkerque. C'est un démenti à tout ce fatras prétentieux sur l'Ame Humaine. J'aurais dû faire partie du lot de débris que la France avait dégueulés. Le 5 juin, quand Hitler glapit sur les ondes qu'il allait poursuivre la guerre jusqu'à l'anéantissement total de ses ennemis, il ne faisait plus du tout penser à *Beowulf.* La guerre approchait, mais pas encore d'assez près. Quand Margaret Williams nous annonça le 14 juin que les Allemands étaient à Paris, Lynne bondit de joie, littéralement. C'était une vision erronée des choses. Une fiction passionnante sur l'entrée des Allemands à Paris. C'était aussi une vision juste, qui consistait à ménager l'importance de *Beowulf* et, pour Lynne, celle de la plus-value. J'effaçai la guerre, et je reçus une convocation pour ma soutenance.

Etait-ce pour décider si on me donnerait une mention très bien ou une simple mention bien, je n'ai jamais pu le savoir. Knights et Charlton étaient là parmi un lot d'universitaires anonymes et sans doute illustres venus d'un autre monde. Je plastronnai, comme font souvent les jeunes gens ; j'étais ignorant et arrogant. Mon interprétation excentrique du *Docteur Faust* fut balayée. Un grand chauve diplômé déclara : « Quittons ces hauteurs sublimes de spéculations stériles et... » A ce moment-là sa chaise s'effondra sous lui, et lui sur le sol. Cette chute appropriée aux scènes comiques du *Docteur Faust* souleva les rangs académiques d'un rire qui ne présageait rien de bon pour moi. « Pourquoi prononcez-vous Faoust alors que le Dr Knights dit Fôst ? » Je fais une interprétation phonétique du digraphe et lui une interprétation historique. Comment cela ? D'après certains textes élisabéthains, l'étymologie populaire de Doctor Faustus est Doctor Foster. « Qu'est-ce qui vous autorise à contredire Mr Eliot quand il dit que les élisabéthains ont emprunté le modèle du découpage en cinq actes à Sénèque ? » Il n'y a pas de division en actes chez Sénèque. Eliot s'est trompé. Il a toujours été mauvais latiniste. « L'année dans sa réjuvescence », quelle honte ! c'est « réjuvénescence » qu'il aurait dû dire. Charlton apprécia, mais aucun d'eux n'appréciait Charlton. « Vous faites allusion ici à un Hamlet populaire qui subsiste dans la mythologie du Lancashire. » Oui, quand les gens de la région disent « Je vais te jouer du " Amlet ", mon gars », ils font référence à Amloth, le proto-Hamlet, pour dire qu'ils vont se mettre dans une colère terrible. Et ainsi de suite. Une large foule attendait à la sortie, comme à l'issue d'un procès de la Chambre Etoilée. On m'accorda une mention bien, mais j'avais échoué une fois de plus en latin. « Ça ira comme ça, dit Charlton, qui n'aimait pas le classiciste Semple. Nous sommes en guerre. Vous avez votre licence. »

J'étais donc mûr pour le service, deuxième classe Wilson, licencié ès lettres (Spé.). Mais on ne se précipitait pas pour m'appeler sous les drapeaux. Lynne venait de passer ses examens de premier cycle mais elle ne voulait pas rentrer chez elle. Je suis amoureuse de quelqu'un, écrivait-elle, qui va bientôt aller se battre, et je resterai à Manchester jusqu'à son départ. Sa mère répondit : D'accord, amène-le. Et nous voilà partis tous les deux pour Newport, d'où un train local nous conduisit à Blackwood. C'était un monde différent, où je parlais une langue étrangère qu'ils trouvaient comique. Alors comme ça, c'est Anglais que vous êtes ? Et c'est pour qu'on vous civilise un peu que vous venez ici, comme ça ? Un poivrot dans le train faisait une diatribe contre la guerre, clamant que les nations sont comme des meschines qui se disputent les perlesvaus, pas vrai ?

Les filles avaient la peau crémeuse et le sexe repu. Les lois anglaises ne semblaient pas avoir cours ici. Les trains s'arrêtaient entre les gares à la convenance des gens de la vallée qui escaladaient les voies. Le dernier bus traînait lentement une surcharge gigantesque. Les pubs étaient fermés le dimanche toute la journée, c'est-à-dire qu'ils restaient ouverts plus tard qu'en semaine, mais qu'on entrait par la porte de derrière. Le lundi à trois heures du matin j'étais encore au piano pour accompagner le gendarme du coin qui avait une superbe voix de ténor. Au bureau de poste, il y avait une bouilloire toujours prête pour ouvrir le courrier à la vapeur. Le facteur était au courant de vos nouvelles avant vous. La ville galloise du *Bois lacté* de Dylan Thomas, qui passe partout hors des Galles du Sud pour une invention baroque, n'est que trop près de la dure vérité.

Mon futur beau-père n'était pas trop ravi que je sois un Irlandais de Lancastre mais j'affrontai son boltonisme avec mon Harpurhey en lui demandant si je pouvais marier sa tchotte. Pas tout de suite, bien sûr, d'abord les fiançailles. Ses lèvres tremblèrent mais il dit oui. Faudra lui acheter une bague. En v'là une fin prête, dis-je en fouillant la poche de la robe de chambre qu'il m'avait prêtée. Et voilà comment nous fûmes, Llewela et moi, officiellement promis. Ce qui nous imposait de rendre visite aux flancs extérieurs de la famille galloise Jones pour leur annoncer la nouvelle, et pour moi de me soumettre à l'inspection de Tredegar et de fermes écartées aux noms barbares. Certains patriarches ne parlaient pas anglais. L'un d'entre eux n'avait rencontré qu'un seul Anglais avant moi, un inspecteur du ministère de l'Agriculture en tournée à qui on avait offert l'hospitalité mais qui continuait à descendre la bière maison au lieu d'aller se coucher. Personne ne savait comment l'envoyer au lit, rapport au problème de langue, mais un type qui avait travaillé dans les chenils d'un nabab anglo-gallois avait fini par lui sortir « Cwtché, vilain boug ».

La mère de Lynne, alias Llewela, avait le teint bistre et les yeux brillants. Elle m'adopta comme un orphelin, démuni, trop maigre, et me nourrit de mets gallois roboratifs – gigot d'agneau rôti accompagné de potch (purée de pommes de terre et rutabagas), brouet au cognac (bouilli de bœuf et poulet relevé de porto Gilbey avec, raffinement suprême, un demi-verre de Martell trois étoiles au moment de servir). La hantise de l'invasion avait commencé, on nous informa que les cloches de l'église et du temple donneraient le signal de déterrer les fusils détournés lors de la Première Guerre et les arquebuses gardées en réserve. Couché dans la chambre d'amis, je pris un accès brutal de bourdonnements d'oreille pour une sonnerie externe et réveillai toute la maison. Mais l'invasion ne venait pas, même si le pub du coin n'était plus que discussions sur la manière dont il conviendrait alors de réagir. Saleté de gouvernement nous a encore lâchés, pas vrai, ces salauds de la Home Guard armés de balais de chiottes. Un nommé Twm Lion Noir avait jadis rencontré un Allemand. Instruit, qu'il était, parlait très classe. Dis mon gars, tu la vois, toi, la différence entre un sale Boche et un sale Angloche ? C'est toujours de la racaille étrangère, moi c'est ça qu'euj'vois, pas vrai, les uns ou les autres c'est du pareil au même. Un autre avait ouï dire que pour les Allemands, les Gallois étaient une des tribus égarées d'Israël et qu'on leur ferait la peau comme à ces sales Juifs. Ce qui les mit en remembrance d'un certain Enoch Davies qui avait perdu la tête et jurait qu'il était né à Bethléem. Savant, qu'il était, faut pas croire, savait lire et écrire, le bougre. L'hiver il mettait du papier d'emballage sous sa chemise pour se cwtcher la poitrine. Et la tête d'un personnage biblique avec ça, mais tous les vrais Gallois avaient une tête biblique. Moi aussi j'avais une tête biblique, je n'étais donc pas cent pour cent angloche. Alors comme ça tu maries une Galloise ? Tu peux chercher plus loin et trouver pire, faut pas croire.

Llewela, comme j'étais tenu de l'appeler ici, mit un frein à nos ardeurs naturelles par respect pour sa mère aux yeux brillants qui parlait d'un ton appuyé de bonne vie et mœurs. Nos « bonne nuit » s'accompagnaient de calmes bécots. Mais nous nous enfoncions dans les bois de Cefn Fforest pour faire l'amour sous l'œil et le gazouillis des oiseaux, éventuels mouchards du temple. Au sortir d'un fourré, soulagés en hâte, parsemés de brindilles et de fougères, voilà que nous tombons sur Rhys Evans, l'amant de naguère, le poil lisse, moustachu, massif, grand joueur de rugby. Il entrait dans le bois avec une nouvelle maîtresse, une petite boulotte qui visiblement pétait le feu, dont j'appris par la suite qu'elle s'appelait Nest. Les circonstances se prêtaient mal à une bagarre, mais Rhys Evans me glissa : « Je t'aurai, t'inquiète pas, et je viendrai pas tout seul, tu vas voir. » Il était temps pour moi de quitter Blackwood, c'était clair. Quant à Llewela, elle s'absorba mélancoliquement dans une orangeade chaude au café Blackwood. Elle avait naïvement cru retrouver un Rhys Evans prostré dans son lit en proie aux tourments d'un amour malheureux. Et elle le surprenait en compagnie de Nest, qui passait pour une chaude garce. Voilà bien les femmes, pensai-je. Peuvent pas admettre qu'un homme s'en aille. Cet homme-ci repartit pour Manchester, mais c'est ce qu'il avait prévu de toute façon. Peut-être qu'un ordre de mobilisation m'attendait. Peut-être que la police militaire se pointerait bientôt à Blackwood. On t'embarque, voilà ce qu'on vient faire. Un sale déserteur, mon gars, voilà ce que t'es.

Mais je ne trouvai pas d'ordre de mobilisation. Harold Buxton, une sorte d'ami de la famille qui dirigeait l'Oxford Cinema d'Oxford Street, me dit qu'il avait un ami chargé de recruter dans la ville pour la Royal Air Force, le commandant Hargreaves, et qu'il lui avait demandé un rendez-vous pour moi. J'en fus très reconnaissant. J'étais maintenant très désireux d'entrer au service de Sa Majesté, ce qui revenait en fait à trouver un job. J'avais besoin de travailler ; je ne comptais plus parmi les étudiants mais parmi les sans-emploi. J'allai voir le commandant Hargreaves en compagnie de Michael Callaghan. On s'arracha Callaghan, qui avait commencé une spécialisation en éducation physique, et fut vite équipé en bleu. On ne voulait pas de moi. Je n'avais rien à offrir. Je n'étais pas autorisé à partir en quête d'un commerce honorable avec la mort. Il me fallait donc attendre comme les autres civils de Manchester que la mort vienne d'elle-même sous forme de raid aérien. Le 7 septembre la Luftwaffe infligeait de sérieux dégâts à Londres, mais Trafford Park, ainsi que la ville son annexe, n'était pas oublié. Ayant refusé de descendre aux abris, je manquai me faire décerveler par un shrapnel perdu. Le 15 septembre, alors que la bataille d'Angleterre était terminée, d'après les archives (1 753 avions allemands abattus, contre 915 de la RAF), la Luftwaffe continuait à vrombir vers le nord-ouest. En octobre, Lynne était de retour à Manchester, prête pour le nouveau trimestre. Les cieux étaient plus calmes. Ma belle-mère choisit ce moment-là pour mourir.

C'est moi qui étais chargé de lui apporter sa tasse de thé matinale. Elle se soulevait complètement embrumée et absorbait son thé comme une plante absorbe la pluie après une longue sécheresse, après quoi sa bouche édentée émettait des bruits pour demander qu'on lui remette ça. En lui montant sa tasse surmenée par un beau matin de guerre, j'entendis choir une lampe de chevet et un corps s'abattre lourdement. Elle venait d'avoir une crise cardiaque qui l'avait fait rouler hors de son lit. On fit venir le prêtre avant le médecin : peut-être restait-il encore assez de vie pour justifier l'extrême-onction. Le prêtre, un jeune athlète coriace venu de Roscommon, lui fit la respiration artificielle sans parvenir à ranimer l'étincelle de vie. Elle avait dépassé le stade des derniers sacrements. On me lança des regards inquisiteurs : je lui avais administré une tasse de je ne sais quoi ; j'étais ami avec des chimistes allemands. Il y a trop de gens qui lisent trop de romans policiers. Une fois le certificat de décès signé et les dispositions prises pour les obsèques, on lut le testament : naturellement il n'y avait rien pour moi, mais la succession allait poser quelques problèmes puisqu'il s'agissait de partager un commerce prospère mais indivisible entre les deux filles. J'étais hors du coup, encore plus étranger que jamais auparavant. Tant que ma belle-mère vivait, il subsistait un lien ténu avec mon père ; à partir de maintenant ce serait de la charité pure et simple. La guerre, au fond, était une bénédiction. Elle instituerait une sorte d'indépendance rémunérée. Mais malgré mes lettres implorantes, la machine militaire ne voulait toujours pas me mobiliser.

Ce jour-là j'en appris un peu plus sur la dose d'égoïsme dont les femmes sont capables. (« Depuis Eve, elle sévit, l'illusion d'être unique », c'est un vers que j'insérai dans ma traduction de *Cyrano de Bergerac* en 1971.) Je devais déjeuner avec Lynne dans un petit restaurant de Rusholme. Forcément j'étais en retard, et je me fis violemment rabrouer. Je présentai mes excuses : ma belle-mère venait de mourir. D'accord, c'était une circonstance atténuante, mais qui passe en premier ? Elle n'était pas invitée à l'enterrement, ce qui lui paraissait un affront. Je lui montrai la carte d'identité de ma belle-mère, que j'avais prise dans son sac. Avec cette carte et la mienne, nous pourrions passer pour un couple marié et réserver dans un hôtel. Elle trouvait ça macabre, ce qui était vrai ; inexcusable, et je ne pouvais, je ne peux toujours pas, l'excuser. La guerre commençait à nous travailler. Nous avions les nerfs à vif. Avec déjà une année de guerre derrière nous, qu'est-ce que nous avions accompli ? L'évacuation pitoyable de Dunkerque, maquillée en fait de gloire ; la soi-disant bataille d'Angleterre, qui avait pratiquement annihilé tout l'East End de Londres. Des chansons ineptes comme « Le roi est toujours à Londres » et « Mr. Brown from London town ». Même le sexe déraillait : trop de soirées où chacun était invité à se mettre torse nu ou à prendre tout ce qu'il trouvait dans le noir. Les funérailles de ma belle-mère, suivies d'un thé corsé de whisky et jambon, avaient quelque chose de plus normal. Je soupirais après l'armée qui ne voulait pas de moi.

Mais j'ai trouvé du travail. Un propriétaire de garage avait mis une annonce dans le *Manchester Evening News* pour trouver un répétiteur qui donnerait des cours à son fils tous les matins à raison de trente-cinq shillings par semaine. Je répondis sans oublier d'étaler ma licence ès lettres (Spé.) après ma signature, et j'obtins le job. Trente-cinq shillings, c'était une honnête somme à l'époque, quand la pinte de bière ne coûtait pas plus de cinq pence et le paquet de Player's un shilling. Les restaurants de Piccadilly offraient encore ce dîner avec trop de plats pour trois shillings six. Dès que je parlai de mon job dans ma belle-famille, on me dit qu'il faudrait « convenir d'un arrangement ». Autrement dit, que je serais désormais leur locataire. Je cherchai une chambre dans Ducie Avenue, une rue délabrée de maisons georgiennes jadis élégantes derrière l'université. J'en trouvai une spacieuse avec un grand lit pour cinq shillings par semaine. Ma logeuse, Mrs Hacey, buvait du stout et faisait elle-même ses frites, qui étaient remarquables et offertes gratuitement. Je quittai la maison pour m'installer chez elle, emportant une ou deux chemises, les poèmes de Hopkins et *Finnegans Wake* dans mon sac à dos. J'avais enfin mon indépendance.

L'élève à qui je donnais des leçons d'anglais et de maths était un garçon astucieux de onze ans qui avait souffert comme moi jadis de rhumatismes cardiaques, et beaucoup manqué l'école. Je suis entré dans un monde d'une opulence inattendue. J'avais toujours supposé que les garagistes étaient des illettrés couverts de cambouis vivant dans l'arrière-cuisine où ils lapaient leur thé, voilà que je découvrais une belle demeure équipée d'un chauffage central et d'un buffet aux alcools. Dans la pièce où je donnais mes leçons, il y avait un piano à queue blanc Syrie Maugham dont personne ne jouait. Ma tâche de répétiteur n'était pas très ardue, le garçon ne voulait pas travailler et préférait me montrer ses talents de danseur de claquettes. Il me demanda combien son père me payait, « des clopinettes », décréta-t-il, et il entreprit d'augmenter mes gages avec l'argent qu'il gardait caché dans la cheminée de l'âtre où on ne faisait jamais de feu. Le métier de garagiste lui plaisait, il maniait les pompes à essence et la peau de chamois avec une aisance joviale. Il recevait des pourboires, qu'il mettait de côté. Chaque jour il me tendait une poignée de demi-couronnes avec un air de munificence adulte. Quand enfin mon ordre de mobilisation arriva au bureau de la Corpo, je lui dis qu'il faudrait interrompre nos leçons (encore qu'elles n'aient jamais vraiment commencé), et il voulut m'inviter avec ma petite amie à un gueuleton au Midland Hotel, champagne millésimé et tout le tralala, mais je l'imaginai en train de remettre le sommelier à sa place et préférai refuser. En échange il me donna un sac en papier rempli de grosses pièces et de billets de banque, en tout (je fis le compte dans le bus qui me ramenait en ville) vingt-cinq livres. Ma vie civile s'achevait dans une confortable aisance.

Lynne entama sa dernière année en quittant son foyer, comme les étudiantes de licence étaient autorisées à le faire, pour un meublé approuvé par l'université. La maison de Mrs Hacey ne figurait pas sur la liste autorisée, mais Lynne emménagea dans mon grand lit pour quinze jours de bacchanale, ou de pseudo-conjugalité. Avec la bénédiction de Mrs Hacey, une réplique de la Mrs Jupp de Samuel Butler. C'est un drôlement bon lit pour le brame et le branle, pas vrai ? Tant qu'on peut, faut en profiter, c'est ce qu'y disait toujours, mon homme. Pauv'boug, il a pas fait long feu, emporté par un insec'qu'il avait dans la tête. Y aura des bonnes frites toutes chaudes prêtes dans deux minutes. Ainsi, bien nourri, souvent imbibé, fumant comme une euch'minée, pour parler comme Mrs Hacey, baisant sans contrainte comme un enragé, je savourai mes derniers jours d'homme à femme en me préparant à partir pour la guerre.

IV

VI

Je reçus une notice cordiale d'installation dans l'armée de Sa Majesté, jointe à un mot de bienvenue du monarque en personne, dont la photo sur papier brillant affichait un maréchal de camp au sourire emprunté. Il faut croire qu'il changeait rapidement de costume pour les autres armes. C'est pour lui que je devais me battre, ou plutôt ne pas me battre, puisque j'étais affecté au corps de santé de la Royal Army, et appelé à sauver des vies au lieu d'en prendre. Les autorités mobilisatrices avaient fait le bon choix me concernant. Ils connaissaient sûrement mon antipathie pour les engins les plus élémentaires, peut-être même la tendance de tous les engins à perdre contenance devant moi, dérailler, tomber en panne, voire s'autodétruire. J'avais renoncé à conduire une voiture, me servir d'un briquet ou faire marcher un train électrique. Le fusil qu'on me mettrait dans les mains refuserait certainement de tirer. Je serais donc un non-combattant, mais sans les convictions qui animaient les Quakers ou les membres du Groupe d'Oxford.

Je reçus également un billet de train, aller simple en troisième classe pour Eskbank, à la sortie d'Edimbourg. Je n'avais jamais utilisé d'aller simple auparavant. Là, pas de promesse douillette de retour au foyer, si foyer j'avais eu. Je n'avais même pas de parent proche, rien qu'une *fiancée**. Ce terme étranger, toujours suspect car il conservait en anglais son accent aigu d'origine, n'était pas admis chez les militaires, de sorte que ma parenté la plus proche fut réduite au rôle d'amie. Je fis le voyage avec Hopkins et Joyce dans mon sac à dos mais pas grand-chose d'autre, pas même une chemise de rechange. J'imaginais que Sa Majesté allait immédiatement me donner tout mon barda, lames de rasoir neuves comprises. Nous étions le 17 octobre 1940, la guerre durait depuis plus d'un an, Sa Majesté était maintenant tout à fait organisée, et dès le 18 octobre ou au plus tard le 19, j'aurais mon équipement complet de soldat. J'avais déjà mon numéro – 7388026 – que j'avais converti pour raisons mnémotechniques en mélodie selon le principe de la notation chinoise. Le 1 correspond à la première note de la gamme diatonique et le 8 à la dernière. Le zéro représente un soupir. 7388026 produisait un petit thème entraînant, sur lequel je composai une rhapsodie en faisant route vers le nord.

Le compartiment resta vide pendant tout le trajet, à l'exception d'une deuxième recrue pour Eskbank. Mon voisin était trapu, taurin et taiseux. Je ne cessais de lui offrir des cigarettes Chesterfield, qu'il mettait en veilleuse après deux bouffées et gardait en réserve, comme un étudiant pauvre de St Mary's, Strawberry Hill. Quelque chose le tracassait, j'ai compris quoi en lui proposant mon *Manchester Guardian*. Il était analphabète et il en avait honte. « Pas encore appris à lire », c'est comme ça qu'il présentait la chose, avec l'air de penser que cette infirmité risquait de devenir nocive. A certains égards elle l'était déjà, car il ne pouvait pas déchiffrer les noms de gares, à chaque arrêt, Huddersfield, Leeds, il me demandait si on était arrivés. Une fois à Edimbourg, où il fallait trouver la navette locale, il se cramponna à moi en pleurnichant. Armé d'un petit attaché-case en carton, il s'attira le mépris du soldat de première classe qui nous attendait à la gare d'Eskbank. « Si on t'a foutu dans l'armée, lui dit-il, c'est pas pour venir faire le jean-foutre avec ton foutu attaché-case ». *Attaché*, *fiancée**, encore un coup de l'accent aigu. « Pas encore appris à lire », répondit mon compagnon, qui semblait prêt à user de cette excuse pour tout acte de délinquance.

La grossièreté du première classe me parut factice. C'était un moustachu grassouillet aux ongles bien nets, qui avait dû être vendeur de voitures dans le civil. Il jouait un rôle. Comme nous tous, tout le centuple troupeau de recrues. Nous entonnâmes « La Polka du baril de bière » quand on nous mit en rangs pour gravir la colline. Nous tenions le rôle de prisonniers de guerre enjoués s'efforçant de faire bonne contenance tout le long du chemin qui mène au *Kriegsgefangenenlager*. Il fallut faire route à pied jusqu'à Newbattle Abbey dans le crépuscule écossais, réagir avec une gaieté forcée aux « J'veux voir qu'une seule tête, bande d'animaux, pardon, d'animals », en franchissant le seuil, et enfin repos dans une espèce de salle de bal lugubre dotée d'une loggia de musiciens inoccupée, cernée par les bois de cerfs des trophées de chasse, avec çà et là une ou deux placides déesses de pierre dénudées. Un homme arborant trois galons et une couronne nous observait avec un air de pitié qu'il essayait gentiment de dissimuler. « Ça, me dis-je, ça doit être un sergent-major ». C'était une erreur de pékin dont j'aurais bientôt honte. J'avais devant moi un sous-officier d'état-major. (J'ai noté avec plaisir que la version télévisée de *Retour à Brideshead* d'Evelyn Waugh refaisait la même erreur, avec moins d'excuses.) Toutes les recrues avaient l'air à la fois nauséeux et rétif. Nous étions loin de chez nous et personne n'osait croire que la guerre serait terminée pour la Noël. On nous distribua des musettes garnies de gobelets, gamelles, couteau, fourchette et cuiller. On nous servit le premier de nombreux repas militaires infects – ragoût froid, éponge imbibée de crème anglaise – avant de nous répartir en compagnies. Je fus affecté à la compagnie B, puis expédié dans un cliquetis de gamelles vers une baraque en bois du quartier réservé à la compagnie. On n'y voyait goutte. Le baraquement était glacial sous une loupiote lugubre du type connu, nous le saurions bientôt, comme ampoule pour centre de transit – peinte en rouge, le wattage le plus bas qui existe, assez faible pour ne pas gêner les dormeurs dans un lieu où la durée moyenne de séjour était de vingt-quatre heures. Il n'y avait pas de lits. Seulement ces carrés de matelas en kapok baptisés galettes et une pile de couvertures sales. Quelques conscrits dirent leurs prières à genoux avant de se retirer, sans doute pour demander des forces.

Mon voisin conscrit, un Juif allemand nommé Judah Apfelbaum, ou Joe Appletree, ne priait pas. Il était trop occupé à reprocher au caporal de chambrée le froid, la crasse et l'absence de commodités. « Chê laaf les dents touchours afant sommeil mais où il est lafapo, chê fous dêmande. » Il n'y avait pas de lavabo, rien qu'une rangée de robinets d'eau froide à un kilomètre de là. Le caporal répondit, d'un ton raisonnable, qu'on était tous dans les mêmes foutus sales draps. Apfelbaum m'examina alors et demanda : « Comment fous appelle ? » Je lui dis mon nom. « Messiêr Filson, poursuivit-il, fous n'a pas la ponne santé, fous est frachile, chê fois pien. Fous tiendra pas longtemps ici. Dêmain fous pars afec moi si n'ont pas arranché meillêr héperchêment. » Apparemment il prenait le centre d'instruction pour un hôtel médiocre dont on pouvait changer à sa guise. Mais il avait raison de protester, le lendemain nous le confirma.

Après tout, le quartier général du corps de santé de la Royal Army était placé sous la tutelle de médecins en uniforme, avec mission de promouvoir la santé et l'hygiène, guérir les blessés et les malades, mais il ne laissait aucune chance à ses poulains d'être propres, encore moins bouchonnés. Le jour débuta dans l'obscurité par un rasage tâtonnant à l'eau froide, suivi d'un petit déjeuner nocturne, porridge dans une gamelle et croquette de poisson dans l'autre, rinçage des ustensiles sous l'unique robinet d'eau froide proche de la cantine, avant de remiser couteaux et fourchettes à l'abri, telles des armes, sous leur couche de graisse figée. L'aube nous dévoila les lieux destinés à la vidange. Une pente boueuse, pratiquement verticale, grimpait vers des latrines de campagne que l'armée avait omis d'approvisionner en formulaires vierges. On appelait cette pente la Crotte 60. La constipation volontaire s'imposait. Vivre à la dure, passe encore, mais il fallait en plus subir les tirades de sveltes officiers sur le *corpore sano* affiché par la devise du corps de santé. Le *mens sana*, pensaient-ils sans doute, serait difficile à promouvoir.

Mon rapport sur le mois qui suivit figure ici à titre de document historique brut, la situation d'une armée en guerre depuis plus d'un an. Pendant cinq semaines j'ai travaillé et dormi dans la même chemise sale, que ma cravate universitaire rehaussait d'une touche de noblesse pathétique, participé aux marches et aux manœuvres en veston sport, pantalon de flanelle avachi et déchiré, chaussures qui me quittaient les pieds (j'étais parti volontairement mal chaussé, pensant qu'on me donnerait des godillots), appris à me passer de bain, à m'imposer une constipation chronique, et à vomir de ma propre odeur. Mon beau-frèrâtre avait eu droit à un casque d'acier et un masque à gaz réglementaire pour affronter les raids aériens. Le caporal affecté à la défense passive antiaérienne de Newbattle Abbey sifflait l'alarme en casquette de campagne, un masque à gaz civil dans un étui pendu à son épaule par une ficelle. Nous aidions à convoquer la Luftwaffe en portant des déchets à l'incinérateur (Judah Apfelbaum appelait ça l'insinuateur) avant l'aube. Les cendres du poêle du baraquement voyageaient dans le même seau à ordures que les détritus combustibles. Chaque aube noirâtre était illuminée par un duo qui transportait de grands brasiers flamboyants vers le tas d'ordures. Comme façon de diriger une armée, il y a sûrement mieux.

Mes camarades de chambrée s'efforçaient de maintenir une *mens sana* civilisée en conservant entre eux des manières courtoises. Ils se donnaient toujours du « Monsieur », ce qui énervait les sous-officiers. « Qui t'a dit ça ? – C'est Mr Wilson, mon caporal. – Tant que t'es pas sous-lieutenant, y a pas de Monsieur qui tienne, ici, bordel, mets-toi ça dans le crâne, abruti. » L'ennemi barbare, c'était toute la phalange des sous-officiers, brevetés ou non. Les officiers étaient trop éloignés pour susciter des réactions. Mais leur manque de conscience professionnelle souleva une vive colère la nuit où l'un d'entre nous, Mr Whateley, eut une attaque de pneumonie. Le diagnostic ne faisait pas le moindre doute : il y avait parmi les conscrits des ambulanciers compétents formés à St John's. Nous voulions qu'on l'examine d'urgence, rien à faire. Nous voulions une ambulance ; nous avons transigé en mendiant un brancard. Pour finir il fallut le porter à bras d'hommes jusqu'à la bâtisse lointaine de Newbattle Abbey. Nous ne l'avons pas revu, et on nous interdit de demander un bulletin de santé. C'est là que nous sommes passés dans le camp des fortes têtes.

Forte tête, ça devrait être la condition naturelle de tous les soldats. Jamais dans toute l'histoire des conflits humains, aurait dû dire Winston Churchill, on n'a vu autant de gens se faire enculer par si peu de gens. Les soldats adorent l'ennemi officiel, car ils voient l'image de leurs saloperies reflétée par des hommes qu'ils n'ont aucune envie de tuer. C'est leur propre camp qui leur apprend la haine. Il m'arrive encore pendant mes insomnies d'ourdir ma vengeance contre le caporal Newlands, une petite frappe de Glasgow qui se moquait de mes cheveux trop longs, faute de coiffeur, en m'appelant « frise-poulette ». C'est lui l'instructeur d'éducation physique qui, pour une soi-disant insolence, m'a fait faire trois fois le tour du quartier en courant, bras à la verticale, au cri de « Plus haut les pieds, putain ». Les séances de gym étaient une torture. « Bientôt, nous dit un officier ondulant, de toute évidence déjà névrosé au départ, vous allez tous péter le feu » (ouais, à nous en péter la cervelle), mais ça ne nous faisait aucun bien, ces jeux idiots et cette gaieté forcée (« Allez, p'tits gars – encore un coup à la santé du roi et de la reine »), à poil tout frissonnants dans l'aube de décembre. J'entends encore ces concerts de toux lamentables.

Il y avait pas mal de durs de Glasgow, survivants borgnes d'une rixe des Gorbals, parmi les sous-officiers. On les avait sans doute choisis pour mater les Polyphèmes sauvages du rang. Ils parlaient la même langue, inintelligible à tout autre qu'eux. Les hommes du rang ne savaient lire ni écrire aucune langue. Jamais je n'aurais cru que le taux d'illettrisme britannique était aussi élevé. Il fallait leur faire la lecture du tableau de service. Une fois je m'y suis collé mais j'ai déchaîné des grondements féroces : « C't éfant d'putain est pas foutu de lire proprement. » Les seuls durs de Glasgow qui avaient des lettres étaient le sergent-chef McGonagall et le sergent Dempsey. McGonagall me dit en désignant les couronnes de laurier métalliques sur son avant-bras : « Et ça c'est quoi, mon gars ? Des putains d'sardines ? – De toute évidence, non », répondis-je. Et lui : « Appelle-moi *sir* quand tu me parles. » Alors moi : « Mon père m'a appris à n'employer *sir* que pour m'adresser à lui et à Dieu Tout-Puissant. Vous n'êtes ni l'un ni l'autre. » Ça faisait du bien de le voir danser de rage. N'empêche, je prenais de gros risques. J'ai continué : « Le Dr Samuel Johnson disait *sir* à tout le monde en signe de simple respect. Même à un batelier mal embouché. Aussi me plierai-je à vous appeler *sir*, sir. Mon pauvre père va se retourner dans sa tombe. » Désormais il aurait l'œil sur moi. Le sergent Dempsey aussi m'avait repéré. Mon accent prit une intonation chicos inédite. Je déclarais verbalement la guerre à ces fumiers. J'allais vraiment jouer les fortes têtes.

Mais pas tout de suite. Il y avait encore les six semaines d'entraînement réservées aux conscrits : l'heure viendrait avec les exercices à plein temps et l'attente interminable d'affectation. En attendant on m'expédiait une-deux une-deux suivre des cours d'anatomie et de secourisme, auxquels il me suffirait d'assister pour être breveté infirmier de troisième classe. Cette formation était dispensée par les sergents. Des officiers, en principe plus calés en médecine que ces sergents qui, faute de savoir dire « globule », nous parlaient des petits couillons rouges et des cornards blancs, on n'en a pas vu l'ombre. L'un de nos sergents, un homosexuel d'Edimbourg, était tout à fait dans son élément quand il pouvait tripoter et papouiller les plus jolis conscrits pour les aider à trouver l'emplacement du foie. Je ne savais pas grand-chose en anatomie, à part la structure des organes vocaux. La fois où il désigna l'appendice qui pend du velum comme l'uvulve, j'ai pu rectifier son erreur. « C'est un tout autre organe que vous avez en tête. Mais vous connaissant, je me dis que c'est peut-être le même. » Il a bien compris où je voulais en venir. Lui aussi, il m'avait repéré...

Etre repéré, ça voulait dire désigné pour des corvées supplémentaires, comme de décharger un camion surgi sans crier gare avec une manne inespérée de matériel à l'instant où j'allais gravir la Crotte 60. Comme je m'étais vanté d'être pianiste, j'étais commis d'office au transport des vieux bastringues pour les concerts du Théâtre aux armées. La meilleure politique c'était de filer dès qu'on voyait se pointer ficelles ou sardines. On ne vous jugeait pas plus mal pour autant. Ceux qu'on admirait le plus, c'étaient ceux qui savaient arpenter le camp en treillis à longueur de journée avec leur balai sans jamais rien faire. L'oisiveté et le vol, s'ils se mêlaient d'adresse discrète, passaient pour des vertus. Tirer au flanc avec classe était très bien vu. Une image de l'armée s'esquissait peu à peu – non pas l'épouse infidèle et souillon du couple évoqué par Evelyn Waugh, mais un organisme animal avachi de torpeur, mû essentiellement par des tics rotuliens ou des réflexes conditionnés genre Pavlov. Et pas si terrifiant que ça, au fond. L'autorité parlait par rodomontades. Tout ça n'était qu'un vaste spectacle, conforme au penchant théâtral de l'âme britannique.

On finit par s'habituer à tout. Equipés de bric et de broc, menés en cadence à la douche, entraînés à truander en finesse, nous commencions à prendre vaguement l'air de soldats. Nous n'avions pas de casquette réglementaire, rien que des casques d'acier ; ni de guêtres. J'avais inventé un système élastique pour faire tenir nos masques à gaz pendant l'alerte qui, malgré son efficacité, était considéré comme une hérésie. C'était une armée faite de sangles et de bouts de ficelle. L'attelle dite de Thomas qui couronnait notre formation était un chef-d'œuvre néolithique de bandelettes et de nœuds de vache. La bureaucratie était touchante d'amateurisme. Un certain F.L. Wilson figurait constamment à l'ordre du jour alors que le porteur du nom avait reçu son affectation depuis longtemps. Comme ce Wilson-là ne se présentait jamais, il fallait inculper un autre Wilson, moi en l'occurrence, de manquement au devoir, un deuxième classe Wilson en valant un autre. J'avais grand plaisir à comparaître devant le capitaine de ma compagnie, une sorte de généraliste repenti, pour expliquer mon absence à l'exercice de retraite. « Vous vous appelez bien Wilson ? – Oui, mais pas F.L. – Vous êtes le seul Wilson de la compagnie B. Votre devoir vous commandait de supposer qu'il s'agissait d'une erreur de frappe et d'obéir à un ordre manifeste. – Il n'est pas de mon devoir de supposer que mes supérieurs commettent des erreurs. Ils sont presque par définition incapables d'erreur. – Appelez-moi *sir*. – Sir. – Ça va. Rompez. » F.L. Wilson était de nouveau au tableau de la compagnie la semaine suivante. Puis il devint une non-personne.

Faute de calots réglementaires, baptisés calots-cons en partie à cause de leur forme, et parce qu'ils vous donnaient l'air d'un con, certains d'entre nous s'étaient acheté des casquettes à visière, qu'on appelait pelles à fromage. Selon une loi non écrite de Newbattle Abbey, seuls les membres du personnel du centre y avaient droit. Officiellement elles ne devaient se porter qu'avec un uniforme ; officieusement elles dénotaient vaguement l'autorité d'un soldat aguerri. Il n'est plus digne amoureux de l'armée que celui qui consacre une part de ses trois francs six sous hebdomadaires à se faire beau. Certains, dont moi, s'offrirent les aiguillettes à deux sous qu'en principe seuls les hommes du génie pouvaient nouer à leurs épaulettes. Nous commencions à nous sentir fiers d'être soldats. Fiers de hurler « Sirr ! » et d'obéir aux ordres comme des mécanismes d'horloge. Fiers d'assister, tout pimpants, aux thés offerts par les charmantes dames d'Eskbank. Nous allions prendre le thé dans Princess Street à Edimbourg, où des dames charmantes refusaient de nous laisser payer nos œufs pochés au haddock et nos sablés écossais. L'ancienne vie, qui ne datait que de six semaines, était d'un autre monde. Je devais faire des efforts pour me rappeler que j'avais une très chère fiancée ou amie. Il y avait trop de jolies filles d'Eskbank toutes prêtes pour une cure de sous-cutanées, comme on disait.

Noël a produit un relâchement de discipline, des garnitures de houx dans la salle du mess et des sergents qui nous répandaient de la soupe sur la tête. L'adjudant-chef, un monstre terrifiant dans la cour du quartier, se fit de plus en plus jovial, puis larmoyant, et nous dit qu'il nous aimait comme ses propres fils. Nous n'étions pas loin de penser que nous finirions peut-être par aimer le corps de santé. « Vous êtes, nous dit le sergent-chef de la compagnie B, des putains de gentlemen, mettez-vous bien ça dans vos putains de têtes. Pas des fils de pute de l'infanterie qui salivent en plantant leur baïonnette dans les burnes de l'ennemi. La semaine prochaine on verra que vous savez vous conduire en vrais putains de gentlemen, quand les gogues neuves seront prêtes. Plus besoin d'aller chier sur la Crotte 60. Vous pourrez crotter décemment comme des mylords dans des chiottes très classe, et je veux pas de doigts merdeux sur les murs. Faudra voir à chier droit comme des chiés gentlemen. » Comme la clique du régiment s'est pointée à ce moment-là, on a cru qu'ils venaient célébrer l'inauguration des latrines, mais c'était seulement pour donner plus d'ampleur au rituel complexe de l'inspection par un chef de corps. La marche militaire était signée Ralph Vaughan Williams, un ancien du corps de santé, qui s'était contenté d'exhumer un vieil air de folklore intitulé « Pretty Joan ». Et nous, sur cet air, on chantait « Du bren, du bren, putain, toujours du bren ». Ça voulait dire qu'on en avait plein le cul. Mal qui était précisément notre lot quotidien, au même titre que mal foutu, et mal du pays. Toutes choses que nous endurions au sens liturgique où nous étions tous de misérables pécheurs.

C'est sans doute une forme de vocation militaire qui m'a converti au clairon et à la cornemuse. Je savais comment marche un clairon : on produit une partie de la série des harmoniques en variant la pression des lèvres sur l'embouchure de métal. J'étais autorisé de temps en temps à sonner l'extinction des feux et le réveil. Un matin, tout en lançant ces notes dans l'épaisseur inerte de la nuit, je me dis que la série des harmoniques était un fait de nature, et que les partisans de l'atonalité avaient tenté de séparer la musique de la nature, ce qui est un péché mortel. J'ai dû m'entraîner au *chanter,* le tuyau des doigts, sous la direction du chef cornemusier avant d'être admis à manier tout le sac à malice celte. J'essayais d'imaginer « Les Fleurs de la forêt » arrangées par Schönberg. Quoi de plus poignant que la plainte de ce lamento dans le crépuscule glacé d'Eskbank ? Qui, à moins d'être pacifiste, viennois, et névrosé, peut vouloir en finir avec la série des harmoniques et la gamme diatonique ? La cornemuse donne une musique simple et héroïque, d'un registre limité, et réduite à la gamme de *la* majeur ; tout l'art est dans l'usage des ornements. A côté d'autres cornemuseux, dont certains sérieux, binocleux et besogneux, je trillais derrière la grosse caisse dans le défilé dominical vers la messe avec une peur panique de déraper sur la pente verglacée. (« Un jour, me promettais-je, je vivrai dans un pays où il n'y aura pas de verglas. » J'ai tenu parole.) Une fois en trillant j'ai dérapé et valsé, et les tuyaux ont poussé des glapissements de porc à l'agonie. Je les avais humiliés.

A force d'aller à la messe, assister à la messe, revenir de la messe en jouant des tuyaux, j'avais repris des pratiques religieuses dont je me croyais délivré pour toujours. Mais l'armée s'inquiète vaguement de l'âme autant que du corps, même si elle néglige tout ce qu'il y a entre les deux. En s'engageant, Douglas Mason s'était inscrit comme intellectuel hédoniste et on lui a demandé : c'est quoi ce putain de truc. Il fut un temps où l'armée avait un système de classement spirituel très simple – « Catholiques ici, anglicans là, branleurs marioles au milieu », les marioles étant les libres penseurs, les juifs et les athées. Maintenant c'était plus subtil, le judaïsme et la Fédération des réformistes protestants n'étaient plus le domaine des branleurs. Le choix restant quand même limité, moi en toute justice je devais être catholique. Quels que soient les autres motifs, je ne m'étais pas mis en kaki pour défendre la Monarchie protestante ; j'étais engagé dans cette guerre pour soutenir la tradition catholique européenne, qui hélas devait accueillir en son sein la plupart des apaches borgnes en provenance des Gorbals. Dommage que le Padre catholique soit un ancien de Maynooth qui nous disait en remuant des pièces dans sa poche que la guerre était une épreuve morale imposée par Dieu, et qu'il nous faudrait la grâce du Christ pour la traverser sans y laisser des plumes. Dommage aussi que le Padre anglican soit un homme civilisé et cultivé d'une intelligence rare, dernier avant-poste de l'humanisme dans un marécage barbare. Je comptais utiliser les devoirs du catholicisme pour contrer l'éthique militaire – exiger du poisson le vendredi et le droit de me confesser quand je voulais, aller seul à la messe pour une intention spéciale urgente. Malheureusement l'Eglise accordait trop de dispenses, elle faisait le jeu de l'armée. Le vendredi n'était plus un jour d'abstinence, les fêtes d'obligation n'existaient plus. Ma seule ressource c'était de boxer les sous-officiers sectaires qui braillaient : « Allez, catholiques de merde, chiatoliques, en rang pour la messe de minuit à trois heures de l'aprèm, chiés veinards que vous êtes, avec vos chiées de privilèges pendant que les autres vont se faire chier au boulot. » Ça, bien sûr, c'était la veille de Noël, bien sûr il avait un verre dans le nez, mais il n'allait pas s'en tirer comme ça. J'exigeai qu'il s'excuse de son intolérance immonde ou gare aux conséquences. Il s'excusa. Ce qui représentait une petite victoire pour la troupe des opprimés, catholiques, anglicans, ou marioles.

J'étais repéré, la bataille s'engagea sitôt la période d'instruction terminée, quand il fallut vivre en treillis dans l'attente d'une affectation. Maintenant on va voir de quoi ils sont capables, ces intellectuels aux bras mous, dès qu'il s'agit de faire un travail de travailleur. Comme pendant la révolution culturelle chinoise. Et me voilà sous une pluie battante avec un directeur de banque, un conservateur de bibliothèque et un anthropologue diplômé de Durham devant une tour de matières fécales, derniers vestiges de la Crotte 60 mise au rancart. A côté de nous un camion qu'il faut charger à ras bord avant le coucher du soleil hivernal. « Eh bien, dit le deuxième classe T.F. Barton, l'anthropologue, nous sommes au fond du puits, messieurs. C'est presque une joie. Aucun châtiment concevable ne nous menace si nous déposons les outils. On ne peut pas nous dégrader. Ni nous infliger de corvées, puisque nous sommes déjà de corvée. On pourrait nous envoyer à la prison militaire alias la serre où, m'a-t-on dit, les sergents geôliers sont d'une brutalité dickensienne et usent même d'un anglais à la Dickens, en disant " touais " pour " très ". Ce pourrait être intéressant, mais cela me paraît peu probable. Je suggère que nous informions ce chauffeur du corps de santé bien au chaud et au sec dans sa cabine, plongé dans ce qui ressemble fort à un vulgaire poche Penguin, que les travaux sont suspendus temporairement pour cause d'intempéries. » Sans attendre de plus haute autorité que la voix lasse et cultivée de Barton, le chauffeur remporte son vulgaire poche au parc à voitures. La montagne de fèces resta en place jusqu'à ce qu'elle fermente. Puis un bulldozer l'enfouit dans la terre écossaise. Une façon comme une autre de faire face à l'impossible.

Je profitais de mes visites obligées à l'intendance, armé de formulaires et de bons de commande, pour téléphoner à la compagnie B d'une voix patricienne languissante et reprocher à son capitaine de n'avoir pas renvoyé à temps le BF 752 obligatoire. Je semais la panique, personne ne sachant ce que c'était qu'un BF 752. C'était très agréable de me faire Sirrer par le capitaine et d'entendre les excuses abjectes du sergent-chef McGonagall. Une fois, une seule, j'ai eu l'audace de me faire passer pour le commandant en chef du Centre, une entité numineuse invisible de quiconque, en disant que je tenais à féliciter la compagnie B de sa discipline féroce. J'ai senti un léger flottement dans le Sirrage ; peut-être que j'allais un peu loin.

Je ne suis passé à l'acte que deux fois. La première pendant l'heure de port obligatoire du masque à gaz, quand sous mon groin anonyme je devais récurer le sol de la coopérative NAAFI, l'Institut des Forces Armées Aériennes et Navales. Entrent deux civils qui se moquent du monstre laveur, lui enjoignant rudement d'y mettre de l'huile de coude. Sans doute le directeur et le sous-directeur du NAAFI, me dis-je, sans m'apercevoir qu'ils ont le grade honoraire de sergent. Je me lève tout joyeux et je balance mon seau d'eau crasseuse sur leur pantalon. Qu'est-ce que j'avais à perdre ? Ils ne pouvaient pas m'ordonner d'ôter mon masque pour découvrir qui j'étais. Ils se sont répandus en invectives furieuses. La seconde fois, j'étais vedette de tir avec un délinquant des Gorbals. Etant non-combattants, nous n'avions droit en guise d'arme qu'à un gourdin de chêne noueux. L'apache salivait sur sa matraque, privé comme il l'était depuis longtemps d'instruments de violence. Nous devions guetter le retour de virée d'un certain caporal McKay et lui mettre une trempe. Je n'avais rien contre ce sous-officier que je ne connaissais même pas. Mais mon natif des Gorbals me fait un long récit inintelligible de ses crimes, réels ou imaginaires. « Le v'là ch't enfoiré, gronde-t-il sous les buissons qui avalent la fumée de nos cigarettes. Vas-y l'premier, mon gars. » J'ai toujours eu le sentiment que les apaches des Gorbals étaient des couards. Je balance mollement un swing qui fait valser le calot du caporal. Il était très soûl. Je m'excuse en disant que je l'ai pris pour quelqu'un d'autre. Il accepte l'excuse et repart en titubant vers ses quartiers. Le gredin des Gorbals me dit : « T't'es gouré, ch'tait pas ch'ti là l'salaud. » Après ce coup-là j'ai opté pour le pacifisme.

La seule fois où je fus cause de dommages physiques pendant mon séjour c'était malgré moi, pour avoir obéi aux ordres. Trouvant ces ordres peu opportuns, je fis part de mes doutes au caporal qui les avait émis et m'attirai un « Exécution, bordel ! » Le portail de Newbattle Abbey donnait sur un long couloir que je devais nettoyer à l'eau chaude, mais sans savon. La température était en dessous de zéro, les vents glacés s'engouffraient en hurlant par le portail qui restait ouvert en permanence. Dès que je commençai le nettoyage, mon eau chaude refroidit et gela. Un sous-officier haut de deux mètres entra d'un pas martial malgré mon avertissement et alla mesurer le sol de toute sa longueur. Il se releva pas trop amoché en me couvrant d'injures. Je lui rappelai que je l'avais prévenu. Ensuite je ne donnai plus d'avertissement ; je me contentai de suivre le spectacle avec une horreur fascinée. Un commandant replet tomba lourdement. Un officier de la territoriale se cassa le col du fémur. Je filai au NAAFI savourer le jus et la sèche réglementaires de onze heures, et m'abstins de revenir. La liste des blessés était longue. J'en fus sincèrement désolé, vu que toutes mes victimes étaient des neutres sans visage.

Mon affectation arriva par un jour de forte neige sous un ciel métallique. Je devais aller en train rejoindre une ambulance de campagne dans le Northumberland. Croyant qu'il s'agissait d'un véhicule à moteur, j'ai protesté que je ne savais pas conduire. Mais non, m'expliqua le sergent de la compagnie B en me donnant ma feuille de route, une ambulance de campagne est une unité médicale qui opère sur le terrain, pas un repaire d'embusqués et de commandants d'opérette. Elle se compose de trois compagnies. Les compagnies de l'ambulance de campagne 189 étaient en cette saison dispersées au loin dans les neiges du Northumberland ; la seule que je fréquenterais jusqu'au printemps suivant, c'était la compagnie hors rang, un ramassis de tordus et d'enculés tout à fait dans mon style. Le sergent-chef, ses sardines éteintes par l'éclat de la neige, aboya : « C'est pas fini ces putains de parlotes ? Tire-toi, mec, y en a qui bossent ici », autrement dit qui chauffent leurs grosses miches devant le poêle en lampant un jus. Comme au fond je n'avais rien à perdre, j'eus grand plaisir à lui répondre : « Vous n'avez aucun talent de chef, chef. C'est un grand jour pour moi, car je viens de recevoir mon affectation. Vous pourriez avoir un geste d'adieu cordial pour l'agneau qui va quitter votre bercail. Chef. » Il dit : « Va pour un bras d'honneur. Et maintenant fous le camp. » Alors moi : « Permettez-moi de prononcer un anathème d'adieu solennel. Puisse le testicule qui vous reste s'étioler et votre phallus inerte se rompre à la racine. Puissiez-vous émerger tout chassieux des constants excès d'ingestion d'alcool qui vous semblent l'apanage de votre rang, et dont l'effet visible illumine votre appendice nasal d'éclats plus scintillants que vos putains de galons, pour contempler avec douleur les profondeurs abyssales de votre inaptitude à commander. Un raté, chef, voilà ce que vous êtes. Allez-y, notez-moi sur vos putains de B 252. » Un rugissement me parvint du poêle, tandis qu'il me menaçait de son gobelet vide. Je me retirai. C'était un modeste triomphe.

Je partis donc à lourdes foulées dans la neige comme pour une retraite vers la gare d'Eskbank, calot réglementaire arrivé juste à temps pour couvrir mes cheveux taillés par une espèce de roussin qui avait fait son apprentissage à la prison Strangeways de Manchester. Je m'étais séparé de ma pelle à fromage, qui était interdite sur le terrain. Capote battant les chevilles comme dans la cavalerie, tenue de campagne flottante, sans guêtres, musette en bandoulière, Hopkins et Joyce au pavois sur un socle de linge sale, j'allais glaçant l'air de mon haleine glacée. Devant moi, en route pour la même destination, marchait un homme que je ne tarderais pas à appeler Mr Nesbit, l'être le plus laid que j'aie jamais vu. Son visage avait traversé une calandre avant de se faire broyer par une machine hydraulique. Il n'avait plus de dents. On pouvait très bien se passer de dents pour consommer la nourriture de l'armée, un brouet archicuit dont on avait retiré les os. Nesbit avait le rot douloureux, mais nous en étions tous au même point. L'armée avait pour principal objectif d'alimenter les brûlures d'estomac et de vous dessécher les boyaux. Nesbit était un fumeur de fond au souffle court, chien comme il n'est pas permis, grossier, ignare, dont le dialecte de West Hartlepool sonnait comme une version en prose de *La Vision de la Sainte Croix* enrichie de blasphèmes gratinés. Mais le sort nous tirait l'un vers l'autre, réfugiés de Newbattle Abbey que nous étions, lâchés pleins d'effroi en pays inconnu. Comme nous regrettions nos camarades de chambrée, les couvertures crasseuses à même le sol, et jusqu'à la Crotte 60 ! Nous avons partagé un compartiment jusqu'à Newcastle, changé pour Morpeth qui gisait enfoui sous la neige, et là attendu qu'on vienne nous chercher. L'attente fut longue, mais notre transport finit par arriver. A l'arrière de la camionnette était affalé un poète soûl, un deuxième classe dispensé de godillots à la tignasse d'Esquimau. Il se présenta comme le poète de la compagnie et nous récita quelques vers de poésie héroï-comique à titre de preuve :

Un parfum d'âge d'or flotte encore en ces lieux,
Malgré les soldatesques traces de doigts merdeux,
Et le taureau bouilli qui remplace le rosbif.
Le fantôme de Madame, rouge en tenue de chasse,
Rougit plus fort d'entendre crier « con » et « chiasse »,
Mots farouches affolant, vexant les plus craintifs,
Si bienséants soient-ils chez nos hobereaux gris,
Interdits aux bouseux revêtus de kaki.

L'hymne de la compagnie était de lui également. Il nous le chanta :

Quand on prendra Hitler,
On va drôlement l'soigner,
A poil sur une civière,
Et hop ! au P.A.C.
La Cent quatre-vingt-neuf
A l'matériel pour ça :
Un garrot sur les couilles,
Et la pine en Thomas.

L'attelle de Thomas avait donc une fonction bien réelle sur le champ de bataille, ce n'était pas une simple invention du centre d'instruction. Mais qu'est-ce que c'était que le P.A.C. ? Un Poste d'Accueil de Campagne. Tout un vocabulaire neuf à apprendre. G 1098, par exemple, qu'il nous gazouillait sur un rythme de jazz :

G 1098, G 1098, G 1098,
« J'ai mis l'dard au chaud », dit l'chauffeur.

Sur l'air de « Donne à mes rêves un tour réel », voici ce qu'il chantait :

Donne à mes hommes un coup mortel.
Vas-y lent, vas-y lourd, fous-les dans l'ambulance.

Je compris ce qu'il entendait par le parfum d'un âge d'or quand une dernière embardée nous plaça devant le quartier général, un joli manoir georgien encerclé de collines derrière un immense parc recouvert par la neige. « Cheviot Hall », nous annonça fièrement le poète. Avant de poursuivre d'un ton glacial : « On n'a pas besoin de vous ici, vous savez. Nous formons une grande fraternité. Vous n'êtes que des intrus. Vous allez vite comprendre. » Il inclina la tête, l'air lugubre, et partit en claudiquant, pied-plat dispensé de godillots. J'ai très vite compris grâce à l'adjudant-chef chargé de nous accueillir Nesbit et moi. La laideur de Nesbit lui était si pénible qu'il s'empressa de le faire balayer, quasiment, hors de sa vue. Quant à moi, il me parla d'une voix basse de conspirateur comme s'il voulait empêcher mes crimes notoires d'être divulgués publiquement. Je n'ai pas tout de suite compris qu'il était adjudant-chef : les écussons en toile de ses avant-bras étaient si ternes qu'ils ressemblaient à des taches ; il était en tenue de campagne et calot réglementaire, sans rien qui rappelle le rutilant vociférateur de Newbattle Abbey. Le prenant pour un deuxième classe de taille et d'influence considérables, je lui parlai sur le ton *ad hoc*. Il déclara : « C'est vraiment la fin de tout. On était entre bons copains quand on a fait la préparation militaire de Luton avant la guerre, maintenant voilà qu'ils nous collent des enfoirés comme toi. » Je lui dis que j'étais tout à fait prêt à changer d'affectation. Il répondit : « Le pire, c'est pas toi. C'est qu'ils ont mis le colonel Winters en cabane, du coup on a cet étranger sur le dos. Il me prend pour un con et moi je dis que c'est un fumier. Alors tiens-toi à carreau mon gars. » Ça ne m'éclairait pas beaucoup.

Pour le colonel Winters, j'ai su plus tard de quoi il retournait. Contrairement à la convention de Genève, il possédait un pistolet chargé et un plein tiroir de cartouches en rab, prêt à tirer sur tout ce qui bouge. Apparemment il avait touché à l'aile un sergent-chef, muté depuis, exploit qui l'avait fait porter malade, atteint de la dengue ou carrément givré. Son successeur, le colonel Frankel, qui passait pour on ne peut plus sain donc rasoir, était très mal vu. Etant très mal vu aussi, à une échelle plus modeste, je fus dépêché à la cuisine pour laver les casseroles, auxquelles on m'arrachait régulièrement pour faire de la gym, glisser en luge sur les pentes neigeuses, et réapprovisionner les magasins G 1098. Je n'avais rien contre les corvées de cuisine. Mon seul bon souvenir de Newbattle Abbey, c'était le jour où j'avais travaillé à la roulante, une tâche pour laquelle je semblais avoir des dons. Le sergent-cuistot de Cheviot Hall était un ancien maître-coq que tout le monde appelait Jack. Son grand plaisir c'était de lancer des assiettes sur les murs. Lui et moi nous avons eu du rumsteak pour dîner presque tous les jours, pendant que les autres mangeaient ce que le camion de ravitaillement leur apportait.

La compagnie hors rang était un peu spéciale ; ses mœurs aussi, au sens populaire du mot, et c'est pour ça qu'ils n'aimaient pas les intrus, surtout des laids comme Nesbit. Nous dormions dans ce qui était autrefois l'aile des domestiques, derrière la porte de séparation, à quatre ou cinq par chambre. On entendait force murmures et froissements pendant la nuit, ainsi que des coups rythmés à distance. Les pleurs et les réconciliations allaient bon train. Seuls les marginaux comme moi donnaient leur grade aux sous-officiers. Un garçon aux cheveux blonds avait un râtelier complet de fausses dents. Il les retirait quelquefois le soir et s'offrait pour vous gamahucher moyennant six pence. Il y avait un piano droit, j'ai voulu en jouer. Comme elle venait d'un extérieur, ma musique a d'abord déplu, mais par la suite j'ai fait brièvement figure de héros musical. Parce que l'unité avait organisé une soirée dansante, et que l'orchestre de Morpeth n'est jamais arrivé à cause de la neige. J'ai donc sauvé la situation en jouant pendant cinq heures de rang, au cours desquelles on me combla de bière. « Epatant, mon garçon. » Ils appelaient tout le monde mon garçon, même l'adjudant-chef qui à ce stade de la soirée inondait le couvercle du piano de larmes muettes.

Mais ma dignité de héros fut passagère et la gratitude de courte durée. Le lendemain matin on m'enjoignait brutalement de charger les magasins G 1098 pendant que d'autres plus privilégiés câlinaient leur gueule de bois. Tout beurré que j'étais, j'ai appris à rire, sans doute pour la première fois depuis mes débuts dans l'armée. Car le sergent responsable du chargement, qui tenait lieu de répétition avant le combat, se trompa de manœuvre et nous ordonna de décharger. Un deuxième classe, pas un extérieur mais un des potes qui était Dieu sait pourquoi en disgrâce, s'exclama avec un plaisir ostentatoire : « Oh, joli travail. » Le ton exprimait une accoutumance de soldat aux plans foireux, postulat déjà épelé par l'acronyme R.A.S.M.O., Rien A Signaler Merde Ordinaire, une jubilation discrète de constater que l'armée ne risque pas de décevoir ses hommes en faisant preuve soudain d'une efficacité longtemps cachée. Mon rire signifiait qu'enfin j'étais devenu un soldat. Ensuite on nous passa tous à la visite médicale, ce qui est plus fréquent pour les ambulances de campagne que dans les unités combattantes. Le lieutenant chargé de m'examiner, Mr Empson, était un beau brin d'homme trapu d'allure farouche. « Wilson, me dit-il, pour un pianiste, vous avez des ongles ignobles. » Mon prépuce ne lui plaisait pas, il le trouvait trop étroit. Il voulait me faire circoncire. Jusqu'à ma future affectation à l'étranger, il allait reparaître dans divers contextes et, la mémoire tenace, insister tel un *modin* ou *mohel* frustré.

En février 1941 j'ai eu ce qu'on appelle une permission privilégiée, histoire de souligner que c'est une faveur et pas un droit. Je voyageais avec tout mon barda, sac à dos et sidepack, prêt à dégainer mon masque à gaz, enfin soldat, part non périmée de ration quotidienne dans ma musette, un quart de whisky dans ma gourde. Ce ravitaillement était indispensable : le train prenait un jour et une nuit pour aller de Newcastle à Manchester, constamment dérouté pour éviter les segments de voie démolis et les gares de triage bombardées. Les camarades deuxième classe assis en face de moi dispensaient les réconforts de la philosophie militaire : « Pleurez pas, les gars, c'est bientôt Noël » et « Rajoute un petit pois dans la marmite, au diable l'avarice », « Allez fonce, la mort, on va caresser les fesses des anges » ou (visant les adjudants-chefs et sergents-majors) « C'est souvent les grosses patates qui sont les plus pourries ». Je découvrais la patience sans borne de la troupe, une sainteté provisoire trop belle pour le Dieu qui a créé le monde.

J'allais à Manchester voir ma proche famille, ma fiancée ou amie. Elle travaillait à sa thèse – la politique française au Maroc de 1912 à 1914 – et logeait chez un couple de Rusholme, Mr et Mrs Nixon. Avertis de ma visite, m'écrivait Lynne, ils avaient dressé un lit dans le salon à mon intention. Ils étaient sur la liste de logements agréés par l'université, pas question de s'ébattre selon le mode approuvé par Mrs Hacey, qui adorait entendre le brame et le branle des couples illégitimes. Ce serait donc, apparemment, un congé sans sexe. Lynne avait-elle passé un semestre et demi sans sexe, impossible de m'en assurer. Je l'avais confiée aux soins de deux anciens de Saint-François-Xavier qui étaient dans la même année qu'elle, Rowland Harper et Bernard Bruce Brown. Ils n'étaient pas privés de sexe, loin de là : l'un était amoureux d'une fille nommée Malise et l'autre d'une certaine Winifred Tupling qui lui avait dit un jour : « Mon pauvre vieux, tu en pinces salement, hein ? » Mais ils étaient loyaux, solides ; c'étaient des anciens de Saint-François-Xavier.

Lynne découvrit avec horreur ma coupe et ma tenue de campagne mal taillée. Il fallait que je prenne d'urgence un brevet d'officier et l'allure de Siegfried Sassoon. Le côté vestimentaire de mon rang la choquait. Ce qui contrarie le plus les ambitions de tant d'épouses, c'est d'être affligées de conscrits qui ne ressemblent pas à Wilfrid Owen, et de devoir paraître en public au bras de troufions que le monde traite d'ordinaire avec mépris. Ce n'est pas valorisant pour les femmes. Combien d'hommes ont gravi les échelons cravachés par une épouse ou une amie ! Madame la Colonelle et Judy O'Grady méritent peut-être tout ce que Kipling a pu dire d'elles, mais les femmes connaissent le prix de la peau, et encore mieux de ce qui la couvre. La mienne passa mon congé à m'étriller parce que je ne m'étais pas présenté à un conseil de sélection pour devenir officier. J'ai refusé : mon devoir me dictait de rester parmi les miens. Et l'argent ? Je n'avais pas beaucoup pensé à l'argent. J'avais le vivre et le couvert, pour ce qu'ils valaient, plus une demi-couronne par jour, de quoi me payer vingt clopes et trois pintes de bière. A part l'intermède étrange où j'instruisais le fils du garagiste, je n'avais jamais connu une telle aisance. Lynne parlait de se marier dès qu'elle aurait sa licence : ça ne l'enchantait pas d'épouser un deuxième classe. Est-ce que j'avais perdu toute ambition ? Tel un militaire de métier ou un politicien (et elle s'y connaissait en politique ; elle avait même choisi comme spécialité une phase courte et complexe de la diplomatie française), elle voyait la guerre comme un trait permanent de l'existence, pas comme un bref cauchemar à endurer. La guerre lui offrait déjà un titre de directeur adjoint dans tel ou tel ministère. Eh bien, dis-je tout joyeux, voilà pour l'argent. Ce n'était pas la bonne réaction.

Le bal du Rag universitaire coïncidant avec la fin de ma permission, force fut de m'y rendre, déguisé en sheikh arabe. Ce costume était plus seyant que mon kaki de soldat, mais c'était une pelure de théâtre si mince que je pris froid en attendant le bus. Je repérai un grand jouvenceau blond qui allait au bal en grande tenue de SS *Obergruppenführer*, brassard à svastika compris. Il arpentait les rues en plein jour dans cet équipage, mais rares étaient ceux qui le remarquaient : c'est qu'il en faut beaucoup pour impressionner les Mancuniens. Quand je réintégrai le garni de Rusholme je grelottais de fièvre. Un médecin civil dit que j'étais hors d'état de rejoindre mon unité. J'envoyai son certificat à l'ambulance de campagne 189, qui m'expédia en retour un mois de tickets de rationnement. Je pris ce congé prolongé jusqu'à la dernière limite et retournai tout ragaillardi à Morpeth. Le lendemain de mon départ, la police militaire débarquait chez Mr et Mrs Nixon pour m'arrêter comme déserteur.

En fait c'était mon unité qui avait déserté. Arrivé à Morpeth, j'attendis le passage de la camionnette de service quotidienne. Elle n'est jamais venue. Dans un bistrot on m'annonça que l'ambulance de campagne 189 avait déménagé, personne ne savait où. J'étais au bord des larmes. Mais dans un café à cotonnades chic je suis tombé sur une régulière du camp, une de ces filles qui menacent le plus la sûreté militaire. Elle savait où était mon unité : elle savait même le numéro de téléphone de la salle des rapports. Je passai donc un coup de fil. Le chef du secrétariat parut tout triste d'apprendre que j'étais encore en liberté. On aurait dû me mettre sous cloche et me rayer des effectifs. Un transport allait venir me chercher. La compagnie hors rang était installée dans une demeure plus vaste que la précédente. L'adjudant-chef glissa sans bruit jusqu'à moi comme un maître d'hôtel et m'accueillit d'un « Alors, déjà de retour ? On se croyait débarrassés. Heureusement qu'ils ont muté l'affreux torchon ». Il parlait de Mr Nesbit.

L'ambulance de campagne 189 dut attendre pour se débarrasser de moi que le printemps fasse redéménager toute la formation. Le quartier général de la 54ᵉ division basé à Cheltenham et l'ambulance de campagne que l'hiver avait séparés furent de nouveau réunis à Andoversford. Là aussi il y avait un beau manoir, mais qui n'était pas destiné à l'hébergement des soldats. On nous logea dans des baraquements. Il fallait un clairon pour les sonneries du camp, je me suis porté volontaire. Mieux que cela : j'ai composé un refrain pour chaque compagnie, mais comme la série des harmoniques est restreinte, c'était difficile de les distinguer. Mieux encore : on avait passé commande de fifres, et j'ai formé un petit orchestre. Je m'efforçais de plaire, mais c'était impossible. Je n'étais pas des leurs.

Cependant il y en avait d'autres à part moi qui n'étaient pas des leurs. Un membre du Groupe d'Oxford priait pour moi tous les soirs, m'invitant semblait-il du sourire à le persécuter, et déposait des brochures sur mon lit. Mais il était inoffensif, alors que moi je possédais un exemplaire de *Finnegans Wake*, qu'on prenait en général pour un dictionnaire du chiffre. Mon inaptitude à la manœuvre passait pour du sabotage délibéré : diplômé et bête à ce point-là, ce n'était pas possible. Un deuxième classe qui venait d'être promu première classe et brûlait de démontrer ses talents s'est exercé sur un chargement de toile de trois tonnes. Il fallait défaire les nœuds pour en faire des tentes. Le vent soufflait fort, j'ai dénoué un trop grand nombre de cordes d'emballage, et la toile ventre plein s'envola au loin sous le nez de l'équipe de corvée. J'étais désolé pour ce première classe, un ambitieux qui n'avait que le mot « Sir » à la bouche. Un commandant parti suivre une formation sur les gaz de combat revint enthousiaste, et constitua une escouade de gaziers, dont j'étais. Je débouchai distraitement un bidon de phosgène de démonstration. Il y avait en moi, c'est vrai, un potentiel destructeur, pourtant je m'efforçais de lutter contre. Il faudrait bien battre les Allemands un jour ou l'autre, même si personne ne pouvait dire quand, et tous ces exercices de brancardiers, ces marches de cinquante kilomètres étaient absolument nécessaires. Je voulais être un bon soldat, je pourrais faire le premier pas sur la voie d'une déclaration d'intention ferme en autorisant Mr Empson à me circoncire. Mais je me cramponnais à mon prépuce.

La section Loisirs de la division faisait le tour des unités à la recherche d'un musicien chevronné capable de faire des arrangements et des orchestrations. L'adjudant-chef proposa mon nom avec des sanglots de soulagement. Si on m'acceptait, je continuerais à faire partie des effectifs de l'ambulance de campagne mais je devais m'attendre à un détachement de durée indéterminée. On m'accepta.

Une armée oisive a besoin de distractions. Pour l'oisiveté on n'a jamais fait mieux que l'armée métropolitaine de l'époque. Ils étaient tous saturés d'exercices, manœuvres, listes d'organes à apprendre, conférences sur la syphilis, consignes de sécurité, mises en garde contre les filles à soldats. Leurs soirées se passaient en beuveries et en bagarres. Un instituteur du coin venait parfois faire une causerie sur les scarabées, avec projections, ou un officier en tournée apportait des nouvelles rassurantes sur les pénuries de pétrole en Allemagne. Le Théâtre aux armées proposait des amusements plus frivoles, avec des groupes classés selon le rang des vedettes. Les grands noms s'exhibaient rarement, je pourrais m'estimer heureux d'avoir eu l'occasion, en plus de cinq ans de service, d'applaudir Cicely Courtneidge dans un théâtre de Gibraltar. Les hommes assistaient à des pantomimes de cinquième ordre avec des ténors vétustes qui chevrotaient

«Je marche à tes côtés», des soubrettes ridées qui grinçaient en se trémoussant, et des comiques dont les blagues étaient grossières mais pas drôles. John Priestland, le commandant en chef de la 54e division, eut la sagesse de constituer une formation de concert et un petit orchestre de danse qui s'occuperaient exclusivement de divertir ses propres troupes. C'était un travail aussi utile à l'effort de guerre que de cagnarder dans les magasins de l'intendance. Un travail ardu, riche en conflits, mais jamais terne. J'entrai dans un groupe qu'on appelait les Jipés, d'après les initiales de Priestland qui formaient l'écusson de la division, blanc sur fond rouge. Le groupe faisait partie de l'état-major, il était nourri et payé par l'unité locale qui s'était laissé convaincre d'accepter du personnel en surnombre, et cantonné hors d'atteinte des réveils au clairon. Il travaillait tard et se levait tard. Je me présentai au rapport à Moreton-in-the-Marsh, où le groupe logeait dans un grenier au-dessus d'un poste public affecté à l'emballage des œufs.

Je ne vis pour commencer que le chef de corps, un lieutenant du 1er Berkshire nommé Bill Elliott, beau militaire brun fumant la pipe comme un acteur des studios d'Elstree qui jouerait un rôle d'officier. Mais c'était un authentique soldat, un fantassin de la territoriale, qui avait travaillé en temps de paix chez les traiteurs Lyons à organiser les fêtes du personnel. En se portant volontaire pour le poste d'officier responsable des loisirs, il avait perdu un cran en grade mais gagné un logement civil douillet qu'il partageait avec sa femme Sybil et son chien, un superbe golden retriever, loin de la boue et des obligations militaires. Ce jour-là, chose rare, sa troupe était partie faire une courte marche d'entraînement. Elle revint pendant que nous faisions connaissance, et accomplit un garde-à-vous laborieux. Le sergent parvint à la mettre en rang visages tous dans le même sens puis à la faire rompre. Elle entama aussitôt une querelle interne et une autre avec son sergent. Le sergent en question, Harry Walkling du 1er Hertfordshire, saxophoniste, était haut en grade quoique bas dans la hiérarchie musicale. Il jouait la partie ténor, tandis que Ted Norman, un Juif astucieux natif de Bethnal Green, deuxième classe au 1er Berkshire, menait avec son alto et dirigeait la clique.

C'était une formation réduite mais, j'allais vite m'en rendre compte, bruyante. Elle se composait d'un trompettiste, Bill Brian, qui venait aussi du premier Herts; un pianiste du train, Ted Wright; un percussionniste, connu dans la profession comme Styx Williams, qui s'était apparemment engagé dans le train en gardant son sobriquet; et enfin le contrebassiste Dick Nutting, du génie, qui jouait aussi de l'accordéon. Bob Morgan, encore un homme du train, avait été violoniste dans l'orchestre de l'hippodrome de Coventry mais n'était pas admis dans celui-ci, qui méprisait les manieurs d'archet. C'était un violoneux genre tzigane, présenté à l'affiche comme le Grand Romano. Voilà pour la clique. Le groupe des concertistes proprement dits, qui s'entendaient très mal avec la clique, était dirigé par un caporal du premier Berks nommé Pat Glover, comique et danseur excentrique. Bill Clufton, des services du matériel, était aussi danseur, parfois excentrique. Il avait un parler très classe, dont on découvrit lors d'une visite de sa mère que ce n'était pas un simple vernis professionnel : il était de « bonne famille » et c'est probablement à son père qu'il devait ses formules d'habitué des clubs édouardiens. Le comique en chef Douglas Close était surnommé Charlie Close, Charlie (Chase, Chaplin) ayant les connotations comiques souhaitables. Ensuite venait Paul Anderson, du train, un Allemand dont la famille, sitôt installée en Angleterre, avait voulu se fondre onomastiquement dans le milieu en adoptant des noms divers. Son père se faisait appeler Ableman, sa mère Carruthers, et sa sœur Elsie Fairbanks, une réminiscence de Feuerbach. Puis il y avait Ted Willis, l'ordonnance d'Elliott, qui réglait les éclairages, comique lui aussi. Il y avait surabondance de comiques. Paul Anderson, qu'on appelait Andy (« Andy et Charlie – toujours dans les ennuis ! »), se considérait comme un comique d'appoint, ou de soutien. Il récitait aussi des monologues émouvants qu'il composait lui-même. Un mécanicien du train chantait « Viens, viens, Vienne mienne » et « Macushla » d'une voix de ténor confidentielle. C'était Jack Varney, un homme du Yorkshire dont la conduite changeait avec les phases de la lune : à la pleine lune il fallait le tenir à l'œil. La troupe comptait un membre supplémentaire qui était dispensée d'exercice, car c'était une civile. Elle se nommait Babs Farrell, et avait été recrutée par l'intermédiaire d'une agence théâtrale. Apparemment on n'avait pas trouvé de talents à la hauteur dans le corps des auxiliaires féminines. Babs était payée au tarif Equity, le syndicat des acteurs.

Je gémissais de douleur en sentant venir une réédition de la méfiance que j'avais provoquée à l'ambulance de campagne. Je visais la place de qui ? Mr Elliott fit savoir clairement qu'on m'avait fait venir pour réorchestrer le répertoire de concert, inventer quelques numéros de gala pour la clique, et seconder Willis aux éclairages. Les musiciens me reniflaient comme des chiens. Je n'avais qu'une confiance très relative en mes propres talents. J'avais fait des orchestrations symphoniques, mais je ne connaissais rien aux parties saxo et batterie. Mais Bill Brian caressait un rêve depuis des années, l'arrangement d'une chanson interprétée par Louis Armstrong, « If we never meet again ». Il l'avait entendue sur un disque américain qui n'était pas distribué en Angleterre ; depuis, il avait fait tout Charing Cross Road sans trouver la partition. Il me la chanta, je la pris en dictée. Puis je fis l'arrangement. Je me suis même passé de déjeuner pour prouver mon ardeur à plaire. L'après-midi l'arrangement était prêt, nous nous sommes traînés la clique et moi jusqu'à la salle paroissiale où avaient lieu les répétitions. Nous avons exécuté le morceau, Bill Brian lâchant sa trompette pour tenir la partie vocale. La clique se déclara satisfaite ; la chanson reçut le numéro 97 et fut classée dans la bibliothèque musicale. J'étais accepté.

La clique attachait beaucoup d'importance à ces numéros, dont certains constituaient un code privé inaccessible aux non-musiciens. Par exemple, l'arrangement de la *Chanson hindoue* de Rimsky-Korsakov commençait par une phrase ponctuée de deux croches accentuées sonnant comme un congé brutal, « va chier ». Ce duolet se produit aussi dans le dernier mouvement de la *Symphonie n° 1* de William Walton, d'ailleurs Constant Lambert est connu pour avoir hurlé « va chier » lors de la création. Mais la clique n'appréciait pas du tout ce genre d'information gratuite, attachée qu'elle était à l'illusion de son originalité. *Chanson hindoue* portait le numéro 62, ce nombre devint donc synonyme de « va chier ». Ted Norman l'avait lancé une fois à un général de brigade, puis s'était rattrapé, pardon, il pensait à l'âge de son père. « Merci de ton bon souvenir » (15), « Je sais pourquoi » (27), « Encore un verre » (53) contribuaient aussi au vocabulaire codé. Le numéro 100 – faites le 100 pour avoir l'opératrice – voulait dire téléphone. Les partitions instrumentales des nouveautés arrivaient régulièrement de Charing Cross Road, mais nous avions le sentiment que l'époque demandait de l'exceptionnel, du non-commercial. Moi qui avais toujours rêvé d'être l'auteur du *Prélude à l'après-midi d'un faune* de Debussy, c'était l'occasion ou jamais. J'ai écrit pour la clique une version simplifiée qui s'intitulait « Téléphone-moi après midi », en conservant les séquences tonales de Debussy, ce qui ne facilitait pas la tâche aux instruments habitués à jouer en bémol. Ainsi Bill Brian devait se battre avec le passage de flûte du début, transposé pour lui en *fa* dièse majeur. Par contre l'évocation de Vénus en *ré* bémol passait facilement en *mi* bémol pour Bill et Harry Walkling, en *si* bémol pour Ted Norman. Quel plaisir de voir les soldats saboter avec des filles du cru en robes fleuries sur ces accents d'un impressionnisme raffiné ! Le numéro 100 faisait aussi bien l'affaire que n'importe quel fox-trot. L'important, c'est le rythme.

Dès ma première soirée avec les Jipés on me mit au travail. Les membres de la clique enfilèrent pantalons noirs, nœuds pap et rase-pets blancs, ceux de la formation orchestrale ne se changeraient qu'une fois sur les lieux où ils devaient se produire. Les panières à linge, les spots électriques, la batterie et le xylophone de Styx, la contrebasse de Dick Nutting, on chargea le tout style formule G 1098 sur un trois-tonnes, nous avec, et en route pour le Gloucestershire profond. Dès notre arrivée au régiment que nous étions censés divertir, ou plutôt à la salle des fêtes du village le plus proche, Willis me donna ses instructions pour les éclairages – quand changer les filtres de couleur, sur quelle réplique faire le noir, balancer un projo ou mettre la gomme. Puis il passa dans les rangs pour noter à l'encre sur le dos de sa main les noms d'officiers impopulaires et de soldats excentriques : ceux-là il les introduirait dans le premier sketch, « La nouvelle recrue », où il empruntait son veston rayé à Harry Walkling pour se déguiser en sergent recruteur. La clique, bien éclairée mais peu écoutée, joua trois morceaux, puis le rideau se leva sur un chœur de pierrots dont les paroles étaient inaudibles, suivis de Varney en queue-de-pie qui chantait « Macushla », puis les numéros comiques. C'était du comique inoffensif, style « Tu mets du fumier sur ta rhubarbe, toi ? – Oui. – Drôle d'idée, nous on met de la crème anglaise. » Les numéros de danse étaient excentriques – Pat Glover en travelo et Bill Clufton présentés comme Zhut et Flhut, le détachement d'avant-garde en provenance du Moyen-Orient, gambadaient sur l'air du *Ballet égyptien* en corselets métalliques qui cliquetaient faux. Le Grand Romano racla les *Czardas* de Monti. Babs, adorable sous un spot rose, chanta « J'ai plus personne pour m'aimer » dans une robe qui lui dénudait les épaules. Les hommes se pâmaient. Ted Wright le pianiste se pâmait aussi. Il était amoureux de Babs.

Le piano faisait presque tout le travail pendant que le reste de la formation se tournait les pouces. Il n'y avait pas de parties d'orchestre sauf pour « Viens, viens, Vienne mienne ». Le lendemain je m'attelai à la tâche d'orchestrer le tout, rajeunir le chœur de l'ouverture par une sonnerie de trompette discordante et d'ingénieuses torsades de contrepoint, retirer le *Ballet égyptien* au clavier pour le donner à la basse, saxophones et batterie, introduire une sonnerie de cuivres de plein air pour accompagner Styx dans son solo de xylophone « Sur la piste ». J'ai apporté quelques petites améliorations. Je ne montais sur la scène que pour me faire abattre comiquement d'un coup de feu dans le dernier sketch. Willis et moi nous en avons appris un rayon sur les circuits électriques à l'ancienne. Par la suite nous mettrions même le feu à l'hôtel de ville de Guildford. Mais j'étais de plus en plus souvent convoqué au piano. Ted Wright savait très bien déchiffrer mais il était totalement incapable d'improviser ou de jouer de tête : même l'hymne national, il avait besoin de le garder en poche. La clique n'était pas très satisfaite de lui. Il y avait parfois des soirées de concert, parfois des soirées dansantes où Bill Brian et Ted Norman, qui avaient une certaine expérience du jazz, auraient bien aimé s'en servir – improviser librement sur « Ciels bleus » et « Le Bal des frimeurs de bas-fonds », pas reproduire servilement les notes imprimées de l'industrie bataclan. Ted Wright fut progressivement dispensé des soirées dansantes. Il ne demandait pas mieux : les soirs où la clique travaillait, ceux de l'orchestre étaient libres, sauf les fois où ils devaient ramasser l'argent à l'entrée, ainsi il pouvait courtiser Babs dans un salon plutôt que sur un trois-tonnes ou en coulisses. Et c'est moi qui fournissais le jazz qu'il était incapable de jouer.

Ça me faisait tout drôle d'être dans l'armée sans avoir besoin de me lever quand on sonnait le réveil. Tout drôle d'être soldat mais de porter un genre de tenue de soirée. Les seules blessures de guerre dont je souffrais, c'étaient mes doigts qui saignaient à force de marteler la basse pour les congas. Nous ne devenions de vrais soldats qu'au moment du défilé de la solde, quand il fallait saluer pour toucher notre portion congrue. C'est nous qui préparions nous-mêmes le thé et les œufs du petit déjeuner.

D'ailleurs on nous avait logés au-dessus d'un poste d'emballage d'œufs, et Ted Norman courtisait l'une des emballeuses. Les œufs étaient une denrée périssable, et de fait ils périssaient souvent quand le timbre officiel du lion britannique s'abattait sur eux. L'histoire de l'œuf, autrement dit l'oographie, pendant la guerre, est une saga inédite à elle seule. La Pologne était occupée depuis 1939, pourtant la ration d'œufs des civils était essentiellement polonaise. Les œufs étaient toujours mauvais mais, comme ils faisaient partie des rations alimentaires, on les acceptait toujours : l'espoir qu'un jour il y en aurait un de bon a persisté au-delà de la victoire. Les œufs britanniques portant le cachet du secrétariat au Commerce étaient frais au départ, mais pour satisfaire une répartition démocratique, il fallait les vendre périmés : défense aux fermières de passer la main sous une poule pour vous servir un petit déjeuner du jour. Les œufs, tout comme les êtres humains, devaient être traités, bureaucratisés. Mais nous à Moreton-in-the-Marsh nous héritions des œufs officiellement réformés, émis frais du matin par les poules du Gloucestershire. Pour le dîner on nous donnait le rata de l'armée.

Nous faisions de longs parcours et beaucoup de travail. Nos grasses matinées étaient bien méritées. Quand la division quitta le Gloucestershire pour la région de Londres, nous aurions dû normalement rallier nos unités respectives et nous faire recenser façon Bethléem, mais nous avons réussi à rester ensemble. Nous devenions aussi féroces que des artistes et des syndicalistes. Si nous n'avions pas adhéré à Equity ou au syndicat des musiciens, nous aurions suscité des grèves chez les amuseurs civils du territoire. Lors d'un exercice divisionnaire prescrit par le général J.P., Terrerouge contre Terreblanche, c'est nous qu'on recruta pour faire la cinquième colonne. Le chambard que nous avons provoqué en divers coins de la bataille fut efficace et très applaudi. Nous avions la décontraction d'acier d'un commando de potes. J'avais un foyer, et je composais des poèmes aussi bien que de la musique. En voici un qui date du printemps 1942 :

Le temps se change en guerre et logique à perpète
Sur des prémisses enfouies. Survient le printemps,
Un cercle pour insigne, calembour et sens profond
Qui vaste, paraît ligne droite et logique
Mais petit, évoque le retour de voyage...

Ici la caserne abrite un contingent d'oiseaux,
Le soleil convoque tôt à la salle des rapports,
Le secrétaire livide renifle avec malaise
Ce printemps porteur d'autres printemps.
Le camionneur chante, la route est à lui.
Le poids de l'hiver et de la guerre devient
Encombrant comme un moi plus jeune.
La guerre se désintègre en mots.

A l'époque nous étions dans une caserne du Suffolk en train de gueuler « 62 » au sergent de service qui prétendait nous extraire de nos foutus trous à branlette. Quand son aubade se fit poésie, nous sentîmes qu'il était battu :

> Soldat lève-toi, soldat lève-toi bien vite,
> T'en as profité, maintenant c'est mon tour.
> Lâche un peu ta bite, et à la visite
> Si tu veux qu'on te cite à l'ordre du jour

Parfois il ajoutait cette cadence, « Chie, chavonne, champouine, passe ta pine par la fenêtre et pisse dehors ». Aucune réaction sous les couvertures. On avait trimé toute la nuit. On avait trimé tout l'hiver.

Mon petit poème dit bien ce qu'il veut dire. La guerre était devenue une permanence nominale, un fouillis de mots destinés aux tableaux d'affichage et aux brochures du ministère de la Guerre, la prémisse négligée étant le fait de notre présence dans l'armée. La réalité plus vaste qu'une journée du soldat telle que la résume l'extinction des feux, c'était la ronde des saisons. L'hiver d'East Anglia n'avait été que boue gelée, bref dégel, puis regel, vents mordants, serrés frileusement dans notre trois-tonnes pour aller réjouir un régiment ou un autre, l'emplacement d'une pièce d'artillerie, un détachement de sapeurs ou de canonniers, des pionniers venus d'Europe centrale qui s'y connaissaient bien mieux que nous en musique. Le jour de Noël, la clique joua pendant le dîner des hommes de troupe, avec pour seule croûte à ronger les restes que nous avons pu grappiller. Nous projetions même un nouveau spectacle avec chansons et monologues inédits, quelque chose de sophistiqué. Sur ce point-là, nous avions quelques doutes. Quel degré de sophistication pouvait-on attendre des troupes? Le manque de musicalité de l'armée britannique me décourageait. Dans la ville d'Eye, notre clique était en concurrence avec une formation locale qui passait pour être meilleure que la nôtre. Une formation dont les instruments jouaient tous les six à l'unisson comme en musique arabe. Le pianiste ne connaissait que deux accords. Cette rude simplicité convenait très bien aux danseurs du coin. Mais voilà que je m'amenais avec ma réduction de *Rhapsody in blue* et un projet de chœur d'ouverture contrapuntique. De toute façon, les limites de mon rôle de simple amuseur m'étouffaient : je mourais d'envie de retrouver ceux de mon espèce. Je devenais morose, inerte : je n'avais pas l'égoïsme susceptible des gens de la balle, et les bagarres à coups de poing m'ennuyaient profondément. Tout contribuait à me rappeler que j'étais, terme horrible, un intellectuel.

Qu'on me pardonne d'oser employer le mot « intellectuel » dans un contexte britannique. Il y a des intellectuels en France – à Paris il y a même un *Club des Intellectuels** – mais ça n'existe pas en Angleterre. Je devrais plutôt dire les gens éduqués au parler raffiné. Il y en avait des quantités dans l'armée, surtout dans les grades les plus bas. On ne savait pas les utiliser. C'était peut-être excellent pour le salut de son âme qu'un licencié ou un docteur ès lettres racle la suie ou nettoie les latrines, mais c'était un gâchis lamentable. On ne faisait aucun cas des compétences linguistiques, ni des facultés cérébrales qui auraient pu transformer l'intelligence militaire (qui n'a, comme le rappelle Spandrell, le personnage d'Aldous Huxley, rien à voir avec l'intelligence animale ou humaine). L'officier de marine qui parvint à égarer les nazis en leur faisant passer des informations fausses par un cadavre a été décoré et remercié par une promotion, outre qu'il a gagné pas mal d'argent avec son livre, *L'Homme qui n'a jamais existé*. Il y en avait des milliers parmi nous qui auraient pu faire preuve d'autant d'ingéniosité mais à qui on n'en a jamais donné l'occasion. L'armée de métier traitait ses conscrits éduqués en ennemis, en graine de juristes de chambrée, redoutait le don d'expression et s'ingéniait à l'humilier. Je me souviens que je nettoyais les latrines de Newbattle Abbey quand un général en tournée me demanda ce que je faisais dans le civil. A ma réponse il s'exclama : « Enfin vous faites quelque chose d'utile. »

La division des forces qui avait prévalu lors de la Première Guerre avait gaspillé ses hommes instruits d'une manière différente, en les envoyant se faire tuer dans les Flandres à la tête de sections novices, mais la philosophie implicite voulait que les plus instruits mènent, et que les non-instruits soient menés. Rien de tel pendant la Seconde Guerre mondiale. Les rangs étaient pleins de gens éduqués, morts d'ennui et mécontents. Les intellectuels du civil comme Arthur Koestler (le terme est correct dans son cas) les méprisaient sans en avoir conscience. Il adressa une lettre ouverte à un militaire lettré modèle de ce qu'il appelait « la tranche des caporaux qui pensent » disant : « Lisez pour le plaisir, mon brave, laissez de côté Joyce et Péguy. » Même George Orwell avait l'air de croire que l'Angsoc serait le produit du mécontentement des intellectuels civils – universitaires et producteurs de la BBC privés de pouvoir politique. Il y avait un risque beaucoup plus grave de révolution au sein même de l'armée : l'écrasante victoire travailliste aux élections de 1945 montra qu'ils avaient été bien près d'en fomenter une. Avec une belle inconscience, on confiait l'arme de l'éducation politique aux mains de sergents cultivés. Moi-même j'ai quitté la section Loisirs de la 54e division pour me joindre à eux.

Les publications du ministère de la Guerre, conscientes des bombes qui couvaient dans les chambrées, mettaient en garde les officiers subalternes. « Vous aurez dans votre section des hommes qui par leur éducation et leur manière de s'exprimer en imposeront à leurs camarades moins doués. Ces hommes-là estimeront que c'est à eux qu'on aurait dû confier le commandement et chercheront à saper votre autorité. Il faudra les mettre au pas avec sympathie mais fermeté. » On ne peut pas dire que les hommes instruits revendiquaient le grade d'officier, même si leurs femmes estimaient toutes qu'il leur revenait de droit. Très peu d'entre eux auraient survécu aux parcours du combattant et aux épreuves sportives d'une école militaire. Mais ils étaient disponibles dans divers secteurs d'activité où ils auraient pu aiguillonner la torpeur professionnelle. La torpeur était une propriété de l'armée de métier, laquelle savait qu'une guerre était en cours et la considérait d'un mauvais œil dès lors qu'elle n'entraînait pas de promotion automatique. Cette guerre, il n'était pas indispensable de la gagner, même si la plupart n'envisageaient pas de la perdre. Les conscrits civils voulaient qu'on la fasse vite et bien pour pouvoir reprendre la vie réelle dès que possible. L'attitude du sous-officier de carrière, c'était : « Qu'est-ce que ça peut faire, combien de temps ça dure, tant qu'on a des sèches, de la gnôle et du cul ? » Les soldats instruits voulaient écouter Debussy sur la radio de la chambrée (précisément la scène illustrée par une caricature méprisante de *Punch*) mais les réguliers, disait-on, avaient leur propre BBC – bière, baise et clopes.

Les musiciens, danseurs et comiques du groupe des concertistes n'étaient qu'en partie de ma propre espèce – plutôt de l'espèce de ma mère – mais j'aurais dû m'estimer heureux de pouvoir bricoler avec l'harmonie et le contrepoint à un niveau élémentaire, aguerrir mes doigts au clavier, et répéter le concerto pour violon de Mendelssohn avec le Grand Romano. Il me semblait cependant que l'armée avait une tâche plus importante à accomplir – préparer ses conscrits à une vie d'après-guerre d'un niveau de conscience culturelle et politique plus élevé. L'armée s'était prise elle aussi à y croire, de sorte que l'ancien corps des instituteurs militaires s'était reconverti en services éducatifs de l'armée. Les anciens sergents – qu'au mess on appelait dédaigneusement des « instits » – avaient pour mission de dispenser une instruction élémentaire aux jeunes engagés, et d'aider les sous-officiers à passer les épreuves du brevet militaire, indispensable s'ils voulaient obtenir une promotion. Ces sergents, qui avaient pour seule qualité militaire une bonne résistance à l'alcool, n'avaient jamais fait montre d'une culture écrasante. Ils savaient à peu près lire, écrire et compter, et ils étaient capables d'aborder les éditoriaux du *Daily Mail*. Désormais ils se verraient adjoindre des contingents de licenciés, journalistes de haut vol et producteurs de la BBC, professeurs de lycée voire même de fac. Ces gens-là seraient facilement identifiables : au premier coup d'œil ils avaient l'air de tout sauf de soldats.

Début 1942 je demandai mon transfert dans les services éducatifs de l'armée, fus convoqué à un entretien, informé que j'étais trop jeune et sans expérience pédagogique, mais apparemment fis quelque impression par mon ardeur. Dans le groupe des concertistes, certains rirent bien haut à l'idée de me voir galonné et investi d'une autorité. Je n'avais pas, aux dires de Paul Anderson, « suffisamment de personnalité ». Si tu entends par là, répliquai-je vexé, se mettre en vedette, tu as sans doute raison. Eduquer ça ne veut pas dire faire la roue pour provoquer des rires faciles. Si tu entends par là jalouser tes camarades et chercher noise au premier qui loupe une réplique ou te fait de l'ombre sur scène, là encore tu as sans doute raison. Ma tendance à traiter par une lassitude élégante les urgences factices du monde du spectacle commençait à susciter des railleries. Les musiciens en avaient marre des surprises atonales que je glissais dans leurs passages de solo amaigris : ils n'étaient absolument pas prêts pour le jazz progressif. Historiquement parlant, c'était déjà beau qu'il y ait du jazz dans un pays où la mode musicale était aux valses languissantes et aux nouveautés du genre « Soyez pas trop dur avec la verdure ». Ils écoutaient bouche bée les disques américains de Count Basie, « The World is Mad », « Big Noise from Winnetka » ou « Blues of Israel ». Ce dernier morceau, leur expliquais-je, il l'avait piqué à la coda du mouvement lent de la Cinquième de Tchaïkovski. Mais c'est le genre de chose que je n'aurais pas dû savoir : c'était un manque de loyauté envers le jazz. On pratiquait trop le plagiat en douce, même dans des succès commerciaux comme « These are the Things I Love », qui utilisait à la fois une mélodie de Tchaïkovski et la *Valse triste* de Sibelius. La musique populaire était un sous-art parasite qui commençait à me donner la nausée.

La ville d'Eye, assez proche du presbytère de Diss du poète John Skelton, était en tout cas un lieu idéal pour plonger dans la déprime pendant un hiver de plomb. Le Suffolk semblait avoir pour seules richesses d'énormes églises vides plantées dans la laine et les champs de betterave. Notre ordinaire, c'était la betterave (« Ma bette exquise », écrivait Robert Herrick, mais il faut croire qu'il avait de la viande pour aller avec), la cantine du Foyer des jeunes chrétiens s'était même fait une spécialité du sandwich à la betterave arrosé de thé léger. Les hommes semblaient plus ternes et grossiers que jamais, chassant la chair fraîche par les nuits les plus froides, et la trouvant parfois. Je leur ai consacré un poème :

Nymphes et satyres, approchez.
   Faunus, riant loin de la ville
Arrache l'ouate de la journée
   A la panse obscène du vieux Will.

Chaque projecteur lâche la bonde,
   Groin fourré au plus noir de la scène
Avant que les feux du *Wille* inondent
   L'écran de *Vorstellungen*.

Les putes se passent au blanc nacré,
   Toute leur panoplie de jeu,
Molle et avachie, dans cette clarté
   Se retend en tissu soyeux.

Tiens, là-bas, les fusées s'envolent !
Ah, l'écran était mieux tendu.
Négociez bien la parabole,
Les bâtons sont redescendus.

C'est trop de mépris et trop de sérieux. Je mobilisais Schopenhauer et Spengler pour parler de galipettes dans les champs de betterave gelés. Je n'avais personne à qui montrer mes vers avec l'espoir d'être compris à part le curé du coin, un frustré qui jouait du Ravel. Les élans poétiques d'Anderson se limitaient à des monologues sentimentaux sur les exploits du corps des pompiers volontaires pendant le blitz de Londres. Sitôt le poème écrit, je devais enfiler un costume de Gitan pour jouer avec Bob Morgan au mess des officiers, le visage coloré par une solution de permanganate de potassium qui semblait fixée à jamais. C'est là que Mr Empson resurgit pour m'enjoindre de me faire tailler le prépuce. Il fit part de la chose à tout le mess et je l'injuriai pour son manque de conscience professionnelle. Comme j'étais un saltimbanque, il n'a pas pris de sanctions disciplinaires. Mais je recommençais à faire la forte tête. Il était temps que je redéménage.

Je peux dater le dernier poème que j'ai écrit à Eye avec une précision parfaite :

Alors la terre, corps pesant, se retourne environ
Une heure avant la diane, l'heure de l'allumette.
Le gel va quitter les champs ternes et plats de bettes
Et le bleu sourire sur les réseaux de fils barbelés.

Le froid ne tuera pas la sentinelle postée,
Qui se bat les flancs et maudit sa relève,
Pas de marche nocturne pour gagner ses tartines
A bottes traînantes sur la glace matinale.

Alors revient le souvenir du saint birdbishop
Qui, malgré Singapour, garde son jour de fête,
Quand les rites amoureux des filles à la nuitée
Cernaient de magie celui dont elles rêvaient.

Et ça continuait :

Mon aimée, tu auras un bras protecteur
Pour t'abriter des rafales marines du printemps...

L'aimée en question c'était Lynne. Nous nous étions mariés à Bournemouth en janvier 1942. L'armée lui versait une petite pension matrimoniale, à laquelle contribuait ma propre paie. J'étais pauvre. C'était une raison de plus pour essayer d'entrer dans les services éducatifs de l'armée.

Après avoir décroché une licence pas plus brillante que la mienne, Lynne était venue passer un mois de vacances avec l'équipe des concertistes, au grand déplaisir de Babs. Mr Elliott avait tenté de la séduire pour la forme, mais le reste de la troupe gardait prudemment ses distances. Elle n'était pas du même monde, et ses façons de madame Jordonne, légitimes quand elles s'exerçaient sur moi mais certainement pas sur mes camarades, trahissaient à leurs yeux un sentiment de supériorité. Elle était toujours prête, et ça me gênait, à expliquer aux officiers qu'elle croisait dans les bars que moi aussi, c'est-à-dire elle, je pouvais prétendre au statut social qui était le leur, ceci pour les inviter, et ça les gênait, à déplorer mon manque d'ambition. Puis elle entra au ministère du Commerce avec le titre de directeur adjoint, s'installa dans un garni à Bournemouth, où son département avait été évacué à la suite du blitz, et organisa une campagne sur le thème « Accommodez, raccommodez ». Ensuite on lui confia la tâche de se battre avec les syndicats sur la répartition des points-textiles entre travailleurs. Elle soutenait de préférence les petits syndicats, par exemple celui qui s'efforçait de défendre les droits des ramoneurs. Son incandescence galloise n'était pas inutile. Elle opposait l'autoritarisme féminin aux grandes gueules syndicales. Elle était très occupée. Pendant mes permissions à Bournemouth, je la voyais à peine. Ma lune de miel dura tout juste une après-midi délicieuse. Je la tins brièvement à l'abri des rafales marines du printemps. Après quoi je fus convoqué au dépôt du SEA de Wakefield pour me faire coudre trois chevrons et suivre un stage accéléré en technique d'instruction. Le stage ne me fit pas grande impression.

Par contre je fus très impressionné, et même intimidé, par la qualité intellectuelle de certains de mes camarades. Des hommes couverts de diplômes réduits à ramasser les papiers sur le terrain de manœuvres ou se spécialiser dans l'évacuation des eaux de vaisselle. Le stage consistait surtout en gymnastique, football, et ce qu'ils appelaient l'huile de talon. Ensuite de quoi on conduisait ces licenciés et docteurs ès lettres dans un baraquement surchauffé pour y subir un cours sur la manière de tenir les hommes éveillés. Les nouveaux sergents soûls d'exercice eurent le mauvais goût de s'assoupir et reçurent un avertissement comme quoi on les renverrait dans leurs unités en cas de récidive. Le commandant du centre refit à la fin le cours qu'il avait fait au début. L'adjudant-chef émit quelques jurons, et l'ordre de cesser de nous prendre pour des chiés intellos. Les fonctionnaires civils, vieux chevaux de retour de l'armée, nous dirent en douce que toute cette chierie, c'était du bidon, notre vrai rôle serait de donner un peu de chaleur humaine aux hommes de troupe. Personne d'autre ne s'en chargerait : les officiers, même les aumôniers, c'était zéro. L'essentiel de cette chaleur, dans leurs prévisions, consisterait à écrire les lettres des analphabètes à leur famille, et à leur lire celles qu'ils recevaient. Cette prévision était en partie exacte. Une phrase d'une de ces lettres est restée gravée en caractères de feu dans mon cerveau : « Ton baton a raser que ta oublier a la maison cé comme un mari pour moi. » Quant à prétendre cautériser l'illettrisme de l'armée, c'était bien présomptueux.

Pendant ce stage j'entendis un Gallois déclarer qu'il était rouge avant la guerre mais que maintenant il était foutu cramoisi. L'opinion courante des radicaux comme lui, c'est que l'armée reproduisait de manière si grotesque la structure de classe du monde civil qu'il était de notre devoir d'en prendre prétexte pour démontrer clairement l'urgence d'édifier une société sans classes. Là où les fonctionnaires nous considéraient comme des assistantes sociales de raccroc, le Gallois nous aurait bien vus en commissaires politiques ou polkoms, très estimés dans l'Armée rouge, responsables de la propagande marxiste orthodoxe et des journaux muraux. Notre patriotisme, à la différence du leur, était destiné à un monde qui existait seulement *in potentia*. La superstructure de la discipline militaire était mise au service d'une guerre qui à l'époque n'avait des chances d'être gagnée que parce que les Américains s'y mettaient, et qu'il fallait soutenir cyniquement, mais là-dessous une nouvelle race de révolutionnaires politiques se préparait à émerger. Je comprenais son point de vue, sauf qu'à mon avis son programme n'avait aucune chance. L'ordre de mes désirs était infra-politique – l'ouverture à un monde qui dépasserait la simple subsistance, pour s'intéresser à la culture et à la civilisation. Obliger ces connards à penser rationnellement, à soumettre leurs préjugés aux lumières aveuglantes de la raison, lire, regarder des tableaux, écouter de la musique. Tout ça c'était bourgeois, d'après mon Gallois : ses doigts filaient vers son étui quand il entendait le mot « culture ». L'étui n'était pas du chiqué : notre corps était armé de pistolets.

Il existait déjà un programme central à l'usage des troupes censé enseigner, et inciter à discuter, les motifs de la guerre, sa conduite, la nature de l'ennemi. Sous la direction de W.E. Williams, un civil qui serait anobli par la suite, le Bureau des Affaires Courantes de l'Armée émettait des brochures que les officiers devaient ingurgiter puis régurgiter sous forme de cours ou de discussions collectives. Les services éducatifs n'avaient pas à intervenir : en principe les officiers responsables étaient suffisamment intelligents pour assimiler le contenu d'une brochure du B.A.C.A. puis le traiter sous forme d'exposé lumineux. C'était rarement le cas. La plupart des officiers récitaient consciencieusement les brochures comme si c'étaient des articles du règlement militaire ; les hommes ne comprenaient rien et trouvaient ça rasoir. Certains commandants d'unité refusaient d'exposer leurs hommes à la contamination des actualités. « Pas de socialisme dans mon régiment », s'écriait plus d'un colonel. Le cri alla en s'enflant avec l'apparition du programme Objectifs et Méthode Britanniques, qui était manifestement politique. Une politique pas bien méchante, car elle présentait la constitution britannique comme un fait de nature, et prenait pour hypothèse que l'Empire britannique avait une longue vie devant soi.

J'échangeai mon insigne du corps de santé, un serpent d'Esculape, contre un autre orné d'un livre ouvert aux pages blanches. J'étais affecté au service des urgences de l'un des grands asiles psychiatriques de ce monde, sis à Winwick, près de Warrington. J'étais de retour dans le Lancashire. En changeant de train à Manchester, je me dis que ça serait une bonne idée d'aller faire une visite en passant au 47 Princess Road. Je voulais faire ma paix avec la belle-famille que j'avais plaquée si grossièrement. Et puis j'étais à court d'argent. La paix fut conclue, on m'avança quelques shillings. Je me rendis à Winwick où je trouvai l'hôpital déserté par le personnel militaire. C'était samedi, ils rentraient tous chez eux pour le week-end. On n'avait rien prévu pour me loger. Le mieux serait de me présenter lundi matin. Je suis donc reparti au 47 Princess Road, le soir j'ai vu *Citizen Kane* avec mon neveu Dan, et j'ai dormi, comme autrefois, à côté de la table de billard. Plutôt biscornu comme façon de faire la guerre.

Un hôpital militaire était autant un établissement de l'armée qu'une caserne, avec malades étendus au garde-à-vous pour l'inspection matinale, infirmières en chef bénévoles ayant grade de commandant, et pas question de mollir sur le cracher-cirer même pour les mourants. Le service des urgences d'un hôpital civil, c'était autre chose. Certaines salles accueillaient les malades militaires de toutes les armes, le personnel médical était civil, la présence du corps de santé était réduite à un sergent-chef, qui préférait qu'on l'appelle sergent-major, un sergent du secrétariat, et quelques plantons de la catégorie dispensés de godillots, tous placés sous l'autorité d'un responsable du rôle militaire sorti du rang, qui venait de l'infanterie. Le lundi matin on m'escorta au pas cadencé jusqu'au bureau de l'officier du rôle, où je m'empressai de choir lourdement sur le linoléum trop bien ciré. Ce n'était pas le lieu pour les godillots réglementaires. Ce n'était pas non plus le lieu pour les rations réglementaires, car je venais de prendre mon petit déjeuner au mess des infirmiers-chefs où on m'avait fourni en petits pots de margarine et de confiture de la taille inventée pour faire souffrir les civils. Mon escorte à l'aller comme au retour, le sergent-chef Backhouse, un vétéran de Liverpool aux boutons d'uniforme étincelants, me dit que c'était une bonne planque et que j'avais intérêt à bien me tenir. Il voulait dire qu'on pouvait avoir du cul à la demande chez les infirmières, dont certaines étaient temporaires et frivoles, mais qu'il ne fallait pas abuser de cet agrément. On m'avait donné un vrai lit dans une vraie chambre, encore que la fenêtre soit grillagée, avec un crétin aphasique inoffensif pour faire l'un et balayer l'autre. La première chose que j'ai vue par la fenêtre, c'était une grande armoire en train de descendre l'allée du jardin. Ça faisait partie des vols réguliers admis dans l'établissement. Je fus honoré d'un passe-partout comme les infirmiers-chefs et induit à croire que mon statut était assez proche du leur. Un statut apparemment pas très enviable. Après plusieurs années de contact quotidien intime avec des malades mentaux, la plupart d'entre eux avaient une conduite et un discours anormaux. Ils étaient parfois violents, irrationnels et incohérents. Pour le bon sens, il valait mieux chercher du côté des malades. Leur grogne était rationnelle, et leur comportement humain.

La plupart des pensionnaires de l'asile étaient atteints de paralysie générale, le stade terminal de la syphilis. Ils traînaient bouche bée, sabotant, marmonnant, parfois maudissaient bruyamment le reste de l'univers. Le mercredi après-midi on leur permettait de regarder un film, à condition qu'il soit de nature sédative. Mais c'était difficile de juger quels films seraient sédatifs. *Orgueil et Préjugé* déclencha une telle émeute qu'il fallut l'interrompre au moment où Darcy déclarait : « Miss Bennet, je vous admire et je vous aime. » Certains patients avaient des talents qui étaient un effet pervers de leur maladie. J'ai fait la connaissance d'une machine à calculer humaine dont la bouche baveuse débile pouvait annoncer immédiatement le résultat exact d'une longue multiplication compliquée. Un autre pouvait donner le jour de la semaine de n'importe quelle date historique. Je l'ai testé avec le 16 juin 1904, Bloomsday, et aussi sec il me répond « Un jeudi ». Il y avait aussi un grand lourdaud lugubre qui avait appris tout seul à jouer des rhapsodies déchaînées au piano. C'étaient des œuvres atonales mais cohérentes, comme des souvenirs difformes de thèmes classiques imités par un sansonnet. On avait l'impression d'entendre un résumé de l'histoire humaine conclue par l'apocalypse. Il y avait une espèce de poète qui griffonnait avec des bouts de crayon un livre prophétique genre Blake, truffé de personnages comme Eveson et Grimsthorpe. Il était dans une phase lucide quand je le rencontrai, et appliqué à composer des épitaphes. Il venait tout juste d'en faire une pour le chef d'orchestre de l'asile :

> Ecrire votre épitaphe ça me fait grand plaisir
> Car vous n'avez cessé de nous mentir.

Certains des patients étaient volubiles et plausibles. J'en écoutai un pendant une heure me décrire des prouesses inventives qui incluaient un alphabet sans digrammes et une chaudière sans fumée. Puis ajouter : « En 1929 on m'a fait chevalier, mais à plus ample honneur je me suis dérobé. »

Ma première tâche, c'était la tournée des salles avec un certain Dr Nussbaumer et sa suite, si nombreuse qu'elle aurait convenu à une altesse royale. Il prescrivait vaguement de l'« éducation » aux convalescents dont il fallait secouer l'apathie. Il ne m'inspirait aucune confiance. On aurait dit que ces régiments de malades, mis au rancart par la guerre, lui fournissaient une occasion providentielle de se livrer à des expériences : poussez votre traitement le plus loin possible, et si ça tue le malade, essayez sur un autre. Les premiers doutes me sont venus dans une salle de civils, devant un bébé au crâne grotesquement enflé qu'on maintenait artificiellement en vie, sans doute pour voir quelle taille il atteindrait. « Hydrocéphale, déclara le Dr Nussbaumer. Remarquez la largeur de la fontanelle antérieure et l'écartement des os aux engrenures. Notez les veines proéminentes du cuir chevelu, et le son de cruche fêlée émis à la percussion », tout cela en tambourinant du crayon. « Le célèbre Cardinal, qui mourut à l'hôpital Saint-Guy, faisait quatre-vingt-quatre centimètres de tour de tête. A Paris ils ont un crâne d'hydrocéphale de quatre-vingt-dix-neuf centimètres. Cet enfant a trois mois et il en fait déjà soixante-treize. » A croire qu'il voulait battre le record de Paris. Qu'est-ce qu'un sergent venait faire dans cette sordide épiphanie, je me le demande. Plus il avait de public mieux c'était, j'imagine. « Ici on peut faire du bon travail, dit-il, mais pas l'impossible. Il nous faut du temps. »

Je n'avais quitté le corps de santé que pour m'y faire promptement reconduire. Un sergent du corps des auxiliaires féminines fut hospitalisé et mourut sans raison évidente. Il fallait donc une autopsie, pratiquée par des techniciens civils mais en présence de deux membres du personnel militaire. Autrement dit moi-même et le sergent-chef Backhouse, les autres pieds-tendres de la troupe ayant l'estomac sensible. Nous étions plantés là pendant que le médecin décalottait le crâne de la pauvre fille en sifflotant, trépanait, éviscérait, maniait les reins et le foie comme un boucher des familles, notant le poids des organes sur une ardoise de joueur de billard. Ce fut une expérience salutaire, d'autant plus salutaire qu'elle devait se répéter. Ainsi le corps n'était rien – un tas de viande, quelques cruchons de sang et une pelote de boyaux ; la guerre vous apprenait le prix médiocre de la chair humaine. Et l'âme ? « M'en suis fait des milliers de ces bougres-là, dit le scieur de long entre deux trilles, jamais vu l'ombre d'une seule âme dans le tas. C'est que ça file vite, une âme. Ça fiche le camp par les fissures intercrâniennes. »

Je n'ai pas attendu longtemps pour voir un cadavre dont je me sentais en partie responsable. Par une belle après-midi de printemps j'emmenais un petit groupe d'hommes en bleu de convalescence dans le parc discuter de la marche de la guerre. La plupart ne voyaient pas pourquoi on se battait. C'était la faute à c'te putain de Pologne qui nous a foutus dans ce pétrin. Et merde pour la Pologne. On était dans le coup à cause de la Pologne, et ces putains de Polonais libres, ils en profitaient pour polochonner nos filles et nos femmes. Les Juifs ? Merde pour les Juifs. Pourquoi faudrait se battre pour les Juifs ? Tous à se frotter les mains et à faire du fric pendant que nous on se tape la merde pour un demi-dollar par jour. Ce fut une séance déprimante. Et quand cette foutue guerre sera finie, ça sera comme la dernière fois. Ces salauds de planqués vont rafler toutes les places, pendant que nous les pauvres cons on ira faire la manche. Un certain caporal Hardwick eut des paroles sensées, dans le ton du poème de Cecil Day Lewis qui parle de défendre le mal contre le pire. Je congédiai le groupe, et le caporal Hardwick partit tout seul de son côté. Il alla, je l'appris ensuite, jusqu'à la ligne de chemin de fer et posa sa tête sur le rail. L'express Manchester-Liverpool lui fendit le crâne très proprement. Quand on rapporta le corps, le sergent-chef Backhouse en profita, judicieusement sans doute, pour situer la sulcature hippocampale et la lingula dans le cortex. Le jeune Butterworth, un gratte-papier très névrosé, sortit pour aller vomir. Il y eut une enquête pour établir jusqu'où j'avais contribué à aggraver un état de dépression reconnu. C'est là que j'ai commencé à mettre en doute la valeur de l'éducation aux armées.

Le Dr Nussbaumer me donna l'occasion de faire de la thérapie dans un domaine que je connaissais un peu. L'un des militaires déprimés était atteint de sigmatisme, c'est-à-dire qu'il ne pouvait prononcer le phonème s. Il me dit qu'il venait de Kidderminter, qu'enfant déjà il ouffrait de gatrite chronique, à laquelle il imputait son défaut de prononciation. Je pris un détour pour rétablir le s en l'incitant à lui substituer un ch palatal non vocalisé, si bien qu'il venait de Kidderminchter et chouffrait de l'echtomac. Maintenant il parlait comme s'il était ivre. Mais il résista à mes soins. Il tenait à son sigmatisme, l'insigne des mauvais traitements infligés par la vie. Un autre qui avait le palais fendu était équipé d'un obturateur. Mais il continuait à parler du nez. Feydeau se trompe dans cette farce cruelle où le héros cesse de nasiller dès que sa fissure palatale est refermée ; dans ces cas-là, le patient perd l'habitude de soulever ou abaisser le voile du palais. Il faut lui réapprendre à bâiller consciemment et délibérément pour mobiliser le palais mou et sa grappe attenante. Avec un peu d'entraînement il ne dit plus « Pour qui hnont hnes hnerpents ». Mon patient refusa de guérir, comme l'asigmatique. La moindre distinction, si douloureuse soit-elle, peut paraître appréciable. De plus, il espérait que son palais fendu l'aiderait à quitter l'armée.

On me confia un jeune subalterne devenu entièrement dyslexique à la suite d'une lésion au cerveau. Cela voulait dire enseigner le b-a – ba des techniques de lecture et d'écriture à l'hémisphère cérébral qui ne savait rien de tout cela. L'occasion pour moi de découvrir à quel point nos graphèmes sont arbitraires. On peut associer le B majuscule à baise et baba, mais supprimez la boucle de la lettre minuscule et votre patient est perdu. Un g minuscule ressemble à un guidon de vélo, un S grand ou petit à un serpent, mais il est presque impossible d'attacher un sens phonologique aux voyelles. L'alphabet hébreu ou arabe m'aurait donné moins de mal. Avec le temps le lobe endommagé consentit à réfléchir l'éclair de mémoire de l'hémisphère sain, et le don de la lecture lui revint lentement à travers un épais brouillard.

Environ un mois plus tard, je reçois la visite du commandant en chef des services éducatifs de la région militaire Ouest et de son délégué. Ce délégué, George Edward Cecil Wigg, serait un jour député travailliste, trésorier général, administrateur des recettes du Pari turfiste, et pair du royaume à vie. Lui et son supérieur me signifient que la thérapie n'est pas de mon ressort, qu'il s'agisse d'orthophonie ou d'ateliers manuels. L'ergothérapie se ramène à la menuiserie et à la fabrication de poupées de son, elle devient éducation légitime seulement quand elle est pratiquée sur un site de tir par des hommes valides. L'orthophonie n'est pas une spécialité officiellement reconnue par l'armée. En clair qu'est-ce que je fais de véritablement éducatif ? Je leur parle des séances de débat, sans mentionner le suicide du caporal, ni l'opinion répandue qui les qualifiait de foutaises. Je préside les conférences hebdomadaires du département d'éducation permanente de l'université de Liverpool, auxquelles même les grands invalides et les moribonds sont conduits à coups de trique. Le vendredi après-midi on projette des films d'instruction militaire. Ça, me disent-ils tous deux, ce n'est pas de l'éducation. Moi je proteste, l'un de ces documentaires, *Next of Kin,* est une narration artistique bien ciselée sur les carences périlleuses en matière de sécurité. Ça, répliquent-ils, c'est de l'information ou du divertissement ou les deux, mais ça n'entre pas dans la case de la véritable éducation. J'ai créé un orchestre de danse, dis-je, où je tiens le piano, avec le sergent instructeur de gymnastique à la trompette, et un secrétaire (le névropathe Butterworth) à la batterie. Ça n'a strictement rien d'éducatif, pas plus que mon spectacle, *Le Blues de l'hôpital,* celui où j'interprétais le *Concerto de Varsovie.* Ça n'est certainement pas de l'éducation. Pas éducatif, le *Concerto de Varsovie,* alors que le thème principal s'inspire de quatre notes qu'on entend solmisées dans *Le Roi Lear ?* La truculence ni les facéties ne sont de mise, dit le lieutenant Wigg.

Alors dites-moi ce que c'est au juste, l'éducation aux armées. Des choses visibles, comme des journaux muraux et des salles d'information, des poupées à fabriquer, du moment qu'il ne s'agit pas d'ergothérapie. Des conférences sur la pérennité de l'Empire britannique. Est-ce que, demandé-je, ça peut être l'enseignement des langues ? Mon cours du soir d'allemand semble très apprécié, une quantité d'infirmières y assistent, et nous terminons souvent par un récital de chansons allemandes. Il n'entre pas dans mes fonctions de donner des cours aux infirmières. Mais, dis-je, si j'organisais un colloque de grosses têtes sur les chances de succès de l'amour platonique dans une île déserte, et que la pièce soit remplie d'infirmières, est-ce qu'il faudrait mettre les infirmières à la porte ? Les questions de cet ordre n'ont rien à voir avec l'éducation. Je me sentais gagné par la vieille désespérance militaire. Même un naïf comme moi pouvait comprendre que tout ce qu'on voulait c'était un rapport mensonger à transmettre au ministère de la Guerre, amalgamé à d'autres rapports et réduit à des statistiques susceptibles de faire impression. Quand j'indiquai le nombre de séances éducatives hebdomadaires, je crus voir le crayon du lieutenant Wigg hésiter au bord de falsifier le chiffre. Je repensai à ce que m'avait raconté le sergent responsable de l'éducation à la caserne de la Péninsule de Warrington : « J'ai fait quatre conférences, mon lieutenant. – Je suggère que vous en avez fait quarante. »

Je mentionnai l'événement que je tenais pour l'une de mes plus belles réussites, une conférence sur les objectifs de guerre nazis qui avait attiré beaucoup de monde et reçu un accueil enthousiaste. Ce qui la distinguait du commun des conférences, c'est que nous la devions à un nazi authentique, ou du moins un officier d'active de la Luftwaffe. Fait prisonnier, il avait contracté en captivité une maladie déconcertante qui l'avait conduit à Winwick, où il fréquentait le mess des officiers britanniques et ne risquait pas de se faire tirer dessus s'il s'évadait. Il n'avait pas l'air de vouloir s'évader. On l'emmenait régulièrement, et qui plus est en uniforme, à l'auberge du Cygne, une hôtellerie chic située à un ou deux kilomètres. Ce beau brin de virilité nordique parlait un anglais impeccable et jouissait d'une grande popularité chez les confrères officiers qui étaient officiellement ses ennemis. Dans un exposé clair et solide, il évoqua la nécessité d'homogénéiser la population allemande pour assurer l'uniformité de la culture, l'obstacle posé sur cette voie par les Juifs et les Slaves, la fraternité culturelle fondamentale entre Allemands et Anglo-Saxons, l'avenir aryen, le gâchis de la guerre. Il a fallu qu'un première classe juif lui crache dessus pour que notre orateur dévoile le côté sombre de la destinée nazie. Quand je rapportai cet exemple d'éducation véritable à mes deux visiteurs, ils trahirent une légère nervosité en se demandant si le MI5 risquait de l'apprendre. Je sentis, comme si souvent déjà, que j'étais repéré.

On m'envoya, avec d'autres sergents et un ancien sous-officier breveté de première classe, suivre des cours de menuiserie. Ils avaient lieu dans une école de Chester, donnés par un instructeur, enseignant du civil, qui répétait : « Sans presser, sans presser, c'est le son de la scie. » Je craignais de me retrouver, ainsi que mes camarades, changé en préposé-aux-boîtes-à-cigares-et-poupées-de-son sur un site de tir. Les poupées faisaient un peu trop parler d'elles, il y avait même eu un grand congrès à Warrington auquel un bel adjudant-chef avait foncé à moto depuis son site de tir, pour parler, encore revêtu de sa tenue de Martien, des poupées et de leur contribution à l'effort de guerre. Les cours de Chester ne donnaient pas dans le jouet de son. J'ai fabriqué une petite boîte dont l'assemblage à tenon et mortaise était si mal ajusté qu'il fallut le consolider avec de la colle et du vernis brun. J'ai même relié un livre. D'abord, bien sûr, dénichez le bouquin, un livre broché digne d'être ennobli par des plats toile et un brochage neuf. Drôle d'époque, l'été 1942, pour les Penguin de poche. Il y avait un roman de Constance Holme sur les sans-abri de la guerre, *Crump Folk Going Home,* que personne ne voulait acheter ; à part ça, pas grand-chose d'autre. Pour finir je m'offris un énième exemplaire de *Religion et montée du capitalisme* de Tawney, un de ces livres, comme disait Lynne avec esprit, dont on a toujours besoin chez soi. Et j'en fis un ouvrage cartonné minable. Mes craintes d'être enrôlé dans une activité artisanale s'apaisèrent. Mon rapport disait : « Etudiant faible. Semble intimidé par les outils et le travail en général. »

Puis on m'expédia avec toute la promotion d'instructeurs de la région militaire Ouest suivre une séance d'une journée à Chester sur le thème de « L'Allemand du Second Front », comme on disait. Un civil aux allures d'aigrefin nous expliqua comment, dans l'intérêt des troupes d'occupation, ramener la complexité de la langue allemande au jargon ou sabir le plus simple. Il suffisait de supprimer toute la grammaire, démanteler la morphologie, mettre tous les noms au masculin (je vis un sergent au visage cultivé frémir à la perspective de *der Fraülein*), et profiter des parentés lexicales anglo-allemandes pour se constituer un vocabulaire minimal. En une semaine on pouvait inculquer assez d'allemand au biffin le plus ignare pour qu'il se débrouille avec les compatriotes de Goethe. Le projet fut repoussé, au grand désarroi de son inventeur. « Qu'est-ce que je vais faire, maintenant ? J'ai investi du temps et de la réflexion dans ce travail. Et tout ça va être gaspillé ? » Le commandant en chef des services éducatifs de la région militaire Ouest lui suggéra d'essayer un autre secteur. Un sergent gallois grommela qu'il n'avait qu'à s'engager dans c'te putain d'armée. Ensuite de quoi sergents et adjudants allèrent en chœur se soûler, frimer, mentir, déprimer.

Selon un sentiment assez répandu, il n'y avait pas que l'éducation aux armées pour jouer les mascarades improductives. Toute l'armée britannique, peut-être même la marine et la RAF, n'était qu'une mascarade d'appoint. Les Yankees arrivaient, les Yankees étaient là. Ils allaient prendre l'affaire en main de ce côté-ci, et les Russes se chargeraient de l'autre côté. En Extrême-Orient les Britanniques étaient hors du coup, tous en train de mourir du béri-béri prisonniers des Japs à Changi. Quand Winwick reçut un lot d'officiers américains malades, je persuadai un colonel de parler aux soldats. Il n'avait pas grand-chose à dire sur les objectifs de guerre américains, dont il avait une idée confuse que je devais traduire en anglais britannique. Il eut beaucoup moins de succès que le gars de la Luftwaffe, qui était reparti sous les larmes des infirmières et les bourrades affectueuses de ses frères officiers ennemis. L'impression générale c'est que le véritable ennemi avait débarqué.

Le département d'éducation permanente de l'université de Liverpool expédia un civil affable pour nous communiquer son savoir sur les alliés américains. Il commit l'erreur de faire allusion dans son exorde au thé copieux qu'on venait de lui offrir, et se fit huer par un auditoire de sous-alimentés en bleu d'hôpital. Je n'ai jamais compris pourquoi Winwick faisait tant de frais pour les conférenciers de passage. Cette hospitalité s'adressait exclusivement aux civils. C'est moi qui allais accueillir le conférencier à la gare de Warrington avec Daimler et chauffeur pour le conduire devant un buffet d'une opulence inexplicable, pâtés de porc et veau d'avant-guerre, jambon cuit, langue froide, salade aux œufs durs, pâtisseries exquises de légèreté ou d'onctuosité. J'avais beau prévenir les visiteurs de ne pas manifester publiquement leur satisfaction d'un tel accueil, ils ne comprenaient jamais. Après leur causerie on les reconduisait à la gare de Warrington l'estomac lesté d'une rincette. Entre autres tâches, je devais les mettre dans le dernier train, qu'ils avaient tendance à rater à force de lambiner ou bavasser. Celui qui était venu faire campagne pour l'Amérique manqua le sien car après sa mise en pièces par des invalides musclés, il fallut le faire laver et recoudre, puis reconduire jusqu'à Liverpool par le chauffeur, qui tomba en panne d'essence au retour.

Il avait trop vanté le traitement admirable que les Américains accordaient à leurs braves petits gars – choix de crèmes glacées sur les vaisseaux de guerre, uniformes pimpants, projet de Déclaration des droits du GI, mais surtout la solde, dont le chiffre retentit haut et clair. Il y eut des grondements quand fut dévoilé, chapitre et verset à l'appui, en direct de la source, le montant exact de ce que touchait un soldat de première classe. Pas étonnant qu'ils aient de quoi se pinter dans nos pubs, ils ramassent plus d'oseille qu'un connard d'officier britannique; pas étonnant que ces garces de putes baissent culotte pour eux. Connaissez les nouveaux caleçons réglementaires? Un Yankee pointe et ils se rendent. Que GI qui m'aille. Le conférencier voulait démontrer, peut-être avec raison, qu'une démocratie doit prendre soin de ses combattants. Les Britanniques ne le font pas, ils ne l'ont jamais fait, silence dans les rangs, soldats, marins, pas la peine de geindre. Quand vous étiez dans le civil, c'était le moment de forcer votre gouvernement à mieux traiter les défenseurs kaki de la civilisation britannique. Vous n'avez pas profité de l'occasion; maintenant vous souffrez comme vous le méritez. Ce qui déclencha la bagarre. C'était donc ça, l'éducation aux armées?

Cette disparité de traitement entre les alliés a fait plus de dégâts que n'ont daigné le relever l'histoire ni la littérature, le théâtre ou le cinéma. Il y avait une grande base aérienne américaine à Padgate, près de Warrington, si bien que le Warrington nocturne regorgeait de GI aux poches tintantes, col et cravate desserrés. La simple existence du col et cravate rappelait aux hommes du rang britanniques qu'eux-mêmes étaient tombés bien bas : une sorte d'ancrage à la liberté et l'élégance civiles; la blouse de grosse toile kaki boutonnait juste sous le menton britannique et lui démangeait le cou. Mais c'était la folle dépense des Américains qui causait les vrais problèmes. Nos hommes traînaient tristement sur leur pinte de bitter fadasse pendant que les GI liquidaient le maigre stock d'alcool et, repus, se gaussaient de ce peuple assiégé et rationné. Quant aux filles de Warrington, elles se cramponnaient à eux comme des chattes en chaleur, promptes à maîtriser les phonèmes et les idiomes de tous les Etats de l'Union. « Où c'est que tu vas, Lucy ? » entendis-je une gamine de quatorze ans crier à une autre. « Me faire tringler par les Amerloques. » Tringlées elles l'étaient, et pas toujours discrètement dans le noir. Indiscrètement, comme ce sergent-chef soûl qui déclara dans un bar public : « Pas mal, votre pays. Si la bière coûtait pas plus cher que vos femmes ça vaudrait le coup d'y vivre. » Et la bagarre commença.

Warrington donnait l'impression d'être un territoire occupé. Les troupes britanniques sevrées de tabac se disputaient la manne de paquets puisés dans des cartouches de Lucky Strike ou Chesterfield qu'on leur jetait. Mais le rare première classe instruit se tenait mal à l'aise au bar un peu isolé de ses camarades, sachant qu'il se trouvait dans le pays de Charles Dickens et que Stratford-on-Avon n'était qu'à un court jet de train. Avec ceux-là il m'arrivait de discuter Emily Dickinson ou Walt Whitman. L'unité d'une nation ça n'a pas de sens, il n'existe rien de tel. Les deux entités significatives, ce sont les gens cultivés et les ignorants. Le plus alarmant, c'était l'ignorance d'un gouvernement britannique qui ne savait rien de l'individu moyen, les sociologues chargés des enquêtes de Mass Observation avaient tenu à le souligner avant d'attaquer leur programme curatif. La propagande étalée dans les gares, genre « Votre Patience, Votre Courage, Votre Endurance Nous Donneront La Victoire », dévoilait l'inconscient dominant sur des millions d'affiches. « Fais comme papa, boucle-la » provoqua une émeute chez les épouses laborieuses. Et personne en haut lieu n'avait songé une minute à l'impact de l'opulence des GI sur nos pauvres Tommy. Ils auraient dû toucher la même solde, et l'excédent de l'effort de guerre américain s'investir en dépôts dans les banques d'outre-Atlantique.

Ça ne servait à rien d'arracher les désœuvrés à leurs dortoirs pour constituer un groupe de débat en leur demandant de quoi ils voulaient débattre. Il y avait un seul et unique sujet : pourquoi les Yankees touchent plus que nous ? Et un épais sous-texte de jalousie sexuelle. Les femmes britanniques étaient emportées par une frénésie érotique exotique qui troublait fortement leurs hommes. Si c'étaient seulement les Américains, mais il y avait aussi les Tchèques libres et les Canadiens et les Polonais. Empaffés de Polaks, ils l'avaient pas volé de se faire enculer. Ce que les invalides de Winwick pouvaient voir des Polonais confirmait leurs soupçons de septembre 1939. Pourquoi on se battrait pour ces salauds ? Les mêmes hommes qui adoraient le *Concerto de Varsovie,* comme qui dirait presque du classique, j'aurais pas cru que ça me plairait ces conneries, détestaient la morgue intolérante des patients polonais qui traînaient sinistrement leur âme slave dans les couloirs des services. Un sergent aviateur polonais m'enjoignit d'aller lui chercher des cigarettes. Je n'en ferai rien. Exécution, votre grade est inférieur au mien. Je n'en ferai rien. Je le signalerai. Vas-y, mon p'tit pote. Je vous ordonne de me donner mon grade, je suis votre supérieur. L'antisémitisme des Polonais fit de leurs camarades britanniques d'ardents prosémites. Les voies du Seigneur sont impénétrables.

Ma carrière à Winwick fut tout sauf triomphale. Pendant le glorieux été de 1942 j'ai passé beaucoup trop de temps dans les buissons avec des infirmières complaisantes. Les infirmières irlandaises étaient cramponnées à leur vertu, mais les britanniques suivaient la voie ouverte par le récent éveil des sens de leur race. Beaucoup d'exercice physique hétérosexuel en plein air, c'était la réaction de la nature à la maladie, la souffrance, la mort et l'éros biscornu des névropathes. Les toilettes au fond du couloir où je logeais abritaient un fou bossu aux lèvres et pommettes fardées qui se faisait appeler Mary. Il taillait les barbes et les pipes. Il y avait une vaste morgue bourrée de macchabées dingues non réclamés qui puait comme une fromagerie. Les services éducatifs de l'armée homologuaient les cadavres en plantant dessus un drapeau impérial. Le sexe était la réponse à tous les maux, hélas le sexe se fit prendre sur le fait. L'officier du rôle trébucha sur mes jambes nues qui dépassaient des buissons. Mais c'est le commandant Lalkaka qui m'a réglé mon compte.

Le commandant Lalkaka était un splendide brahmane qui faisait le tour des unités en donnant des conférences sur l'Inde, les torts qu'elle avait subis, ses malheurs, son lumineux avenir non impérial. C'était un brillant conférencier, mais encore plus arrogant qu'un Polonais. Il se tenait à bonne distance des intouchables. Tandis qu'il détaillait à mes hommes embleuis les souffrances infligées à la grande mère de l'Aryanisme, on entendit brusquement des malades mentaux échanger des cris et des coups devant la salle de conférences. Il m'ordonna de réprimer ce vacarme. Puis il s'assit tel un dieu décidé à suspendre son effusion de sagesse jusqu'à ce qu'on fasse silence. Il avait droit au silence absolu en tant qu'officier supérieur britannique et en tant que brahmane. Je sortis pour aller affronter les hurleurs et les cogneurs. Pas le moindre infirmier en vue ; le maintien de l'ordre ne faisait pas vraiment partie de mes responsabilités. J'allongeai mollement une ou deux claques qui me mirent bientôt en péril. Je filai aux abris près du commandant Lalkaka. Mais il était déjà parti se plaindre de cette situation intolérable ; jamais, de toute sa carrière militaire, sans parler de sa vie civile brahmane, il n'avait rencontré tant d'impéritie et de faiblesse. Le tout parvint saupoudré de cérébos au QG de la région Ouest, qui avait mis le commandant Lalkaka sur orbite péripatétique pour s'en débarrasser, mais l'officier du rôle saisit ce prétexte pour exiger ma mutation. Laquelle tomba au plus mauvais moment.

Lynne, mon épouse, avait assuré sa propre position. Elle faisait un remplacement avec grade de directeur adjoint pour le ministère du Commerce à leur antenne de Manchester. J'avais couru la prétentaine tout l'été, l'automne instaura une sorte de vie conjugale. Lynne avait un garni à Rusholme, où je filais en douce après ma journée de travail à Winwick, que je regagnais en douce à l'aube par le train des ouvriers. Comme je n'avais pas de laissez-passer, il y avait toujours un risque de me faire accoster par la police militaire de la gare centrale ; ceux-là, pas question de les impressionner avec un simple titre de soldat de première classe. J'ai eu de la veine, mais j'ai appris à courir vite. J'ai appris aussi à augmenter les rations civiles de Lynne en fauchant des boîtes de viande dans les réserves de l'hôpital, et en achetant des œufs illicites voire même des poulets à un fermier de Winwick. Les soirées et les week-ends étaient voluptueux mais furtifs, sans compter qu'ils étaient épuisants. J'avais ma pleine ration d'amour légitime mais je manquais de sommeil. Noël, avec deux jours entiers de permission, accordés par la coutume sinon par le règlement, fut le seul temps de repos. Ce fut aussi le moment de notre mariage catholique. Il nous fallait des draps, or nous n'avions pas de tickets pour en acheter. Ni d'argent, d'ailleurs. Les Tollitt du 47 Princess Road avaient tout un stock de draps, mais ils hésitaient à les étendre sur un lit qui n'avait de marital que le versant séculier. Un mariage catholique nous assurerait une distribution de draps. Le dernier dimanche de l'Avent vit célébrer nos noces tranquilles après la bénédiction vespérale. Le prêtre avait fait valoir le point de vue catholique à Lynne, qui avait riposté avec toute la rigueur de l'Eglise d'Angleterre. Les enfants de notre union, dit le prêtre, devraient être baptisés dans la foi catholique. Non, c'était hors de question ; ses père et mère anglicans en auraient le cœur brisé. Nous étions donc dans le pire cas de mariage mixte, sauf que Lynne agréa la cérémonie, qui n'exigeait pas de l'épouse une obéissance miltonienne. Il y eut ensuite un repas de Noël d'avant-guerre chez les Tollitt. L'abondance de nourriture et de boisson était obscène, mais en ces temps où la cigarette se faisait rare, un marchand de tabac obtenait tout ce qu'il voulait. Puis nous sommes repartis pour Rusholme avec nos draps.

Le Jour de l'An 1943 m'apporta mon affectation au centre d'instruction de l'infanterie à la caserne de la Péninsule, Warrington. En fait c'était le dépôt du régiment du Sud-Lancashire, l'orchestre était toujours là. Mais c'était devenu plutôt un assemblage œcuménique de tous les régiments de Grande-Bretagne, qui cohabitaient avec peine. Il y avait des conflits entre coutumes régimentales, et même entre allures de marche. L'adjudant-chef arpentait le champ de manœuvres d'un air las armé de son bâton à scander le pas. Les casquettes à insigne aurique du régiment de Gloucester côtoyaient les bérets écossais ; les cockneys insérés dans les rangs des fusiliers gallois arboraient dans le dos un écusson noir à neuf pointes. Le processus de démantèlement des loyautés régionales suivait son cours : l'infanterie, tel un ragoût, réduisait les chairs d'une noble histoire martiale à un tas de fibres châtrées. Les hommes arrivaient du civil pour se changer en fantassins de base avec six semaines d'entraînement. Nombre d'entre eux venaient de professions qu'ils croyaient protégées, où ils pouvaient se faire des vingt livres par semaine en cumulant un travail dans les munitions et une activité auxiliaire de manufacture de briquets. Ils étaient mécontents, et moi entre autres tâches j'étais censé les apaiser par une conférence hebdomadaire qui disait en gros : Putain, les mecs, je vous comprends, mais grâce au renfort de vos bras flasques, on va sortir de ce merdier en vitesse, et s'il plaît à Dieu et à ce gros porc de Churchill, la vie sera encore plus belle qu'avant. Officiellement ça s'appelait Objectifs et Méthode Britanniques. Le contenu officiel était d'un style plus édifiant.

Ça c'était l'armée dans toute sa gloire : caserne sinistre, champ de manœuvres qu'il fallait saluer à chaque passage, médecins palpeurs de prépuces, adjudant-chef glapissant, chapelain anglican branlant, colonel distant, commandant en second méprisant, corps de garde vigilant, contrôle rigoureux des sortants. Ici pas question de découcher à la sauvette. En tant que pièce du patchwork composant la compagnie hors rang, je me présentai au garde-à-vous devant son chef le commandant Behrens, de la grande famille juive de Manchester, et lui demandai un laissez-passer permanent pour prendre soin d'une épouse que le blitz de Londres avait rendue hystérique. Rien à faire, sergent. Mais comme toujours dans l'armée, on pouvait pratiquement tout faire, et plus c'était pendable, donc incroyable, mieux ça passait. Rien n'empêchait de faire un crochet le soir par le bureau de la compagnie, piquer des formulaires et les signer soi-même – J. Joyce, E. Pound, E.M. Forster, Lieut. p.p. Commandant – et prendre par la même occasion une ou deux feuilles de tickets de rationnement. Ces détails-là n'étaient jamais vérifiés. Le réveil matinal m'avait causé des soucis à l'époque des absences illégales de Winwick : il s'agissait d'une petite boîte, si on n'était pas au rapport ça se voyait. Maintenant que j'appartenais à la vaste et anonyme caserne de la Péninsule, c'était moins grave si le sommeil et l'amour étouffaient la sonnerie du réveil et nous tenaient au lit jusqu'à dix heures. Je n'avais qu'à franchir posément le poste de garde vers midi, avec sous le bras des livres empruntés à Lynne, rentrant d'une vague mission livresque pour déjeuner au mess des sous-officiers.

Mais une de ces fois-là mon cœur s'arrêta net. On m'avait attribué un petit bureau dans le bâtiment administratif, et en arrivant sur le coup de midi, je trouve un billet me convoquant chez le chef de corps à huit heures du matin le jour même. Je gagne la salle des rapports en cherchant des excuses invraisemblables à ma défaillance : la fenêtre était ouverte, le vent a chassé le billet dans un coin poussiéreux où je viens tout juste de le découvrir. Le sergent de garde blêmit par procuration et me fixe un autre rendez-vous pour le lendemain. J'entre sous l'escorte de l'adjudant-chef, j'attends la sentence. Le chef de corps me dit : « Désolé de vous avoir manqué hier matin, Wilson. (Il s'appelait Wilson aussi, mais venait d'une meilleure famille, quelque part dans le Wiltshire.) J'ai été retenu par d'autres obligations. Toutes mes excuses. » Puis il me lit un rapport courroucé sur le comportement des sergents des services éducatifs : tenues crasseuses, cheveux trop longs, pas traînant, salut mou, quand ils daignent saluer. « Mauvais tout ça, Wilson. Je sens que nous allons devoir faire de vous des soldats. Vous avez vu, il est question d'affecter une partie du temps de service réglementaire à vous dégrossir. Désormais vous êtes sous les ordres du capitaine Lansdowne, au Renseignement. »

L'armée de l'époque n'était pas très calée en la matière. Le service de renseignement venait tout juste de se constituer. Des professeurs de russe et d'albanais au grade de première classe y opéraient sous les ordres d'officiers sortis de coûteuses écoles privées avec quelques rudiments de français. Mais on attachait alors peu d'intérêt à l'aspect linguistique du Renseignement – du bricolage à la E. Phillips Oppenheim, à en croire les vrais espions style Willie Somerset Maugham. Le Renseignement consistait à repérer les avions allemands, faire des cours sur l'armée allemande, lire des cartes. Je n'avais pas d'objection à parler de l'armée allemande ; pour faire bonne mesure j'ajoutai l'armée japonaise. Lire les cartes, c'était assez simple, sauf que la cartographie semblait rarement coïncider avec le terrain. Le coup du « Alors c'est que la carte est fausse », Evelyn Waugh ne l'a pas inventé. Je n'avais rien contre le Renseignement sauf quand il contrariait ma vie conjugale nocturne. Mes services étaient loués aux territoriaux, généralement dispensés dans l'arrière-salle d'un pub où l'hospitalité était de mise, et mes auditeurs appréciaient beaucoup les causeries sur le soldat allemand qu'ils ne verraient jamais. Tandis que mon épouse, comme c'est la coutume chez les femmes, s'impatientait. Les femmes, même celles du corps des auxiliaires féminines, ne voyaient pas le rapport entre l'armée et la vie réelle.

Un sergent fut affecté à la caserne de la Péninsule sans mission précise. Porté malade, et inscrit sur la liste Y, il avait perdu son régiment. Je lui ai délégué mes responsabilités au Renseignement. Le capitaine Lansdowne ne semblait pas y voir de différence. Il l'appelait Wilson alors que son nom était Williams. Je m'étais débarrassé de mes tâches réglementaires sans passer par la corvée fastidieuse de la voie hiérarchique. Je pouvais me consacrer sans réserve aux Objectifs et Méthode Britanniques. Quand le colonel Wilson reçut l'ordre d'aménager une salle d'information, c'est moi qu'il convoqua pour exécuter la commande, mais était-ce au titre du Renseignement ou des services éducatifs, il ne l'a pas précisé. De toute façon ça revenait au même. Les murs se sont couverts de cartes permettant de suivre les atterrissages de Pantelleria, des maquettes de stukas et de bombardiers Blenheim pendaient du plafond en association œcuménique. Je plaçai quelques reproductions de sculptures modernes sur un panneau à part, mais on les arracha parce qu'elles faisaient diversion. Je fabriquai un journal mural orné d'une bannière flottante – PENINSULE – dont je n'ai jamais renouvelé le contenu. Les atterrissages sur Pantelleria s'éternisaient ; personne ne s'en avisa.

Le colonel Wilson aurait été ravi d'interdire l'éducation aux armées, du pur socialisme bien sûr, mais les ordres du ministère de la Guerre étaient de dispenser une instruction sur l'actualité et sur Objectifs et Méthode Britanniques. Il fallait notamment expliquer aux troupes la nature révolutionnaire du plan Beveridge, le point focal des espoirs d'après-guerre, le symbole du libéralisme du gouvernement de coalition. Plus personne ne pourrait citer de mémoire les Cinq Géants qu'il fallait étriller : tout le monde cale après Ignorance, Saleté, Misère. Il n'y avait de vaguement alléchant que le mode unitaire de destruction envisagé – cinq d'un coup, comme le petit tailleur. Payez une seule fois, un seul timbre sur une seule carte, et toute la chaîne des assurances sociales était réglée, des burnes à l'urne, ou selon une autre version, de l'érection à la résurrection. Les hommes à qui j'exposai le plan avec un enthousiasme assez rare ne paraissaient pas très convaincus. Lors bêveries j'm'en fous, j'veux d'la bière, et du thé qui soye pas de la pisse d'âne comme çui du NAAFI... Ils avaient des siècles de désillusion derrière eux.

J'étais censé dispenser une éducation politique élémentaire dans les sections, mais c'était un gain de temps de discourir pour toute une compagnie. Ce faisant je pouvais déclencher des rires plus nourris, et manier un style de rhétorique qui évitait le recours au raisonnement serré. Le son passait mieux que le sens. Les arguments avancés par les brochures et journaux muraux en faveur des Ob. et Méthode Britanniques ne risquaient pas de convaincre des ouvriers qui avaient été délégués syndicaux ou qui avaient lu Tom Paine. L'Empire britannique, de l'avis général, était un racket dégueulasse. Malgré l'impartialité officielle de la justice britannique, tout le monde savait que la loi était faite pour les riches. La Chambre des lords était un anachronisme. Je préparai une causerie qui ne devait rien au matériau prescrit. Elle avait pour thème ce que moi j'appelais la Civilisation. La civilisation a pour vocation de promouvoir un hédonisme libéré des contingences matérielles élémentaires – travail, logement, nourriture et boisson allant de soi – et d'augmenter l'aptitude humaine au plaisir. Les plaisirs les plus subtils demandent à être enseignés – la musique, la littérature, le bonheur de voyager, même la gastronomie – et c'est là qu'intervient l'éducation. Les hommes ne m'ont pas trouvé plus convaincant que Beveridge. Pourquoi faudrait qu'on s'embête à comprendre la jactance des étrangers ? Question musique classique, le *Concerto de Varsovie* je dis pas, mais tout le reste, on dirait des matous qui se battent. Les livres ça fait travailler les méninges et ça fait jamais de bien aux travailleurs. J'étais souvent consterné par l'élection de l'ignorance. Je suis moins consterné maintenant.

Je descendis humblement à un niveau qui ne donnait plus matière à discussion avec l'arrivée d'un contingent d'analphabètes, ainsi que d'affamés. La nouvelle levée affichait une maigreur et une atonie si scandaleuses qu'il fallut doubler les rations et le temps d'instruction. On touchait le fond du tonneau – des garçons nourris de pain et de raclures à qui il fallait arracher les dents avant de leur distribuer (longtemps après l'arrachage) des râteliers. Nombre d'entre eux avaient sauté l'école et ne pouvaient même pas suivre la bande dessinée *Jane* dans le *Daily Mirror*. Il fut décrété qu'une douzaine de séances avec le sous-off de l'Ed. aux As. leur donnerait un bagage littéraire suffisant pour prendre un message téléphonique et déchiffrer le tableau de la compagnie. Malheureusement l'ordre de se rendre à mes cours du soir leur fut communiqué par le tableau d'affichage, qu'ils étaient naturellement incapables de lire. « Les illettrés se présenteront à 18 heures... » Un exemple d'ineptie militaire qui mérite une couronne.

Mon lot de Gitans, Chypriotes, Irlandais, et crétins anglo-saxons finit quand même par arriver dans ma classe. Le seul moyen de leur faire assimiler l'alphabet, majuscules et minuscules, c'était d'associer la forme de chaque lettre à une expérience si vitale qu'ils ne risquaient pas de l'oublier. J'ai vaguement pensé à l'époque proposer un article sur la scatologie comme outil pédagogique au journal *Education aux Armées*. A comme Asperge, avec un peu de bonne volonté, pourrait ressembler à une pine raide. Mais pourquoi le *a* minuscule est-il si différent de son grand frère ? Il était vain d'invoquer l'héritage jumelé de Rome et de la Grèce. B comme Baise, pas de problème, ressemble à une paire de fesses, même si le petit *b* a perdu de ses rondeurs et n'offre plus qu'une joue à bécoter. C comme cuvette de chiotte. Le *g* minuscule, qui avait déjà servi pour mon officier de Winwick, faisait un guidon de vélo passable (merde, on peut pas être scatologique tout le temps) mais le grand G était déroutant. N'empêche que bientôt mes illettrés, langue visible aux commissures, savaient écrire BAC et AGA, des mots qui ne figuraient jamais au tableau de la compagnie. Ils finirent même par maîtriser B.A.C.A., qui apparaissait parfois, mais les séances du B.A.C.A. n'étaient pas pour eux. Je piaffais. Je ne suis pas allé très loin. Le ministère de la Guerre finit par sortir son abécédaire à l'usage des illettrés – « Ma foi, dit Sam, c'est bon de manger une bonne tranche de viande froide et un morceau de pain sec » – mais trop tard pour moi. En partant mes illettrés étaient capables d'écrire, tout juste, LE CHAT BAT LE RAT, mais incapables de lire le tableau de la compagnie.

Je piaffais, mais les autres sergents instructeurs, chargés de tâches plus simples, se portaient bien. Certains se faisaient engraisser par leur section. « Dites donc, les gars, déclarait le chef de section à la fin de la période d'instruction, vous avez eu un foutrement bon caporal et un sergent pas trop vache, alors qu'est-ce que vous diriez d'une petite quête ? » Trente demi-couronnes toutes les six semaines, divisées proportionnellement au grade, c'était un joli cadeau. Certains sergents prélevaient une cigarette par jour à tous les hommes de la section. Les pots-de-vin pour échapper au cahier des punitions étaient acceptés. C'était potable comme vie. C'était potable comme mess. Le sergent Margaret Lewis, une ancienne camarade de classe de ma femme, s'occupait du ravitaillement. La bière coulait à flots. Je jouais du piano. Il y avait parmi nous un sergent qui adorait le récitatif d'une cantate de Bach, « Schafe können sicher weiden ». L'adjudant-chef me criait avec ces accents patriciens synthétiques très courus chez les gens de son grade : « Arrête ça, l'instit. Joue plutôt " Ces mains frêles dont j'étais fou ". De la *vraie* musique. » Ma seule véritable contribution au développement de la culture, ce fut de soustraire au contingent, avec l'aide d'un sergent-major, le premier violoncelle de l'Orchestre philharmonique de Londres pour le rendre à son art. Un coup de maestro qui nécessita la falsification du rapport médical. Le sergent-major et moi nous sentîmes récompensés quand la radio diffusa le solo de violoncelle de l'adagio du *Lac des cygnes.* Ça y est, c'est notre gars. « Eteins cette cochonnerie, l'instit, et joue-moi " Ces mains frêles dont j'étais fou ". »

Si l'adjudant-chef m'appelait l'instit ou, dans les occasions plus officielles, Serginsteur, mes égaux m'appelaient Tug. Je partageais une chambrée avec des sergents spécialistes – gymnaste, sapeur-horloger, experts entraîneurs au maniement des armes. Je fus initié à l'univers de Kipling. Cet Empire britannique-là c'était la sueur et le chutney, les missi wallah, pas des causes perdues comme celles d'Objectifs et Méthode Britanniques. Le sergent qui occupait la couchette au-dessus de moi jurait avoir rencontré Kipling, un petit rase-mottes avec des grosses lunettes qui éternuait tout le temps, là-haut su la montaille. Impossible de le croire malgré son grand âge. Il faisait partie des vétérans que leur état d'alcoolisme avancé dispensait de corvées, une tolérance typique des casernes de la guerre. Quand il était pris de delirium tremens il discutait avec un lascar qui devait être Gunga Din. Il mouillait ses couvertures toutes les nuits, et l'urine allongée de whisky dégoulinait doucement sur moi. Il n'échangerait pas ces couvertures, disait-il, pour les plus beaux draps de l'hôtel Raffles à Singapour. L'arôme de ses couvrantes c'était comme qui dirait la mémoire, le récit de sa vie. Il finit comme on pouvait s'y attendre par tomber de sa couchette et se rompre je ne sais quoi d'interne et de très compliqué. Il s'endormit du dernier sommeil.

Pendant mes congés, les licites comme les resquillés, je frôlais les marges de la vie littéraire. Lynne et moi étions bien conscients que baiser la route tous les soirs, comme disaient mes camarades sergents, ne me faisait guère de bien et n'améliorait pas sa position au ministère du Commerce. Elle négligeait ses devoirs, refusait des points-textiles pour les bleus de travail aux petits syndicats mais cédait aux plus gros qui exigeaient des costumes du dimanche en plus de leurs salopettes, un effort de guerre méritoire. Nous faisions tous deux un complexe de culpabilité pour les grasses matinées de nos nuits d'amour. Elle ne pouvait pas dissimuler ses arrivées tardives au travail ; quant à moi je ne le pourrais pas indéfiniment : un midi ou l'autre, je me ferais accueillir par le secrétariat à l'Education du ministère de la Guerre qui aurait débarqué par le train de nuit. Lynne s'attirait des blâmes : elle ne faisait pas le poids pour Manchester ; il faudrait la muter à Londres, où l'incurie était de règle. Les ministères, qui ne craignaient plus la Luftwaffe, disaient adieu aux brises marines, palmiers et thés dansants pour regagner la capitale. C'est avec un soulagement affligé que nous apprîmes son transfert pendant l'été 1943. Elle partie, je passai mes soirées à faire la tournée des pubs avec mes potes sergents. Plus question de baiser la route, sauf le week-end. Elle m'écrivit qu'elle avait trouvé une chambre juste en face du métro Baron's Court. C'est là que je viendrais en permission.

Dès mon premier week-end de congé (signé Ford Madox Ford, Capt. p.p. Lt Col.), je compris qu'il faudrait prendre plus de précautions qu'avec un Manchester assez coulant. Car Londres abritait une plus forte dose de police militaire, prête à cueillir tout soldat à l'air louche en haut ou en bas de l'escalier roulant, et sans doute experte en faux laissez-passer. Un nom comme Ford Madox Ford risquait d'éveiller leurs soupçons tellement il était peu plausible. La seule chose à faire si j'en voyais croiser dans les parages, c'était d'aller froidement leur demander l'heure des trains, tout en exigeant poliment qu'ils se mettent au garde-à-vous pour parler à un sous-officier de rang supérieur. Je me suis fait pincer une seule fois, par un général de brigade qui se plaignit que j'avais omis de le saluer. Je répondis que je nous croyais dispensés de telles cérémonies dans les terminus de gare. En aucune façon, dit-il. Il voulut voir mon laissez-passer, que j'avais eu la sottise de faire signer par Cyril Connolly, Sous-lieut. p.p. Capt. Il m'avait abordé près d'un kiosque de livres où trônaient des exemplaires de la revue *Horizon*. Il fit une note à propos du sous-lieutenant Connolly. Si je n'en ai plus entendu parler, c'est qu'à l'automne 1943 le centre d'instruction de l'infanterie de la caserne de la Péninsule était dispersé et qu'on brûlait la paperasse.

A Londres j'eus la surprise de retrouver Lynne plus mondaine qu'auparavant. Elle était aussi élégante que le permettaient les restrictions vestimentaires, spirituelle, et courtisée par un individu surnommé Charlie Parly, façon de désigner le secrétaire du ministère du Commerce auprès du Parlement, pilier assidu des pubs. Dans sa période provinciale Lynne n'avait jamais eu de passion pour les pubs, rongeant son frein après un bref sherry et pressée de partir quand je commandais ma troisième bière. Maintenant elle éclusait du gin offert par les experts-comptables de chez Price Waterhouse et les hauts fonctionnaires du Commerce dans des bars classe comme la Cabine du capitaine où mes trois chevrons n'étaient pas très bien vus. L'un de ces messieurs du nom de Cecil, pur produit d'Eton et Balliol, était affligé d'un furoncle à la fesse. Quelqu'un lança : « Tiens,

Cecil ! alors mon vieux, comment ça va, le POSTER ? – Un peu mieux, merci », répondit-il. Il était marié à Lady Cora je ne sais quoi et rapportait leurs conversations émaillées de « Fichtre, lui ai-je fait, Cora ma chère » – Un milieu très distingué. Puis Lynne fut brusquement affectée aux Transports de troupes, et se retrouva dans un milieu vaste, varié, et douteux. Ainsi que littéraire.

Littéraire surtout par la présence d'Archie Currie, qui avait collaboré à l'hebdomadaire de Chesterton, *G.K.'s Weekly,* et qui écrivait dans *Punch* en signant A.C.C. Il avait un vague lien avec l'Union des fournisseurs de la marine marchande ainsi qu'avec la firme hollandaise de Schats Davits, une affaire familiale réfugiée qui avait le monopole des crémaillères pour canots de sauvetage. C'est lui qui nous mit en relation Lynne et moi avec les literati alcoolos de Fitzrovia. Elle était amie également avec toute la division des renseignements généraux de Scotland Yard, qu'elle rencontrait dans St Stephen's Dive à Westminster. Et puis nous connaissions aussi Norman Ray, principal reporter criminel de *News of the World,* ce qui revenait à connaître tous les pubs et les clubs de Fleet Street. Je ne voyais pas le rapport entre le crime et le ministère des Transports de troupes, mais Lynne faisait une enquête sur une affaire qui était peut-être criminelle – la disparition d'un port flottant, un prototype de Mulberry, qui avait été signalé successivement au large de Montevideo, Le Cap, et Hobart, avec sans doute des pirates à bord. Le contrat ministériel le concernant avait disparu aussi, mais on finit par le retrouver enfoui dans un coussin qu'un chef de service décharné avait introduit dans son bureau inconfortable.

Mes congés, licites ou resquillés, se transformèrent en séances d'alcoolisation continues, avec un peu d'amour à la fermeture. L'essentiel de la consommation suivait un parcours connu depuis sous le nom de circuit Julian Maclaren-Ross. Maclaren-Ross accédera peut-être à l'immortalité sous les traits de X. Trapnel dans *La Ronde de la musique du temps* d'Anthony Powell, n'empêche que ses *Mémoires des années quarante* restent un document utile sur les dessous de la guerre. A la caserne de la Péninsule les hommes les moins livresques avaient lu quelques-unes de ses nouvelles dans *Lilliput* ou parmi les jeunes auteurs de *Penguin New Writing.* Il était alors le seul écrivain qui ose, dans un style alerte sans chichis assez inspiré de Hemingway, décrire avec une rigueur farouche la condition merdique du simple soldat. Réformé en 1943 après un passage en cour martiale et un séjour en cabane, il travaillait avec Dylan Thomas dans l'une des innombrables unités de cinéma documentaire qui employaient des anciens de la RAF pour incarner la patience vaine des milices volontaires, ou d'ex-artilleurs pour célébrer la RAF. Avec son pardessus d'ourson et sa canne à pommeau d'argent, sorte d'Oscar Wilde avec l'homosexualité et une dose de talent en moins, Maclaren-Ross symbolisait la bohème londonienne de la guerre. Il était régulièrement posté à l'extrémité du bar du Wheatsheaf, à Rathbone Place, adossé au banc qu'occupait Mrs Stewart, une vieille dame férue de mots croisés et de Guinness qui, malgré sa pauvreté, était trop fière pour accepter qu'on l'aide aux uns ou qu'on lui offre les autres.

Le Wheatsheaf, la Gerbe de Blé, était le pub le plus couru du circuit. En allant à Rathbone Place par Oxford Street, on passait d'abord le Cheval Noir, trop funèbre pour être convivial, puis les Armes des Maçons, niché dans Gresse Street, petit, paisible, parfait pour les rendez-vous. On l'appelait communément Bar des Voleurs, ou Repos des Voleurs, en souvenir d'un célèbre casse dont les auteurs avaient asséché le stock de boissons puis sombré dans un sommeil imbibé. Le Marquis de Granby, à l'angle de Rathbone Place, était tenu par des homosexuels. Paul, le pianiste homo qui portait une barbe et des petites boucles d'oreilles en or, déclarait : « Très cher, ce boogie-woogie me fait mouiller mon caleçon. J'aimerais mieux quelque chose de plus *raffiné** », autrement dit « Toi, les délices de mon cœur ». Le Duc d'York, derrière la ruelle baptisée allée Jekyll et Hyde, avait pour tenancier le commandant Alf Klein, un être irritable mais parfois généreux, dont la descente de whisky prodigieuse le liquiderait avant la fin des années cinquante. Je l'ai vu donner le piano du pub à Cyril Clarke, un musicologue alcoolique : « Allez, embarque-moi cette foutue casserole. »

C'est au Duc d'York que j'ai pu admirer le courage de Lynne, vertu qui ne l'abandonnait jamais, sauf chez le dentiste. Un gang opérant au rasoir, la bande à Pirelli, entra et vida pratiquement la salle. Le commandant Klein fit retraite en bon ordre. Le chef de bande, un chérubin blond sans doute d'origine vénitienne, commanda au barman chauve terrifié des pintes de bitter qu'il n'avait aucune intention de payer. Il vidait la bière sur le sol avant de balancer le verre sur le mur ou armé d'un tesson, menacer en ricanant les rares clients qui traînaient encore là. « Quel dommage de gâcher cette bonne bière », fit Lynne. Le petit truand, sa bande de gorilles derrière lui, la toisa d'un œil égrillard : « C'est toi qui vas la boire, hein ? » Et il fit tirer pinte sur pinte. Celles-là, elles étaient pour Lynne. J'essayai de me rendre utile. « Te mêle pas de ça, troufion. » Elle éclusa trois pintes sans un seul frémissement de ses longs cils. « T'es une brave gosse, toi. Si jamais les porcs d'O'Flaherty ou la bande au Maltais te cherchent des bricoles, t'auras qu'à faire signe à Pirelli. » Puis il balança une poignée insolente de fafiots sur le comptoir et dirigea ses cognes vers la sortie. Le courage de Lynne devait beaucoup à l'innocence. Elle était incapable de prendre le gang Pirelli au sérieux : pour elle, ils sortaient tout droit du *Rocher de Brighton*.

Les truands n'entraient pas au Wheatsheaf : il n'y avait pas la place. Pour atteindre les toilettes il fallait faire le coup de poing avec une bande hautement littéraire et grimper des marches jonchées de petits poètes collés à leurs petites amies. Des toilettes j'entendais encore retentir les consonnes crépitantes de Lynne. Sa voix était remarquablement bien placée : c'était un grand atout face aux braillards de Scotland Yard, comme naguère avec les gros durs des syndicats. Elle avait rarement besoin d'élever le ton. Je l'entendais discuter avec Sœur Anne, la prostituée respectable, ou Nina Hamnet, l'artiste peintre, ou Dylan Thomas, John Heath-Stubbs, John Large, John Singer, Noel Sircar et autres écrivains, certains mémorables, la plupart oubliés. Le salon du Wheatsheaf était un temple de la renommée fugitive. On espérait un grand avenir pour John Singer, poète à classer rue du Commerce, auteur d'un ouvrage intitulé *La Fureur des Vivants,* dont j'ai retenu seulement une épigramme relative à C.E.M. Joad, le philosophe barbu jovial qui était l'une des têtes pensantes de la BBC :

L'infatigable Joad
Tient toujours prête avant
Une solution géniale
A laquelle il se rend.

John Large, le poète canadien au feutre rond comme une tourte, ne survit, à ma connaissance, qu'en traduction dans une anthologie indonésienne dont j'ai dû me servir une fois en Malaisie. Il finit comme tant d'autres bohèmes de Londres, critique littéraire incasable qui revendait ses exemplaires de presse sans les lire, ayant pris l'essentiel du contenu sur la quatrième de couverture. Noel Sircar, un Eurasien employé à l'Administration des affaires indiennes, vit son avenir littéraire réglé par une agression quasi mortelle. Son *Enfance aux Indes* était un petit chef-d'œuvre. Bob Pocock, le producteur de la BBC, le trouvait fascinant et avait rebaptisé son épopée sur Soho, une parodie d'Eliot, « Samedi au cirque de Mr Sircar ». Il chantait aussi « Je rêve de Sircar et son outil brun clair ». C'est ce même Sircar que la police arrêta en le traitant d'arsouille alors qu'il explorait le cimetière St Mary's de Soho après la fermeture à la recherche de la tombe de William Hazlitt. Il cherchait toujours aussi, selon ses termes, « une tranche de C », et s'efforçait de décontenancer les littératrices en leur disant « J'aimerais bien vous baiser. Je vous l'entrerais à fond ». Quand on répondait à ses avances il partait la queue basse.

On a beaucoup exagéré l'appétit sexuel de Dylan Thomas, surtout aux Etats-Unis. Pendant que j'étais à l'étranger, Lynne s'est rendue coupable d'adultère technique avec lui plusieurs fois, mais coucher avec Dylan ça n'allait guère plus loin que lui dispenser un peu de réconfort maternel. En général il était trop imbibé pour s'exécuter, ou si par hasard il était sobre, il prévoyait qu'il aurait des remords le lendemain et ça l'inhibait. En fait tout ce qu'il voulait c'était un peu de chaleur féminine et un câlin rassurant. Il n'a jamais grandi, sa poésie est restée embourbée dans son enfance galloise. Il partageait avec Maclaren-Ross un intérêt passionné pour l'artisanat littéraire, illustré dans son cas par d'innombrables copies au propre – un seul mot à changer et il recopiait le tout – et dans celui de Maclaren-Ross par la finesse exquise de sa calligraphie. Archie Currie lui dit un soir : « Comme tu écris bien, Julian. » Maclaren-Ross prit le compliment au sens le plus large et fut très blessé en comprenant qu'il s'agissait seulement de son adresse au porte-plume. Il avait un ego énorme ; celui de Dylan était inexistant. Maclaren était beau et il le savait ; Dylan avait honte de son physique. Maclaren-Ross pouvait boire comme un trou : c'était un trait propre à son sang écossais. Dylan, un Gallois, était incapable d'absorber autant d'alcool que tout le monde se l'imagine. Je le revois au bar de la gare de Richmond attaquer sa journée par quelques litres de jus d'orange : le choc infligé à son estomac était censé le faire tenir tranquille quand Dylan commencerait à boire pour de bon.

Ce n'est même pas la peine de chercher à les comparer : la réputation de Dylan a bien souffert depuis sa mort, mais il reste un poète de premier rang ; Maclaren-Ross était un nouvelliste de talent tout à fait moyen, même si c'était le genre de talent dont l'Angleterre avait besoin en temps de guerre. Seule cette ambiance de Soho commune au petit et au grand peut donner l'impression d'une école littéraire. Cette école-là n'existait pas, en dépit de Tambimuttu, le poétastre cingalais rédacteur de *Poetry London*, qui croyait en être le chef de file. Il n'y avait pas de mouvement littéraire unifié dans les années quarante, sauf au sens où poètes et poétaillons se rendaient ensemble au Wheatsheaf, qui fermait à dix heures trente, puis au Highlander de Dean Street qui selon une réglementation différente restait ouvert jusqu'à onze heures, pour finir au Café Aut'. Le nom de cet établissement a été dénaturé en Café Aude. Il n'avait pas de nom visible (de toute façon c'était le black-out, et on n'y allait jamais dans la journée) mais l'idée semble-t-il c'est qu'on pouvait toujours avoir du café et aut'chose – steak de cheval ou sandwich au salami. Les déserteurs et autres évadés de la mobilisation qui n'avaient pas de tickets pouvaient, à Soho, se gaver de nourritures diverses non rationnées – pigeons et moineaux du quartier, spécialités italiennes, haridelles mortes de vieillesse. Drapé dans sa longue cape rouge, le roi de Pologne adoubait chevalier quiconque voulait bien lui payer sa grillade de cheval. Et les plumitifs en tenue de pékin fanée, inaptes à la conscription ou honteusement congédiés, gardaient vivante la civilisation que le reste d'entre nous défendaient en théorie.

Dylan Thomas était la seule célébrité du lot, mais George Orwell, connu surtout comme un journaliste compétent qui avait eu le larynx endommagé par une balle espagnole, venait parfois au Wheatsheaf ou à la Taverne Fitzroy s'envoyer un demi taciturne. Un soir il resta là sur les franges d'une équipe de cinéma à prêter une oreille distraite aux propos de Gilbert Wood, un peintre effervescent dont Maclaren-Ross parle avec dédain, mais sans le nommer, dans ses *Mémoires*. Wood s'était spécialisé dans le barbouillage de tableaux pour décors intérieurs de films. La moindre allusion aux rats le terrifiait, et lui présent ça ne manquait jamais, les rats venaient tôt ou tard mordre sur la conversation. On lui avait commandé la décoration d'un film intitulé *Mort d'un rat,* dont il avait bien envie de se démettre. Je crois que c'est Gilbert Wood qui a donné à Orwell l'idée de la phobie de Winston Smith. Quand j'ai raconté à Wood, bien plus tard, que j'avais mangé du rat en daube, il s'est évanoui.

Rien ne m'autorisait à me joindre au gang littéraire. Je n'avais publié ni vers ni prose et n'en éprouvais nulle envie, me considérant alors comme un compositeur. On ne croisait pas beaucoup de musiciens sur ce circuit de Soho : les compositeurs qui avaient du travail étaient trop occupés à orchestrer la bouillie de fond d'un film, et les interprètes à la jouer. Je me trimbalais avec ma sonate pour piano fraîchement achevée en quête d'un confrère musicien susceptible de me donner son avis, mais je n'en ai pas trouvé un seul. Les écrivains, scénaristes pour la plupart, pouvaient émettre un jugement sur les décors de Wood, mais le fossé qui sépare les sœurs harmonieuses trônant sur leur sphère était aussi large alors qu'il l'est maintenant. Si Dylan était capable de jouer une étude de Scriabine en *fa* dièse majeur sur le piano d'un appartement quelconque après la fermeture des pubs, c'est que quelqu'un lui avait montré où poser ses doigts; ma partition plaisait à Dylan et Maclaren-Ross par sa calligraphie, mais pour eux c'était de l'hébreu. Le désir d'être reconnu comme artiste accessible sous une forme ou une autre aux literati de Soho, outre les conseils d'un conscrit intellectuel à la caserne de la Péninsule qui se disait ami de Cyril Connolly, m'incita à envoyer vers et prose à *Horizon.* Aucune réponse. La prose, estimais-je, n'était pas mauvaise. L'histoire s'inspirait d'une expérience vécue par Bernard B. Brown, un ancien de Saint-François-Xavier actuellement dans la marine. Entré ivre mort dans un cinéma, un homme se réveille le lendemain croyant avoir vu le plus grand film jamais réalisé – l'histoire complète de l'humanité suivant toute une variété de styles, du *cinéma vérité** au dessin animé en passant par la comédie et le mélodrame. Il avait échoué dans une salle d'actualités.

C'est au cours de l'été 1943 que Lynne et moi nous avons célébré notre troisième mariage. Sa famille avait consenti aux fiançailles mais n'était pas très chaude pour qu'elle épouse un pauvre soldat ou un sergent à peine moins pauvre. Or nous avions tous deux l'impression que je ne resterais pas longtemps dans l'armée métropolitaine, et qu'il faudrait régulariser notre situation côté Blackwood avant qu'on m'expédie outre-mer. J'écrivis au père de Lynne pour lui demander si nous pouvions enfin nous marier, et il dit oc. Il n'a pas dit que ça. On allait faire les choses en grand à Blackwood, où seraient conviés à la fois le clan du Lancashire et ceux de Tredegar : question préparatifs, tout était déjà en ordre pour la mise en croûte. Pris de terreur, nous avons lancé un télégramme : « Mariage aujourd'hui arrivons demain. » Lynne célébra sa troisième lune de miel par un zona, de sorte qu'elle était intouchable. Ce qui inspira beaucoup de compassion dans les pubs gallois où on adore le sexe.

L'automne vit dissoudre le centre d'instruction primaire de l'infanterie : l'armée avait maintenant assez de fantassins, ou bien elle ne pouvait pas en trouver davantage. J'avais des visions grotesques de la bande de Soho à l'exercice, de Tambimuttu en jalonneur, puis je les repliais tous dans leur rôle plus noble de gardiens de la civilisation. La fermeture arriva à point, au moment où j'allais avoir des ennuis. Parce que je refusais de saluer le lieutenant fourrier. Il exigeait qu'on le salue, je lui dis pourquoi je m'y refusais. J'étais entré un jour dans son bureau pour parler à une employée ATS tchèque qui voulait améliorer son anglais. Le fourrier était revenu et m'avait grossièrement ordonné de déguerpir. Sorti du rang, il avait le comportement fruste des hommes du rang ; ce n'étaient pas, l'informai-je, des manières pour un officier. J'étais sergent : on ne m'appelait pas « eh vous » ; pas plus qu'on ne m'ordonnait d'aller me faire mettre. S'il voulait être courtoisement salué, qu'il donne d'abord l'exemple de la courtoisie. L'incident allait être soumis au lieutenant-colonel Wilson au moment où mon affectation arriva. On aurait dit un retour spectral à Winwick – au service des urgences d'un hôpital, à Liverpool cette fois, avec batterie complète de sergent-chef du corps de santé, sergent du secrétariat, plantons dispensés de godillots. L'officier du rôle militaire, un ami de celui de Winwick, m'accueillit très sèchement. Il avait dans l'idée qu'on m'avait envoyé chez lui en disgrâce, bien que mon dossier n'en porte aucun signe. Son ami avait dû lui parler du désastre Lalkaka ou de sa culbute sur mes jambes nues dans les buissons : mon nom lui était resté. Je débutais avec un handicap.

L'hôpital était situé à Walton, mais je devais me rendre dans une quantité d'établissements annexes, dont l'un qui abritait discrètement les militaires atteints de maladies vénériennes. Les gens de Liverpool avaient très généreusement prévu un spectacle de variétés admirable et un festin de marché noir pour ces vaincus des joutes amoureuses. Ils ne savaient pas pourquoi ces hommes portaient le bleu d'hôpital, on croyait qu'ils avaient été blessés au combat. Le chef du groupe charitable fit un discours éloquent sur ces malheureux qui s'étaient dévoués pour l'Angleterre, c'est-à-dire Liverpool, que lesdits malheureux burent comme du petit-lait avec un air de suffisance paillarde, chacun blotti contre une compagne qui venait, si j'ose dire, d'être servie en pâtés de viande, aspics, et blanc-manger. A charge pour moi de dissuader toutes ces filles au cœur large de s'éclipser pour une séance d'ici-maintenant avant d'escorter mes voyous gonorrhéiques vers leurs lits solitaires. Le sentiment commun c'est qu'il y avait plusieurs façons de devenir victime de guerre, mais les mains se faisaient maintenant expulser de sous les jupes.

La conviction des gens de Liverpool qu'ils sont une race à part est tout à fait fondée. La mixture génétique d'un grand port, gallois par le sud et irlandais à un saut de Dublin, défie l'analyse. La langue est inimitable. « Lève les pieux en montant, mon poussin », criaient les conductrices de tram qui devaient attendre le soir pour mettre les leurs au pied. L'énergie est considérable, elle explique la violence gratuite. On me présenta les bagarreurs O'Sullivan comme une famille qui se battait avant d'aller au lit. Même qu'un d'leurs gars, çui qu'aimait s'batte 'ec la tête, l'avait déchirée su l'hameçon du gars d'en face. Moche, très moche. La générosité pouvait conduire à la violence. Si je demandais mon chemin, j'étais aussitôt entouré d'une foule qui me donnait des instructions contradictoires. Je les laissais se battre et j'allais redemander plus loin. La somme d'amour libre qu'offrait le Liverpool de la guerre était terrifiante ; les infirmières de Walton auraient dû être épuisées après leur service, mais elles avaient un appétit de gambade féroce. Il y avait aussi dans le coin une bande de musiciens amateurs enragés. L'un d'entre eux, un médecin civil de Walton, me convia à venir discuter de Schönberg pendant son service. Le service consistait à découper aux ciseaux des centaines de bébés morts, nés récemment ou encore au stade fœtal. L'un de ces corps lança un jet de pus droit dans la bouche qui dissertait sur le canon à l'écrevisse. Les petits cadavres étaient les fruits illégitimes des amours de Liverpool, dont il y avait pléthore thoreauvienne. Ce médecin était parmi les blagueurs qui avaient fait servir un ragoût de placenta humain à la cantine du personnel. La vie était rude, et les feux d'artifice allemands claquaient toutes les nuits sur les docks. De toutes les villes britanniques qui méritent l'attention curative d'un gouvernement central, Liverpool arrive en tête. On a pris un peu trop au sérieux les Beatles de Bootle mais à leur manière modeste ils incarnaient l'énergie combative du grand port délabré. Le remords m'a pris quand j'ai commencé à lui vouer une loyauté plus forte qu'à Manchester.

Il m'arrivait d'aller, genoux flageolants, chez un violoniste amateur que j'accompagnais au piano. J'ai transcrit pour lui les mélodies d'une quantité de chansons populaires, formé un trio avec un caporal à la batterie, organisé une soirée dansante, et conquis la faveur de l'officier du rôle. Sa faveur m'était indispensable si je voulais passer mes week-ends à Londres. Le violoniste me permit généreusement de faire croire que je dormais chez lui, et que nous répétions pendant nos heures de veille. Il recevait des coups de fil du sergent-chef soupçonneux, un mauvais soldat obèse qui n'avait que chutney et tack wallahs à la bouche sans avoir jamais dépassé New Brighton. Oui, j'étais bien là, en plein travail, pas question de me déranger. Cet aimable gratte-cordes était bon catholique et avait horreur du mensonge. Il me dit un jour que si Dieu a mis sur terre des gens comme Yehudi Menuhin, c'est pour empêcher les musiciens inférieurs de céder à la vanité. Menuhin a été très impressionné quand je lui ai raconté cela, quarante ans plus tard.

En novembre 1943 je reçus mon affectation outre-mer. Je m'y attendais. Je partis en perme d'embarquement le lendemain d'un congé resquillé. Je m'étais acheté un de ces nouveaux bérets militaires qui ne tombaient pas comme l'indigne calot réglementaire et, vêtu d'une tenue de campagne neuve échue à un sergent désenrôlé depuis pour cause de décès à Walton, j'allai d'un pas martial du métro Barons Court au 122 Barons Court Road. Je devais me présenter au monstrueux centre de transit de Marylebone en fin de permission. Ce qui la prolongea un peu et aurait pu la prolonger indéfiniment. L'adjudant-chef du centre hurla à son secrétaire qu'il ne voulait pas de gusses des services éducatifs chez lui : qu'ils aillent dormir dehors, ces branleurs de savants. Je lui dis tout joyeux que j'avais une adresse à Londres. Z'avez qu'à y coucher, 'rgent, ravi de vous voir les talons, mais présentez-vous pour le cours à 9 heures. Je détalai avec mon barda. C'est seulement une fois dans le métro que je me suis demandé de quel cours il parlait. A l'évidence il y avait deux catégories de personnel SEA – l'une convoquée à Londres sans doute pour une conférence loufoque sur l'Albanais du second front, l'autre condamnée à la déportation. Je fis mon devoir. Descendis à la station suivante et retournai à Marylebone. Z'avez tenté le coup, pas, 'rgent ? Mainnant qu'z'êtes-là z'allez pas bouger jusqu'à tant qu'on vous siffle à bord de c'putain d'bateau. Et moi je vous emmerde, 'rgent-major. Redites ça, 'rgent, et j'vous colle sur un 252. Mais il savait qu'il ne pouvait y avoir de véritable discipline dans ces limbes gris. Pensez, même les première classe beuglaient pour qu'on se mette en rang avec nos putains de gamelles. Un maître canonnier me confia que ma destination, identifiée par le code P, était Gibraltar.

Alors adieu Soho. De sa voix aux clairs accents patriciens, Julian Maclaren-Ross annonça au bar du Wheatsheaf qu'un convoi voguerait vers la Méditerranée d'ici un jour ou deux : y avait-il des agents allemands déguisés en collaborateurs de *Poetry London* que cela intéressait ? Le seul agent supposé qui venait régulièrement s'abreuver dans ce pub, c'était Barry O'Mara. Personne ne savait de quel bord il était, mais peu importe, on l'aimait bien. Il était entiché d'une ignoble ganache qu'il appelait sa rose d'Angleterre sans pareille. C'était triste de dire adieu au cœur de la culture ; indiciblement triste de dire adieu à ma femme. Nous nous sommes tournés vers l'avenir, et mis au lit sans frein ni obstacle. Je pris un omnibus pour Avonmouth où j'embarquai.

Nous partions à cinq relayer des sergents en fin de service qui après deux ans de Gibraltar en avaient probablement assez. Il y avait Harry Stephens, un sociologue gallois au regard de mystique ; Ben Thomas, un mathématicien gallois connu dans sa ville natale d'Emlyn sous le nom de Ben Maths, qui avait l'air d'un œuf perché sur une tenue de campagne ; un expert en menuiserie d'allure morose nommé Albert Parker, originaire du Lancashire ; Jimmy Wilkinson, professeur de français auteur d'une maîtrise sur l'influence des *Vies* de Plutarque dans l'œuvre de La Fontaine ; et moi, qui passais à ma grande surprise pour un spécialiste d'allemand. Tous étaient politiquement d'extrême gauche, sauf moi qui m'en tenais à ma mouture maison de libéralisme. Wilkinson croyait que la Révolution britannique ne saurait plus guère tarder ; il avait vu, même s'il était bien le seul, des biffins saluer poing fermé et, parole d'honneur, des officiers de la jeune garde répondre d'un poing tout aussi résolu. Le temps des discussions était passé, d'ailleurs en présentant Objectifs et Méthode Britanniques aux sites de tirs écossais isolés, il avait refusé de discuter. Il avait dit : « Messieurs, je vous donne les faits, rien d'autre. Il y a une Chambre des lords. Il y a une Chambre des communes. Commentez, si vous le souhaitez. » Si on lui disait : « La Chambre des lords est une foutaise anachronique », il répondait : « C'est un argument. » Si on lui disait : « Virez le roi et mettez Joe Staline à la place », il répondait : « C'est aussi un argument. » Si on lui disait : « Sergent, vous êtes un foutu connard », il répondait : « Je ne contesterai pas que c'est un argument certain. » On l'avait surnommé, disait-il d'un ton fier, Nargument Wilkinson. Les longs couteaux vont sortir, affirmait-il ; ne vous étonnez pas si on trouve des bombes britanniques cachées dans la salle des machines. Il parlait du bâtiment à bord duquel nous avions traîné notre barda dans le noir, guidés par les engueulades.

Ce fut une longue traversée nauséeuse. Pour arriver en Méditerranée il fallait rouler jusqu'au milieu de l'Atlantique puis rejoindre le golfe de Gascogne. Quand le chef de corps découvrit mes talents de pianiste, il voulut me faire affecter au navire. Il était musicien lui-même, ma mémoire musicale l'impressionnait. On organisa un concert à bord, et comme il n'y avait pas de partition, j'accompagnai le tout grâce à ce don que j'ai perdu depuis. Une énorme ophtalmologiste du corps de santé ayant grade de commandant interpréta avec un petit capitaine brun la scène du donjon du *Hassan* de Flecker, que j'illustrai en pastichant *Tristan und Isolde*. Ensuite de quoi je vomis sur le clavier. Tout le monde vomissait, mais pas forcément sur le clavier. Il y avait là un gigantesque sergent des services éducatifs, qui n'était pas de notre contingent, spécialisé dans l'histoire de la Méditerranée. Il n'avait jamais vu la Méditerranée auparavant, et quand elle se présenta il était malade. Devant rallier les Falklands par un itinéraire détourné, il avait reçu un équipement pour les tropiques et un autre pour le pôle. Quand nous ne vomissions pas, nous étions constipés. Malade ou constipé, le sergent Wilkinson agitait les bras face à l'océan comme s'il dirigeait un orchestre super-straussien dont trombones et tubas feraient retentir le thème de la révolution. Il y avait à bord des dockers de Gibraltar qui rentraient chez eux après une visite à leurs familles évacuées et qui, d'après Wilkinson, avaient reçu leurs ordres révolutionnaires d'un établissement situé dans Great Smith Street, juste derrière le secrétariat d'Etat aux Colonies. Il y avait une cellule de réflexion présidée par le chapelain anglican de la garnison de Gibraltar. Lui seul savait ce qu'était le matérialisme dialectique, mais il se refusait à le définir sinon par des circonlocutions émotives. Wilkinson nous adressait à tous des signes de connivence : tout se passait comme il l'avait prévu. Puis il se leva pour raconter à l'auditoire une longue histoire drôle sinistre à propos d'un cheval parlant.

Le bateau offrait peu de ressources en fait de sexe, à part les auxiliaires féminines de la WREN aux lèvres peintes qui tortillaient des fesses en coquets pantalons de marin sur le pont avant de descendre mettre le feu aux seuls officiers. Mais une luronne blonde de la WREN, de pas trop bonne famille, qui ouvrit le concert en Vénus tentant d'apaiser les flots d'où elle avait surgi, n'était pas bêcheuse et accordait des câlins entre deux attaques de nausée. Sur le Rocher, nous disait-on, il n'y aurait pas de femmes. Elles avaient toutes été évacuées vers des lieux sûrs comme Belfast ou la banlieue de Londres. Il y avait eu jadis des bordels surveillés à Gibraltar, mais la pieuse épouse d'un lieutenant-gouverneur les avait fait supprimer, obligeant les hommes à franchir la frontière de La Línea pour aller récolter chtouille, crêtes de coq et vérole. « Va falloir vous branler, les gars », dit tristement un sergent. Nous arrivâmes la veille de Noël. Le chef de corps voulait nous garder à bord jusqu'au 26 décembre, pour que j'accompagne les chants de Noël au piano. Mais il dut se plier aux ordres de la garnison. Les contingents de fantassins, d'artilleurs, et les hommes du génie descendirent la passerelle à pas de danseuses bottées. Notre contingent minuscule attendit les instructions. Rien ne vint. Peut-être qu'on n'avait pas besoin de nous, peut-être qu'on pourrait rentrer dans nos foyers ?

Mais un petit camion finit par arriver, arborant l'insigne de la garnison, une tour et une clé. Un sous-officier breveté de première classe, visage saturnin en lame de couteau, nous accosta sans préliminaires. « Deux d'entre vous vont au 1er Hertfordshire, dit-il, et trois au génie. Les séjours de deux ans, c'est fini, alors tâchez de vous mettre avec quelqu'un qui vous botte à peu près. » Stephens et moi avons opté pour le 1er Herts au Château Mauresque. C'était déroutant de rencontrer un collègue instructeur aussi peu amical. Ce sous-off, qui s'appelait Crump, avait conscience de son rang, alors que le rang dans l'armée métropolitaine n'avait aucune importance : être promu aux sardines ou aux chats baroudeurs voulait dire plus d'argent, mais pas plus de pouvoir ou de responsabilités. Ici ça ne se passerait pas comme ça. La mine sévère de Crump contredisait la douceur de l'air et les illuminations festives. Ici on savait que c'était la guerre, même si vu d'en haut Gibraltar devait prendre l'air neutre espagnol. A l'évidence, nous n'allions pas nous entendre avec Crump, qui exigeait qu'on l'appelle Mr Crump ou Sir. Derrière Crump se profilait le grand Rocher, aussi sévère que Crump et bien plus gros.

Grâce à ce Rocher, Gibraltar était imprenable. La nature et les hommes du génie royal l'avaient doté de tunnels, et dans ces tunnels il y avait assez de provisions pour tenir un siège éternel. Quand on déballa ces provisions après la défaite allemande, elles étaient presque toutes pourries. En décembre 1943 il fallait à tout prix empêcher les Allemands de prendre le Rocher, car s'ils s'en emparaient ils tiendraient la Méditerranée et gagneraient probablement la guerre. Personne ne savait de quel côté allait virer l'Espagne. Le général Franco était neutre pour le moment, mais peut-être que bientôt il allait permettre aux troupes allemandes de traverser La Línea et de violer la frontière. Les Britanniques devaient absolument maintenir de vagues relations amicales avec les autorités espagnoles, et même sacrifier à la farce annuelle visant à entretenir l'illusion que le gouvernement de Gibraltar siégeait en Andalousie, par un défilé en l'honneur du patron putatif venu d'Algésiras. La garnison de Gibraltar était importante, avec une brigade d'infanterie complète, des sites de tir allant de Windmill Hill à Willis' Farm, et des compagnies de sapeurs du génie royal. Un bataillon d'Ecossais de Liverpool, des cockneys en kilt pour la plupart, était basé à Buena Vista, et le 1er Hertfordshire en haut de la colline que Stephens et moi sommes en train de gravir.

La première personne que je croise, c'est Bill Brian le trompettiste, qui était de faction. Au mess des sergents je tombe sur Harry Walkling, devenu tambour-major. J'occupe ma première soirée à me soûler copieusement avec l'orchestre. Puis je pars en titubant vers les quartiers haut perchés que je dois partager avec Stephens et un sergent administratif de brigade. Il y avait beaucoup de grimpette en perspective sur ce foutu Rocher. Je me réveille barbouillé avec une colique de bananes trop vertes au son de voix qui chantent. Ça, dit le sergent administratif, c'est les Polonais. Ils chantent leur hymne national tous les matins. Auquel le sergent avait inventé les paroles suivantes :

Je t'en prie, Joe, dis-nous tes intentions.
Tu vois que nous tremblons d'appréhension.

Stephens et moi tentons alors de négocier la pente qui descend au bureau des services éducatifs de la garnison. Une bande de singes hargneux qui célébraient Noël par une hostilité peu commune envers l'élément humain nous en empêche. Ils gardaient la rampe d'accès ou volée de marches allant du Château Mauresque à la ville. Retour à la caserne, avec l'intention de descendre par l'escalier interminable qui mène aux casemates. Et là encore des singes, parmi lesquels le doyen Pouillu : apparemment on les avait soûlés. Sur les instances de Winston Churchill, on devait tout faire pour soutenir les singes du Rocher. Selon une vieille croyance espagnole, peut-être introduite par les nazis, si les singes s'en allaient, les Britanniques partiraient aussi. Il fallait donc nourrir les singes et bénir leurs copulations, ce à quoi un sergent c/o Singes du Rocher était affecté tout spécialement. Après la bagarre avec Pouillu, Stephens et moi nous sommes en retard pour les vœux de Noël du chef des services éducatifs de la garnison. Ce qui nous vaut un blâme. Et pas de vœux ni de formules d'accueil. Seulement la liste des tâches qui nous incombent.

Notre chef, le capitaine W.P. Meldrum, allait être incessamment promu commandant. Il avait une vague ressemblance avec T.S. Eliot, et une allure encore moins poétique que celle du poète. Notre tâche à Stephens et moi consisterait à sillonner le Rocher de long en large et de haut en bas, multiplier les traversées jusqu'au môle avancé, passer dans les unités de veinards logés au niveau de la mer, pour dispenser Objectifs et Méthode Britanniques selon un programme élaboré par Mr Crump ici présent. Plus question d'agir en francs-tireurs comme naguère : nous n'étions que des organes contrôlés par un centre. Mr Crump voulait peut-être nous rédiger nos causeries ? demandai-je, frondeur. Non, il fournissait le titre et les grandes lignes du contenu. Et le soir, ajouta Meldrum, moi, le sergent Wilson, j'enseignerais diverses matières dans les baraques Nissen. Votre spécialité, bien sûr, c'est l'allemand. Non, pas du tout. Si, tout à fait. Pour finir Meldrum nous dit qu'on nous donnerait des bicyclettes. Pour escalader le Rocher ? Non, pour circuler au niveau de la mer. Je dis que je n'étais jamais monté à bicyclette de ma vie et que je n'avais pas l'intention de commencer maintenant. Oh mais si. Oh mais non. Je voulais une moto ou, mieux, être conduit dans un des véhicules de la garnison. Ça commençait mal. Et encore c'était Noël.

Les noms Meldrum et Crump reviennent partout dans mes premiers romans, attribués aux plus détestables de mes personnages secondaires. Je dois avoir quelque part une grille spéciale Crump-Meldrum ou Meldrum-Crump de détestation. L'adjudant Crump et le capitaine-presque-commandant Meldrum n'étaient peut-être pas détestables de nature. Ils comptaient sur l'éducation aux armées pour véhiculer leurs propres ambitions, et ils l'étalaient largement sur le Rocher. Meldrum obtint sa promotion, outre qu'il figurait sur la liste des décorations du Nouvel An 1945, élevé à l'Ordre de l'Empire Britannique. Autrement dit, en traduction populaire, ses Ouvriers En Bavent, alors que la récompense moins illustre, M.E.B., équivaut à Moi j'En Bave. Crump, qui avait les qualifications requises pour être maître d'école primaire, eut très vite ses galons et s'éleva au rang d'officier. Eux-mêmes ne faisaient pas d'éducation, mais ils menaient au fouet les hommes de terrain, ou de Rocher. Ils accordaient peu de loisirs. Ils suscitaient des rancunes ; c'était leur ambition, assouvie par une approche quantitative, qui les faisait admirer. Ils imposaient une semaine de six jours sans intervalles de temps libre ; l'entracte du dimanche était accordé, à regret sans doute, pour permettre le lavage des sous-vêtements et treillis. Pour moi le dimanche était consacré aux cours d'allemand. Je remplaçais un homme hautement qualifié en la matière. Wilkinson, qui croyait qu'on l'avait envoyé là pour enseigner le français, se retrouva chargé de cours d'espagnol. Mieux, il devait fournir quotidiennemment à la *Gibraltar Chronicle* une rubrique enjouée intitulée *Mejor Su Español.* Par la suite je reçus l'ordre d'enseigner l'espagnol, puis le français, puis le russe. Il suffisait d'ordonner. Vous êtes dans l'armée, vous obéissez quand on vous dit d'enseigner le sanskrit niveau moyen ou l'entretien des moteurs à combustion interne niveau supérieur. Je reçus l'ordre de donner des cours de piano et d'harmonie à quatre voix; on finit même par me confier deux hommes de la RAF qui voulaient apprendre l'orchestration. Ceux-là je n'avais rien contre. Mais d'être pris pour un sécialiste d'allemand, postulat que je n'ai jamais pu ébranler, ça me mettait en rage.

Les cours avaient lieu le soir étalés sur trois heures. Ils étaient optionnels, et commençaient en grand style avec des tripotées d'hommes avides de se perfectionner aux frais de l'armée. Sitôt les manuels distribués, ils estimaient pour la plupart qu'ils étaient parfaitement capables d'apprendre tout seuls. Ceci, autant que la baisse d'enthousiasme, réduisait la taille de la classe. Parfois à la fin quand on se pointait dans une baraque Nissen pour un cours de turc ou de maltais, il n'y avait personne. Naturellement on cochait les noms des absents dans le registre, histoire d'entretenir la fiction que le cours se portait bien. Les registres, comme si souvent dans les organismes éducatifs, c'était la réalité, l'instruction n'était que l'ombre. Un première classe titulaire d'un doctorat, auteur d'un opuscule sur l'influence de Hegel sur McTaggart, tenait les registres et préparait les statistiques qui étaient transmises au ministère de la Guerre. Lesquelles, j'imagine, passaient dans des rapports officiels que personne ne lisait.

En 1944 on vit revenir peu à peu les femmes évacuées. Et dans le nombre une quantité de ravissantes coquines de Gibraltar inondées de parfum, en manque d'éducation. Les religieuses et les Frères chrétiens qui s'occupaient des écoles avaient fichu le camp, irrités à l'idée de raids aériens allemands contre des Irlandais neutres, et n'étaient toujours pas revenus. Laissant ainsi à l'armée le soin d'inviter ces filles aux cours du soir pour regonfler leurs statistiques. Je reçus l'ordre de leur apprendre le français. Elles gloussaient et ne voulaient rien savoir. Certaines partaient dès qu'on avait fait l'appel. Le cours leur servait d'alibi : elles voulaient aller glousser sur le passage des garçons au grand square qu'on appelait le Martello ou Marteau. Celles qui restaient me mettaient à la torture avec leurs seins bistre et leur parfum bon marché. J'étais refoulé; nous étions tous refoulés; le refoulement s'afficha bien visible quand vint la saison des shorts kaki. Un soir sans lune j'ai commis un crime atroce derrière une baraque Nissen dans les jardins de l'Alameda. J'empoigne une fille que je couvre de baisers ardents. Elle s'abandonne un instant puis hurle à pleine gorge. Victime d'une de ces brutes de colonisateurs. Ses compagnes rappliquent et me battent comme plâtre. Je m'effondre, je suis presque en larmes, j'ai honte. J'étais aussi très fâché. Je craignais une plainte officielle des parents de la fille au niveau gubernatorial. Je craignais les gros titres de la *Gibraltar Chronicle*. Heureusement elle tint sa langue. Elle avait besoin de l'alibi du cours. Elle voulait aller donner ses baisers à un dénommé Gomez ou Holgado.

Mais quand un de mes cours vit disparaître toute sa composante kaki, me laissant seul avec mes glousseuses parfumées, j'entrai en rébellion. J'annulai le cours et j'expliquai pourquoi au commandant Meldrum. Je ne suis pas venu ici, lui dis-je, pour faire de l'éducation coloniale : c'est le rôle des fonctionnaires coloniaux, pas des instructeurs militaires. Lui ne voyait que la chute de ses statistiques, il m'ordonna donc de faire cours aux civils. Je ripostai que je ne le croyais pas habilité à donner ce genre d'ordre. J'étais prêt à porter le conflit en plus haut lieu. Mon irritation de devoir faire le travail des civils était aggravée par la feuille d'impôts que je venais de recevoir. Les fonctionnaires civils n'étaient pas soumis à ces ponctions : Gibraltar était un port franc et une colonie exemptée d'impôts ; le lieutenant-gouverneur lui-même n'en payait pas. Meldrum, un as du compromis, dit que je ne pouvais pas refuser de faire cours à des civils si les principaux étudiants étaient des militaires. Exact. On reconvoqua le cours que j'avais annulé, et Mr Crump vint s'installer au premier rang pour faire sa paperasserie.

De toute évidence je ne devais pas attendre de promotion du commandant Meldrum. Il y avait une place d'adjudant, mais malgré mon ancienneté dans le service, c'est Ben Thomas qui empocha la galette. J'en pris mon parti, n'ayant pas un besoin vital de cet argent. Ni Ben Thomas non plus. Professeur dans le civil, il touchait son plein salaire des autorités locales. L'élégance eût été d'accorder cette promotion à Stephens ou à moi-même, qui n'avions pas d'emploi stable avant la mobilisation et étions tous deux mariés, mais Meldrum semblait avoir fort peu de justice à son répertoire. Et encore moins de compassion.

Ne cherchez pas de résonance dans l'expression « congé de compassion », que j'ai dû alors solliciter. Nous sommes en avril 1944. Je reçois une lettre de Sonia Brownwell, la future Sonia Orwell, compagne de bistrot intermittente de Lynne. Elle m'écrit à propos de Lynne, qui est trop mal en point pour le faire elle-même. Lynne travaillait tard au ministère des Transports de troupes sur les normes d'approvisionnement des petits bâtiments de l'opération Overlord. En sortant de son bureau vers minuit, elle a été assaillie par quatre hommes qui, malgré leurs vêtements civils, étaient manifestement des déserteurs GI. Ils avaient l'accent sudiste. L'agression n'était pas sexuelle, leur mobile c'était le vol. Les quatre hommes se sont emparés de son sac à main, l'un d'entre eux a voulu lui arracher l'alliance d'or qui la serrait un peu. Il était prêt à lui casser ou même lui couper le doigt. Lynne hurla sans provoquer de réactions secourables. On fit taire ses hurlements par des coups. Elle se souvient d'avoir reçu des coups de pied avant de perdre conscience. Elle était enceinte et elle a fait une fausse couche. Elle souffre maintenant de saignements constants, ou pour parler plus élégamment, de dysménorrhée. Si je m'inquiétais d'être sans nouvelles, voilà la raison. Inutile de décrire ma réaction. J'allai aussitôt trouver Meldrum pour lui réclamer une permission. Il refusa. Ainsi, dis-je, c'est plus important de jouer la comédie de l'éducation aux armées que de voler au chevet d'une épouse grièvement malade ? Dans l'armée c'est comme ça. Ta bon Dieu d'armée je l'encule. Monsieur, vous êtes un mauvais officier. J'exige ma mutation. N'y comptez pas. J'en ai déjà une sur les bras. C'était celle de Wilkinson. Vous ne ferez pas un geste ? Pas un. Je sortis sans saluer et il m'ordonna de revenir.

Au fil des jours suivants, plusieurs unités signalèrent que je n'étais pas venu présider aux mômeries d'Objectifs et Méthode Britanniques. J'occupais le temps à boire dur dans les bars louches de Main Street. C'est une vraie malchance qu'un bateau venu d'Italie ait choisi ce moment pour débarquer des contingents américains qui retournaient chez eux. Nous nous sommes battus, même si je n'étais pas responsable du cadavre américain qu'on a retrouvé ensuite sur le boulevard de ceinture. Les Américains se tenaient mal. Il était rare que les Britanniques se tiennent bien, mais les Américains se tenaient encore plus mal. Ils offraient des dollars à des Gibraltariens respectables en échange de leurs épouses. Raillaient les rosbifs lèchepine. Buvaient, vomissaient. Se faisaient convoyer comme autant de cadavres à leurs bateaux par des Charon à peau noire. Affichaient, comme les plus ignares des Britanniques, une parfaite incompréhension de la situation coloniale. Ils méprisaient autant les colonisés que les colonisateurs. La susceptibilité des étrangers les faisait beaucoup rire. L'argent leur ruisselait des doigts. Seuls les Noirs avaient un peu de dignité. Nombre d'entre nous sont passés par une phase aiguë d'américanophobie. Mais un Américain m'a remis d'aplomb.

C'était un capitaine que j'ai rencontré une nuit où j'errais dans Main Street, un officier de la prévôté chargé de reconduire les ivrognes à leurs transbordeurs. Sa tâche accomplie, il avait grand besoin d'un verre. Les bars étaient fermés, mais je connaissais un petit club tenu par un autochtone nommé Frank ou, rapport à la taille supposée de son organe de miséricorde, *El Burro*. Frank m'a fait entrer avec le capitaine, nous nous sommes mis à boire. Le capitaine, qui était d'origine hispanique et se nommait Baroja (la *jota* palatalisée), parlait passablement l'espagnol. Il parlait aussi un anglais cultivé. Après des études de philosophie et de théologie, les leçons de la guerre étaient venues confirmer l'existence du mal théologique – le mal pour le mal, le mal comme *summum bonum*. Les théocraties de Nouvelle-Angleterre n'étaient pas plutôt éteintes, selon lui, que les Etats-Unis adoptaient une doctrine positiviste ou mélioriste niant l'existence du mal. Ils seraient sans doute vite contraints d'en reconnaître la réalité. Paroles prophétiques. Quant à l'aventure de ma femme, il fallait l'accepter comme l'accomplissement d'un mal qui devait être accompli par des agents d'une nationalité ou une autre. Ils auraient pu être polonais ou québécois. L'aspect américain de la question était accidentel et sans importance. « Vous cherchez une cible facile à votre haine, dit-il. C'est plus facile d'accuser une nation que la nature humaine. Votre femme est une victime de guerre, mais la vie tout entière est une guerre. En attendant, dit-il, si vous voulez qu'on s'occupe de votre commandant, rien de plus facile. Nous restons encore deux jours pour réarmer le bateau. J'envoie une équipe le tabasser quand il rentre au quartier. Vous me dites où il loge, c'est tout. » Oui, c'eût été facile – un commandant portant l'insigne des services éducatifs de l'armée. Mais je laissai filer. Souvent il suffit qu'une chose soit possible. La réaliser devient une corvée inutile. Je me sentais beaucoup mieux en regrimpant au Château Mauresque.

Puis Lynne s'est remise à m'écrire. Les saignements persistaient, l'obligeant à se faire dilater et cureter par un gynécologue distingué quoique vieillissant. L'hémorragie, constante sans être copieuse, devait être compensée par une prise de liquide abondante. C'est-à-dire de bière à la pinte, qu'on refusait de servir aux dames dans la plupart des pubs – même le Duc d'York où naguère elle s'était vue forcée d'en avaler par un escarpe. Je répondais par des lettres pleines d'amour et de commisération, truffées d'anathèmes. Ces jurons, je l'appris plus tard, étaient proprement excisés par le censeur. Ça devait être une tâche laborieuse d'effacer « merde » avec une lame de rasoir, mais apparemment l'intercepteur ennemi y aurait vu trop de sens – le cri du désespoir britannique.

Les hommes disséminés à Gibraltar que je régalais des Ob. et Méthodes Britanniques n'étaient pas désespérés mais ils en avaient assurément plein le dos, plein le cul, et ils se sentaient loin de chez eux. Ils étaient assez futés pour comprendre que la guerre n'était plus une affaire britannique. On l'avait abandonnée aux Russes et aux Américains, la défense du Rocher relevait d'une stratégie désuète. Mais un point soulevait encore la bile des suceurs d'orange, nom que les gens de passage de la Royal Navy donnaient à ceux de la garnison, d'installation plus ancienne. Selon une affiche de la garnison, l'argent américain était investi symboliquement, en quelque sorte, à Gibraltar. Une grande compagnie d'assurances américaine utilisait le Rocher comme emblème d'invincibilité ; si le Rocher tombait devant l'ennemi la compagnie serait ruinée. La garnison de Gibraltar avait donc pour mission de défendre ce segment des finances américaines. Le cynisme des troupes était immense. Les principaux symboles de leur aliénation, c'étaient les hommes chargés de les conduire à la victoire – le maréchal Montgomery et le Premier ministre Churchill.

Ce qu'ils haïssaient en priorité chez Montgomery, c'est le puritain qui faisait courir quinze kilomètres à ses hommes avant le petit déjeuner, et tonnait contre l'alcool et le tabac. Les commandants d'unité n'étaient que trop nombreux à diffuser cette doctrine d'austérité, en termes assez proches de ceux de Montgomery, auprès d'hommes qui n'avaient pas quinze kilomètres à parcourir, à moins d'entrer en Espagne, et qui vivaient au paradis des fumeurs. A Gibraltar c'était péché de ne pas fumer. Les cigarettes étaient exemptes de droits, surabondantes, et d'une variété oubliée en Grande-Bretagne depuis le début de la guerre. J'en étais régulièrement à quatre-vingts par jour. La boisson, c'était une autre histoire. La bière arrivait d'Angleterre dans des tonneaux, dont certains fauchés par le corps des dockers, tantôt de la Tetley's, une cuvée très acceptable, tantôt de la Simmond's, un émétique capable de vous mener droit en cour martiale. La grande beuverie était intermittente, soumise à l'arrivée des bateaux. Mais ces hommes privés de femmes n'avaient d'autre réconfort que l'alcool et le tabac, des réconforts que ce salaud de Montgomery leur aurait supprimés s'il avait pu le faire. Privés de ces deux-là il leur resterait pour toute consolation l'art culinaire aux armées, qui était inexistant. Toutes les rations arrivaient sous forme déshydratée à la mode américaine, si bien qu'on mangeait toujours des mets reconstitués – hachis, oignons, œufs, purée liquide. On achetait très peu de choses à l'Espagne qui, au terme d'une guerre anémiante, n'avait rien à exporter sauf du xérès, que les officiers étaient seuls à boire. D'accord, il y avait les bananes et les oranges de Séville amères que vendaient de vieilles taupes andalouses caquetantes, mais ça ne faisait qu'un complément de régime marginal. Après une *corrida* à Algésiras, on pouvait peut-être trouver une ou deux tranches de taureau coriace dans un restaurant de Gibraltar. Les pêcheurs de Catalan Bay fournissaient parfois des *bonitos* au large rictus ou de la raie puant l'ammoniaque menstruelle, mais c'était rare. Les cuistots étaient devenus experts en reconstitution, et le brouet de l'armée faisait la nique aux possesseurs de dents.

L'austérité de Montgomery était donc très impopulaire, et Churchill, qui symbolisait l'inverse, était impopulaire pour des raisons plus profondes. C'était un belliciste, son adhésion mitigée au programme russe visant à détruire ces gangsters nazis qu'il excoriait du bout des dents tournerait vite à la franche hostilité. Les hommes devinaient qu'après la victoire sur l'Allemagne, qui serait assurée par les Américains, il retarderait la démobilisation le plus longtemps possible, pour inciter le Péril Rouge à réfléchir deux fois avant d'engloutir l'Europe libérée. D'un point de vue professionnel, Montgomery comme Churchill visaient respectivement l'efficacité militaire et la droiture politique, leurs entreprises étaient très louables. Mais les conscrits sont avant tout des êtres humains qui n'aiment pas être convertis en monnaie perdue – ce n'est pas seulement chez Evelyn Waugh qu'un général Ritchie-Hook parle avec l'air rêveur de dépenser ses hommes comme si c'étaient des jetons –, leur humanité était révoltée par l'inhumanité de leurs chefs. Ce n'étaient pas des machines de guerre bonnes pour le service ou des abrégés de Montgomery ; ni les pions kaki anonymes d'une grande partie de Ludo ; c'étaient des civils provisoirement déguisés pour qui la guerre ne pouvait se ramener au professionnalisme militaire ou à la poursuite de la diplomatie par des moyens non pacifiques. Ils se faisaient du mauvais sang pour leurs familles, qu'ils avaient hâte de retrouver.

Un jour à la télévision, j'ai vu le colonel Nasser prendre le verre d'eau glacée que lui servait un *fellah* en livrée blanche sans dire merci. Mauvaise politique, pensai-je : il ne faut jamais oublier l'homme de la rue, surtout à la télévision. Churchill mettait son point d'honneur à ne pas l'oublier, mais ses procédés de bonhomie démocratique étaient lourdingues. Quand il inspectait l'armée métropolitaine, il défilait avec un énorme cigare planté dans son large sourire. Le cigare, censé lui gagner les cœurs, produisait l'effet inverse. Les hommes étaient généralement sevrés de tabac, l'arôme cubain les mettait en rogne. Churchill essayait de se faire bien voir en usant d'obscénités qui auraient scandalisé Montgomery, mais les hommes voyaient bien que c'était de la comédie. Ils décelaient dans son nasillement édouardien (comme le qualifiait Orwell) non la voix de l'égalité mais celle d'une classe dominante beaucoup mieux embastillée que leurs parvenus d'officiers. Certains des hommes du génie royal à Gibraltar étaient maçons dans le civil. Quelques-uns avaient rencontré Churchill, qui s'intéressait à la maçonnerie en amateur. Il sortait une blague immonde sur les boutisses à rabouter et le brut de décoffrage, le tout épicé de force putain et bordel. Les maçons entendaient la pire note de condescendance : l'effort gauche pour emprunter leur idiome, sans jamais le parler juste.

En tant que pourvoyeur d'Objectifs et Méthode Britanniques, j'avais pour mission de soutenir un système politique implacable qui évoluait aimablement vers une philosophie de l'Etat-providence. Je devais donner à une guerre négative (défendre le mal contre le pire) un air positif. Même la guerre prenait des allures de métaphore : nous jouions une charade sur notre combat pour faire de l'Angleterre une démocratie. L'égalité des droits faisait partie des mots d'ordre. Lors d'un exposé sur le système d'assurances sociales prévu pour l'après-guerre, j'affirmai, avec raison je pense, que tous les hommes sont pareils dès qu'ils quittent leurs vêtements, même un général trois-étoiles ne les porte pas tatouées sur les fesses. Les officiers qui assistaient à ma conférence sont sortis et m'ont collé un motif pour insubordination. Le propos d'Objectifs et Méthode Britanniques touchant l'avenir de l'éducation semblait comporter obligatoirement une baisse de prestige pour les grandes écoles libres ainsi que les universités les plus anciennes. Un officier canonnier sorti d'Eton se leva pour défendre la nécessité de l'élitisme et se fit huer par ses propres hommes. Une fois de plus, j'étais un agent d'insubordination.

Il fallait que je me transforme en voix désincarnée de l'Utopie, autrement dit de nulle part. Les hommes avaient besoin de cette voix – le don d'expression qui leur manquait pour exprimer leurs griefs. C'est avec joie que j'aurais confié aux experts auteurs de brochures sur les techniques d'instruction la tâche de peindre un avenir doré devant le corps des dockers. Ces hommes-là étaient très difficiles à manier. Ils fomentaient des mutineries. Ils pillaient copieusement les marchandises qu'ils déchargeaient pour les revendre au marché noir. Leur force musculaire se complétait d'une gigantesque ignorance. Quand je m'aventurais dans leur sombre caverne sur la place des Casemates, leurs sergents devaient m'enfermer avec eux, Daniel au milieu des claquements de mâchoires et des rugissements. Il fallait d'abord les calmer, et pas par la méthode militaire habituelle qui consiste à exiger le silence, ça ne marchait pas. La seule façon c'était d'empoigner arbitrairement un docker assis au premier rang et de chuchoter avec animation, afin d'inciter les curieux à se taire pour écouter. Ceci acquis, je criais « Messieurs ». Ce qui déchaînait des clameurs de dérision. Et j'enchaînais par « Ceux d'entre vous qui savent lire ont déjà vu ce mot sur la porte des toilettes publiques. Je l'emploie dans ce sens-là ». Pendant qu'ils réfléchissaient, j'essayais de présenter le sujet imposé – l'avenir de l'Empire britannique, nos alliés américains, nos alliés russes, le logement du futur, l'action sanitaire dans une démocratie. Impossible de maîtriser la rage de cette meute. Rage d'être dans l'armée. Les dockers avaient surestimé leur importance de civils surpayés. Rage d'être mal payés et soumis à la discipline militaire, qu'ils refusaient de comprendre. Rage, pour ce qui me concernait, de subir une heure obligatoire d'instruction civique.

Les syndicats d'antan se chargeaient entre autres tâches d'éduquer leurs membres. Ceux de maintenant avaient pour unique tâche de rançonner le pays. A tel point que même le *Daily Mirror* publiait un dessin représentant des mineurs en grève ou des dockers, je ne sais plus, qui brandissaient leurs bannières au-dessus de cadavres en uniforme kaki ou bleu. La légende disait : « Vos camarades combattants vous remercient. » Les conscrits dockers ne se sentaient aucune solidarité avec ces camarades. Leur ignorance était stupéfiante. Ils auraient vécu aussi volontiers sous le régime de Hitler que celui de Churchill. Hitler avait drôlement raison de tuer les Youtres. Les premiers habitants d'Amérique c'étaient les Nègres, les Yankees leur ont pris la place. Facile de trouver de l'argent pour payer les ouvriers : y a qu'à imprimer plus d'argent. La fauche de ballots et de paquets était excusable (raisonnement subtil) dans la mesure où le flux de marchandises volées stimulait le commerce. Nos glorieux alliés, à ce qu'il paraît, débarquaient tous à l'est de Londres dans le seul but de tomber les femmes des dockers. « Même qu'a m'a écrit, braillait un docker nommé Jack (pauv'ieux Jack, p'tain, l'a pas l'droit d'en placer une ?), comment qu'a s'envoyait en l'air 'ec stamerloque et qu'aspère que j'vais pas y en vouloir. Qu'y crèvent tous les deux, bordel. Et comment qu'le mec a fauché trois grosses de bas nylon rien qu'pour elle, et tout et tout. » J'eus l'imprudence de clore cette séance en criant « Vous n'avez pas besoin de moi. Ce qu'il vous faut, c'est un verre ». A peine avais-je dit que les dockers enfonçaient la porte verrouillée et m'entraînaient au Café Universal de Main Street, ouvert depuis peu le midi. Ils étaient généreux. M'offraient des verres qu'ils payaient avec de grosses liasses. Traitaient les serveurs de putains d'Espagnols, et sifflaient l'orchestre.

Un dimanche où je lisais *Fiesta* de Hemingway en allemand, j'avais mis en musique un poème de Lorca – *La niña del bello rostro* – pour une chanteuse nommée Merita qui avait un contrat de deux mois à l'Universal ou UV. Elle chantait cet air avec un magnifique trémolo mauresque. Quand elle l'entama en m'apercevant au milieu des dockers, il y eut une tempête de huées et des cris réclamant « Sincèrement vôtre » ou « Johnny le camelot ». Là je me suis mis en rogne et j'ai tapé dans le tas. Une conduite indigne de mon rang. Convocation de la police militaire, bataille rangée avec les dockers. Je m'échappai sans bruit. Le commandant Meldrum n'eut pas vent de la chose mais apprit que j'avais renoncé à ma conférence. Ce qui me valut une sévère réprimande. J'objectai que les dockers étaient inéducables. Si Mr Crump qui ricane dans son coin n'est pas d'accord, qu'il aille faire un essai. Absurde : personne n'est inéducable. Ah bon, dis-je, et les prisonniers italiens là-haut à Windmill Hill ?

Mon expédition hebdomadaire là-bas était encore plus farcesque que ma descente dans la fosse aux dockers. Les prisonniers italiens ne s'évadaient pas facilement de Gibraltar, qui était une prison en soi, et devaient s'acquitter de corvées en plein air. S'ils se tenaient mal, ils devenaient doublement prisonniers. On m'envoyait leur faire l'article sur les Ob. et Méthode Britanniques, qui n'étaient guère un sujet adapté. D'autant qu'ils savaient très peu d'anglais. *Siggy* et *fuckifucky* faisaient l'affaire pour baise et tabac. *Porapi* était une déformation du terme andalou *porapis,* lui-même une déformation d'une expression qui avait cours sur le Rocher, *pauvre comme pisse.* Je n'étais pas non plus qualifié pour leur parler d'Objectifs et Méthode Italiens en italien. Après tout, on m'avait fait venir comme spécialiste d'allemand. Ma première visite se passa en silence à fumer des cigarettes illégales que j'offrais à la ronde. Pour la seconde je projetais de leur lire des passages de *I Promessi Sposi,* ouvrage très répandu dans les mess de sous-off du Rocher grâce aux vastes tirages de la traduction Penguin intitulée *The Betrothed.* Mais tout ce que j'ai pu trouver en italien, c'est une *Divina Commedia* à la bibliothèque de l'état-major, dont l'accès m'était officiellement interdit. Je lus Dante en ânonnant dans un nuage de fumée. Et m'attirai les réprimandes du commandant Meldrum d'abord pour la fumée, ensuite parce que je n'enseignais pas Objectifs et Méthode Britanniques. Dante, dit-il, parlait de tout ce qu'on voulait mais sûrement pas d'Objectifs et Méthode Britanniques. D'Objectifs et Méthode Européens, hurlai-je avec flamme, jusqu'à ce que ces cons d'Anglais se laissent Réformer par un con de monarque lubrique.

Par la suite je me dis que cette explosion était intéressante. Moi qui m'estimais délivré des filets du catholicisme, voilà que je prenais position pour l'Europe catholique. Certes j'y étais, en Europe catholique, en dépit des bobbies en casque britannique et des gens de Gibraltar qui persistaient, malgré leur origine génoise mêlée de sang espagnol, à se prendre pour des Anglais bronzés. Ils étaient catholiques, quand ce n'est pas juifs, et défilaient en processions baroques les jours de fête. Les femmes mettaient une mantille pour aller à la messe. Ils parlaient un anglais monophtongué sans nuances. Si on leur disait d'écrire une phrase au cours d'anglais pour illustrer le dicton « Il ne faut pas réveiller le chat qui dort », ils écrivaient : « Le chat dormait. Comme le chat dormait il ne fallait pas le réveiller. » C'était une espèce d'Ibères qui craignaient l'Ibérie. Ils préféraient les bobbies bronzés simili-britanniques à la *policía* de Franco. Mais ils étaient de la même espèce que moi. Ils faisaient le signe de croix, écoutaient sonner l'Angélus. J'étais attiré par ces femmes dont la croix ornait un cou appétissant. Lynne la protestante était malade et fort loin. Moi niché ici au sein tiède parfumé d'ail de la chrétienté non réformée. Mon inconscient le savait bien, même si mon esprit conscient s'appliquait aux Objectifs et Méthode (Protestants) Britanniques. Quant à Dieu, eh bien Dieu était là qui me dominait de toute sa hauteur, le front caressé par les brumes levantines.

J'arpentais Dieu en tous sens pour aller porter le message pélagien officiel. J'appris à le connaître au centimètre près, à pied, sur une moto qui chauffait dans les montées et faisait les descentes en roue libre, parfois dans une voiture de la garnison. Je cheminais jusqu'aux unités de Catalan Bay, là je prenais un bateau pour aller voir les canonniers du môle avancé. Une fois où je revenais en bateau, un pied sur le plat-bord et l'autre sur le quai glissant, je tombe dans l'eau huileuse et en refaisant surface, je me fêle le crâne contre la coque du bateau. Les marins espagnols qui m'ont hissé à bord étaient plus inquiets pour ma montre que pour ma vie. C'étaient des gens pauvres, très tracassés par les possessions des autres. Ils furent soulagés d'apprendre que le *reloj* était étanche. Mais moi, qui crachais de l'huile, on ne m'a pas soulagé du reste de mes tâches quotidiennes : le spectacle continue. Le spectacle continua dans la chaleur estivale que réverbérait le Rocher, les pluies, la saison du levant. Le levant était une brise venue d'Afrique qui dans le temps, les anciens s'en souvenaient très bien, pouvait faire pleuvoir un plein ciel de lézards et de crapauds sur Main Street. De mon temps il apportait surtout rage de dents, migraine et forte dépression.

Mais qu'est-ce qui nous donnait le droit d'être déprimés et de nous plaindre ? Nous ne faisions pas la guerre. Elle se passait loin de nous, et nous la suivions sur des cartes ou dans un cinéma qui puait l'orange. Le 4 juin 1944, les forces alliées entraient à Rome. Le 6 juin une flotte d'invasion de quatre mille vaisseaux approvisionnés selon les normes établies par ma femme appareille pour l'Europe. Le 7 juin l'attaque japonaise devant Imphāl est repoussée. Le 12 juin les premiers V1 tombent sur l'Angleterre et le corps des dockers déclare tardivement la guerre à Hitler. Les Russes s'emparent de Minsk. Les alliés prennent Caen. Les Américains prennent Guam. Soulèvement de Varsovie. Chute de Myitkyina. Libération de Paris. Prise de Marseille. Reddition de la Roumanie. Invasion de la Hollande. Les premiers V2 tombent sur l'Angleterre. Le 16 décembre les Allemands entament leur dernière offensive sur le front Ouest dans les Ardennes et sabotent le Noël de la garnison du Rocher. Mais sentant que la guerre en Europe touchait à sa fin, la stratégie des services éducatifs entrait dans une phase d'expansion. Le futur arrivait sur nous, or nous n'étions pas tout à fait prêts. L'éducation était affaire de vocation autant que d'inspiration. Il fallait enseigner des métiers. Donner d'urgence trois chevrons aux plombiers et aux publicitaires et leur faire de la place dans nos services. Le commandant Meldrum se retrouva flanqué de deux officiers d'état-major tout frais ayant grade de capitaines. Débordé par les nouveaux, le cadre de cinq expédié d'Avonmouth fin 1943 les regardait d'un œil sardonique prendre la relève.

Le sergent Wilkinson nous avait quittés, après un long conflit plutôt confus avec le commandant Meldrum. Les thèmes d'opposition étaient côté Meldrum « Vous devez obéir aux ordres » et côté Wilkinson « Moi, mon commandant, tout ce que je demande c'est qu'on joue le jeu avec moi », phrase que personne, peut-être pas même Wilkinson, ne comprenait vraiment. Wilkinson prit le large et, selon la rumeur, dut rendre ses chevrons puis rejoindre son ancien bataillon d'infanterie pour aller se battre en Birmanie. On nous rappelait constamment que les Japs, des guerriers petits mais vicelards, seraient encore là prêts à nous faire la peau quand les Boches se seraient couchés. Le péril jap était aussi efficace qu'une menace de cour martiale. Wilkinson et Crump prirent le même bateau pour rentrer au pays, Crump vers la gloire, Wilkinson vers la disgrâce et, souhaitait peut-être Meldrum, la mort. Il allait de soi que Ben Thomas serait promu adjudant-chef. Et que Meldrum importerait un adjudant tout fait pour compléter son personnel. Ce qu'il fit, un frimeur moustachu à double menton que Ben prit immédiatement en grippe. Les inimitiés galloises sont très irrationnelles, de vraies haines de dogues. Quand Ben regagnait ses quartiers après s'être imbibé de whisky écossais au Club gallois d'Irishtown, il montrait les dents au nouveau. Le nouveau en question, qui s'appelait Frank Barton, refusait de se battre. Il préférait les armes de l'intrigue. Ben pouvait se mettre dans de sales draps au cours d'une virée en Espagne, être débarqué ivre mort après une beuverie à bord avec les officiers mariniers, ramassé soûl et sanglant devant le Rock Hotel, interdit aux hommes du rang, où il avait tenté de s'introduire. Ces frasques n'affectaient nullement ses mathématiques. L'adjudant Barton les rapportait néanmoins au commandant, tout comme il lui signalait que le sergent Stephens et moi-même nous étions encore au lit. Vint le jour, signe indubitable que la fin de la guerre était proche, où on permit aux adjudants-chefs de mettre un col et une cravate avec leur tenue de campagne, comme les officiers, ce dont Barton conçut de vives aigreurs. Il alla voir le médecin-major pour se plaindre que le col d'uniforme irritait sa peau sensible : lui aussi fut autorisé à ouvrir ses boutons sur un col et une cravate. « Arrêtons ces bêtises et faisons équipe », dit-il à Ben au premier croisement de leurs cols-cravates. La semaine suivante les adjudants étaient promus, cou meurtri ou pas, à la même distinction que leurs aînés en grade. Barton avait le sentiment d'une victoire éventée.

Le sergent Stephens avait arpenté le Rocher comme moi pour dispenser des lumières aux troupes. Stephens avait l'expérience d'un conférencier de l'Association éducative des travailleurs et le don de l'éloquence, le *hwyl* gallois. En bon professionnel, il maintenait un haut niveau de qualité technique tout en sachant qu'elle ne servait que l'ânerie militaire, mais à la longue il perdit le moral et devint morose. La nouvelle lui parvint de la mort de sa fille nouveau-née. Elle avait été baptisée Lynn, non à cause de ma femme mais d'une actrice de cinéma en vogue nommée Lynn Bari : n'empêche, en ces temps de superstition et de bombes volantes, la nouvelle me parut de mauvais augure. Quant à Stephens, il la trouva suffisamment douloureuse pour demander un congé de compassion, que bien entendu Meldrum refusa. On ne pouvait pas faire revivre les morts, dit Meldrum, raisonnable à hurler, l'épouse affligée finirait par s'en remettre. Stephens succomba à la crasse qui, sur ce Rocher surpeuplé et infesté de vermine, guettait toujours l'insouciant. Il cessa de laver ses treillis kaki. Il se lassa de tenir les punaises à distance en flambant chaque semaine son sommier métallique dans le kérosène. Les punaises l'attendaient toutes les nuits à l'affût dans les crevasses du lit. Elles traversaient le plafond par phalanges. Qu'elles envahissent le monde entier si ça leur chante.

Nous continuions tous deux à prendre nos repas avec les hommes du 1er régiment du Hertfordshire, des soldats propres qui combattaient les punaises et avaient le dessus. Pour moi, il n'y avait pas plus sain que ces honnêtes fantassins illettrés. Ils accueillaient les officiers mariniers et donnaient des soirées de gala pour eux au mess des sergents. Leur adjudant-chef maintenait la bienséance en proscrivant les monologues cochons des officiers mariniers. « Non, messieurs, pas dans mon mess. » Il y avait la tombola du samedi. Il y avait la fanfare, dont le chef m'apprit à faire des orchestrations pour cet étrange ensemble sans cordes. Je composai une marche. Je composai une retraite pour flûtes et tambours. Harry Walkling était superbe en tambour-major, avec ses quatre chevrons. Il faisait virevolter son bâton pour clore la cérémonie des Clés, où la garnison se barricade symboliquement contre l'ennemi. Il avait du chien, du panache. Ensuite de quoi le 1er Herts partit se battre, remplacé par le 1er Dorsets. Du coup Stephens et moi nous devenions des vieux troupiers, sages instruits des coutumes du Rocher, conseillers en conduite. La fanfare du Dorset avait moins de tenue que celle du 1er Herts. Le nouveau tambour-major ne lançait pas son bâton en l'air. Les sous-officiers étaient chargés d'ans et pestaient de devoir gravir les marches des Casemates, tuantes. Nous avons vieilli ensemble.

Je fis un dernier effort pour me délivrer du commandant Meldrum. Il m'avait nommé rédacteur d'une revue qu'il voulait intituler *L'Education de Gibraltar*. Le titre *Vista* me parut meilleur, avec une superbe couverture dessinée par un sergent du 1er Herts. J'imaginais des articles incisifs, des comptes rendus de lecture brillants, de la poésie style Eliot, des nouvelles à la Maclaren-Ross. Le projet finit en journal de collégiens. Meldrum refusa mon article sur Hölderlin, dont il n'avait jamais entendu parler, une étude brillante du deuxième classe Chomutoc sur l'œuvre de Kafka, dont il n'avait jamais entendu parler, qu'il remplaça, ainsi que d'autres fêtes de l'esprit, par de pesants rapports sur le cours des événements et de ternes prévisions de gloire quantitative. Fort malgré tout de cette nomination avortée, je me portai dans l'élan candidat au poste de rédacteur de la revue *Le Rocher*, publié officiellement au tableau de la garnison. Meldrum, qui m'avait conduit à me qualifier dans cette voie, s'opposa à ma candidature, et le poste échut à un des lèche-cul journaleux. Je m'inclinai alors devant les faits et, comme les Allemands, je renonçai à me battre.

Nous sommes en 1945. En janvier les forces américaines atterrissent à Luzon, les Russes s'emparent de Varsovie, la route de la Birmanie est rouverte. Février, la conférence de Yalta vend la moitié de l'Europe à la Russie, et Dresde est bombardée. Mars, les alliés prennent Cologne. Avril, les Russes envahissent Vienne et les Américians Okinawa. Mort de Roosevelt. Les Russes et les Américians font la jonction en Allemagne. Mai, reddition des armées allemandes en Italie, les Russes prennent Berlin, Rangoon tombe aux Anglais, les forces allemandes en Allemagne du Nord-Ouest, en Hollande et au Danemark capitulent, le 8 mai on déclare la fin de la guerre en Europe. Comme toutes les démocraties, Gibraltar célébra dignement le Jour de la Victoire. Le commandant Meldrum reconnut que les hommes préféreraient une bonne cuite à une causerie sur les Objectifs et Méthode Britanniques, et consentit même à annuler les cours du soir.

Je célébrai le Jour de la Victoire par un séjour en cabane. C'était une prison espagnole, il n'y avait donc pas de grande honte à ça, mais je fus indisponible un jour ou deux pour Objectifs et Méthode Britanniques. Mon crime, c'était d'avoir soutenu la philosophie démocrate dans un bar de La

Línea et, une fois sorti du bar, déclaré aux citoyens espagnols que le généralissime Franco était, entre autres choses, un ignoble *cabrón.* Des hommes de la *Guardia Civil* m'ont entendu et traîné dans une geôle crasseuse. Tout en me faisant des excuses : les chefs d'Etat, quoi qu'on puisse penser d'eux en privé, ne doivent pas être diffamés en public. Je partageais ma cellule avec un Andalou obèse dont le crime n'était pas politique, c'est tout ce qu'on en savait. Il était en excellents termes avec ses geôliers, avait une fillette qu'il embrassa en pleurant, sans doute sur la disgrâce qu'il lui infligeait, quand elle arriva chargée de fromage, saucisses, pain noir et flacon de vin fortement alcoolisé. Il partagea le tout avec moi. La prison exiguë, qui jouxtait un commissariat de police, ne servait pas de nourriture, à part un gobelet de café matinal, tiède et sans sucre. Son repas terminé, le gros homme entonna un flamenco – « Ma belle-mère est morte – vive la joie » – puis se mit à ronfler. Je m'attendais à comparaître devant un magistrat, mais la Phalange préférait la justice sommaire : un temps de réflexion, dans la paille avec les rats. Après m'avoir félicité de notre victoire à l'Ouest, la police accepta les pesetas qui me restaient et me fit au revoir de la main.

Il fallait avoir des vêtements civils pour traverser la frontière. N'en possédant pas moi-même, j'avais dû en emprunter pour me soustraire aux fêtes de la victoire à Gibraltar. Elles commençaient à me déprimer. Des tonneaux de bière Simmonds, dissimulés en prévision de l'événement, coulaient dans les jardins de l'Alameda, soldats et marins se soûlaient ensemble avant de se battre, se battaient avant de tomber raides. J'allais de mess en mess avec Ben Thomas, atteint comme lui d'un fantasme celte : le vent du nord nous apportait une odeur de cadavres brûlés. La guerre était finie, mais à quel prix. Au mess des sergents de la 1re compagnie de sapeurs, nous avons vu un cadavre intact emporté par des bras ivres : c'était celui d'un sergent-chef irlandais qui venait de trinquer pour la dernière fois avec les leprechauns. Son foie était mort depuis longtemps, son cœur ivre de joie avait fini par se rendre. Je grimpai sur la table de billard pour prononcer une oraison funèbre tous terrains. On me mit dehors. J'allai chercher refuge en Espagne.

Goering, à qui l'on demandait avant son procès quelle était la plus grosse erreur de la guerre, répondit que Hitler avait eu bien tort de ne pas traverser l'Espagne pour aller prendre Gibraltar. Manifestement ils y avaient pensé. Le plan Ferdinand et Isabelle fut découvert peu après la défaite de l'Allemagne, et confié au jeune Tom Frank, un canonnier britannique d'origine allemande, pour qu'il le traduise. J'aidai à le scrogneugner en anglais officiel. L'officier du Renseignement qui avait commandé le travail récolta les louanges et une promotion ; Tom Frank resta canonnier sans décoration, mais je le recrutai pour enseigner l'allemand rudimentaire dans les services éducatifs. Le document saisi était conforme à la manière teutonne, portant une attention pédante au moindre détail, allant même jusqu'à préciser la place de chacun quand viendrait l'heure de défiler en triomphe dans Main Street ou *Hauptstrasse*. L'Espagne a toujours été une menace potentielle, c'est pourquoi nous étions là si nombreux à sucer des oranges amères. La grande blague des fantassins, pendant les marches aller-retour jusqu'à la barrière des Quatre Coins, consistait à faire semblant de franchir la frontière puis exécuter un demi-tour sur place au dernier moment. Mais dans l'ensemble le sentiment des hommes envers l'Espagne était plutôt amical. Là-bas les filles couchaient avec eux, tout en les faisant payer, alors que les filles de Gibraltar se montraient distantes et avaient assez d'argent, merci bien, pas besoin du leur. Les Espagnols étaient des Ibères authentiques, ceux de Gibraltar de simples imitations. On sentait vibrer une culture vigoureuse en Andalousie, alors que les scorpions du Rocher ne connaissaient en fait de culture que le négoce, les carnets de chèques, et le baccalauréat délivré à Londres. Gibraltar ne produisait pas d'artistes, tout en méprisant les cousins d'en face, des paysans ignares qui n'avaient pas eu le privilège de la britannisation. Les ouvriers pauvres de Gibraltar étaient des journaliers espagnols qui buvaient de l'eau non potable au robinet de la cour et consommaient une substance piquante non calorique baptisée friture d'air. Tout établissement de Gibraltar, juqu'aux services éducatifs, avait à ses ordres un *hombre* mal payé, *hombre* étant un terme de mépris.

Rien de tel qu'un tour à La Línea dans les années quarante pour inspirer des méditations lugubres sur les effets d'une guerre ruineuse, avec ses veuves geignardes qui boudaient derrière la façade cariée du Centre de la culture et des loisirs. Ses rues défoncées, ses canalisations puantes, ses gamins en haillons qui réclamaient à grands cris des *peniques*. La ville était envahie de prostituées en mantille à l'usage des troupes britanniques, mais elles n'avaient pas toutes l'expérience de ce métier : trop de jeunes femmes avaient perdu leur mari, tué ou emprisonné, ou réfugié dans les collines et les bois de liège pour braver le régime ; elles avaient besoin des pesetas gagnées en louant leurs services. L'armée, sinon l'épouse du lieutenant-gouverneur, comprenait bien les exigences de la chair. Non contente de distribuer des préservatifs, elle avait prévu une petite poche pour les ranger dans la braguette du pantalon, la poche à capotes. Elle distribuait des tubes de pommade prophylactique, et avait installé un abribus antivénérien équipé d'eau courante pour le lavage de pénis à mi-chemin entre la frontière espagnole et l'aérodrome de North Shore.

Soulager les exigences de la chair, ça n'était pas, ça n'est jamais suffisant. C'est une honte de se livrer à un simulacre d'amour pour de l'argent, et j'ai encore honte d'avoir transporté une urgence au-delà de la frontière pour décharger dans une chambre sordide empestant l'ail et le parfum bon marché. Pourtant j'ai appris à associer l'ail à l'érotique, et rétrospectivement le son de l'espagnol andalou dans la bouche d'une fille continue à m'exciter. Les Gibraltariens puaient l'ail aussi et parlaient le même dialecte, mais leurs femmes étaient respectables, il leur fallait le mariage avec un militaire correct de rang acceptable et un avenir assuré dans le civil. Les hommes de Gibraltar, poussés par un bon instinct exogamique, allaient chercher leurs épouses en Espagne pour en faire des Gibraltariennes. Ainsi moi le sergent au parler châtié, j'étais convié à prendre le thé chez des jeunes filles à l'odeur musquée, que j'emmenais ensuite au cinéma. On me prenait pour un célibataire. Peut-être que le commandant Meldrum avait transmis au bureau d'accueil la nouvelle de mon veuvage, confondant la défunte Lynn de Stephens avec ma presque homonyme épouse qui n'était que blessée. Je reçus une invitation d'un sergent de police irlandais signalé comme instructeur d'éducation physique par une paire d'épées croisées au-dessus de ses chevrons : on l'appelait *el tío con los sabres.* Sa fille, une jolie Hispano-Hibernienne, avait été mon élève. A la troisième invitation, je commençais à me faire du mauvais sang, et j'ai glissé ma femme endommagée dans la conversation. Il me flanqua vivement à la porte en me traitant de coureur, avec force roulements de muscles sous les sabres. On fit passer la nouvelle de mon inéligibilité, qui mit fin aux thés dans les appartements minuscules de Castle Steps ou Hampton Ramp.

En général on pouvait parler anglais dans ces familles de Gibraltar, sauf parfois avec la mère. Je savais assez d'espagnol pour me débrouiller au-delà de la frontière, mais la majorité des hommes ne connaissaient que la lingua franca du radada. Les plus corrects d'entre eux aspiraient à une meilleure forme d'échange : ils sentaient même une certaine indécence dans le fait d'imposer la langue anglaise, en même temps que le corps anglais, à ces pauvres filles. En d'autres termes, les cours d'espagnol dispensés sur le Rocher n'étaient pas sans mobile, mais l'espagnol des petits manuels Hugo ne ressemblait guère au dialecte local, qui changeait *España* en *Epaña,* et confondait *ll* avec *y,* si bien que *calle* se disait *caye, yo* devenait *llo.* Un artiste de music-hall venu de Madrid s'est fait siffler dans un théâtre de Gibraltar pour un *fácil* qu'il prononçait *fathil.* La tâche complexe d'initier ces hommes sans instruction non seulement aux subtilités dialectales mais à l'ensemble du corpus étrange d'une langue étrangère m'a conduit dans une voie pédagogique particulière. Elle a produit à terme un livre intitulé *Language Made Plain,* « Simple comme la langue ».

L'expansion des services éducatifs de l'armée permit le développement de secteurs spécialisés. On mettait l'accent sur le pratique – plomberie, menuiserie, arts graphiques –, les sujets plus humanistes devenant un spectacle d'appoint, bien qu'on m'encourageât à créer un département des langues. Les gens qui voulaient obtenir un diplôme à Londres avaient besoin d'une langue étrangère, et si l'espagnol, par sa proximité, gardait la première place, il y avait aussi une demande pour le français, l'allemand, le russe, même le néerlandais. On vit sortir des rangs maints linguistes chevronnés, de simples deuxième classe dont on avait gaspillé les talents pendant six ans. L'un d'eux, fils d'un impresario d'opéra, maîtrisait cinq langues, dont le russe. Colin Smith, qui m'avait enseigné le français à l'université de Manchester, était première classe au Renseignement (on n'avait envoyé pratiquement aucun hispaniste à Gibraltar), simple spécialiste de français parmi d'autres. J'ai même trouvé des enseignants de hongrois et de finlandais, qui n'avaient malheureusement personne à qui faire cours. Mais le projet de faciliter l'accès des Anglais incultes à l'Europe, ne serait-ce que par les rudiments d'une langue européenne, n'eut guère de succès. Personne au sein de l'Education britannique ne s'était beaucoup intéressé à l'enseignement des langues.

L'armée produisit une quantité de manuels assez utiles, où figuraient toujours une paire de soldats nommés Bill et Jock que le hasard conduisait en France, en Allemagne ou en Russie. Les programmes éducatifs de l'armée diffusés par la BBC étaient d'un grand secours. Je me souviens d'une émission hautement dramatique où Bill et Jock apprenaient la différence entre particules séparées et inséparables en allemand. « Vous avez tant de bonnes cigarettes anglaises, roucoule un camelot allemand. Vous devriez leur faire de la publicité. » Jock dit : *« Nein. Wir anzeigen nicht. »* Mais le vieux professeur Muller le corrige : *« Ach, nein,* Jock. Il faut dire *wir zeigen nicht an.* Allons prendre une bière dans cette auberge *Zum Tieffen Keller* et je vous expliquerai. » Peu de nos apprentis germanistes à Gibraltar ont tenu jusque-là. La plupart se sont enlisés dans le principe élémentaire du genre. Ils étaient incapables de comprendre qu'un mot puisse être masculin, un autre féminin, ou même, si c'était de l'allemand, neutre. Un étudiant très intrigué par *das Pferd* demanda à Tom Frank si en Allemagne on castrait tous les chevaux. Ma méthode était aussi crue que celle dont j'avais usé pour apprendre l'alphabet à mes illettrés. J'expliquais que certaines cultures avaient une telle obsession du sexe que le sexe allait se nicher jusque dans des objets asexués. Un crayon ressemble à un dard, c'est donc tout naturel de dire *el lápiz* ou *le crayon**. L'eau est à juste titre féminine : on peut y tremper son engin. C'est en discutant de cette technique – les mots-dards et les mots-fentes – dans le bureau des services éducatifs que j'ai flanqué la nausée à un secrétaire anglican qui parlait comme un évêque. Il demanda sa mutation en expliquant au commandant pourquoi. Ce qui, évidemment, n'arrangea pas mes affaires.

Mais l'enseignement des langues, tout comme la sexualité entre époux, ne saurait être soumis au respect des convenances. Tout procédé est bon du moment qu'il fait entrer dans le crâne une vérité linguistique. On peut même faire appel aux connaissances absconses que les manuels de langues détestent en général. Faire un rapprochement ne serait-ce qu'historique entre l'anglais de Chaucer et l'italien ou au moins l'espagnol, c'est naturaliser l'exotisme. Démontrer qu'il y avait des genres en vieil-anglais jusqu'à ce que les Anglais soient contraints, vers 1066, de transformer leur langue en un créole capable de faire face aux invasions danoise et normande, c'est, encore une fois, relier un état de la langue anglaise à ses sœurs européennes. Mais au niveau et avec les matériaux dont disposait mon département des langues, il n'y avait pas moyen de régler le véritable problème. La motivation érotique elle-même ne suffit pas : on n'apprend une langue étrangère que si sa vie en dépend, soit pour la sauver, soit pour la gagner. J'allais le comprendre vraiment une fois arrivé en Malaisie.

N'importe comment, ce qui comptait bien plus que tous les plans éducatifs de l'armée, c'était d'en finir avec la queue de la guerre, virer Churchill, et rentrer chez soi. Préambule aux élections législatives de l'été 1945, nous commencions à recevoir la publicité des candidats rivaux au Parlement. N'ayant d'autre adresse que celle des parents de ma femme, je votais à Bedwellty, dans le comté de Monmouth ou Gwent. Le candidat travailliste, Sir Charles Edwards, un vieux gâteux, avait la certitude d'être réélu ; le conservateur était un officier de l'armée dont le tract commençait par « Mr Churchill vous demande de voter pour le capitaine Threlfall ». Toujours la même fissure au sein de la société britannique. Personne ne semblait conscient du fait que la force motrice de ces élections visait un but négatif, du moins dans les trois armes – virer Churchill. Même Churchill ne s'en rendait pas compte. Il ne s'attendait pas à cette défaite qui le fit pleurer à chaudes larmes. Quand les troupes de Gibraltar rallièrent les bureaux de vote en juillet 1945 (pour un spectacle inédit : les urnes gardées par des baïonnettes au clair) il y eut une majorité écrasante en faveur du parti travailliste. Certains historiens ont cru que cette victoire était un triomphe du Bureau des Affaires Courantes de l'Armée ou du programme Objectifs et Méthode Britanniques : c'est faux. Elle n'avait rien de politique à part une vague rincée d'élans utopistes. Les soldats voulaient rentrer chez eux, Churchill voulait les maintenir à leur poste. Pas plus compliqué que ça.

Quant à rentrer, peu importe qui était au pouvoir, ça prendrait du temps. Le ministère de la Guerre publia une brochure décrivant le plan de démobilisation. Plus important que les mots, c'était la place des chiffres sur une grille numérique. Deux coordonnées – l'âge et l'ancienneté dans le service – se croisaient sur un numéro d'ordre de démobilisation. La tâche d'expliquer le plan et de distribuer les numéros incombait aux chefs d'unités, mais c'est moi qui m'en chargeai à titre officieux, en employant les séances d'Objectifs et Méthode Britanniques à cet effet, où j'obtins plus d'attention que dans toute ma carrière d'instructeur jusque-là. Naturellement les numéros n'étaient liés à aucune date de calendrier : le groupe 25 quitterait l'armée avant le 26, mais personne ne pouvait dire quand. Moi qui avais le numéro 30, je ne serais pas libéré avant mai 1946. L'Etat magnanime ne voulait pas inonder le marché avec des vagues de démobilisés : en douceur, les gars, c'est tout bon. Les hommes étaient sceptiques.

Les hommes apprirent la nouvelle du triomphe travailliste le 26 juillet 1945 : on avait chanté « Le Drapeau rouge » à la Chambre des communes et installé la graisse de Mrs Bessie Braddock, député, sur le siège du Président pour inaugurer l'ère nouvelle. Deux semaines plus tard, ils tétaient leur orange ou épépinaient une grenade quand ils virent sur l'écran la destruction d'Hiroshima. L'effet fut foudroyant : la nature de l'ère nouvelle avait changé en l'espace d'une nuit. Rien dans les cours du B.A.C.A. ni Objectifs et Méthode Britanniques ne les avait préparés à cela. Ben Maths révéla alors qu'il était également doué pour la physique. J'entends encore son organe gallois nous expliquer tout cela au tableau dans un anglais inaccentué où l'obscénité suppléait à l'emphase : « Si ce putain d'uranium est pur, les neutrons pénètrent dans d'autres putains de noyaux, qui provoquent une chiée de fissions et le relargage d'une chiée de neutrons. Ça vous donne une chaîne ramifiée de fission nucléaire qui dégage tellement de putain d'énergie qu'en théorie, je dis bien en théorie, y a rien qu'empêcherait le monde entier de se dissoudre en chaleur et lumière dans un chié bruit d'enfer. » Cette fois la guerre mondiale était vraiment terminée, on ne pourrait plus agiter les Japs, ces guerriers petits mais vicelards, comme des leurres venimeux sous le nez des fortes têtes. A la réunion hebdomadaire dans le bureau des services éducatifs j'allumai une cigarette sans y être autorisé, avec un sourire fielleux pour le commandant Meldrum.

Le personnel des services éducatifs augmentait à une telle allure que je ne connaissais pas tout le monde. Il y avait un adjudant plombier aux couronnes poussiéreuses qui saluait l'ère nouvelle avec des liaisons mal-t-à-propos, un adjudant aux qualifications très vagues et à l'accent de Birmingham prononcé dont la promotion devait tenir à des impératifs conjugaux. Au temps où il était sapeur du génie, je l'avais entendu se vanter d'avoir satisfait l'ambition de tout soldat, qui est de baiser son adjudant-chef. En fait il avait épousé une ATS au grade d'adjudant-chef et maintenant, n'étant qu'un échelon sous elle (qu'il rattraperait vite), il pouvait la baiser plus élégamment. Parmi les nouveaux instructeurs, certains avaient la dégaine de fripouilles des bas quartiers (je crois que l'un d'entre eux donnait des cours de coiffure). La plupart de mes suggestions de recrutement avaient été ignorées – notre première classe spécialiste de Hegel, McTaggert, diplômé de littérature anglaise, un professeur de contrepoint au Collège royal de musique – mais le commandant Meldrum lui-même ne pouvait nier que le sergent Tom Frank, Allemand de naissance, savait l'allemand. Tandis que des caporaux bibliothécaires réformaient la vaste bibliothèque de l'état-major – dictionnaire de chinois, guide en trois volumes des incunables florentins, et autres ouvrages que la piété commandait de voler d'urgence – et qu'on mettait sous clé des trombones et des xylophones dont personne ne jouerait plus jamais.

Dans sa grande bonté d'âme, le commandant Meldrum projetait

d'expédier au Royaume-Uni suivre des programmes éducatifs les anciens de son personnel dont le groupe de démobilisation portait un numéro élevé. Ces programmes leur donneraient droit à un mois de permission de débarquement : les cours n'étaient qu'un prétexte négligeable. Une récompense qu'il destinait à ses chouchous, naturellement je ne faisais pas partie du lot. Il considérait 27 comme un numéro élevé. Je me délectai de le voir organiser les dates de départ des plus vernis avant de lâcher la petite bombe de mon propre numéro 30. Il était plutôt gêné : « Vous êtes sûr que c'est bien ça votre numéro ? – Certes, répliquai-je, personne n'est à l'abri d'une erreur, mais cette erreur-là, je ne risque pas de la faire. » Il fonça sur le téléphone. J'aurais ma perme, sans supplément de cours, d'ici Noël. Mais auparavant il faudrait que je fasse une semaine d'instruction au maniement des armes.

Le moment semblait bien choisi pour commencer à manier les armes. Le match de tir était fini, c'était le moment d'apprendre à tirer. La logique militaire était, elle l'est sans doute encore, de nature profondément mystique. Les instructeurs des services éducatifs étaient aussi des combattants, un point mis en évidence par le défilé de la victoire à Gibraltar où trois d'entre nous figurions, le pistolet dans l'étui. Peu avant l'événement on s'était avisé que les services éducatifs n'avaient pas de musique pour défiler, sur quoi le chef de fanfare m'avait suggéré d'harmoniser et orchestrer en tout hâte « Lillibulero ». Malheureusement le génie électrique et mécanique venait de se l'approprier, ainsi que la marche des nains de *Blanche-Neige* mise en trio. Je fis donc un arrangement sur « Une pomme pour le prof », une chanson que Bing Crosby a rendue célèbre. Je ne sais quel sombre engrenage aux échelons supérieurs établit une relation entre le défilé en armes des sergents du SEA et l'instruction au maniement des armes, qui aboutit à me faire trouer des cibles au Sten automatique ou à la mitraillette Bren, avec laquelle je réussissais des cartons de tireur d'élite. Cela me qualifiait sans doute pour descendre les amants de ma femme pendant ma perme. Conduite qui avait tendance à se généraliser.

J'embarquai avec d'autres permissionnaires sur un vieux bac français dont l'équipage était chinois. Il n'y avait ni couchettes ni hamacs, nous dormions à même le sol dans des salons déshabillés à cet effet, tandis que les rats sautaient et dansaient alentour. Il y avait une quantité de rats, que les cuisiniers chinois encourageaient à procréer, et qui semblaient fournir l'essentiel de notre alimentation. En tout cas, les cadavres qu'on nous servait en ragoûts bien relevés étaient trop petits pour être des lapins. Philosophes, nous mâchions. Au moins c'étaient des rats sains, bien nourris de farine de soja, pas des raclures d'égouts. Nous pouvions aussi manger les régimes de bananes que certains avaient transportés à bord pour les offrir à leur famille. Avec trois semaines de traversée (les moteurs ne cessaient de tomber en panne) les fruits étaient archi-mûrs : ils atteindraient le port en purée, autant les manger. Dommage. Ces hommes généreux avaient dévalisé les magasins de fruits. Le seul livre sur Gibraltar que connaissaient pratiquement tous les soldats lettrés du Rocher était l'œuvre d'un civil, et il commençait ainsi : « Quel plaisir d'être assis devant le Rock Hotel à regarder les troufions grisâtres en sueur gravir la colline. » A la fin l'auteur envoyait une et une seule banane à son fils. Les troufions grisâtres n'étaient pas comme ça. En même temps que les bananes, ils comptaient faire passer en fraude des petits animaux et des oiseaux en Angleterre – un ouistiti, des canaris babillards, un caméléon. Ces pauvres bestioles périrent pendant la traversée et furent livrées aux abîmes avec force larmes avant que les cuisiniers chinois puissent s'en emparer.

Le bateau avait une petite bibliothèque où figuraient, curieusement, trois exemplaires du roman de Rex Warner, *L'Aérodrome*. Je n'avais pas eu le loisir de me tenir à jour de la littérature contemporaine sur le Rocher, mais je savais que Franz Kafka avait eu une influence majeure sur des écrivains comme Warner et William Sansom. Kafka était difficile à saisir, mais le passage par les allégoristes britanniques le rendait plus accessible. Ça n'avait pas été pour moi une guerre très littéraire. Je me cramponnais à mon *Finnegans Wake*, résolu à aller au fond de la question (ou devrais-je dire de son delta renversé ?), et *Ulysse* prenait une signification nouvelle, du fait que son héroïne est fille de Calpé. Joyce avait bien campé son Gibraltar sans y être jamais venu, au point que mes amis autochtones étaient souvent surpris par ses allusions à des gens qu'ils connaissaient – Mrs Opisso, par exemple, dont le fils proteste quand Molly Bloom se moque de son nom. Mais pour Molly, Joyce déraillait, et il faisait probablement erreur sur le grade de son père. Le major Brian Tweedy, s'il s'agissait d'un commandant, n'aurait jamais eu une fille qui parle en pur dublinois. Même s'il était sergent-major (son rang probable) marié à une Espagnole (autre invraisemblance : il aurait sans doute épousé une native de Gibraltar), c'est une fillette gazouillant en espagnol, langue que Molly semble avoir apprise dans un manuel Hugo pour débutants, qu'il aurait retrouvée en rentrant chez lui le soir. Le dernier chapitre d'*Ulysse* repose sur un coup de bluff génial. Le plus étrange, c'est que Joyce le voyageur n'ait jamais manifesté le moindre désir d'aller voir le Rocher.

Rares étaient les œuvres littéraires, hormis les histoires de Julian Maclaren-Ross, qui s'adressaient directement au soldat. Les romans sur la guerre viendraient plus tard, et ils viendraient surtout d'Amérique. Les livres que je lisais à la fin de la guerre étaient d'esprit pacifique – *Les Quatre Quatuors* d'Eliot, enfin terminés, la *Lettre du Nouvel An* d'Auden et *Le Tombeau de Palinure* de Cyril Connolly. Même *Retour à Brideshead* d'Evelyn Waugh, que l'auteur-soldat avait pu écrire grâce à une permission prolongée, était un exercice de nostalgie sans finesse. Incapable de recréer dans l'imaginaire la vie déboussolée des rangs subalternes. Il s'écrivait pas mal de choses sur le Rocher, la revue *The Rock* avait même publié un supplément intitulé *Poetry Gibraltar*. Le contenu était faible, mais Tambimuttu (j'avais expédié un exemplaire à Londres) s'était emballé pour le titre. Je fustigeais la médiocrité des vers dans un article qui m'a valu quelques ennemis. Mais ma position semblait légitimée par le fait que j'avais remporté le prix de poésie du Gouverneur, d'une guinée environ (vite éclusée). D'après Christopher Hassall, le parolier d'Ivor Novello (« Illumine mes rêves et encore une fois/De ta voix lente et secrète/Murmure ton amour pour moi ») qui m'avait désigné, mes vers suggéraient plus qu'ils ne disaient. Voici quel était, quel est mon poème :

Inutile d'espérer retarder
L'événement inévitable
Par cette frêle barricade
D'une semaine, d'un jour, d'une heure,
Qui fond sitôt qu'elle se forme
Car le temps lui-même t'y mènera,
Son engin au moteur puissant
Se ruera sur l'obstacle,
Que tu le veuilles ou non.

Poignée de main avec l'austère
Argument gratifiant,
Cette consolation de l'os
Résigné à l'événement,
Il s'en fait un ami
Et, dans un élan d'amour,
Dore ses arpents mesquins
De plus grande ouverture.

La marge ultime du départ
Est abritée des rigueurs
Indiscrètes du vent.
L'adieu, un point dans le temps,
N'a pas d'étendue
Et ne peut cerner d'ombre
Le dernier baiser, la dernière
Etreinte des mains.

Les dernières lignes résisteraient mal à un examen logique trop serré. Le commandant Meldrum ne parut pas ravi de cette récompense, qui donnait à croire que ses sergents étaient plus brillants que ses adjudants. Mais la créativité n'a peut-être rien à voir avec l'intelligence.

On nous débarqua à Greenock, et ceux qui avaient pour destination le sud du pays de Galles furent entassés tous ensemble dans un camp en attendant qu'on les escorte jusqu'au train de Newport. Je suis quasiment devenu un Gallois honoraire : « Et toi où c'est que tu poses, Taff ? Blackwood, ça se prénomme ? P'tain, c't un patelin que j'ai jamais entendu parler, honnête. » Là, ayant offert mes bas nylon et ma bouteille de whisky, déballé mes cigarettes (diablement rares au pays de Galles comme partout ailleurs), j'ai pu échanger un regard timide avec ma femme. J'étais maigre. Elle avait pris des rondeurs : sans doute l'abondance de liquide qu'elle devait absorber par ordre médical, à savoir de la bière au litre. Les saignements persistaient. Le sexe ? La timidité induite par deux ans de séparation, c'était déjà dur ; il y avait en plus cette barrière physique que nous affrontions avec un mélange de frustration et de soulagement. Sur le mur de la chambre, cachant temporairement l'ode encadrée à sa mère, Hazel, la sœur de Lynne, avait accroché une délicate invite aux retrouvailles : deux cadavres mal dessinés aux tentacules enlacés. Un parfait anaphrodisiaque. Pour Lynne on avait réussi à faire du sexe quelque chose de froid et par conséquent de sale. Les explorations de l'éminent gynécologue (« Messieurs, un seul doigt pour les devoirs professionnels ; deux pour les devoirs mondains ») produisaient une excitation mécanique. Tandis que nous reposions dos à dos, je saisis une bouffée d'ail et un gloussement andalou. Je n'aurais pas dû revenir. Il n'y avait pas que les difficultés de ce bref renouveau conjugal. J'avais oublié à quel point c'était froid, un mois de novembre britannique ; je n'aimais pas me faire tanner par ces gosses gallois qui réclamaient « t'as pas du chouingomme, mon bonhomme ? » ; je n'avais pas apprécié ce pub près de l'arrêt d'autobus à Newport qui affichait « Whisky, bière, gin, brandy, la maison est à sec. Vous les avez élus, débrouillez-vous avec » ; je n'aimais pas ce cynisme des lendemains de victoire dans la brouillasse. En uniforme de sergent, avec ma musette et tout mon barda, j'avais le sentiment d'être la risée de la rue. C'étaient des Troufion par-ci et Troufion par-là et Troufion casse-toi. Les soldats appartenaient à l'ère pré-atomique. Le lendemain matin je mets les vêtements civils d'avant-guerre qu'on m'a envoyés du 47 Princess Road. Je mets aussi un pardessus. Car, me dit Lynne, on part en voyage.

Nous allions prendre la route pour rendre visite à l'homme qui l'aimait. L'aimait-elle aussi, ce n'était pas encore sûr. Mon congé devait se passer à nous mesurer l'un à l'autre pour lui permettre de se décider. J'avais pressenti une histoire dans ce goût-là. Les Ob. et Méth. Britanniques n'avaient rien prévu pour régler le problème britannique essentiel du réajustement conjugal après une longue séparation : c'était au moins aussi pressant que l'assurance médicale ou la loi de 1943 sur l'enseignement. On commençait à voir des photos de soldats qui avaient tué leur femme et l'amant polonais ou américain de leur femme à la une du *Daily Mirror*. Ce qui se passait dans les milieux cultivés était plus subtil et n'admettait pas de solution simple, mais nous commencions tous à comprendre que l'amour ne peut être un feu durable que si l'homme est là pour remplir la pelle à charbon.

Voyage? Hôtel? Argent? J'en avais très peu, j'étais toujours simple sergent. Lynne était encore au ministère des Transports de troupes, mais avec si peu de travail qu'on lui donna volontiers un mois de congé. Elle avait gardé son appartement de Barons Court Road. Elle avait aussi une souris blanche baptisée Fitzroy qui devait faire le voyage avec nous. Fitzroy lui avait été d'un grand réconfort à l'époque des V2, ainsi que son compagnon noir Cornwallis, qui avait disparu. La souris voyageait en cage dans un sidepack militaire. A qui appartenait ce sidepack? C'était un cadeau de Herbert. Herbert était donc l'armée? Herbert était commandant. Mieux, commandant au SEA. Il s'agissait du commandant Williams, un Gallois de Tredegar qui se trouvait être un cousin éloigné. Elle l'avait rencontré dans une soirée à Londres. Il l'avait invitée à dîner puis emmenée à une conférence du poète Louis MacNeice. Puis au cinéma voir le *Henry V* de Laurence Olivier, et encore à dîner. Puis il lui avait déclaré son amour. Avaient-ils couché ensemble? On ne pose pas ce genre de question. Même quand on est le mari légitime? Coucher avec quelqu'un, dit-elle, c'est toujours très compliqué. Nous roulions vers Shrewsbury dans un train glacial, particulièrement crasseux. Shrewsbury étant le quartier général du district Mid-West, où Herbert était délégué du commandant en chef des services éducatifs de la région Ouest. Il devait être prochainement muté au dépôt du SEA de Blackheath comme instructeur principal. Il faisait une belle carrière, sans avoir de meilleures qualifications que les miennes. Mon rang continuait à la déranger.

Nous sommes descendus à l'hôtel Blue Posts de Shrewsbury. Le directeur me prit à part sitôt les fiches remplies. Il avait une question directe à me poser, dit-il. Est-ce que j'étais encore dans l'armée? Oui, toujours. Est-ce que je mouillais mes draps? Un nouveau monde de franchise ou d'insolence s'ouvrait devant nous. Il y a trop de militaires, m'expliqua le directeur, qui mouillent leurs draps quand ils rentrent. Rapport aux nerfs ou quelque chose comme ça. Non, je ne mouillais pas mes draps. Parfait. Je m'excuse, mais il faut bien que je sache. Nous logeâmes la souris Fitzroy, attelée à sa roue d'exercice, dans l'armoire de la chambre glacée. Et partîmes affronter le commandant Williams au bar du Loggerheads.

Il n'était pas très séduisant : plus âgé que moi, presque chauve, il avait des lunettes et une quantité de tics. Ses clins d'œil involontaires, apprendrais-je par la suite, lui avaient valu une foule de conquêtes inespérées. Il happait les mouches, comme jadis Harold Foreman à Saint-François-Xavier. Sa voix était pleine de charme. Après six demis de bitter il me confia qu'il était amoureux de ma femme. Je répliquai à la manière de Coco dans *Le Mikado*. Lynne, plantée devant la cheminée avec deux demis en lieu et place de la pinte défendue, m'observait avec colère : j'étais censé me livrer à une profession de foi hautement possessive. Mais je n'étais pas prêt à ça. Là-dessus un lieutenant-colonel fit son entrée et ordonna à Lynne de s'éloigner du feu. Je crus d'abord qu'il faisait jouer ses galons, mais non, il exprimait l'esprit nouveau du socialisme. « C'est nous qui tenons les commandes, maintenant, dit-il en enfourchant l'âtre. Les gens de votre espèce ont fait leur temps. »

L'ennui avec Herbert Williams, c'est qu'il m'était sympathique. Et que je lui étais sympathique aussi. Nous avions un arrière-plan commun d'études humanistes. Avec assez de latin, que Lynne ignorait, pour nous lancer des citations de Catulle ou Sénèque à la tête. Il avait un bon rire de ténor. On pouvait faire de la musique au triangle, comme dans le scherzo du concerto pour piano de Liszt en *mi* bémol. A nous trois nous étions une *Gestalt.* C'est une chose qui se produit fréquemment dans les conflits amoureux : l'amant n'est pas un simple repoussoir pour le couple, il sert aussi de table d'harmonie, complément, parachèvement, dissolvant d'ennui conjugal. Mais un ethos plus sévère et plus ancien me tenaillait l'épaule – bruits de cocufiage, railleries sur le *Hausfreund* et le mari complaisant. Je n'avais pas prévu de passer ma permission à jouer ce genre de comédie conjugale. J'y pensai la nuit tout en écoutant Fitzroy pédaler sur son moulin. Ce n'était pas encore le futur. Le futur commencerait vers 1946. La conclusion imposée à mon congé, ce fut non pas tant la victoire sur mon rival mais l'assurance donnée à ma femme que je tenais assez à elle pour me battre, ou plutôt que j'étais digne d'un adversaire avec qui je n'avais pas encore vraiment engagé le combat. Les femmes adorent qu'on se batte pour elles, mais la femme cultivée préfère que la bagarre prenne, comme au théâtre, la forme d'une logomachie spirituelle. Herbert Williams était incollable sur la logomachie, avec sa licence de lettres classiques. Dès notre arrivée à Londres, il posa la question de confiance : qui allait dormir avec elle ? C'était indécent. Manifestement il se rongeait les ongles dans ses quartiers d'officier à Eltham Palace, Blackheath, torturé par des images de Lynne et moi en train de rouler l'un sur l'autre au dernier étage de Barons Court Road. Mais nous étions très chastes, bien obligés : sa dysménorrhée était en crue, il fallait lui administrer de fortes doses de silbœstrol, l'œstrogène synthétique de Sir Charles Dodd. Mais qu'elle avait couché avec son commandant, j'en avais la certitude. Il existe d'autres formes de colloque sexuel que la seule autorisée chichement par l'Eglise catholique.

Le rêve grossier du soldat resta donc inassouvi. L'escalier quatre à quatre. Ton uniforme est trempé. Oui, elle était dans son bain quand je suis arrivé. Le mieux c'était d'être soûl le plus souvent possible, dans les bistrots de Rathbone Place qui (Julian Maclaren-Ross dans son coin habituel, Mrs Stewart penchée sur son mot croisé quotidien, Dylan plus gras qu'avant en train de réciter « L'Œil vert du petit dieu jaune ») respiraient le confort de la continuité. Le mieux c'était de tomber hors service dans son lit. J'avais hâte de repartir sucer des oranges. Londres était vaste et sale et cru et plein de civils qui avaient bien profité de la guerre. On avait connu au cours de cette guerre un esprit d'union, une âme civique, que le gouvernement avec ses grosses pognes s'était efforcé d'incarner dans un personnage nommé Billy Brown de London Town. Il figurait en bande dessinée dans les rames du métro : « Avançons tous ensemble, dit Billy. Si l'un bloque le passage, tout marche au ralenti. » A quoi un crayon anonyme avait répondu : « Vous avez raison, nous sommes tous d'accord. Dites-nous seulement par où diable on sort. » Billy Brown, l'homme d'affaires en chapeau melon et pantalon rayé, avait vécu. Le nouveau Londonien c'était le trafiquant du marché noir, l'arsouille qui truste les bas nylon ou les boîtes cabossées de lait concentré. Ça manquait de chaleur, et moi j'avais pris goût au soleil. Il me tardait de rentrer.

Au terminus de Liverpool d'où je devais embarquer, on pouvait lire BIENVENUE AU PAYS LES GARS ET JOYEUX NOËL. J'allais passer mon troisième Noël à Gibraltar. D'autres qui auraient dû faire pareil n'en seraient pas. Une quantité de permissionnaires manquaient à l'appel. C'était prévisible. On me confia dix hommes du contingent et j'en semai un. Foutue guerre est finie, pas vrai ? Fini, oui, cet entracte abominable qui perturbait la routine militaire habituelle. On allait enfin se mettre à former les soldats pour de bon, même les conscrits. Le bateau proposait un échantillon de la chose avec des séances de gym obligatoires. La paix y a rien de tel pour ramollir ceux qu'ont pas fait sérieusement leurs classes. Il y avait à bord trois très jeunes sergents des services éducatifs, venus remplacer ou grossir le personnel, dont un danseur classique très scandinave nommé Reg Hanson. J'étais sûr qu'on n'avait pas réquisitionné ses talents spécifiques. La maçonnerie peut-être, mais pas la danse. Le bateau était vaste et bourré de soldats comme s'il participait à une invasion sud-européenne. Il possédait une salle de cinéma, où on nous emmena en rangs voir Danny Kaye et les Goldwyn Girls. « Putain, qu'est-ce qu'elles sont belles », soupira un sergent dont la perme avait dû être aussi frustrante que la mienne. La nuit, le bateau illuminait entièrement le golfe de Gascogne. Les hommes réagissaient d'un « Eteins-moi ça, putain » neurasthénique avant de s'aviser que les mauvais jours étaient passés, et qu'il s'en préparait de pires. Rien de tel qu'une guerre pour mettre du drame et de la dramaturgie dans une vie terne. Le drame est substance, la dramaturgie est forme. La vie était devenue informe. Les permissionnaires avaient eu un avant-goût du futur et n'avaient pas trouvé ça fameux. Quand le Rocher se dessina dans le soleil de Noël, les nouveaux entonnèrent « Ne m'enfermez pas » de Cole Porter. Les chevaux de retour l'appelaient de leurs vœux comme une mère.

Mes camarades du contingent de 1943 étaient tous rentrés chez eux, à l'exception de Wilkinson, qui avait dû trouver la mort parmi les serpents et les sangsues. L'adjudant Barton était passé adjudant-chef. Un autre adjudant-chef, un nommé Fazackerley originaire de Liverpool, avait débarqué simple sergent et grimpé en vitesse pendant mon absence. Il bégayait, ce qui l'empêchait de donner des cours. Sa place était au bureau d'accueil, même si ses gribouillis de gaucher étaient illisibles. Apparemment il n'y avait pas beaucoup de travail pour moi. Pour le commandant Meldrum j'étais un rappel gênant de l'époque primitive du *bricolage** éducatif. Il n'avait pas envie de me voir. Il n'avait envie de voir personne sauf les deux officiers d'état-major qui èxécutaient ses ordres. L'un des deux, un ancien canonnier affligé d'un excès de salive, employait des formules du genre « Ote ton doigt de là » ou « Combien de gusses au matricule ? » et « Mets-les au parfum ». L'autre, le capitaine Taylor, était un svelte sapeur, un intellectuel méthodiste qui appelait ses subalternes par leur prénom. Il m'ordonna de superviser l'équipe de *hombres* basanés qui déchargeaient une nouvelle cargaison de manuels de sinologie et de campanographie. Je les libérai pour le déjeuner. Comme ils ne revenaient pas, c'est moi qu'on réprimanda. Le capitaine Taylor me dit : « J'ai bonne envie de vous porter un motif. Vous savez bien que je déteste imposer la discipline, mais vous ne me laissez pas le choix. Effacez-moi s'il vous plaît cette expression menaçante.

— Quelle serait exactement la sanction si vous me portiez ce motif, mon capitaine ?

— Un blâme sévère, qui figurera sur votre livret militaire. Et qui vous suivra dans le civil, je vous préviens. »

Voilà, c'était clair. Pas question de prendre un nouveau départ dans nos activités pacifiques. L'armée continuerait à nous poursuivre.

Alors moi : « Et si je signale à Eltham Palace que vous ne m'avez rien trouvé de mieux à faire que de superviser des *obreros* espagnols ?

— Vous n'en avez pas le droit. Je vous défends d'être insolent. John, John, voyons, vous ne comprenez pas que vous me poussez à agir d'une façon entièrement opposée à ma nature ? Présentez-moi vos excuses pour votre négligence dans le service, et nous passerons l'éponge.

— *Peccavi. Mea culpa, mea culpa, mea maxima culpa,* mon capitaine. » Lui donner du *Domine,* à ce triste connard, j'aurais trouvé ça vraiment trop. Mais j'étais ravi qu'il ait fait remonter Eltham Palace de mes souvenirs de perme. L'amant de ma femme était un gros bonnet à Eltham Palace. Avec un peu de chance, j'arriverais peut-être à compliquer l'avenir du militaire de carrière Meldrum.

Dans la cargaison de cadeaux du ministère de la Guerre, il y avait une énorme liasse de papier à musique de trente portées. Je me dressai une table dans la bibliothèque de l'état-major et commençai à composer une symphonie en *la* mineur. Un officier marinier surgit avec son violoncelle rangé dans un coffre de matelot charpentier. Je lâchai la symphonie pour écrire un concerto de violoncelle. Je composai une ouverture orchestrale intitulée *Gibraltar.* Je fis un arrangement choral pour l'« Hymne à la jeunesse condamnée » de Wilfrid Owen. Tout cela, dis-je aux officiers inquisiteurs, c'était du travail légitime : sinon pourquoi pareille quantité de papier à musique voguerait-elle en haute mer ? On me laissa tranquille. On me laissa tranquillement cultiver la sensibilité musicale des occupants du Rocher. Ainsi j'ai pu constituer un large public pour des concerts hebdomadaires de disques au Foyer des jeunes chrétiens. Ranimer la Société musicale de Gibraltar. M'établir comme agent artistique indépendant. Orner le laboratoire de physique des services éducatifs d'une fresque murale peignant l'histoire de la vie organique. Devenir critique de cinéma à la *Gibraltar Chronicle.*

Fondée en 1707, la *Gibraltar Chronicle* était le plus ancien quotidien d'Europe. Les techniques de fabrication étaient primitives – une presse à plateau dans une cave humide – mais grâce au niveau de culture de son équipe de rédaction militaire, le produit était supérieur au *Daily Mirror.* Je pouvais employer des mots comme « anagogique » dans mon papier, ou évoquer « l'amplitude pectorale et buccale » de Martha Raye sans me faire corriger au crayon bleu. On imprimait intégralement ce que j'écrivais. J'avais libre accès aux quatre cinémas de Gibraltar dont le meilleur, le Naval situé à côté du stade de football Calpe United, présentait souvent des exclusivités européennes. Gibraltar alors n'avait rien d'un trou arriéré en matière de cinéma, et j'y faisais, bénévolement certes, un vrai travail de journaliste. Mais c'était très tentant d'encoder des messages d'insultes aux officiers d'état-major des services éducatifs. Le meilleur cryptogramme, c'est l'acrostiche. En voici un que j'ai réussi à faufiler sur un film de Sinatra : « Magique émetteur lascif de roulades uvulaires, mélodieuse étoile, Sinatra touche un nerf sensible à l'écran côté orgasme nébuleux. » C'était si saugrenu qu'un lecteur intelligent y chercherait tout naturellement un message caché. Seul un aide-soignant à l'infirmerie de North Shore écrivit pour se plaindre de cette obscénité. Il ignorait l'existence du commandant Meldrum.

L'ironie de ma situation finale sur le Rocher, c'est que mes activités indépendantes valurent à Meldrum une réputation d'énergie et d'efficacité en matière de culture et d'éducation. Souvent on comprenait mal qu'un simple sergent fasse des étincelles quand des adjudants plus que ternes enseignaient l'arithmétique élémentaire ou bafouillaient au téléphone. Meldrum devait avoir du mal à digérer ces rapports où les unités du Rocher signalaient sans détours la qualité médiocre des séances d'Objectifs et Méthode Britanniques, exigeant qu'on leur envoie quelqu'un comme moi, avec mes talents et mon expérience, pour les haranguer. C'était bien mieux autrefois, disaient-ils. Ils n'appréciaient pas beaucoup ces jeunots de l'avenir égalitaire dont la médiocrité passait pour une vertu démocratique. La paierie militaire refusait purement et simplement les séances éducatives si ce n'était pas moi qui les animais. Très embêté, Meldrum me convoqua pour me demander si j'accepterais une promotion. Je répondis qu'en acceptant j'aurais l'air d'approuver sa politique et son mode d'évaluation du mérite. « Ça vous ferait plus d'argent », me dit-il en dernier recours. En fait, c'était son meilleur argument. J'ai décousu mes chevrons et pris le grade de sergent-major. Ça me ferait plus d'argent.

Lynne me disait dans ses lettres que d'après les gynécologues son état nécessitait du repos domestique dans un climat sain. « Pourquoi pas un an ou deux à Gibraltar ? Tu aurais un emploi dans le civil et un logement matrimonial. On pourrait visiter l'Afrique du Nord et l'Espagne, boire du xérès, manger de l'espadon grillé, lézarder au soleil. » C'est elle qui me faisait une visite guidée. Viens là où tu habites, tu verras Gibraltar. J'allai rendre visite à Mr Withers, un épicène barbichu du British Council, mais d'après lui mon école et mon université plaidaient contre moi. Je fis une démarche auprès du Dr Soames, le chef des services de l'Education civile, qui me dit qu'il y aurait peut-être un poste libre à la promotion des études supérieures. Patientez. Puis le capitaine Taylor décida d'organiser un Eisteddfod qu'il intitula Joute des bardes. Il y aurait des discours politiques, des plaidoiries à charge ou décharge de criminels imaginaires, du moment qu'il ne s'agissait pas de crimes obscènes, des récitations en prose et en vers. Tout le monde pourrait concourir. Il me dit en rougissant qu'il avait entendu parler de ma liaison avec une dame espagnole, ce qui faisait de moi un expert tout désigné pour choisir les poèmes de la section Récital de poésie espagnole.

Ma liaison avec cette dame espagnole m'apportait le soulagement sexuel amical que je ne trouvais ni chez moi ni dans les bordels de La Línea. La dame en question, une artiste chanteuse de Grenade plutôt qu'une dame, avait un contrat de trois mois pour se produire au Café Universal ou UV. Elle s'appelait Conchita, avait dix ans de plus que moi et une belle maturité, surtout quand elle se mettait en costume national pour chanter *« España, nuetra madre »*. Elle avait une chambre dans une pension de famille et un vif désir d'apprendre l'anglais. Nous procédions aux leçons assis sur le lit. Elle essaya de m'offrir ses *libras* ou *chelines* durement gagnés, mais je ne voulais pas accepter. Pour l'amitié, disais-je. Ah oui, *amistad, intimidad.* Cette *intimidad*, avec ses harmoniques très *News of the World*, nous poussa à user du lit pour d'autres exercices que l'anglais. J'avais une maîtresse, au moins jusqu'à échéance de son contrat. Le sexe, c'était le monde chaleureux de l'ail, les marchands de journaux criant *Calpense* (la feuille locale en langue espagnole) dans la paresse de l'après-midi, son et mon exquis remords catholiques. Elle n'a pas fait de moi un expert en poésie espagnole. C'est plutôt elle qui découvrit la poésie espagnole en m'écoutant dans sa nudité nonchalante lui lire des extraits de l'anthologie Oxford de poésie espagnole – Lorca, Góngora, saint Jean de la Croix. Elle aimait beaucoup *« La casada infiel »* de Lorca. Je le soumis au capitaine

Taylor, ainsi que *« En una noche oscura »*. Les poèmes furent inscrits au programme.

Malheureusement on permit aux écoliers de Gibraltar de participer à la Joute des bardes, et leurs maîtres qui étaient des Frères chrétiens irlandais furent horrifiés par mon choix de poèmes. Le responsable de l'Education civile et le commandant Meldrum reçurent des lettres indignées. Le poème de Lorca, un hymne à l'adultère, était dégoûtant; en plus, l'auteur était communiste. Quant au poème de saint Jean de la Croix, bien que son propos soit mystique, les ignorants l'ont pris pour une célébration de l'amour charnel. Exposer des écoliers innocents à la souillure des cochonneries de Lorca (cochonneries communistes) et des effusions mystiques d'une carnalité inquiétante, même de la part d'un saint, c'était probablement pécher contre l'Esprit saint. L'individu qui avait choisi ces poèmes était un pécheur, et s'il y avait une justice, on devrait lui interdire de souiller plus longtemps le Rocher Catholique Irlandais. « Faire carrière ici ? hurlait le Dr Soames. Vous pensiez faire carrière ici ? »

Le capitaine Taylor eut droit à un rapatriement anticipé pour se présenter au poste de directeur d'un collège méthodiste. Je sollicitai le même privilège pour passer l'examen d'interprète au Bureau International du Travail à Montréal. Rien à faire. Il y aurait un tas de bonnes places pour les gens qui avaient servi sous les ordres du commandant W.P. Meldrum, chevalier de l'Ordre de l'Empire Britannique. Cet officier prévoyait naturellement pour lui-même une bonne place dans un territoire un peu plus vaste que Gibraltar. Il ne se doutait pas que le commandant Herbert Williams s'employait déjà à entraver ses ambitions. Je terminai mon tour du Rocher sinon glorieusement du moins bruyamment. Un sergent mécanicien du génie avait bricolé pour le Foyer des jeunes chrétiens un tourne-disque d'une puissance sonore inédite, la Neuvième de Beethoven fendit quelques tympans. Une partie du Rocher s'effondra. Le contrat de Conchita se terminant, elle repartit pour Grenade. Je l'ai entendue chanter ma chanson *« Muchísimas gracias »* sur la radio de Franco. Le groupe de démobilisation numéro 30 prépara ses paquetages et s'attacha des montres-bracelets de contrebande sur toute la longueur de l'avant-bras. Je passai ma dernière soirée à La Línea, avec l'adjudant de Birmingham qui me courait après en criant : « Fais pas ça. Tu vas te faire plomber. Pense à ta femme. » Le bateau corna son arrivée. Nous embarqua par un matin de mai. Prit le large. Le Rocher coula, englouti sur de doux accords, sans faire une seule bulle.

« Un produit très populaire en temps de paix », commenta un canonnier qui avait travaillé dans une agence Cook. Les stewards, des natifs de Goa, jouèrent les premières mesures de « In the Mood » sur la cloche du dîner. Chacun se tournait vers le nord avec espoir et angoisse. Tom Frank chanta *« Sous les toits de Paris »* en allemand :

In Paris, in Paris
Sind die Mädels so süss
Dann sie flüstern :
« Monsieur, ich bin dein. »

Un sergent écossais se faisait beaucoup de bile pour l'œil de verre que lui avait fourni l'armée. Il avait perdu le vrai sur le champ de tir de North Shore. La prothèse réglementaire était mal ajustée : elle tomba dans son assiette et se nicha dans la purée comme une friandise arabe. Un corpulent deuxième classe du train ne cessait de répéter : « Moi ? un boulot ? qu'est-ce que des types comme moi feraient d'un boulot ? Tout ce que j'ai appris à l'armée c'est tringler. Tout ce que je veux faire dans la vie c'est tringler. » Un autre deuxième classe palpait quotidiennement les insignes de mon grade sur mes avant-bras. « Vont pas tarder à sauter, major. Et tu vaudras pas plus cher que moi. » Débarquant à Londres, la première chose que nous avons vue à terre c'était une affiche montrant une veuve éplorée, avec cette devise : « Interdisons à la mort d'emprunter nos routes », que quelqu'un avait rayée et remplacée par « Elle a voté travailliste ». On nous expédia tous au centre de démobilisation d'Aldershot. Mais la procédure d'élargissement commença à coincer quand Tom Frank fit savoir qu'il était allemand. En principe on était tous britanniques et on s'était battus contre les Allemands. Les Britanniques allaient toucher de l'argent, un livret de caisse d'épargne, et une tenue de démobilisé. Les Allemands étaient censés rester là-bas pour recevoir une aide des Alliés au redressement. « Dites que vous êtes britannique, suppliait un commandant en pantoufles. Qu'on puisse faire dégager toute la bande. » Mais Tom Frank ne voulait pas renier la race qui avait engendré Goethe et Beethoven. Ce qui a ralenti le mouvement.

Et puis voilà, enfin c'était fait. J'étais libre, ma tenue de démob mal taillée d'un vert nauséeux le prouvait. J'avais vingt-trois ans en entrant dans l'armée, et maintenant vingt-neuf, presque le début de l'âge mûr. Ma guerre s'était déroulée sans gloire, une perte de temps considérable, qui ne m'avait rien appris. Je rapportais la partition d'un concerto de violoncelle que je convertirais un jour en concerto de violon pour Yehudi Menuhin, et une connaissance approfondie du sens possible de *Finnegans Wake*. Cela paraissait un capital insuffisant pour faire carrière dans le civil. Mais d'abord il m'a fallu parcourir le labyrinthe d'un congé de démobilisation déroutant.

Lynne avait changé. La première chose que je vis en entrant dans l'appartement de Barons Court Road, c'était un double bataillon de bouteilles de lait vides entartrées. Sa propreté galloise semblait l'avoir abandonnée. Elle était plus potelée, à force de picoler dur. Elle m'accueillit, ainsi qu'une paire de chaussures espagnoles taille 35, non comme un mari mais comme un complément à son entourage masculin. L'appartement que j'avais trouvé vide de visiteurs à mon arrivée fut vite envahi par des gens qui m'étaient inconnus. Il y avait un acteur de cinéma au chômage nommé Wilf, qui voulait faire un film sur l'aventure historique des trente pièces d'argent après la trahison, avec lui-même dans le rôle de Judas. Il y avait Dylan Thomas, clope fiché dans une crevasse de la lèvre inférieure, imbibé par une longue station post-méridienne à son club. Il y avait Eddie Williams, le frère cadet de Herbert Williams, directeur de la banque Grindlays à Calcutta, qui prenait un congé en métropole. Il y avait Lynne, jolie plutôt que belle avec ses rondeurs, mutine, la bouche pleine de jurons. Je restais assis dans mon coin pendant qu'on débouchait une bouteille de kummel, hors du coup avec mon uniforme qui était pour eux une blague, món grade une blague obscène, et Dylan qui chantait clope au bec, « Viens me dire bonsoir, sergent-major, sergent-major, embrasse-moi comme une mère ». Plus tard Wilf dirait : « Un sergent-major, mais putain, y en avait un qui traînait dans le coin la fois où on a fait connaissance, qu'est-ce qu'il foutait là ? » Nous sommes tous allés dîner à Soho, Eddie Williams qui payait, moi qui offrais des cigares de Gibraltar à la ronde, Dylan qui s'est fait rappeler deux fois à l'ordre par la direction.

La nuit venue, Lynne et moi nous nous sommes étendus, moi très gêné, sur son lit étroit. Elle n'était pas gênée du tout. Elle s'attela rondement à soulager ma congestion. Le lendemain matin je restai à la maison, en théorie pour lire *La Ferme des animaux,* en fait pour détartrer les bouteilles de lait sous le robinet d'eau froide. Elle partit tôt. Elle ne travaillait plus au ministère des Transports de troupes, mais elle avait une quantité de choses, non précisées, à faire. Ensuite elle devait déjeuner avec Sonia Brownwell. Nous ne pouvions pas encore voir de lien entre cette ravissante fille blonde, que l'alcool finirait par ravager, et mon intérêt pour *La Ferme des animaux.* Mais il y avait un lien entre *La Ferme des animaux* et les bouteilles de lait – la vanité de chercher à lutter contre la crasse épaisse, la bêtise des utopies. L'utopie britannique, sans avoir de briques et encore moins de paille, était en cours de fabrication. J'aurais voulu être de nouveau à Gibraltar. J'ai même commencé une lettre d'amour pour Conchita à Grenade.

Le soir, tournée des pubs de Dean Street. Il y avait trois frères Williams – Jim, le plus jeune, médecin militaire fraîchement rentré d'Afrique occidentale ; Eddie, le directeur de banque, diplômé des sciences de Jesus College ; Herbert, le commandant, qui voiturait la souris Fitzroy dans la poche de poitrine gauche de sa tenue de campagne. Je découvris alors l'existence d'un triangle amoureux dont j'étais exclu. C'était Herbert contre Eddie. Eddie voulait épouser Lynne et la remmener avec lui en Inde, terre plus chaude et plus riche en agréments que mon propre Gibraltar ; Herbert voulait entraver ce projet. La French House fut le cadre d'un bref échange de beignes fraternel, attentif à éviter le museau curieux de la souris blanche. Je les observais, fasciné, mon demi de bitter à la main. Puis Eddie annonça que nous partions tous faire un petit séjour dans une maison de Henley près de la Tamise, voir les régates et résoudre ce problème, le premier de la période de paix, avec tout le calme gallois. Eddie était petit et rondouillard mais autoritaire. Il dirigeait une grande banque dans une grande ville d'Orient. Des deux, à la place de Lynne, c'est Herbert, avec ses classiques pour faire front aux mathématiques d'Eddie, qui m'aurait paru le plus attrayant, malgré ses tics. En sortant du pub, il fit un clin d'œil involontaire à une prostituée. Encouragée, elle le suivit. Découragée, elle glapit « Foutu salopard ».

La maison qu'Eddie avait louée pour un mois à Henley était une demeure seigneuriale d'agent de change au cœur d'un jardin peuplé de petites grenouilles. Le loyer ne sortait pas entièrement de sa poche : un collègue directeur de Poonah, en congé lui aussi, partageait les frais. Il s'appelait George Tagg et s'était déniché une maîtresse provisoire, une actrice de cinéma ratée nommée Gwen, très portée sur les tentatives de suicide. Une femme d'une grande beauté classique qui jurait comme un palefrenier. La grossièreté du langage féminin semblait être un des attributs de la paix. Un adolescent sournois qui se vantait d'avoir échappé à la conscription en plaidant une gastrite chronique livrait tous les jours des produits de marché noir. Gwen et George Tagg occupaient la chambre principale. Lynne et moi avions droit à des lits jumeaux dans une chambre plus petite. Eddie dormait chastement seul en attendant la grande décision. Herbert venait de Blackheath pour le week-end dans le but de la déterminer. La situation était absurde autant, j'imagine, qu'immorale. Mais nous émergions à peine d'une grande guerre, et les valeurs morales étaient en état de choc. Lynne pleurait toutes les nuits en usant de mes bras pour la consoler. Elle ne savait plus où aller. Moi je savais où j'allais, et ce n'était pas Gibraltar, avec ses processions à la gloire du Sacré-Cœur ou sa cathédrale anglicane aux airs de mosquée construite par le génie royal.

J'avais de l'argent. Je pouvais retirer trois livres par jour dans n'importe quel bureau de poste, ce qui était beaucoup d'argent alors, sauf pour Eddie Williams. Je pouvais aller seul à Londres voir *César et Cléopâtre*, cette conversion malavisée d'une comédie mineure en épopée Cecil B. De Mille avec scènes de foule mobilisant tous les traîne-savates de Londres. Je pouvais, pendant que j'y étais, m'enquérir d'un emploi à la bourse du travail. Comme je le craignais, il n'y avait pas d'emplois. Je devais m'excuser d'avoir servi dans l'armée sans obtenir de qualification. Les colonels de l'armée de l'air se recyclaient dans la vente automobile, alors qu'il y avait peu d'automobiles à vendre et des rations d'essence misérables. Un sous-officier démobilisé ayant une licence de lettres sans aucune formation professionnelle n'avait même pas l'aura du brillant chasseur de l'air. Les usines, apparemment, offraient des perspectives. Un porte-parole du ministère du Travail à l'accent prolétaire authentique nous avait été dépêché à Gibraltar pour nous dire que l'industrie manquait terriblement de bras. Il nous parla de deux hommes qu'il avait réussi à remettre en selle. L'un avait perdu son bras gauche, l'autre le droit, et on les avait postés à un emboutissoir qu'ils maniaient comme un seul homme, mais chacun touchant un salaire complet. Allez à l'usine, conseillait-il. Il osa même dire à notre première classe docteur ès lettres qu'il n'avait rien d'autre à perdre que son accent distingué. Quant à l'avenir de l'éducation, gare aux afféteries cucul-la-praline. Nous avions désormais un gouvernement travailliste, maculé de cambouis, armé de clés à molette, l'éducation devait garder les pieds sur terre. Quant aux enseignants, avec leurs syndicats anémiés, qu'ils ne comptent pas trop sur l'avenir.

Je m'inquiétais vaguement de mon propre manque d'avenir, surtout que Lynne m'avait vigoureusement reproché ma carrière militaire sans gloire et mon inaptitude à lui fournir le soleil et l'espadon grillé. Une nuit elle se déchaîna même contre nous deux. « Médiocres, voilà ce que nous sommes », clamait-elle, voulant dire par là qu'elle n'était pas passée par Cambridge ni moi par Jesus College (qui de toute façon, lui rappelai-je posément, était réservé aux Gallois). Elle voulait dire aussi que son travail au ministère l'avait mise en relation avec des hommes sortis d'Eton qui convolaient avec Lady Cora Machin. A mon sens elle avait bien le droit de se faire emmener aux Indes en paquebot de première classe par Eddie Williams et de mener une existence de memsahib. C'est pourquoi je ne me suis pas beaucoup battu. Mais quand on veut divorcer, quels sont les motifs recevables, et combien de temps faut-il ? Les juges de divorce se lamentaient sur le nombre écrasant de demandes enregistrées au sein de l'armée, mais celles-là avaient au moins des motifs sérieux d'adultère ou d'abandon. Moi, cramponné à mes scrupules catholiques, je ne voulais à aucun prix demander le divorce ; Lynne pouvait difficilement m'attaquer pour adultère ou cruauté mentale. « Tu as essayé de me violer, dit-elle, quand tu es revenu en permission. » C'était faux, mi-rêve mi-cauchemar féminin. Elle reconnut que c'était faux : elle voulait simplement voir quel effet ça faisait. Je regardais les frères Williams se battre à qui prendrait possession de ma femme, et j'applaudissais leur stichomythie mélodieuse. J'avais le sentiment d'assister à une pièce dont j'aurais rencontré l'auteur jadis dans un pub de Londres.

Cependant les régates de Henley suivaient leur cours, on aurait pu croire qu'il n'y avait jamais eu de guerre. Des militaires d'âge avancé trottinaient le long du chemin de halage en hurlant « Bravo. Joli coup de rame ! » John Betjeman était sur place, en train de mitonner son poème sur des ATS sans chapeau qui crient Tchao et Bye bye. Il y avait du gin dans les pubs. Je commandais du pâté de lapin au restaurant du grand hôtel en m'étonnant de n'y trouver que du blanc de poulet. On avait l'impression d'une pause pour souffler avant la rigueur des lois somptuaires grâce à quoi, chose inédite pendant la guerre, le pain était rationné et comptait parmi les trois plats autorisés au restaurant, les pommes de terre étaient rationnées aussi (le slogan du temps de guerre recommandait « le pain vas-y mollo, les patates à gogo »), la chair de baleine et l'orphie en boîte constituaient l'essentiel de l'ordinaire. On voyait de rudes ouvriers faire la queue dans les pubs pour un verre de limonade, et l'Etat-providence s'édifier péniblement. Les tables des grandes demeures ployaient sous le gibier tandis que le porto remontait tout poussiéreux de la cave. Les gens du commun avaient droit chaque semaine à une mince couche de margarine, et une ou deux tranches de singe. Le fossé ne s'était guère rétréci. Quand le gouvernement travailliste élabora son projet d'exploiter l'arachide africaine (le premier grand désastre de la paix), il partait du principe que les Anglais ne mangeraient plus jamais de beurre, et qu'ils tartineraient leur pain rationné avec de la pâte de cacahouètes. L'austérité du temps de guerre s'est muée en austérité du temps de paix, encore plus austère que l'autre, sauf qu'on ne rationnait pas le caviar ni le pâté de foie gras.

Un écrivain était déjà en train de travailler à un roman qui montrerait le comble de l'austérité, dont il empruntait les accessoires aux années de la paix britannique. Il s'agissait d'Orwell, que j'ai vu brièvement au club Mandrake, lieu spécialisé dans le gin douteux parfumé aux clous de girofle, et les batteries d'échiquiers. Un dénommé Boris le dirigeait. J'avais rapporté de Gibraltar une quantité de boîtes de cigarettes Victory, les rations distribuées par l'armée pendant une courte saison, parfaitement infumables. Mais je m'en servais pour payer mes courses en taxi. L'œil impavide d'Orwell nota la boîte posée sur ma table du Mandrake, qui renaîtrait en café du Châtaignier, mais il n'accepta pas de cigarette, préférant les rouler lui-même. Sa description des cigarettes de la Victoire dans *1984* n'en est pas moins exacte, et son gin synthétique est précisément celui de Boris. Des membres du club éparpillés dans les coins sombres s'occupaient à résoudre des problèmes d'échecs. Il y avait même des tournois de temps à autre. Une de ces fois-là je me suis fait battre par un maître allemand réfugié qui s'était donné pour handicap une reine allemande (on supprime la reine et on la remplace par une tour). Tandis que l'eau saccharinée aux clous de girofle passait de main en main comme un médicament, avant de prêter son arôme au futur totalitaire d'Orwell. Pour moi la réalité physique de sa prophétie est solidement ancrée dans les années quarante, même si je frémis en repensant à mes propres ruminations sur l'échiquier du Châtaignier. Orwell avait un talent considérable pour aigrir les choses. Le télécran de cette échoppe à gin des condamnés diffuse une chanson qui dit « Sous la ramée du châtaignier je t'ai vendu tu m'as vendue ». Orwell l'a prise à un refrain scout inoffensif mis à la mode par George VI en sa qualité de chef scout. On l'avait vu et entendu aux actualités mener le chant, une sèche entre les lèvres. Le terme « orwellien » s'emploie à tort pour parler du futur. Ce sont les sordides années quarante qui étaient orwelliennes.

L'idylle de Henley, avec ses conflits et ses beuveries, touchait à sa fin. Je n'avais toujours pas trouvé de travail. Lynne et Eddie projetaient une sorte de lune de miel proleptique à Eastbourne. Qu'allait-on faire de moi ? Herbert Williams trouva une solution, peut-être pour soulager sa propre conscience. Il avait servi à Shrewsbury sous les ordres d'un certain Tony Scriven qui, devenu lieutenant-colonel, dirigeait l'école régionale de formation pédagogique du Mid-West près de Wolverhampton. Les deux semaines de cours destinées aux potentiels sergents instructeurs des services éducatifs étaient alors entièrement aux mains de l'Association éducative des travailleurs, dont Tony Scriven se méfiait. Tout cela, disait-il, c'est de la propagande marxiste. Lui-même proposait une formation en pédagogie, avec des matières comme l'économie politique et les relations internationales dont l'orientation serait neutre ou pencherait à droite. C'était un vieux militaire, sorti du rang, loyal envers la Couronne et l'Empire, qui avait dressé son épouse allemande à la même loyauté. C'est du moins ce qu'on m'a dit. Je devais me rendre à Brinsford Lodge, près de Coven, et voir s'il me jugerait digne de conduire des formations neutres ou droitières.

Je fis le voyage, et à Wolverhampton je découvris l'*Urvolk* de petits noiraudes que les Celtes avaient chassés des champs vers les fonderies. Maintenant ils fabriquaient des autos et des bicyclettes mais c'étaient toujours des nains noirauds. A Coven j'appris que le lieu était riche en sorcières jadis, et qu'il l'était peut-être encore aujourd'hui. A Brinsford Lodge, où je m'attendais à trouver un manoir délabré, je découvris ce qui paraissait à beaucoup de gens le modèle du futur – à savoir un camp de concentration de baraques préfabriquées, protégé de la plaine déserte alentour par des fils barbelés. Construit par le ministère des Ressources pour héberger des ouvriers et des fonctionnaires de ce secteur gouvernemental, qui prenaient le bus tous les jours et repartaient dîner dans une cafétéria de type AngSoc. Le lieutenant-colonel Scriven s'était réservé l'un des plus grands bâtiments pour le convertir en centre de pédagogie. Les étudiants et les instructeurs avaient leur cellule dans un bloc dortoir. Il y avait une salle de danse qui pouvait servir de théâtre, et un club soumis aux lois réglementant la vente d'alcool dans les pubs. Scriven était venu de Shrewsbury pour m'évaluer et pour me montrer, avec un dégoût maîtrisé, la soupe marxiste qu'on faisait ingurgiter aux soldats.

Scriven était un être d'une sombre férocité qui souffrait en permanence du dos à la suite d'une blessure reçue au combat. Comme c'était un instructeur d'infanterie très énergique, on l'avait converti en instituteur militaire, puis promu au grade d'officier. En principe son rang élevé devait être le reflet de hautes qualifications académiques, mais c'était difficile de s'en assurer. Dans son idée les cours universitaires ne duraient jamais moins de deux heures, et c'était risqué de le contredire. Son agrammaticalité cockney se posait en norme, mais sa grammaire allemande était correcte. Il exposait une batterie d'AIDES AUDALES, comme elles étaient désignées en caractères gras. Je n'avais jamais rencontré ce terme et je me suis demandé, mais pas tout haut, ce qu'il voulait dire. Il écouta ensuite d'une oreille dédaigneuse l'exposé tout à fait juste d'une jolie brune de l'Association éducative des travailleurs dont l'accent du Nord me rappelait ma lointaine initiation à l'AET, sur la progression du socialisme au XIXe siècle. « Foutaises », marmonna-t-il, puis « foutaises dangereuses ». Je sentis qu'il n'était pas homme à se laisser contredire ni même entraîner dans une dialectique amicale. Au moment du thé et des petits pains il lâcha : « Vous pensez droit si c'est Bill qui le dit. » Bill, c'était Herbert Williams. « Vous dépendrez du département d'éducation permanente de l'université de Birmingham pour l'affectation et le salaire, mais n'oubliez pas que le patron, c'est l'armée. Ah bon Dieu toujours cette sacrée douleur dans le dos. » Je compatis. Une voiture vint le chercher pour le reconduire à Shrewsbury. Je recevrais un courrier.

Le cours de l'AET était fini, il ne restait plus que la jolie fille brune dont j'avais entendu l'exposé. Les autres, trois rouquins et une souillon couverte de colliers, étaient partis ensemble en voiture. Ils avaient vivement critiqué l'œuvre de T.S. Eliot et émis des doutes sur l'existence possible d'un art réactionnaire de qualité. La jeune fille, Bridget, passa la nuit avec moi dans ma cellule du bâtiment masculin. La roue avait encore fait un tour complet, sauf que cette fille ne m'apprenait rien hormis l'immense gratitude de l'homme qui tient dans ses bras un corps féminin docile et vibrant. Apparemment la sexualité marchait toujours par ici, peut-être qu'elle persisterait quelque temps dans cette phase de paix baptisée normalité si le gouvernement travailliste ne l'interdisait pas. On pouvait être deux à jouer au jeu de la fornication. J'étais sûr maintenant que la pudeur sexuelle de Lynne n'avait rien à voir avec sa dysménorrhée. Elle n'était pas pudique avec tout le monde.

Mais pour l'instant je n'avais nulle part où aller, sauf Eastbourne où elle se trouvait. Je savais dans quel hôtel elle était, un bon, tout à fait convenable pour un nabab, et je prendrais grand plaisir au drame du face-à-face, peut-être dans la chambre double en pleine nuit. Puis dans le train dont les lumières vives avaient encore une allure de trahison, je me dis que j'allais attendre le lendemain, le face-à-face viendrait après le petit déjeuner qu'on ne manquerait pas de m'offrir, d'ici là je passerais la nuit à la gare d'Eastbourne comme si j'attendais un train matinal. Mais la gare ferma peu après l'arrivée de mon train, j'étais à la rue. Je dénichai un pub qui proposait des lits avec petit-dèj et réveillai l'hôtesse, une belle femme mûre nommée Mrs Brewster. Elle semblait prête à m'offrir mieux qu'un lit, mais peut-être était-ce une illusion de mes sens enflammés. Son mari,

Harley, avait le sommeil léger. Je fis la grasse matinée et attendis l'ouverture des pubs pour affronter le monde. Dès l'ouverture Lynne et son nabab firent leur entrée, l'air surpris mais pas coupable. Ils étaient déjà bien connus des gens du pub. « Venez voir, Harley, cria Lynne au maître des lieux, c'est mon frère. Vilain, va, tu ne pouvais pas nous appeler pour dire que tu arrivais ? » Ainsi mon rôle m'était dicté : le frère de ma femme, avec pour beau-frère (terme grossier en hindi) Eddie Williams. Je laissai mon beau-frère me payer à boire.

J'entendais des voix ancestrales me reprocher d'êt'rin qu'in foutu cornard, et ma femme eune pute in peine de pine. Vraiment pas une façon de commencer la paix. Plus tard Harley Brewster, approuvé par sa femme, me dit que je devrais me marier, trouver une fille bien comme ma sœur. Je laissai la farce durer une semaine. Un coup de fil arriva pour Eddie de la banque Grindlays de Londres que, grâce à un dépôt de cinquante livres, j'utilisais comme poste restante. Un câble urgent pour lui le rappelant de congé. Et un télégramme pour moi, m'annonçant que j'avais le poste. Cinq cents livres par an plus une indemnité de logement. Vous commencez lundi prochain.

V

V

Comme bien des couples qui ont eu la chance de survivre à la guerre, nous nous sommes retrouvés ma femme et moi à l'automne 1946 réunis mais physiquement séparés. C'était la première des deux phases de renouveau conjugal du temps de paix. La seconde phase, l'édification d'un foyer, était perpétuellement différée faute d'argent et de logements à louer. Le rêve de posséder un chez-soi était considéré comme une indécence capitaliste à l'heure du programme Arachide. Je vivais donc dans ma cellule de Brinsford Lodge avec des pauses de quatre jours entre mes cours, pauses pendant lesquelles j'allais rejoindre Lynne là où elle se trouvait être. Eddie Williams l'avait persuadée de quitter son appartement de Barons Court Road, trop petit et sordide pour l'épouse prospective d'un nabab, inutile de surcroît quand lui-même pouvait louer des maisons à Henley ou Richmond. La mort subite de son directeur adjoint l'ayant rappelé à Calcutta, les pourparlers de mariage durent se plier aux contraintes de la poste aérienne. Puis les pourparlers cessèrent et Eddie se fiança avec la fille d'un juge. Sardoniquement, son frère Herbert trouva une place à Lynne dans l'équipe d'un nouveau magazine éducatif publié par Turnstile Press. Le rédacteur, un Ecossais lubrique qui pérorait souvent pour des classes d'officiers à Eltham Palace, lui faisait écrire des articles que je réécrivais en y incrustant des effets de style, essaya de l'entraîner au lit puis disparut sans payer son travail ni ses notes d'hôtel. Lynne admit que c'était moins de tracas de rester ma femme plus ou moins fidèle que de jouer les balles de ping-pong entre les frères Williams. Notre mariage fut reconsommé. Le séjour en ce monde conservant toute la saleté de Gibraltar, l'un de nous fila des morpions à l'autre. Nous nous sommes rasés mutuellement les poils de pubis dans une chambre d'hôtel. Peut-on rêver meilleur symbole d'intimité renouée ?

J'avais deux collègues à l'école régionale de formation pédagogique du Mid-West – John Pilgrim, natif de Braintree dans l'Essex, adepte de la haute tradition anglicane, courtois, cultivé, et l'Indien Harvey Day, journaliste barbu et végétarien. Pilgrim fut désigné comme instructeur pédagogique ; Harvey Day et moi étions chargés des matières que le lieutenant-colonel Scriven jugeait souhaitables – relations internationales, histoire européenne, instruction musicale, art dramatique, sciences politiques. L'hypothèse des gens ignorants, c'est que les gens instruits sont instruits de tout : retour à l'armée. Harvey Day, en tant que journaliste, savait effectivement tout. Il gardait sous son lit deux valises bourrées de coupures de presse classées par matières. Il ne refusait jamais d'écrire pour un journal et pouvait à la demande faire cours sur n'importe quel sujet, de saint Thomas d'Aquin aux thérapies musicales dans les zoos privés. Il s'intéressait indifféremment à tout, donnait aussi bien un article sur les Merveilles de l'œil humain à l'*Hebdomadaire pour tous,* que sur Maladie et politique au *Médecin généraliste,* ou l'Albinisme à *La Gazette du Clapier.* Ses cours avaient beaucoup de succès parce qu'ils se spécialisaient dans l'anecdote : on y apprenait que saint Thomas d'Aquin était si gras qu'il avait fallu faire une encoche dans la table du réfectoire, mais on n'en apprenait guère plus sur le contenu de la *Summa theologica.* Le lieutenant-colonel Scriven ne s'inquiétait pas trop du contenu de quoi que ce soit, sauf qu'il fallait éviter de mentionner Karl Marx dans un cours de science politique, et toujours penser à descendre *Ulysse* dans un cours de littérature. Scriven insistait pour que les élèves militaires traitent ses instructeurs civils comme des potes et les appellent par leur prénom. Quant à lui, il fallait lui donner son grade.

J'étais peiné de voir le niveau des simples soldats des deux sexes qu'on nous envoyait pour instruction puis installation comme sergents de plein droit dans les services éducatifs. Ils ne savaient rien, à part quelques excentriques qui en savaient trop, et une fois affectés comme instructeurs, ne pouvaient pas faire grand-chose. Un sergent que j'ai vu lors d'une tournée dans un hôpital militaire avait une salle de cours inutilisée qu'il tenait propre comme un miroir en prévision des rares visites de Scriven. C'était, à son sens, tout ce qu'on pouvait attendre de lui. A l'ère nouvelle du service militaire obligatoire, la lecture dans les chambrées se limitait aux journaux illustrés genre *Beano,* les sommets de la grande musique allaient jusqu'à l'*Ave Maria* de Bach-Gounod. S'il y avait eu des instructeurs militaires disponibles pour fournir la provende compacte dont Harvey et moi nous gavions les étudiants, nous n'aurions pas été là, mais le temps des docteurs chevronnés et galonnés était révolu. En tant que civils, nous n'avions d'autorité que celle de notre savoir, pour ce qu'il valait ; sans grade et désignés par nos seuls prénoms, nous étions vaguement méprisés de n'appartenir à aucune hiérarchie et d'occuper *faute de mieux** des postes qui sentaient l'éphémère. Pour Pilgrim et moi, tous deux anciens soldats, c'était comme si on avait oublié de nous démobiliser.

Dieu s'abstint d'infliger à cette paix une grande épidémie meurtrière comme à la précédente, mais il inaugura 1947 par le pire hiver de notre histoire. Brinsford Lodge devint un goulag affamé en attendant qu'on lui expédie des luges pour traîner le ravitaillement sur dix kilomètres de neige. Il n'y avait pas de combustible pour se chauffer. L'industrie, d'après les rumeurs, était en panne dans tout le pays, les trains ne pouvaient plus circuler. Le black-out revint en vigueur. A la Saint-Valentin, entre une crise du charbon désastreuse et la perspective d'un lent rétablissement de l'industrie quand viendrait le dégel, si jamais il venait, l'opinion réclamait déjà un gouvernement à poigne, on parlait même de remplacer le Premier ministre Attlee par le ministre des Affaires étrangères Ernest Bevin bien qu'il soit en train de mourir d'angine de poitrine. Il y avait pas mal de rage dans l'air. J'avais travaillé à la composition d'un *Sanctus* pour une messe, mais je l'ai déchiré. Affamé de soleil et d'oranges, je décidai de tomber amoureux de l'auxiliaire féminine qui était attachée à l'école avec le grade de sergent. Une Juive de Londres, mais malgré tout fille éloignée de la Méditerranée. J'avais croisé des ATS tout à fait attrayantes pendant mes années de service mais toujours en détectant une pointe d'inceste dans la perspective d'une aventure. Maintenant que je n'étais plus en kaki, je pouvais sans trop mauvaise conscience dépouiller mon sergent de son uniforme et dévoiler la femme qu'il cachait. Sa cellule, ou la mienne, devint un nid de turbulences sexuelles.

Il est des moments rares dans la vie où Dionysos nous assaille. Une folie érotique s'empare de nous, et au diable les conséquences. Que cela nous arrive à moi et à elle pendant un hiver sinistre aux fins fonds du Staffordshire entre une école de l'armée et un camp de concentration du ministère des Ressources, cela faisait partie des improbabilités qui rendent la vie si intéressante et dangereuse. Il est difficile de tenir ces affaires-là secrètes. John Pilgrim avait une aversion haut-anglicane pour la fornication, alliée à une froideur est-anglienne, quant à Harvey Day qui adorait son épouse eurasienne sans être pour autant bégueule, il trouvait notre conduite imprudente. Le lieutenant-colonel Scriven, que la réputation d'*Ulysse* horrifiait, ne tolérerait pas une liaison de cet ordre mais il était trop égocentrique pour remarquer les relents de chaleur. Ce fut la seule chaleur qui régna cet hiver-là. Le printemps revint, puis l'été, et mon sergent termina son service. Rendue au civil, la liaison se poursuivait le week-end dans l'hôtel lugubre de la gare de Wolverhampton. Ça coûtait de l'argent. J'avais très peu d'argent. J'avais une épouse à nourrir.

Les chats sautent immanquablement sur les genoux des gens qui détestent les chats. C'est en sortant avec une Juive que j'ai pris la mesure de l'antisémitisme britannique. Il ne tenait pas tant de l'idéologie nazie que de la bêtise style café du Commerce, « ceux qu'ont le nez crochu » et « tout ça c'est la faute à ces salauds de Juifs ». Partout où nous allions, sa présence même inaperçue les attirait. Je pouvais cogner, mais je ne pouvais pas me faire juif. Je priais pour entendre une diatribe contre les catholiques, parfois d'ailleurs j'y avais droit, ce qui me mettait un peu plus à l'aise. Ce sentiment d'être coupé du courant général de la vie britannique, que la guerre avait refoulé, commençait à revenir. Catholique ou Juif, ça ne change pas grand-chose, du moment qu'on n'est pas protestant. La vraie religion, et par conséquent la vraie culture, se situait quelque part à l'Est.

J'aurais dû épouser cette femme, mais même si j'avais les motifs nécessaires, je ne pouvais guère demander le divorce maintenant – outre que son judaïsme venait en renfort de mon catholicisme pour rendre ce projet indéfendable. Et puis mon épouse avait tendance à se muer en ma pauvre épouse, malade, solitaire, négligée. Le sentiment de la faute, la faute, puis la poussée dévorante des forces sombres dans une chambre d'hôtel à l'odeur de miettes rances. Il n'y a pas de poésie pour parler de tels transports, sauf peut-être le Cantique de Salomon. L'appétit physique n'est pas simplement une métaphore. Il se déchaîna à Wolverhampton, capitale de la rayonne, de la peinture, du caoutchouc, des constructions mécaniques. Et subit une frustration permanente, sans jamais vraiment disparaître, quand le plan éducatif du lieutenant-colonel Scriven s'effondra.

L'effondrement commença avec notre transfert dans un camp militaire, le quartier général des services du matériel à Nesscliff, près de Shrewsbury. John Pilgrim trouva un poste permanent comme organisateur de la pédagogie pour l'ensemble du comté, et Scriven renvoya Harvey Day. Ceci parce que Harvey Day s'était plaint, à juste titre, auprès du département d'éducation permanente de l'université de Birmingham, de l'inanité des projets éducatifs aux armées et de l'ignorance de leurs officiers. Je me retrouvai seul, civil à cheveux longs au milieu de soldats tondus, pour enseigner les techniques pédagogiques, jusqu'à ce que Scriven importe un adjoint vieillissant, un homosexuel flanqué d'un gamin qui vola tout ce qu'il put trouver dans ses tiroirs et les miens avant de prendre le large. En tant qu'officier honoraire, je dînais au mess des officiers, ce qui me permit de connaître la vie dans les hautes sphères de l'armée sans avoir la peine d'obtenir un brevet. Et je postulais sans relâche à des emplois de nature moins provisoire. Je finis par en décrocher un. C'était un poste d'assistant de diction et d'art dramatique dans un centre d'urgence de formation des maîtres à Bamber Bridge, près de Preston, dans le Lancashire. Le terme « urgence » suggérait l'impermanence, mais pas autant que le fait d'être soumis au lieutenant-colonel Scriven. Le collège était logé dans un ancien camp militaire américain. Les étudiants vivaient en chambres individuelles dans des pavillons, et au bout de chaque pavillon il y avait un petit appartement pour loger un assistant avec sa famille, dont il acquittait le loyer en remplissant la charge de surveillant de pavillon. Nous étions mariés depuis six ans, Lynne et moi, mais c'était la première fois que nous pouvions enfin construire un foyer. De vrais repas et des draps de lit à nous. Voilà ce qu'il fallait à notre ménage. Encore une brève débauche londonienne avec, respectivement, ses amants et ma maîtresse, puis nous nous installâmes dans la fidélité et les conforts de la vie domestique.

Le programme de formation d'urgence auquel j'allais participer était mis en place par le ministère de l'Education pour fournir rapidement et à faible coût des professeurs aux écoles qui tentaient de répondre à la montée du taux de natalité. C'était un programme très sensé, car il faisait appel à d'anciens militaires qui avaient déjà fait la preuve de leurs talents d'instructeurs dans l'armée et se sentaient une vocation d'enseignant. Ils suivaient une formation intensive d'un an dans les matières de base enseignées à l'école primaire, mais ils pouvaient aussi se spécialiser à un niveau plus académique s'ils manifestaient des aptitudes pour le secondaire. C'est ainsi que je me retrouvai à enseigner l'histoire du théâtre européen comme sujet dit spécialisé, les techniques de mise en scène comme matière subsidiaire, et l'art de la diction comme élément indispensable de la formation pédagogique. J'avais affaire à des hommes mûrs, dont beaucoup avaient souffert. Ils avaient parcouru le monde, et ne pouvaient guère apprécier les cours de géographie d'un prof qui ne le connaîtrait que par les livres. Il était impossible de les discipliner comme des écoliers. La plupart d'entre eux étaient munis d'épouses ; les autres se trouvaient des maîtresses qu'ils introduisaient de temps en temps pour la nuit dans leur bureau-piaule. A charge pour nous de déloger ces dames avec des paroles aimables. Il fallait un minimum d'ordre, d'autant que le principal du collège était un prédicateur évangéliste laïc. J'étais plus jeune que certains de mes étudiants, et j'avais sûrement servi dans un rang plus bas que bon nombre d'entre eux. Il y avait parmi eux un ancien général de brigade. Si je devais leur en imposer ce ne pouvait être que par la vertu du savoir.

La parole est la première préoccupation de l'enseignant. S'il ne peut se faire comprendre et, encore plus important, s'il ne peut se faire entendre, il ne peut pas enseigner. Il lui faut l'entraînement vocal d'un acteur. Il doit apprendre à respirer avec le diaphragme et apprendre à « placer » sa voix. Le fait que je doive mettre le terme entre guillemets indique bien que la nature de l'émission vocale est assez mal comprise. Pourquoi y a-t-il des chanteurs meilleurs que d'autres ? Pourquoi y a-t-il des acteurs (rares, semble-t-il, dans la nouvelle école) qu'on entend chuchoter au dernier rang du balcon ? Certaines voix sont des miracles qui ne s'expliquent pas. Mais l'un des secrets de la voix, du moins de la parole, tient aux ruses de l'imagination. On la tient ramassée à l'avant de la bouche et on la projette. On respire convenablement. On articule avec netteté. La plupart des acteurs américains, issus d'une tradition qui associe la virilité vocale avec le refoulement des sons vers le fond de la gorge, ne passent pas bien la rampe au théâtre. Ils craignent d'émasculer leur timbre en suivant la tradition scénique anglaise qui veut qu'on parle dans le masque. Ils croient sincèrement que la voix de scène britannique est plus haut perchée, donc plus efféminée, que l'américaine, quand elle est simplement projetée depuis l'avant de la bouche.

J'avais dans mes cours toute une variété d'accents régionaux. Comment devais-je m'y prendre pour recommander, plutôt qu'imposer, l'adoption de l'accent neutre du Sud-Est que trop d'entre eux associaient à la classe privilégiée. Chu fier de mn'accent, ch'pas honte de causer comme mes vieux. Oui, mais est-ce bien régulier d'introduire un accent du Nord dans une école du Sud ? J'avais intérêt à prendre l'attitude scientifique, faire un cours de phonétique générale pour montrer comment se forment les sons et comment on peut les transcrire sans risque d'ambiguïté. Pour les consonnes, pas de problème. Avec les voyelles et les diphtongues, les distinctions sociales soulignées dans *My Fair Lady* entrent en jeu. Les locuteurs du Sud-Est ont un son « o » pour « love » et un son « ou » pour « foot ». Dans le Lancashire et le Yorkshire, ces deux sons s'égalisent sous un troisième intermédiaire que l'alphabet phonétique international représente par un *m* renversé. Qu'est-ce que ces gens du Nord vont faire dans une classe de Croydon ou Hounslow – imposer leur phonème de compromis comme la norme ? On en vint presque aux poings au moment d'aborder le « â » fâbuleux de « bath » à la mode Sud-Est, le véritable emblème du privilège vocal. La meilleure chose à faire, c'était de les inciter à faire du théâtre, en utilisant consciemment la dialectologie comme un outil : l'anglais standard de la BBC n'est qu'un dialecte parmi d'autres.

Comme je me prenais d'intérêt professionnel pour la dialectologie, nous passions nos week-ends Lynne et moi à marcher de village en village dans la campagne du Lancashire, et dans les pubs, je notais les variantes dialectales à la manière désuète de Henry Sweet, alias Henry Higgins. Je ne me rendais pas compte que la phonétique était devenue une affaire de spectrogrammes de laboratoire, outre que c'était une discipline en voie de disparition. L'opposition phonologique nous arrivait de l'Ecole de Prague, et le phonème – l'unité de son élémentaire – ne présentait guère d'intérêt pour les nouveaux linguistes. Les années cinquante voueraient à la mort l'hégémonie de la langue cultivée. Ce serait la fin du mode normatif, bientôt Hamlet parlerait comme un gars du Northumberland.

Je mis en scène un *Hamlet* intégral, sans couper une seule ligne à la version du premier in-folio, que je présentai en deux parties sur deux soirées. Je montai aussi *Meurtre dans la cathédrale,* avec Lynne qui conduisait le chœur des hommes de Canterbury, et *L'Ascension de F6,* avec Lynne dans une loge de côté pour incarner Mrs A. Le plus éducatif dans ces mises en scène c'était l'art du *bricolage* :* faire tout avec rien ou trois fois rien. On pouvait improviser une robe de moine à partir d'une couverture, retourner une veste ordinaire en pourpoint médiéval, faire une montagne d'un morceau de parachute volé. On pouvait jouer *Hamlet* en costumes modernes, grâce aux uniformes militaires et aux brassards fascistes soigneusement mis de côté. Le président du collège suivit les spectacles avec attention, l'oreille dressée à l'affût de tout ce qui pourrait être obscène ou simplement douteux. Il laissa une mise en scène étudiante de *Titus Andronicus* procéder jusqu'à la mémorisation du texte, pensant que Shakespeare était probablement inoffensif, puis eut le choc d'y découvrir viol, cannibalisme et mutilation. C'était un homme pieux. Il me demanda d'apporter ma contribution à la vie religieuse du collège, et je prononçai un sermon enflammé sur l'enfer. Avant le sermon il me fit agenouiller pour prier sur votre serviteur, au service temporaire de Dieu.

Parmi les aspects intéressants de ma carrière d'éducateur en Grande-Bretagne, on peut noter la baisse régulière de mon salaire. Ceci en raison des diverses échelles qui avaient cours. J'ai perdu cent livres par an en quittant Scriven pour Bamber Bridge, et j'allais descendre encore plus bas en prenant un poste permanent dans un lycée. A cause du décalage entre les grilles indiciaires Pelham et Burnham. Déjà passablement pauvre à Bamber Bridge, j'entrepris d'augmenter mes revenus en jouant du piano pendant le week-end au Taureau Noir. Chose jugée peu convenable, mais à part la bière à volonté et les trente-cinq shillings, je m'intéressais à la communauté villageoise, d'une espèce qui n'existe peut-être plus maintenant.

Bamber Bridge continuait à utiliser son vieux nom nordique, « le Brigg », avec une tendance au patriotisme local extrême. Un contrôleur d'autobus surnommé Ch'tchiot demandait aux passagers de la ligne Ribble : « D'o qu't'es ? Si t'es d'ech Brigg tu n'payes point. » Le dialecte du Sud-Lancashire persistait, pas toujours intelligible, même pour un Mancunien comme moi. Je n'avais jamais entendu parler mon grand-père, mais il était là devant moi, ressuscité. La fois où Lynne, arrivant au Taureau Noir sous une pluie battante, fut accueillie par un « Os-tu tes piés dins l'ieu ? », elle n'a pas compris que la question voulait dire « As-tu les pieds mouillés ? » L'anglais officiel ou ce qui s'en rapprochait le plus était réservé au chant. On chantait beaucoup dans les sept pubs et au club des Anciens Combattants, car ici, au nord-ouest de l'Angleterre, nous étions dans le berceau du divertissement populaire britannique, avec Blackpool à proximité. C'était aussi une région peu touchée par la Réforme. Preston à un jet de pierre de là s'appelait étymologiquement Priest Town, la ville du prêtre. Les pubs campagnards avaient une statue du Sacré-Cœur ou de la Sainte Vierge dans leur salle de bar, et c'est souvent qu'on entendait jurer « par ech'messe ».

Le village se suffisait à lui-même, avec ses coopératives, sa boutique de fish and chips, et son club des Anciens Combattants qui disposait d'une salle de concert où les aspirants pouvaient essayer leur numéro avant de se mettre en quête de mondes plus vastes. Le monde plus vaste de Preston, Leyland et Blackpool n'était qu'à un court trajet de train ou de bus. L'histoire moderne avait fini par atteindre le Brigg avec l'arrivée des troupes américaines et l'installation du camp qui était désormais un collège, mais qu'on désignait encore comme « ech'Camp ». Le passé américain restait vivant grâce aux écriteaux peints qu'il eût paru irrespectueux d'enlever. Je me souviens d'avoir prononcé un monologue à la Stanley Holloway qui commençait ainsi :

Dans un coin d'ech'Brigg se trouve ech'Collège.
Dans le temps, c'était là le camp des Yankees,
Ça se voit à leur façon d'écrire CENTER,
Y a qu'eux pour mettre les E avant les R.

C'est en 1943 que s'est déroulée la bataille de Bamber Bridge, toujours vivante dans les mémoires, même si elle n'a jamais trouvé place dans les chroniques officielles de la guerre : les soldats noirs ont barré l'accès du camp aux blancs et pointé des mitrailleuses sur eux. Le Brigg était résolument noir de sentiment. Quand les autorités militaires américaines ont voulu imposer la ségrégation raciale dans les pubs, les aubergistes ont réagi en affichant « Réservé aux unités noires ».

C'était une communauté très endogame. Le nom Bamber prédominait. Quand je demandai à une petite fille comment s'appelait son chien, elle répondit « Ch'tchiot Bamber » avec l'intonation montante indiquant la surprise devant un être stupide au point de l'ignorer. Toute demande d'information attirait invariablement ce haussement de surprise des schémas intonatifs : « Où est la boucherie Bamber ? – Là-bos », escaladant toute une octave. Le moindre aspect du village étant parfaitement connu de ses habitants, on attendait des étrangers une connaissance égale. L'adultère était chose courante et notoire, sinon admise. Les ragots circulaient inflexiblement. Lynne et moi avions pour ami un chauffeur de train nommé Harry Chapburn, qui me donnait souvent les tickets à tarif réduit auxquels son métier lui donnait droit et dont je me servais quand j'étais convoqué à un entretien pour un emploi permanent. Un samedi soir, j'étais en train de marteler le piano du Taureau Noir quand Lynne et Harry Chapburn firent leur entrée ensemble. Ce fut un grand moment pour les amateurs de ragots, longtemps après ils racontaient encore l'histoire à leur façon, comme quoi j'avais aussitôt enchaîné sur « Cœur Jaloux » (ou « Queue Rejaleue »), une chanson populaire de l'époque. Le village avait sa sirène – une quasi étrangère de Leyland nommée Jenny Dewhurst – et ses cocus. Il aurait été facile d'exagérer le romanesque de la vie du terroir, avec mères de famille folles dans les fermes voisines, jaloux bagarreurs, épouses sirotant placidement la Guinness du samedi tandis que leurs époux, serrés dans un col dur sinon un licol, jouaient aux fléchettes dans le bar public. C'était le style de vie, avec un biais urbain accentué, qui donnerait plus tard matière au feuilleton télévisé *Coronation Street.* Aujourd'hui les villageois préfèrent sans doute le regarder plutôt que de vivre leur propre vie.

C'était ça la réalité, que les enseignants du collège de formation des maîtres de Bamber Bridge allaient rarement voir de près, mais que les étudiants apprenaient un peu à connaître. Quant aux efforts mondains du collège – tournoi de whist, service religieux non confessionnel du dimanche soir –, Lynne et moi nous les évitions. C'étaient les pubs qui convenaient le mieux à notre vie sociale de couple. Son côté plus intime s'accommodait très bien de l'appartement minuscule, même si les bruits pénétraient jusqu'au quartier des étudiants par les cloisons minces. Les scènes de ménage étaient suivies d'une oreille experte par ces étudiants, dont certains, mariés eux-mêmes, savaient tout sur le sujet. Les étudiants s'associaient parfois à la vie familiale, apportaient un lièvre pour faire un civet, des œufs de ferme à mettre à la poêle. Ce n'était pas déplaisant comme vie. Lynne avait triomphé de ses maux et retrouvé la svelte beauté blonde de sa période étudiante. Sa mère nous avait expédié le piano familial. Nous avons acheté un chat siamois et consenti à adopter une chienne de berger écossaise. Par ordre médical, nous devions nous abstenir de démarrer une famille humaine. Pour l'instant, les étudiants adultes dont il fallait s'occuper nous suffisaient largement comme famille. Nous étions installés, et toujours instables. J'atteignais la trentaine sans avoir trouvé de poste permanent. Tous les vendredis je recevais le *Times Educational Supplement,* dont je ne lisais que les dernières pages, celles des offres d'emploi.

Le travail qui consiste à répondre aux annonces est un métier en soi. Les postes d'université nécessitaient un *curriculum vitae* en huit exemplaires, ce qui m'obligea à m'équiper d'une machine à écrire et d'un duplicateur archaïque. Je faisais le voyage pour me rendre à un entretien dont je rentrais toujours vaincu. Mon temps dans l'armée ne m'était pas compté comme une expérience véritable : enseigner à des étudiants militaires ne paraissait pas une qualification solide. Je me retrouvais en concurrence avec des gens maintenus dans la réserve pour enseigner, qui avaient eu le temps de faire une maîtrise. J'allai à Londres passer les examens pour être diplômé de l'Académie royale de musique (section Théâtre) et devenir maître de conférences au Collège royal de musique (classes d'écriture). J'échouai aux épreuves pratiques, moins par incompétence que par agressivité. A l'examen de musique, je n'ai pas su reconnaître une sixte napolitaine, ce qui m'attira les railleries du Dr Herbert Howells, « Alors, quoi, vous ne mangez jamais de glace ? », une réprimande infantile. Pour l'épreuve pédagogique de théâtre, j'héritai d'un groupe d'étudiantes qui conspirèrent méchamment pour me faire sortir de mes gonds, signe infaillible de l'inaptitude à enseigner. Deux ans passés à instruire des adultes coriaces, sans acquérir de nouveaux diplômes, ne me rendaient apte à rien du tout. J'eus beaucoup de chance d'obtenir le poste de professeur d'anglais au lycée de Banbury.

Inutile de gémir sur le passé, disons simplement que les années d'après-guerre étaient difficiles pour quiconque n'était pas protégé par un syndicat puissant. La profession enseignante subissait l'affront de grilles des salaires inadéquates, tout en considérant l'arme de la grève comme pire qu'une indignité, une trahison. Les élèves passaient avant tout : ce serait un acte immoral de les négliger, surtout à l'approche des épreuves du brevet ou du bac. La répugnance des enseignants à se battre leur attirait le mépris des autres professions. En outre, un professeur ne pouvait pas compter trouver un poste convenable sur ses propres terres, si terres il avait. Un poste dans une école impliquait de nouvelles racines et l'acquisition d'un logement, puisque les vagabonds n'avaient pas accès aux logements municipaux. Lynne et moi nous empruntâmes à son père de quoi verser un acompte pour une chaumière d'agriculteur vendue 1 300 livres, sur laquelle on nous accorda une hypothèque de 800 livres. Mon salaire annuel, après déduction des impôts et assurance sociale, ne dépassait guère 350 livres. Il faudrait obligatoirement travailler au noir pour survivre. Ce qui voulait dire, pour tous les deux, des leçons particulières le soir et des cours de vacances aux enfants qui préparaient l'examen d'entrée donnant accès à l'enseignement privé. L'alcool, quand nous avions le temps d'en boire, se limitait au cidre à la pression ; le tabac, selon un accord que nous ne respections pas, à dix Woodbines par jour chacun.

Le seul luxe de Lynne, son Dior de collection, c'était sa chatte siamoise Lalage. Cette reine seal-point de la race wichdale avait une dévotion exclusive pour sa maîtresse et exigeait de dormir au milieu du lit, dont elle cherchait régulièrement à m'expulser avec ses griffes cruelles. Elle ne me tolérait que pendant ses chaleurs, quand elle reconnaissait le principe mâle. Elle hurlait comme un démon en quête de partenaire mais chassait hargneusement tous les candidats. Elle est morte très âgée, à la frontière du Siam, et toujours vierge. La chienne écossaise, Suky, très prolifique, choisissait toujours le plus vilain mâle qu'elle pouvait trouver pour s'accoupler, et produisait trois énormes portées de chiots par an. Ses petits avaient une allure grotesque mais beaucoup d'intelligence et de vigueur. Nous les donnions en guise de récompense pour leur travail aux plus jeunes élèves du lycée de Banbury. Parfois, surtout au printemps à l'éclosion de l'aubépine, la vie d'un village de l'Oxfordshire, doté comme l'était Bamber Bridge de sept pubs, devenait tout à fait idyllique. Longues promenades avec le chien dans la campagne. Cidre agrémenté par un dialecte des Midlands. Peu d'argent, mais il n'y a pas que l'argent.

Le village, Adderbury, possédait une belle église de style gothique flamboyant. Toutes les trois heures le carillon de l'église jouait un air approprié au jour de la semaine. Le dimanche nous avions droit à « O vénérez le roi », et le samedi à « Foyer doux foyer ». Le lundi c'était « Jours de peine cessez à jamais » et le vendredi, jour de la paie, « Voici revenir le héros conquérant ». Nous étions en terre protestante et parfois, ivre de cidre, je fulminais contre le vol de cette église catholique par la Réforme. Lynne persistait à défendre la continuité de l'Eglise anglicane depuis la conversion anglo-saxonne et soutenait que sa phase catholique n'était pas plus remarquable que celle de la haute Eglise d'Angleterre. Elle niait l'historicité des prétentions papales à la suprématie sur le monde chrétien, s'appuyant sur ses études scolaires pour mettre en doute, même d'un point de vue catholique, l'autorité de Rome quand celle d'Avignon lui était peut-être supérieure. Elle avait retenu ses leçons d'histoire de terminale, et oublié presque tout ce que lui avait appris L.B. Namier. Ce n'était pas une intellectuelle. Elle ne manifestait aucun goût littéraire, et me laissait le soin de lui choisir des romans à la bibliothèque municipale. Elle vouait cependant une grande admiration à Jane Austen, qui ne m'a jamais procuré le moindre plaisir. Je préfère le *Rasselas* de Johnson à *Persuasion.*

On peut penser que je donne des preuves d'incompatibilité conjugale. Ça fait longtemps que je n'ai pas déclaré mon amour, je ferais bien de le déclarer maintenant. J'aimais Lynne, et nous avons entretenu un amour réciproque pendant trente ans. Je souhaiterais qu'il soit possible de définir l'amour. A mesure que le couple avance, la part physique perd le piment qu'elle garde toujours avec une inconnue : elle se change en confort, apaisement, parfois un signe d'affection assurée. Elle peut même filer en douce, sans que le couple y prenne garde. Le mariage repose sur un passé commun, une culture fermée, une communauté de mythes. Un seul vers de poésie partagé peut évoquer toute une brassée d'expérience. La conversation d'un couple marié est entièrement codée. Quand je jouais du piano dans un pub, si Lynne trouvait que ça durait trop longtemps, elle se contentait de dire : « Mary. » Ça suffisait. Les autres, déroutés, ne pouvaient pas savoir qu'elle faisait allusion à *Orgueil et Préjugé,* lorsque Mr Bennett dit à sa fille qu'elle les a suffisamment charmés. Lynne me testait sur les filles Bennett et moi, comme un adaptateur de la télévision, j'en oubliais toujours une. Les questionnaires et le partage des mots croisés du *Daily Telegraph* vous occupent aisément une soirée conjugale. La communication est par essence malinowskienne, purement phatique. Mais chaque mot, voire chaque grognement, est lourd d'un passé commun.

Les ménages se brisent parce qu'une nouvelle fièvre sexuelle compte soudain plus que le petit enclos de civilisation patiemment édifié au cours des années. Cette débâcle cherche parfois des excuses peu plausibles en invoquant la lassitude face à des codes qui durent depuis trop longtemps. Il y a aussi des maniaqueries qu'on trouve beaucoup plus irritantes en ménage que dans une simple amitié. Ce genre d'irritation, qui tournerait vite à la colère si on lui cédait, n'est pas facile à expliquer. Pendant mon passage au collège de formation des maîtres de Bamber Bridge, j'ai monté une version scénique du roman de Nigel Balchin, *Dieu, que j'ai eu peur !* (Très bon roman de forme dramatique, très original, injustement oublié.) Parmi les personnages figure une Pamela, que Lynne persistait à appeler Pam. Pourquoi est-ce que ça me faisait voir rouge ? Quand elle me demandait de lui lire à haute voix le « Tomlinson » de Kipling, j'appréhendais le moment où elle ferait chorus, « Pas dans Berkeley Square ». Que cache-t-elle donc, cette rage déclenchée par des futilités ? La rage latente de Lynne à l'égard de mes compositions musicales, qu'elle ne pouvait comprendre, s'exprimait toujours par une toux incoercible dès que l'interprétation commençait. Elle quittait la salle ou la pièce en toussant, et n'entendait donc que les premières mesures.

Au sein du village d'Adderbury nous évitions plus ou moins l'infidélité physique, qui à ses yeux n'était jamais très grave sauf si on se faisait prendre sur le vif, auquel cas le couteau était justifié par toute une culture de la jalousie. D'ailleurs il n'y avait pas tant d'occasions pour l'adultère, et c'est moi qui le commettais de façon spectaculaire quoique discrète avec un membre du corps professoral. C'était, j'imagine, un moyen de planter une épine dans le miel de quatre ans d'idylle. Le temps lui-même se dissolvait, j'aurais pu rester indéfiniment dans cette minuscule chaumière d'agriculteur au fond d'un village insoucieux du temps, jusqu'à l'heure de ma retraite impécunieuse. Que le temps ne signifiait rien, j'en pris conscience au Lion Rouge, quand le postier du village dit en passant qu'on en avait vu de drôles du vivant du vieux comte. Il fit un récit coloré des agissements dudit comte. J'ai pu en vérifier l'exactitude en étudiant la biographie de John Wilmot, comte de Rochester (1647-1680), l'aristocrate local en question. Quand je revins en visite après trois ans de Malaisie, le postier me fit : « Ah bin, M'cheu Wilson, vous v'lo donc rintré de vaquiences ? »

Le patron de ce bistrot, Ted Arden, était originaire de Stratford-on-Avon. Il était en famille avec la mère de Shakespeare, même s'il n'en faisait pas un plat, et sa tête shakespearienne en forme de violon était de toute évidence un héritage Arden. J'ai fini par le glisser dans mon roman *The Right to an Answer*, tout en le transférant avec son pub dans le Leicestershire et en forçant son côté shakespearien. Mais c'est lui, dans son parler du Warwickshire, ignorant les *h* et la grammaire, qui m'a instruit de la tradition stratfordienne selon laquelle Shakespeare aurait eu une liaison avec une femme noire, aventure qui lui a fait pourrir le nez. « V'là ce qu'on gaigne, me disait-il, à dépairtir s'embougrer à Londres en quittant la ché d'sa ché. » La chair de sa chair à lui, d'un échelon social plus élevé que le sien, était une garçonne blonde exophtalmique, mince comme une lame de Tolède en culottes de torero, dont il était visiblement fou et qu'il appelait « m'poulette ».

Banbury, la ville où je me rendais chaque jour, a une longue réputation de puritanisme. On pouvait y pendre son chat le lundi pour avoir tué une souris le dimanche. Shakespeare a introduit un puritain qui se fait traiter de « fromage de Banbury » dans *Les Joyeuses Commères de Windsor*, lequel fromage garde encore tout son arôme. Tout comme ces friands de Banbury que Leopold Bloom distribue aux mouettes de Dublin. Ce sont les victoriens qui ont restauré la croix de Banbury dont parle la comptine enfantine. Et bien entendu il y avait une boutique de couture baptisée Aux Dames Chic. Le lycée, qui desservait une vaste zone rurale, était à une courte distance, à la fois sociale et topographique, de la ville. En ces temps de réforme éducative, les lycées classiques, fondés à l'origine pour l'enseignement de la grammaire latine, voyaient leur réputation décliner. Les écoles secondaires modernes et les collèges techniques allaient être considérés comme autant sinon plus importants. On laisserait subsister quelque temps l'élitisme de l'enseignement privé, ne serait-ce que pour les nombreux socialistes qui envoyaient leurs fils à Eton, mais le lycée classique ne devait conférer aucun avantage social à ses élèves. En théorie tout au moins, le chemin de l'université pouvait être un débouché du secondaire moderne. La philosophie égalitariste de l'après-guerre a pu être acceptée, non sans cynisme à mon sens, par les membres du parti travailliste, mais les parents comme les enseignants savaient où était la vérité : à savoir que l'accès aux distinctions de second rang – les plus hautes étant réservées à Harrow et Rugby – commence au lycée.

Le lycée de Banbury étant mixte, je me retrouvais dans la situation de Gibraltar où je faisais cours à des filles aussi bien qu'à des garçons. Ces filles étaient en tunique de gym, dont la plupart des hommes connaissent l'érotisme même si les femmes plus posées qui s'occupent d'écolières l'ignorent. Les jeunes seins fleurissent et bourgeonnent, les jeunes filles en sont conscientes. Rien de plus périlleux qu'une école mixte pour un enseignant mâle sensible. La poursuite d'une liaison adultère est une façon d'éviter les ennuis. Mon emploi du temps comportait des cours de phonétique aux plus jeunes et divers cours d'anglais dans les grandes classes, avec le plaisir d'un enseignement littéraire presque adulte en terminale, à des filles tout à fait nubiles. L'école était répartie en sections A, B et N – N voulant dire normale. Ainsi il était normal d'être une souillon ou un rustre. Aux petits de la section A, je pouvais poser la question : « Pourquoi ne met-on pas de signe diacritique de centralisation sur le schwa ? », ils répondaient en chœur : « Parce que le schwa est déjà une voyelle centrale. » Le vendredi après-midi je lisais aux cinquième A *Le Déclin et la Chute* d'Evelyn Waugh, les *Chroniques martiennes* de Ray Bradbury, *1984* de George Orwell. « Monsieur, est-ce que Julia devient une nonpersonne ? » demandait en frissonnant une fillette aux yeux écarquillés. Ces enfants-là étaient capables d'écrire un pastiche acceptable du monologue intérieur joycien.

L'équipe d'enseignants était de bonne qualité, tous en toge à part le prof de gym, un ancien marin grisonnant qui vous parlait de cette pièce où y a un type qui s'appelle Bottom, et Derek Rolls, trop bel homme pour avoir besoin d'une licence. Une équipe douée de talents annexes brillants, qui produisaient des enfants brillants. Kenneth Tryon, qui enseignait l'allemand et le français, était un excellent portraitiste dont la fille Valerie devint une pianiste connue. Pour elle, j'ai composé une sonate et une bagatelle. Maurice Draper, le chimiste, fabriquait du tonic auquel personne n'avait les moyens d'adjoindre du gin, peignait à ravir, et jouait de la flûte. Sa femme eurasienne cuisinait des curries excellents. Kenneth Carrdus, qui dirigeait le département d'anglais, était lui aussi un flûtiste exercé, ainsi que percussionniste et admirable metteur en scène de Gilbert et Sullivan. Le Dr Rose, notre directeur, était à la tête d'une famille de violonistes, et il avait fondé un orchestre à cordes. J'ai composé à leur intention une *Partita* qui fut jouée dans la salle des fêtes de la mairie. Les enseignantes étaient des femmes charmantes, qui connaissaient suffisamment la vie et savaient tout sur les problèmes de la puberté. Qui n'aurait été heureux dans un tel environnement ? La conversation était cultivée, mais notre soif de culture devait se restreindre à l'art de la conversation. Qui aurait pu s'offrir des livres et des disques, des visites aux théâtres de Londres ou de Stratford ? Certains élèves en avaient les moyens.

Les gémissements ne sont pas de mise, disais-je, mais je conserve le droit de protester quand des femmes et des hommes de ce calibre ne sont appréciés ni des gouvernements conservateurs ni des travaillistes. Eux, l'épine dorsale de la culture bourgeoise, on les ignorait quand on ne les méprisait pas. C'était au lycée provincial que la communauté devait son théâtre, ses concerts, et même ses opéras, ainsi que ses meilleurs citoyens. Il produisait très peu de délinquants. Un de mes anciens élèves de N, incollable sur l'Ancien Testament, a bien essayé une fois de braquer la banque Lloyd's, mais c'était un cas exceptionnel, et d'ailleurs son projet n'était pas dénué de noblesse. La section B abritait parfois des montées de passion sexuelle mais pas de grossesses déclarées. La section A envoyait des garçons et des filles dans les meilleures universités avec, si j'en avais un moi-même, un bagage littéraire très correct. Quand dans les années cinquante le comité de vigilance morale de Banbury se plaignit de voir passer à la BBC l'adaptation télévisée de *1984*, jugée trop violente pour les enfants, certains de mes enfants purent étouffer un bâillement en disant qu'ils connaissaient déjà cette œuvre. Les élèves de première constituèrent sous ma tutelle un comité de mécanique des émotions et publièrent un long poème dans le style de *La Terre gaste* intitulé *Sonate en H*, sur le thème de la bombe H et l'apocalypse que nous redoutions tous. Mais pour le nouveau monde, deutéro-élisabéthain, qu'on nous fabriquait, toute cette culture ne valait pas lourd.

Mes propres tentatives pour contribuer à la culture musicale britannique étaient constamment mises en échec. La BBC refusa ma *Passacaille pour orchestre*, ce dont les exécutions en privé de mes sonates ou partitas ne me consolaient guère. Le risque, en s'installant dans un lycée de province, c'est de s'habituer à se contenter de réussites locales – bonnes mises en scène dont Londres n'entendait jamais parler, festivals de théâtre et de diction que les acteurs londoniens condescendaient à venir juger. Les provinces n'étaient pas encore prêtes à fulminer contre la condescendance ou le dédain de Londres. J'ai quitté la Grande-Bretagne avant l'éruption des jeunes gens en colère. Lynne s'impatientait de me voir dépenser de l'argent pour du papier à musique et transcrire mes lubies en noires quand j'aurais dû m'atteler à chercher un poste ou, sans plus de chance de succès, tenter une percée dans le monde littéraire. Me piquant d'audace, j'envoyai un volume de poèmes à Faber and Faber. Mr Eliot soi-même me les renvoya, désolé que je ne sois pas encore mûr pour la publication mais pointant trois poèmes qui lui plaisaient. En voici un :

« Prudence, prudence », piaillent les pigeons,
« Les serpents hantent le pré doré.
Au mur du jardin un œil est gravé :
Le robinet crache une ombre de plomb. »

« Méfiance, méfiance », clament les corneilles,
« Le cher défunt, la veuve qui veille
Se joindront en toi à feu de passion :
Le robinet crache une ombre de plomb. »

« Agis ! Agis ! » ordonnent les oies,
« Allonge la veuve dans les ajoncs.
Consomme à fond le sacrement du choix :
Le robinet crache une ombre de plomb. »

Je ne sais toujours pas ce que signifie ce poème, sauf qu'il me disait peut-être de quitter Banbury. Mais qui était donc la veuve ?

Il me restait au moins la satisfaction d'être publié dans le *Banbury Guardian,* en couvrant les salons agricoles pour un penny la ligne au risque de me faire « drôlement semer », comme la fois où j'oubliai de me rendre à une exposition de tracteurs. Admis à faire des papiers sur *Le Messie* ou les comédies en vogue genre *Quiet Wedding,* j'ai appris la première règle du journalisme provincial : nommer tout le monde. « Mrs Dalziel et son assistante Mrs Fortescue ont distribué des rafraîchissements avec leur efficacité coutumière » devait prendre la place d'un trait critique percutant mais utile. La presse provinciale, ça sert à lire son nom dans les journaux. Mais le *Banbury Guardian* dut, à regret, publier deux de mes poèmes quand je remportai sa médaille d'or de la poésie. Il s'agissait d'une vieille fondation plutôt embarrassante pour les philistins du bourg ; jadis un amoureux excentrique et fortuné de la littérature tapi dans un château campagnard avait assuré le financement du prix par testament. Ce que les lecteurs du *Banbury Guardian* ont pu penser de ce sonnet, on ne le saura jamais :

Un rêve, oui, mais pour tous identique.
L'esprit l'a tissé sans faire un seul pli,
Réglant l'absolu sur le moindre cri,
Sur le nom commun l'accord de musique.
L'ombre soumit l'onde aux forces épiques,

Le jour fait ses réserves d'eau croupie.
Héros, poissons, dont la mer fut emplie
Cèdent les vagues aux dragueurs mécaniques.

« *Wachet auf!* » Le perçant babillage
D'un coq de fumier réveilla les lieux.
Le nid d'un martin coinçait les rouages
Mais il faisait jour : les coqs sont sérieux.
Temps rouillé fracturé sous son grillage,
Des hommes tremblaient au coin de cent feux.

Le pasteur de Banbury, avec son nez comme un os de seiche planté dans une cage de perruche, grand buveur devant l'Eternel, de préférence au Lion Blanc (l'un des rares hôtels au monde honorés d'une couronne, encore mieux que quatre étoiles), occupant la plus vilaine église de toute l'Angleterre, me parut deviner que le poème s'en prenait à la Réforme. Mon catholicisme ne se laissait pas facilement dompter. Le pasteur d'Adderbury s'en inquiétait beaucoup. Il me disait : « Tenez, le problème se posera au moment de votre mort. Où au nom du ciel pensez-vous qu'on va vous enterrer ? » Mais c'était un catholicisme très imparfait, un méchant gourdin pour cogner sur les Midlands protestants. Au début des années cinquante, un groupe de jésuites initiés au Vedanta s'efforçaient de spiritualiser l'Eglise pour la rendre acceptable à des Hindous subtils, mais le pape leur opposa un matérialisme grossier avec le dogme de l'assomption physique de la Vierge Marie. Mon catholicisme se situait quelque part dans le passé, peut-être au temps où avait été construite l'église d'Adderbury.

Lynne s'était montrée tolérante envers mon catholicisme vacillant et ma musique. Elle m'avait acheté une guitare d'occasion et un phonographe « La Voix de Son Maître » encore plus usagé. C'était l'époque où les microsillons commençaient à remplacer les vieux disques fragiles, le magasin de musique de Banbury liquidait ses stocks périmés à bas prix. J'ai consommé beaucoup de temps à chercher les numéros dispersés des symphonies d'Elgar. Mais pas autant qu'à essayer de composer ma propre symphonie. Jusqu'à ce que Lynne me pose quasiment un ultimatum. Je devais tout miser sur une seule œuvre majeure. A charge pour moi d'admettre, si elle échouait, que la musique était une vocation ratée et que mon avenir, si j'en avais un, était dans les lettres. Une œuvre majeure? Autrement dit, un opéra. Je devais, dit Lynne, écrire mon propre livret, lequel, ne s'agissant que de mots, elle serait au moins en mesure de comprendre, voire même juger. Or il n'y a rien au monde de plus difficile que d'écrire un livret. Quand un opéra est raté, c'est souvent à cause du livret. Le problème, ce n'est pas tant la langue, c'est l'intrigue. L'intrigue doit convenir à une nouvelle, mais l'effet de sa mise en musique doit plutôt se rapprocher d'un roman de Henry James. Doutant de mon aptitude à composer un opéra tragique, je me dis que je devais pouvoir faire quelque chose où le mythe pèserait autant que chez Verdi mais aurait une excuse comique. Je dénichai une intrigue qui me paraissait convenir dans *L'Anatomie de la mélancolie* de Burton. Elle se trouve dans la 3e partie, section 2, membrane I, sous-section I, juste après l'histoire de cette Lamia dont Keats a fait un poème :

> Je rapporte un autre récit de Florilegus, *ad annum* 1058, un honnête historien de notre nation, parce qu'il la raconte avec une telle confiance, comme une chose dont on a parlé à l'époque dans toute l'Europe. Le jour de ses noces, un jeune gentilhomme romain s'en fut après dîner marcher dans les champs avec son épouse et ses amis, et se rendit vers le soir au court de tennis pour s'y récréer ; pendant le jeu, il mit son anneau au doigt d'une statue de Vénus en bronze tout près de là ; ayant joué à sa suffisance et achevé son sport, il vint reprendre son anneau, mais Vénus avait replié son doigt, de sorte qu'il ne pouvait le lui retirer ; aussi, ne voulant point faire attendre ses amis, il le laissa là pour le présent, avec l'intention de venir le chercher le lendemain ou à quelque moment plus propice, et partit souper, puis coucher. La nuit tombée, alors qu'il se préparait à accomplir les rites nuptiaux, voici que Vénus se place entre lui et sa femme (qui ne la voit ni ne la sent), et lui dit qu'elle est son épouse, qu'il s'est engagé à elle par cet anneau qu'il lui passa au doigt : et ainsi vint-elle le troubler plusieurs nuits de rang. Lui, ne sachant que faire, alla conter sa peine à un certain Palumbus, un magicien très savant de ce temps-là, qui lui donna une lettre, lui enjoignant de se rendre à telle heure de la nuit, par telle croisée des chemins, à l'extrémité de la ville, où le vieux Saturne passerait en procession avec ses compagnons selon sa coutume, et de donner cet écrit de sa propre main à Saturne en personne ; le jeune homme courageux suivit ces instructions ; quand le vieux démon eut déchiffré l'épître il fit appeler Vénus, qui chevauchait devant lui, et lui ordonna de rendre l'anneau, ce qu'elle fit, de sorte que le gentilhomme fut libéré.

Une charmante petite histoire, dont j'ignorais qu'elle avait déjà servi, non pas dérivée directement de Florilegus ou Burton, mais de F. Anstey, à Broadway dans la comédie musicale de Kurt Weill, *One Touch of Venus.* Je pensais situer le conte dans un cadre contemporain et lui donner un dénouement plus efficace que celui de Florilegus, avec une cérémonie d'exorcisme. La cérémonie serait célébrée par un pasteur anglican qui utiliserait contre toute vraisemblance, et sans succès, le *Rituale romanum.* Il exprimerait des doutes dramatiques sur les capacités de l'Eglise réformée à maîtriser les démons et s'entendrait dire que Vénus n'était pas un démon mais une sainte. Le christianisme méditerranéen avait absorbé le passé classique, et c'est en reconnaissant la bienveillance de Vénus que le jeune époux serait délié de son contrat au nom d'un autre plus grand, assez pour permettre à une déesse païenne de bénir un mariage chrétien.

Cette œuvre s'appellerait « La Veille de Sainte Vénus », le titre de la traduction Loeb du *Pervigilium Veneris.* A moins que je ne l'intitule « Les dieux dans le jardin » ou peut-être, dans le style de Falstaff, « Les Dieux ont le feu aux reins ». Les dieux seraient tous présents, ils composeraient le chœur.

Le livret s'allongeait. Je m'y impliquais trop. Le pasteur avait un monologue parfaitement impossible à mettre en musique :

Qu'est-ce que l'Eglise pour vous, et même pour moi ?
Un vêtement qu'on réserve aux grandes occasions.
Un trait du plaisant motif anglais où, de mémoire,
L'hiver n'a jamais été vraiment si brutal,
Ni l'été trop brûlant. Le pays tout entier
Est comme un salon meublé avec goût,
Vêtu de cretonne rose. Dieu, nous l'imaginions
En président jovial du club de cricket
Et du tournoi de fléchettes.
Pas question de remuer la poussière, ni miner
L'antique gazon de taupinières. Le réconfort
D'un shibboleth suffisait – magie simple
Du baptême, sirop du malade, et nobles
Litanies des prières pour les morts.
Désormais le voyage mène aux terres de feu
Où les bêtes ont des griffes, où les oiseaux sécrètent
Leur venin. Que faire maintenant, que faire ?
J'abordais ma tâche avec l'ardeur d'un enfant
Paradant sur son cheval de bois. Mon pistolet à eau
N'aurait jamais fait peur à un voleur.
Les voleurs sont entrés, ils sont là. Moi je tremble,
Impuissant, haut perché sur mon escalier.
Deux chemins s'ouvrent à moi, tous deux inconnus
Du vieillard sans carte routière, voyageur de l'été,
Des sentes feuillues, carillons lointains,
Gargouilles patientes, rictus prêt à l'accueil
Que je rends d'un rictus non dépourvu d'amour.
Ne dites pas qu'un vieil homme manque de courage.
Evêque soûl de porto dans son palais en ruine,
Doyen courant au chapitre ruridécanal,
Vicaire concentré sur le trajet des balles,
Regardez-moi tous. Quarante ans dans cette Eglise,
Don morganatique d'un monarque syphilitique,
Trop faible et trop vieux pour la quête aride au désert,
La messe en nage de la jungle, les soins aux pauvres
Dans l'abbaye grouillante de scorpions. Mais pas trop vieux
Pour renoncer à tout
Ce qui signifiait tout. Je ne suis pas digne.
Domine, non sum dignus.

A ce stade, Dieu mon Dieu, il arrache son col ecclésiastique. Essayez donc de chanter tout ça.

Pour un livret la longueur était monstrueuse, même pour une pièce. Les Acteurs d'Adderbury, formés par moi, dont seuls quelques-uns vivaient à Adderbury, avaient monté *Junon et le Paon,* mais on ne pouvait pas leur demander de s'attaquer à une comédie imprégnée de théologie, farcie de *Rituale romanum, De rerum natura* et *Pervigilium Veneris,* le tout dans le texte latin d'origine. C'était une œuvre de seconde main, riche en échos de T.S. Eliot (« la quête aride au désert » et ainsi de suite), parodiant Christopher Fry, qui commençait tout juste à passer de mode. Je convertis mon œuvre avortée en court roman et classai le tout dans un coin. A mon sens jamais un éditeur ne publierait ça, en tout cas pas de sitôt. En 1964, année de quelques audaces (quadricentenaire de Shakespeare; ouverture d'une deuxième chaîne de télévision à la BBC), un éditeur le publia assorti d'illustrations pour faire bon poids. Là-dessus des troupes d'amateurs dans le Connecticut, à Düsseldorf, et en Alaska l'ont reconverti en pièce. Bruce Montgomery, auteur de musiques de film et de romans policiers qu'il publiait sous le pseudonyme d'Edmund Crispin, voulait en faire un opéra, mais il perdait espoir et courage. En 1953, j'ai fait la sourde oreille aux potentialités vocales et orchestrales de Florilegus, accepté l'ultimatum de Lynne, et renoncé à la musique.

Mais cette année-là il semblait au moins concevable de s'asseoir dans le box-bureau-chambre d'amis derrière les giroflées qui embaumaient la nuit et jouaient les mortes à la lumière du jour, voir une nouvelle portée de neuf chiots s'échapper tout joyeux du hangar à charbon, et envisager une création artistique de taille imposante. J'ai fait beaucoup d'efforts pour m'élever, beaucoup de chemin pour me présenter dans des collèges qui avaient déjà pourvu leurs postes mais se pliaient à la comédie de les offrir sur le marché libre. Un seul collège m'offrit réellement un poste d'assistant, mais à condition que j'enseigne la notation Laban en plus de la phonétique. J'ai dû refuser, mais en battant ma coulpe, jusqu'à ce que je m'imagine en train d'enseigner le système Laban. J'allais sans doute croupir au lycée de Banbury jusqu'à soixante-cinq ans, avec des visées artistiques en baisse, pauvre, jamais content (comme dit la chanson), en me donnant des coups de pied pour me persuader que j'étais heureux. C'était l'époque où je cultivais un talent de médium dans les fêtes de charité sous les traits du professeur Sosostris, chiromancien, mais je ne voyais aucun signe de changement dans ma propre main.

L'ambiance générale semblait peuplée d'aimables fantômes qui nous disaient à tous les deux de ne pas bouger. Plomberie, électricité et peintures de notre demeure dataient de l'ancien propriétaire et de son épouse schizophrène à qui on avait prescrit une cure de calme campagnard. Le lendemain de son arrivée dans la maison, elle s'était donné des coups de couteau et avait saigné à mort. Son fantôme violent nous faisait peur, mais elle n'avait laissé que ses plus tendres restes. Parfois, quand on ouvrait la porte menant à la cage d'escalier, un parfum de violettes se répandait avec effusion. Le placard où nous rangions la vaisselle, totalement vide quand nous avions commencé à le garnir, nous livra deux ans plus tard un shilling de 1745, et l'année suivante une fourchette grille-pain télescopique de la même époque. Les fantômes qui flottaient à l'étage résidentiel du Lion Rouge étaient bienveillants, même l'ectoplasme mâle en pyjama rayé qui sortait des toilettes au moment où j'entrais. Aucun de ces esprits ne hurlait ; certains m'adressaient un signe de tête, comme à un compagnon futur dans l'Oxfordshire éternel. Une seule fois j'ai senti la malveillance d'un revenant, dans le pub d'un village voisin, où j'eus la sensation qu'on m'étranglait et dus me ruer dehors. En effet, un homme avait été étranglé à cet endroit un siècle auparavant.

Pas de changement, donc, telle fut la décision prise (au mépris du fait qu'elle s'imposait à nous) pour l'année 1953. Une année pleine de promesses. Le 29 mai, Hillary et le sherpa Tenzing touchaient le sommet de l'Everest. Le 2 juin, la télévision diffusait le couronnement d'Elisabeth II. Comment croire que le pays allait à vau-l'eau alors que nous étions tous néo-élisabéthains ? 13 juillet, dénationalisation de la sidérurgie britannique. 27 juillet, signature de l'armistice en Corée. 26 septembre, après quatorze ans de rationnement, le sucre est de nouveau en vente libre. Le mois de décembre fut le plus chaud des vingt dernières années, Noël ressemblait à un jour de printemps. D'où vient, alors, l'aigreur des vers que j'ai écrits à l'époque ?

Voyez ces fermiers ruinés vêtus de neuf,
Gorgés de scotch, gavés de viande de bœuf.
Ces enfants dont la rougeur et le poil filasse
Clament l'endogamie saxonne la plus crasse.
Prenez ces donzelles aux bras musculeux
Que la ferme inonde d'arômes capiteux.
Pour eux le corps c'est d'abord de la chair,
La cheville ne compte pas, le pied a l'air
De nier la forme, si fier de sa longueur
Qu'il se compare aux cuisses avec bonheur.
De peur que sous le poids les rues ne flanchent,
Des efflanquées bien nées aux fines hanches
(Mais pas de hautbois) claironnent, altières
Dans les magasins de tweeds à tout faire,
Accaparent le trottoir, un époux rogue
En laisse, et rentrent pourrir dans leur morgue,
Où les mouches se noient dans les verres à vin,
Où hommes et chiens mangent le même civet de lapin.
... Manoir sans grilles, sur la mort du passé
La police américaine est campée,
Hors les déchets gras d'inféodation

Où des villageois font génuflexion
Au roi du savon, au baron de foire
Lèche-bottes du parti, prince du marché noir
Qui tond les plus miséreux sans remords
Pour payer sa place à la Chambre des lords,
Puis vient ici dogmatique et hâbleur
Séduire les rats d'église et faire suer le pasteur.

C'est, c'était, l'aigreur des exclus. L'usine d'aluminium se trouvait là où on faisait de l'argent; la plus jolie maison Queen Anne d'Adderbury était louée à un sous-officier des armements chimiques de l'armée américaine dont le nom s'étalait obscène en lettres fantaisie sur le portail : TOP RANDY SCHULZ; le seigneur du manoir était un pair politique; le faux-bourdon d'une paysannerie anglo-saxonne émancipée et d'une petite noblesse opprimée en déclin. Il fallait à tout prix que je sorte, ou tout simplement que j'avance.

Au cours de l'hiver 1953, atteint des oreillons mais non émasculé, j'ai écrit un court roman sur une machine trouvée dans le bureau d'un entrepreneur qui avait des desseins sur ma femme. J'avais déjà pressenti en travaillant sur ce livret d'opéra impossible que ce serait plus facile d'écrire un roman que de composer une symphonie. Dans une symphonie plusieurs motifs se combinent au même instant pour produire une phrase; dans un roman on a une seule ligne monodique. Ça demandait si peu de peine d'écrire du dialogue que ce n'était vraiment pas de jeu. Pour moi ce n'était pas ce que j'appelle de l'art. Plutôt de la triche, puisqu'on prive le lecteur d'accords et de contrepoint. Comme si on faisait semblant de croire qu'il pourrait exister des concertos pour flûte solo. La seule façon d'en donner au lecteur pour son argent, à mon sens, consiste à le bombarder de mots difficiles et de néologismes, et à chantourner la syntaxe. Tout ce qui peut, en fait, produire l'impression d'une prose musicalisée. C'était, je le voyais bien, ce que Joyce avait tenté de faire dans *Finnegans Wake* – coaguler les mots comme les notes d'un accord, traiter plusieurs histoires simultanément comme en contrepoint. Je n'essayais pas de rivaliser avec *Finnegans Wake* – qui fermait plus de portes qu'il n'en ouvrait – mais je sentais qu'*Ulysse* pouvait encore apprendre beaucoup de choses à un musicien qui veut se convertir à la fiction. Chaque épisode de cet ouvrage offre un contrepoint d'une complexité baroque – trouver le parallèle moderne d'un chant de *L'Odyssée* qui lui dicte son symbolisme et son style, sous l'égide d'une partie du corps, ainsi que d'un art ou d'une science, et une couleur dominante, sans doute, ainsi qu'une lettre dominicaine.

Je ne souhaitais pas aller aussi loin, mais j'approuvais le principe de faire jouer à un mythe la basse contrainte du roman que je voulais écrire. Il s'inspirerait de mes derniers jours de régiment à Gibraltar, et tout comme Joyce avait pris *L'Odyssée* pour socle de son œuvre, *L'Enéide* servirait de soubassement à la mienne. Elle aurait pour héros un musicien raté comme moi, le sergent Richard Ennis. Le nom Ennis était assez proche d'Enée. Il se ferait un devoir pieux d'aider à construire, par l'éducation, un monde nouveau, mais cette piété lui aurait été pour l'essentiel inculquée par son père, un socialiste utopiste à l'ancienne mode tué lors d'une attaque aérienne. Le nom d'Ennis conviendrait aussi au contexte non virgilien, car Ennis vient d'une racine celte qui signifie île, or mon Ennis serait un genre de catholique celte viscéralement isolé de ses camarades protestants. Il aurait un ami, un *fidus Achates* nommé Agate, danseur classique homosexuel, mais son hétérosexualité à lui serait suffisamment forte pour qu'une liaison avec une veuve brune comme Didon de Carthage le dissuade de partir pour fonder un monde nouveau.

En 1969, à l'université de Chapel Hill en Caroline du Nord, j'ai assisté, avec une curiosité qui finit par l'emporter sur ma gêne, à une conférence que donnait sur ce roman un brillant jeune professeur nommé Tom Stumpf. Stumpf souligna un détail que je n'avais jamais remarqué – en retournant le nom R. ENNIS on trouve SINNER, un pécheur. Sous l'effet du choc, j'ai mesuré à quel point votre œuvre vous échappe. Tout au long de la rédaction j'avais dû me battre pour ne pas introduire de thèmes comme la faute et le péché – que le catholique en moi abrite instinctivement – et voilà que je les cachais, pauvrement déguisés, sous le nom même de mon héros. Stumpf faisait une analyse très juste du livre. C'était, disait-il, un roman sur l'autorité, de l'espèce factice que représente l'art ou l'organisation militaire, de l'espèce réelle représentée par le Rocher ou l'Eglise ou Dieu. Mais moi j'avais seulement cherché à écrire un roman comique réaliste sur la vie de soldat, souligné par une basse mythique habilement déguisée. Le titre même laisse percer un manque de sérieux dans l'intention. *Une vision de remparts* correspond tout à fait à la vue qu'on a sur Gibraltar en arrivant par la mer, mais j'ai trouvé l'expression dans un ouvrage intitulé *Le Petit Médecin de famille illustré*, qui dit à propos de la migraine : « Le signal de la crise commence souvent par des démangeaisons dans les membres, un affaiblissement de la vue, lumières clignotantes, vision de remparts, bourdonnement dans les oreilles, état dépressif ou autres phénomènes. » En d'autres termes, les tourments du subjectif.

Ennis n'appartient pas au SEA mais au S.A.V.C. – un fictif Service de l'Armée pour les Vocations et la Culture. Il déploie facétieusement ces initiales à la page 1 en « Service Arma Virumque Cano », une manière peut-être un peu lourde de signaler le sous-texte virgilien, au lieu de laisser le lecteur s'en aviser tout seul. Très vite il se retrouve au lit avec une jeune veuve de Gibraltar baptisée Concepción, nom on ne peut plus approprié puisqu'elle conçoit un enfant d'Ennis. Son mari Pepe, un jeune Gibraltarien qui, malgré l'improbabilité de la chose pour un homme de sa race, combattait du côté des loyalistes espagnols, a été tué. Elle se fait courtiser par un homme d'affaires corpulent nommé Barasi (anagramme de Iarbas, le prétendant de Didon). C'est lui qu'elle épousera en découvrant qu'elle est enceinte, pour aller vivre dans cet enfer qu'est La Línea. Ennis désire l'épouser mais il ne peut pas, étant déjà marié à une blonde patricienne anglaise du nom de Laurel. Il rencontre une autre version de Laurel sur le Rocher, une auxiliaire de la Royal Navy nommée Lavinia, et doit se battre pour ses faveurs avec un adjudant instructeur de gym. Celui-là, impossible de l'appeler Turnus, mais le nom Turner s'en rapproche suffisamment. Ennis est responsable de sa mort quand il tombe du point le plus élevé du Rocher, Willis's Farm, et on le renvoie chez lui où il apprend que sa femme l'a quitté. Il a toutes les raisons de se sentir coupable. Il devrait être en train de travailler à la fondation du nouveau monde, mais ne sait pas trop s'il s'agit simplement des remparts imaginaires de la musique qu'il essaie de composer, ou de l'utopie des Objectifs et Méthode Britanniques.

L'officier qui laisse tomber ses ordres comme du haut de l'Olympe n'est pas le commandant W.P. Meldrum, ce qui aurait poussé le réalisme un peu loin, mais une variante du colonel Scriven, rebaptisé Muir comme l'éducateur écossais qui avait éduqué ma femme. Ainsi va la stratégie du fabricant de fiction. Les gens cherchent toujours des photographies d'êtres réels dans les romans, la loi contre la diffamation les y encourage. En fait le romancier a beaucoup de mal à transposer la vie réelle dans ses structures : c'est bien plus facile de créer des personnages de toutes pièces, ou de mélanger des traits connus aux traits inventés. Ennis n'est sûrement pas John Burgess Wilson, même s'il a tous ses défauts et un peu de son talent méconnu. Concepción, j'aurais bien aimé la connaître. Elle fait tout ce qu'elle peut pour être une Didon déchaînée mais elle n'y arrive pas. Ennis s'efforce de marcher sur les traces d'Enée, mais les panneaux indicateurs sont ambigus. Le Jour de la Victoire en Europe, les jeux funèbres se limitent à une course entre chauffeurs de taxi. La Sibylle prophétesse d'Ennis est Mrs Carraway, institutrice dans l'armée de la reine. Les références à Virgile sont un peu trop, disons, *appliquées**. « Ça, c'est le labyrinthe de Hampton Court, où nous nous sommes perdus pendant notre lune de miel... Et voici la dernière photo prise par mon cher fils... mort en cours d'entraînement. On allait lui donner ses ailes. Vous comprenez, mon mari faisait partie des volants. » Si on reconnaît ici Icare et Dédale, quel est le bénéfice pour l'histoire ?

James Joyce disait que ses parallèles homériques n'étaient qu'un pont pour faire avancer ses dix-huit épisodes : une fois qu'ils avaient traversé, la structure pouvait bien voler en éclats. Ce n'était pas tout à fait sincère. Joyce savait ce dont il avait vraiment besoin : donner de l'épaisseur au texte, l'orchestrer, introduire le contrepoint et l'harmonie complexe pour satisfaire son besoin profond de musicalité mais aussi, j'imagine, celui des lecteurs de tempérament similaire qui trouvent la simplicité narrative trop monodique pour être acceptable. Joyce avait recours au procédé du mythe non parce que le mythe pouvait en dire plus sur la vie moderne, soit par la dérision soit par l'élévation à un niveau d'héroïsme authentique, mais parce que le mythe justifiait la densification textuelle. J'étais à peu près dans le même cas avec *Une vision de remparts.* Si Joyce a peiné jusqu'à la souffrance physique sur son énorme construction, je n'ai eu que du plaisir à dresser mon édifice bien plus modeste. Je l'ai bouclé en trois semaines, puis confié sans garder de copie carbone aux postes et à ces messieurs de Heinemann. J'ai choisi Heinemann parce qu'à l'époque j'étais grand admirateur de Graham Greene, qui publiait chez Heinemann. J'avais très peu d'espoir qu'on l'accepte immédiatement. Je cessai d'y penser, sortis mon papier à musique, et composai dix pièces faciles pour violon seul. Lynne n'éleva pas d'objection : ce n'était pas vraiment de l'art. *Le Croque-Notes de l'apprenti violoniste,* le titre donné à ce petit recueil, partit chez Messieurs Curwen, qui faillirent l'accepter. Puis, début 1954, vint une lettre de Roland Gant chez Heinemann qui me priait de lui rendre visite pour parler de mon roman.

La situation était délicate. J'avais des dettes chez l'épicier et un découvert à la banque. Je ne pouvais pas m'offrir un aller et retour en train de Banbury à Londres. Mais là-dessus, trois jours après la lettre de Gant, il m'en arrive une autre du ministère des Colonies. C'était une convocation pour un entretien à Great Smith Street, avec un bon pour un billet aller et retour. Finalement, j'ai donc pu me rendre à Londres. Mais je ne comprenais pas pourquoi le ministère des Colonies voulait me voir. J'étais encore dans la réserve Z de l'armée. Peut-être qu'un accord rusé entre le ministère de la Guerre et le secrétaire d'Etat aux Colonies pourvoyait les postes en vous mutant de force au Tombeau de l'Homme blanc par le biais de la conscription. Je me raclai les méninges sans trouver d'autre explication. J'avais postulé à des emplois outre-mer mais aucun, pensais-je, dans l'Empire colonial britannique dépérissant. J'avais postulé comme assistant dans un collège missionnaire anglican en Afrique orientale, et m'étais fait embarquer dans une longue correspondance mystique qui continua bien après l'attribution du poste. « Quelle est précisément (n'ayez pas peur de dévoiler le fond secret de votre âme sur ce point) la nature de votre relation intime avec la personnalité de Jésus-Christ ? » Je m'étais porté candidat à un modeste emploi de principal dans l'île de Sercq. Dans notre innocence, nous nous imaginions déjà, Lynne et moi, courant sur le sable jaune avec Suky notre chienne, qui fournirait à la petite communauté tous les chiots dont elle pouvait avoir envie. Nous ne savions pas que seule la châtelaine de Sercq a le droit de posséder une chienne.

Je me présentai au ministère des Colonies par un jour glacial de janvier et fus interviewé par de hauts fonctionnaires à propos d'un poste que je ne me souvenais pas avoir demandé. « Ce poste d'assistant au centre de formation des maîtres de Kota Bharu », commencèrent-ils. Assistant ? Kota comment ? Je ne suis pas au courant. Comment, mais vous avez postulé. Mais non. Mais si. On me montra ma lettre de candidature. Rien qu'à voir la qualité de la frappe et la clarté froide de la phraséologie, je pouvais dire que j'avais écrit et posté cette lettre après une cuite au cidre. De toute évidence j'avais dû rentrer du Lion Rouge un samedi soir, rédiger ma demande en état de transe, poster la lettre, puis gagner mon lit et m'empresser d'oublier tout cela. Je ne pouvais pas nier que c'étaient bien là ma signature et les caractères quelque peu désuets de mon Oliver édouardienne d'emprunt. Pourquoi, voulait savoir quelqu'un dont j'appris qu'il était le chef des services éducatifs de la Fédération de Malaisie, pourquoi pensais-je être convoqué pour cet entretien si je niais l'avoir sollicité ? Parce que, dis-je, je croyais que c'était pour un poste dans les îles Anglo-Normandes. Ils restèrent bouche bée. Qu'est-ce qui me faisait croire que l'administration des îles Anglo-Normandes dépendait du secrétaire d'Etat aux Colonies ? L'ensemble du système colonial, improvisai-je, est fondé sur une collection d'anomalies empiriques – condominia, protectorats, émirats alliés et tout ce qui s'ensuit. Les bouches béaient de plus en plus. Ces fonctionnaires, devinais-je, allaient en faire leurs dîners gras. Peut-on poursuivre cet entretien, dit le président de séance, en considérant que j'ai demandé un contrat de trois ans pour enseigner l'anglais parlé dans un collège multiracial de formation des maîtres du sultanat de Kelantan ? Ah non, dis-je. Si on doit m'offrir un poste aux colonies, je veux un poste permanent. J'en ai assez des emplois temporaires. Alors est-ce que je souhaite qu'on examine ma candidature à un poste permanent et assorti de droits à la retraite dans un établissement éducatif, non encore spécifié, de la Fédération de Malaisie ? Oui, je le souhaite, mais pas avant la fin de l'année scolaire en cours. J'avais le sentiment (après tout, je devais maintenant prendre le métro pour faire visite à Messieurs Heinemann) qu'il se passerait peut-être cette année quelque chose qui changerait le cours de ma vie sans m'obliger à suer en short parmi les sangsues et les hamadryades. Mon « oui » était censé sonner sans équivoque, mais en silence j'y mettais des réserves. Je partis voir Roland Gant.

Roland Gant me dit qu'il avait lu avec plaisir *Une vision de remparts*, de même que son assistant, le poète James Michie. Un livre très drôle. En fait je n'avais pas cherché à le rendre drôle, mais je pris aussitôt la pose modeste appropriée à la révélation que j'étais un romancier comique d'avenir. Malheureusement, poursuivit Gant, ça ne semblait guère possible de publier cet ouvrage comme premier roman : il avait trop le caractère d'un second roman. Est-ce que je voulais bien rentrer chez moi écrire un vrai premier roman et le soumettre à Messieurs William Heinemann ? Certainement, répondis-je. Je m'offris une tasse de thé des Chemins de fer britanniques et repris le train pour les Midlands. Le monde changeait sans aucun doute.

Le premier roman, à proprement parler le second, que j'entrepris d'écrire parlait de la vie dans un lycée de province. Gant n'avait ni loué ni condamné le soubassement mythique d'*Une vision de remparts* : tout simplement il ne semblait pas l'avoir remarqué. Estimant que je pouvais recourir encore au mythe pour un roman réaliste, je choisis la quadruple matrice de *L'Anneau du Nibelung* de Wagner. Ce choix n'avait rien d'arbitraire. La hiérarchie des dieux, des héros et des nains correspondait à celle d'un lycée. Les dieux avaient leur spécialité, tout comme les enseignants. Si Loge était le dieu du feu, Lodge pouvait très bien convenir à un professeur de chimie. Il pouvait y avoir une Miss Fry en guise de Freia, dont les petits seins espiègles sous son pull en fil doré tiendraient lieu de pommes d'or. Wotan serait Woolton, le proviseur. Toutes sortes de possibilités intéressantes. Le plus malfaisant des nains pourrait être un petit démon boutonneux nommé Albert Rich, ce qui est assez proche d'Alberich. L'anneau d'or volé aux filles du Rhin serait un truc dangereux, par exemple le journal intime d'une élève, bourré de fantasmes sexuels impliquant des enseignants. Il donnerait du pouvoir à qui le possède. Ce ne serait pas possible de trouver un parallèle simple pour Fafner le Dragon ou *Wurm*, à moins d'en faire un adjoint ambitieux qui se servirait du journal pour dégommer son supérieur Woolton. Le nom de Gardner – un odieux boutiquier de Banbury – ferait l'affaire, avec son suffixe fafnérien et son palinlogue de *drag* en guise de *dragon*. Et Siegfried ? Peut-être un héroïque professeur d'allemand qui aurait une liaison avec une matheuse brune nommée Hilda.

Le réalisme l'emportait sur le symbolisme. C'est ce qui se passe en général quand le romancier possède, et ce n'était pas le cas de Joyce, un véritable élan narratif. Il faut vouer une adoration perverse à la forme pure pour suspendre l'action le temps de faire donner les symboles. Cette perversité est particulièrement spectaculaire dans l'épisode des « Bœufs du Soleil » d'*Ulysse*, lorsque la rencontre de Bloom et Stephen, tellement importante pour la narration, est enfouie sous une série de parodies littéraires qui servent à représenter la croissance de l'embryon dans la matrice. Peut-on imaginer plus insensé et en même temps plus admirable ? Pour décrire l'acte adultère de mon héros Howarth-Siegfried avec Hilda lors d'une excursion scolaire à Paris, je tentai d'aller plus loin que Joyce en occultant le geste honteux sous une histoire à contre-courant de la prose française, où le serment de Strasbourg explose en latin au moment de l'orgasme. Rien à voir avec les Nibelungen : c'était pure autocomplaisance littéraire.

Mais le thème central prompt à émerger en cours d'écriture n'avait absolument rien de wagnérien : la culpabilité catholique déjà présente dans *Une vision de remparts* eut toute licence de fleurir fétidement dans cette nouvelle œuvre. C'était cela le véritable sens du titre, *Le Ver et l'Anneau*. Christopher Howarth, le héros, n'est pas un vrai Siegfried. C'est un catholique renégat marié à une fille dévote de l'Eglise qui, souffrant comme Lynne de dysménorrhée, interdit tous rapports conjugaux. Ils ont un fils qui pourrait être l'accomplissement imaginaire de la grossesse contrariée de Lynne. Pendant que Howarth fornique avec Hilda dans la bibliothèque de l'école, au lieu d'arpenter la cour de récréation où il est en principe de garde, son fils monte sur le toit pour rattraper un ballon lancé trop fort, tombe sur la grille garnie de pointes et meurt avec d'atroces souffrances. La culpabilité du père est si excessive qu'elle en devient presque comique. Il se tord sur le sol comme un ver ; il a trahi non seulement l'anneau du mariage mais aussi les cercles d'or jumeaux de la responsabilité sociale et religieuse. Il fuit honteusement la scène de son péché pour devenir négociant en vins italiens.

A l'époque où j'écrivais ce roman, je traversais une phase de culpabilité catholique induite en partie par *Le Fond du problème* de Graham Greene. Mon apostasie n'a jamais été parfaite. Il m'arrive encore de gémir et battre ma coulpe pour avoir trahi le seul système dont je reconnaisse la cohérence spirituelle et intellectuelle. Mais je vois bien que le roman, une forme d'art essentiellement comique et protestante, n'est pas le lieu pour poser nu dans sa culpabilité religieuse. En expédiant le tapuscrit de *Le Ver et l'Anneau* à Roland Gant, j'avais une idée assez précise du genre de réponse que j'allais m'attirer. Gant était « fâché ». Mon roman ne tenait pas debout, et moi non plus sans doute. Heinemann ne le publierait certainement pas. Si je voulais vraiment écrire un roman publiable, j'aurais intérêt à me décrasser de ma culpabilité catholique. J'avais dit à Gant que j'allais sans doute partir pour la Malaisie. Très bonne idée, approuva-t-il. Le mieux pour moi ce serait de m'éloigner du catholicisme le temps d'apprendre qu'il existait d'autres religions au monde, et pas toutes aussi chargées de culpabilité. Voir des moricauds islamisés ne me ferait pas de mal. De Malaisie émergerait peut-être un roman publiable. Je me pris à rêver d'un *Ulysse* singapourien mais j'écartai vite cette image. Ni Joyce ni l'Eglise catholique ne m'avaient trop bien réussi jusque-là.

L'organisation du départ pour la Malaisie fut une affaire très compliquée. Vendre la maison et les meubles, c'était sans problème, mais que faire de nos animaux ? Les emmener avec nous ? La chienne collie Suky, pensais-je, sûrement pas : les tropiques seraient mortels pour une bête à poil long au lignage issu des froides contrées frontalières. Pour notre chatte siamoise Lalage, ce ne serait qu'un retour au pays : le feu de la cuisine n'était jamais trop chaud pour elle. L'attachement de Lynne à cette créature, qui entretenait à mon égard une haine tenace, me paraissait morbide mais ne l'était probablement pas. Elle avait une capacité d'entente avec les animaux, sauvages ou domestiques, que je n'ai jamais vue égalée.

Elle couvrait de larmes les oiseaux morts, et de soins les malades. Elle séchait les bourdons qui s'étaient fait prendre dans une averse. Son amour pour le règne animal allait de pair avec un savoir de campagnarde, à la fois pratique et esthétique, sur les fleurs et les plantes. Pendant la dure pénurie de cigarettes d'après-guerre, elle faisait sécher de la monnaie-du-pape ou de la viorne, et avec ça elle nous roulait quelque chose de très fumable. Abandonner la faune .et la flore tempérées pour s'attacher aux espèces tropicales plus drues lui causait plus de peine que je ne m'en doutais alors. Abandonner Lalage, c'était impossible. Mais la compagnie P and O qui exerçait le monopole du transport vers les colonies n'acceptait pas les animaux à bord. Il s'en fallut de peu que je doive résilier le contrat que j'avais signé et rendre mon allocation d'équipement tropical.

Indépendamment du problème de Lalage, l'opportunité d'un voyage en Malaisie semblait des plus douteuses. Là-bas c'était la guerre, baptisée *dzarurat* ou état d'urgence, et on devait nous expédier à Kuala Kangsar, la ville royale de l'Etat de Perak, là où les terroristes communistes chinois s'agitaient le plus. Pour l'Angleterre de l'été 1954, les effets de notre propre guerre s'atténuaient. La viande n'était plus rationnée. Nous étions encore trop pauvres pour nous offrir des côtes à l'os, mais à force d'attendre patiemment sans céder à l'activisme syndical, nous pouvions constater une légère amélioration de la grille indiciaire des salaires enseignants. Mon cours de littérature anglaise moderne à l'Association éducative des travailleurs avait eu beaucoup de succès, on m'offrait pas mal d'argent pour en faire d'autres sous l'égide du département d'éducation permanente d'Oxford. A la longue nous aurions de quoi acheter une télévision, peut-être même une voiture. Nous nous étions même offert une semaine de vacances à Wimereux près de Boulogne durant laquelle, je ne l'ai su qu'après, Lynne avait copulé dans la Manche avec un jeune homme nommé Emile Sollers. Nous avions plus ou moins survécu à une guerre et voilà que perversement nous envisagions d'en traverser une autre. Lynne pleura beaucoup à la perspective de quitter l'Angleterre, décision qui s'imposait pratiquement à elle maintenant que le problème du transport de Lalage était résolu. Car Archie Curry, qui était toujours chez Schats Davits, connaissait à fond les lignes desservies en Extrême-Orient par la Lloyd de Rotterdam. Si nous embarquions sur le *Willem Ruys*, au lieu du *Carthage*, *Cathay* ou *Corfou*, nous pouvions emmener notre chat. Le ministère des Colonies tiqua un peu sur l'extravagance de notre choix (une compagnie hollandaise lui coûterait plus cher qu'une britannique) mais finit par céder.

J'allai me fournir en pantalons de toile et smoking blancs dans une boutique de Soho spécialisée dans les livrées de cuisinier et de serveur. Je soutirai deux mois de salaire aux autorités éducatives de l'Oxfordshire au début des grandes vacances. Nous buvions des gin pahits prévisionnels au Lion Rouge tout en échangeant des rudiments de malais. Cette langue était une révélation. Elle avait compris une chose que les langues plus conservatrices de la parentèle indo-européenne n'ont jamais voulu entendre – que des propriétés telles que le genre ou la flexion des mots sont un luxe inutile, que la force d'une langue tient à ses subtilités sémantiques et non à ses complexités syntaxiques, que la taxonomie rigide des « parties du discours » n'a aucun sens. La langue malaise, et par la suite le chinois, n'ont pas seulement changé mon point de vue sur la communication en général, mais la forme même de mon esprit.

Nos rares possessions mises en caisse – les livres, le phonographe « La Voix de Son Maître » avec ses disques dont la chaleur ferait des soucoupes, un tableau de Gilbert Wood, ma guitare d'occasion – partirent pour Southampton. Nous avons récuré la maison vide. Pris le chemin du bateau avec nos trois valises et notre siamoise en chaleur retentissante dans son panier. Nous avions réservé des places de première classe dans le train, mais elles avaient été prises par des butors de seconde indélogeables et nous sommes restés debout dans le couloir. A Southampton, la directrice de l'hôtel ayant refusé d'admettre notre chatte braillarde, nous avons erré dans la ville pluvieuse avant de trouver une sorte d'asile de nuit habitué aux bruits violents. Nous avons dîné de saucisses mal cuites et de frites froides. Notre projet de quitter l'Angleterre dans une douce flambée d'opulence discrète n'aboutirait pas. L'Angleterre se fichait bien qu'on la quitte ou non. C'est avec joie que nous sommes montés à bord du *Willem Ruys* et entrés en terre étrangère.

Certains aspects de la traversée permettaient d'espérer des jours meilleurs – boire du champagne dans la salle à manger des premières, moi avec mon smoking blanc, Lynne en robe du soir décolletée, tandis que le petit orchestre du bateau jouait un air que j'avais composé à son intention – *Middeloceann.* Mais l'essentiel de notre temps se passait à nous battre contre le personnel du bateau à propos de *la hiatte.* Lalage n'avait pas le droit de venir dans notre chambre. Elle devait rester attachée à un pied de table dans la cabine du maître d'équipage. On pouvait la détacher pour une courte séance de caresses réconfortantes dans un coin isolé du pont promenade, mais la sirène du bateau la rendait folle et elle me plantait toutes ses griffes dans la chair. Elle atterrit dans une cage de l'entrepont, où ses hurlements adressés au ciel invisible terrifiaient l'équipage indonésien. C'est une *Siam kuching,* les rassurais-je, pas une *afrit.* Les Malais ont la réputation d'aimer les chats ; à Bornéo il y a même une ville qui s'appelle Kuching. Mais ces Malais-ci n'avaient jamais vu de *Siam kuching* en chaleur auparavant. C'étaient des brutes ignorantes, le rebut des ports indonésiens, qui se faisaient tancer et même talocher par les Hollandais hennissants. Trois nuits de rang, ils ont vidé un bac d'eau bouillante sur la tête d'un garçon de cabine impopulaire. Si c'était un avant-goût des

Malais de Malaisie, nous n'étions pas sûrs de vouloir aller là-bas : quittons le bateau à Colombo et rentrons chez nous. Mais ces Malais étaient des Indonésiens, que les colonisateurs hollandais n'ont jamais su traiter correctement. A vrai dire, le bilan colonial hollandais était lamentable. Les Britanniques avaient agi plutôt mieux.

Les loisirs que nous laissaient les caresses à Lalage dans sa geôle, nous les passions à boire très sec. Les barmen aux noms de Martiens – Teo et Toon – étaient passés maîtres dans l'art des cocktails corsés. Lynne et moi, qui étions des buveurs de cidre à la pression et de petite bière, nous sommes devenus des consommateurs de gin confirmés. Pour l'un de nous deux, c'était le début de la fin. Nos foies allaient souffrir du manque de vitamine B, et nous les brutalisions déjà, tout en souscrivant à l'idée fausse que la chaleur tropicale élimine l'alcool avant qu'il atteigne le foie. De toute manière le foie d'une femme est plus petit que celui d'un homme, il souffrira d'autant plus d'une carence en vitamine B. Lynne commença à creuser sa tombe à bord du *Willem Ruys.* Encore une nouvelle source de culpabilité pour moi. Un homme a-t-il le droit d'emmener sa femme sous les tropiques ? Est-ce ma faute si à force d'ennui et de frustration cette femme, comme tant d'autres, a sombré dans l'anorexie et l'alcoolisme ?

Je commençai à m'affranchir de la culpabilité catholique, et à faire de la place pour une variété plus personnelle, lors de notre escale à Port-Saïd. Car en voyant la marque SHELL représentée par deux lettres arabes – *shin* et *lam* – j'ai compris que j'avais atteint le territoire d'Allah. Le malais de Malaisie, sinon d'Indonésie, utilise aussi bien les caractères romains que les lettres arabes – dites *jawi,* ou orientales, or il me faudrait maîtriser cet alphabet sémitique et passer des examens si je voulais franchir le butoir des salaires coloniaux. L'écriture arabe vous change un homme. Elle va de droite à gauche, de la dernière page à la première, et elle est très économe de symboles vocaliques. Elle se répand en fioritures calligraphiques qui suggèrent un sybaritisme digne des Mille et Une Nuits. La beauté d'un exemplaire du Coran tient autant à l'apparence extérieure qu'au sens profond. Ecrire un mot, même COCA-COLA ou GUINNESS, c'est se livrer à un petit acte créatif comme de jouer un air de flûte. La beauté et la puissance de l'écriture qui fut celle de Mahomet ne faisaient pas grande impression sur Lynne. Pas plus que la langue malaise, dès qu'elle eut appris les quelque cent mots indispensables pour diriger sa cuisine. J'étais déçu. Elle ne semblait pas disposée à faire grand cas de l'Orient. Alors que le bateau laissait l'Ouest derrière nous, elle ruminait beaucoup trop sur le passé. Elle pleurait en pensant à Suky. Nous avions donné notre chienne à une famille de fermiers pour qu'elle les aide à rassembler les moutons. Elle nous quitta sans un regard, prête à reproduire des profusions de chiots dès qu'elle aurait trouvé un partenaire suffisamment laid. Lynne pleurait en pensant à ses père et mère, sûre qu'elle était de ne jamais les revoir. Elle avait à moitié raison.

Dès notre entrée dans une zone de chaleur plus féroce que tout ce que j'avais connu à Gibraltar, j'ai senti que j'approchais d'un monde où je pourrais vivre. J'étais en sueur et heureux de suer. Là où y a pus de commandements qui tiennent, où t'as le droit de boire jusqu'à pus soif. Ça résumait bien la situation. Mon héritage catholique répressif n'était qu'un petit point excentrique dans l'inventaire des religions du monde. J'allais suer, boire des gin pahits et savourer toutes les ressources sexuelles de l'Orient. Ma femme m'embêtait, comme ce doit être le cas pour tous les hommes qui vont en Orient. Les memsahibs ont causé la ruine de l'Empire parce qu'elles étaient incapables de comprendre les Indes. J'enviais les hommes seuls qui partaient dans les plantations de caoutchouc. J'étais injuste et déloyal et j'engrangeais la matière d'une écrasante culpabilité. Nous approchions de Singapour, Lynne gisait épuisée sur sa couchette. Alcool, chaleur, chagrin ? A l'arrivée, je m'occupai des formalités d'entrée de notre chatte et du transfert de nos caisses aux Chemins de fer malais, elle gisant toujours épuisée, incapable de débarquer. Elle finit par se traîner jusqu'à un taxi puis un lit à l'hôtel Raffles. Là je fis venir un docteur eurasien qui diagnostiqua l'épuisement et lui prescrivit du repos. Il ne me restait plus qu'à téléphoner à Kuala Kangsar et prendre des dispositions pour retarder notre voyage vers le nord. Ma femme m'embêtait. J'errai dans Singapour et tombai sous le charme. Je ramassai une prostituée chinoise dans Bugis Street. Nous sommes allés dans un *hôtel de passe** crasseux au milieu des bruits de crachats et des graillements que les cyniques nomment l'appel de l'Est. Je la pénétrai et pénétrai les terres. Deux jours plus tard, Lynne étant suffisamment remise pour voyager, nous prîmes le train de nuit pour Ipoh.

VI

IV

La Fédération de Malaisie, ou *Persekutan Tanah Melayu,* n'était pas tout à fait une possession coloniale britannique. Il y avait trois colonies de la Couronne – Penang, Malacca et Singapour – dépendant directement de la Grande-Bretagne, et une quantité de territoires soumis à des monarques musulmans flanqués d'un conseiller britannique. Il s'agissait de Perak, Selangor, Pahang, Johore, Kedah, Kelantan et Trengganu, qui étaient gouvernés par des sultans ; Perlis, soumis à un simple rajah ; et Negri Sembilan (ce qui signifie neuvième Etat) où étaient en vigueur un système de gouvernement matriarcal et une loi appelée l'*adat perpateh.* D'ici 1957 tous ces territoires, y compris les trois établissements des Détroits dépendant de la Couronne, se verraient accorder leur entière indépendance. Ceci pour répondre aux thèses communistes affirmant que la Malaisie était soumise à une domination capitaliste étrangère permanente qu'il fallait combattre jusqu'à la mort. Le gouvernement travailliste britannique avait fait le projet saugrenu de découper la Malaisie devenue indépendante selon une grille qui ressemblait à un plan des rues de Manhattan, mais la tradition ancienne des sultanats riverains l'emporta : certains Etats seraient plus grands que d'autres, et tous dépendraient d'une monarchie élective qui aurait son siège dans la capitale fédérale Kuala Lumpur, ce qui signifie estuaire boueux mais que Gide, frappé par la licence sexuelle de la ville, traduisait par *« Kouala l'impure* ». A mon arrivée en Malaisie vers la fin août 1954, le grand cri des Malais, le slogan de l'UMNO, l'Organisation nationaliste malaise unie, c'était *Merdeka* qui veut dire liberté. Quelques cyniques chinois préféraient l'entendre comme *muntega,* du beurre, qui prétendaient-ils leur servirait plus que la liberté. Les Chinois et les Indiens, qui faisaient tout le travail de la Fédération pendant que les Malais regardaient tomber les noix de coco, redoutaient l'indépendance, qui mettrait tout le pouvoir aux mains des Malais, des gens très xénophobes.

Arrivés de bon matin à Ipoh, Lynne et moi, avec nos bagages et notre siamoise glapissante, nous avons mangé des œufs au bacon dans le restaurant de la gare, puis pris un train omnibus pour Kuala Kangsar. Là nous étions attendus par le principal du collège Malais, Jimmy Howell, un Gallois galloisant. C'est au collège Malais que je devais enseigner l'anglais. Connu comme l'Eton de l'Est, il était exclusivement réservé aux Malais qui, étant appelés à gouverner la Fédération, avaient besoin de tout le savoir qu'ils pouvaient acquérir. L'enseignement se faisait en anglais, les principaux examens se passaient dans les mêmes matières que le curriculum occidental habituel, sauf l'histoire qui devenait l'histoire malaise, la langue étrangère le malais, plus une épreuve d'études coraniques. Les professeurs faisaient un joyeux mélange – expatrié britannique, Chinois, Malais, Tamoul, Eurasien – dont un *haji* monoglotte pour enseigner le chevrotement approprié à la parole du Prophète. Après un jour ou deux logés chez Jimmy Howell, dont le cuisinier chinois fouilla nos bagages avant le départ pour s'assurer que nous ne volions rien à son maître, on nous installa Lynne et moi au pavillon du Roi, jadis la résidence du conseiller britannique pour l'Etat de Perak, qui abritait maintenant l'école primaire du collège.

Kuala Kangsar se situe au confluent des fleuves Perak et Kangsar (*kuala* désigne non seulement l'estuaire mais le point où un fleuve croise un affluent). C'est la ville royale de l'Etat de Perak, même si elle est moins grande et moins importante que Taiping ou Ipoh, celle qui abrite le palais du sultan ou *istana*. C'est à Perak, dont le nom signifie « argent », que furent exploitées les premières mines d'étain et plantés les premiers hévéas. Selon une tradition répandue alors, et peut-être encore aujourd'hui, parmi les plus chauvins des Malais, les plantations de caoutchouc dataient des temps préhistoriques où Al-Iskander le Grand régnait sur la Malaisie assisté de son précepteur Aristote, mais les Britanniques les avaient volées et s'étaient enrichis en les exploitant eux-mêmes. Faux. Le caoutchouc est arrivé du Brésil en passant par Kew Gardens, et c'est une entreprise entièrement britannique. Les inciseurs étaient des Tamouls, tandis que les mineurs étaient chinois. Les Malais restaient dans leur *kampong* à regarder tomber les noix de coco et mangeaient des duriones quand c'était la saison des duriones.

Non loin de là, sur la route menant à Ipoh, la ville de la ferblanterie, le village de Sungai Siput (ce qui signifie fleuve aux limaces) passait pour être le quartier général des terroristes communistes chinois. Ces terroristes s'agitaient certainement beaucoup plus dans l'Etat de Perak que, disons, dans la province maritime de Kelantan, parce qu'il y avait là un grand nombre de propriétés caoutchoutières adossées à la jungle. Ils sortaient de la jungle, volaient le ravitaillement, terrorisaient les manœuvres chinois ou indiens, et tuaient les planteurs blancs au garrot ou au fusil. Tout cela au nom de la liberté humaine. Leurs armes étaient pour la plupart des vestiges du temps où ils combattaient les Japonais. Perak était plein de soldats du régiment de Malaisie, avec son quota de conscrits britanniques, la jungle vrombissait d'hélicoptères et d'avions rôdeurs.

L'ambiance était à la guerre. Une expédition en voiture à Ipoh comportait des risques. Les memsahibs en robe fleurie allaient faire leurs courses en véhicules blindés. Les planteurs déposaient leur lourd revolver d'ordonnance dans le seau à bière du Club Idris. Le club tenait son nom d'un ancien sultan de Perak, Idris étant l'équivalent coranique d'Enoch. Le sultan qui régnait pendant l'état d'urgence s'appelait Yusof.

Yusof était aussi le nom du boy cuisinier qui venait travailler chez nous. Il était homosexuel mais pas du tout efféminé. Il avait eu plusieurs fois maille à partir avec la police pour divers petits larcins, et les rapports médicaux de police signalaient un *zakar* ou *hak* ou *pesawat* ou *jantan* ou *kalam* ou '*urat* ou *butoh* ou *ayok-ayutan* et une paire de *buah pelir* ou *buah peler* ou *kelepir* ou *bodek* ou *telor* (le nombre de termes malais désignant les parties génitales est inépuisable) les plus amples de Kuala Kangsar. Il pouvait déplacer un piano à lui tout seul. Il se teignait les cheveux au henné et trottinait avec robustesse. Je repoussai poliment ses avances répétées, mais il réclamait une sorte de gage de notre relation intime – une photo de mariage de nous deux prise en studio, moi en costume de lin écru et *songkok* ou toque de velours malaise, lui en robe nuptiale et fleurs de frangipanier. Comme je refusai de m'y prêter il se livra à divers actes de représailles, vols d'argent ou de caleçons, et finit par corser mon gin avec un aphrodisiaque acheté au marché. L'aphrodisiaque était en fait un émétique. Yusof avait appris son métier sur le tas dans les cuisines du mess des officiers du régiment de Malaisie, et il nous servait des plats écœurants ornés de pommes de terre sculptées froides, parodies d'un rêve quelconque de *haute cuisine anglaise**. Lynne lui montra une série de recettes plus simples – le ragoût de *kambing* (chèvre ou mouton : on n'était jamais très sûr) et même la ratatouille, que la ville finit par adopter comme plat reconnu d'origine malaise. Mais il les gâchait par des poignées de graines de cumin. Nous avons fini par nous contenter de ses curries, des curries malais peu épicés mais pas mauvais. S'il me volait, il compensait le déficit en pillant les placards de la cantine de l'école primaire – pêches en boîte et riz poli. Quand il mettait la table, il plaçait une boîte d'encaustique entre la salière et la sauce au soja. Il ne savait pas lire.

Quand on lui donnait de l'argent pour faire le marché, il en dépensait une partie pour acheter un petit animal – chevrotain ou *pelandok* malade, tisserin pépiant dans sa cage de bambou. Il adorait Lalage, mais elle se méfiait de ses grands pieds bruns. Lalage devint le cœur d'un véritable zoo domestique. Avec l'aide d'un ami, Yusof importa une énorme tortue de mer qui passait ses nuits dans la baignoire mais qui cliquetait dans toute la maison pendant la journée et cognait sa carapace contre les murs. Il nous fit don aussi d'un *musang*, un putois qui empestait les lieux et consommait deux *katis* de bananes par jour. Le putois s'appelait Farouche et la tortue Bucéphale. Deux singes rhésus, mâle et femelle, prirent pension aussi, qui se balançaient sur les ventilateurs du plafond et faisaient beaucoup de dégâts. Sur tous les murs couinaient des *chichaks* ou margouillas qui chassaient ou copulaient bruyamment. Des scorpions noirs cramponnés aux murs de la chambre vous saluaient au réveil en agitant la queue à un ou deux pouces de votre tête.

Notre *amah,* employée au ménage et à la lessive, s'appelait Mas, ce qui signifie « or ». Elle était toute petite, à peine un mètre cinquante, et d'origine mixte – Sumatra, Siam, et une pincée de Chine. Elle savait des rudiments d'anglais – « Yusof un peu fêlé, tuan », disait-elle, non sans raison – mais parlait couramment toutes les langues de la péninsule. Son père se faisait appeler Mr Raja et passait pour avoir commis l'inceste avec elle – *sumbang,* un crime horrible – mais être à l'abri de toute poursuite pénale parce que le sultan lui devait de l'argent. Il avait entièrement l'air d'un Tamoul. Il avait marié Mas à l'âge de douze ans. Un âge exceptionnellement jeune, mais parce que les occupants japonais avaient la délicatesse de ne pas mettre de femmes mariées dans leurs bordels. Son fils unique, qu'elle avait eu à treize ans, était un grand gaillard d'agent de police qui paraissait dix ans de plus que sa mère.

A entendre Mas et d'autres, authentiques ou pseudo-Malais, j'eus l'impression que l'occupation japonaise s'était montrée indulgente pour les fils du pays et très dure pour les Chinois. Ceci, évidemment, plaisait bien aux fils du pays, qui pouvaient se tourner vers La Mecque à l'ouest au lever du soleil à condition de se tourner d'abord vers l'est et qui, à part la mise au bordel de leurs filles nubiles, étaient traités de manière relativement courtoise. Yusof Tajuddin, un de mes collègues du collège Malais, parlait si bien le japonais qu'il avait gagné un concours d'éloquence ouvert à la fois aux Nippons de souche et aux populations occupées. Ça ne pouvait faire de mal à personne d'apprendre cette langue, puisque les Japonais allaient faire la conquête de l'Est, sinon du monde entier, par des voies commerciales là où leur impérialisme plus agressif échouerait. Yusof Tajuddin avait éprouvé une certaine affection pour les Japonais, des gens propres à l'esprit logique. Les Japonais s'étaient montrés très respectueux du système colonial dont ils avaient hérité. Pour les Malais, le retour des Britanniques n'avait pas mis fin à un régime d'oppression mais simplement remplacé une bande d'étrangers jaunes par des blancs. Leurs véritables ennemis c'étaient les Chinois, agressifs en affaires, meurtriers dans la jungle.

Peut-être que Yusof Tajuddin avait apprécié les Japonais, et que Mas les avait tolérés, mais ils tremblaient tous les deux en se remémorant ce qui s'était passé au pavillon du Roi pendant l'occupation. « Ça pas bon endroit, mem », répétait Mas. Yusof Tajuddin, dans son anglais académique impeccable, était plus explicite. Le pavillon du Roi avait servi de centre de torture et d'interrogatoire. Des traces de sang séché, qu'aucune quantité de poudre Vim ne pourrait faire disparaître, maculaient le sol de la salle de bains principale où le sang avait coulé en abondance par les gouttières à ciel ouvert. Yusof Tajuddin expliquait le froid étrange de la pièce, incompréhensible autrement dans une maison pauvre en ventilateurs et inondée de soleil, par un phénomène psychique : les mains glacées de la mort l'étreignaient encore et l'étreindraient à jamais. Un ingénieur écossais au scepticisme endurci entra dans la salle de bains à notre invite et ressortit en frissonnant. Au coucher du soleil, assurait Yusof le cuisinier, on entendait les plaintes des torturés et des suppliciés dans les arbres à pluie et les banyans. Lynne et moi nous n'entendions pas ces plaintes, mais nous savions que Yusof était superstitieux comme souvent les gens de sa race. Il voyait des *hantu-hantu* (ou *hantu 2*) partout. Je ne connais pas l'étymologie de ce mot, qui veut dire fantôme, mais je me suis souvent demandé s'il n'avait pas un rapport lointain, par l'intermédiaire du sanskrit, avec le verbe *hanter*. Pour Yusof tout était hanté. Le majeur de sa main droite, ou *jari hantu,* était hanté et devait prendre garde à tout ce qu'il touchait. Il avait vu un *hantu bangkit,* un fantôme vêtu d'un drap qui était sorti de la tombe et, gêné par son drap pour marcher, avait roulé jusqu'à Yusof avec des intentions maléfiques. Il avait vu le *hantu belian* ou tigre fantôme. Un fantôme de cuisine, déguisé en paillasson, se dressait parfois devant lui et lui faisait lâcher sa vaisselle. Il y avait des gnomes terrés dans le jardin, *hantu tanah,* et la chouette, ou *burong hantu,* était véritablement un oiseau-fantôme qui le fixait des yeux et lui arrachait des hurlements dans son sommeil. Il connaissait tous les *hantu-hantu* ou *hantu 2.* Les voix dans les banyans n'étaient rien à côté des fantômes visibles aux entrailles déballées ou du spectre chasseur *(hantu pemburu),* mais elles étaient bien là. Mieux valait pour nous y croire.

Malgré toutes ces bonnes raisons spectrales de ne pas traîner dans le pavillon du Roi, les véritables causes de notre peu de goût pour ce lieu étaient plus terrestres. C'était une ample structure de l'époque victorienne, assez belle, avec des vérandahs d'où la vue était somptueuse. Il donnait sur de grands arbres et des jardins entretenus par des Tamouls décharnés ivres de *todi,* le vin de palme; derrière on voyait le confluent des fleuves; derrière encore, la jungle et les montagnes. Mais la splendeur du site était un faible dédommagement pour la responsabilité qu'il nous imposait. Notre demeure était en fait un vaste appartement coupé, mais pas suffisamment, des classes et des dortoirs de l'école primaire. Au début de l'année scolaire, accompagnés de leurs parents, qui venaient pour une nuit puis qui tentaient de prolonger leur séjour, des enfants malais arrivaient en larmes pour se faire transformer en collégiens sophistiqués. Ils ne savaient pas l'anglais, qu'ils allaient apprendre en deux ans dans le cours d'un Mr Mahalingam et d'une Mrs Vivekananda. On leur inculquait des voyelles bizarres et des accentuations douteuses. Mrs Vivekananda leur faisait chanter « Vié Blick Joooh », Mr Mahalingam ne les reprenait pas quand ils changeaient un *char à bœufs* en *charabou.* Une fois sortis de classe ils faisaient beaucoup de vacarme et pissaient de leur balcon dans l'arrière-cour, bien en vue de Lynne et moi qui déjeunions sur le nôtre. Si je les grondais ils partaient en courant. Si j'entrais dans leur dortoir houleux ils sortaient leur tapis de prière et hurlaient en direction de La Mecque, sachant bien que leurs dévotions religieuses les rendaient intouchables par des infidèles. Ils m'appelaient *Puteh,* blanc, ou *Mat Salleh,* saint Joe. Les autres professeurs du collège Malais repartaient vers leurs maisons paisibles de Bukit Chandan, autrement dit colline du santal, une fois leur travail achevé. Lynne et moi devions nous accommoder du bruit et des responsabilités.

C'était littéralement une charge de vie et de mort. Le jardin était rempli de serpents, dont la Malaisie possède une grande variété, et pendant ma période d'exercice un cobra royal doté d'une famille en expansion tournait constamment autour du pavillon du Roi. Les scorpions se faufilaient dans les chaussures ou les lits des garçons pour les mordre cruellement. L'hygiène posait des problèmes, le débit d'eau était anarchique, parfois totalement défaillant. A cause d'un défaut du compteur, le service des Eaux a enregistré une consommation excessive en période de sécheresse alors qu'en fait nous n'avions pas d'eau du tout. Mes plaintes et mes contre-accusations ne recevaient que rebuffades. J'en avais mal au ventre : on me faisait une réputation de forte tête ; ça recommençait comme à l'armée. Par-dessus le marché, on m'imposait un fardeau linguistique que j'avais, pendant mes tout premiers mois, du mal à porter. Je devais haranguer ces jeunes garçons en bon malais idiomatique, or même si j'apprenais rapidement leur langue, je ne pouvais pas l'apprendre si vite que ça.

Les fonctionnaires coloniaux devaient assimiler la langue majeure de leur territoire jusqu'à un degré très poussé. Le jargon de cuisine de leurs épouses, parlé avec des fautes de grammaire et l'accent de la race dominante, plaisait mieux aux indigènes, qui ne pouvaient pas croire qu'un étranger à peau blanche soit capable d'apprendre leur langue. Les responsables de l'administration coloniale devaient déconcerter ces indigènes par une maîtrise linguistique, incluant le maniement de plusieurs registres, égale ou supérieure à la leur. Il y avait une quantité de langues en usage en Malaisie, mais pour des raisons politiques, le malais était considéré comme la spécialisation obligatoire. Personne ne vous empêchait, si vous étiez assez fou pour ça, d'apprendre le hakka ou le cantonais, le kuo-yue, le tamoul, le hindi ou l'ourdou, mais les examens se passaient obligatoirement en malais. Il fallait passer le niveau un au cours de la première année, et le niveau deux avant la fin de votre circuit de trois ans. En cas d'échec, vous vous heurtiez au butoir des salaires coloniaux qui annulait vos droits à l'augmentation annuelle. Un Anglais nommé au collège Malais avait choisi de se spécialiser en chinois (le kuo-yue, la langue nationale, était parlé par très peu de Chinois en Malaisie, mais leurs enfants l'apprenaient à l'école) à une époque où les pressions politiques de la malayaphonie ne s'exerçaient pas encore. Il était très bon en chinois, savait écrire trois mille caractères, mais on le punit de son excentricité. On l'envoya à Kelantan comme principal d'une école malaise dans un secteur où il y avait très peu de Chinois. Jimmy Howell m'a raconté l'histoire avec délectation, mais moi j'étais atterré par cet esprit vindicatif. Howell quant à lui avait échoué trente-six fois à l'examen de malais niveau deux sans qu'on lui applique jamais la règle du butoir. Comme trop souvent les expatriés, il ne s'intéressait pas assez à la maîtrise des langues. Il aurait pu apprendre le japonais pendant la guerre où on lui avait fait suivre un cours doté d'excellents appareils, notamment du matériel d'enregistrement. Il s'était servi de ce matériel pour enregistrer des chansons populaires. Je ne trouvais pas ça drôle.

Je reçus, aux frais de la Fédération, une formation en malais écrit et oral (rumi et jawi) dispensée par un *munshi* nommé Syed Omar. Syed veut dire descendance du Prophète, fiction peu vraisemblable pour un Malais mais acceptée, qui fait qu'un Syed a droit au titre de *tuan*. Les Malais qui n'avaient pas de sang prophétique et n'étaient jamais allés à La Mecque pour devenir hajis étaient appelés en général *enche*. Tuan Syed Omar m'instruisait très bien, parfois il me tapait sur les doigts avec une règle. Il m'apprit la manière correcte de parler à un sultan ou un rajah, avec qui l'on converse dans un registre inaccessible aux gens du commun. Les gens du commun mangent, ou *makan*, mais les princes *santap*. Les planteurs de riz et les pêcheurs dorment, ou *tidor*, tandis que leurs maîtres *beradu*. La racine de *beradu* désigne un concours de chant entre jeunes filles dont la gagnante ira au lit avec son seigneur. Le vocabulaire princier était vaste, et il fallait que je l'apprenne. Je devais également lire le *Hikayat Abdullah*, l'autobiographie du *munshi* de Sir Stamford Raffles, et ingurgiter les querelles politiques et les potins de cour d'un journal imprimé en jawi. Ces leçons avaient lieu sur la vérandah du pavillon du Roi sous la piqûre des moustiques vrombissants et le vol des hannetons qui ronflaient, copulaient, perdaient leurs ailes et mouraient. Je passai le niveau un avec mention après trois mois de cours. Ce qui ne me rendit pas très populaire auprès de mes confrères expatriés. Puis je réussis le niveau deux en moins d'un an, le record de la Fédération. Ce qui me fit carrément haïr. Avant de quitter la Malaisie je passai l'examen optionnel niveau trois, tous les mots difficiles empruntés à l'arabe et au sanskrit mis en pattes de mouche jawi, qui donnait droit à une prime. Ce qui me fit un peu plus haïr, mais je m'en fichais.

L'administration coloniale a toujours fait preuve d'un amateurisme, même dans la spécialisation technique, que les Britanniques apprécient parce qu'ils ne font jamais confiance aux professionnels. Sir Frank Swettenham, l'un des fondateurs de l'administration malaise, a établi la liste succincte des qualités souhaitables chez un jeune recruté dans cette branche – doué pour le sport, pas trop doué pour les études, célibataire et suffisamment amoral pour employer un dictionnaire de chambre, mais à part ça pas trop familier avec les indigènes, et bien élevé. Il aurait pu ajouter un mot sur les goûts artistiques, ou leur absence, mais ça, comme la crainte de l'intellectualisme, c'est probablement implicite dans les deux premiers points. Si j'avais pu espérer une forme de convivialité intellectuelle chez mes collègues blancs, c'est parce que je m'attendais à retrouver l'atmosphère du lycée dans ce collège qui célébrait cinquante ans de gloire académique. Mais il n'avait rien de glorieux, sauf sur les terrains de rugby ou de hockey. Jimmy Howell annonça fièrement à une réunion du personnel l'achat de cent serrures robustes pour les casiers à livres de la bibliothèque. « Une pour chaque livre », dis-je imprudemment. La vie extra-scolaire des professeurs reflétait le manque d'ambition académique de l'établissement lui-même. Ils avaient leurs tourne-disques à microsillons, leurs étagères de romans de clubs du livre, clubs de golf sous le préau, whisky soda sur le plateau. Ils allaient de temps en temps à Ipoh faire leurs courses chez Whiteways et s'offrir un *makan* correct à l'Ipoh Club *(ikan tinggeri belle meunière*)*. Ils avaient tous une petite voiture correcte.

Nous n'avions jamais appris à conduire, Lynne et moi, par un effet de notre longue pauvreté, et je ne savais pas trop si j'avais vraiment envie d'une voiture. Très peu de mes collègues autochtones en possédant une, cingler les trottoirs de la petite ville royale en Ford ou en Austin ne pouvait que creuser le gouffre entre les Blancs privilégiés et les pauvres, noirs, bruns ou jaunes. Non que les gens de couleur se passent tous de voiture : il y avait des Chinois riches et un sultan qui possédait toute une flottille de Buick et de Daimler rutilantes. Mais les Malais cheminaient à grands pieds bruns nus ou en pousse-pousse. Je marchais par cette maudite chaleur humide et j'inondais ma chemise : conduite qui, avec ma maîtrise croissante de la langue malaise, me rapprochait trop des indigènes pour ne pas gêner mes collègues. J'avais aussi une aventure discrète avec une de ces indigènes, nommée Rahimah, qui travaillait comme serveuse dans un café chinois. Une divorcée, très petite et très jolie. Le divorce musulman était trop facile, trop de filles se retrouvaient comme elle abandonnées. J'étais sincèrement désolé pour Rahimah qui avait un faible salaire, des pourboires maigres, et un petit garçon nommé Mat à nourrir (Mat étant le diminutif malais de Mohamed). Je lui donnais tout l'argent que je pouvais, et nous faisions l'amour dans sa cellule exiguë qui sentait le curry et les épices de l'Himalaya pendant que Mat était à l'école coranique.

Ici il faut que je parle un peu des pratiques sexuelles orientales. Les Malais mettaient certaines restrictions aux formes d'érotisme, fixées par l'islam, de sorte que seule la position de Vénus pudique était officiellement permise. Les musulmanes étaient censées être de passives houris. La fréquence des échanges sexuels réclamée par les épouses musulmanes n'était pas un véritable indice de sensualité : elle servait à tester la fidélité de l'époux. Le corps brun doré d'une Malaise, musqué, galbé, était chaque fois un délice. Les Malaises prenaient rarement de l'embonpoint, sort réservé aux épouses des towkays chinois, qui passait pour un signe de prospérité. Les Malaises gardaient leur ligne après un accouchement grâce à une sorte de rôtissage rituel au-dessus d'une flambée, serrées dans des linceuls enduits de graisse. Elles se promenaient fièrement en *sarong* et *baju* (petite veste ajustée), chevelure luisante ondulée en permanence, talons haut perchés. Elles étaient séduisantes comme le sont rarement les femmes blanches. Allongé près de Rahimah je déplorais ma propre blancheur : avoir la peau blanche, c'était une anomalie qui avait tout l'air d'une maladie. La sexualité malaise a beau être simple, elle dispose d'un vocabulaire abondant. Copuler se dit *jamah* ou *berjima* ou *juma'at* ou *bersatu* (littéralement devenir un), ou *sa-tuboh, asmara, beranchok* (terme particulier à Perak), *ayuk, ayok,* et beaucoup, beaucoup d'autres. Il y a même un mot spécial pour les retrouvailles sexuelles au terme des quarante jours tabous après une naissance – *pechah kepala barut* – et deux pour l'initation d'un garçon après la circoncision – *menyepoh tua* pour les plus âgés, *menyepoh muda* pour les plus jeunes. L'orgasme est décoré d'un mot emprunté à l'arabe, *shahuat,* ou appelé familièrement *rumah sudah ratip* – littéralement, « la structure est partie dans une transe extatique », *ratip* ou *ratib* étant le terme propre pour désigner les transports produits par la répétition constante du saint nom d'Allah. Là où l'Occident rend compte de l'orgasme dans toutes les langues par le terme « venir », l'esprit malais, avec le mot *keluar,* ne pense qu'à partir, quitter le corps, flotter dans les airs.

Je n'ai guère eu d'expériences avec les Chinoises, hélas, que commerciales. Prostituées ou entraîneuses de dancing qui connaissaient toutes les figures, elles étaient minces, vives, souples, sinueuses, mais s'intéressaient tristement peu à l'acte. Kuala Kangsar, comme d'autres villes d'Orient, regorgeait de Chinoises constituées en communautés sexuelles féminines, conscientes, dans leur sagesse millénaire, que seule une femme peut satisfaire une femme, et que les rapports multiples procurent plus d'extase que les duos. Dans une école malaise que je connaissais, la seule enseignante chinoise a séduit les épouses des professeurs blancs, brisé tous leurs ménages, et provoqué le double suicide d'un homme et une femme. Les Chinois, estiment les Chinoises, ne sont bons à rien dans un lit. Ils considèrent que c'est suffisant d'avoir une longue érection, et il y a des drogues chinoises pour ça, généralement riches en plomb qui leur détraque la prostate mais produit une tringle dure et infructueuse. J'ai connu à Kuala Kangsar un homme d'affaires chinois de quatre-vingts ans marié à une femme de dix-huit, un signe de prospérité qui dépassait largement ses prouesses conjugales, jusqu'à ce qu'il se gave le système de plomb. Il est mort en érection le sourire aux lèvres.

Les rares Thaïlandaises que j'ai rencontrées en Malaisie du Nord appelaient l'acte sexuel *kedunkading,* en accentuant fortement la dernière syllabe, traitaient les rapports comme des parties de fou rire, éprouvaient des orgasmes rapides et joyeux avec très peu d'aide de leur mâle. Mais les Indiennes, comme on pouvait s'y attendre vu le sérieux des manuels érotiques sanskrits, étaient les mieux instruites des manières de procurer du plaisir, à elles-mêmes et à leurs partenaires, ranimer le désir plus de fois que la charpente ne semble capable d'en supporter, associer la jouissance à l'athlétisme opiniâtre, et réduire le corps masculin à l'état de loque exténuée agrippant un cerveau immatériel l'œil hagard au paradis. J'ai eu des expériences sexuelles avec des femmes tamoules plus noires que des Africaines, dont une fille qui ne devait pas avoir plus de douze ans, mais jamais avec des Bengalis ou des Pendjabis. Quelle que soit sa race, l'attrait d'une partenaire orientale était toujours rehaussé par l'ambiance épicée des boutiques avoisinantes, la puanteur des caniveaux, la chaleur intense de la journée, le miracle de la fraîcheur passagère à la tombée du soir, avec les oiseaux chaudronniers qui martelaient les troncs d'arbre et l'oiseau des fièvres qui lançait son fragment de gamme – parfois trois notes, parfois quatre. Le sexe en Occident est trop froid, trop pauvre en aromates. Il faut cependant reconnaître que les Orientaux, surtout les Sikhs, pour une raison que j'ignore, ont connu à Bayswater des extases introuvables au pays des épices.

Il y a quelques années j'ai écrit un roman où je représentais toute une vie d'homosexualité et qui, dans les librairies américaines, a abouti sur l'étagère réservée à la littérature « gay ». Malgré cela, je n'ai jamais eu de tendances homosexuelles, et je comprends mal les causes de cette inversion, qui est contraire à la biologie. A l'époque où j'étais en Malaisie, apparemment les corps bruns mâles attiraient très peu d'expatriés britanniques. L'islam n'approuve pas la sodomie, même si elle prédomine dans le désert et les pays du Maghreb, en fait mon cuisinier Yusof semblait être une rare et remarquable exception au courant sexuel de Kuala Kangsar. On lui donnait parfois le nom bénin de *limau nipis,* citron à peau fine, l'un des rares termes dont disposent les Malais pour désigner un giton, ou membre de *kaum nabi Lot,* la tribu de Lot, ce qui est calomnieux à l'égard du seul hétéro des villes de la Plaine, mais ses penchants ne suscitaient qu'un intérêt vague pour une déviation curieuse. Il n'y avait pas beaucoup de galipettes érotiques dans les dortoirs du collège Malais. Je vivais dans la Fédération au sein d'une robuste normalité charnelle. Seuls les Sikhs, avec leur sentiment d'appartenir à une fraternité guerrière exclusive, grondaient l'un contre l'autre, le turban en bataille et la barbe frémissante. Le pays pullulait d'enfants bruns et jaunes culbutant dans les caniveaux où se déversait la mousson. Aucun risque qu'il soit mis à sec par une quelconque réticence à procréer.

Le commerce du sexe fleurissait dans les villes de Malaisie, mais il mettait une certaine discrétion à s'afficher. Son exploitation secondaire, dans des spectacles vivants ou des réclames de sous-vêtements criardes, répugnait assez à l'esprit oriental, malgré la célèbre strip-teaseuse chinoise nommée Rose Chan qui attirait des foules de towkays haletants derrière leurs jumelles. C'est de la femme blanche qu'on attendait une conduite effrontée et provocante. Marilyn Monroe et Jane Russell étaient visibles en Cinémascope, tandis qu'une publicité pleine page pour *La Comtesse aux pieds nus* dans le *Straits Times* présentait Ava Gardner comme « le plus bel animal du monde ». Certains de mes élèves ont épinglé cette page sur le mur au-dessus de leur lit. Même si les mems crinolinées et corsetées d'antan étaient jadis intouchables, les choses changeaient vite à l'ère nouvelle de la démocratie et de l'égalité. Tout Kuala Kangsar prit feu à la projection d'un film français intitulé *Ah ! les belles bacchantes.* On y voyait des Françaises qui dévoilaient leurs petits seins espiègles et des hommes de toutes races rapprochés par des râles lubriques. La femme française, ou *perempuan Peranchis,* était l'emblème de la lascivité, et la ville de Kota Bharu sur la côte Est était surnommée, pathétiquement, le Paris de l'Orient à cause de la licence sexuelle effrénée qu'on lui prêtait. Il y avait bien une Française à Kuala Kangsar, mais c'était un médecin très austère vêtu d'une blouse blanche. Une seule femme, parce qu'elle ne suivait pas le modèle traditionnel de la mem anglaise en Orient et qu'elle avait la beauté blonde d'une vedette de cinéma, paraissait érotique à la manière française, et c'était ma femme.

Si j'étudiais sans bruit les comportements sexuels orientaux, sous couleur d'animer un club de littérature et de débats au collège Malais, nous nous étions mis sans tarder tous deux à étudier la société orientale de manière moins spécifique et directement sur le terrain. Ça voulait dire boire de la bière Tiger ou Anchor dans les *kedais* chinois en bavardant avec les indigènes. Ceci dans l'espoir de trouver chez les Malais des qualités comme l'antique sagesse orientale et l'absence de ce snobisme raciste qui rendait l'*orang puteh,* l'homme blanc, si détestable. Mais à l'épreuve les Chinois, Malais ou Indiens n'étaient pas plus sages, et tout aussi enclins aux préjugés raciaux. Pour les Malais nous étions des *lintah puteh,* des sangsues blanches, les Chinois étaient des *ketam bersepit* ou crabes à pinces (allusion à leurs baguettes), et les Tamouls des *taik Adam,* crottes d'Adam. Ils étaient très sensibles aux gradations de couleurs, plus on était noir, plus on se rapprochait de la boue primordiale. Yusof Tajuddin était un *orang pekan,* un homme de Penang au sang mêlé de Malais et de Tamoul, très brun de peau. Ses frères malais au teint plus clair l'appelaient *Raja Hitam,* le rajah noir, et apparemment il avait tenté d'échapper à la négritude absolue en épousant une Malaise si pâle qu'on l'appelait 'Teh ou Puteh. Le rapport des indigènes à la blancheur était ambivalent. L'homme blanc était détestable, mais on louait la peau de l'être aimé en la comparant à *thalji,* la neige, image purement poétique sans doute d'origine persane : jamais un Malais n'avait vu de neige, sauf dans le film *Holiday Inn,* dont les étudiants du collège Malais roucoulaient volontiers la chanson « Noël tout blanc » au micro du collège. Selon une doctrine erronée qui avait cours dans les universités américaines, le symbolisme des couleurs s'inversait en Afrique et en Asie, de sorte que blanc signifiait mal, noir égalait bien, mais en Malaisie du moins, le noir était mauvais parce que c'était la couleur de la nuit au moment où les *hantu 2* s'affairaient. Le jour était blanc, honnête et inoffensif.

Hélas, trois fois hélas, la plupart des commis malais, hommes d'affaires chinois, agents du chemin de fer sikhs et fonctionnaires tamouls avec qui nous trinquions nous jugeaient Lynne et moi d'une espèce inférieure aux Blancs hautains abonnés des clubs, à cause de nos tentatives d'ouverture amicale envers les indigènes. Un Tamoul qui venait d'apprendre le mot *méprisable* me déclara : « Vous savez, Mr Wilson, vous êtes méprisable. » Pourquoi ? « Parce que vous buvez avec des gens comme nous que les Blancs savent méprisables. » Hélas encore, abrité sous la table du kedai, un agent de police sikh se glissa hors de sa sandale pour aller caresser le pied blanc chaussé de Lynne de son grand pied brun nu. Elle faisait partie de la nouvelle espèce blanche approchable et, comme le signalaient les films américains, elle avait toute l'impudeur des Occidentales. Lynne en pleura et fit une brève retraite en purdah, mais bientôt elle entretenait une relation très intime avec, sinon un Sikh, en tout cas un Pendjabi. Pour tout dire, un caporal de police pendjabi employé au parc automobile.

Du fait de l'état d'urgence ou de la guerre, il y avait une nouvelle classe d'agents de police expatriés en Malaisie. La police était autant impliquée dans la guerre que l'armée, et c'était la police qui était responsable des véhicules blindés. Des agents de la sûreté habitués aux urgences arrivaient sous contrat, surtout de Palestine, pour être nommés lieutenants. Le grade de lieutenant dans la police suggérait un minimum de culture et de distinction, mais la plupart de l'espèce qui venait boire sec au Club Idris étaient une bande de brutes. Ils baragouinaient un arabe de cuisine et avaient appris dix mots de malais. Un lieutenant du régiment de Malaisie, qu'il soit blanc ou brun, se situait socialement plusieurs coudées au-dessus d'eux et estimait que ces gens-là dévaluaient son propre grade. Il y avait parmi eux un lieutenant de police d'origine mystérieuse qui aurait pu être un Anglais des Indes mais dont l'accent, quoique difficile à placer, venait à coup sûr des Midlands. S'il avait le teint brun jaunâtre, c'était par le châtiment de son foie. Il frisait les deux mètres dix, d'où son surnom de Gratte-Ciel mais il s'appelait en réalité Donald D. Dunkeley. Ayant fait l'essentiel de sa carrière en Inde, dans quelle branche on n'a jamais pu le savoir, il parlait le hindi, l'ourdou et le pendjabi couramment avec, m'a-t-on dit, une correction presque pédante. Il était responsable des transports de police bien que sachant à peine conduire lui-même, et avait pour compagnon constant son caporal, Alladad Khan. Moustachu et soigné, Alladad Khan avait fait un mariage au-dessus de sa condition. Son épouse, Hadijah Bibi, était la sœur d'un nommé Sardar Khan qui était passé par une école de police en Angleterre et occupait un rang élevé dans la police de Singapour. Ce frère lui servait de gourdin permanent pour bastonner Alladad Khan, qu'elle accusait de manquer d'ambition et d'apprécier des impuretés occidentales comme la bière Tiger, les œufs au bacon et les baisers sur la bouche. Il était musulman comme tous ceux de sa race, mais pas très fervent, à la mode malaise.

Gratte-Ciel Dunkeley savait que je n'avais pas de voiture, il m'avait entendu au club me demander si je devrais succomber à l'ethos de l'homme blanc et m'en acheter une. Gratte-Ciel était très en faveur de cet achat pour des raisons qui lui étaient personnelles. Le directeur adjoint d'une plantation d'hévéas, un nommé Halliday en instance de rapatriement, cherchait à vendre sa voiture pour payer son ardoise aux Entrepôts frigorifiques de Singapour et ses notes de bar. Pour Halliday c'était une urgence vitale de se faire rapatrier. Son domaine avait subi trop d'invasions de la part des terroristes communistes, qui avaient infligé la garrotte à deux de ses contremaîtres tamouls aux accents d'un hymne à la gloire de la fraternité humaine. Quant à lui, il avait échappé de trop peu à trop de balles mortelles, ce n'était plus qu'une pelote de nerfs imbibée d'alcool. Il voulait dix-sept cents dollars des Détroits ou *ringgit* pour son Austin A70, et Gratte-Ciel, faussement ou du moins prématurément, lui dit qu'il avait trouvé un acheteur mais qu'il faudrait en rabattre de deux cents dollars. Un dollar des Détroits valait deux shillings quatre en ces temps rationnels antédécimaux, soit exactement neuf pour une guinée. Après des marchandages hystériques alcoolisés, Halliday accepta de céder la voiture pour quinze sacs. Gratte-Ciel m'entreprit alors au-dessus d'une Tiger tiède au kedai du Lion Double en annonçant la bonne affaire – une A70 d'occasion quasiment neuve pour dix-sept cents dollars. J'avais, c'est-à-dire qu'il avait, besoin d'une voiture, d'accord je ne conduisais pas, mais il me pouvait me prêter Alladad Khan comme chauffeur régulier non rémunéré, extraire les balles de la carrosserie, me fournir gratuitement l'huile et l'entretien (quand même pas l'essence : vachement trop risqué, putain). Et Gratte-Ciel dans tout ça, demandai-je, qu'est-ce qu'il y gagnait ? Voilà, me dit-il, il aimait bien s'en jeter un de temps en temps, comme moi, et il connaissait des petits kedais sur la périlleuse route du Nord qu'il empruntait fréquemment pour inspecter les parcs automobiles du secteur policier. S'arrêter devant un kedai, il valait mieux faire ça avec un véhicule privé qu'une voiture de police. Vachement trop de pétard, putain, qui arriverait forcément aux oreilles de son patron, sans compter que si on prenait une voiture de police fallait prendre leur putain d'escorte armée avec. L'auto qu'il voulait me vendre risquait, c'est vrai, de se faire tirer dessus mais bon, à la guerre comme à la guerre, tout le monde prend des risques, putain. Quand l'auto n'était pas garée devant un kedai ou en train de se faire tirer dessus, je pouvais, avec Alladad Khan au volant, en disposer tout à ma guise, si ça voulait dire quelque chose. Tout cela me parut très raisonnable, je sortis donc dix-sept cents dollars de la banque et confiai la transaction à Gratte-Ciel. Il obtint la voiture pour quatorze cents, ce qui lui permit de régler une ou deux notes de bar pour son propre compte.

Ce fut le début d'une confrérie bizarre. Nous partions en virée à quatre dans la A70, ses impacts de balle découpés à l'emporte-pièce, sa carrosserie régulièrement astiquée par les sous-ordres de la police malaise. La voiture n'avait pas de roue de secours, mais Gratte-Ciel réagissait en fataliste à l'idée qu'on pourrait nous tirer dans les pneus. Les terroristes tapis dans les broussailles en bordure de route nous prendraient probablement tous les quatre et dans ce cas on était foutus. Une courte vie vouée à la bière. Gratte-Ciel ne rêvait que Tiger ou Anchor et, quand j'avais les moyens, Carlsberg, qui était plus chère mais meilleure que les marques locales. Cette voiture ne nous a jamais conduits très loin. Elle transportait Gratte-Ciel et Alladad Khan du garage de police au pavillon du Roi, où Gratte-Ciel consommait notre gin sec et notre bière glacée déglacée parce qu'il ne supportait pas le froid. S'il vivait en Orient, disait-il, c'est parce qu'il aimait la chaleur. La bière froide était une sorte d'anomalie. Alladad Khan apprit à boire sec lui aussi. Après une longue nuit tropicale de biture, ils émergeaient la bouche sèche d'un somme dans les deux fauteuils de rotin de la vérandah et ils remettaient ça. Alladad Khan produisait un frisson appliqué et Gratte-Ciel de grands hochements de tête. La plaisanterie favorite de Gratte-Ciel, c'était : « A qui je branle de la tête ? Au fils de pute que tu branles de la main. » Il traduisait cela en ourdou. Il ne parlait pas le malais et employait Alladad Khan autant comme interprète que comme chauffeur. Alladad Khan appelait Gratte-Ciel Garatterciel et se faisait remettre à sa place : « On dit Monsieur Dunkeley putain quand on est poli. » Moi il me disait *sahib* ou *munshi,* avec le respect traditionnel des Indiens pour les profs. Et Lynne, il en tomba amoureux.

L'amour. Un concept détestable en malais, qui possède au moins deux cents mots pour désigner la chose. Le terme d'emprunt sanskrit est *berahi,* et l'arabe *muhabbat.* « Tomber amoureux » se dit *jatoh hati kapada,* littéralement « laisser son foie chavirer sur ou dans ou vers quelqu'un ». Alladad Khan dit à Lynne : « *Saya* love », *saya* voulant dire « je ». Je n'en savais rien. J'allais me coucher à minuit, abandonnant Gratte-Ciel qui ronflait sur la vérandah, Lynne et Alladad Khan qui bavardaient sans bruit en malais sous le ventilateur du salon. L'amitié, pensais-je, l'Est et l'Ouest entrent en liaison au niveau platonique. J'appris par la suite que la liaison était physique et se poursuivait dans la chambre d'amis. Est-ce que j'aurais dû me fâcher ? Mes infidélités à moi étaient expérimentales, allumées par un désir légitime de connaissance ; ça par contre c'était le genre de conduite qui devrait inciter la femme d'Alladad Khan à aiguiser son kris et moi à payer cinq dollars un assassin malais professionnel. Mais la discrétion d'Alladad Khan était exemplaire, et les femmes ont un don inné pour la duplicité. Allons, au moins Lynne se pénétrait, ou se faisait pénétrer, d'exotisme. Elle avait dit et répété qu'elle voulait rentrer, que la Malaisie n'avait rien à lui offrir, mais maintenant elle voulait rester. Sa décision de rester survécut à la fin de l'aventure avec Alladad Khan. Tous deux se rendaient compte que cette relation était sans issue. Une nuit Yusof eut un accès de somnambulisme, et il se mit à tenir des propos égarés sur les *hantu 2* devant la chambre d'amis. Si Yusof s'était réveillé, il n'aurait pas mis longtemps à répandre les ragots. Lui-même trouvait Alladad Khan très à son goût mais n'avait eu droit qu'à des rebuffades.

Nous ne pouvions continuer à vivre au collège Malais car mes relations avec Jimmy Howell s'étaient détériorées. Il voulait que je reste au pavillon du Roi pour consoler les petits garçons cauchemardeux et leur interdire de rôder près de l'antre du roi cobra, dont la progéniture commençait à grandir et déployait des capuchons menaçants. Ayant appris qu'une maison neuve à deux étages se libérait sur Bukit Chandan, je dis à Jimmy Howell que je ne voyais pas ce qui nous empêcherait ma femme et moi de jouir du même confort que les autres couples expatriés. Merde quoi, même M. Vivekananda et son épouse disposaient d'une maison jumelée très correcte, avec un *orang kebun* pour soigner les papayers et les poivriers de leur jardin privé. Merde quoi, pas moyen d'avoir la paix au pavillon du Roi, même pas en périodes de vacances parce que c'était le moment où les ouvriers chinois faisaient les réparations et usaient impudemment de nos toilettes. Mais Jimmy Howell voulait que je continue à jouer les assistantes sociales de l'école primaire, et il me reprocha de vouloir mener une vie domestique paisible en dehors des heures de service. Non sans regret, ça ne me laissait guère d'autre choix que demander ma mutation. En attendant qu'elle arrive, mon principal et moi n'avions plus rien à nous dire. C'était une situation pénible.

A certains égards, c'est avec regrets que je quitterais le collège Malais, car j'aimais bien les grands élèves et je sentais que le courant passait de mieux en mieux. Ils appréciaient mes méthodes pédagogiques. Ils étaient censés étudier Chaucer dans la traduction de Nevil Coghill, mais je fis polycopier des extraits de l'original que je leur distribuai. L'anglais médiéval leur paraissait plus proche du malais, au moins pour la prononciation, que les diphtongues beuglantes modernes engagées au service de l'oppression coloniale. Non que l'oppression coloniale existât dans les faits : les garçons aimaient croire que si et que l'indépendance prochaine les libérerait véritablement d'un joug sévère. Ils se cramponnaient au mythe de leur haine commune pour Mat Salleh, ou saint Joe, mais ils acceptaient sa culture. Ils l'acceptaient surtout sous sa forme américaine, qui représentait un rejet révolutionnaire du colonialisme et un remodelage de l'autocratique ancien en démocratique moderne. Même les garçons de l'école primaire signaient leurs courtes rédactions Ibrahim bin Yusof, *yanki kauboi,* ou Mohamed bin Lot, *chicago gangster.* Tout le monde buvait du Coca-Cola, dont la translittération en jawi était superbe. On le préférait à l'orange pressée, que les rédactions décrivant un pique-nique traduisaient en général par orang écrasé, suggestif de violence et cannibalisme. Ils regrettaient que leur religion interdise les hot-dogs, à base de porc *haram.* Ils m'écoutaient volontiers leur lire *Le soleil se lève aussi* ou *Les Tueurs.* Ils auraient aimé jouer au base-ball mais devaient se rabattre sur le cricket. Dans le vide britannique, programmé pour 1957, l'Amérique ne manquerait pas de s'installer. Ainsi que le Japon. C'était un anachronisme de leur faire lire Charles Lamb ou les poèmes de Kipling, écrivain qu'ils trouvaient d'une lourdeur inexcusable.

Car ces jeunes gens avaient des goûts délicats, des manières très courtoises, et quoique assez sportifs, ils manquaient d'énergie et n'étaient guère robustes. C'était un effet de ce climat débilitant dépourvu de saisons, à part le bref intermède de la mousson au cœur de l'été perpétuel. Le soleil se levait et se couchait à une heure invariable, et même s'il y avait de l'humidité ce n'était jamais un froid tonique. Ce froid il fallait aller le chercher sur les collines Cameron, mais c'était le domaine réservé des Blancs. Mes élèves étaient souvent fatigués, je ne devais pas trop exiger d'eux. Trop les pousser pouvait déclencher une crise stimulante, agressive mais finalement suicidaire d'*amok.* Toute marque d'indifférence concernant leurs tabous pouvait produire le même effet. Leur effleurer la tête était une insulte impardonnable ; les obliger à sortir sous la pluie une agression physique. Les Malais réagissaient à un coup ou une insulte par une longue phase muette de rumination suivie d'un accès d'*amok.* Le *pengamok* cherchait à tuer tout ce qu'il pouvait en attendant de se faire tuer à son tour. Le collège Malais avait eu des *pengamoks,* poussés au meurtre par la bêtise ou la dureté britanniques, mais pas de mon temps. Un collègue australien nommé Morley se trouva impliqué dans un épisode en ville, pas à l'école, qui se rapprochait de l'*amok.* Morley avait ramassé un Malais blessé dans un accident de voiture et l'avait conduit lui-même à l'hôpital municipal, où cet homme avait saigné à mort. L'ami de l'homme en question essaya de tuer Morley à cause de cette relation purement, disons, syntaxique avec le mort. Encore son geste suggérait-il une structure, alors que la plupart des *pengamoks* tuaient dans un esprit superbement arbitraire.

Il y a deux autres maladies orientales tout aussi pénibles à voir mais dangereuses uniquement pour le malade. La première, *latah,* est définie dans le dictionnaire anglo-malais de Wilkinson comme « une maladie nerveuse paroxystique provoquée par la suggestion et qui prend souvent la forme de mimiques hystériques ». On ne sait rien, je crois, de son étiologie. Les symptômes se manifestèrent chez un jeune Malais quand quelqu'un eut la bêtise de lui suggérer qu'il était une bicyclette : il se mit à pédaler jusqu'à épuisement, s'endormit, tordu de spasmes, l'écume aux lèvres, et se réveilla sans le moindre souvenir de la crise. L'autre affliction, *shook jong,* avait une cause tout aussi déroutante mais ne frappait que les Chinois. Un mâle chinois pouvait se persuader que son pénis se rétractait à l'intérieur du scrotum et tenter de le retenir contre sa jambe en y plantant un couteau pointu. Selon une vague explication métaphysique, la force du *yin* l'emportait sur celle du *yang.* Ça pouvait se terminer par l'hystérie et la mort. J'ai vu un Chinois effectivement atteint à Kuala Lumpur. Il vola un couteau de joaillier archi-fin et se l'enfonça en hurlant, au milieu de la rue ensoleillée. Lawrence Durrell eut la légèreté de plaisanter là-dessus dans son roman *Tunc*, « Onc », suggérant de graver l'anagramme de son titre sur une amulette pour chasser le mal. Le *shook jong* n'est pas une plaisanterie. Ni le *latah.* Ni, Dieu nous garde, l'*amok.*

Aucun de mes garçons, ai-je dit, ne souffrait d'*amok,* mais ils pouvaient nourrir de profondes rancunes. Ils étaient furieux qu'on ait renvoyé l'un d'entre eux, Mat bin Hassan, sous prétexte qu'il avait copulé avec une élève de l'école malaise de jeunes filles dans l'enceinte du collège Malais. Ses camarades estimaient qu'ils s'étaient seulement embrassés, une mode exotique importée des films américains sans rapport avec le mode des préliminaires malais. Le baiser malais se donne avec le nez sur la joue de l'aimée, ça s'appelle un *chium.* Faire ça avec les lèvres, c'est excitant, peut-être même immoral, mais ce n'est pas de la copulation. Dans l'idée de mes élèves de première, je quittais le collège parce que j'étais écœuré du traitement infligé à Mat bin Hassan, dont paraît-il j'avais violemment contesté le renvoi sommaire auprès du directeur. Le chef de classe, Hussein bin Wahab, prononça un discours émouvant, après quoi tous se levèrent pour entonner un chant d'adieu en anglais composé par Ahmad bin Aladdin. J'aurais bien aimé comprendre les paroles, dont les accents ne suivaient pas ceux de la musique, un rythme de samba martelé en sourdine sur un couvercle de pupitre. Je donnai ma guitare d'occasion à Ahmad bin Aladdin. Il pleura. Je pleurai. Nous pleurâmes tous. *Tangis,* en pleurant. *Tangisi,* pleurer. *Menangis,* une forme plus expressive du même verbe. A noter, la mutation de type gallois. Le trimestre s'achevait.

Il était question de nous envoyer Lynne et moi à Kota Bharu sur la côte Est, pas loin de la frontière thaïe. Kota Bharu signifie château neuf, autant dire Newcastle. Mais peut-être allions-nous devoir quitter Kuala Kangsar pour regagner l'Angleterre. Car j'avais subi un examen médical approfondi, et d'après les rayons X, il y avait une tache d'assez bonne taille sur un de mes poumons. Si c'était le cancer ou la tuberculose mon contrat serait annulé, puisque je n'avais pas droit aux maladies graves tant que j'étais stagiaire. Nous avions vendu la maison et les meubles, plus rien ne nous attendait là-bas. Avec sa force d'âme coutumière, Lynne nous concocta un avenir. Elle travaillerait, j'essaierais d'écrire. Une sorte de répétition générale des rôles que nous allions jouer en 1959. Pour l'instant il fallait attendre un examen du cliché plus précis qu'il n'était possible d'en pratiquer à Kuala Kangsar. A Ipoh on conclut que la tache était une chiure de mouche. De soulagement, nous nous sommes cuités.

La cuite, nous l'avons prise à une soirée offerte à l'Istana, ou palais du sultan, pour la visite de parlementaires britanniques. Nous étions invités, mais Gratte-Ciel Dunkeley ne l'était pas; il décida néanmoins de s'y rendre (picoler à l'œil, au poil), sans le smoking de rigueur. Il ne savait pas comment on doit s'adresser à Son Altesse le sultan Yusof. Il lui dit *« Ada baik ? »*, ce qui veut dire « Alors, ça boume ? », et ajouta sa petite blague habituelle, « *baik* de lièvre ou *baik* de gaz ? » Il donna aussi du *lu* à Son Altesse, une forme de vouvoiement qu'on réserve aux cuisiniers chinois. Le sultan restait de marbre. Les parlementaires pétillaient. J'ai demandé à Sir Robert Boothby combien de temps à son avis les Britanniques resteraient en Malaisie. « Mille ans », répliqua-t-il. Un autre député admirait la symétrie des arbres de la jungle où dans l'euphorie du cognac il voyait un symbole de la bonne organisation anglaise. Apparemment il n'avait pas compris que c'était une plantation d'hévéas. Des officiers britanniques du régiment de Malaisie expliquaient aux députés qu'ils protégeaient le territoire contre l'exploitation capitaliste. « Et moi comme vous me voyez, répétait un capitaine nommé Paddy O'Shaughnessy, me v'là en haut de c'te *gunong,* mon *senapang* sous l'bras. » Montagne, fusil. « Encore une île libérée des terroristes, j'ai dit dans mon rapport. » Il avait fait le même rapport sur une vingtaine d'îles, dont aucune auparavant n'avait seulement vu l'ombre d'un homme. Au sultan il se présenta comme étant « Paddy O'Shaughnessy, votre honneur, premier orrivé dernier porti. En v'là un joli p'tit cul », avec une tape affectueuse sur la croupe de sa plus récente sultane. Le sultan était dans le cirage. Père des fidèles de Perak, il devait néanmoins boire du cognac par ordre médical.

Retour au pavillon du Roi, tous nos biens voguant déjà vers l'est, Alladad Khan *menangis.* Lynne aussi. Moi aussi. Gratte-Ciel Dunkeley ne pleurait pas mais se pintait méthodiquement au *todi.* Il en avait acheté une bonbonne d'adieu à la buvette tamoule, interdite aux Européens, mais la source d'approvisionnement de Gratte-Ciel demeura, comme toujours, mystérieuse. Le *todi* puait les légumes pourris et le papier d'emballage brûlé. Il fallait se pincer le nez en avalant. La rumeur disait que c'était plein de vitamines. En tout cas ça soûlait bien.

Lynne et moi, avec Lalage résolument en chaleur qui hurlait dans son panier, nous avons pris un avion de la Malayan Airways pour Penang, et là attendu un vol pour franchir le rein de montagne et la jungle jusqu'à la côte Est. Yusof Tajuddin et sa femme Puteh sont venus prendre un verre avec nous au bar de l'aérodrome. Yusof parlait des Malais de l'Etat de Kelantan, dont Kota Bharu est la capitale, avec une envie pleine de reproches. « Des enfants de plaisir », voilà comment il les désignait. La côte proche de la ville était surnommée *Pantai Chinta Berahi*, qu'on traduit généralement par plage de la passion amoureuse mais qui signifie plus précisément plage du désir illicite. Il me conseilla de me surveiller. J'avais bien l'intention de me surveiller, et Lynne aussi. Nous avions reçu chacun une lettre anonyme signée « La Voix de l'Orient », qui détaillait tendrement pour l'un les péchés de l'autre en anglais baboo, truffée de références aux vertus de la vérité si choquante soit-elle, « joyau précieux serti dans tête de crapaud », et les horreurs de la jalousie « qui raille la chair dont elle se nourrit, ma sœur (mon frère) ». Dûment chapitrés et résolus à la chasteté, nous sommes montés à bord, Lalage rugissant de fallacieuse *chinta berahi*.

J'aurais à former des étudiants de toutes les races de l'Est au collège de formation des maîtres installé entre Kota Bharu et l'aérodrome. Il était planté sur l'une des principales colonies termitières d'Orient. Les termites prenaient leur temps pour consommer les baraquements et les résidences familiales du ministère des Travaux publics. La bibliothèque du collège devait leur paraître moins dure à mâcher car ils la dégustaient de l'intérieur, ne laissant que la reliure des livres exposés. Le personnel du collège, en dehors de moi, ne dépendait pas de l'Administration coloniale. Ils venaient tous d'un collège malais situé à Kirby, Liverpool. Les autorités éducatives de la Fédération s'étaient avisés que ça coûtait moins cher d'importer une poignée de formateurs d'Angleterre que d'y expédier des centaines d'étudiants malais. Ces formateurs, de même que leur principal et son adjoint, n'étaient pas obligés d'apprendre le malais ni de se plonger dans les complexités d'une culture asiatique mixte. Ils venaient sur contrat et sans engagement dans l'histoire, passée ou à venir, du territoire.

La portion de territoire appelée Kelantan était aussi étrange aux étudiants qu'à leurs maîtres. Cet Etat très malais suivait sa propre voie et considérait l'Ouest civilisé d'outre-jungle et montagnes comme une terre étrangère. Penang ? Kuala Lumpur ? Une île pourrie et une ville encore plus pourrie, où il y avait trop de Chinois et où l'air empestait le porc. Le malais parlé à Kelantan était aussi différent du malais de Johore (tenu généralement pour être la forme correcte de la langue) que le petit-nègre de l'anglais châtié. C'était bien ma veine de devoir passer immédiatement mon examen niveau deux à Kota Bharu. Pas de problème à l'écrit, mais pour l'oral, je fus requis de converser avec un vénérable Malais édenté des kampongs qui disait *hamba ta' 'seh* là où un natif de Kuala Kangsar aurait dit *saya tidak mahu* (je ne souhaite pas). Je me plaignis au Mentri Besar ou ministre principal de l'Etat qui assistait à l'examen et lui dis en anglais : « Vous comprenez, monsieur ? – Pas un mot, mon vieux », répliqua-t-il avec un accent empesé d'Oxford. Alors on fit venir une charmante jeune femme pourvue de dents qui parlait la langue limpide de la prostitution fédérale. J'ai compris, et obtenu mon examen.

Le Mentri Besar, Tungku Hamsa, un prince avorton de la famille sultane, croyait au progrès occidental à condition de ne pas en abuser. Aux lieux de plaisir de la ville, dont les prostituées étaient pour la plupart des épouses répudiées du sultan, il avait donné le nom de parc Biarritz. Au train qui allait tous les jours à Bangkok, le nom de *Sumpitan Mas* ou chalumeau d'or. On était en pays de chalumeaux. Les petits hommes de la tribu des Temiars, les aborigènes ou *orang asli* de l'Etat, quittaient parfois leur jungle pour injecter un poison mortel indolore aux animaux domestiques des kampongs et traîner les cadavres jusqu'à leur garde-manger. Ces êtres charmants, qui ne connaissaient que trois nombres entiers – un, deux, beaucoup –, avaient des superstitions charmantes : rire d'un papillon ou se coiffer pendant un orage, ça vous promettait des ennuis. Ils n'avaient aucune idée de Dieu et s'empiffraient gaiement de porc sauvage. L'autocratie malaise avait pour objectif de les parquer dans des réserves et les convertir de force à l'islam. La meilleure façon, comme le leur signalaient les anthropologues britanniques, de les exterminer.

Les Malais de Kelantan, non contents de parler un dialecte pénible à apprendre, avaient une culture islamique que pas un ayatollah d'Iran n'aurait tolérée. Les croyantes méprisaient le purdah et s'estimaient supérieures à leurs hommes. C'était toujours l'épouse qui marchait fièrement en tête, le mari traînait derrière. Ces femmes d'une grâce et d'une beauté remarquables avaient très peu d'inhibitions en matière de sexe. Que l'islam prêche sans vergogne la domination mâle, elles en étaient conscientes, sans pouvoir encore y remédier par des références au Coran. Car le divorce, qui n'était que trop fréquent à Kelantan, passait pour un droit exclusivement masculin, le fait que le saint livre l'accorde aussi aux femmes étant encore trop peu connu. Un homme pouvait se débarrasser de sa femme en prononçant le maléfice *talak* trois fois devant témoin. Une femme pouvait en faire autant pour raisons scandaleuses de *nusus* – réticence ou incapacité du mari à accomplir l'acte conjugal – et récupérer la totalité du *mas kahwin,* la dot. Il aurait fallu aux femmes de Kelantan une éducation religieuse élémentaire que les *imams* et les *muftis,* à la manière habituelle des prêtres, n'avaient guère envie de leur communiquer. Elles ne pouvaient que maudire et cracher quand on leur faisait du tort, ou tenter de se venger en payant un dollar et quelque aux *orang kepak kechil,* les hommes aux petites haches, et provoquer la mutilation ou le meurtre (pour cinq dollars) de l'impudent scélérat. Quand le sultan Ibrahim sermonnait les prostituées du parc Biarritz parce qu'elles vendaient l'usage de leur corps, elles lui lançaient des projectiles à la tête en glapissant que c'étaient des gens de son espèce qui les avaient fait tomber aussi bas. Il avait ses quatre épouses statutaires mais il en changeait, une à la fois, avec une fréquence vertigineuse.

J'eus l'occasion de bien connaître une de ces Malaises – 'Che Isa, une superbe créature de quarante ans mariée à un Eurasien qui s'appelait Cyril. Isa est le nom islamique de Jésus, que les musulmans considèrent comme un prophète un peu efféminé, si bien qu'on ne donne son nom qu'aux filles. 'Che Isa était de souche bugi, des Célèbes, et comme tous ceux de sa race, elle pouvait être d'une férocité implacable. Cyril en avait une peur bleue. Rien que d'entendre sa voix retentir dans une soirée – « *Mana Siril ?* » (Où est Cyril ?) – il tremblait tant qu'il en lâchait son panaché cognac et son flirt avec l'épouse d'un autre. Isa parlait ouvertement des insuffisances sexuelles de Cyril et, dans la foulée, de Haji Latiff, un Malais de sang afghan marié à une Arabe, Sharifah, descendante authentique du Prophète. Des deux hommes, elle déclarait : « *Dia ta' boleh buat. Dia main-main sahajah'* » (Incapables de baiser. Tout juste bons à faire joujou). Isa avait un corps magnifique et un riche tempérament. Sa bouche n'était pas bâtie sur le modèle malais, des dents saillantes qui interdisent le baiser. Son appétit sexuel était gigantesque, son inventaire érotique suggérait des études indiennes. Mais il faut dire que la culture indienne avait pas mal infiltré le Kelantan islamique. Tous les soirs le parc Biarritz offrait une séance de *wayang kulit,* un spectacle d'ombres interminable qui met en scène les dieux et les démons hindous. La famille royale de Kelantan était censée descendre du taureau blanc de Shiva. Il y avait entre autres une antique déesse de la moisson à la claire chevelure, une *dewi* dont ma blonde épouse passait parfois, dans un élan d'enthousiasme malais, pour la réincarnation. De toute cette culture composite le personnel du collège malais de formation des maîtres n'avait ni ne voulait avoir connaissance.

Le principal et son adjoint nous attendaient Lynne et moi à l'aérodrome ou *tempat kapal terbang* (lieu des vaisseaux volants), pour nous installer dans une chambre simple au cœur de limbes caserneux. Nous étions depuis un an dans la Fédération, et nous n'avions toujours pas de maison. Lynne en devenait hystérique, prélude à une dépression qui entraînerait l'année suivante une tentative de suicide. Nous qui avions fait le projet d'amener Mas et Yusof avec nous de Kuala Kangsar, Dieu merci nous y avions renoncé : il n'y avait nulle part où les loger, pas plus que de maison ou de cuisine à entretenir. D'ailleurs Yusof qui avait fauché un *ela* de soie au bazar était retenu par la police, et Mr Raja, le père de Mas, avait posé des conditions impossibles au déplacement de sa fille vers l'Est. Notre A70 arriva et nous prîmes un chauffeur, Mat bin Salleh. Il avait pour tâche principale de nous conduire sur les plages de la mer de Chine, où nous allions nager. Les Malaises du kampong voisin s'intéressaient beaucoup à l'anatomie de l'*orang puteh,* qu'il soit *laki-laki* (mâle) ou *perempuan.* Elles manipulaient copieusement nos organes génitaux, histoire de s'assurer qu'ils ne différaient guère du reste de l'espèce humaine, à savoir les Malais de Kelantan. Elles nous regardaient avec indulgence fuir les serpents d'eau, les méduses, et les bancs de poissons capables de vous grignoter un corps de nageur jusqu'à l'os. Leurs enfants nous demandaient de leur offrir un *kupang.* Un *kupang,* c'était douze cents et demi : pour eux un dollar était une pièce de huit, comme en Amérique.

Et comme le *kupang*, de même que le sou américain, n'avait d'existence qu'abstraite, il fallait leur donner deux *kupangs*.

On finit quand même par nous trouver une maison. Mat bin Salleh se mua en cuisinier, et sa femme, Maimunah binte Ibrahim, en amah. Mat devint un excellent cuisinier, du fait qu'il n'était pas arrivé chez nous, comme Yusof, farci d'idées préconçues sur la cuisine blanche. Il apprit à rôtir un *gigot** ou mitonner un hochepot du Lancashire selon les principes de base enseignés par Lynne, qui relevaient pour lui d'une technicité exotique comme les changements de vitesse. La maison commença à se remplir de chats, soumis à la tutelle sévère de Lalage dans son rôle de vierge matriarcale siamoise. Elle eut une grossesse nerveuse, et permit aux chatons de téter ses mamelons secs. Au bout du compte nous avions vingt-cinq chats, qui sont tous morts d'entérite féline. Les tropiques sont sans pitié pour les petits animaux. Nous avions aussi un coq baptisé Régulus qui prétendait vivre dans la maison avec tout son harem. Régulus me défiait au combat, et se perchait sur la baignoire quand Lynne prenait son bain pour la mettre bruyamment en garde contre les périls de l'eau. Nous avions une loutre ou *anjing ayer* (chien d'eau) qui sifflait comme un train quand elle avait faim. Elle s'est fait tuer par un serpent. Les serpents se nichaient en quête de fraîcheur dans les poivriers et sous le pamplemousse. Ils se dressaient devant notre armée de chats, qui se divisaient en sections pour feinter à l'avant et frapper par-derrière. Les chats s'installaient pour consommer les serpents morts comme des gorets alignés devant leur auge. J'entamai le premier de mes romans destinés à voir le jour.

J'avais assez de matière pour un roman. Il me suffisait de parler de Kuala Kangsar, que je rebaptisai Kuala Hantu, et de l'Etat de Perak où il est situé. Perak devint Lanchap, qui signifie lisse et glissant si c'est un adjectif, masturber si c'est un verbe. Je changeai le collège Malais en école multiraciale, non sans m'être donné beaucoup de mal pour lui constituer une histoire. Il me fallait des Chinois dans cette école, en particulier un jeune communiste chinois qui tient des séances d'endoctrinement au dortoir. Le héros du livre, Victor Crabbe, enseigne l'histoire européenne, et il doit traiter la montée du marxisme dans son programme. L'ironie implicite tient au fait que le marxisme est présenté à la fois comme une hérésie intellectuelle occidentale et une source de terrorisme oriental. Dans l'esprit du directeur, Boothby, le jeune communiste se contente d'animer des séminaires de travail pour aider ses camarades à maîtriser scientifiquement la théorie de la plus-value. Il n'accorde donc aucune attention aux inquiétudes de Crabbe. Cet âne réduit Crabbe au conflit, et Crabbe, forcé comme son créateur de quitter son poste, part pour de nouvelles aventures au sein de la Fédération. Ce n'est pas une raison pour l'identifier à son créateur. Son nom comporte des traces d'ironie, il suggère les triomphes révolus de l'Empire britannique mais aussi la course à rebours dans les sables de l'échec et de la mort inévitable. Sa femme est blonde et malheureuse, mais il ne s'agit pas de Lynne. Son nom, Fenella, vient du roman de Walter Scott, *Peveril du Pic*, c'est sa seconde femme, et elle n'arrive manifestement pas à la hauteur de la première, morte dans un accident de voiture. La première épouse de Crabbe n'est pas nommée mais s'appelle sans doute May ou Maya, signe onomastique avant-coureur de l'amour quasi conjugal de Crabbe pour la Malaisie, c'est une Méditerranéenne brune, peut-être juive, bâtie sur le modèle de l'ATS juive au grade de sergent dont je m'étais violemment épris à la fin des années quarante.

Pendant que j'écrivais ce livre, je voyais assez clairement que c'était le premier panneau d'un triptyque, et que le dernier panneau ne livrerait pas tout son contenu tant que la Malaisie n'aurait pas accédé à l'indépendance, quelque deux ans plus tard. Le titre du second roman est cité dans le premier : *The Enemy in the Blanket* ou *musoh dalam selimut*, l'ennemi dans les toiles, expression qu'on applique sérieusement à un traître et pour plaisanter à sa propre femme. Le premier roman s'intitule *Time for a Tiger*, le slogan de la bière Tiger, brassée par Frazer and Neave de Singapour. Dans les kedais chinois de Malaisie, « L'heure de boire une Tiger » s'étalait sur d'assez belles pendules en bois. J'avais envie d'une de ces pendules, j'écrivis donc à Frazer and Neave pour leur dire que j'allais faire de la réclame à leur produit dans le titre d'un roman, peut-être souhaiteraient-ils me témoigner leur gratitude en m'en offrant une. Leur réplique fut prudente : ils voulaient d'abord lire le manuscrit du roman. Vexé, j'y insérai une ligne de dialogue : « Ni Tiger, ni Anchor. Mettez-moi une Carlsberg. Ça coûte un peu plus cher mais c'est bien meilleur. » A la parution du roman en 1956, j'ai reçu une caisse de deux douzaines de Carlsberg. De Frazer and Neave, aucun signe. C'est seulement en 1970, quand je suis retourné à Singapour, qu'ils m'ont écrit pour me dire que moi-même « et madame votre épouse » nous étions conviés à consommer gratis sans limite toutes les variétés de leurs breuvages que nous pouvions trouver sur le territoire. Mais c'était trop tard : je ne jurais plus que par le gin.

Le titre s'appliquait à l'un des personnages du roman. J'ai converti Donald D. Dunkeley en Nabby Adams, en le présentant à peu près tel qu'il était, sauf que j'ai réglé ses problèmes d'argent et étanché sa soif inextinguible en lui faisant gagner le premier prix à la loterie de la Fédération. Le nom Nabby Adams fait de lui le premier des prophètes musulmans – *Nabi Adam* – mais c'est peut-être un fils d'Adam, Caïn ou Abel, on ne sait pas trop : quand il a bu, il va cahin-caha et il se fait la belle. Alladad Khan est là au complet, avec d'autres gens de Perak – le Sikh chauve et imberbe qui parlait comme un Juif de l'East End et qui s'occupait des aborigènes de l'Etat; Lot le soûlographe du service des

Eaux qui disait : « Coran défend seulement ça qui rend ivre. Moi rien rend moi ivre, alors rien moi défendu – *lah* » ; ma petite amie Rahimah ; Yusof le cuisinier, devenu Ibrahim, qui veut forcer l'amour de son maître à coups d'aphrodisiaques. Le directeur n'est plus Jimmy Howell mais un mélange parrainé par Sir Robert Boothby. N'empêche que les expatriés blancs de Kuala Kangsar ont voulu à tout prix se reconnaître dans le roman et prendre conseil pour diffamation auprès d'un avocat d'Ipoh. Il n'y avait aucune diffamation là-dedans.

Le roman parut et obtint d'assez bonnes critiques. On m'avait versé un acompte de cinquante livres, ce qu'on avait coutume de donner pour un premier roman au début du siècle. Il se vendait treize shillings six pence, prix qui confirme l'historicité immémoriale des présents mémoires. L'auteur de la quatrième de couverture ne pouvant admettre que Nabby Adams, avec ses obscénités incultes et son ivrognerie, soit lieutenant, il l'avait ramené au grade de sergent, de sorte que les critiques négligents me taxèrent d'incohérence. Certains parmi eux, et c'était peut-être justice, réprouvaient la richesse exotique du vocabulaire. J'étais amoureux de toutes les langues orientales, je ne pouvais pas résister à la tentation d'écrire des phrases du genre « Victor Crabbe dormait sans prendre garde au *bilal's bang* (terme persan inepte désignant un appel timide ignoré), il continuerait à dormir jusqu'au *bangbang* (terme javanais approprié) de l'aube brontoïde qui arriverait avec le thé et les bananes ». Le livre faisait l'objet de comparaisons défavorables avec les récits orientaux de Somerset Maugham, qui passait, et qui passe encore, pour le véritable expert romanesque de la Malaisie. En fait Maugham ne connaissait pas grand-chose au pays à part la vie très bourgeoise des planteurs et des administrateurs coloniaux. En tout cas il ne parlait aucune des langues. Pas plus que Conrad. Quand j'osai dire, simple question de fait, que je connaissais mieux la Malaisie que Conrad, on m'accusa de fatuité. Que *Time for a Tiger* soit un bon ou un mauvais roman, tout ce qu'il dit sur la vie malaise est authentique. Après *Malaisie* d'Henri Fauconnier (prix Goncourt mais aujourd'hui totalement oublié en France), c'est le premier roman qui dise vraiment comment on y vivait. S'il s'est vendu assez correctement, et se vend encore un peu, c'était, c'est, à cause de son authenticité. Cette vente initiale m'a donné une idée très fausse du chemin que prendrait ma carrière littéraire. J'ai cru qu'on me lirait autant quand je parlerais de l'Angleterre. Mais les lecteurs anglais croient qu'ils connaissent l'Angleterre à fond. C'est souvent le désir de s'informer qui les pousse vers un roman *(Hôtel, Airport, Le Nom de la rose)* où ils cueillent des informations fausses mais sans peine. Ce ne sont ni la beauté de la prose ni l'entrain des personnages qui ont valu à *Time for a Tiger* ses rééditions successives : il dispensait de l'information sans peine sur un territoire britannique que la Grande-Bretagne allait bientôt abandonner.

Ayant écrit un livre, j'en attaquai un autre très différent sur les instances des éditeurs Longmans Green. Le fait que les Britanniques allaient quitter l'Extrême-Orient soulevait des questions urgentes dans divers champs pédagogiques. Ainsi il n'existait pas de description phonétique du malais ni de spécialistes formés localement à la discipline. Je travaillais là-dessus mais sans espoir d'être publié. Le besoin le plus urgent, et pas seulement en Malaisie, c'était une étude de la littérature anglaise à destination exotique, où la culture d'une tradition chrétienne et le climat d'un pays nordique appellent des éclaircissements. La neige du *Conte de Noël* n'est pas du *thalji* poétique : c'est du givre de congélateur passé à la moulinette et qui tombe du ciel (Mat notre cuisinier refusait obstinément de croire que ça existait). Le mariage dans un roman chrétien n'avait pas la dissolubilité folâtre de son équivalent malais. La littérature n'est pas universelle. Les Malais riaient en lisant *Le Fond du problème* de Graham Greene, le dilemme du héros qui se suicide parce qu'il aime deux femmes leur paraissait foncièrement comique. Shakespeare passait bien dans l'ensemble, confirmant le postulat de sa quasi-universalité. J'ai suivi dans un kampong de Bornéo une projection granuleuse du *Richard III* de Laurence Olivier, que le public prit pour un mélodrame sur l'Angleterre du XXe siècle, et dont les costumes ressemblaient tant aux tenues cérémonielles malaises que l'intrigue en devenait familière, surtout quand les têtes tombaient sous les armes affilées. Mais George Eliot et Jane Austen étaient dures à avaler même pour les Malais qui parlaient l'anglais en seconde langue. Mon livre voulait répondre à ce besoin, montrer l'histoire de notre littérature vue des tropiques, sous les pales de ventilateur, avec le *bilal* qui lance le dernier *waktu* de la journée, les hannetons qui ronflent sur la vérandah chaude. Ce livre parut en 1957, le seul jamais publié sous le nom de John Burgess Wilson. Il circule encore, je crois.

Mon autre ambition pédagogique, c'était de composer une anthologie de la littérature moderne anglaise traduite en malais. J'essayais de rendre certains passages de *La Terre gaste,* quelques *Cantos* de Pound, et *Ape and Essence* d'Aldous Huxley, aidé par un Malais ou plus précisément un Achinese. Il avait servi comme chauffeur dans la marine britannique, usait d'un langage ordurier dans tous les milieux anglophones, et pouvait descendre une bouteille de Bénédictine en une seule séance. Nous ne sommes pas allés très loin dans *La Terre gaste*, transformée en *Tanah Tandus.* Voici ce que donnaient les premiers vers :

Bulan April ia-lah bulan yang dzalim sa-kali
Membawa bunga lilac daripada tanah mati
Memchamporkan ingatan dengan hafsu...

Ça ne collait pas. Qu'est-ce qui, sous les tropiques, peut distinguer *bulan April* d'un autre *bulan ?* Comment un *bulan* serait-il *dzalim,* cruel ? En affligeant un *bulan* d'une qualité douloureuse on forçait l'esprit malais à l'interpréter comme menstruation, ce qui pouvait être et qui est déplaisant. Pourquoi *thalji,* la neige, serait-elle *berlupa,* oublieuse ? Et le lilas, c'est une variété de *bunga* ? Quand le tonnerre se mettrait à parler sanskrit, *Tanah Tandus* susciterait quelques échos en Orient, mais nous ne sommes pas arrivés jusque-là. *La Terre gaste,* au milieu des chats amateurs de serpent cru, se révélait à l'épreuve un produit littéraire très introverti : elle n'a rien à dire à une culture qui ne comprend ni le printemps ni le mythe du Graal.

Cependant j'affrontais les difficultés d'enseigner l'enseignement de l'anglais à mes jeunes Malais, Chinois, Indiens, Eurasiens. Ils étaient tout à fait charmants, et les filles extrêmement séduisantes. Impeccablement amidonnées, shampouinées de frais, l'œil clair et la peau douce, elles dévoilaient leurs membres exquis sur le terrain de sport. Elles flirtaient selon des règles que l'Europe s'efforçait d'oublier. Elles me donnaient hâte de voir arriver la mousson, quand elles seraient toutes en pull. Une jeune métisse parcourait la gamme des costumes malais – un jour un cheongsam chinois fendu jusqu'à la cuisse, le lendemain un sari tamoul qui découvrait son nombril, le jour suivant un baju malais décolleté très bas sur les seins : une sorte de nudité en feuilleton. C'étaient les Chinoises les plus brillantes des filles, et les Chinois les plus brillants de tous. L'un de mes étudiants spécialisé en littérature, Ooi Boo Eng, est devenu un universitaire éminent. Mustafa Ma, un musulman chinois, dirigeait tout ce qu'il y avait à diriger – Société islamique, Société chinoise, Club d'échecs, et l'ensemble du corps étudiant. C'était facile de voir pourquoi les Malais craignaient les Chinois – tant d'énergie et d'intelligence, tant de dons innés pour le commandement. La rumeur prévoyait pour l'avenir des conflits politiques : il y aurait un problème majeur quand on imposerait la langue malaise, ou *Bahasa Negara* (langue du pays), à une nation mixte autorisée en droit à se dire malaise, puis malaysienne, mais que rien n'obligeait à reconnaître le malais comme première langue de la pensée, de la parole, du droit et de l'administration. Les ressortissants non malais misaient sur l'usage de l'anglais comme seconde langue. Les juristes chinois et indiens restent cramponnés à cet outil dans les tribunaux. Le malais, à leur sens, n'est pas prêt à endosser les responsabilités d'une langue majeure. Par son inaptitude à l'abstraction, typique d'un idiome de pêcheurs et de planteurs de riz, il est très mal équipé pour affronter un monde de haute technologie. Ce qui n'est pas le cas du chinois. Et sûrement pas le cas de l'anglais.

Même si les instructeurs anglais du collège malais de formation des maîtres, ces expatriés temporaires, n'étaient pas tenus de forger des liens entre la culture indigène et celle qu'on imposait, ils avaient une vision plus lucide des besoins de l'éducation supérieure malaise que les officiers permanents de l'Administration coloniale. Au collège Malais nous étions habitués aux consignes écrites que nous adressait régulièrement le directeur général de l'Education de la Fédération à Kuala Lumpur pour nous rappeler combien il importait de bien enseigner l'anglais, mais il mettait l'accent sur une pédagogie adaptée à des anglophones dont c'était la langue maternelle. Quand j'ai demandé à Jimmy Howell en quoi notre chef fédéral était qualifié pour s'intéresser à cet enseignement, voici quelle fut sa réponse : « Il sait écrire une lettre, il sait faire une conférence. » Ce n'était pas suffisant. Mes deux collègues de Kota Bharu étaient plus avisés. Pour enseigner l'anglais comme une langue étrangère il faut prévoir que l'élève aura des habitudes linguistiques étrangères. Bon nombre de nos étudiants malais parlaient anglais chez eux, mais bientôt il faudrait qu'ils l'enseignent en partant de zéro à des enfants dont la seule langue serait asiatique – et encore, à condition que leurs hommes politiques daignent reconnaître l'utilité de l'anglais. Les politiques sont des gens atroces.

Le chinois est une langue à tons. J'ai pris des cours particuliers de kuoyü pour comprendre à quoi correspondent les tons. Mon éducation musicale m'aidait un peu, mais je n'ai jamais vraiment réussi à maîtriser ces changements d'intonation qui différencient un monosyllabe de ses six ou sept homophones. Quand une langue est faite uniquement de monosyllabes, elle dispose évidemment d'un nombre très limité de morphèmes, et ses six ou sept variations tonales produisent des paramètres incompréhensibles pour les locuteurs de la famille indo-européenne. Et inversement, les Chinois qui apprennent l'anglais croient que certains schémas d'intonation ont une signification lexicale. Ainsi par exemple, le « ton de catalogue » qu'on prend automatiquement pour réciter des mots destinés à illustrer un contraste phonologique – balle belle, brave brève, marron marin, et ainsi de suite. Un élève chinois prêtera un contenu sémantique à l'intonation tombante de chaque paire de mots. Il faut qu'un enseignant d'anglais le sache et qu'il règle son intonation en conséquence.

Les Américains, comme toujours, ont pris conscience avant les Britanniques des problèmes de l'A.L.S. (Anglais Langue Seconde), ils ont été les premiers à produire des ouvrages théoriques qui éclairaient les principes et du matériel d'exercice pour les mettre en pratique. L'exercice intensif est indispensable à l'acquisition de nouvelles habitudes linguistiques. Prenez par exemple les « questions-tags », ces finales interrogatives dont le schéma en anglais est on ne peut plus excentrique. Gallois, Chinois, Malais, ou Indiens, disent tous « Il fait beau, n'est-ce pas ? » au lieu de « Il fait beau, ne fait-il pas ? » Seuls les exercices répétés peuvent assurer les automatismes – le verbe principal repris à la forme négative dans la queue de phrase. Ou prenez les problèmes de distinction entre phonème et allophone, ne pas prendre le *i* de *fit* pour une variante du *ee* de *feet,* ne pas user forcément du *l* rétroflexe pour *fill,* puisque au pays de Galles et en Northumbrie, où l'anglais passe pour être la langue maternelle, on termine *fill* comme on commence *lily,* par le *l* palatal qui fait seul le service dans la plupart des langues. Les Malais étudiants en anglais pouvaient faire les mêmes fautes de grammaire que les Britanniques sans se faire gronder. Dans leur cas, les fautes à éviter c'étaient celles qui faisaient tourner l'anglais en dialecte de leur propre langue.

Car sans l'ombre d'un doute, surtout chez les Tamouls, l'anglais risquait de devenir un mode de communication intelligible uniquement à ses locuteurs asiatiques. Le tamoul, langue fortement flexionnelle dravidienne disposant d'un vaste vocabulaire sanskrit, était tout à fait capable d'absorber l'anglais et de le soumettre aux règles, grammaticales et phonétiques, d'une langue jugée plus ancienne, plus logique, et plus riche. J'ai entendu des hauts fonctionnaires tamouls user entre eux d'un babil anglais accéléré auquel je ne comprenais pas un mot. Aucun danger que ça se produise chez les Chinois, qui parlaient en dialectes mutuellement inintelligibles unis seulement par une graphie forcément non phonétique, et n'échappaient à leur Babel indigène que grâce à l'A.L.S. Cela se produisait parfois entre Malais, dont les dialectes discordent violemment, mais les pontes de l'éducation malaise envisageaient d'imposer le dialecte johore à toute la péninsule, à l'image du long processus historique qui établit l'anglais du Sud-Est comme langue nationale dans une île de taille et de richesse dialectale similaires.

Tous les matins, après mon thé nuagé de lait en boîte et quelques bananes dorées ou *pisang mas* réunies en bouquet comme un gant de cricket, je traversais le *padang* ou champ qui séparait notre bungalow des bâtiments du collège. Pour cela il me fallait franchir un caniveau à mousson où des serpents se rôtissaient à côté de gros lézards ronflants. Si j'étais en short, les filles poussaient des sifflements de glouton imités des films américains. Nous cédions tous à la culture américaine, parfois mes cours consistaient à étudier de près un article incisif de *Time* consacré au récent phénomène Elvis Presley ou à la crise de Suez vue sous l'angle américain. Un extrait du *Times* aurait senti le clocher et l'éloignement. Si les Américains pouvaient apprendre des choses à l'Asie du Sud-Est, qui aurait pu enseigner l'Asie du Sud-Est aux Américains ? Ils s'embarqueraient un jour prochain dans une aventure asiatique désastreuse, or aucun éditeur américain ne voulait de mon *Time for a Tiger,* qui aurait pu leur fournir quelques lumières. Que certaines variétés de communisme asiatique (pas l'espèce qui fermentait dans la jungle malaise, certes) puissent être simplement des tentatives de réforme agraire, impossible de le faire comprendre aux Etats-Unis qui, à l'époque, étaient pris dans les griffes du maccarthysme. Pourtant les Américains connaissaient à fond la technologie, y compris la technologie linguistique nécessaire à l'Orient. Mais ils ne connaissaient pas la mentalité orientale.

C'est le vendredi, jour du Sabbat musulman, que je pénétrais plus profondément cette mentalité. Au coucher du soleil, quand le jour suivant, *hari sabtu,* commençait, Lynne et moi entamions une soirée de danse et boisson avec nos amis malais, qui étaient bugis ou afghans ou arabes mais se disaient tous malais, au parc Biarritz. Là nous retrouvions Haji Latiff et sa femme Sharifah, Isa et son mari Cyril (devenu malais par son mariage dans la religion islamique), Bangsir qui était à moitié chinois et sa femme Norah. Tous buveurs entraînés de bière brune Dog's Head et de panaché cognac, tous danseurs enthousiastes de *ronggeng*. Ils dansaient sans vergogne sur l'air de *ronggeng* le plus populaire de l'époque, *Rukun Islam*, qui répétait les commandements du Prophète sur un rythme de samba. J'ai traduit la dernière strophe :

Si tu n'observes pas toutes ces lois,
Prierais-tu Allah jour et nuit,
Tu verras un jour qu'il est trop tard
pour faire pénitence,
Et que ta maison t'attend en enfer.

L'enfer – *naraka* – ne les inquiétait pas trop. L'*arak* était interdit par le Coran, mais ce n'était pas de la bière ou du cognac. Le porc, c'était différent, mais il y avait un Malais au collège qui adorait les œufs au jambon. L'islam ici était aimable et permissif, au point que je pensais parfois à m'y convertir. Haji Latiff, qui avait fait le voyage jusqu'à La Mecque et épousé une descendante du Prophète, m'y encourageait vivement. Si je voulais rester en Malaisie après l'indépendance, et des fois je me disais que oui, la conversion était indispensable. Il avait déjà un nom islamique tout prêt pour moi – Yahya (ce qui veut dire John) et le patronyme bin Haji Latiff, histoire d'annoncer au monde qui avait recommandé la conversion. Lynne s'appellerait Hadijah binte Abdullah, fille de l'esclave de Dieu. Peut-être, me dis-je, que si je vénérais Allah, le Dieu des catholiques me laisserait tranquille.

Il ne voulait pas me laisser tranquille. Il y avait à Kota Bharu un prêtre français, le Père Laforgue, que les leaders musulmans toléraient à peine, bien que le Coran conseille la tolérance religieuse. Il avait servi en Chine, d'où il s'était fait éjecter par le régime communiste, et maintenant il veillait sur les catholiques chinois de Kelantan. Il vint au collège rendre visite à un certain Mr Lee, qu'il prenait pour un Chinois. Mr Lee n'avait rien de chinois. C'était un prof vieillissant qui faisait cours sur ce qu'il appelait les arts dans un anglais du Lancashire difficilement compréhensible pour ses étudiants. Il semblait se croire affecté dans une banlieue de Liverpool exceptionnellement chaude, et tentait de faire pousser des choux dans son jardin. Il n'avait pas de domestiques, et il avait offert une bicyclette à sa femme pour lui permettre d'aller tous les jours en ville, à une dizaine de kilomètres, faire ses courses. Pour lui l'Eglise catholique était la Femme Ecarlate, d'autant plus écarlate qu'elle avait un Français pour représentant, et il renvoya le Père Laforgue à ses œuvres après lui avoir offert un verre de sirop de cassis, n'ayant rien de plus fort en réserve. Le Père Laforgue vint ensuite chez moi, à la porte d'à côté. Lynne l'informa méchamment que j'étais mauvais catholique. Le Père Laforgue entreprit de pétrir mon âme en français. Je le rembarrai en lui parlant de mon désir d'embrasser l'islam. Il se mit à prier pour moi : l'islam était l'ennemi de toujours, sans comparaison avec ces fades substituts protestants de la foi catholique, le dragon qui me rongeait l'âme appelait un combat sans merci. Il n'a pas fait long feu à Kelantan. Un catholique chinois s'était fait musulman en épousant une Malaise, mais à sa mort il se repentit de son apostasie et fit venir le Père Laforgue pour lui donner l'extrême-onction. Les autorités islamiques en eurent vent. Le Chinois mourut en paix, mais le Père Laforgue fut renvoyé sans préavis de sa paroisse et hébergé par une famille chinoise pauvre de l'Etat voisin de Trengganu jusqu'à ce qu'on lui envoie de quoi payer son rapatriement. Ça m'a détourné de l'islam.

Il était impossible qu'Allah et Jéhovah coexistent à Kelantan, Nabi Isa n'était qu'un prétexte pour se soûler la gueule le jour de Noël. Mais malgré l'islam rationnel la magie se portait bien, on pouvait convoquer les démons pour nuire à ses ennemis. La magie noire, appelée *'ilmu panas*, littéralement magie chaude, ne se limitait pas aux *pawangs* des villages avec leurs sorts et leurs philtres. Lynne et moi nous connaissions un magicien tamoul, Mr Pathan, qui avait un rang élevé au ministère des Travaux publics. Nous avions fait connaissance au-dessus d'une lager au club interracial de Kota Bahru, et il était très attiré par la beauté blonde de Lynne. Lui-même était courtaud, noir et moche, et il le savait. « Mais, nous dit-il, la beauté est dans l'œil de celui qui regarde », et il se transforma brièvement en beau jeune homme à l'intention de Lynne. Lynne en fut très ébranlée. Puis un jour il essaya de l'enlever en voiture, me forçant à m'éloigner pour vomir, alors que mon estomac se comportait fort bien ce jour-là et que j'avais bu seulement deux verres de lager. Lynne tente de s'échapper, mais la voiture l'emporte. Je trouve la force de dire à Mat notre chauffeur de foncer derrière. Mat connaissait sa maison, conforme au modèle standard des T.P. convenant à un fonctionnaire du rang de Pathan, rien d'un château hanté, et nous arrivons juste à temps pour voir Lynne sombrer dans une transe des plus violables. Les romans de magie noire de Dennis Wheatley me remontent absurdement à la mémoire, je dis à Pathan que je vois une croix chrétienne brûler sur son front. Ça le fait rire. Sur quoi nous empoignons Lynne, Mat et moi, la ranimons d'une paire de claques et rentrons la mettre à l'abri. J'aurais pu jurer que Pathan n'avait pas d'ombre.

Lynne avait de plus en plus peur de Pathan, qui débarquait chez nous pendant que je faisais cours et lui suggérait des modifications de structure anodines pour améliorer les lieux. Comme il recommençait ses tours d'hypnose, elle lança le coq Régulus contre lui. Mais Régulus ne lança qu'un cocorico. Lalage, qui aurait dû cracher et mordre, sentant la fraternité du mal, se mit à ronronner. Rentrant déjeuner, je trouvai Pathan en train de vider un verre d'eau amical, tandis que Mat le surveillait depuis la cuisine. N'offrez jamais, disaient mes lectures, l'hospitalité à un magicien : ça vous mettrait en son pouvoir. Pathan dit qu'il était là pour offrir l'hospitalité, nous inviter à dîner chez lui. Il semblait moins noir et courtaud, plus jeune, plus attrayant. Il n'avait d'autre désir, dit-il, que l'amitié. Ses petits tours – rien de bien méchant, il voulait seulement nous distraire. Par ces temps de camaraderie entre gouvernants blancs et gouvernés, bientôt par eux-mêmes, bruns et noirs, c'eût été une grave erreur de refuser son hospitalité. Non sans malaise, Lynne et moi, nous avons accepté.

Pathan nous servit un curry de Madras froid torride. En malais le chaud de la température se dit *panas*, le chaud des épices *pedas*. Son plat était plus que *pedas*, seul le riz était modérement *panas*. Ce riz, un garçon au visage fendu d'un large sourire baveux nous en resservait une portion pour chaque cuillerée consommée, tandis que Pathan le rabrouait sans cesse en tamoul. « Mon fils aîné, nous dit-il, un crétin. Voulez-vous de l'eau gazeuse dans votre whisky ? » Oui, s'il vous plaît. « Mais il n'y a pas d'eau gazeuse. Ce crétin a oublié d'en acheter. » Il injuria le garçon, qui tremblait visiblement, et lui jeta ses clés de voiture. Je compris qu'on l'envoyait en chercher. La boutique la plus proche se trouvait à quelque dix bornes ou *batu*. J'entends la voiture démarrer à fond de train et revenir cinq minutes après. Le garçon reparaît avec l'eau gazeuse. C'était sûrement un zombie, une sorte d'esclave en état d'hypnose permanente. Lynne ne mangeait rien : elle entrait dans la première phase de l'anorexie tropicale qui frappe nombre de femmes blanches au bout d'un an en Orient. Pathan l'accusa de mépriser l'hospitalité d'un Tamoul. Elle assura que non et fondit en larmes. Le zombie accourut avec un torchon pour sécher ses pleurs. Pathan la réconforta et annonça que nous étions ses amis. A nous il ne voulait pas de mal, dit-il, mais à un de nos collègues, si. Il s'agissait d'Abdul Aziz, un prof de malais grassouillet qui passait pour avoir dans sa maisonnée un esclave pour dettes. L'esclavage pour dettes était une vieille coutume malaise dont la loi anglaise n'avait pu venir à bout. Si un homme mourait endetté, ses enfants remboursaient la dette en servitude. Je n'aimais pas Abdul Aziz mais je me mis à trembler pour lui.

J'étais surpris d'entendre Pathan parler si ouvertement de ce qu'il comptait faire à Abdul Aziz. Peut-être croyait-il que si nous en parlions à d'autres, c'est nous qu'on refuserait de croire. Il s'était procuré une photo d'Abdul Aziz au bureau qui délivrait les cartes d'identité – rendues obligatoires pour tous à l'époque par l'état d'urgence. A partir de cette photo, il avait fait faire un dessin agrandi du visage gras d'Abdul Aziz – il nous montrerait le dessin si on voulait – et il plantait des épingles dans les yeux du portrait, le tout ponctué de maléfices affaiblissants, qui rendraient bientôt Abdul Aziz aveugle. D'autres calamités suivraient – tétanos, chute des dents. Pourquoi cet acharnement ? Pathan restait vague : une histoire à propos d'une de ses filles et un fils d'Abdul Aziz. Pathan montrait les dents : « Mes ennemis – il faut qu'ils sachent quel genre d'homme ils ont pour ennemi. Vous, Monsieur, vous n'êtes pas mon ennemi, ni Madame votre épouse, bien qu'elle dédaigne le riz d'un humble Tamoul. Tout ce que je demande c'est votre amitié. » Ça avait tout l'air d'une menace. Nous étions ravis de nous échapper, autant que Mat, qui ne dormait que d'un œil dans la voiture.

J'observai attentivement Abdul Aziz quand je le croisai le lendemain dans la salle des professeurs. Il était aussi gras que de coutume mais il battait des paupières et se plaignait d'avoir mal aux yeux. « Et les dents ? » demandai-je. C'était drôle que je lui demande ça : deux des *gigi* arrière s'étaient mises à branler sans raison. Je lui racontai que j'avais dîné avec un certain Mr Pathan, est-ce que le nom lui disait quelque chose ? Abdul Aziz blêmit sous son hâle. Le lendemain je l'aperçus en grande discussion, sous un arbre regorgeant de *kelawar,* ces chauves-souris fructivores qui dorment la tête en bas, avec un haji du coin. Trois jours plus tard Abdul Aziz avait pris le large – des ennuis de famille à Pahang. Pouvait-il ainsi tenir à distance la magie chaude de Pathan des Travaux publics ?

Nous avons pu quant à nous éviter Pathan environ une semaine plus tard. Nous partions pour Kuala Lumpur. L'heure était venue de distribuer nos étudiants dans les écoles de langue anglaise des grandes villes de la Fédération pour leur permettre d'essayer leurs talents d'enseignants. Nous avions le même système de stage pratique quand j'étais au centre de formation de Bamber Bridge. J'avais dû alors faire la tournée des écoles élémentaires sinistres de Bury, Bolton, Nelson et Colne. Kuala Lumpur, ça serait différent – la capitale rutilante de la Fédération, haut lieu de péché et d'alcool. Le nom de la ville manquait de séduction même s'il était juste – estuaire boueux – et elle essayait, par ses plaisirs sophistiqués, de dépasser ce nom. Mais il fallait d'abord que les étudiants se consolent d'être séparés pendant un mois en organisant un bal déguisé. La piste de danse fournirait aux instructeurs libidineux dans mon genre toutes les occasions de palper le corps délectable des filles.

L'un des étudiants chinois s'était transformé en chef de tribu noir, quasiment nu et tout enduit de cirage, armé d'une lance qu'il brandissait en criant Bonga bonga. Plus digne, Mustafa Ma portait un costume traditionnel de mandarin, ce qui n'était pas tout à fait un déguisement. Une quantité de filles étaient vêtues ou dévêtues en chorus-girls américaines. Lynne portait un sari et s'était fait installer un anneau d'argent dans le nez par un étudiant bengali de haute caste. Moi je m'étais couvert de cartes à jouer au bridge pour symboliser l'esprit de contrat. Le courant sexuel était intense. Sous les arbres, cunnilingus et fellation allaient bon train, surtout entre étudiants chinois. Le point d'allumage est très bas dans les zones tropicales. Lynne et moi nous partions pour Kuala Lumpur les glandes douloureuses et en soif d'aventure.

Nous sommes descendus à l'hôtel Paramount dans Batu Road. Il était géré par des Chinois qui ne voyaient pas d'inconvénient à recevoir une chatte siamoise glapissante : Dieu sait qu'il y avait déjà pas mal de bruit chez eux. Les Chinois peuvent être très bruyants, leurs cris et leurs pétards tiennent les mauvais esprits à distance. Je n'avais pas peur de Pathan à Batu Road. Je faisais mon tour d'école le matin, l'après-midi et le soir je buvais avec Lynne. Nous buvions trop et mangions trop peu : l'anorexie me gagnait, moi qui, comme nombre de Blancs sous les tropiques, avais consommé copieusement la viande congelée des Entrepôts frigorifiques de Singapour jusqu'au jour où elle me parut insipide comparée à l'agneau, don du ministère de l'Agriculture, que Mat avait tué selon les rites et fait rôtir. A Kuala Lumpur je ne pouvais absorber que de la gelée de poule Brand relevée de cognac. Nous faisions l'amour sur un lit étroit, entourés de *chichaks* et de cafards, en écoutant la Chinoise de la chambre voisine chanter tous les airs à la mode – « Etranger au Paradis », « Mon amour, laisse-moi partir », « La Rose jaune du Texas ». Mais ma performance n'était pas fameuse.

On me signifia qu'elle n'était pas fameuse. Evidemment, elle ne l'est jamais au bout de quinze ans de mariage. Elle devient douillette, amicale, et elle se fie trop à la routine. Lynne s'était fait conduire au stade supérieur par un Eurasien que nous avions rencontré dans un des innombrables bars de Batu Road. Il était petit et un peu édenté, mais au lit il était exceptionnel. Aucun mari n'aime s'entendre dire que côté sexe il est un peu court (un mot qui prend feu dans ce contexte), surtout si on le lui dit brutalement avec un verre dans le nez. Cette phrase-là n'a pas tué l'amour, qui dépasse le sexe, mais tué le désir. Elle m'a conduit à traîner seul dans les bars où je croisais des soldats britanniques en permission locale. Ils avaient aussi leurs griefs sexuels, souvent contre les prostituées chinoises de la ville, qui faisaient payer trop et donnaient trop peu, et j'ai entendu des échanges amers. « Sale pute de Chinetoque, nos gars vous feront la peau à tous dans la jungle. – Fous camp, imbécile, j'aime pas toi. » Un de ces soldats, à moitié maori, parlait sans cesse d'un écrivain français qu'il appelait Praoust. Il adorait Praoust mais cet amour lui semblait, dans son inculture, la marque d'un goût dépravé. J'ai remis les choses en place. Seul encore, j'allais dîner en smoking dans des restaurants climatisés où je voyais certains de nos cadres enseignants, les vieux salingues, attablés avec certaines de nos étudiantes chinoises. J'ai vu aussi le Père Laforgue, sans paroisse dans l'attente d'une affectation, très à l'aise entouré de riches Chinois qui lui offraient du vin de serpent (le sang de serpents exécutés sur votre table) et du canard rôti. Puis, au Cabaret Paradis, j'ai revu Mek Hitam.

Mek est le terme de courtoisie kelantan pour Miss ou Inche (qui sert pour les deux sexes). Hitam signifie noir, et Mek Hitam quoique malaise était très foncée. Elle avait fait jadis le métier de prostituée ou *perempuan jahat* (mauvaise femme) au parc Biarritz de Kota Bharu, mais l'ambition, ou peut-être des ennuis avec les autorités islamiques, l'avaient conduite à la capitale. Elle tirait gloire de sa profession. Je me rappelle un haut fonctionnaire de l'Education nationale, Frank Jones, qui lui demandait avec combien d'hommes elle avait couché. Elle répliqua : « *Kalau semua orang kerani dalam negeri mulai tulis nama-nama-nya dia tidak pernah habis* » – si tous les gratte-papiers de l'Etat écrivaient les noms, ils n'arriveraient jamais au bout. J'ai rejoint la liste. Mais ce n'était pas bien, au fond. Je connaissais trop bien Mek Hitam, nous étions de la même famille kelantane, c'était comme d'aller se faire consoler par une vieille amie. Et ce n'est pas chez une prostituée qu'on cherche à se rassurer sur ses prouesses sexuelles. Après un mois de supervision pédagogique et de picole, je quittai Kuala Lumpur amer, déprimé, et pas très en forme. Mon cœur cognait, je souffrais de la chaleur. Lynne toussait, et la manière dont sa toux résonnait indiquait un foie malade. Mais elle avait encore douze années de vie devant elle.

Je me remis à la rédaction de mon second roman publié, *The Enemy in the Blanket*. Il a pour cadre un Etat imaginaire de Malaisie baptisé Dahaga, qui veut dire soif, dont la capitale s'appelle Kenching. *Kenching* signifie urine, *sakit kenching* veut dire gonorrhée. La couleur locale s'inspirait vaguement de Kota Bharu à Kelantan, mais certains de ses habitants réels se sont faufilés dans l'intrigue – 'Che Isa, Haji Latiff, Bangsir. J'inventais plus désormais, je photographiais moins. Cet Etat fictif est aux mains d'un parvenu appelé l'Abang, ou Big Brother, tandis que le Sultan, un impuissant tourmenté par ses femmes, se contente de simuler les gestes du pouvoir. L'Abang veut séduire Fenella Crabbe et ajouter à sa vaste collection de voitures une Abelard appartenant à Victor Crabbe. Cette fringale de voitures s'appuyait sur un fait réel : il y avait un sultan qui contraignait les expatriés à choisir entre céder leur voiture, si elle lui plaisait particulièrement, ou se faire expulser de l'Etat. Les sultans avaient plus de pouvoir qu'on ne le savait en général : les Britanniques conseillaient plus qu'ils ne contrôlaient. Conscient que l'avènement d'une constitution fédérale rigide va mettre fin à son règne abusif, l'Abang emporte ses richesses dérobées en Europe, et Fenella part avec lui. Crabbe, le directeur d'une école renommée, subit le triple assaut de la haine des Britanniques, la magie noire, et la menace d'une peine capitale pour complicité avec les terroristes communistes. Son cuisinier, un vieillard chinois, nourrissait son terroriste de gendre dans la jungle avec le riz de Crabbe. Crabbe avait aussi une liaison avec l'épouse nymphomane du directeur général de l'Education de l'Etat. Nous sommes tout près de ma propre situation au cours d'une période d'éloignement sexuel dont je ne pouvais guère que juger ma femme responsable. Le livre s'achève sur un *pantun* malais :

Kalau tuan mudek ka-hulu,
Charikan saya bunga kemoja.
Kalau tuan mati dahulu,
Nantikan saya di-pintu shurga.

Ce qui veut dire : toi mon amant si tu remontes la rivière, cueille-moi une fleur de frangipanier ; toi mon amant si tu me précèdes dans la mort, attends-moi à la porte du ciel. La technique prosodique repose sur l'assonance. La relation des deux premiers aux deux derniers vers dépend surtout des sons et très peu du contenu, sauf que le frangipanier, comme le cyprès, est associé aux cimetières. Le poème prend un sens particulier pour Victor Crabbe qui, ayant perdu une épouse vivante, se remémore tristement celle qui est morte. Sa mort à lui, prévue pour le troisième volet de la trilogie que je projetais, s'annonce en filigrane, tout comme la mort de l'Empire britannique, dont la Malaisie reste le dernier îlot survivant. Je devenais lugubre.

Lynne devenait pire que lugubre. Sa sœur Hazel lui avait écrit que leur mère se mourait d'un cancer de la gorge. Elle semblait estimer que Lynne esquivait la charge filiale de veiller à son chevet pour recueillir les derniers râles de remontrances morales destinés à l'enfant dont, malgré l'absence, le péché sexuel continuait à obséder sa mère (impossible d'oublier Rhys Evans ni la lettre d'amour ardent) et n'était toujours pas pardonné. Lynne, dans l'esprit de Hazel, menait la grande vie sous les banyans tandis qu'une autre moins veinarde avait tout le chagrin et la peine de soigner la malade. Lynne aurait pu rentrer – la Fédération aurait payé son billet d'avion – mais elle n'aurait pas pu revenir à moins de payer elle-même le retour. Nous n'avions pas assez d'argent. Ni elle d'endroit où demeurer en attendant la fin de mon séjour une fois qu'elle aurait pourvu aux funérailles de sa mère. Lynne endurait des abîmes de culpabilité, qu'elle me refila en partie. Selon la meilleure tradition freudienne, elle avait le sentiment de tuer sa mère. A la réception du câble qui nous annonçait sa mort, nous avons vidé notre compte en banque pour expédier des fleurs par l'entremise des Entrepôts frigorifiques de Singapour. Puis Lynne, en deuil léger à usage des tropiques, emprunta un livre de prières anglican pour nous lire de bout en bout l'office des morts. Moi, le catholique, j'étais relégué à bonne distance pendant cette cérémonie.

Elle maintint la même distance dans notre vie quotidienne. L'épouse nymphomane qui s'était glissée dans mon roman a franchi le seuil du vide et moi, affolé, dans un état proche de l'*amok,* j'ai renoncé trop vite. La maison devint infernale, noire de péché ou vibrante d'hystérie, les chats mouraient d'entérite que les Tamouls des services vétérinaires étaient bien incapables de guérir. Le jardin était plein de tombes félines. Le fils de Mat et Maimunah, Mohamed Noor, tomba malade et fut très mal soigné par la *bomoh* ou guérisseuse du kampong le plus proche. Il faillit mourir d'une pyrexie d'origine inconnue, ou *demam kepialu,* et ne fut sauvé que par la médecine occidentale. Pendant que je faisais mes cours, Lynne avala une dose massive de somnifères en me laissant un mot d'adieu : « Je n'en peux plus. L. » Je rentrai à temps pour la faire vomir à grands coups de moutarde et d'eau. Hazel lui écrivit que sa mère avait enregistré au magnétophone un ultime message pour lui prêcher l'amour et la moralité, et Lynne qui n'avait plus de somnifères se soûla à mort. Puis elle ralentit un peu sur la faute avant de demander le divorce. Je lui dis de réfléchir, d'attendre : mes trois ans de séjour seraient bientôt finis. Elle picola plus modérément, et rit beaucoup en lisant *Time for a Tiger* qui venait de paraître.

Mon séjour se terminait, je n'en ferais pas d'autre. Les expatriés blancs pouvaient solliciter un contrat de courte durée auprès du gouvernement malais indépendant, et ceux qui souhaitaient adhérer à l'islam seraient favorisés. Un ou deux fonctionnaires blancs l'avaient déjà fait ; il existait même un Haji Banks, spécialiste du Coran, qui vivait à Trengganu. La phase où je caressais l'idée de me faire musulman et prendre quatre épouses (j'avais déjà les trois autorisées toutes prêtes) était pratiquement passée. Lynne fit entrer, mais pas pour longtemps, le Dieu des anglicans dans notre demeure. Le Dieu des catholiques était encore là tapi sous les poivriers et les arbres à pluie, tel le serpent d'un Eden endommagé. Ni Lynne ni moi n'étions en très bonne santé. Dans son état de faiblesse, elle s'était fait piquer par des maringouins et avait attrapé la dengue. Moi j'avais de temps en temps des accès bénins de paludisme. Mon cœur battait trop fort, et nous avions tous deux perdu l'appétit. Peut-être avions-nous besoin de repartir vers le nord. Le gouvernement de la Fédération ne pouvait pas me verser une retraite pour un temps de service aussi court, mais il pouvait m'offrir un *selamat mas,* une prime de départ. Bientôt une traite de mille livres transitait par le bureau du collège. Plusieurs Malais vinrent frapper à ma porte pour me demander un prêt. Ça, d'après les manuels, c'est le ciment de l'amitié malaise : une demande de prêt qu'on n'a aucune intention de rembourser. Haji Latiff me demanda deux cents dollars et, comme je refusais, il me traita de sale Blanc. Lynne et moi nous n'étions pas riches mais nous avions une somme imposante à la banque. Les jours de véritable quasi-pauvreté étaient finis et ne reviendraient plus.

J'attaquai le troisième roman de ma trilogie – *Beds in the East.* Le titre, déjà indiqué par *L'Ennemi dans les toiles,* est tiré d'*Antoine et Cléopâtre :* « Les lits de l'Orient sont moelleux. » Le pseudonyme Anthony Burgess commençait à prendre une certaine consistance, mais la figure du romancier n'avait pas encore complètement étouffé le musicien raté John Burgess Wilson. Le musicien raté exhuma quelques rames de papier à musique de trente portées en train de moisir sous les chaussures et les vêtements par cette chaleur humide, pour composer son cadeau d'adieu à la Fédération de Malaisie – *Sinfoni Melayu,* une symphonie en trois mouvements qui tentait de fondre les éléments musicaux du pays en une langue synthétique où les tambours et xylophones locaux se mêlaient aux instruments de l'orchestre occidental. Le dernier mouvement s'achevait par un thème processionnel majestueux, un peu style Elgar, représentant l'indépendance. Puis, sur un roulement de tambour et avant l'accord final en *do* majeur, le public se lèverait en criant *« Merdeka ! »* Mais cette œuvre ne serait jamais jouée. Les services culturels où je l'adressai n'en accusèrent jamais réception. L'entreprise de toute façon était désespérée : la Fédération avait encore les fanfares de l'armée et de la police, mais pas d'orchestre à cordes. Dans *Beds in the East* je colle la paternité de l'œuvre à un jeune compositeur chinois de génie qui, suivant mon exemple, ne l'entendra jamais interprétée. Ce fut pour moi le dernier d'une série de gestes désespérés en vue d'un rapprochement Est-Ouest. L'Est et l'Ouest pouvaient se rencontrer dans un lit ou au-dessus d'un gin pahit. L'Est et l'Ouest ont été finalement rapprochés par la haute technologie, télévision en couleurs et jeux électroniques. Quand je suis retourné là-bas pour un bref séjour en 1980, les livres en vente dans les librairies malaises étaient surtout les œuvres romanesques de Barbara Cartland. A Kuala Lumpur, il y a des hôtels américains et des touristes qui suffoquent dans les ascenseurs pendant les pannes de courant ; il y a des Mercedes pour les Chinois et des Lambretta pour les Malais ; il y a *Dallas* et *Dynasty.* Mais il n'y a pas d'orchestre symphonique.

Nous nous sommes mis un peu d'argent dans la poche ou le sac en vendant notre réfrigérateur à un Sikh, et notre voiture à un groupe de pêcheurs de Kelantan pleins d'initiative qui comptaient se ruer avec au marché pour vendre leur pêche : ils ne voulaient plus dépendre des Chinois pour la glace et le transport. Notre poulailler partit pour le kampong avec Mat et Maimunah, flanqués d'un Mohamed Noor en pleine forme. Mat eut droit à une *surat* ou lettre de recommandation qui vantait sa maîtrise des arts culinaires anglais, indien et italien. Il en fit don à un cousin du même nom qui ne savait pas cuisiner du tout, et s'établit comme chauffeur royal. Lalage, qui prenait de l'âge et perdait la mémoire, atterrit chez un couple siamois de passage qui repartait pour Bangkok : c'était une grande satisfaction de savoir qu'au terme d'une vie pleine mais virginale, elle allait finir ses jours sur les terres de ses ancêtres. Je mis nos possessions dans des caisses – un coffre en bois de camphrier, des vases en cloisonné, de l'argenterie de Kelantan, quelques livres dont les termites n'avaient pas voulu – et les expédiai chez le père veuf de Lynne à Leicester. Je reçus des billets d'avion – BOAC Britannia de Kuala Lumpur à Londres, avec une nuit d'escale à Colombo et des arrêts dans diverses villes du Moyen-Orient qui n'étaient, et ne sont encore, que fils barbelés et soldats bruns d'allure chafouine. Nous passerions quelques jours à

Rome pour nous préparer à revoir des peaux blanches parmi les olivâtres. Ce que nous ferions à l'avenir restait vague. Impossible, pensais-je, de vivre de ma plume. Très peu d'auteurs y arrivent. A quarante ans je n'étais toujours pas établi. Mais en quittant Kota Bharu avec Malayan Airways c'est sur la Malaisie que je pleurais, pas sur nous.

Bizarre, ce sentiment de richesse en plein été romain. Mon congé définitif allait d'août à Noël, et le salaire malais permettait de bien vivre en Europe. Cela nous faisait un peu honte à tous deux de voir que nous n'étions pas encore prêts pour l'Europe. Nous avions acquis au contact d'expatriés moins bohèmes que nous une sorte d'arrogance indispensable dans toute tractation avec les Chinois, mais tout à fait déplacée à Rome ou à Londres. Les Chinois trichaient, et ils savaient que nous le savions. Ils s'attendaient gaiement à se faire rabrouer pour ça. Dans leurs bars ils allongeaient impunément le gin ou le whisky, même s'ils ne pouvaient pas en faire autant avec le pernod. Ils étaient toujours prêts, comme les Indiens, aux marchandages dramatiques. C'était inconvenant de jeter comme Lynne les spaghetti à la tête du patron d'un restaurant romain ou de pousser les hauts cris dans un bar sur une addition jugée excessive. D'ailleurs ce n'était pas non plus la chose à faire en Malaisie. Nous avons jeté nos piécettes dans la fontaine de Trévise mais sans intention de revenir dans cette cité païenne vénale qui deviendrait plus tard mon foyer. Je buvais tous les jours mon litre et demi de frascati, et j'entendais mon cœur jouer les punching-balls. Lynne descendait régulièrement sa bouteille de gin Bosford avec crises de larmes ou hurlements. Elle ne tarda pas à se calmer. Mais nous avions acquis des habitudes suicidaires en Malaisie, c'était clair. Que nous avons gardées, nonobstant, jusqu'à ce que les médecins nous collent une sainte frousse. Pour Lynne c'était déjà trop tard. Enfin nous atterrîmes à Londres, consternés par les visages blêmes.

Finis les jours d'austérité. Les Anglais tapaient dans le bœuf et se gorgeaient de glaces. Nous avions oublié le goût des aliments frais, tout comme celui de la bière pression. Dînant chez Rule's, ça nous choquait de les voir cuire nos scampi au beurre. Partout on sentait le relâchement. Le souvenir des privations de guerre et d'après-guerre restait très fort chez moi, sans parler des rêves d'ascèse socialiste du régime Cripps, je n'aimais pas cette Angleterre hédoniste. Chacun avait son poste de télévision, la première question que nous nous attirions dans les pubs en avouant notre ignorance du monde nouveau ou notre agressivité tropicale, c'était « Et la télé, là-bas, qu'est-ce que ça vaut ? » Mais Bon Dieu, le mot télévision n'existait même pas en malais, d'ailleurs par la suite c'est moi qui proposerais *jauhtengok* ou *JT*. Nous avions juste eu le temps de voir la chaîne BBC avant d'embarquer, mais c'était une affaire raffinée et placide, alors que maintenant la chaîne commerciale était envahie d'urgences banales. On avait l'impression que les Anglais n'avaient rien à donner au reste du monde, tout en consommant beaucoup. C'était un phénomène nouveau, ce culte de la jeunesse, qui invitait les jeunes à assurer l'essentiel de la consommation. J'avais entendu parler des teddy-boys, maintenant je les croisais au coin des rues et dans les bistrots. Au début ils se donnaient le nom de zazous édouardiens, évoquant par leur costume une période de chauvinisme et d'expansion impériale. C'était un anachronisme étrange à un moment où moi comme quelques autres nous présidions à l'effondrement de l'Empire. On sentait nettement dans l'air une vague nostalgie pour cette Grande-Bretagne d'antan que la nouvelle contredisait en tout. L'agression collective de l'époque impériale se muait en une forme de violence dégradée dont la jeunesse avait le monopole. Les jeunes les plus éloquents étaient en colère, et un John Osborne leur expliquait pourquoi. Leur colère s'adressait au néant consumériste dont les jeunes eux-mêmes étaient complices

Trevor Wilson, un fonctionnaire des services d'Information malais rencontré lors d'un dîner à Kota Bharu, m'avait confié des chemises en soie faites à Kuala Lumpur pour son ami Graham Greene. L'appartement de Greene à l'Albany n'exhibait plus les innombrables fioles miniatures de whisky dont il faisait collection jadis et qu'il vidait maintenant dans les pages de *Notre agent à La Havane*. Il me reçut aimablement, moi je lui dédicaçai un exemplaire de *Time for a Tiger*. Il m'emmena déjeuner au Café Royal, et comme c'était un vendredi, nous avons pris du poisson. Greene me fit bien comprendre qu'ayant beaucoup accompli, il avait atteint désormais un plateau où il pouvait se permettre de souffler un peu. Il n'avait pas écrit le roman malais incontournable qui aurait dû faire pendant à son roman vietnamien incontournable *Un Américain bien tranquille*, et manifestement il pensait que je n'y arriverais pas non plus. J'étais un comique, mon livre trahissait de la frivolité. Il n'avait que des louanges pour l'autre grand auteur catholique, Evelyn Waugh, *The Ordeal of Gilbert Pinfold*, paru tout récemment, était à ses yeux un chef-d'œuvre. Mon propre catholicisme, de l'espèce héritée au berceau, lui paraissait suspect. De toute évidence je ne pouvais passer pour un romancier professionnel, plutôt un fonctionnaire colonial qui avait eu la veine de tomber sur d'excellentes matières à fiction en cours d'exercice. J'étais un amateur. Ça rejoignait l'opinion que j'avais de moi-même. Je serrai la main de Greene, que je ne devais pas revoir avant notre installation à tous deux sur la Côte d'Azur, et partis à la recherche d'un emploi.

Ma quête d'emploi rayonnait autour d'Aylestone dans la banlieue de Leicester où demeurait le père veuf de Lynne. Il vivait là parce que feu sa femme avait voulu rester près de sa fille préférée Hazel, dont le mari dirigeait une école primaire du secteur. Hazel avait une hâte morbide de faire entendre à Lynne l'ultime message de leur mère, enregistré juste avant, disait-elle, « que sa gorge se ferme pour toujours ». Lynne refusa de l'entendre et s'appliqua à noyer sa faute dans les pubs du coin. Avec l'illogisme qu'on tolère aux femmes, elle imputait à l'aventure malaise, encore une idée de moi, la faute de n'être pas venue au chevet de sa mère mourante. Elle se rapprochait de son père et s'éloignait un peu plus de moi. Il s'était mis aux plats tout préparés ; maintenant, comme une bonne épouse, elle lui cuisinait des recettes galloises ou lancastriennes. Elle supervisait les travaux ménagers de la souillon bihebdomadaire qui semait des cendres de cigarette sur les tapis. En éclusant le gin du Cygne Noir alias Canard Crasseux, elle célébrait le travail remarquable de son père à la tête de son école, la profondeur et l'étendue de son savoir scientifique. Moi je n'avais pas fait grand-chose à côté de lui. J'avais quarante ans, un petit livre drôle mais superficiel de paru et deux avenirs incertains qui m'attendaient, l'un littéraire, l'autre pédagogique.

Exact. Retour aux temps anciens des petites annonces du *Times Educational Supplement* et des convocations pour un poste déjà pourvu en douce. Mes trois ans dans l'éducation coloniale n'étaient pas un avantage, plutôt l'inverse : j'étais dépassé par la politique éducative du renouveau britannique. Je n'avais aucun contact avec cette jeunesse qui ne connaissait que le rock'n'roll, les rythmes skiffle, et les gloires du disc-jockey. J'avais choisi pour spécialité l'enseignement de l'anglais langue étrangère ; ici, j'étais peut-être au courant, l'anglais est la langue maternelle. Mais, objectais-je, l'Angleterre sera bientôt inondée d'immigrants asiatiques qui n'ont pas demandé à être libérés du joug colonial, on aura besoin alors de nouvelles techniques d'enseignement que moi je pratique déjà. On ne me croyait pas. On hochait la tête. J'avais gâché six ans à l'armée ; et en troquant mon kaki contre du coton tropical, je venais d'en gâcher trois autres. On n'avait pas besoin de moi en Angleterre ; je ferais mieux d'aller voir ailleurs.

Le British Council offrait de m'expédier dans un collège de Peshawar pour y enseigner la phonétique. Le collège possédait, me dit-on avec une fierté réfléchie, un petit laboratoire de phonétique. J'avais des doutes, que je gardai pour moi, quant à l'intérêt d'un laboratoire de phonétique sur la frontière Nord-Est. Ayant appris le malais et un peu de chinois, ça ne m'enchantait pas de devoir les oublier pour apprendre de nouvelles langues indiennes. Quand le poste de professeur d'anglais au collège du sultan Omar Ali Saiffudin de Brunei fut déclaré vacant par les agents de la Couronne chargés des colonies, je posai ma candidature, qu'ils acceptèrent. C'était un poste contractuel : trois ans au bout desquels j'en aurais moi-même quarante-trois et devrais me remettre en quête d'un emploi. En Grande-Bretagne mes qualifications seraient encore pires que maintenant. Je m'imaginais allant de job en job, d'Iran aux Seychelles, jusqu'à une mort prématurée sous la dent des serpents ou des révolutionnaires qui résoudrait tous les problèmes. Autant ne pas regarder trop loin devant. Selon une conviction très répandue, la guerre atomique était pour bientôt, on y passerait tous sur un air de skiffle. Nous étions tous dans la même galère de l'avenir sans lendemain.

Lynne pleurait dans le train de Southampton. Et nous, ou plutôt me, revoilà, sans grandeur, sans cervelle, sans avenir. « Il y a quand même ça », dis-je en lui montrant une fois de plus un exemplaire de *The Enemy in the Blanket* (sortie imminente, prix vingt et un shillings), dont la couverture représente un Sikh promenant un couple de Blancs dans un pousse-pousse. Moi qui ai toujours eu du respect pour les éditeurs, je découvre que leur bêtise vaut celle des écrivains. C'est à moi, pas au dessinateur, que les critiques reprocheront cet étalage criant d'ignorance. Tant pis. Vide ton verre et prends-en un autre. Installés au wagon-restaurant, nous prenons le thé dans des petites bouteilles de gin Booth's. Nous embarquons sous une bruine infecte – un vieux P and O des familles, pas deux sous d'exotisme où loger un chat siamois. Le *Carthage* ou le *Canton* ou le *Corfou :* ils sont tous identiques. Et nous revoilà partis vers Singapour, en passant par Port-Saïd, Aden, Colombo, Penang. J'installe ma machine à écrire sur la coiffeuse de notre cabine de luxe et je m'attelle au troisième volet de ma trilogie malaise. J'écris aussi, comme je le fais toujours sur les bateaux agrémentés d'un trio, un morceau pour les pochards qui tiennent le violon, le piano et la batterie. C'est un bateau ivrogne. A la fin des soirées dansantes, le gratte-corde mué en saxophoniste d'occasion aboie : « Zaurez rien de plus, allez tous vous foutre au pieu. » Et nous encaissons avec le sourire de passagers de première classe qui savent que l'équipage sait qu'ils n'ont pas payé leur billet de première classe. La compagnie P and O était un genre de succursale du vieux système colonial : ils mourraient ensemble. Les stewards étaient insolents et la nourriture, quoique recherchée, mauvaise. Mais les bars ne fermaient jamais.

J'avais conscience de ne plus être, comme autrefois sur le *Willem Ruys,* un anonyme en smoking blanc. Ces fonctionnaires des colonies, ces hommes d'affaires orientaux, savaient qui j'étais. L'auteur d'un roman que nombre d'entre eux avaient lu. Pas Willie Maugham mais déjà un épigone acceptable. On m'entendait même taper dans ma cabine, en train de nous préparer quelque chose, c'est sûr, et sans doute mettre mes compagnons de voyage dans une fiction grassement payée. Ils pensaient, surtout les épouses des coloniaux, être dignes d'un tel transfert, du moins les épouses les plus légères cherchaient-elles à s'en rendre dignes ou en tout cas mémorables. Ils pensaient aussi qu'un écrivain doit être un « personnage », et peut-être sa femme également. Lynne et moi nous avons amplement répondu à leur attente en insultant les Egyptiens de Port-Saïd pour le motif tout à fait valable qu'ils avaient détruit la statue de Lesseps. En nous bagarrant dans un magasin de chaussures de Port-Saïd parce qu'un des vendeurs lubriques, sachant que les Blanches ne sont pas farouches, avait glissé sa main sur la jambe gauche de Lynne. Nous nous sommes soûlés et battus à Aden. Dessoûlés à Penang, où nous avons déjeuné à bord avec une de mes ex-collègues de Kota Bharu. Elle était monitrice de gymnastique, d'une beauté tamoule éblouissante, chrétienne, persuadée qu'elle était en réalité blanche et que sa peau sombre était une sorte de bronzage héréditaire. Elle voulait épouser un Anglais et ne pouvait pas supporter, affirmait-elle, le contact d'une peau noire ou brune ou jaune. Divers amants blancs lui avaient promis le mariage pour ensuite rentrer chez eux retrouver leur Enid ou Ethel. Mutée à Penang, elle avait continué à chercher un mari blanc. Mais ce temps-là était révolu. L'Orient devait se prendre en charge désormais, or au fond il était irrémédiablement gâté par sa vision fugitive des charmes de l'Occident. Il n'y avait pas au monde de fille plus belle que notre amie, pourtant sa beauté céderait à la laideur et son corps merveilleux à la graisse sans que sa quête aboutisse jamais. Elle était vraiment victime de l'impérialisme.

Débarquant à Singapour, Lynne et moi, nous sommes descendus pour deux nuits à l'hôtel Raffles. Nous avions des tas de courses à faire. Les agents de la Couronne chargés des colonies nous avaient mis en relation avec un vieux blédard de Brunei en congé, lequel nous avait prévenus dans une lettre très serviable que l'Etat offrait des conditions de vie primitives. Il y avait une crise du logement, autant nous résigner à la perspective de quelques mois dans un hôtel chinois. Nous trouverions peu de magasins, sûrement rien qui ressemble aux Entrepôts frigorifiques de Singapour. Au marché on pouvait acheter du riz, des pains chinois toujours abondamment sucrés, et de l'*ikan yu,* du jeune requin. Pas de légumes verts, mais des tubercules bulbeux assez grossiers de nom inconnu. Il n'y avait pas de vêtements, pas non plus de vaisselle. Il n'y avait pas de rationnement sur le gin. Dans un cliquetis de vaisselle nous avons pris le vol de l'aube pour Brunei, avec escale à Kuching dans l'Etat de Sarawak. A peine atterris à Brunei, nous avons failli remonter dans l'avion. Quelqu'un avait fait cela une fois, nous l'avons su plus tard. Un certain Durant, surnommé ensuite Durantre et Dursort.

Brunei est un petit sultanat situé entre Sarawak et l'ancien Bornéo septentrional britannique, aujourd'hui Sabah. Brunei veut dire Bornéo, une étroite bande de terre maritime qui donne son nom à toute l'île, une horrible jungle inexplorée. Ce territoire jadis très primitif abritait des pêcheurs qui construisaient leurs maisons bancales au-dessus du fleuve Brunei et pêchaient à travers les trous du plancher mal bâti. Il y avait aussi des planteurs de riz et de sagou. L'île était peuplée de Malais, des descendants de pirates, on racontait même que la famille sultane était issue d'un être mythique surnommé le *nakhoda ragam,* le chef pirate chantant, parce qu'il vociférait des chants sardoniques en envoyant ses victimes sur la planche. L'école où j'allais enseigner devait son nom au sultan de mon époque, Omar Ali Saifuddin. L'Etat s'était brusquement enrichi grâce à la découverte de gisements de pétrole, que des gens du Texas exploitaient à l'ouest du territoire, quant au sultan, il essayait de trouver, assisté des conseils britanniques, ce qu'il pourrait bien faire avec les énormes revenus du pétrole qui ne cessaient d'affluer. Il s'était fait construire un *istana* en forme de motel gigantesque, et à notre arrivée, il se préparait à inaugurer une fastueuse mosquée sise au bord du fleuve. Le dôme était peint à la feuille d'or, mais les contractions et dilatations de la structure dues aux passages d'une fraîcheur relative à une forte chaleur la répandaient sur le sol en flocons ou éclisses que les pêcheurs du coin prenaient pour un don d'Allah. Il y avait une seule rue commerçante, tenue par des Chinois, qui vendaient des disques microsillons et de vieux exemplaires du *Daily Mirror Weekly.* On y croisait des fonctionnaires tamouls, des Ibans chasseurs de chiens armés de sarbacanes, des balayeurs dayaks, des ingénieurs des Ponts et des ingénieurs hydrauliques australiens, un conseiller britannique et son personnel. Les Malais, désignés comme élus de Dieu par ces flots miraculeux de pétrole, n'auraient plus besoin de travailler mais vivraient des largesses sociales dispensées par leur seigneur. Ils recevraient aussi une formation aux technologies occidentales les plus utiles afin, surtout s'ils étaient de la famille royale, de gouverner l'Etat au mieux une fois qu'on aurait viré les Britanniques. Ils apprendraient même l'anglais, mais pas trop. Le territoire fourmillait de tungkus et rajahs lourdauds, tous princes du sang.

Le principal du collège du Sultan Omar Ali Saifuddin, Lawrence Bradshaw, qui nous attendait à l'aérodrome, ne sortait pas de l'université mais avait toute une variété d'autres talents. Il savait construire des bateaux et jouer de tous les instruments à cordes. Il parlait le malais à grande vitesse et faible grammaire, un malais en usage dans le territoire, assez différent du dialecte standard de Johore. Là-bas en Malaisie *kita* voulait dire nous; ici c'était vous. *Pandai* ne signifiait pas habile, mais obsédé. Dire de quelqu'un, par exemple notre futur cuisinier, qu'il était *pandai perempuan,* ça ne voulait pas forcément dire qu'il était habile avec les femmes. Bradshaw nous avait logés à l'hôtel OK, grand choix de borborygmes, crachats et toilettes à la turque. Dieu sait quand nous pourrions avoir une maison. Après un dîner de *mee* en sauce couleur prune parfumée à l'antimite, Lynne finit par s'endormir à force de larmes et je me mis d'un pas ferme en quête d'opium.

J'avais fumé quelques boulettes à Kota Bharu et, d'échoppe en échoppe, révisé mon vocabulaire de consommateur d'opium. Les Malais appellent cette drogue *apiun,* mot qui vient de l'arabe, et aussi *osai,* comme en chinois, ou quand ils la préparent pour la refumer, *tengkoh.* Il existe même une table de poids – dix *hun* font un *chi,* et dix *chi* un *tahil.* Je dénichai à l'arrière d'une boutique où on vendait de la vaisselle (vieux blédard de Brunei, tu parles) deux antiques Chinois qui tiraient des bouffées paisibles. On m'offrit courtoisement une pipe et une boulette chauffée. Je m'accroupis auprès des fumeurs. Mais pas pour plonger dans une transe à la De Quincey. Je me détendis juste assez pour que le temps me paraisse non une catégorie kantienne *a priori,* mais une dimension très souple et subjective, extensible comme le latex. Ensuite viendraient, encouragées par un foie égrotant, les visions néfastes. Pour l'instant il me suffisait d'esquiver le futur et la responsabilité d'une épouse malheureuse. L'opium est une drogue excellente. Mué en laudanum il guérit les souffrances, jadis par la grâce des rêveries dominicales il réconciliait le prolétariat britannique avec son sort détestable. Les médecins y étaient hostiles, ils unirent leurs efforts pour le faire interdire. Ils ont gagné, et le pavot blanc est devenu une plante vénéneuse comme la belladone. L'ouvrier britannique privé de son réconfort se convertit à la bière et au football. Tout cela est bien dommage.

Le lendemain j'allai au collège Omar Ali Saifuddin faire la connaissance de mes futurs collègues. Deux d'entre eux, un couple de Chinois, avaient été mes élèves à Kota Bharu avant de se marier : leur ton réprobateur disait clairement que j'étais descendu bien bas. Une Australienne vulgaire se distinguait par des seins énormes et des expressions du genre « Ça vaut mieux qu'une claque sur les miches avec un merlan mouillé » ou l'obligatoire « C'est tout bon p'tit gars ». C'est elle que j'essaierais d'attirer dans les toilettes des dames pour cinq minutes de paillardise, mais pas tout de suite. Il y avait un rigolard joufflu d'Oxford flanqué d'une épouse mongole de deux mètres nommée Pui. Elle disait souvent « pauvre Pui » en parlant d'elle-même, surtout pour se plaindre du cuisinier et de son riz pas cuit. Une Chinoise plutôt moche, queue de cheval et lunettes, exsudait une sexualité qui s'avérerait exclusivement lesbienne. C'est elle qui allait faire des prosélytes et briser quelques ménages. Un vieux Chinois très brun nommé Po Soo Jin marmonnait et chantonnait à mi-voix, l'air camé en permanence, mais se révélerait sexuellement très actif. Un bourgeois de Ceylan nommé Matthew Bastians enseignait un anglais à dominante galloise ponctué de la finale invariable « n'est-ce pas ? »

Mon rôle, à part l'enseignement des finales variables, était d'initier des groupes de races diverses à l'histoire de l'Empire britannique jusqu'à son éclatement provisoire, préfigurant le permanent, lors de la Deuxième Guerre mondiale, en mettant l'accent fort sur l'expansion américaine. L'étude porterait sur ascension, déclin et chute, et montrerait les graines du déclin déjà en germe dans l'ascension. Je devais également enseigner la phonétique de leur propre langue à un groupe de jeunes Malais. Destinés à professer dans des écoles d'Etat monoglottes, ils ne parlaient pas l'anglais, si bien que je devais procéder en partant d'une langue vierge de tous termes techniques. Le vocabulaire technique de *pelajaran bunyi* (étude des sons), ou mieux *fonetik,* demandait à être édifié de A à Z. Je les accablais donc de *fonem* et *alofon,* mais j'avais beaucoup de mal à leur faire saisir la distinction très sophistiquée entre l'un et l'autre. Comment désigne-t-on une labiale ? Probablement *bunyi bibir*. Et au nom du ciel, une labiale sourde ? Peut-être *bunyi bibir dengan tiada suara,* une bouchée mortelle. Ensuite quel coefficient numérique va-t-on attribuer à ces entités nouvelles? Le malais, comme le chinois, ne se contente pas simplement d'un ou deux. Il lui faut un nom numéral imaginatif – *telor,* c'est-à-dire œuf, pour des objets ronds comme les testicules, *biji* la semence pour, bizarre bizarre, les œufs, *buah,* fruit, pour quelque chose de grand comme une voiture ou une maison ou le continent asiatique. Je coupai court au réseau fantaisiste des dénombreurs pour parler d'un seul phonème simple – *suatu fonem.* Après tout il fallait bien faire entrer ces utilisateurs d'une langue primitive dans l'âge moderne.

Les étudiants mélangés, certes courtois et aimables à la manière asiatiques, étaient tous un peu camés, comme s'ils sortaient lentement d'une ivresse d'opium. Ils n'avaient aucun contact avec l'animation d'une ville moderne comme Singapour. Ils n'avaient même pas de contact avec le cinéma. Tout ce qu'ils connaissaient du monde moderne, c'étaient les oléoducs embrasés de Seria qu'on ne pouvait atteindre qu'en jeep par la plage à marée basse. La jungle était toute proche, et vaste. Même les Chinois, les plus doués des Orientaux, manquaient d'acuité. Quant aux Malais de Brunei, pourquoi diable feraient-ils des études? Le pétrole, cette substance étrange, refusée aux Juifs, donnée à profusion aux enfants de l'Islam, faisait rentrer plus d'argent que les fils de la terre, autrement dit des eaux infestées de pirates, ne pourraient jamais en dépenser. Le travail a toujours été une chose étrangère aux Malais, avec leurs filets où les poissons se précipitent gaiement, leurs rizières qui donnent trois récoltes annuelles, leurs bananes et leurs noix de coco qui tombent toutes seules, sans oublier l'enivrante durione et son odeur infecte à la saison des duriones. Allah et ses rasades de pétrole confirmaient que les Malais avaient droit aux Cadillac en plus des noix de coco. Je sentais se rapprocher mon propre désespoir, lentement certes, tel un sampan à l'horizon.

Lynne sanglotait au rythme entraînant des glaviots de l'hôtel OK et réclamait une maison. On nous proposa un appartement biscornu de trois étages, dont les deux supérieurs n'étaient accessibles que par une issue de secours. La chambre était aussi ouverte aux visiteurs que la cuisine ou la salle à manger, les Ibans ou les Malais curieux n'avaient qu'à grimper par l'échelle métallique pour nous contempler Lynne et moi appliqués à faire les gestes de l'amour. Il n'y avait pas de salle de bains, seulement un *tong* en plein air irrigué par l'eau de mousson où nous étions censés baigner notre nudité en pleine vue. Impossible de trouver un domestique. L'immigration était strictement contrôlée, il fallait commander son serviteur longtemps à l'avance d'outre-mer, remplir un formulaire complexe en quatre exemplaires et le retourner au Bureau International du Travail. On ne voyait pas de chômeurs se battre dans les taudis pour trouver de l'emploi. Lynne faisait la cuisine sur un fourneau à charbon mais fondait elle-même de chaleur. A force de protester, nous nous sommes retrouvés dans une vraie maison, une toute petite construction géométrique du ministère des Travaux publics où le débit d'eau variait selon les chutes de pluie et où le courant électrique brillait, baissait, mourait, repartait, baissait, mourait. Le mobilier des Travaux publics était perclus de termites, les bras vernis des fauteuils s'émiettaient au moindre contact. Lynne pleurait toujours.

Cette petite demeure faisait partie d'un lot de quatre adjacentes, sises en un lieu sinistre de broussailles vigoureuses et de sable tourbillonnant au vent chaud. De l'autre côté de la route vivait un Malais nommé Azahari, dans une maison construite par lui-même. Politicien, il dirigeait un mouvement qui s'était appelé Parti National Socialiste jusqu'à ce qu'on lui dévoile le sens maléfique de ce nom et qu'il le rebaptise Parti de la Liberté. Azahari avait un acolyte nommé « Che Gu » Salleh, qui, comme l'annonçait son nom honorifique, était un instituteur malais. Ces deux hommes, avec leurs partisans, voulaient mettre la richesse pétrolière croissante au service d'un Etat moderne, non d'un sultanat traditionnel où on vous cassait les oreilles du matin au soir avec le nom d'Allah. Azahari ferait un dictateur cordial, essentiellement démocratique, « Che Gu » Salleh serait son Goebbels, et les fidèles de son parti des policiers en uniformes élégants dessinés, mettons, à Paris. Les Britanniques ne posaient pas vraiment de problème. Ils allaient bientôt partir, mais le sultan comptait rester, assis bien au chaud sur ses puits de pétrole. On l'autoriserait à partir, une fois rendu en douceur à l'évidence que le pouvoir héréditaire était antidémocratique (même si Azahari avait un fils, Dick-le-piteux pour son Cromwell de père, qui semblait vouloir le polir pour la succession). Le projet d'Azahari me paraissait irréaliste. Il tenta vainement de le mettre en œuvre peu après mon départ. Le sultan refusa de se retirer sur la Côte d'Azur, et fit appel aux troupes britanniques pour réprimer le soulèvement d'Azahari. J'appréciais son hospitalité. Azahari tirait ses ressources d'une petite imprimerie qui, avec force bavures et pas mal de coquilles, publiait ses pamphlets révolutionnaires interdits. Il accueillait toujours bien les habitants des taudis misérables sur lesquels donnait son palais immaculé, quoique dépourvu de toilettes. Car nous étions blancs, et il avait besoin du soutien des Blancs. Il voulait me faire traduire son *Mein Kampf – Perang Yang Akan Datang,* un beau titre bien ronflant qui signifie Le Prochain Combat – en anglais de Macaulay.

Nous étions tous blancs, disais-je, mais des pauvres Blancs. A côté de nous un ingénieur des Ponts australien vivait, à moins qu'il ne l'ait épousée, avec une fille de Dayaks terriens. A côté d'eux un autre ménage mixte – un sous-officier britannique du contrôle des passeports marié très officiellement à une Iban ou fille de Dayaks marins. Les Dayaks marins méprisent depuis toujours les Dayaks terriens et disent qu'ils descendent des *mawas,* que les Anglais appellent *orang utan,* un terme qui ne s'applique en toute correction qu'aux véritables hommes des bois. Entre ces deux filles c'était toujours la bagarre, avec force coups de griffes et crêpages de chignon. La quatrième maison, contre toute vraisemblance, abritait deux Italiens de Piombino, le père et le fils, Nando et Paolo Tasca. Ils étaient venus de Tripoli pour tailler le marbre et l'installer sur le sol de la mosquée. Ces deux-là se battaient sans cesse à propos des femmes et du salaire misérable que Nando versait à Paolo. Parfois Nando pleurait sur la manière dont Paolo se conduisait en ville, et on l'entendait gémir *« Tutto Brunei parla di te ».*

Nando Tasca faisait venir d'immenses dalles de marbre par bateau jusqu'à Singapour, où un agent italien organisait la livraison avec les entrepreneurs locaux. Dans l'esprit de Nando ce beau marbre italien était bien trop bon pour les païens noirauds de Brunei. Là où le sol de la mosquée était dans l'ombre, il faisait couler du ciment sur lequel il peignait des motifs marmoréens avec un pinceau métallique. « Ces dgentes lé saveront pas. Ces dgentes savent rien à rien. » Puis Paolo démolit la machine à couper le marbre, que personne ne sut réparer. Les poings paternels firent des moulinets et Paolo peu filial rendit les coups. Il n'était pas rare d'entendre Paolo émerger tout meurtri de leur masure en hurlant à la lune de Brunei : *« Dormirò nel minareto ! »* Il montait l'escalier à vis jusqu'au sommet du minaret où le haut-parleur était déjà installé pour l'appel du *bilal* à la prière, et là il chantait « Poussière d'étoile » à l'intention de la ville assoupie, changeant les paroles en *polvere di marmo*, ou hurlait ses griefs : « Lé mien papa é oun foutou salaud. *Proprio un farabutto.* »

Il y avait déjà un tel vacarme dans cet îlot de masures que Lynne et moi n'avions guère scrupule à l'aggraver en donnant de furieuses fêtes pour nos amis indigènes. Leurs motifs personnels de fureur – salaires minimes, clauses de contrat en caractères minuscules, supérieurs morveux – ne les empêchaient pas d'être furieux aussi pour notre compte. Ils n'étaient pas natifs de Brunei mais de Sarawak – Minggu qui dirigeait une équipe de chasseurs de chiens dont il supervisait l'euthanasie à coups de sarbacane ; le petit Joe, dont le père avait été le réducteur de têtes de sa maison longue ; Paul le géant aux racines hawaiiennes ; Jim, un mélange de Chinois, Gallois, Britannique chrétien de Bornéo septentrional, Bugi et Sumatrais, qui avait travaillé comme homme de main pour une société secrète chinoise. Joe jouait de la batterie, Paul du cornet à piston, et tous deux étaient ravis de me recruter comme pianiste quand ils jouaient pour un cachet dans des maisons privées ou sur des pelouses. Ils avaient pris pour indicatif un air intitulé « Sarawaki », sans savoir qu'il avait été composé dans les années trente par le chef d'orchestre Harry Roy pour fêter son mariage avec la princesse Pearl, la plus jeune et la plus volage des filles du Rajah Blanc de Sarawak. Ils avaient converti cet air simple en cantilène autochtone et le croyaient issu de la préhistoire de Sarawak.

J'agrémentai ma première performance d'un discours. Nous jouions pour une soirée d'anniversaire et je dis : « C'est bon d'avoir quelque chose à célébrer dans ce triste lieu en ces tristes temps. » On rapporta mes propos au Résident britannique, qui me fit amener au trot dans son bureau pour m'administrer un savon de style militaire. Ce personnage savait que j'avais exercé en Malaisie, et son comportement trahissait les complexes des fonctionnaires de Sarawak envers les employés de la Fédération. Mais il n'avait pas simplement travaillé à Sarawak ; il avait été l'assistant du dernier Rajah Blanc, la fin de la lignée des Brooke, ce qui lui conférait un certain *cachet** romantique. Le gouvernement travailliste de Grande-Bretagne, considérant, tout comme Azahari, que cette gestion familiale avait quelque chose de pas net, déposa le dernier Brooke et importa une série de fonctionnaires de carrière atteints par le démantèlement de l'Empire britannique. Tous les préposés de cette série furent assassinés par les Ibans, qui avaient une vénération pour la famille Brooke. Le Rajah avait une façon très personnelle d'administrer la justice qui pouvait se traduire par six vigoureuses appliquées sur les fesses nues ibans, mais on le savait équitable. On respectait aussi les mœurs nymphomanes de la Maharanée. Elle était connue pour ses talents de société, dont le plus célèbre consistait à grimper sur le billard de la Résidence, relever ses jupes en dévoilant qu'elle ne portait pas de culotte et lancer aux joueurs : « Allez, les gars, rentrez-moi la rouge. » Avec les filles non plus on ne s'ennuyait pas une seconde. Supprimer les Brooke pour les remplacer par des gens ternes qui suivaient les règles du manuel, c'était trop demander aux cœurs simples allègres des Dayaks de terre comme de mer. Ces fâcheux ne furent pas décapités, tout juste poignardés. A mon époque, le plus haut fonctionnaire de Sarawak, qui avait sous sa tutelle les expatriés de Brunei, ne figurait pas, pour une raison ou une autre, sur la liste des promis à l'assassinat. Peut-être les gens de Sarawak s'habituaient-ils doucement à leur nouveau statut prosaïque de colonie de la Couronne. De toute façon ils feraient bientôt partie du nouvel assemblage d'Etats baptisé Malaysia. Il faut bien vivre avec son temps.

Le Résident britannique me tança vivement pour avoir tenu ces mots, au mieux indiscrets, au pire incendiaires. Mais ma faute suivante, bien plus grave, me valut une séance de tribunal et des remontrances sévères administrées en direct de Sarawak. Ayant achevé le troisième volet de ma trilogie malaise, j'invitai les chasseurs de chiens, manutentionnaires des Travaux publics, employés des Eaux et autres individus de bas étage à une soirée de célébration. Dans la maison d'à côté l'ingénieur des Ponts australien donnait une fête pour ses mastars d'ouvriers indigènes qui, déchaînés par l'abondance de *samsu,* un alcool de riz noir chinois très riche en plomb, braillaient des chansons en tapant fortissimo sur le mur mitoyen. Mes invités ripostèrent chant pour chant et coup pour coup, jusqu'à ce que Nando Tasca et son fils, qui s'étaient couchés tôt après une trêve inusitée, se réveillent et sortent quasiment nus pour protester contre le vacarme. Le fils est embarqué dans notre soirée, son père dans celle d'à côté. Les deux fêtes s'achèvent simultanément à trois heures du matin, les groupes rivaux armés de bouteilles vides et de couteaux se retrouvent face à face devant les portes contiguës. Des termes mordants comme *chelaka, puteh berlumor, vafnculo, angliche foireux* et *mon poutain dé papa* s'échangent dans la nuit de Brunei. C'est Lynne, dont le sang gallois brûle plus vif que tout autre en Méditerranée ou sur la mer de Chine, qui fait mine de frapper le premier coup. Du moins elle aborde un cantonnier rabougri mais costaud au teint brun de Dayak terrien noirci par le soleil, une bouteille de gin vide à la main. A ce signal les culs de bouteille éclatent sur les murs crépis et on pointe les tessons tranchants.

Le combat n'alla pas plus loin que le premier sang. Il y avait de la lumière chez Azahari dont la demeure, à part les toilettes, offrait tous les conforts modernes, même le téléphone. Il avait appelé la police dès que le bruit des masures avait envahi la rue. C'était un être civilisé qui ne tolérait l'émeute que comme procédé de réforme politique. Les forces de police en Land Rover prirent leur temps pour arriver. Ils avaient à bord la femme ou la maîtresse de l'ingénieur australien, qui se livrait en ville au métier de prostituée. La prostitution était interdite dans cet Etat musulman, dont le nom de rechange islamique (qu'il partage avec Perak), *daru'l-ridzwan,* signifie le Séjour de la Grâce. Plutôt que d'inculper la fille, qui était une primitive innocente, les policiers avaient préféré mobiliser ses services à l'œil dans une cellule vide et la ramener chez elle. Ils relevèrent les noms mais personne ne fut arrêté. Brunei est une prison de fait, encerclée par la mer et la jungle.

Quand notre affaire d'émeute passa au tribunal, recouvert de choka mais dépourvu de murs, toute la ville était présente, les enfants portés à bras. Le magistrat, un Australien qui mâchait du chewing-gum, mena la procédure en anglais. Les témoignages de la police étaient on ne peut plus tendancieux. « Dans une maison passait soirée calme. Dans autre maison faisait gros bruit. Tuan Wilson a beaucoup donné boire hôtel OK. Après ramène invités pour encore boire. » Il y eut un concert de protestations, vite muselées par le marteau du président et la menace de *rotan semambu* ou jonc de Malacca. L'affaire n'eut pas de suite. Le magistrat piqua un peu au hasard un cantonnier et Minggu le chasseur des chiens pour qu'ils se serrent la main et se jurent *perdamaia,* la paix, à perpétuité. Mais Lynne s'était fait une réputation d'enquiquineuse. Les Australiens voyaient en elle une jumelle d'Aneurin Bevan appliquée à semer le désordre. Ils prenaient le large dès qu'elle se pointait dans un bar nommé le Bonhomme de Neige, où on ne trouvait jamais de glace. J'eus droit à une algarade soignée du directeur des personnels coloniaux de Sarawak, qui prit l'avion de Kuching pour me faire ses remontrances. Je crus, non sans espoir, qu'on allait peut-être me rapatrier, mais non, je devrais servir mes trois ans sans remise de peine. Et me tenir comme il faut : nous ne sommes pas en Malaisie.

Le seul avantage de ce chambard c'est qu'on nous transféra dans un bungalow petit mais indépendant doté d'un jardin. Un musulman indien surgi de nulle part, nommé Ahmad, vint offrir ses services comme cuisinier et homme de ménage. Sa grasse épouse, dans les moments où elle ne mangerait pas, remplirait les fonctions de lingère. Comment il avait pu entrer dans l'Etat ce n'était pas très clair, mais les autorités fermaient les yeux sur son statut manifestement illégal : on espérait que nous cesserions Lynne et moi de boire l'estomac vide. Comme pour proclamer à la face du monde notre culte du gin, Ahmad décora artistiquement la pelouse de bouteilles vides de Gordon's, Booth's et Tanqueray. Nous avions une chèvre, amenée par un Iban borgne à coutelas qui, moyennant un dollar des Détroits par jour, nous servait de garde du corps. « *Banyak musoh* », disait-il, beaucoup d'ennemis. Cette chèvre ne donnait pas de lait mais elle tondait la pelouse du fond. D'autres animaux suivirent. Un Sikh renégat très amical avait amassé un zoo privé trop vaste pour lui tout seul : notre bungalow, avec sa cour couverte spacieuse, était parfait comme annexe. Il apporta une jeune hamadryade, longue d'à peine deux mètres, qui s'enroulait autour de Lynne et lui témoignait une grande affection. Quand ses mamours serraient trop fort elle se faisait taper sur la tête et rappeler à l'ordre, « Vilain serpent ». Elle dormait entre nous dans le grand lit, sifflant de plaisir, se levant parfois pour aller manger les crapauds de la salle de bains, qui eux-mêmes étaient là pour manger les insectes. Ensuite nous avons acquis un couple de singes rhésus, mâle et femelle, Mat et Aminah, en costumes malais de cérémonie plutôt crasseux. Ils étaient enchaînés à une barre horizontale. Mat était jaloux de moi, dès que j'arrivais avec les bananes de leur petit déjeuner, il prenait Aminah dans ses bras et pissait à grands flots sur mon pantalon blanc. Une paire de chiens parias, Horatio et Ophélie, vint compléter la ménagerie, ainsi qu'une ribambelle de chats. On mit du grillage derrière les quartiers des domestiques pour y loger des poules et une paire de coqs. On n'allait pas mourir de faim.

La famine avait toujours paru un risque proche, car on ne peut pas vivre éternellement de riz et de bébé requin. Le manque de légumes verts nous donnait la langue blanche et les intestins paresseux. La constipation était le mal le plus répandu chez les expatriés. Un employé tamoul de ma connaissance consacrait le vendredi, son jour de repos, à une sorte de purgation rituelle. Il avalait une pleine bouteille d'huile de ricin et se relevait hâve, blême, le geste lent, pour le travail du samedi, catharsis accomplie de toute évidence. Je passais beaucoup trop de temps stérile aux toilettes. Un jour en entrant j'ai vu un homme entre deux âges installé sur le siège en train d'écrire des poèmes. L'hallucination fut brève mais elle m'inspira un personnage nommé Enderby.

Je passais mes après-midi à écrire. La journée de cours commençait à l'aube et finissait à une heure. Le reste du temps était réservé au sport et à la sieste, c'est-à-dire à la sieste, car les étudiants n'étaient pas fous de sport. Ici pas de Jimmy Howell gallois joueur de rugby pour les fouailler sur le terrain. Il y avait toujours deux chats pour piquer une sieste ou ronflette sur mon bureau des Travaux publics, et toujours un pour chasser de l'arrière-train le chariot de ma machine à écrire. Mon roman s'intitulait *Devil of a State,* Diable d'Etat. J'avais d'abord pensé au titre *Hell of a State,* Etat d'Enfer, mais enfer est un mot fort. Le roman parlait, parle, de Brunei, rebaptisé Naraka, terme arabo-malais qui signifie enfer. Il suffisait de très peu d'invention pour composer une longue liste de personnages invraisemblables et un enchevêtrement d'intrigues. Quoique fini en 1958, le roman ne parut qu'en 1961, année, si ça vaut quelque chose, où il fut sélectionné par la Book Society. Heinemann, mon éditeur, hésitait à le publier : l'ouvrage était peut-être diffamatoire. J'ai dû transporter le cadre de Bornéo en Afrique de l'Est. Heinemann avait raison d'être craintif. La sortie de *The Enemy in the Blanket* début 1958 provoqua immédiatement une plainte pour diffamation.

Dans ce roman, un juriste britannique exerce sur la côte Est de Malaisie sans gagner beaucoup d'argent. Il épouse une riche veuve malaise pour payer ses dettes et se donner l'air extérieur de prospérité qui l'aidera à remettre sur pied sa clientèle malade. Bien que catholique d'éducation il doit se convertir à l'islam, malgré les remontrances du prêtre local, un Français. Le mariage tourne en pur *naraka,* et le juriste cherche à se délivrer en proposant à sa femme de faire ensemble le voyage de La Mecque pour devenir des *hajis.* Il est resté en contact avec un vieux copain de la Royal Air Force qui dirige une petite compagnie aérienne privée à Djeddah. De là il compte prendre un vol pour Suez et s'évader ainsi d'un mariage désastreux et d'une carrière orientale ratée. Nous ne savons pas ce qui lui arrive, mais on nous laisse entendre que l'avion s'écrase et qu'il meurt. Lynne et moi étions en bons termes avec un juriste blanc de Selangor à qui j'ai montré le manuscrit du roman, désireux de savoir s'il trouvait une quelconque ressemblance entre lui et le personnage fictif. Il balaya cette idée en riant. J'aurais dû lui faire mettre noir sur blanc qu'il n'y voyait rien de diffamant, mais je le prenais pour un ami. Quand le roman arriva dans les rares librairies malaises, il s'empressa d'agir. Toutes les radios de l'Asie du Sud-Est diffusèrent l'annonce de sa plainte en diffamation, mais j'en étais déjà avisé par une lettre de Heinemann. J'étais terriblement inquiet. Le plaignant demandait une forte somme grossie, à la mode orientale, par les potins et le sort fait à la nouvelle par les journaux et la radio.

Je voyais mal comment on pourrait m'assigner en justice, moi qui, à en croire l'homme de loi que j'avais consulté, vivais dans un territoire échappant à l'autorité de la haute cour de Singapour, lieu où la plainte avait été enregistrée. Singapour était devenu un territoire indépendant, mais Heinemann qui avait encore une agence là-bas était soumis à la juridiction de ses tribunaux et tenu de répondre à l'accusation par l'intermédiaire d'un avocat de Singapour. J'ai dû fournir à mon éditeur une prière de rejeter la plainte, mais je n'avais pas l'intention d'agir pour mon propre compte. Malheureusement un jour pendant que j'enseignais, le messager du collège est venu m'apporter des papiers que j'ai pris pour des instructions touchant le maintien de la discipline ou une affaire interne quelconque. J'ai signé distraitement et continué mon cours sur l'effondrement de l'Empire britannique. Par la suite j'ai découvert que j'avais accepté mon assignation.

Dans une affaire de diffamation on commence par échanger des papiers, puis l'affaire s'endort d'un sommeil troublé, chez le défendeur, par des rêves atroces d'humiliation et de ruine financière. *The Enemy in the Blanket* fut retiré de la vente, mon avenir littéraire me paraissait sérieusement compromis. J'avais reçu et corrigé les épreuves de *Beds in the East*, et assuré formellement Heinemann que le contenu n'avait rien de diffamatoire. Mais serait-il publié, ce n'était pas sûr. Je m'étais fait sermonner par le Résident britannique et son supérieur de Sarawak sur le thème de l'irresponsabilité; maintenant je recevais des sermons de la même veine du président de Heinemann par courrier aérien. J'avais nourri l'espoir, en essayant de m'affirmer comme romancier, de me libérer des servitudes qui m'oppressaient. Le cadeau d'adieu de la Fédération de Malaisie était investi en actions Imperial Chemicals et British Motor Corporation, mais les dividendes ne seraient jamais de taille à m'assurer une indépendance financière. Nous traversions une mauvaise passe, ce qui nous poussait à boire encore plus.

Lynne cracha une lettre hargneuse, ponctuée de sifflements de sympathie par l'hamadryade, au plaignant que nous avions pris pour un ami, dont l'avocat, un colon blanc de la côte Est qui aurait pu avec une égale injustice intenter une action en diffamation, fut trop heureux de joindre au dossier cette preuve décisive de malveillance préméditée. Les lois sur la diffamation sont dures pour les romanciers. La malveillance peut mettre un atout solide dans la main du plaignant, mais ce n'est rien comparé au poids réel de la plainte – à savoir que nombre de « gens responsables » ont identifié une personne réelle sous les traits d'un personnage fictif haïssable, que cette personne a souffert un grave préjudice moral et professionnel, que seules des excuses et une forte somme d'argent pourront panser sa blessure. Les excuses ne sont pas de mise s'il n'y a pas eu d'intention malveillante ou, comme il arrive souvent, si l'auteur n'a jamais entendu parler de la personne qu'il aurait blessée. Les éditeurs sont un peu trop prompts à accepter sans dicussion la gravitas de la plainte et proposer un règlement à l'amiable. L'ouvrage de l'auteur part au pilon, son travail de création en fumée. Sans qu'il sache jamais, en toute innocence, quand on l'assignera de nouveau pour diffamation. Il ne faut pas s'étonner si certains romanciers se mettent à la fiction historique ou scientifique. Pourtant le passé reconstitué et le futur inventé ne sont pas non plus sans risque. Il y a des « gens responsables » pour témoigner que Lambert Simnel n'est autre que Simnel Lambert, un chirurgien du cerveau réputé, ou que le Goshnorov de Planète X7 est un portrait outrageant de Noshgorov, le preux transfuge soviétique.

Au cours de ce qui était en Europe l'automne 1958, Lynne et moi nous avons pris l'avion avec notre collègue Po Soo Jin pour Kuching, capitale de Sarawak, dans l'espoir d'y savourer une semaine de réconfort. Le véritable objet du voyage pour Soo Jin c'était de soulager ses frustrations sexuelles par un séjour dans une maison longue iban où l'on estimait, avec un instinct exogamique très sûr, que l'injection de semence étrangère était excellente pour la tribu. Soo Jin me persuada de descendre la côte avec lui jusqu'à leur maison commune longue comme la rue, empestant le vieux poisson et la souris fermentée, friandises estimées, où de superbes anciens presque nus nous offrirent de longues rasades d'une calebasse de *tuak* tandis que des filles exquises aux seins dévoilés gloussaient à la perspective d'une longue nuit d'amour avec deux étrangers sans nom, l'un plus jaune que l'autre. L'art de couper les têtes et de les réduire ne faisait plus partie de la culture de ces beaux animistes, mais un très vieil homme continuait à soigner les têtes historiques qui ornaient les murs, avec une préférence marquée pour un spécimen japonais dont il astiquait le pince-nez et enduisait les cheveux d'un onguent fait maison. Les crânes d'ancêtres cliquetaient, transformés en jouets d'enfants ou en pièces détachées d'un genre de xylophone. Après des chants inintelligibles, les lampes à pétrole mouchées entre deux doigts, tout le monde était prêt pour l'amour public et le sommeil. Ce fut une expérience apaisante. L'affaire de diffamation semblait loin. Les Ibans nous ont dit au revoir avec des sourires de gratitude. Nous avions fortifié leur race pour un bout de poisson grillé et une ou deux cuillerées de souris fermentée. Je pense parfois à l'enfant que j'ai peut-être engendré, qui a maintenant trente ans et vit heureux d'amour et de pêche. J'espère avoir donné quelque chose à l'Orient.

Noël vint, et nous de pleurer sur notre corned-beef en rêvant dinde et pudding. Le matin il y eut une petite beuverie chez l'un des fonctionnaires de l'Etat, à laquelle assistaient quelques enfants d'expatriés. On leur donna du concentré d'orange dilué avec de l'eau mise à rafraîchir dans des bouteilles de gin vide, mais ils se plaignaient : « Maman, c'est mauvais. » On leur dit de boire et de se taire. Il se trouve qu'une bouteille pleine de gin s'était mélangée aux vides, les enfants ont été très soûls puis très malades. L'après-midi nous sommes partis en voiture Lynne et moi avec notre ancien voisin, le Blanc dont l'épouse iban était retournée dans sa tribu mettre au monde un bébé, pour nous rendre à Seria, la ville pétrolière, où un bal déguisé était prévu dans la maison de vacances du gouvernement. Nous roulions en Land Rover sur le sable du rivage, car il n'y avait pas encore de route, mais nous nous étions trompés sur les heures de marée. Nous avons fait la course avec les vagues montantes et c'est nous qui avons perdu. Le différentiel était inondé, l'eau montait. Les crocodiles, qui s'étaient adaptés à la vie de plage pour pouvoir se repaître de singes, envisageaient mollement un crawl à travers le *sungai* rejoignant la mer pour venir nous examiner. L'eau nous arrivait à la taille et elle continuait à monter. Lynne, toujours brave, ôta ses vêtements pour nager jusqu'au kampong le plus proche. Vingt hommes ont sorti une corde et nous ont tirés d'affaire. Cette situation s'était déjà produite. Nous avons clopiné dans les broussailles et le rude *rumput* jusqu'à Seria, qui n'était qu'à un ou deux kilomètres. Le bal était déjà commencé. On nous décerna le second prix pour notre costume d'équipage naufragé. Ce n'était vraiment pas une vie.

Conscient que la vie était dure pour les expatriés blancs, le gouvernement de Brunei leur accordait six semaines de congé annuel et un vol aller et retour en première classe. Nous avons pris la Malayan Airways jusqu'à Singapour, puis la Qantas pour Londres. Le trésorier général de l'Etat de Brunei se trouvait à l'hôtel Raffles où nous étions descendus pour notre nuit d'escale, et il me menaça du poing, sans toutefois passer à des actes plus agressifs. Juste avant Noël, Radio Brunei qui était un peu à court de programmes m'avait convié à chanter des chants de Noël sur mes propres accompagnements de piano. J'avais mis des paroles de mon cru sur les airs traditionnels, comme cette chanson, sur la mélodie de *Adeste Fideles* :

Venez, tous les rampants
Psychosycophantes,
Ployez et pliez devant
Le Grand Tré-so-rier.
Versez son pécule
Et léchez-lui le cule.
Venez venez au Yacht Club,
Le plus bath qui vous botte club,
Pour plaire à notre trésor,
Le Tré-so-rier.

Lynne et moi n'étions jamais allés au Yacht Club qui, vu l'absence de yachts, ne s'occupait pas du tout de yachting. Je n'avais pas une grande tendresse pour le grand trésorier général car il présidait la commission du logement qui à mon sens nous avait assez mal traités. J'avais chanté d'autres chants joyeux, dont un dirigé contre ce que j'appelais l'hypocrisie islamique :

Debout Musulmans, encore une belle journée
De gin, whisky, bière Dogshead.
Et panaché cognac.
Grande est la loi, la loi du Prophète –
Vous vous en foutez, aujourd'hui c'est fête.
A peine sept heures de retard pour déjeuner
Et les plats sont froids, mais faut pas s'énerver.

Ça ne fera jamais que dix fois
Que vous divorcez.

J'espérais que ces injures, et d'autres aussi opportunes, finiraient par déplaire. J'espérais même recevoir pendant mon congé une lettre m'informant que mon contrat était terminé et que mes possessions me suivraient dans des caisses par le prochain transport disponible. Mais rien n'arriva. Le Mentri Besar ou Premier ministre de l'Etat, un Malais plein d'humour qui n'avait pas une haute opinion des fonctionnaires importés de Sarawak, trouvait que j'étais le seul homme capable d'apprécier ses hyperboles sarcastiques en ripostant sur le même ton. « Quel excellent homme que le Résident britannique, et comme Madame son épouse est divinement belle. Sa compétence est inimaginable, son charme véritablement dévastateur. » Le Mentri Besar ne souhaitait nullement que je quitte l'Etat. Du moins pas encore.

En arrivant à Leicester, Lynne apprit que son père venait juste de satisfaire une offre qu'il avait mentionnée dans une lettre. Elle émanait d'une veuve du coin, sans éducation mais avec une soif de bière brune inextinguible, et de bonne souche paysanne, comme il disait. Il avait parlé mariage, et voilà qu'une nouvelle Mrs Jones gouvernait la petite maison d'Aylestone. Il n'y avait pas de place pour nous, nous avons donc pris une chambre dans un hôtel privé de Bloomsbury, tenu par une Italienne de Bermondsey qui, malgré l'âge mûr, avait conservé toute sa vitalité sexuelle et son mari suisse croulant. « Comment ça va, mon petit chéli ? » interrogeait-elle, à quoi il répondait d'un aigre : « Che suis bareil. Che chanche bas », ponctué d'un ricanement sinistre. Nous avons fait du West End, avec l'aide de ses bars, un site de bamboche ininterrompue. Nous accumulions les ennuis en perspective.

Beds in the East parut et je parus, pour la première fois, dans un programme radio de la BBC consacré aux livres. On me donna du « Mr Burgess » et je sentis que ma nouvelle identité était fixée. Les critiques étaient pour la plupart dédaigneux – un court roman passablement amusant (prix trente shillings) sur les rogatons de l'Empire (et Dieu que c'est rasoir, l'Empire !), un domaine que Somerset Maugham a fait sien, de sorte qu'il sied mal aux romanciers mineurs de chercher à prendre sa place avec leurs inventions mal torchées, sans doute mal informées – mais un ou deux d'entre eux se souvenaient des premiers romans et eurent des éloges pour l'ensemble de la trilogie. Heinemann ne redoutait apparemment pas de nouvelles poursuites. Il n'y en a pas eu. Pas plus qu'Heinemann ne s'inquiétait sérieusement de la plainte en cours. Les avocats de l'éditeur semblaient deviner quelle en serait l'issue quelques mois plus tard – le rejet de la plainte par le tribunal de Singapour, et l'imputation des frais de justice à la charge du plaignant. Le plaignant, comme je m'y attendais, eut du mal à payer.

Mais cela, au début du printemps anglais 1959, couvait encore dans le futur. A vrai dire tout un futur neuf, et des plus frémissants, couvait dans le futur. Nous sommes repartis vers Singapour et sa chaleur humide de serpillière parfumée à la pisse de chat, pour embarquer sur le vol matinal de Brunei. Notre chauffeur Aziz nous attendait au volant de notre Oldsmobile d'occasion, une démonstration d'efficacité qui nous a fortement ébranlés. Aziz était vaguement apparenté au cuisinier-homme de ménage Ahmad. D'autres parents avaient surgi en notre absence sans être embêtés le moins du monde par les autorités d'immigration, et débordé du quartier domestique dans des tentes plantées comme un camp de concentration sur la pelouse arrière. Ils avaient mangé la chèvre et tué, mais pas mangé, le serpent, par contre il semblait y avoir plus de volaille qu'avant. Le singe rhésus Mat nous accueillit par des flots de miction : lui qui se croyait débarrassé de moi ! La chienne Ophélie avait eu sept petits. Diverses chattes avaient mis bas. Un *kuching hutan* ou chat de la jungle grondait dans notre garage. Il y avait plus qu'assez de bétail, à commencer par nous, pour occuper les domestiques, mais Ahmad quant à lui s'était enfui. Sa grasse épouse avait la larme à l'œil – *« Dia pandai perempuan, tuan »* (c'est un fieffé coureur de jupons) – et partait du principe que je la prendrais pour maîtresse. Quand Ahmad est revenu elle l'a corrigé avec le couvercle de la poubelle.

Tristes temps et triste lieu, mais pourquoi ? Il n'y avait pas de terroristes dans la jungle, l'eau et l'électricité fonctionnaient par à-coups, sans parler des réjouissances en perspective – une visite du duc d'Edimbourg, la cérémonie d'ouverture de la mosquée, une réception somptueuse dans les jardins de l'istana. La tristesse ambiante me semblait inspirée par la conscience d'un manque de créativité, de stimulant, le sentiment d'être gouverné par la médiocrité. Le sultan était un personnage austère et renfermé, un affreusement bon musulman. Nous nous serions sentis moins tristes s'il avait eu des maîtresses chinoises querelleuses ou un bel accident sans victimes dans une de ses innombrables Cadillac. Apparemment conscient d'un malaise chez les expatriés, il les convia tous dans les jardins de l'istana, où on les installa à des tables de bridge devant un jus d'orange tiède. Nous nous demandions, tout en attendant qu'il paraisse, s'il nous réservait une surprise digne d'un prince oriental – un épisode des Mille et une Nuits, couper un lot de têtes, convertir les infirmières et dactylos néo-zélandaises en harem, des cadeaux mirifiques, le supplice de la planche, des voyages de retour en première et des pensions opulentes. Mais il nous fit un discours préparé en malais d'un nébuleux dont j'aurais cru cette langue prosaïque incapable. Le malais écrit emploie des graphèmes comme *maka* et *shahadan*, des termes de ponctuation dépourvus de sens particulier qu'on est censé traiter comme des points de repos pour l'œil et qu'on ne prononce jamais, mais que le sultan énonçait d'un ton solennel, assortis de locutions comme *menunaikan mushilat di-ithbatkan tiada belum nyata* – mettre en œuvre des choix politiques déjà résolus mais pas encore clairement formulés. S'il cherchait à induire une sorte de stupeur lénifiante, il avait, au bout d'une heure de ce galimatias, atteint son but. Nous sommes repartis en rang tout éberlués. Il fallut encore une bonne heure pour que les bars du Bonhomme de Neige et de l'hôtel OK retrouvent leur vacarme, prises de bec et pâmoisons coutumières.

Brunei avait besoin d'excentriques. Mieux, il lui fallait des sacrifices humains d'excentriques. Etant écrivain, je me devais d'être excentrique, et Lynne, étant celte comme Dylan Thomas ou Brendan Behan ou même Oscar Wilde, excentrique sacrificielle. On s'attendait à nous voir faire le ménage des bars en balançant les chaises par la fenêtre ou (loin d'être oubliée, cette vieille histoire tournait au mythe) écraser des verres sur le nez des Australiens. La police de Brunei nous attendait généralement devant le bar à l'heure de la fermeture, et courtoisement, mais l'arme au poing, nous inculpait pour ivresse et désordre sur la voie publique et nous embarquait au poste pour force questions, sermons et avertissements, mais jamais pour une nuit en cabane. Les vraies persécutions policières étaient réservées à nos domestiques, et plus spécialement à notre chauffeur Aziz.

Si Lynne était plus déchaînée que moi, y compris sexuellement, ce qui était périlleux, c'est parce que moi j'éprouvais une sorte de plénitude à écrire mon nouveau roman. Intitulé *The Right to an Answer,* il s'inspirait d'une histoire vraie que Lynne m'avait racontée. Elle avait rencontré à Londres pendant la guerre deux couples mariés qui occupaient leurs week-ends à des essais de libre-échange. Cette distraction apparemment inoffensive se termina par la rupture des deux mariages. Monsieur A s'était épris de Madame B et mis en ménage avec elle. Mais Monsieur B n'est pas tombé amoureux de Madame A. Monsieur B s'est suicidé, geste assez rare en temps de guerre. C'était une histoire on ne peut plus morale, une mise en garde contre les dangers encourus quand on traite le mariage à la légère. Un écrivain comme Ford Madox Ford aurait pu trouver là matière à une nouvelle version de *The Good Soldier;* pour moi c'était presque, pas tout à fait, un matériau comique. J'avais pris comme lieu de l'action une ville sans nom des Midlands du genre de Leicester, installé au Cygne Noir ou Canard Crasseux d'Aylestone le tavernier du Lion Rouge d'Adderbury, et confié à une célébrité des Midlands, William Shakespeare, le soin de dispenser depuis sa tombe des avertissements contre les atteintes à la stabilité matrimoniale. C'était la première fois que je me lançais dans une narration à la première personne, avec un homme d'affaires de mon invention nommé J.W. Denham, qui travaille pour une firme britannique en Orient. De retour chez lui lors d'un congé il observe, avec un dégoût hypocrite, les rites semainiers de galipettes adultères, et assiste à l'horrible désastre qu'ils provoquent. Le livre se voulait aussi une étude sardonique, vue par un étranger, du piteux état de l'Angleterre d'après-guerre – où tout n'est que télévision, fornication, tandis que la génération montante s'adonne au rock et à la violence. Denham, bien que sa vie soit solidement ancrée outre-mer (un Japon que j'ai dû fabriquer à partir de mes lectures, faute de le connaître en réalité), est un Anglais incolore – le narrateur de *The Good Soldier* est un Américain incolore – qui connaît l'Angleterre, mais il me fallait un autre personnage exotique qui arrive en Angleterre sans rien savoir de ses *mores* et se retrouve mêlé innocemment aux désordres conjugaux de l'intrigue principale. Pour cela j'ai inventé un Tamoul de Ceylan nommé Mr Raj. Lui ne s'inspirait de personne; il est sorti de mon inconscient tout armé et, bien malgré moi, il s'est emparé du roman.

Si les trois ouvrages parus et celui accepté à contrecœur étaient en grande partie des manipulations imaginatives d'êtres et d'épisodes de ma propre vie en Extrême-Orient, *The Right to an Answer* était invention presque pure. Etre capable d'inventer constituait pour moi la preuve irréfutable que je ne m'étais pas trompé de vocation. Une vocation tardive mais qui, au premier semestre 1959, avait déjà produit sept romans et une novella – nettement plus qu'E. M. Forster n'en avait fait au cours de ses quatre-vingt-onze ans. Une petite étincelle nichée dans une couche profonde de mon inconscient alimentait ma certitude, pas encore prête à s'affirmer, qu'un jour je pourrais vivre du métier d'écrivain. Cette conviction informulée explique peut-être en partie l'événement crucial qui allait bientôt se produire.

Les ennuis ont débarqué avec le duc d'Edimbourg. J'ai mis un costume tropical et une cravate pour aligner sur la route de l'aérodrome des enfants bruns en beaux costumes du vendredi, tous équipés de fanions britanniques qu'ils agitaient mollement. La plupart d'entre eux acclamèrent le duc au passage de la voiture; les plus sophistiqués criaient « *Merdeka !* » L'après-midi il y avait une réception sur la pelouse de la Résidence britannique, et le duc, mains derrière le dos, passait en souriant de groupe en groupe. Tug Wilson, un cockney employé aux entrepôts qui avait adopté un jeune Bugi (« j'y ai jamais foutu dans le cul, c'est ce qu'y croient tous, ces foutres d'enculés, mais c'est des foutaises »), s'approcha : « Servi sous vos ordres dans la marine, m'yeutenant. Drôlement chouette de vous r'voir, m'yeutenant. Tenez bon, m'yeutenant. » Le duc répondit : « Epatant. Bonne chance, mon vieux. » Il vint ensuite au groupe où je me trouvais avec Lynne. Deux dactylos néo-zélandaises firent la révérence mais Lynne avait la mine sévère. Le duc dit : « Tout va bien ici ? Tout le monde est satisfait ? – Oh oui M'sieur, merci M'sieur », firent les dactylos. Mais Lynne dit : « Foutre non, que tout ne va pas bien. Le logement est indigent, on promet une scolarité correcte aux enfants d'expatriés mais on ne fait rien, et l'administration n'est qu'un ramassis de foutus incapables. » Le Résident britannique et ses adjoints, groupés derrière Son Altesse royale, écoutaient la tirade sans grand plaisir. Le duc habitué au langage vigoureux de la marine sembla apprécier cet accès de truculence dans l'atmosphère melliflue. Il demanda des détails sur l'incompétence administrative, que Lynne se fit un plaisir de lui énumérer. Favoritisme à la commission du logement, persécution policière de l'innocence, pots-de-vin et trafics divers. Le duc alla ensuite cueillir les révérences d'un groupe d'épouses australiennes, suivi par une escorte renfrognée. Un pavé dans la mare ; le rapatriement forcé n'allait pas tarder. Nous sommes rentrés chez nous. J'avais intérêt à finir mon roman en vitesse.

Il n'y eut pas de suite. Le Mentri Besar rayonnait quand je l'ai croisé peu après dans la rue : « Quels gens exquis, vos compatriotes ! Comme ils apprécient l'honnêteté et la franchise ! Dites, je vous prie, mes plus tendres respects à Madame votre épouse. » Avec l'ouverture solennelle de la mosquée qui approchait, l'administration avait assez de choses sur les bras sans y ajouter un commandement d'*exeant*. La réparation de la machine à couper le marbre avait beaucoup traîné, les Tasca, *padre e figlio,* se battaient au lieu d'embellir la mosquée, les partisans d'Azahari endoctrinaient et entraînaient des équipes entières d'ouvriers aux techniques d'intervention en usine. Mais à la longue, pendant une sécheresse où les grenouilles brunes disputaient la propriété des mares aux grenouilles vertes, tout était prêt, les dignitaires d'Etats islamiques frères commençaient à arriver, ainsi que les correspondants des journaux européens en Extrême-Orient, pour la réception vespérale dans les jardins de l'istana, la cérémonie de circoncision des deux plus jeunes princes du sang, et le premier tour de clé dans la serrure du *masjid* le plus cher du monde musulman.

A la réception du sultan, où des boy-scouts ouvraient des bouteilles de Moët et Chandon qui avaient lézardé au soleil tout l'après-midi, Lynne prit une cuite spectaculaire et défia au combat un rajah de passage assez frêle. Elle n'était pas conviée au *sunat* ou *khatan* ou *khitanat,* où deux jeunes braves eurent le *kulup* taillé par le *modin* et blêmirent à mesure que leur sang coulait sur une feuille de banane. Nombre de gens auraient préféré ne pas être invités, les canapés aux crevettes n'ont pas eu beaucoup de succès. Pour l'ouverture de la mosquée, alors que les membres de l'orchestre s'évanouissaient de chaleur en tâchant de jouer « God Save the Queen » sur un rythme de gaillarde endiablée, la sécheresse céda et Allah répandit une pluie généreuse sur la cérémonie. Nous sommes tous repartis au travail.

J'étais en train d'enseigner un matin lorsque s'annonça la fin de ma carrière coloniale. C'était un cours de troisième, sur la Boston Tea Party. Les ventilateurs ne marchaient pas, une femelle cobra rôdait paraît-il dans le couloir à la recherche de ses petits. A la fin du cours je sentis que j'avais pratiquement atteint le bout du rouleau. Les causes de tension s'étaient accumulées – une épouse mécontente, un procès, des Australiens qui me traitaient d'angliche foireux, un foie délabré, une dyspepsie ou dyspnée que les gouttes matinales d'huile Axe ne parvenaient pas à soulager, une très ample dose de frustration pure et simple. J'avais fait tout mon possible ; je ne pouvais pas faire mieux ; que d'autres organismes prennent la relève. Je m'étendis sur le sol de la classe et fermai les yeux.

L'action fut prompte. Le principal, Bradshaw, apparut et fit venir des Malais solides. On me transporta à l'hôpital du coin. Je me sentais beaucoup mieux mais je restai passif : la passivité serait désormais la réponse à tout. On me mit dans une chambre d'officier de première classe à deux lits, avec un vieux Chinois qui n'était manifestement pas un officier de première classe et qui chantonnait en chevrotant comme un *chichak* en chasse. Le docteur blanc qui m'examina, Glyn Griffiths, était comme moi diplômé de Manchester. Il exécuta divers tests avec un plateau neurologique. Prit des clichés aux rayons X de mon crâne. Il n'était pas équipé pour les ponctions lombaires. Il me libéra avec ordre de rentrer en Angleterre, où on savait soigner les maladies tropicales. Il était persuadé que j'avais une maladie tropicale.

Avec une perversité innée, je ne voulais plus qu'on me renvoie dans mes foyers. Si on me rapatriait, concédai-je, que ce soit uniquement pour un examen médical : ensuite je voulais revenir à Brunei. Le geste de m'allonger sur le sol de la classe était un acte de purgation ou de réconciliation ou d'autre chose. Maintenant j'étais remis. Convoqué devant le directeur général de l'Education et son adjoint, comme devant deux prêtres, je voulais bien dire : *« Mea culpa, mea culpa, mea maxima culpa. »* J'ai péché, mais maintenant je vais reprendre le collier du labeur coopératif et constructif pour édifier un meilleur Brunei. Hochements de têtes attristés. Emballez vos livres, me disent-ils : vous ne reviendrez pas. Et moi de me demander si l'administration a trouvé le prétexte qu'ils cherchaient pour me rapatrier. J'imaginais le duc d'Edimbourg au-dessus d'un curry édulcoré disant au Résident Britannique : « Du cran, cette petite, me demande d'où elle sort, Galloise je dirais, à l'oreille. Pas peur des mots. Pas hésité. Franchise dévoyée mais intrépide. Epatant. Prendrez pas de sanctions, d'accord ? » Et voilà que mon effondrement voulu leur donnait l'occasion qu'ils cherchaient. J'explique au directeur général et à son adjoint : « Le Mentri Besar tient à ce que je reste, vous savez. Ça veut dire que le sultan aussi. » Hochements encore plus appuyés. Emballez vos affaires. Mais j'ai refusé. J'ai un roman à terminer avant de partir. Que ceux qui veulent se débarrasser de moi s'occupent des caisses et de l'expédition et des factures impayées.

On n'a pas traîné pour nous réexpédier Lynne et moi. Glyn Griffiths me donna une liasse de petits mots dactylographiés demandant aide et tolérance aux directeurs d'hôtels et de lignes aériennes. Je pouvais avoir une rechute ou un accès d'agressivité délirante. Lynne était censée me servir d'infirmière, mais c'est moi qui ai dû lui prodiguer des soins. Elle s'effondrait à tout bout de champ dans les salons de l'hôtel Raffles. Puis à l'aéroport de Singapour. Au cours du vol, elle se mit en alerte. Il y avait du givre en formation sur le plafond pastel au-dessus de son siège, un incendie semblait se déclarer sous la moquette du pont qu'elle recouvrait. L'hôtesse de l'air a cru d'abord que ses doléances procédaient d'une hallucination caractérisée : elle avait eu droit à un des messages dactylographiés de Glyn Griffiths. Mais le mécanicien a pris la chose plus sérieusement : il a plongé dans les entrailles de l'appareil et remis les choses en ordre. Je conservais mon attitude passive : *che sarebbe sarebbe.* A Colombo il fallut remédier à un incident hydraulique. A Bombay, la poignée du démarreur est restée dans la main du pilote. Pendant la longue traversée jusqu'à Londres, je ne me faisais plus de souci pour moi, je m'en faisais pour Lynne.

Les vieux briscards d'Extrême-Orient affirment que la zone tropicale ne convient pas aux femmes blanches. Elles cessent de manger, se mettent à boire, leur foie est plus petit et réagit plus que celui d'un homme à l'excès d'alcool ou aux carences chroniques de vitamine B. Leur économie génétique se dérègle, elles ont tendance à glisser dans la nymphomanie. Je laisse aux experts en médecine tropicale le soin de confirmer tout cela, ou aux forces de libération féministes de le pulvériser. La carrière de Lynne en Malaisie, surtout à Brunei, est marquée par tous ces paramètres de déclin. Mais au lieu de rester assise chez elle sous le ventilateur à lire *Bhowani Junction* ou *Notre agent à La Havane,* entre deux ordres aboyés à l'intention du *kuki,* elle a abordé les tropiques avec une verve active et périlleuse. Elle s'est fait mordre grièvement par un singe qu'elle voulait étreindre, il a fallu lui faire des injections antirabiques quotidiennes qui ont provoqué un simulacre très convaincant de la maladie elle-même. Elle a fait une chute sur un sol crasseux et suivi un traitement antitétanique. Elle a attrapé la dengue ou fièvre de trois jours, après quoi, généralement dans les bars, elle était souvent prise de frissons que les malveillants prenaient pour du delirium tremens. A Kuala Kangsar, dans le court laps de temps où elle était directrice bénévole d'une immense école privée, les responsabilités et le travail lui ont valu une dépression nerveuse. Et toujours ce sentiment de culpabilité à propos de la mort de sa mère, qu'elle savait irrationnel mais ne parvenait pas à chasser par la réflexion. Et pourtant il y avait quelque chose en elle, comme en moi, qui situait la normalité à hauteur des tropiques, et le lieu de la démence suicidaire dans les zones tempérées. Les peaux blanches avaient un air de maladie, les peaux brunes d'Asie – *hitam manis,* noir tendre – voilà ce que Dieu avait projeté : au jardin d'Eden, Nabi Adam et Siti Hawa étaient noirs ou bruns, et ils échangeaient des *chium-chium* ou *chium 2,* pas des baisers. La culture blanche s'était fondée sur une lutte chronique contre le froid ; la chaleur tropicale représentait la norme. Je ne me croyais pas malade, mais je pressentais les réels traumatismes que causeraient les gestes de réajustement à l'Angleterre, où les *laba-laba* ne sont que des araignées et les *kelip-kelip* ou lucioles n'existent pas. Si l'Orient nous a détruits, ce n'est, me disais-je, en aucun des sens qu'un médecin britannique blafard traitant la grippe de gens blafards peut comprendre. Mais on allait me prouver que je me trompais.

Nous nous sommes installés dans une chambre de Bernard Street, Bloomsbury, à l'hôtel privé tenu par la dame italienne de Bermondsey. J'avais reçu l'ordre de me présenter à Sir Alexander Abercrombie au pavillon des maladies tropicales avec l'enveloppe contenant les rayons X de ma tête et, j'imagine, une lettre confidentielle de Glyn Griffiths. L'enveloppe était scellée à la cire rouge, mais Lynne l'a ouverte. Elle n'a pas voulu me montrer la lettre mais m'en a lu tout haut un morceau, assorti d'un « Quel salaud ! », car il avait l'impertinence d'écrire : « Sa femme est une alcoolique chronique. » Quelle maladie on soupçonnait chez moi, Lynne n'a pas voulu me le dire. Je retardai le moment d'aller au rapport, et nous avons passé quatre jours à boire dans le Soho du mois d'août que les poètes, sinon la bande de Pirelli, avaient quitté depuis longtemps. Julian Maclaren-Ross n'était plus là ; Dylan Thomas était mort à New York ; George Orwell avait succombé à la tuberculose. Lynne et moi pensions, peut-être à tort, que le gouvernement britannique était responsable de ces deux morts – les contributions directes en faisant main basse sur l'argent que Dylan avait mis de côté pour les frais de scolarité de son fils Llewelyn, le renvoi de Llewelyn, le câble amer de Caitlin à New York, la cuite terminale de Dylan ; le gouvernement en refusant d'assouplir les règles du contrôle des changes pour permettre à Orwell d'entrer dans un sanatorium suisse. Nous étions tout disposés à haïr le gouvernement britannique : nous avions vu à l'œuvre ses représentants coloniaux, de quoi être dégoûtés. J'ai donc retardé le moment de contacter le médecin adoubé qui mettrait en route le diagnostic et le pronostic de ma maladie. Mon sentiment à moi, c'est que je n'avais pas de maladie.

Quand je me présentai enfin au pavillon des maladies tropicales, j'ai eu droit à une semonce : je suis encore en fonction, encore aux ordres. Mais je suis le seul fonctionnaire colonial sur les rangs. Les autres patients sont des hommes d'affaires qui ont été mordus par des poissons ou des insectes bizarres au cours de leurs campagnes pour promouvoir les exportations britanniques ; un pianiste concertiste a ramené un ver solitaire gigantesque du Brésil ; un maigrelet qui n'a jamais dépassé Bognor Regis se tortille dans son lit avec une fièvre des Caraïbes. Mes selles sont délicatement prises avec des pincettes par une dame en blanc fort élégante et placées sous un microscope. On me fait une ponction lombaire et c'est un fluide cérébro-spinal pur comme le gin qui part à l'analyse. Puis on me dit de prendre un taxi pour l'Institut neurologique de Bloomsbury. Notre crèche était bien choisie : Bernard Street est juste au coin.

Je me retrouve dans une salle immense peuplée de cas neurologiques. L'homme du lit voisin a le visage figé dans un rictus du style *homme qui rit**. « On va vous redresser ça en vitesse », dit son médecin, pour qui le visage n'est qu'un membre comme un autre. Il y a des vieillards atteints de paralysie agitante. Le patient du lit d'en face alimente les tentacules d'une pieuvre mécanique. Il dit à l'infirmière de garde, « Soir, garde », mais elle ne réagit pas. « Vous foutrait des boutons, ptain, jamais bonjour bonsoir baisemoncul rien. » Ce n'est pas une salle d'officiers de première classe. Le docteur Roger Bannister, célèbre pour avoir couru le mile en une minute, vient vers moi avec un plateau neurologique. C'est un procédé pour tester mes réactions olfactives. Je sens la menthe et je dis que c'est de la menthe, le citron c'est du citron, le légume pourri est ce qu'il est. On palpe superficiellement mon intelligence. Définissez « spirale ». Quelle est la différence entre « gai » et « mélancolique » ? A l'époque il y avait effectivement une différence. « Gai », dis-je, est d'origine française, « mélancolie » vient du grec. C'est une réponse d'obsédé des mots qui risque d'être jugée fausse. Otez 7 de 367 et continuez la soustraction jusqu'à épuisement. L'homme à la pieuvre a entendu, il est plus rapide que moi : « 360 – 353 – 346 – 339 » (tout cela avec un *f* thétatismal, *trois fent foifante*). « Fafile, quand on joue aux fléchettes, pas vrai ? » On me pompe encore un peu de moelle épinière. Je demande pourquoi. Le Dr Bannister me dit que c'est pour vérifier la teneur en protéines.

Le lendemain, drapé dans mon trois-quarts chinois, un festival de dragons, je suis invité à me traîner jusqu'au service d'encéphalographie pour voir mes ondes cérébrales défiler en hautes vagues sur un écran. L'après-midi je m'habille en douce et je sors. Comme je m'y attendais, Lynne est dans un pub ou émerge d'un autre, parce que c'est l'heure de fermeture. En face du pub de Coram Street il y avait un alcooclub illégal tenu par deux vrais jumeaux juifs, Ralph et Leo. Ils se relayaient pour les convocations au commissariat et les séjours en cabane. C'est là que j'ai rencontré le gang des bouilloires, qui vendaient des bouilloires ou des montres en toc aux ouvriers des chantiers de construction. « Ritourne vite à l'horpital, me dit Ralph, sinon Roger va te couri si le dos en souliers à pointes. » Ce fut le premier jour d'un mode de vie insolite. Le matin je me soumettais à des tortures diverses ; l'après-midi je me soûlais ; le soir je réintégrais mon lit d'hôpital. J'ai pensé prendre la fuite mais où pouvais-je, pouvions-nous, fuir ? J'ai reçu un contrat pour *The Right to an Answer*. J'ai reçu une lettre des agents de la Couronne chargés des Colonies m'annonçant que mon contrat était terminé, et que mes frais médicaux et autres dépenses étaient pris en charge par le sultan de Brunei. Une note du pavillon des maladies tropicales disant que je ne devais sous aucun prétexte retourner en Asie du Sud-Est. Une lettre du Mentri Besar de Brunei me proposant un nouveau contrat aux conditions de l'Etat, et non plus du dispositif colonial moribond. Po Soo Jin m'écrivait pour me dire que l'épicier chinois à qui je devais de l'argent s'était payé en s'appropriant mon Oldsmobile, mais que des Malais et des Ibans avaient poussé la voiture dans le fleuve Brunei. Le cuisinier-homme de ménage Ahmad m'adressait une longue plainte en mauvais malais étalée sur trois aérogrammes, comme trois volumes : je l'avais abandonné cruellement, qu'est-ce qu'il allait devenir, avec sa femme affamée et tous ses parents ? Je lui envoyai cent dollars et lui dis de garder les poulets.

Les tortures quotidiennes étaient destinées, je m'en rendais compte, à repérer ce qui clochait dans mon système nerveux central. « Rien qui cloche, disais-je avec assurance, sauf le talent. » Eux me filent des colorants dans la carotide, me tirent le portrait aux rayons X. Me mettent tête en bas et me pompent de l'air plein le cerveau. Continuent à me traire de mon fluide cérébro-spinal, et je sens mes vertèbres qui s'effondrent comme un château de cartes. Je commence peu à peu à comprendre quel mal ils suspectent. Est-ce qu'il m'arrive d'avoir des illusions olfactives ? Dans les moments de tension, est-ce que je sens comme une odeur de crayon fraîchement taillé ? Je me souviens que Gershwin a senti une odeur de ce genre un jour devant son clavier, et qu'il est mort peu après d'une tumeur au cerveau.

L'été devient l'automne. On me transfère dans un autre service où je n'ai que des tâches à accomplir, plus de palpages à supporter. Je sors à l'aube acheter des exemplaires du *Daily Mirror* pour mes compagnons de salle, et le *Times* pour moi-même. Emeutes à Singapour. Levées de parangs et de kriss à Kuala Lumpur. Je composais une passacaille interminable pour le pianiste au ténia brésilien quand j'apprends qu'il est mort. J'ai écrit un sonnet :

Auguste en majesté trônait sur sa guinée,
    Soleil mal esquissé à la lumière filtrée,
    Dardant ses rais-piliers : l'art classique abhorrait
L'arche et l'arc. Mots ou sang, tout ce qui circulait
Exigeait des tuyaux, car c'est droit, un tuyau.
    Les pains étaient des dons de Cérès au rire tendre,
    Quand Thyrsis était Jacques. Caruso en radeau
Cherchait l'île Raison de Jeanjacques, las d'attendre.
Mais le soleil, s'estimant négligé, se vengea,
    Fit fondre les colonnes en larmes et les chargea
De mille ombres gothiques où vint s'asseoir en hâte
    La déesse. A la fin c'est la raison, machine
Accordée à tout être par le technocrate,
    Qui trancha la logique et se fit guillotine.

Un de mes médecins l'a lu avec des hochements de tête lugubres. Peut-être que pour lui c'étaient des inepties rimées du genre de celles que j'avais vues à l'asile de Winwick. Cela signifie, lui dis-je, que les graines du romantisme sont en germe dans son contraire, le classicisme. Il n'a pas compris. « Quelle est, lui demandai-je, ma situation ? Ça fait un bon moment que je suis ici et on ne me dit rien.

— Votre situation, c'est que vous avez un excès de protéines dans la moelle épinière. Les derniers tests (quels derniers tests ? Il n'y a pas eu de derniers tests, sauf peut-être pendant mon sommeil) montrent que le taux de protéines baisse régulièrement. Nous sommes presque revenus à la normale. (Mais qu'est-ce qui est normal ? Les ponctions lombaires ne font pas partie des visites médicales orthodoxes.) On dirait que vous avez souffert d'une forme de détresse psychologique (ici un coup d'œil encore plus lugubre sur mon sonnet, sur ma passacaille interminable) qu'un peu de repos et une vie normale sous un climat tempéré guériront sans doute. Vous serez bientôt libre. »

Libre d'aller grossir les rangs des sans-emploi. Le neurologue semblait avoir autre chose qui lui trottait dans la tête (l'art comme une forme de démence ? Ne vous mêlez pas d'art ?) mais, à moi, il n'en dit pas plus. C'est à ma femme, ai-je découvert, qu'il avait dit quelque chose d'assez grave. J'ai bouclé mon sac, enfilé mes vêtements, et dormi cette nuit-là avec Lynne dans un grand lit. En m'éveillant au milieu de la nuit je l'ai entendue qui pleurait. Je ne lui ai pas demandé pourquoi ; elle pleurait beaucoup ces dernières années. Le lendemain matin nous avons pris une carte du sud de l'Angleterre et planté une épingle au hasard. L'épingle nous a dit d'aller à Hove. Nous sommes partis pour Hove et ses tempêtes d'automne. L'endroit ne m'a pas emballé. C'était bourré de centenaires qui étaient venus là pour mourir. En remontant un peu la côte on arrivait à Brighton, dont Graham Greene a fait un lieu terrifiant peuplé de gangs au rasoir. Mais quoi, il fallait bien nous reposer quelque part en attendant d'organiser notre avenir. Nous avons trouvé un appartement meublé que nous avons rempli de gin et de vin blanc bon marché. J'ai acheté une machine à écrire. J'allais voir si je pouvais gagner un peu d'argent en écrivant des articles et des nouvelles.

J'ai écrit une nouvelle inspirée d'une aventure de Ralph ou Leo – les jumeaux étaient interchangeables. Ralph ou Leo travaillait alors comme serveur sur les wagons-restaurants de la British Railways. Un jour de Noël où il avait servi un excellent dîner, très apprécié par la clientèle, il s'étonna avec ses camarades serveurs que personne n'ait laissé de pourboire. On découvrit qu'un voyageur à la voix patricienne onctueuse s'était levé pendant que les garçons allaient chercher le café à la cuisine et avait déclaré : « Vous conviendrez certainement avec moi que nous avons fait un repas superbe et qu'en ce jour de fête, le cuisinier et les garçons méritent un peu plus que les maigres rétributions auxquelles ils sont habitués. Je vous suggère de donner une livre par personne. Je vais faire la collecte et leur apporter l'argent de votre part à la cuisine avec vos compliments et vos meilleurs vœux de Noël. » Puis il était descendu, poches enflées, à l'arrêt suivant. Mon histoire, intitulée « Le Grand Mystère du train de Noël », était écrite en cockney, avec force thunes et picaillons. Elle parut dans un journal nommé *Argosy*, qui a disparu depuis, tout comme la thune. A Noël j'ai reçu une lettre de Heinemann disant que le tribunal de Singapour avait rejeté la plainte en diffamation, mais que les éditeurs français qui avaient acheté les droits de *Time for a Tiger* y renonçaient car ils ne croyaient pas beaucoup à mon avenir d'écrivain.

Cette fermeture brutale de ma porte sur l'Europe me déprima. Quant à Lynne, pour qui l'annonce de cette fermeture avait des répercussions beaucoup plus amples, je sentais qu'elle savait quelque chose qu'elle ne voulait pas dévoiler. Après Noël 1959 elle a déverrouillé la petite porte. C'était un soulagement pour elle : les femmes n'aiment pas garder un secret. Elle m'avoua : « Ce qu'ils m'ont dit à l'hôpital c'est que tu as une tumeur du cerveau inopérable. Glyn Griffiths, ce salaud, s'en doutait.

— Inopérable ? Tumeur ? Mais je me sens très bien. L'air de la mer me réussit. A toi aussi.

— Que tu te sentes bien, ils disent que ça n'a rien à voir. Ils te donnent au maximum un an à vivre.

— Ça ne tient pas debout.

— C'est ce qu'ils disent. Ils ont l'air d'en savoir long sur la question.

— Je n'en crois pas un mot, c'est impossible.

— C'est ce qu'ils disent.

— Ils l'ont mis par écrit ?

— Non. Mais ils l'ont dit haut et clair. Enfin, pas vraiment. Plutôt marmonné.

— Et il faut que tu te prépares à une vie de veuvage.

— Ça en a tout l'air.

— Tu vas avoir besoin d'argent. » Je ne croyais pas vraiment ce pronostic. La mort, comme la quintessence de l'altérité, c'est pour les autres. Mais si le pronostic était correct, on venait de m'offrir quelque chose que je n'avais jamais eu auparavant : une année entière à vivre. Je ne risquais pas de me faire écraser par un bus demain, ni poignarder sur le champ de course de Brighton. Je ne m'étranglerais pas sur un os. Si je tombais dans la mer glacée je ne me noierais pas. J'avais une année entière, c'est beaucoup de temps. Pendant cette année, il fallait que je gagne de quoi pour ma future veuve. Personne ne voudrait m'employer (« Combien de temps pensez-vous rester chez nous ? – Un an. Vous comprenez, je vais mourir à la fin de l'année. – Ça ne peut pas vous mener loin, mon vieux »). Je n'avais plus qu'à me convertir en écrivain professionnel. Du travail de nuit en perspective, pour la nuit où Dieu et petit Wilson, désormais Burgess, se trouveront face à face, si l'un et l'autre existent. Avec un soupir j'ai mis du papier dans la machine. « Je ferais mieux de m'y mettre », ai-je dit.

Et je l'ai fait.

PETIT INDEX DES RELATIONS PERSONNELLES, LITTÉRAIRES, MUSICALES ET POLITIQUES D'ANTHONY BURGESS

ALEXANDER, Samuel — philosophe australien enseignant à l'université de Manchester, auteur de *Space, Time and Deity*, et *Beauty and Other Forms of Value*

ALLADAD KHAN — caporal pendjabi, adjoint de Dunkeley, amant de Lynne en Malaisie.

ANDREA, Mère — première maîtresse de Burgess, à l'école primaire Bishop Bilborrow.

ANDREW, Frère — Gordon Baldwin, professeur de littérature à Saint-François-Xavier.

ARBUCKLE, Roscoe — « Fatty », acteur comique du cinéma américain.

AUDEN, W.H. — Poète anglais ayant pris la nationalité américaine, auteur notamment de *Paid on Both Sides* publié par Eliot dans *The Criterion, The Ascent of F6, Look, Stranger !, New Year Letter*, et pièces avec Isherwood, dont *The Dog in the Skin*.

AUGUSTIN, saint — Numide converti au christianisme au IVᵉ siècle, évêque d'Hippone, auteur de *Confessions*.

AUSTEN, Jane — romancière du XIXᵉ, à qui l'on doit *Pride and Prejudice, Sense and Sensibility*.

AZAHARI — voisin malais de Burgess à Brunei, dont il projette de devenir dictateur.

BACH, Johann Sebastian — musicien à la cour de Weimar, sommet de la musique religieuse composée pour l'Eglise protestante, surnommé le cinquième évangéliste, « Schafe können sicher weiden » dans la cantate profane *Was Mir Behagt*, BWV 208.

BALCHIN, Nigel — né en 1908, auteur de romans situés dans les milieux scientifiques et industriels, *Lord, I Was Afraid*.

BALDWIN, Stanley — député conservateur, Premier ministre entre les deux guerres, démissionna en 1937 à la suite du mariage et de l'abdication d'Edouard VIII.

BATE, Reginald — ami de faculté, originaire du Shropshire.

BAUDELAIRE, Charles — auteur des *Fleurs du mal* (1857) que Burgess emporte à son premier voyage en France, défenseur de Delacroix, Poe, De Quincey, Wagner.

BEAVERBROOK, Lord — magnat de la presse, devenu propriétaire du *Daily Express* vers 1920.

Bennett, Mr, Mrs, Miss, Mary — personnages de Jane Austen, dans *Pride and Prejudice*.

Beowulf — grand poème épique en vieil anglais, composé vers le VIIIᵉ siècle.

BETJEMAN, John — poète très populaire, nommé Poet Laureate en 1972.

BEVAN, Aneurin — du parti travailliste, ministre du gouvernement Attlee après guerre, leader de la gauche.

BEVERIDGE, Lord — économiste, auteur d'un plan de réformes sociales pendant la Seconde Guerre.

Bhowani Junction — roman de John Maskers qui fit un succès au cinéma dans les années cinquante.

Big Brother — Etre suprême de la société totalitaire décrite par George Orwell, dans son roman *1984*.

BIRD BISHOP, Isabella — missionnaire intrépide du XIXᵉ, écrivain, plusieurs années de voyages et missions médicales en Asie.

BIRKENHEAD, Lord — Frederick E. Smith, conservateur, Lord Chancellor en 1919.

BLACK, Ian Stuart — étudiant poète, université de Manchester.

Blackpool, Stephen — personnage de Dickens, *Hard Times*.

BLAKE, William — poète et peintre visionnaire du XIXᵉ, *Songs of Innocence, Songs of Experience*, illustrateur de la Bible et de la *Divine Comédie*.

Bloom, Leopold — personnage de Joyce, dans *Ulysses.*

Bloom, Molly — sa femme, fille de Brian Tweedy, dans *Ulysses.*

BORGES, Jorge Luis — essayiste et poète argentin, *Fictions* (1941), *L'Aleph* (1945).

BOSWELL, James — écossais, disciple et ami du Dr Johnson dont il a écrit la biographie, *The Life of Samuel Johnson* (1791).

Bottom — le tisserand métamorphosé en âne de *A Midsummer Night's Dream.*

BOTTOMLEY, Horatio — journaliste, financier, politicien, 1860-1933, fondateur de l'hebdomadaire *John Bull,* prison pour fraude, mort pauvre.

BRADBURY, Ray — auteur de nouvelles de science-fiction, *Silver Locusts.*

BRADLEY, A.C. — critique shakespearien très influent auquel s'est opposé de façon radicale le courant L.C. Knights.

BRECHT, Bertolt — poète et dramaturge allemand, émigré aux U.S.A. sous le nazisme, fondateur du Berliner Ensemble, *Die Dreigroschenoper, Mahagonny, Lehrstüch.*

BRIAN, Bill — trompettiste de la 54e division, retrouvé à Gibraltar.

BROMLEY, Ann — tante Annie de Burgess, sœur de sa mère.

BROMLEY, Elsie et Betty — ses cousines, filles d'Ann Bromley.

BROOK, G.L. — germaniste, professeur de philologie à l'université de Manchester.

BROOKE — famille anglaise installée au XIXe à Bornéo où elle devint très puissante ; le vicomte Esher, le « Rajah Blanc » de Sarawak ; la Maharanee sœur de Dorothy Brett, l'amie de D.H. Lawrence ; leur fille Pearl épouse de Harry Roy.

BROOKE, Rupert — poète incarnant l'élite de la jeunesse anglaise, un des fondateurs de la Marlowe Society, officier de la Royal Navy, mort de fièvre en 1915 pendant la traversée vers Gallipoli, *1914 and Other Poems.*

BROWN, Michael — camarade de classe de Burgess, futur *curé**.

BROWNING, Robert — poète prestigieux, 1812-1889, marié à Elizabeth Barrett, a vécu en Italie, *The Ring and the Book.*

BROWNWELL, Sonia — amie de Lynne, assistante de Connolly, future épouse de George Orwell.

BURGESS, Elizabeth — « Beautiful Belle Burgess », mère de Burgess.

BURGESS, James — ami de Saint-François-Xavier, sans lien de parenté avec Burgess.

BURTON, Robert — *The Anatomy of Melancholy* (1621), traité de psychologie encyclopédique.

BUTLER, Samuel — écrivain du XIXe, *Erewhon, The Way of All Flesh,* romans où il débat avec le darwinisme.

BYRD William — compositeur de la Renaissance, catholique, protégé d'Elisabeth Ire.

BYRNE, Jim — frère de Maggie, père d'Irene fiancée au fasciste Corradi.

BYRNE, Maggie — belle-mère de Burgess, veuve de Dan Dwyer, propriétaire du Golden Eagle.

BYRON, Lord — poète romantique écossais banni de la bonne société anglaise, échos de ses voyages dans *Don Juan* (1819-1824) où il utilise avec génie et humour l'*ottava rima* des maîtres italiens.

CAEDMON — vacher illettré du monastère de Whitby, auteur d'après Bède le Vénérable de *Caedmon's Hymn,* le premier poème anglais, composé au VIIe siècle.

CAJETAN — Jacques de Vio, né à Gaète (1470-1534) chargé d'obtenir la rétractation de Luther à la diète d'Augsbourg.

CALLAGHAN, Michael — camarade musicien de Saint-François-Xavier, futur enseignant et chef de chœur.

CAMPION, saint Edmund — jésuite anglais, arrêté et exécuté en 1581.

CAMPION, Thomas — poète, musicien, médecin, 1567-1620, *Books of Airs,* traducteur de Catulle, tente d'acclimater en anglais la scansion latine.

CANTOR, Eddie — comédien et chanteur américain des années trente.

CARTER, Eddie — ami d'enfance.

Cæsar and Cleopatra — pièce de G.B. Shaw, dont est tiré le film avec Vivien Leigh et Claude Rains.

CERVANTES, Miguel de — *Don Quijote* (1605), lu par Burgess quatre fois dont une en espagnol.

CHAMBERLAIN, Austen — un des chefs du parti conservateur, ministre de Baldwin entre les deux guerres, prix Nobel de la Paix en 1925.

CHAMBERLAIN, Neville — chancelier de l'Echiquier pendant la crise de 1929, Premier ministre après Baldwin, signataire des accords de Munich.

CHARLTON, H.B. — enseignant à l'université de Manchester, spécialiste shakespearien de l'ancienne école.

La Chouette et le Rossignol — The Owl and the Nightingale, poème anonyme du XIIIe siècle en moyen-anglais, débat entre deux oiseaux.

CHURCHILL, Sir Winston — correspondant de guerre, député conservateur puis parti libéral, auteur de *The World Crisis* entre deux postes ministériels, Premier ministre d'un gouvernement de coalition pendant la guerre (1940-1945).

CLANCY, Père — confesseur à l'église du Saint-Nom.

CLAYTON, Miss — « Claire Téton », institutrice des grands à Bishop Bilsborrow.

COHEN, Louis — coiffeur, voisin de Princess Road, Manchester.

COLERIDGE, Samuel T. — poète romantique marqué par la philosophie allemande qui lui inspire ses théories sur « fancy » et « imagination », *Biographia Literaria, The Rime of the Ancient Mariner* (1798).

CONKLIN, Chester — acteur comique de cinéma.

CONNOLLY, Cyril — fondateur de la revue *Horizon,* auteur de *The Rock Pool, The Unquiet Grave.*

Concerto de Varsovie — Warsaw Concerto, du compositeur britannique Richard Addinsell, pour le film *Dangerous Moonlight* (1941).

COOKE, Alistair — journaliste du *Guardian,* originaire de Manchester, émission hebdomadaire à la BBC, *Letter from America,* depuis les années quarante.

CORNTHWAITE, Phyllis — premier péché de Burgess, fille à gages chez ses parents.

CORRADI, Adolf — camarade de classe fasciste à Saint-François-Xavier, épousera Irene Byrne.

COWARD, Noel — auteur dramatique de l'entre-deux-guerres, *Fumed Oak, Operette.*

Cratchit, Bob — le clerc de Scrooge dans *A Christmas Carol* de Dickens.

CRIPPS, Richard — ministre du gouvernement Attlee, aile gauche, champion de la politique d'austérité.

CRISPIN, Edmund — auteur de romans policiers, pseudonyme de Bruce Montgomery.

CROCE Benedetto — philosophe italien, historien et sénateur.

CROMPTON Richmal — série des *Williams,* livres pour garçons, William héros de l'école.

CRUMP, adjudant — adjoint du commandant Meldrum à Gibraltar.

CURRY, A.C. — ami littéraire de Burgess, articles pour le journal de G.K. Chesterton et *Punch.*

DANTE ALIGHIERI — *La Divina Commedia* (c. 1307-1321) lu en italien par Burgess à Gibraltar.

Darcy, Mr — personnage de Jane Austen, *Pride and Prejudice.*

DAY, Harvey — collègue de Burgess au centre de formation pédagogique du Mid-West.

DAY LEWIS, Cecil — poète, auteur de romans policiers et traducteur de Virgile, l'un des Terrible Three avec Auden et Spender, s'éloigne de ses vues marxistes à mesure que la Seconde Guerre approche, *Poems in Wartime* (1940).

DEBUSSY, Claude — fervent de Wagner et Schumann, critique musical, *Monsieur Croche et autres écrits,* compositeur de *Minstrels, Children's Corner, Prélude à l'après-midi d'un faune* (1912) d'après le poème de Mallarmé.

Dedalus, Stephen — personnage de Joyce, *Portrait of the Artist as a Young Man, Ulysses.*

DELIUS, Frederick — compositeur anglais d'origine allemande (1862-1934), très influencé par Grieg et Debussy, a écrit la musique de *Hassan or the Golden Journey to Samarkand* de Flecker.

DEVER, L.W. — professeur d'histoire et ami de Burgess à Saint-François-Xavier.

DEWHURST, Oswald — camarade de terminale.

Dick Whittington — pantomime tirée d'un vieux conte populaire anglais.

DICKENS, Charles — journaliste et romancier de la société britannique, inventeur de nombreux personnages impérissables, *The Pickwick Papers* (1836), *A Christmas Carol, Hard Times* (1854).

DOLMETSCH, Arnold — musicien américain, ami d'Ezra Pound, a œuvré avec sa famille pour remettre en vigueur la musique ancienne et l'usage des instruments anciens.

DONAT, Robert — acteur de cinéma, *The Thirty-Nine Steps.*

DONNE John — poète métaphysique et théologien d'origine irlandaise, 1573-1631, doyen de Saint-Paul, auteur de sermons, poèmes religieux et profanes, « In Temples made of specular stone that was transparent as glass or crystal », *Sermons* IV, 72.

DOUGHTY, Charles M. — voyageur victorien, auteur de *Travels in Arabia Deserta,* réédité en 1921 avec une préface de Lawrence d'Arabie.

DOUGLAS, Lord Alfred — « Bosie », 1870-1945, amant d'Oscar Wilde, traducteur de *Salomé,* auteur de poèmes et critique hostile à la modernité.

DOUGLAS, James — critique littéraire du *Sunday Express.*

DOWD — camarade de Saint-François-Xavier, fasciste, protégé de Frère Sebastian.

DOYLE, Arthur Conan — écossais, inventeur de Sherlock Holmes, romans historiques dans la lignée de Walter Scott et romans d'aventure, *The Lost World* (1912).

Driffield, Rosie — personnage de Somerset Maugham, dans *Cakes and Ale.*

DRYDEN, John — auteur dramatique du XVIIIe, réadaptateur de Shakespeare, puritain, anglican, puis catholique, chantre officiel de la Restauration, écrit *Annus Mirabilis* en 1667, et en 1681 *Absalom and Achitophel,* une satire politique.

DUNKELEY, Donald D. — dit Gratte-Ciel, lieutenant de police à Kuala Kangsar.

DUNNE, Bernard — camarade de Saint-François-Xavier, entré dans la police, puis dans les ordres.

DWYER, Agnes et Madge — filles du premier mariage de sa belle-mère, Maggie.

DWYER, George et Dan — branche australienne de la famille.

DWYER, George Patrick — archevêque de Birmingham.

DWYER, Jack et Ima — volaillers-marchands de légumes.

Earwicker, Humphrey Chimpden — HCE, personnage de Joyce dans *Finnegans Wake.*

ELGAR, Sir Edward — compositeur, 1857-1934, musicien officiel de la Cour sous Edouard VII, *Pump and Circumstance, Symphony n° 1,* et *The Dream of Gerontius* sur un poème du cardinal Newman, le drame du chrétien devant la mort.

ELIOT, T.S. — poète américain ayant pris la nationalité anglaise, lecteur chez Faber and Faber d'où il règnait sur la littérature britannique, *Four Quartets, The Waste Land, Murder in the Cathedral, The Cocktail Party, Journey of the Magi, Mr Eliot's Sunday Service, Sweeney Agonistes, Collected Essays.*

ELLINGTON, Edward K. — « Duke », né en 1899, pianiste, chef d'orchestre et compositeur de jazz.

ELLIOTT, Bill — lieutenant de la section Loisirs, 54e division.

EMPSON, Dr — médecin militaire qui veut circoncire Burgess.

EMPSON, William — universitaire, poète, *Seven Types of Ambiguity.*

ENRIGHT, D.J. — poète et critique, a vécu longtemps au Japon.

EVANS, Rhys — ancien amant gallois de Lynne.

Faust — personnage de Marlowe, Goethe, Schumann, Berlioz, Gounod, Busoni, Enright...

La femme de Bath — personnage des *Canterbury Tales* de Chaucer.

La Fille des montagnes — opérette de Fraser-Simpson, *The Maid of the Mountains.*

FINNEGAN, Mary Ann — grand-mère paternelle, irlandaise, de Burgess.

FIRBANK Ronald — romancier, 1886-1926, compositions baroques sur fond d'érotisme.

FISHER, H.A.L. — historien.

FITZGERALD, F. Scott — romancier américain de la « Lost Generation », *This Side of Paradise* (1920), titre emprunté à Rupert Brooke, sur la jeunesse d'après-guerre, *Great Gatsby, Tender is the Night* (1934) sur la mort d'un couple.

FITZJAMES, Père — confesseur au Saint-Nom, amateur de courses.

FLAUBERT Gustave — *Un cœur simple* (1877).

FLECKER, James Elroy — poète et auteur dramatique, 1884-1915, *Hassan.*

FORD, Ford Madox — né Ford Hermann Hueffer, petit-fils du peintre Madox Brown, ami et collaborateur de Conrad, fondateur de *The English Review* (1908) où il a publié des poèmes de D.H. Lawrence ; romancier, *The Good Soldier* (1915).

FOREMAN, Harold — camarade de seconde à Saint-François-Xavier, de famille juive.

FOREMAN, Rebecca — sa sœur, dont Burgess est légèrement épris.

FORMBY, George — comiques du Nord, le père au music-hall, le fils au cinéma.

FRAYLISH, Billy — Wilhelm Froelich, apparenté aux Dwyer.

FRANKAU, Ronald — comique radio, modèle d'un personnage de Burgess, *The Powers of Darkness.*

GALSWORTHY, John — romancier, *The Forsythe Saga,* très apprécié par les professeurs de Burgess.

GARDNER, Dame Helen — critique éminente, spécialiste de T.S. Eliot.

GANT, Roland — lecteur aux éditions Heinemann.

GAUNT, Denis Crowther — ami de faculté, originaire de Warrington.

Gauvain — *Sir Gawain and the Green Knight,* poème médiéval traduit en anglais moderne par J.R. Tolkien.

GODWIN, Lance — rédacteur de *The Serpent,* auteur de poèmes, sous le pseudonyme de Walter Blent.

GOLDING, Louis — romancier obscur, *Magnolia Street.*

Gradgrind, Thomas — personnage de Dickens, *Hard Times.*

GRADE, Lord — impresario de théâtre, a eu avec son frère une grande influence sur la scène britannique.

GRAVES, Robert — gallois, romancier, poète, *Good Bye to All That, The White Goddess.*

GREEN, Harry — ami de faculté.

GREENE, Graham — romancier converti au catholicisme, *The Heart of the Matter, Our Man in Havana, Brighton Rock, The Quiet American.*

GREGORY, Lady — pionnière avec W.B. Yeats du renouveau théâtral irlandais.

Greyfriars — collège de garçons dans les aventures de Billy Bunter par Frank Richards, d'abord parues dans *Gem* et *Magnet.*

GRIFFITHS, Glyn — médecin qui fait rapatrier Burgess de Brunei.

GRIGSON, Geoffrey — poète anglais des années trente, a publié une anthologie avec Auden.

HAGGARD, Henry Rider — romancier, auteur des aventures d'Allan Quartermain, *She, King Solomon's Mines.*

HALL, Radclyffe — romancière, auteur de *The Well of Loneliness.*

HALLIDAY, Len — étudiant poète, université de Manchester.

HANDLY, Tommy — journaliste BBC, auteur de l'émission comique la plus célèbre de la guerre, ITMA, « It's That Man Again », où il prenait Hitler pour cible.

HARTY, Sir Hamilton — directeur orchestre Hallé.

HAW HAW, Lord — William Joyce, déserteur, présentait en anglais depuis l'Allemagne l'émission de radio *On The Home Front.*

HEMINGWAY, Ernest — romancier, protégé de Gertrude Stein et Ezra Pound, *The Killers, The Sun Also Rises* (1926), que Burgess salue pour son style sans graisse, et qu'il traite dans *Hemingway and His Work.*

HERBERT, George — poète métaphysique, 1593-1633.

HERBERT, Katie — amie de jeunesse de sa belle-mère Maggie.

HERRICK, Robert — auteur de poésie amoureuse, 1591-1674.

HIBBARD, Stuart — principal journaliste BBC pendant la guerre, présentait les nouvelles quotidiennes.

Higgins, professeur — personnage de *Pygmalion* dont s'inspire *My Fair Lady.*

HINDEMITH, Paul — compositeur allemand, auteur de lieder sur des poèmes de Rilke, *Lehrstück* avec Brecht (1929), *Nouvelles du jour.*

Hindle Wakes et *Hobson's Choice* — pièces de l'école dramatique de Manchester, par Harold Brighthouse, et Stanley Houghton.

HIRSON, Cedric — rédacteur du journal universitaire *The Serpent,* de famille juive.

HOGAN, demoiselles — deux sœurs qui tiennent boutique en face du Golden Eagle.

HOLLOWAY, Stanley — comique de music-hall scabreux, le père Doolittle dans *My Fair Lady.*

HOLST, Gustav — compositeur anglais d'origine suédoise, *Planets* (1919), *The Wandering Scholar* (1934), opéra de chambre d'après un conte médiéval.

HONEGGER, Arthur — compositeur suisse (1892-1955), admirateur de Bach, *Pacific 231, Jeanne d'Arc au bûcher* avec Claudel, œuvres d'après Hugo, Valéry, Cocteau.

HOPKINS, Gerard Manley — poète (1844-89) converti au catholicisme à Oxford, a brûlé ses œuvres de jeunesse en entrant chez les jésuites et repris tardivement une poésie d'inspiration chrétienne, inventeur du « sprung rhythm », sonnets « The Windhover », « Pied Beauty », « Harry Ploughman »

HOPWOOD, Mrs — voisine à Moss Side, modèle d'éducation pour Madge.

Horizon — revue de littérature et d'art fondée en 1939 par Connolly, parut tous les mois pendant dix ans, publiant la plupart des auteurs importants de la période, notamment les jeunes poètes.

HORE-BELISHA — ministre de la Guerre pendant la Seconde Guerre.

HORNIMANN, Annie — secrétaire de Yeats, 1860-1937, mécène et directrice de théâtre, à l'Abbey de Dublin puis à Manchester où elle a fondé une école d'auteurs dramatiques.

HOUSMAN, A.E. — poète marqué par les chants populaires d'Heinrich Heine et les ballades traditionnelles, *A Shropshire Lad* (1896), « Epitaph on an Army of Mercenaries ».

HOWELL, Jimmy — principal du collège Malais à Kuala Kangsar.

HUGHES, Spike — rédacteur du *Radio Times.*

HUXLEY, Aldous — poète et romancier, ami de D.H. Lawrence, *Ape and Essence, Brave New World* (1932).

HUXLEY, Julian — biologiste, premier directeur de l'UNESCO, auteur avec H.G. Wells de *The Science of Life.*

Iago — le traître dans *Othello.*

IBSEN, Henrik — auteur dramatique norvégien (1828-1906) que Bernard Shaw a fait découvrir en Angleterre, *Peer Gynt, Le Canard sauvage.*

IGNATIUS, Sœur — directrice de l'école primaire.

INNERFIELD, Jakie — gérant cinéma de Princess Road, le Palace.

ISHERWOOD, Christopher — *Mr Norris Changes Trains, Good Bye to Berlin,* coauteur de plusieurs pièces de théâtre avec Auden.

IVES, Charles — compositeur américain, auteur de symphonies, chansons populaires, *Robert Browning Overture* (1908-1912), *Concord Sonata* (1911-1915), hommage aux écrivains transcendantalistes de Concord.

JOAD, C.E.M. — professeur de philosophie, présentait l'émission BBC « The Brains Trust » avec Julian Huxley pendant la guerre, auteur de *The Adventures of a Young Soldier* (1944).

JOHNSON, Dr Samuel — lexicographe du XVIIIe, éditeur de Shakespeare, critique, auteur de *Rasselas*, surnommé « the Grand Cham » par le romancier Smollett.

JOLSON, Al — acteur du premier film parlant, *The Jazz Singer.*

JONES, Edward — père de Lynne, originaire de Bolton, principal du lycée Bedwellty.

JONES, Florence — sa femme, galloise, mère de Lynne.

JONES, Hazel — sœur aînée de Lynne.

JONES, Llewela Isherwood — dite Lynne, première femme de Burgess.

JOOS, Kurt — auteur du ballet expressionniste *The Green Table.*

JOYCE, James — *Portrait of the Artist as a Young Man, Ulysses, Work in Progress* qui deviendra *Finnegans Wake,* œuvres analysées dans deux essais de Burgess, *Here Comes Everybody,* et *Joysprick.*

JUMP, J.D. — critique shakespearien, enseignant de littérature anglaise à l'université de Manchester.

Jupe, Cissy — personnage de Dickens, *Hard Times.*

KANT, Emmanuel — *Critique de la raison pure* (1781).

KEATS, John — *Lamia* (1820), poèmes narratifs inspirés d'Antiquité, admirateur d'Homère et des élisabéthains, forme poétique utilisée par Burgess dans *ABBA ABBA.*

KEMP, Clifford — épouse Madge Dwyer.

KEMP, David — leur fils.

KIPLING, Rudyard — né à Bombay, poète et romancier, *Kim* (1901), *The Book of the Jungle.*

KITCHENER, Lord — militaire, a participé aux guerres du Soudan, Première Guerre mondiale.

Knights, Elsie — parodie de L.C. Knights par l'étudiant Gaunt.

KNIGHTS, L.C. — enseignant à l'université de Manchester, spécialiste de Shakespeare, marxiste et disciple de F.R. Leavis.

KOESTLER, Arthur — romancier d'origine hongroise, passé à l'anglais après deux conversions linguistiques, condamné à mort pendant la guerre d'Espagne, revenu du communisme, *Darkness at noon [Le zéro et l'infini]* (1941).

LABAN, Rudolf von — inventeur de la labanotation, système de notation chorégraphique.

LALKAKA, commandant — conférencier des services éducatifs de l'armée.

LAMB, Charles — *Adventures of Ulysses, Essays of Elia*, anagramme de « a lie »

LAMBERT, Constant — chef d'orchestre Hallé, Manchester, compositeur de *Rio Grande*.

LANG, Fritz — maître du cinéma expressionniste allemand, *Doktor Mabuse, Die Nibelungen, Metropolis*, émigré aux Etats-Unis à l'avènement du nazisme.

LAWRENCE, D.H. — romancier, poète, originaire du Nottinghamshire, chantre de la sexualité créatrice, *Sons and Lovers, The Rainbow* (1915), a qui Burgess a consacré une étude, *D.H. Lawrence : Flame into Being*.

LEAR, Edward — poète du XIXe, auteur de nursery rhymes.

Lear — le vieillard détrôné de *King Lear*.

LEAVIS, Frank R. — chef d'une révolution critique à Cambridge contre le canon littéraire d'Oxford et les bonnes manières édouardiennes, directeur de la revue *Scrutiny*, repart de D.H. Lawrence et T.S. Eliot pour recomposer la « Grande tradition » britannique.

LITTLEWOOD, Joan — metteur en scène de théâtre à Manchester puis Stratford East, militante adepte de Brecht et Stanislavski, *Oh ! What a Lovely War*.

LLOYD GEORGE, David — Premier ministre pendant la Première guerre, né à Manchester.

LYS DE JERSEY — Lily Langtry, actrice américaine courtisée par le prince de Galles, « Teddy ».

MACLAREN-ROSS, Julian — nouvelliste dandy de la guerre, publié dans *Horizon*, auteur de *Memoirs of the Forties*.

Malvolio — puritain hypocrite de Shakespeare dans *Twelfth Night*.

Marley — personnage de Dickens, *A Christmas Carol*.

MANNING, Olivia — romancière de la guerre publiée dans *Horizon, The Levant Trilogy* (1979).

Marchmain — famille de personnages d'Evelyn Waugh, *Brideshead Revisited*.

MARE, Walter De la — poète et nouvelliste très populaire dans les écoles entre les deux guerres, *Yes, and Back Again*.

Margitès — le *Margitès*, épopée burlesque attribuée à Homère par Aristote.

MARLOWE, Christopher — poète dramatique élisabéthain, auteur de *Tamburlaine, The Jew of Malta, Dr Faustus*, étudié par Burgess dans son mémoire universitaire et dans un roman, *A Dead Man in Deptford [Mort à Deptford]*

MARTIN, Frère — Eugene McCarthy, directeur Saint-François-Xavier.

MARVELL, Andrew — poète métaphysique du XVIIe, *To His Coy Mistress*.

MASEFIELD, John — poète et auteur dramatique, « Cargoes », *The Everlasting Mercy*, Poet Laureate de 1930 à sa mort, en 1967.

MASON, Douglas Rankin — ami de faculté, natif de Chester.

MASTERSON, Kitty — professeur à Saint-François-Xavier.

MAUGHAM, W. Somerset — romancier né en France, agent secret pendant la Première Guerre, grand voyageur, rival de Burgess dans la spécialité asiatique.

McCOLL, Ian — ami de faculté.

McGILL Donald — dessinateur de cartes postales grivoises et humoristiques.

MELDRUM, commandant W.P. — supérieur hiérarchique et bête noire de Burgess à Gibraltar.

MENUHIN, Yehudi — violoniste anglais d'origine juive, qui a donné après guerre avec Wilhelm Fürtwangler le concert de la réconciliation.

Le Mikado — opérette de Gilbert et Sulllivan.

MILTON, John — poète et musicien (1608-1674), polémiste puritain favorable au régicide, *At a Solemn Music, Paradise Lost, Comus*.

MITCHELL, Eddie — camarade d'enfance, de famille protestante.

MONROE, Harold — poète, auteur d'une *Anthologie of Georgian Poetry*, fondateur de *Poetry Review* et du Poetry Bookshop, lieu de rencontre très fréquenté entre les deux guerres.

MONTGOMERY, Bruce — alias Edmund Crispin, auteur de musique de films, ami de Philip Larkin et Kingsley Amis.

MOORE, George — auteur irlandais, a contribué au renouveau celtique avec Yeats et Lady Gregory.

MOORE, Thomas — poète irlandais (1779-1852), « Oft in the stilly night », une des *Irish Melodies* mises en musique par Sir John Stevenson.

MOZART, Wolfgang Amadeus — salué pour ses dons prolifiques par Burgess, qui prend *Quarantième symphonie* comme base structurelle de *Mozart and the Wolf Gang [Mozart et Amadeus]*

MUGGERIDGE, Malcolm — journaliste vedette de télévision des années cinquante, iconoclaste repentant converti au catholicisme.

Mulligan, Buck — personnage de *Ulysses*, ami de Stephen Dedalus.

MYERSCOUGH, Père — confesseur du Saint-Nom à qui Burgess expose sa crise de foi.

Mystères de l'âme — film de Pabst.

NAMIER, L.B. — historien, enseignant à l'université de Manchester.

NEWMAN, John Henry, cardinal — un des leaders de l'Oxford Movement pour la réforme de l'Eglise anglicane, raconte sa conversion au catholicisme dans *Apologia pro Vita Sua*.

NEWMAN, Ernest — critique musical de Manchester.

NICHOLLS, Horatio — auteur de chansons, pseudonyme de Lawrence Wright, éditeur musical.

NICOLSON, Harold — époux de Victoria Sackville-West, l'amie de Virginia Woolf.

NOVELLO, Ivor — auteur et éditeur de chansons.

O'Brien — personnage d'Orwell dans *1984*.

O'BRIEN, Peter — camarade de classe à Saint-François-Xavier.

O'CASEY, Sean — auteur dramatique de la renaissance irlandaise (1880-1965), membre de la Ligue gaélique, *Juno and the Paycock, The Plough and the Stars* (1926) qui a provoqué des émeutes nationalistes à Dublin.

O'FAOLAIN, Sean — romancier irlandais.

O'FLAHERTY, Miss — sa première maîtresse d'école, à Saint-Edmond.

O'REILLY, Père — confesseur de l'église des Martyrs-Anglais.

O'NEILL, Eugene — auteur dramatique américain (1888-1953), *The Great God Brown*.

OPPENHEIM, E. Phillips — auteur de romans d'espionnage très apprécié à la fin du XIXe.

ORWELL, George — pseudonyme d'Eric Arthur Blair, journaliste et romancier que côtoie Burgess pendant la guerre, *Animal Farm, 1984*.

OSBORNE, John — chef de file des Jeunes gens en colère, *Look Back in Anger* (1957), *Luther*.

OUAH OUAH, Lord — *voir* **Lord Haw Haw.**

OWEN, Wilfrid — poète et officier, bataille de la Somme, tué une semaine avant la fin de la Première Guerre, le plus représentatif des « war poets », *Dulce et Decorum Est*.

PATHAN, Mr — magicien tamoul, employé au ministère des Travaux publics de Kelantan.

PEACH, L. du Garde — a fondé au début du XXe dans le Derbyshire un théâtre d'amateurs très couru dont il écrivait le répertoire, *The Squirrel's Cage, The Flowers Are Not For You to Pick*.

PEPYS, Samuel — parlementaire, incarcéré pour papisme (1633-1703), Londonien attentif à tout ce qui se passe en ville et qu'il consigne dans son journal, *Diary*, publié pour la première fois au XIXe.

Pères et Fils — roman de Tourgueniev.

La Perle — *Pearl*, poème anonyme du XIIe siècle peut-être dû à l'auteur de *Sir Gawain*.

PHILPOTTS, Eden — romancier du début du XXe, *The Farmer's Wife, Song of a Sailorman*.

PICKFORD, Mary — actrice américaine star du cinéma muet, femme de Douglas Fairbanks.

PILGRIM, John — collègue du centre de formation pédagogique du Mid-West.

POLLITT, Harry — homme politique communiste, 1890-1960, a contribué à fonder Brigades internationales britanniques.

Pooter, Charles — personnage de *Diary of A Nobody*, G. et W. Grossmith, à l'origine du terme « pooterish », petit-bourgeois.

POUND, Ezra — poète américain médiéviste, secrétaire de Yeats, ami et promoteur de T.S. Eliot, a pris parti pour Mussolini, auteur de *Hugh Selwyn Mauberley* (1920) et des *Cantos*, sa « Divine Comédie du XXe siècle ».

POWELL, Anthony — né en 1905, *A Dance to the Music of Time*, inspiré d'un tableau de Poussin, séquence de douze romans sur la Grande-Bretagne en temps de guerre.

PRATT, Harry — dentiste de la belle-mère de Burgess à Manchester.

PRICE, Joan — premier amour de Burgess à l'école primaire.

PRIESTLAND, John — J.P., commandant en chef de la 54e division.

Quiet Wedding — pièce de théâtre populaire de Dodie Smith.

QUINCEY, Thomas De — écrivain né à Manchester (1785-1859), ami et mémorialiste des « Lake poets », a partagé avec Coleridge des rêveries opiacées, *The Confessions of an English Opium Eater.*

RAFFLES, Gerry — collaborateur de Joan Littlewood à Manchester puis au Theatre Royal.

RAFFLES, Sir Stamford — administrateur colonial très actif en Asie, gouverneur britannique de Sumatra en 1818, fondateur du zoo de Londres.

RANK, Otto — psychanalyste disciple de Freud, *Le Traumatisme de la naissance* (1924).

Rasselas, Prince of Abyssinia — conte philosophique de Samuel Johnson (1759).

RAY, Norman — reporter criminel *News of the World.*

RIDING, Laura — poète, amie de Robert Graves et maîtresse de son rival Alfred Edward.

REITH, Lord — premier directeur de la BBC.

RICE, Elmer — auteur dramatique américain, 1892-1967.

RICHARDS, I.A. — universitaire, nouvelle école critique.

RODRIGUEZ, Alfonso — jésuite, célébré dans un poème de Hopkins.

ROY, Harry — chef d'orchestre, a épousé une fille du « Rajah Blanc » de Sarawak.

RUSKIN, John — critique d'art victorien, promoteur des pré-raphaélites, ennemi de l'industrialisme, *Modern Painters, The Stones of Venice* (1853).

SACCO — anarchiste condamné et exécuté avec Vanzetti.

SAINT-SAENS — compositeur, *Samson et Dalila.*

Sapper — héros d'une série policière.

SASSOON, Siegfried — poète, romancier, affecté en Palestine pendant la Première Guerre.

SAYERS, Dorothy — romans policiers, dont *Gaudy Night* qui a pour cadre un collège féminin d'Oxford.

SCHÖNBERG, Arnold — compositeur viennois, inventeur du dodécaphonisme, *Pierrot lunaire.*

SCHOPENHAUER, Arthur — philosophe allemand inspiré par la musique.

SCHUMANN, Robert — fils d'un libraire érudit, traducteur de Byron et Walter Scott, a longtemps hésité entre poésie et musique avant de se consacrer à la composition, *Scènes d'enfant, Scènes du Premier Faust, Fugues sur le nom de Bach.*

Scobie — personnage de Graham Greene, *The Heart of the Matter.*

SCOTT, C.P. — rédacteur du *Guardian* avant guerre.

SCOTT, Walter — romancier écossais du XIXe, *Marmion, Redgauntlet, Peveril of the Peak.*

Scrooge, Mr — le vieil avare de Dickens, dans *A Christmas Carol.*

SCRIVEN, lt.col. **Tony** — ami de Herbert Williams, directeur du centre de formation pédagogique Mid-West.

SEBASTIAN, Frère — professeur de physique incompétent à Saint-François-Xavier.

SERVICE, Robert E. — *Songs of a Sourdough,* roman ouvrier protestataire.

Sesame and Lilies — œuvre de Ruskin (1868).

SHAKESPEARE, William — Burgess lui a consacré un essai, *Shakespeare,* et un roman où il tient le rôle principal, *Nothing like the Sun.*

SHAW, G. Bernard — auteur et théoricien dramatique irlandais, socialiste joyeux, admirateur d'Ibsen et Wagner, *John Bull's Other Island, Cæsar and Cleopatra, Pygmalion.*

SHEARER, Norma — actrice de cinéma américaine, interprète Juliette dans un film des années trente.

SHEPHERD, Frank — président comité Club dramatique universitaire.

Shylock — le Juif haineux de Shakespeare, dans *The Merchant of Venice.*

Simnel, Lambert — personnage de Joyce qui a emprunté son nom à un rebelle Tudor.

SIMPSON, Wallis — Américaine divorcée, épouse Edouard VIII, duchesse de Windsor.

SINGER, John — poète « commercial », *The Fury of the Living.*

SIRCAR Noel — poète, *A Boyhood in India.*

SKELTON, John — poète né à Diss vers 1460, ordonné prêtre en 1498.

SMITH, Harold — jeune commis employé par la belle-mère de Burgess au débit de tabac.

Sosostris — Madame, dans *The Waste Land.*

Spandrell — personnage de Huxley, dans *Point Counter Point* (1928).

SPENDER, Stephen — poète né en 1909, compagnon d'Isherwood à Berlin, co-rédacteur de *Horizon* puis rédacteur de *The London Magazine.*

SPENGLER, Oswald — philosophe allemand, théoricien de l'historisme, *Le Déclin de l'Occident* (1916-1920).

SPENSER, Edmund — poète élisabéthain, *The Shepherd's Calendar, The Faerie Queene.*

SQUIRE, J.C. — poète de l'entre-deux-guerres, l'un des auteurs anthologisés dans *Georgian Poetry,* « Lines to a Bulldog »

STEENIE — surnom de George Villiers, duc de Buckingham, favori de Jacques Ier qui lui trouvait le « visage d'ange » de saint Etienne.

STEINER, George — philosophe, linguiste, essayiste, *After Babel.*

STEPHENS, Harry — sociologue gallois, sergent avec Burgess à Gibraltar.

STERNE, Laurence — romancier du XVIIIe, *A Sentimental Journey through France and Italy.*

STRAVINSKI — *Le Sacre du printemps, L'Oiseau de feu.*

SULLIVAN, Miss — directrice du cours Saint-Edmond.

SULLIVAN, Pat — inventeur de Félix le Chat.

SWEET, Henry — inventeur d'un alphabet phonétique, modèle de Shaw pour Henry Higgins, *Pygmalion.*

SWIFT — boucherie ou travaille le père de Burgess comme caissier.

TAJUDDIN, Yusof — un collègue tamoul du collège Malais.

TAMBIMUTTU — poète originaire de Ceylan, rédacteur de *Poetry London.*

TASCA, Nando et Paolo — marbriers italiens, voisins de Burgess à Brunei.

TAWNEY, R.H. — historien, *Religion and the Rise of Capitalism.*

TAYLOR, A.J.P. — historien « pacifiste », enseignant à l'université de Manchester.

TAYLOR, capitaine — méthodiste, supérieur de Burgess à Gibraltar.

TAYLOR Jeremy — théologien anglais du XVIIe, souvent cité par T.S. Eliot.

TCHAÏKOVSKI — *Cinquième symphonie.*

TENNYSON, Alfred — poète lauréat victorien, « Ulysses », « The Lotus Eaters »

THOMAS, Ben — « Ben Maths », sergent avec Burgess à Gibraltar.

THOMAS, Dylan — poète gallois, ami de Lynne, *Under Milk Wood.*

THUMB, Amiral Tom — Sir Thomas Phillips, flotte d'Extrême-Orient, coulé avec le *Prince of Wales.*

TOLLER Ernst — auteur dramatique allemand, exilé à New York après le nazisme.

TOLLITT, Jack — épouse Agnes Dwyer et dirige les affaires de sa belle-mère.

TOLLITT, Dan et Sheila — leurs enfants ; Dan épousera la sœur d'un camarade de classe de Burgess.

TURPIN, Ben — acteur comique de *The Shriek,* parodie de *The Cheik.*

TYNAN, Kenneth — critique dramatique très influent, le premier à signaler la vague de la Colère.

VALENTINO, Rudolph — vedette du cinéma muet, *The Cheik, Monsieur Beaucaire.*

VAUGHAN WILLIAMS, Ralph — compositeur anglais (1872-1958), ami de Holst, diverses œuvres d'après Housman, Stevenson, Whitman, Shakespeare.

VIANNI, John, Frère — tient son nom de saint Jean-Marie Vianney, curé d'Ars.

VIDAL, Gore — romancier, *Duluth,* scénarios de film, *Ben Hur, Spartacus.*

VIRGILE — *L'Enéide,* modèle avec Joyce de *A Vision of Battlements.*

La Vision de la Croix — The Dream of the Rood, poème anonyme vieil-anglais gravé en runes sur la croix de Ruthwell, en Ecosse, érigée fin du VIIIe.

WAGNER, Richard — *Rienzi, Tannhäuser, Die Mestersinger,* modèle artistique des premiers romans de Burgess.

WALKLING, Harry — saxophoniste de la 54e division, puis tambour-major à Gibraltar.

WALTON, William — compositeur, *Belshazzar's Feast, Symphony n° 1.*

WARD, Dorothy — actrice de pantomime.

WARNER, Rex — romancier américain, *The Aerodrome.*

WAUGH, Auberon — fils d'Evelyn, journaliste et critique d'extrême droite, rédacteur de *Literary Review.*

WAUGH, Edwin — poète « dialectisant ».

WAUGH, Evelyn — romancier converti au catholicisme, trilogie *Men at Arms, Put Out More Flags, Decline and Fall, Return to Brideshead, The Ordeal of Gilbert Pinfold.*

WEBB, Mary — romancière très appréciée de Lynne, *The House in Dormer Forest.*

WEEKLY H.L. — Ernest, *The Romance of Words,* premier mari de Frieda von Richthofen, enlevée par D.H. Lawrence.

WEIZMANN, Chaïm — enseignant à l'université de Manchester, futur président d'Israël.

WELLS, H.G. — *The Soul of a Bishop, A Story of the Days to Come,* source du film *Things to Come.*

WHEATLEY, Dennis — auteur de romans d'horreur des années quarante.

WILKINSON, sergent — supérieur hiérarchique de Burgess à Gibraltar.

WILLIAMS, Eric — ami de collège Saint-François-Xavier, avec James Burgess.

WILLIAMS, Herbert et Eddie — amants de Lynne à la fin de la guerre.

WILLIAMS, Margaret — amie étudiante de Lynne.

WILSON, Edmund — essayiste américain, *The Wound and the Bow.*

WILSON, Jacke — acteur dans la troupe de Shakespeare, ancêtre de Burgess, narrateur de son roman sur Marlowe, *Death at Deptford.*

WILSON, Jack — grand-père paternel de Burgess, tenancier du Derby Inn.

WILSON, John, James, William, — dits Jack, Jimmy, Billy, fils de Jack Wilson, frères aînés de Joe, oncles de Burgess.

WILSON, Joseph — dit Joe, dernier fils de Jack, père de Burgess.

WILSON, Joan et Winifred — ses cousines, filles de Jack et Nell.

WILSON, Muriel — sa sœur aînée, morte en 1919.

WILSON, Muriel — sa cousine, fille de Jimmy et Lily.

WILSON, John A. — rédacteur-assistant du *Serpent* avec John B., Burgess.

WOLFSON, Gerry — fondateur d'un hebdomadaire à l'université de Manchester, *News Bulletin,* et rédacteur de *Rag Rag.*

WOOD, Gilbert — peintre, peut-être modèle d'Orwell pour *1984.*

WORDSWORTH, William — le premier des « Lake poets » (1770-1850), auteur des *Lyrical Ballads* avec Coleridge, « Daffodils », *Intimations of Immortality.*

Work in Progress — le futur *Finnegans Wake.*

WULFSON, Zozafin — une des premières flammes de Burgess, à l'université.

WULFSTAN — archevêque d'York mort en 1023, auteur jouant sur son nom d'un *Sermo Lupi ad Anglos,* « Wolf's sermon to the English »

Cet ouvrage a été réalisé par la
SOCIÉTÉ NOUVELLE FIRMIN-DIDOT
Mesnil-sur-l'Estrée
pour le compte des Éditions Grasset
en octobre 1996

Imprimé en France
Dépôt légal : octobre 1996
N° d'édition : 10148 - N° d'impression : 36100
ISBN : 2-246-40251-4